suhrkamp taschenbuch 79

Mit seinem Alterswerk *Das Glasperlenspiel* hat Hermann Hesse in den Jahren 1930 bis 1942 eine Gegenwelt zum Zeitalter des Faschismus und zum kommerziellen Kulturbetrieb der Gegenwart entworfen. »Es galt für mich«, schrieb er rückblickend, »einen geistigen Raum aufzubauen, in dem ich leben und atmen konnte. Allen Vergiftungen der Welt zum Trotz mußte ich das Reich des Geistes und der Seele als existent und unüberwindlich sichtbar machen, so wurde meine Dichtung zur Utopie, das Bild in die Zukunft projiziert, die üble Gegenwart in eine überstandene Vergangenheit gebannt.«

Weil es für Hesse keinen Fortschritt gibt ohne die Verwirklichung von Utopien, hat er inmitten von Chaos und Anarchie mit der Pädagogischen Provinz Kastalien das Modell eines alternativen, von staatlichem Dirigismus nicht beeinflußbaren Bildungssystems entworfen. Die in Kastalien entwickelte und praktizierte Technik des Glasperlenspiels zielt darüberhinaus auf eine interdisziplinäre Vernetzung von Kunst und Wissenschaft, Mathematik und Musik. Die durch fortschreitende Spezialisierung auseinanderdriftenden Disziplinen der Natur- und Geisteswissenschaften können dabei mit Hilfe einer universellen Zeichensprache wieder verbunden und sich ihrer gemeinsamen Struktur bewußt werden. Diese so aktuelle, ebenso weit in die Zukunft wie in die Kulturgeschichte zurückblickende Synopse von abendländischem und asiatischem Denken, aktiver und kontemplativer Lebenspraxis verliert ihren utopischen Charakter am Beispiel der Biographie von Josef Knecht, der die Pädagogische Provinz in dem Augenblick verläßt, sobald sie wie jede Institution in Bürokratie, Orthodoxie und unsozialem Selbstzweck zu erstarren droht.

Das Buch wurde von den nationalsozialistischen Machthabern mit Publikationsverbot belegt und erschien ein Jahr verspätet 1943 in der Schweiz. Erst nach dem Krieg und der Verleihung des Nobelpreises an Hermann Hesse 1946 konnte es endlich auch in Deutschland die Leser erreichen, für die es vor allem bestimmt war.

Hermann Hesse, am 2. Juli 1877 in Calw/Württemberg geboren, 1946 mit dem Nobelpreis für Literatur ausgezeichnet, starb am 9. August 1962 in Montagnola bei Lugano. Er ist einer der meistgelesenen europäischen Autoren des 20. Jahrhunderts.

Das Glasperlenspiel

Versuch einer allgemeinverständlichen
Einführung in seine Geschichte

... non entia enim licet quodammodo levibusque hominibus
facilius atque incuriosius verbis reddere quam entia, verum-
tamen pio diligentique rerum scriptori plane aliter res se habet:
nihil tantum repugnat ne verbis illustretur, at nihil adeo necesse
est ante hominum oculos proponere ut certas quasdam res,
quas esse neque demonstrari neque probari potest, quae contra
eo ipso, quod pii diligentesque viri illas quasi ut entia tractant,
enti nascendique facultati paululum appropinquant.

Albertus Secundus
tract. de cristall. spirit. ed. Clangor et Collof. lib. I. cap. 28

In Josef Knechts handschriftlicher Übersetzung:
... denn mögen auch in gewisser Hinsicht und für leichtfer-
tige Menschen die nicht existierenden Dinge leichter und ver-
antwortungsloser durch Worte darzustellen sein als die seienden,
so ist es doch für den frommen und gewissenhaften Geschichtsschreiber gerade umgekehrt: nichts entzieht sich der Darstellung
durch Worte so sehr und nichts ist doch notwendiger, den Menschen vor Augen zu stellen, als gewisse Dinge, deren Existenz
weder beweisbar noch wahrscheinlich ist, welche aber eben dadurch, daß fromme und gewissenhafte Menschen sie gewissermaßen als seiende Dinge behandeln, dem Sein und der Möglichkeit des Geborenwerdens um einen Schritt näher geführt werden.

Es ist unsere Absicht, in diesem Buch das Wenige festzuhalten, was wir an biographischem Material über Josef Knecht aufzufinden vermochten, den Ludi Magister Josephus III., wie er in den Archiven des Glasperlenspiels genannt wird. Wir sind nicht blind gegen die Tatsache, daß dieser Versuch einigermaßen im Widerspruch zu den herrschenden Gesetzen und Bräuchen des geistigen Lebens steht oder doch zu stehen scheint. Ist doch gerade das Auslöschen des Individuellen, das möglichst vollkommene Einordnen der Einzelperson in die Hierarchie der Erziehungsbehörde und der Wissenschaften eines der obersten Prinzipien unsres geistigen Lebens. Und dieses Prinzip ist denn auch in langer Tradition so weit verwirklicht worden, daß es heute ungemein schwierig, ja in vielen Fällen vollkommen unmöglich ist, über einzelne Personen, welche dieser Hierarchie in hervorragender Weise gedient haben, biographische und psychologische Einzelheiten aufzufinden; in sehr vielen Fällen lassen sich nicht einmal mehr die Personennamen feststellen. Es gehört nun einmal zu den Merkmalen des Geisteslebens unsrer Provinz, daß seine hierarchische Organisation das Ideal der Anonymität hat und der Verwirklichung dieses Ideals sehr nahe kommt.

Wenn wir trotzdem auf unsrem Versuche bestanden haben, einiges über das Leben des Ludi Magister Josephus III. festzustellen und uns das Bild seiner Persönlichkeit andeutend zu skizzieren, so taten wir es nicht aus Personenkult und aus Ungehorsam gegen die Sitten, wie wir glauben, sondern im Gegenteil nur im Sinne eines Dienstes an der Wahrheit und Wissenschaft. Es ist ein alter Gedanke: je schärfer und unerbittlicher wir eine These formulieren, desto unwiderstehlicher ruft sie nach der Antithese. Wir billigen und verehren den Gedanken,

INHALT

Den Morgenlandfahrern

welcher der Anonymität unsrer Behörden und unsres Geisteslebens zugrunde liegt. Aber ein Blick in die Vorgeschichte eben dieses Geisteslebens, namentlich in die Entwicklung des Glasperlenspieles, zeigt uns unwiderstehlich, daß jede Phase der Entwicklung, jeder Ausbau, jede Änderung, jeder wesentliche Einschnitt, sei er fortschrittlich oder konservativ zu deuten, unweigerlich zwar nicht seinen einzigen und eigentlichen Urheber, wohl aber sein deutlichstes Gesicht gerade in der Person dessen zeigt, der die Änderung einführte, der zum Instrument der Umformung und Vervollkommnung wurde.

Es ist ja allerdings das, was wir heute unter Persönlichkeit verstehen, nun etwas erheblich anderes, als was die Biographen und Historiker früherer Zeiten damit gemeint haben. Für sie, und zwar namentlich für die Autoren jener Epochen, welche eine ausgesprochene biographische Neigung hatten, scheint, so möchte man sagen, das Wesentliche einer Persönlichkeit das Abweichende, das Normwidrige und Einmalige, ja oft geradezu das Pathologische gewesen zu sein, während wir Heutigen von bedeutenden Persönlichkeiten überhaupt erst dann sprechen, wenn wir Menschen begegnen, denen jenseits von allen Originalitäten und Absonderlichkeiten ein möglichst vollkommenes Sich-Einordnen ins Allgemeine, ein möglichst vollkommener Dienst am Überpersönlichen gelungen ist. Sehen wir genauer zu, so hat auch schon das Altertum dieses Ideal gekannt: die Gestalt des «Weisen» oder «Vollkommenen» bei den alten Chinesen zum Beispiel oder das Ideal der Sokratischen Tugendlehre ist von unsrem heutigen Ideal kaum zu unterscheiden, und manche große geistige Organisation, wie etwa die Römische Kirche in ihren mächtigsten Epochen, hat ähnliche Grundsätze gekannt, und manche ihrer größten Gestalten, wie etwa der heilige Thomas von Aquino, erscheinen uns, gleich frühgriechischen Plastiken, mehr als klassische Vertreter von Typen denn als Einzelpersonen. Immerhin war in den Zeiten vor der Reformation des geistigen Lebens, die im zwanzigsten Jahrhundert begann und deren Erben wir sind, jenes echte alte Ideal offenbar nahezu ganz verlorengegangen. Wir erstaunen, wenn wir in den Biographien jener Zeiten etwa weitläufig erzählt finden, wie viele Geschwister der Held gehabt oder welche seelischen Narben und Kerben ihm die Loslösung von der Kindheit, die Pubertät, der Kampf um Anerkennung, das Werben um Liebe hinterlassen haben. Uns Heutige interessiert nicht die Pathologie noch die Familiengeschichte, nicht das Triebleben, die Verdauung und der Schlaf eines Helden; nicht einmal seine geistige Vorgeschichte, seine Erziehung durch Lieblingsstudien, Lieblingslektüre und so weiter ist uns sonderlich wichtig. Uns ist nur jener ein Held und eines besonderen Interesses würdig, der von Natur und durch Erziehung in den Stand gesetzt wurde, seine Person nahezu vollkommen in ihrer hierarchischen Funktion aufgehen zu lassen, ohne daß ihr doch der starke, frische, bewundernswerte Antrieb verlorengegangen wäre, welcher den Duft und Wert des Individuums ausmacht. Und wenn zwischen Person und Hierarchie Konflikte entstehen, so sehen wir gerade diese Konflikte als Prüfstein für die Größe einer Persönlichkeit an. So wenig wir den Rebellen billigen, den die Begierden und Leidenschaften zum Bruch mit der Ordnung treiben, so ehrwürdig ist uns das Andenken der Opfer, der wahrhaft Tragischen.

Dort nun, bei den Helden, bei diesen wirklich vorbildhaften Menschen, scheint uns das Interesse für die Person, für den Namen, für Gesicht und Gebärde erlaubt und natürlich, denn wir sehen auch in der vollkommensten Hierarchie, in der reibungslosesten Organisation keineswegs eine Maschinerie, aus toten und an sich gleichgültigen Teilen zusammengesetzt, sondern einen lebendigen Körper, aus Teilen gebildet und von Organen belebt, deren jedes seine Art und seine Freiheit besitzt und am Wunder des Lebens teilhat. In diesem Sinne bemühten wir uns um

Nachrichten über das Leben des Glasperlenspielmeisters Josef Knecht, und namentlich um alles von ihm selbst Geschriebene, sind auch mehrerer Handschriften habhaft geworden, die wir für lesenswert halten.

Was wir über Knechts Person und Leben mitzuteilen haben, ist unter den Mitgliedern des Ordens, und namentlich unter den Glasperlenspielern, gewiß manchen schon ganz oder teilweise bekannt, und schon aus diesem Grunde wendet unser Buch sich nicht bloß an diesen Kreis, sondern hofft auch über ihn hinaus auf verständnisvolle Leser.

Für jenen engeren Kreis bedürfte unser Buch keiner Einleitung und keines Kommentars. Da wir jedoch dem Leben und den Schriften unsres Helden auch außerhalb des Ordens Leser wünschen, fällt uns die etwas schwierige Aufgabe zu, für jene weniger vorgebildeten Leser eine kleine volkstümliche Einführung in den Sinn und in die Geschichte des Glasperlenspieles dem Buch voranzuschicken. Wir betonen, daß diese Einleitung eine volkstümliche ist und sein will und keinerlei Anspruch darauf erhebt, die innerhalb des Ordens selbst diskutierten Fragen über Probleme des Spiels und seiner Geschichte zu klären. Für eine objektive Darstellung dieses Themas ist die Zeit längst noch nicht gekommen.

Man erwarte also von uns nicht eine vollständige Geschichte und Theorie des Glasperlenspieles, auch würdigere und geschicktere Autoren als wir wären dazu heute nicht imstande. Diese Aufgabe bleibt späteren Zeiten vorbehalten, falls die Quellen sowie die geistigen Voraussetzungen dazu nicht vorher verlorengehen. Und ein Lehrbuch des Glasperlenspiels soll dieser unser Aufsatz ja noch weniger sein, ein solches wird auch niemals geschrieben werden. Man erlernt die Spielregeln dieses Spiels der Spiele nicht anders als auf dem üblichen, vorgeschriebenen Wege, welcher manche Jahre erfordert, und keiner der Eingeweihten könnte je ein Interesse daran haben, diese Spielregeln leichter erlernbar zu machen.

Diese Regeln, die Zeichensprache und Grammatik des Spieles, stellen eine Art von hochentwickelter Geheimsprache dar, an welcher mehrere Wissenschaften und Künste, namentlich aber die Mathematik und die Musik (beziehungsweise Musikwissenschaft) teilhaben und welche die Inhalte und Ergebnisse nahezu aller Wissenschaften auszudrücken und zueinander in Beziehung zu setzen imstande ist. Das Glasperlenspiel ist also ein Spiel mit sämtlichen Inhalten und Werten unsrer Kultur, es spielt mit ihnen, wie etwa in den Blütezeiten der Künste ein Maler mit den Farben seiner Palette gespielt haben mag. Was die Menschheit an Erkenntnissen, hohen Gedanken und Kunstwerken in ihren schöpferischen Zeitaltern hervorgebracht, was die nachfolgenden Perioden gelehrter Betrachtung auf Begriffe gebracht und zum intellektuellen Besitz gemacht haben, dieses ganze ungeheure Material von geistigen Werten wird vom Glasperlenspieler so gespielt wie eine Orgel vom Organisten, und diese Orgel ist von einer kaum auszudenkenden Vollkommenheit, ihre Manuale und Pedale tasten den ganzen geistigen Kosmos ab, ihre Register sind beinahe unzählig, theoretisch ließe mit diesem Instrument der ganze geistige Weltinhalt sich im Spiele reproduzieren. Diese Manuale, Pedale und Register nun stehen fest, an ihrer Zahl und ihrer Ordnung sind Änderungen und Versuche zur Vervollkommnung eigentlich nur noch in der Theorie möglich: die Bereicherung der Spielsprache durch Einbeziehung neuer Inhalte unterliegt der denkbar strengsten Kontrolle durch die oberste Spielleitung. Dagegen ist innerhalb dieses feststehenden Gefüges oder, um in unserem Bilde zu bleiben, innerhalb der komplizierten Mechanik dieser Riesenorgel dem einzelnen Spieler eine ganze Welt von Möglichkeiten und Kombinationen gegeben, und daß unter tausend streng durchgeführten Spielen auch nur zwei einander mehr als an der Oberfläche ähnlich seien, liegt beinahe außerhalb des Möglichen. Selbst wenn es geschähe, daß einmal zwei Spieler durch Zufall genau dieselbe kleine Auswahl von Themen zum Inhalt ihres Spieles machen sollten, könnten diese beiden Spiele je nach Denkart, Charakter, Stimmung und Virtuosität der Spieler vollkommen verschieden aussehen und verlaufen.

Es liegt letzten Endes völlig im Belieben des Historikers, wieweit er die Anfänge und Vorgeschichte des Glasperlenspiels zurückverlegen will. Denn wie jede große Idee hat es eigentlich keinen Anfang, sondern ist, eben der Idee nach, immer dagewesen. Wir finden es als Idee, als Ahnung und Wunschbild schon in manchen früheren Zeitaltern vorgebildet, so zum Beispiel bei Pythagoras, dann in der Spätzeit der antiken Kultur, im hellenistisch-gnostischen Kreise, nicht minder bei den alten Chinesen, dann wieder auf den Höhepunkten des arabisch-maurischen Geisteslebens, und weiterhin führt die Spur seiner Vorgeschichte über die Scholastik und den Humanismus zu den Mathematiker-Akademien des siebzehnten und achtzehnten Jahrhunderts und bis zu den romantischen Philosophien und den Runen der magischen Träume des Novalis. Jeder Bewegung des Geistes gegen das ideale Ziel einer Universitas Litterarum hin, jeder platonischen Akademie, jeder Geselligkeit einer geistigen Elite, jedem Annäherungsversuch zwischen den exakten und freieren Wissenschaften, jedem Versöhnungsversuch zwischen Wissenschaft und Kunst oder Wissenschaft und Religion lag dieselbe ewige Idee zugrunde, welche für uns im Glasperlenspiel Gestalt gewonnen hat. Geister wie Abälard, wie Leibniz, wie Hegel haben den Traum ohne Zweifel gekannt, das geistige Universum in konzentrische Systeme einzufangen und die lebendige Schönheit des Geistigen und der Kunst mit der magischen Formulierkraft der exakten Disziplinen zu vereinigen. In jener Zeit, in welcher Musik und Mathematik nahezu gleichzeitig eine Klassik erlebten, waren die Befreundungen und Befruchtungen zwischen beiden Disziplinen häufig. Und zwei

Jahrhunderte früher finden wir bei Nikolaus von Kues Sätze aus derselben Atmosphäre, wie etwa diese: «Der Geist formt sich der Potentialität an, um alles in der Weise der Potentialität zu messen, und der absoluten Notwendigkeit, damit er alles in der Weise der Einheit und Einfachheit messe, wie es Gott tut, und der Notwendigkeit der Verknüpfung, um so alles in Hinsicht auf seine Eigentümlichkeit zu messen, endlich formt er sich der determinierten Potentialität an, um alles hinsichtlich seiner Existenz zu messen. Ferner mißt aber der Geist auch symbolisch, durch Vergleich, wie wenn er sich der Zahl und der geometrischen Figuren bedient und sich auf sie als Gleichnisse bezieht.» Übrigens scheint nicht etwa nur dieser eine Gedanke des Cusanus beinahe schon auf unser Glasperlenspiel hinzuweisen oder entspricht und entspringt einer ähnlichen Richtung der Einbildungskraft wie dessen Gedankenspiele; es ließen sich mehrere, ja viele ähnliche Anklänge bei ihm zeigen. Auch seine Freude an der Mathematik und seine Fähigkeit und Freude, Figuren und Axiome der euklidischen Geometrie auf theologisch-philosophische Begriffe als verdeutlichende Gleichnisse anzuwenden, scheinen der Mentalität des Spieles sehr nahe zu stehen, und zuweilen erinnert sogar seine Art von Latein (dessen Vokabeln nicht selten seine freien Erfindungen sind, ohne doch von irgendeinem Lateinkundigen mißverstanden werden zu können) an die freispielende Plastizität der Spielsprache.

Nicht minder gehört, wie schon das Motto unserer Abhandlung zeigen mag, Albertus Secundus zu den Vorvätern des Glasperlenspieles. Und wir vermuten, ohne es zwar durch Zitate belegen zu können, daß der Spielgedanke auch jene gelehrten Musiker des sechzehnten, siebzehnten und achtzehnten Jahrhunderts beherrschte, welche ihren musikalischen Kompositionen mathematische Spekulationen zugrunde legten. Da und dort in den alten Literaturen stößt man auf Legenden über weise und magische Spiele, die von Gelehrten, Mönchen oder an geistfreundlichen Fürstenhöfen ersonnen und gespielt worden seien, zum Beispiel in Form von Schachspielen, deren Figuren und Felder außer der gewöhnlichen noch ihre Geheimbedeutungen hatten. Und allgemein bekannt sind ja jene Berichte, Märchen und Sagen aus den Jugendzeiten aller Kulturen, welche der Musik, weit über alles nur Künstlerische hinaus, eine seelen- und völkerbeherrschende Gewalt zuschreiben, sie zu einem geheimen Regenten oder einem Gesetzbuch der Menschen und ihrer Staaten machen. Vom ältesten China bis zu den Sagen der Griechen spielt der Gedanke von einem idealen, himmlischen Leben der Menschen unter der Hegemonie der Musik ihre Rolle. Mit diesem Kultus der Musik («in ewigen Verwandlungen begrüßt uns des Gesangs geheime Macht hienieden» — Novalis) hängt denn auch das Glasperlenspiel aufs innigste zusammen.

Wenn wir nun auch die Idee des Spieles als eine ewige und darum längst vor ihrer Verwirklichung schon immer vorhandene und sich regende erkennen, so hat ihre Verwirklichung in der uns bekannten Form doch ihre bestimmte Geschichte, von deren wichtigsten Etappen wir kurz zu berichten versuchen wollen.

Die geistige Bewegung, deren Früchte unter vielen anderen die Einrichtung des Ordens und das Glasperlenspiel sind, hat ihre Anfänge in einer Geschichtsperiode, welche seit den grundlegenden Untersuchungen des Literarhistorikers Plinius Ziegenhalß den von ihm geprägten Namen «Das feuilletonistische Zeitalter» trägt. Solche Namen sind hübsch, aber gefährlich, und verlocken stets dazu, irgendeinen Zustand des Menschenlebens in der Vergangenheit ungerecht zu betrachten, und so ist denn auch das «feuilletonistische» Zeitalter keineswegs etwa geistlos, ja nicht einmal arm an Geist gewesen. Aber es hat, so scheint es nach Ziegenhalß, mit seinem Geist wenig anzufangen gewußt, oder vielmehr, es hat dem Geist innerhalb der Ökonomie des Lebens und Staates nicht die ihm gemäße Stellung und Funktion anzuweisen gewußt. Offen gestanden, kennen wir jene Epoche sehr schlecht, obwohl sie der Boden ist, aus dem fast alles das gewachsen ist, was heute die Merkmale unsres geistigen Lebens ausmacht. Es war, nach Ziegenhalß, eine in besonderem Maße «bürgerliche» und einem weitgehenden Individualismus huldigende Epoche, und wenn wir, um ihre Atmosphäre anzudeuten, einige Züge nach Ziegenhalß' Darstellung anführen, so wissen wir wenigstens dies eine mit Gewißheit, daß diese Züge nicht erfunden oder wesentlich übertrieben und verzeichnet sind, denn sie sind von dem großen Forscher mit einer Unzahl von literarischen und anderen Dokumenten belegt. Wir schließen uns dem Gelehrten an, der bisher als einziger das «feuilletonistische» Zeitalter einer ernsthaften Untersuchung gewürdigt hat, und wollen dabei nicht vergessen, daß es leicht und töricht ist, über Irrtümer oder Unsitten ferner Zeiten die Nase zu rümpfen.

Die Entwicklung des geistigen Lebens in Europa scheint vom Ausgang des Mittelalters an zwei große Tendenzen gehabt zu haben: die Befreiung des Denkens und Glaubens von jeglicher autoritativen Beeinflussung, also den Kampf des sich souverän und mündig fühlenden Verstandes gegen die Herrschaft der Römischen Kirche und — andrerseits — das heimliche, aber leidenschaftliche Suchen nach einer Legitimierung dieser seiner Freiheit, nach einer neuen, aus ihm selbst kommenden, ihm adäquaten Autorität. Verallgemeinernd kann man wohl sagen: im großen ganzen hat der Geist diesen oft wunderlich widerspruchsvollen Kampf um zwei einander im Prinzip widersprechende Ziele gewonnen. Ob der Gewinn die zahllosen Opfer aufwiege, ob unsre heutige Ordnung des geistigen Lebens vollkommen genug sei und lange genug dauern werde, um alle die Leiden, Krämpfe und Abnormitäten von den Ketzerprozessen und Scheiterhaufen bis zu den Schicksalen der vielen in Wahnsinn oder Selbstmord geendeten «Genies» als sinnvolles Opfer erscheinen zu lassen, ist uns nicht erlaubt zu fragen. Die Geschichte ist geschehen — ob sie gut war, ob sie besser unterblieben wäre, ob wir ihren «Sinn» anerkennen mögen, dies ist ohne Bedeutung. So geschahen denn auch jene Kämpfe um die «Freiheit» des Geistes und haben in eben jener späten, feuilletonistischen Epoche dazu geführt, daß in der Tat der Geist eine unerhörte und ihm selbst nicht mehr erträgliche Freiheit genoß, indem er die kirchliche Bevormundung vollkommen, die staatliche teilweise überwunden, ein echtes, von ihm selbst formuliertes und respektiertes Gesetz, eine echte neue Autorität und Legitimität aber noch immer nicht gefunden hatte. Die Beispiele von Entwürdigung, Käuflichkeit, Selbstaufgabe des Geistes aus jener Zeit, die uns Ziegenhalß erzählt, sind zum Teil denn auch wirklich erstaunlich.

Wir müssen bekennen, daß wir außerstande sind, eine eindeutige Definition jener Erzeugnisse zu geben, nach welchen wir jene Zeit benennen, den «Feuilletons» nämlich. Wie es scheint, wurden sie, als ein besonders beliebter Teil im Stoff der Tagespresse, zu Millionen erzeugt, bildeten die Hauptnahrung der bildungsbedürftigen Leser, berichteten oder vielmehr «plauderten» über tausenderlei Gegenstände des Wissens, und, wie es scheint, machten die klügeren dieser Feuilletonisten sich oft über ihre eigene Arbeit lustig, wenigstens gesteht Ziegenhalß, auf zahlreiche solche Arbeiten gestoßen zu sein, welche er, da sie sonst vollkommen unverständlich wären, geneigt ist, als Selbstpersiflage ihrer Urheber zu deuten. Wohl möglich, daß in diesen industriemäßig erzeugten Artikeln eine Menge von Ironie und Selbstironie aufgebracht wurde, zu deren Verständnis der Schlüssel erst wieder gefunden werden müßte. Die Hersteller dieser Tändeleien gehörten teils den Redaktionen der Zeitungen an, teils waren sie «freie» Schriftsteller, wurden oft sogar Dichter genannt, aber es scheinen auch sehr viele von ihnen dem Gelehrtenstande angehört zu haben, ja Hochschullehrer von Ruf gewesen zu sein. Beliebte Inhalte solcher Aufsätze waren Anekdoten aus dem Leben berühmter Männer und Frauen und deren Briefwechsel, sie hießen etwa «Friedrich Nietzsche und die Frauenmode um 1870» oder «Die Lieblingsspeisen des Komponisten Rossini» oder «Die Rolle des Schoßhundes im Leben großer Kurtisanen» und ähnlich. Ferner liebte man historisierende Betrachtungen über aktuelle Gesprächsstoffe der Wohlhabenden, etwa «Der Traum von der künstlichen Herstellung des Goldes im Lauf der Jahrhunderte» oder «Die Versuche zur chemisch-physikalischen Beeinflussung der Witterung» und hundert ähnliche Dinge. Lesen wir die von Ziegenhalß angeführten Titel solcher Plaudereien, so gilt unsre Befremdung weniger dem Umstande, daß es Menschen gab, welche sie als tägliche Lektüre verschlangen, als vielmehr der Tatsache, daß Autoren von Ruf und Rang und guter Vorbildung diesen Riesenverbrauch an nichtigen Interessantheiten «bedienen» halfen, wie bezeichnenderweise der Ausdruck dafür lautete: der Ausdruck bezeichnet übrigens auch das damalige Verhältnis des Menschen zur Maschine. Zeitweise besonders beliebt waren die Befragungen bekannter Persönlichkeiten über Tagesfragen, welchen Ziegenhalß ein eigenes Kapitel widmet und bei welchen man zum Beispiel namhafte Chemiker oder Klaviervirtuosen sich über Politik, beliebte Schauspieler, Tänzer, Turner, Flieger oder auch Dichter sich über Nutzen und Nachteile des Junggesellentums, über die mutmaßlichen Ursachen von Finanzkrisen und so weiter äußern ließ. Es kam dabei einzig darauf an, einen bekannten Namen mit einem gerade aktuellen Thema zusammenzubringen: man lese bei Ziegenhalß die zum Teil frappanten Beispiele nach, er führt Hunderte an. Wie gesagt, war vermutlich dieser ganzen Betriebsamkeit ein gutes Teil Ironie beigemischt, vielleicht war es sogar eine dämonische, eine verzweifelte Ironie, wir können uns da nur sehr schwer hineindenken; von der großen Menge aber, welche damals auffallend leselustig gewesen zu sein scheint, sind alle diese grotesken Dinge ohne Zweifel mit gutgläubigem Ernst hingenommen worden. Wechselte ein berühmtes Gemälde den Besitzer, wurde eine wertvolle Handschrift versteigert, brannte ein altes Schloß ab, fand sich der Träger eines altadligen Namens in einen Skandal verwickelt, so erfuhren die Leser in vielen tausend Feuilletons nicht etwa nur diese Tatsachen, sondern bekamen schon am selben oder doch am nächsten Tage auch noch eine Menge von anekdotischem, historischem, psychologischem, erotischem und anderem Material über das jeweilige Stichwort, über jedes Tagesereignis ergoß sich eine Flut von eifrigem Geschreibe, und die Beibringung, Sichtung und Formulierung all dieser Mitteilungen trug durchaus den Stempel der rasch und verantwortungslos hergestellten Massenware. Übrigens gehörten, so scheint es, zum Feuilleton auch gewisse Spiele, zu welchen die Leserschaft selbst angeregt und durch welche ihre Überfütterung mit Wissensstoff aktiviert wurde, eine lange Anmerkung von Ziegenhalß über das wunderliche Thema «Kreuzworträtsel» berichtet davon. Es saßen damals Tausende und Tausende von Menschen, welche zum größern Teil schwere Arbeit taten und ein schweres Leben lebten, in ihren Freistunden über Quadrate und Kreuze aus Buchstaben gebückt, deren Lücken sie nach gewissen Spielregeln ausfüllten. Wir wollen uns hüten, bloß den lächerlichen oder verrückten Aspekt davon zu sehen, und wollen uns des Spottes darüber enthalten. Jene Menschen mit ihren Kinder-Rätselspielen und ihren Bildungsaufsätzen waren nämlich keineswegs harmlose Kinder oder spielerische Phäaken, sie saßen vielmehr angstvoll inmitten politischer, wirtschaftlicher und moralischer Gärungen und Erdbeben, haben eine Anzahl von schauerlichen

Kriegen und Bürgerkriegen geführt, und ihre kleinen Bildungsspiele waren nicht bloß holde sinnlose Kinderei, sondern entsprachen einem tiefen Bedürfnis, die Augen zu schließen und sich vor ungelösten Problemen und angstvollen Untergangsahnungen in eine möglichst harmlose Scheinwelt zu flüchten. Sie lernten mit Ausdauer das Lenken von Automobilen, das Spielen schwieriger Kartenspiele und widmeten sich träumerisch dem Auflösen von Kreuzworträtseln — denn sie standen dem Tode, der Angst, dem Schmerz, dem Hunger beinahe schutzlos gegenüber, von den Kirchen nicht mehr tröstbar, vom Geist unberaten. Sie, die so viele Aufsätze lasen und Vorträge hörten, sie gönnten sich die Zeit und Mühe nicht, sich gegen die Furcht stark zu machen, die Angst vor dem Tode in sich zu bekämpfen, sie lebten zuckend dahin und glaubten an kein Morgen.

Es wurden auch Vorträge gehalten, und wir müssen auch diese etwas vornehmere Abart des Feuilletons kurz zur Sprache bringen. Es wurden von Fachleuten sowohl wie von geistigen Buschkleppern den Bürgern jener Zeit, welche noch sehr an dem seiner einstigen Bedeutung beraubten Begriff der Bildung hingen, außer den Aufsätzen auch Vorträge in großer Zahl geboten, nicht etwa nur im Sinne von Festreden bei besonderen Anlässen, sondern in wilder Konkurrenz und kaum begreiflicher Masse. Es konnte damals der Bürger einer mittelgroßen Stadt oder seine Frau etwa jede Woche einmal, in großen Städten aber so ziemlich jeden Abend Vorträge anhören, in welchen er über irgendein Thema theoretisch belehrt wurde, über Kunstwerke, über Dichter, Gelehrte, Forscher, Weltreisen, Vorträge, in welchen der Zuhörer rein passiv blieb und welche irgendeine Beziehung des Hörers zum Inhalt, irgendeine Vorbildung, irgendeine Vorbereitung und Aufnahmefähigkeit stillschweigend voraussetzten, ohne daß diese in den meisten Fällen vorhanden war. Es gab da unterhaltende, temperamentvolle oder witzige Vorträge etwa über Goethe, in welchen er im blauen Frack aus Postkutschen stieg und Straßburger oder Wetzlarer Mädchen verführte, oder über arabische Kultur, in welchen eine Anzahl von intellektuellen Modeworten wie im Würfelbecher durcheinandergeworfen wurden und jeder sich freute, wenn er eines von ihnen annähernd wiedererkannte. Man hörte Vorträge über Dichter, deren Werke man niemals gelesen hatte oder zu lesen gesonnen war, ließ sich etwa dazu auch mit Lichtbildapparaten Abbildungen vorführen und kämpfte sich, genau wie im Feuilleton der Zeitungen, durch eine Sintflut von vereinzelten, ihres Sinnes beraubten Bildungswerten und Wissensbruchstücken. Kurz, man stand schon dicht vor jener grauenhaften Entwertung des Wortes, welche vorerst ganz im geheimen und in kleinsten Kreisen jene heroisch-asketische Gegenbewegung hervorrief, welche bald darauf sichtbar und mächtig und der Ausgang einer neuen Selbstzucht und Würde des Geistes wurde.

Die Unsicherheit und Unechtheit des geistigen Lebens jener Zeit, welche doch sonst in mancher Hinsicht Tatkraft und Größe zeigte, erklären wir Heutigen uns als ein Symptom des Entsetzens, das den Geist befiel, als er sich am Ende einer Epoche scheinbaren Siegens und Gedeihens plötzlich dem Nichts gegenüber fand: einer großen materiellen Not, einer Periode politischer und kriegerischer Gewitter und einem über Nacht emporgeschossenen Mißtrauen gegen sich selbst, gegen seine eigene Kraft und Würde, ja gegen seine eigene Existenz. Dabei fielen in jene Periode der Untergangsstimmung noch manche sehr hohe geistige Leistungen, unter anderm die Anfänge einer Musikwissenschaft, deren dankbare Erben wir sind. Aber so leicht es ist, beliebige Abschnitte der Vergangenheit in die Weltgeschichte schön und sinnvoll einzuordnen, so unfähig ist jede Gegenwart zu ihrer Selbsteinordnung, und so griff damals, bei raschem Sinken der geistigen

Ansprüche und Leistungen bis zu einem sehr bescheidenen Niveau, gerade unter den Geistigen eine furchtbare Unsicherheit und Verzweiflung um sich. Soeben nämlich hatte man entdeckt (eine seit Nietzsche schon da und dort geahnte Entdeckung), daß es mit der Jugend und der schöpferischen Periode unsrer Kultur vorüber, daß das Alter und die Abenddämmerung angebrochen sei, und aus dieser plötzlich von allen gefühlten und von vielen schroff formulierten Einsicht erklärte man sich so viele beängstigende Zeichen der Zeit: die öde Mechanisierung des Lebens, das tiefe Sinken der Moral, die Glaubenslosigkeit der Völker, die Unechtheit der Kunst. Es war, wie in jenem wunderbaren chinesischen Märchen, die «Musik des Untergangs» erklungen, wie ein langdröhnender Orgelbaß schwang sie jahrzehntelang aus, rann als Korruption in die Schulen, die Zeitschriften, die Akademien, rann als Schwermut und Geisteskrankheit in die meisten der noch ernst zu nehmenden Künstler und Zeitkritiker, tobte sich als wilde und dilettantische Überproduktion in allen Künsten aus. Es gab verschiedene Haltungen diesem eingedrungenen und nicht mehr hinwegzuzaubernden Feinde gegenüber. Man konnte die bittere Wahrheit schweigend erkennen und sie stoisch ertragen, das taten manche der Besten. Man konnte sie wegzulügen versuchen, und dazu boten die literarischen Verkünder der Lehre vom Untergang der Kultur manchen bequemen Angriffspunkt; außerdem hatte, wer den Kampf gegen jene drohenden Propheten aufnahm, beim Bürger Gehör und Einfluß, denn daß die Kultur, die man noch gestern zu besitzen gemeint hatte und auf die man so stolz gewesen war, gar nicht mehr am Leben sein, daß die vom Bürger geliebte Bildung, die von ihm geliebte Kunst keine echte Bildung und keine echte Kunst mehr sein solle, das schien ihm nicht weniger frech und unerträglich als die plötzlichen Geldinflationen und als die Bedrohung seiner Kapitalien durch Revolutionen. Außerdem gab es gegen die große Untergangsstimmung noch die zynische

Haltung, man ging tanzen und erklärte jede Sorge um die Zukunft für altväterische Torheit, man sang stimmungsvolle Feuilletons über das nahe Ende der Kunst, der Wissenschaft, der Sprache, man stellte mit einer gewissen Selbstmörder-Wollust in der Feuilleton-Welt, die man selber aus Papier gebaut hatte, eine vollständige Demoralisierung des Geistes, eine Inflation der Begriffe fest und tat, als sähe man mit zynischer Gelassenheit oder bacchantischer Hingerissenheit zu, wie nicht bloß Kunst, Geist, Sitte, Redlichkeit, sondern sogar Europa und «die Welt» unterging. Es herrschte bei den Guten ein still-düsterer, bei den Schlechten ein hämischer Pessimismus, und es mußte erst ein Abbau des Überlebten und eine gewisse Umordnung der Welt und der Moral durch Politik und Krieg vorangehen, ehe auch die Kultur einer wirklichen Selbstbetrachtung und neuen Einordnung fähig wurde.

Indessen hatte diese Kultur während der Jahrzehnte des Überganges nicht im Schlaf gelegen, sondern gerade während ihres Verfalls und ihrer scheinbaren Selbstaufgabe durch die Künstler, Professoren und Feuilletonisten gelangte sie im Gewissen einzelner zu schärfster Wachheit und Selbstprüfung. Schon mitten in der Blütezeit des Feuilletons gab es überall einzelne und kleine Gruppen, welche entschlossen waren, dem Geist treu zu bleiben und mit allen Kräften einen Kern von guter Tradition, von Zucht, Methode und intellektuellem Gewissen über diese Zeit hinwegzuretten. Soweit diese Vorgänge uns heute erkennbar sind, scheint der Prozeß der Selbstprüfung, der Besinnung und des bewußten Widerstandes gegen den Verfall sich hauptsächlich in zwei Gruppen vollzogen zu haben. Das Kulturgewissen der Gelehrten flüchtete sich in die Forschungen und Lehrmethoden der Musikgeschichte, denn diese Wissenschaft kam eben damals in die Höhe, und mitten in der Feuilletonwelt züchteten zwei berühmt gewordene Seminare eine vorbildlich saubere und gewissenhafte Arbeitsmethode hoch. Und als wolle das Schicksal diesen Bemühungen einer winzig kleinen tapferen Kohorte tröstlich zunicken, geschah mitten in der trübsten Zeit jenes holde Wunder, an sich ein Zufall, aber wirkend wie eine göttliche Bestätigung: die Wiederauffindung der elf Manuskripte von Johann Sebastian Bach aus dem einstigen Besitz seines Sohnes Friedemann! Ein zweiter Punkt des Widerstandes gegen die Entartung war der Bund der Morgenlandfahrer, dessen Brüder weniger eine intellektuelle als eine seelische Zucht, eine Pflege der Frömmigkeit und Ehrfurcht betrieben — von dieser Seite her gewann unsre heutige Form der Geistespflege und des Glasperlenspiels wichtige Antriebe, namentlich nach der kontemplativen Seite hin. Auch an den neuen Einsichten in das Wesen unsrer Kultur und in die Möglichkeiten ihres Fortbestehens hatten die Morgenlandfahrer Anteil, nicht so sehr durch wissenschaftlich-analytische Leistungen als durch ihre auf alten Geheimübungen beruhende Fähigkeit des magischen Eintretens in entlegene Zeiten und Kulturzustände. Es gab unter ihnen zum Beispiel Musikanten und Sänger, von welchen versichert wird, daß sie die Fähigkeit besaßen, Musiken früherer Epochen in der vollkommenen alten Reinheit auszuführen, also zum Beispiel eine Musik von 1600 oder 1650 genau so zu spielen und zu singen, als seien alle später hinzugekommenen Moden, Verfeinerungen, Virtuositäten noch unbekannt. Es war dies zu jener Zeit, wo die Sucht nach Dynamik und Steigerung alles Musizieren beherrschte und wo man über der Ausführung und der «Auffassung» des Dirigenten beinahe der Musik selbst vergaß, etwas Unerhörtes; es wird berichtet, daß die Zuhörer teils vollkommen verständnislos blieben, teils aber aufhorchten und zum erstenmal in ihrem Leben Musik zu hören glaubten, als ein Orchester der Morgenlandfahrer zum erstenmal öffentlich eine Suite aus der Zeit vor Händel vollkommen ohne Schwellungen und Abschwellungen spielte, mit der Naivität und Keuschheit einer andern Zeit und Welt. Einer vom Bunde hat in der Bundeshalle zwischen Bremgarten und Morbio eine Bachorgel gebaut, vollkommen so, wie Johann Sebastian Bach sie sich hätte bauen lassen, wenn er die Mittel und Möglichkeit dazu besessen hätte. Der Orgelbauer hat nach einem bei seinem Bunde schon damals geltenden Grundsatz seinen Namen verborgen gehalten und sich Silbermann genannt, nach seinem Vorgänger im achtzehnten Jahrhundert.

Wir haben uns damit den Quellen genähert, aus welchen unser heutiger Kulturbegriff entstanden ist. Eine der wichtigsten war die jüngste der Wissenschaften, die Musikgeschichte und musikalische Ästhetik, sodann ein bald darauf erfolgter Aufschwung der Mathematik, hinzu kam ein Tropfen Öl aus der Weisheit der Morgenlandfahrer und, in engstem Zusammenhang mit der neuen Auffassung und Sinndeutung der Musik, jene ebenso heitere wie resignierte, tapfere Stellungnahme zum Problem der Kulturlebensalter. Es wäre unnütz, hier viel davon zu reden, diese Dinge sind jedem bekannt. Das wichtigste Ergebnis dieser neuen Einstellung, vielmehr dieser neuen Einordnung in den Kulturprozeß war ein sehr weitgehender Verzicht auf das Hervorbringen von Kunstwerken, die allmähliche Loslösung der Geistigen aus dem Weltbetrieb und — nicht minder wichtig und die Blüte des Ganzen: das Glasperlenspiel.

Auf die Anfänge des Spiels hat die schon bald nach 1900, noch mitten in der Hochblüte des Feuilletons, einsetzende Vertiefung der Musikwissenschaft den denkbar größten Einfluß geübt. Wir, Erben dieser Wissenschaft, glauben die Musik der großen schöpferischen Jahrhunderte, besonders die des siebzehnten und achtzehnten Jahrhunderts, besser zu kennen und in gewissem Sinn sogar besser zu verstehen, als alle früheren Epochen (die der klassischen Musik selbst einbegriffen) es taten. Natürlich haben wir Nachfahren ein ganz und gar anderes Verhältnis zur klassischen Musik, als es die Menschen der schöpferischen Epochen hatten; unsre vergeistigte und von resignierter Melancholie nicht immer genügend freie Verehrung der echten Musik ist etwas völlig anderes als die holde naive Musizierfreudigkeit jener Zeiten, welche wir geneigt sind als glücklichere zu beneiden, sooft wir über eben dieser ihrer Musik die Zustände und Schicksale vergessen, in welchen sie entstand. Wir sehen seit Generationen nicht mehr, wie es noch fast das ganze zwanzigste Jahrhundert tat, die Philosophie oder auch die Dichtung, sondern die Mathematik und die Musik als die große bleibende Leistung jener Kulturperiode an, welche zwischen dem Ende des Mittelalters und unsern Zeiten liegt. Seit wir — im großen ganzen wenigstens — darauf verzichtet haben, schöpferisch mit jenen Generationen zu wetteifern, seit wir auch jenem Kult der Vorherrschaft des Harmonischen und der rein sinnlichen Dynamik im Musizieren entsagt haben, der etwa von Beethoven und der beginnenden Romantik an durch zwei Jahrhunderte die Musikübung beherrscht hat, glauben wir — auf unsre Weise natürlich, auf unsre unschöpferische, epigone, aber ehrfürchtige Weise! — das Bild jener Kultur, deren Erben wir sind, reiner und richtiger zu sehen. Wir besitzen nichts mehr von der schwelgerischen Produktionslust jener Zeiten, es ist uns ein beinahe unbegreifliches Schauspiel, wie im fünfzehnten und sechzehnten Jahrhundert sich die musikalischen Stile so lange in unveränderter Reinheit erhalten konnten, wie unter der Riesenmasse an damals geschriebener Musik sich überhaupt nichts Schlechtes scheint auffinden zu lassen, wie noch das achtzehnte Jahrhundert, das der beginnenden Degeneration, ein Feuerwerk von Stilen, Moden und Schulen emportreibt, raschlebig strahlend und selbstbewußt — aber wir glauben in dem, was wir heute klassische Musik nennen, das Geheimnis, den Geist, die Tugend und die Frömmigkeit jener Generationen verstanden und als Vorbild übernommen zu haben. Wir halten zum Beispiel heute wenig oder nichts von der Theologie und der kirchlichen Kultur des achtzehnten Jahrhunderts oder von der Philosophie der Aufklärungszeit, aber wir sehen in den Kantaten, Passionen und Vorspielen Bachs die letzte Sublimierung der christlichen Kultur.

Übrigens hat das Verhältnis unsrer Kultur zur Musik noch ein uraltes und höchst ehrwürdiges Vorbild, ihm bringt das Glasperlenspiel hohe Verehrung dar. Im sagenhaften China der «alten Könige», erinnern wir uns, war der Musik im Staats- und Hofleben eine führende Rolle zuerteilt; man identifizierte geradezu den Wohlstand der Musik mit dem der Kultur und Moral, ja des Reiches, und die Musikmeister hatten streng über der Wahrung und Reinhaltung der «alten Tonarten» zu wachen. Verfiel die Musik, so war das ein sicheres Zeichen für den Niedergang der Regierung und des Staates. Und die Dichter erzählten furchtbare Märchen von den verbotenen, teuflischen und dem Himmel entfremdeten Tonarten, zum Beispiel der Tonart Tsing Schang und Tsing Tse, der «Musik des Untergangs», bei deren frevelhaftem Anstimmen im Königsschloß alsbald der Himmel sich verfinsterte, die Mauern erbebten und stürzten und Fürst und Reich zu Falle kamen. Statt vieler anderer Worte der alten Autoren führen wir einige Stellen aus dem Musikkapitel in Lü Bu We's «Frühling und Herbst» hier an:

«Die Ursprünge der Musik liegen weit zurück. Sie entsteht aus dem Maß und wurzelt in dem großen Einen. Das große Eine erzeugt die zwei Pole; die zwei Pole erzeugen die Kraft des Dunkeln und des Lichten.

Wenn die Welt in Frieden ist, wenn alle Dinge in Ruhe sind, alle in ihren Wandlungen ihren Oberen folgen, dann läßt sich die Musik vollenden. Wenn die Begierden und Leidenschaften nicht auf falschen Bahnen gehen, dann läßt sich die Musik vervollkommnen. Die vollkommene Musik hat ihre Ursache. Sie entsteht aus dem Gleichgewicht. Das Gleichgewicht entsteht aus dem Rechten, das Rechte entsteht aus dem Sinn der Welt. Darum vermag man nur mit einem Menschen, der den Weltsinn erkannt hat, über die Musik zu reden.

Die Musik beruht auf der Harmonie zwischen Himmel und Erde, auf der Übereinstimmung des Trüben und des Lichten.

Die verfallenden Staaten und die zum Untergang reifen Menschen entbehren freilich auch nicht der Musik, aber ihre Musik ist nicht heiter. Darum: je rauschender die Musik, desto melancholischer werden die Menschen, desto gefährdeter wird das Land, desto tiefer sinkt der Fürst. Auf diese Weise geht auch das Wesen der Musik verloren.

Was alle heiligen Fürsten an der Musik geschätzt haben, war ihre Heiterkeit. Die Tyrannen Giä und Dschou Sin machten rauschende Musik. Sie hielten die starken Klänge für schön und Massenwirkungen für interessant. Sie strebten nach neuen und seltsamen Klangwirkungen, nach Tönen, die noch kein Ohr gehört; sie suchten einander zu überbieten und überschritten Maß und Ziel.

Ursache des Verfalls des Staates Tschu war, daß sie die Zaubermusik erfanden. Rauschend genug ist ja eine solche Musik, aber in Wahrheit hat sie sich vom Wesen der Musik entfernt. Weil sie sich vom Wesen der eigentlichen Musik entfernt hat, darum ist diese Musik nicht heiter. Ist die Musik nicht heiter, so murrt das Volk, und das Leben wird geschädigt. Das alles entsteht daraus, daß man das Wesen der Musik verkennt und nur auf rauschende Klangwirkungen aus ist.

Darum ist die Musik eines wohlgeordneten Zeitalters ruhig und heiter, und die Regierung gleichmäßig. Die Musik eines unruhigen Zeitalters ist aufgeregt und grimmig, und seine Regierung ist verkehrt. Die Musik eines verfallenden Staates ist sentimental und traurig, und seine Regierung ist gefährdet.»

Die Sätze dieses Chinesen nun weisen uns ziemlich deutlich auf die Ursprünge und auf den eigentlichen, beinahe vergessenen Sinn aller Musik hin. Gleich dem Tanz und gleich jeder Kunstübung nämlich ist die Musik in vorgeschichtlichen Zeiten ein Zaubermittel gewesen, eines der alten und legitimen Mittel der Magie. Beginnend mit dem Rhythmus (Händeklatschen, Aufstampfen, Hölzerschlagen, früheste Trommelkunst) war sie ein kräftiges und erprobtes Mittel, eine Mehrzahl und Vielzahl von Menschen gleich zu «stimmen», ihren Atem, Herzschlag und Gemütszustand in gleichen Takt zu bringen, die Menschen zur Anrufung und Beschwörung der ewigen Mächte, zum Tanz, zum Wettkampf, zum Kriegszug, zur heiligen Handlung zu ermutigen. Und dies ursprüngliche, reine und urmächtige Wesen, das Wesen eines Zaubers, ist der Musik sehr viel länger erhalten geblieben als den anderen Künsten, man erinnere sich nur der vielen Aussagen der Geschichtsschreiber und Dichter über die Musik, von den Griechen bis zu Goethes Novelle. In der Praxis hat der Marsch und der Tanz seine Bedeutung nie verloren. — Aber kehren wir zum eigentlichen Thema zurück!

Über die Anfänge des Glasperlenspiels wollen wir nun kurz das Wissenswerteste berichten. Es entstand, wie es scheint, gleichzeitig in Deutschland und in England, und zwar in beiden Ländern als Spielübung in jenen kleinen Kreisen von Musikgelehrten und Musikern, die in den neuen musiktheoretischen Seminaren arbeiteten und studierten. Und wenn man den anfänglichen Zustand des Spieles mit dem späteren und heutigen vergleicht, so ist es ganz ähnlich, als vergliche man eine musikalische Notenschrift aus der Zeit vor 1500 und ihre primitiven Notenzeichen, zwischen denen sogar die Taktstriche noch fehlen, mit einer Partitur aus dem achtzehnten Jahrhundert oder gar mit einer aus dem neunzehnten mit ihrer verwirrenden Überfülle an abgekürzten Bezeichnungen für Dynamik, Tempi, Phrasierung und so weiter, welche oft den Druck solcher Partituren zu einem schweren technischen Problem machte.

Das Spiel war zunächst nichts weiter als eine witzige Art von Gedächtnis- und Kombinationsübung unter den Studenten und Musikanten, und wie gesagt wurde es sowohl in England wie in Deutschland gespielt, noch ehe es hier an der Musikhochschule von Köln «erfunden» wurde und seinen Namen erhielt, den es auch heute nach so vielen Generationen noch trägt, obwohl es seit langer Zeit mit Glasperlen nichts mehr zu tun hat. Dieser Glasperlen bediente sich der Erfinder, Bastian Perrot aus Calw, ein etwas wunderlicher, aber kluger und gesellig-menschenfreundlicher Musiktheoretiker, an Stelle von Buchstaben, Zahlen, Musiknoten oder anderer graphischer Zeichen. Perrot, der übrigens auch eine Abhandlung über «Blüte und Verfall der Kontrapunktik» hinterlassen hat, fand im Kölner Seminar eine von den Schülern schon ziemlich weit entwickelte Spielgewohnheit vor: sie riefen einander in den abkürzenden Formeln ihrer Wissenschaft beliebige Motive oder Anfänge aus klassischen Kompositionen zu, worauf der Angerufene entweder mit der Fortsetzung des Stückes oder noch besser mit einer Ober- oder Unterstimme, einem kontrastierenden Gegenthema und so weiter zu antworten hatte. Es war eine Gedächtnis- und Improvisierübung, wie sie ganz ähnlich (wenn auch nicht theoretisch in Formeln, sondern praktisch am Cembalo, mit der Laute, der Flöte oder der Singstimme) möglicherweise einst bei eifrigen Musik- und Kontrapunktschülern in der Zeit von Schütz, Pachelbel und Bach mochte im Schwange gewesen sein. Bastian Perrot, ein Freund handwerklicher Betätigung, der sich mit eigener Hand mehrere Klaviere und Klavichorde nach Art der alten gebaut hat, der höchstwahrscheinlich zu den Morgenlandfahrern gehörte und von dem die Sage geht, er habe die Violine auf die alte, seit 1800 vergessene Art mit hochgewölbtem Bogen und handregulierter Haarspannung zu spielen vermocht — Perrot konstruierte sich, nach dem Vorbild naiver Kugelzählapparate für Kinder, einen Rahmen mit einigen

Dutzend Drähten darin, auf welchen er Glasperlen von verschiedener Größe, Form und Farbe aneinanderreihen konnte. Die Drähte entsprachen den Notenlinien, die Perlen den Notenwerten und so weiter, und so baute er aus Glasperlen musikalische Zitate oder erfundene Themata, veränderte, transponierte, entwickelte sie, wandelte sie ab und stellte ihnen andre gegenüber. Dies war, was das Technische betrifft, zwar eine Spielerei, gefiel aber den Schülern, wurde nachgeahmt und Mode, auch in England, und eine Zeitlang wurde das Musikübungsspiel auf diese primitiv-anmutige Art betrieben. Und wie so oft, hat auch hier eine langdauernde und bedeutungsvolle Einrichtung ihren Namen von einer vergänglichen Nebensache empfangen. Das, was aus jenem Seminaristenspiel und aus Perrots perlenbehängten Drähten später geworden ist, trägt noch heute den volkstümlich gewordenen Namen Glasperlenspiel.

Kaum zwei, drei Jahrzehnte später scheint das Spiel unter den Musikstudenten an Beliebtheit eingebüßt zu haben, dafür aber von den Mathematikern übernommen worden zu sein, und lange Zeit blieb das ein kennzeichnender Zug in der Geschichte des Spieles, daß es stets von derjenigen Wissenschaft bevorzugt und benutzt und weitergebildet wurde, welche jeweils eine besondere Blüte oder Renaissance erlebte. Bei den Mathematikern wurde das Spiel zu einer hohen Beweglichkeit und Sublimierungsfähigkeit gebracht und gewann schon etwas wie ein Bewußtsein seiner selbst und seiner Möglichkeiten, und das ging parallel mit der allgemeinen Entwicklung des damaligen Kulturbewußtseins, das die große Krise überwunden hatte und sich, wie Plinius Ziegenhalß es ausdrückt, «mit bescheidenem Stolze in die Rolle fand, einer Spätkultur, einem Zustande anzugehören, welcher etwa dem der Spätantike, des hellenistisch-alexandrinischen Zeitalters entsprach».

So Ziegenhalß. Wir suchen nun unsern Abriß einer

Geschichte des Glasperlenspieles zu Ende zu bringen und stellen fest: Von den musikalischen zu den mathematischen Seminaren übergegangen (eine Wandlung, die sich in Frankreich und England eher noch rascher als in Deutschland vollzog), war das Spiel so weit entwickelt, daß es in besonderen Zeichen und Abbreviaturen mathematische Vorgänge auszudrücken vermochte; die Spieler bedienten einander, sie gegenseitig entwickelnd, mit diesen abstrakten Formeln, spielten einander Entwicklungsreihen und Möglichkeiten ihrer Wissenschaft vor. Dies mathematisch-astronomische Formelspiel erforderte eine große Aufmerksamkeit, Wachheit und Konzentration, unter den Mathematikern galt schon damals der Ruf eines guten Glasperlenspielers viel, er war gleichbedeutend mit dem eines sehr guten Mathematikers.

Das Spiel wurde von beinahe allen Wissenschaften zeitweise übernommen und nachgeahmt, das heißt auf ihr Gebiet angewendet, bezeugt ist dies für die Gebiete der klassischen Philologie und der Logik. Die analytische Betrachtung der Musikwerte hatte dazu geführt, daß man musikalische Abläufe in physikalisch-mathematische Formeln einfing. Wenig später begann die Philologie mit dieser Methode zu arbeiten und sprachliche Gebilde nach der Weise auszumessen, wie die Physik Naturvorgänge maß; es schloß die Untersuchung der bildenden Künste sich an, wo von der Architektur her die Beziehung zur Mathematik schon längst vorhanden war. Und nun entdeckte man zwischen den auf diesem Wege gewonnenen abstrakten Formeln immer neue Beziehungen, Analogien und Entsprechungen. Jede Wissenschaft, die sich des Spiels bemächtigte, schuf sich zu diesem Zweck eine Spielsprache von Formeln, Abbreviaturen und Kombinationsmöglichkeiten, überall unter der Elite der geistigen Jugend waren die Spiele mit den Formelfolgen und Formeldialogen beliebt. Das Spiel war nicht bloß Übung und nicht bloß Erholung, es war konzentriertes Selbstgefühl einer Geisteszucht, besonders die Mathematiker betrieben es mit einer zugleich asketischen und sportsmännischen Virtuosität und formaler Strenge, und fanden darin einen Genuß, der ihnen den damals schon konsequent durchgeführten Verzicht der Geistigen auf weltliche Genüsse und Bestrebungen erleichtern half. An der völligen Überwindung des Feuilletons und an jener neu erwachten Freude an den exaktesten Übungen des Geistes, der wir die Entstehung einer neuen Geisteszucht von mönchischer Strenge verdanken, hatte das Glasperlenspiel großen Anteil. Die Welt hatte sich verändert. Man könnte das Geistesleben der Feuilletonepoche mit einer entarteten Pflanze vergleichen, die sich in hypertrophischen Wucherungen vergeudet, und die nachfolgenden Korrekturen mit einem Zurückschneiden der Pflanze bis auf die Wurzeln. Die jungen Menschen, welche jetzt sich geistigen Studien widmen wollten, verstanden darunter nicht mehr ein Herumnaschen an den Hochschulen, wo ihnen von berühmten und redseligen Professoren ohne Autorität die Reste der einstigen höheren Bildung dargereicht wurden: sie mußten jetzt ebenso streng und noch strenger und methodischer lernen, als es einst die Ingenieure an den Polytechniken gemußt hatten. Sie hatten einen steilen Weg zu gehen, mußten an der Mathematik und an aristotelisch-scholastischen Übungen ihr Denkvermögen reinigen und steigern und mußten außerdem auf alle die Güter vollkommen verzichten lernen, welche vorher einer Reihe von Gelehrtengenerationen als erstrebenswert gegolten hatten: auf raschen und leichten Gelderwerb, auf Ruhm und Ehrungen in der Öffentlichkeit, auf das Lob der Zeitungen, auf Ehen mit den Töchtern der Bankiers und Fabrikanten, auf Verwöhnung und Luxus im materiellen Leben. Die Dichter mit den hohen Auflagen, den Nobelpreisen und hübschen Landhäusern, die großen Mediziner mit den Orden und den Livreedienern, die Akademiker mit den reichen Gattinnen und den glänzenden

Salons, die Chemiker mit den Aufsichtsratsstellen in der Industrie, die Philosophen mit den Feuilletonfabriken und den hinreißenden Vorträgen in überfüllten Sälen mit Applaus und Blumenspenden — alle diese Figuren waren verschwunden und sind bis heute nicht wiedergekommen. Wohl gab es auch jetzt noch begabte junge Leute in Menge, welchen jene Figuren beneidete Vorbilder waren, aber die Wege zur öffentlichen Ehrung, zum Reichtum, Ruhm und Luxus führten jetzt nicht mehr durch die Hörsäle, Seminare und Doktorarbeiten, die tief gesunkenen geistigen Berufe hatten in den Augen der Welt Bankrott gemacht und hatten sich dafür eine büßerisch-fanatische Hingabe an den Geist wieder erobert. Jene Talente, welche mehr nach Glanz oder Wohlleben strebten, mußten der unliebenswürdig gewordenen Geistigkeit den Rücken kehren und jene Berufe aufsuchen, welchen das Wohlergehen und Geldverdienen überlassen worden war.

Es würde zu weit führen, wenn wir des näheren schildern wollten, in welcher Weise der Geist sich nach seiner Reinigung auch im Staate durchsetzte. Es wurde bald die Erfahrung gemacht, daß wenige Generationen einer laxen und gewissenlosen Geisteszucht genügt hatten, auch das praktische Leben ganz empfindlich zu schädigen, daß Können und Verantwortlichkeit in allen höheren Berufen, auch den technischen, immer seltener wurden, und so wurde die Pflege des Geistes in Staat und Volk, namentlich das ganze Schulwesen, von den Geistigen mehr und mehr monopolisiert, wie ja auch heute noch in fast allen Ländern Europas die Schule, soweit sie nicht unter der Kontrolle der Römischen Kirche blieb, in den Händen jener anonymen Orden ist, die sich aus der Elite der Geistigen rekrutieren. So unbequem zuweilen der öffentlichen Meinung die Strenge und der sogenannte Hochmut dieser Kaste sein mögen, sooft einzelne gegen sie revoltiert haben — diese Leitung steht noch unerschüttert, es hält und schützt sie nicht nur ihre Integrität, ihr Verzicht auf andre

Güter und Vorteile als geistige, sondern es schützt sie auch das längst allgemein gewordene Wissen oder Ahnen um die Notwendigkeit dieser strengen Schule für den Fortbestand der Zivilisation. Man weiß oder ahnt: wenn das Denken nicht rein und wach und die Verehrung des Geistes nicht mehr gültig ist, dann gehen bald auch die Schiffe und Automobile nicht mehr richtig, dann wackelt für den Rechenschieber des Ingenieurs wie für die Mathematik der Bank und Börse alle Gültigkeit und Autorität, dann kommt das Chaos. Es dauerte immerhin lange genug, bis die Erkenntnis sich Bahn brach, daß auch die Außenseite der Zivilisation, auch die Technik, die Industrie, der Handel und so weiter der gemeinsamen Grundlage einer geistigen Moral und Redlichkeit bedürfen.

Was nun dem Glasperlenspiel zu jener Zeit noch fehlte, das war die Fähigkeit zur Universalität, das Schweben über den Fakultäten. Es trieben die Astronomen, die Griechen, die Lateiner, die Scholastiker, die Musikstudenten ihre geistvoll geregelten Spiele, aber das Spiel hatte für jede Fakultät, jede Disziplin und ihre Abzweigungen eine eigene Sprache und Regelwelt. Es dauerte ein halbes Jahrhundert, bis der erste Schritt zur Überbrückung dieser Grenzen geschah. Die Ursache dieser Langsamkeit war ohne Zweifel mehr eine moralische als eine formale und technische: die Mittel zur Überbrückung wären schon zu finden gewesen, aber mit der ganzen strengen Moral der neu erstandenen Geistigkeit hing eine puritanische Scheu vor «Allotria», vor Vermischung der Disziplinen und Kategorien zusammen, eine tiefe und wohlberechtigte Scheu vor dem Rückfall in die Sünde der Spielerei und des Feuilletons.

Es war die Tat eines einzelnen, die nun das Glasperlenspiel beinahe mit einem einzigen Schritt zum Bewußtsein seiner Möglichkeiten und damit an die Schwelle der universalen Ausbildungsfähigkeit brachte, und wieder war es die Verbindung mit der Musik, welche dem Spiel diesen

Fortschritt brachte. Ein Schweizer Musikgelehrter, zugleich fanatischer Liebhaber der Mathematik, gab dem Spiel eine neue Wendung und damit die Möglichkeit zur höchsten Entfaltung. Der bürgerliche Name dieses großen Mannes ist nicht mehr zu ermitteln, seine Zeit kannte den Kultus der Person auf den geistigen Gebieten schon nicht mehr, in der Geschichte lebt er als Lusor (auch: Joculator) Basiliensis fort. Seine Erfindung, wie jede Erfindung, war zwar durchaus seine persönliche Leistung und Gnade, kam aber keineswegs nur aus einem privaten Bedürfnis und Streben, sondern war von einem stärkeren Motor getrieben. Unter den Geistigen seiner Zeit war überall ein leidenschaftliches Verlangen nach einer Ausdrucksmöglichkeit für ihre neuen Denkinhalte lebendig, man sehnte sich nach Philosophie, nach Synthese, man empfand das bisherige Glück der reinen Zurückgezogenheit auf seine Disziplin als unzulänglich, da und dort durchbrach ein Gelehrter die Schranken der Fachwissenschaft und versuchte ins Allgemeine vorzustoßen, man träumte von einem neuen Alphabet, einer neuen Zeichensprache, in welcher es möglich würde, die neuen geistigen Erlebnisse festzuhalten und auszutauschen. Zeugnis davon gibt mit besonderer Eindringlichkeit die Schrift eines Pariser Gelehrten jener Jahre mit dem Titel «Chinesischer Mahnruf». Der Urheber dieser Schrift, zu seiner Zeit von vielen als eine Art Don Quichotte bespöttelt, übrigens ein angesehener Gelehrter auf seinem Gebiete, der chinesischen Philologie, setzt auseinander, welchen Gefahren die Wissenschaft und Geistespflege trotz ihrer braven Haltung entgegengehe, wenn sie darauf verzichte, eine internationale Zeichensprache auszubauen, welche ähnlich der alten chinesischen Schrift es erlaube, das Komplizierteste ohne Ausschaltung der persönlichen Phantasie und Erfinderkraft in einer Weise graphisch auszudrücken, welche allen Gelehrten der Welt verständlich wäre. Den wichtigsten Schritt nun zur Erfüllung dieser Forderung hat der Joculator Basiliensis getan. Er erfand für das Glasperlenspiel die Grundsätze einer neuen Sprache, nämlich einer Zeichen- und Formelsprache, an welcher die Mathematik und die Musik gleichen Anteil hatten, in welcher es möglich wurde, astronomische und musikalische Formeln zu verbinden, Mathematik und Musik gleichsam auf einen gemeinsamen Nenner zu bringen. Wenn auch die Entwicklung damit keineswegs abgeschlossen war, den Grund zu allem Späteren in der Geschichte unseres teuren Spieles hat damals der Basler Unbekannte gelegt.

Das Glasperlenspiel, einst die Spezialunterhaltung bald der Mathematiker, bald der Philologen oder Musiker, zog nun mehr und mehr alle wahrhaft Geistigen in seinen Bann. Manche alte Akademie, manche Loge und besonders der uralte Bund der Morgenlandfahrer wendeten sich ihm zu. Auch einige der katholischen Orden witterten hier eine neue Geistesluft und ließen sich von ihr entzücken, namentlich wurde in einigen Benediktinerabteien dem Spiele so viel Teilnahme gewidmet, daß schon damals die auch später gelegentlich wieder auftauchende Frage akut wurde, ob eigentlich dieses Spiel von Kirche und Kurie geduldet, unterstützt oder verboten werden müsse.

Seit der Großtat des Baslers nun hat das Spiel sich rasch vollends zu dem entwickelt, was es noch heute ist: zum Inbegriff des Geistigen und Musischen, zum sublimen Kult, zur Unio Mystica aller getrennten Glieder der Universitas Litterarum. Es hat in unsrem Leben teils die Rolle der Kunst, teils die der spekulativen Philosophie übernommen und wurde zum Beispiel zur Zeit des Plinius Ziegenhalß nicht selten auch mit einem Ausdruck bezeichnet, welcher noch aus der Dichtung der feuilletonistischen Epoche stammt und für diese Epoche das Sehnsuchtsziel manches vorahnenden Geistes benannte, mit dem Ausdruck: magisches Theater.

War nun das Glasperlenspiel seit seinen Anfängen an Technik und an Umfang der Stoffe ins Unendliche gewachsen und, was die geistigen Ansprüche an die Spieler betrifft, zu einer hohen Kunst und Wissenschaft geworden, so fehlte ihm in den Zeiten des Baslers doch noch etwas Wesentliches. Bis dahin nämlich war jedes Spiel ein Aneinanderreihen, Ordnen, Gruppieren und Gegeneinanderstellen von konzentrierten Vorstellungen aus vielen Gebieten des Denkens und des Schönen gewesen, ein rasches Sicherinnern an überzeitliche Werte und Formen, ein virtuoser kurzer Flug durch die Reiche des Geistes. Erst wesentlich später kam allmählich aus dem geistigen Inventar des Erziehungswesens, und namentlich aus den Gewohnheiten und Bräuchen der Morgenlandfahrer, auch der Begriff der Kontemplation in das Spiel. Es hatte sich der Übelstand bemerkbar gemacht, daß Gedächtniskünstler ohne andre Tugenden virtuose und blendende Spiele spielen und die Teilnehmer durch das rasche Nacheinander zahlloser Vorstellungen verblüffen und verwirren konnten. Nun fiel allmählich dieses Virtuosentum mehr und mehr unter strenges Verbot, und die Kontemplation wurde zu einem sehr wichtigen Bestandteil des Spieles, ja sie wurde für die Zuschauer und Zuhörer jedes Spieles zur Hauptsache. Es war dies die Wendung gegen das Religiöse. Es kam nicht mehr allein darauf an, den Ideenfolgen und dem ganzen geistigen Mosaik eines Spieles mit rascher Aufmerksamkeit und geübtem Gedächtnis intellektuell zu folgen, sondern es entstand die Forderung nach einer tiefern und seelischeren Hingabe. Nach jedem Zeichen nämlich, das der jeweilige Spielleiter beschworen hatte, wurde nun über dies Zeichen, über seinen Gehalt, seine Herkunft, seinen Sinn eine stille strenge Betrachtung abgehalten, welche jeden Mitspieler zwang, sich die Inhalte des Zeichens intensiv und organisch gegenwärtig zu machen. Die Technik und Übung der Kontemplation brachten alle Mitglieder des Ordens und der Spielbünde aus den Eliteschulen mit, wo der Kunst des Kontemplierens und Meditierens die größte Sorgfalt gewidmet wurde. Dadurch wurden die Hieroglyphen des Spiels davor bewahrt, zu bloßen Buchstaben zu entarten.

Bis dahin war übrigens das Glasperlenspiel trotz seiner Beliebtheit unter den Gelehrten eine rein private Übung geblieben. Man konnte es allein, zu zweien, zu vielen spielen, und allerdings wurden besonders geistvolle, wohlkomponierte und gelungene Spiele auch zuweilen aufgezeichnet und von Stadt zu Stadt und Land zu Land bekannt, bewundert oder kritisiert. Aber erst jetzt begann langsam das Spiel sich um eine neue Funktion zu bereichern, indem es zur öffentlichen Feier wurde. Auch heutigen Tages noch steht einem jeden das private Spiel frei und wird besonders von den Jüngeren fleißig geübt. Bei dem Wort «Glasperlenspiel» aber denkt heute wohl jeder vor allem an die feierlichen, öffentlichen Spiele. Sie finden unter der Führung weniger, überlegener Meister statt, welchen in jedem Lande der Ludi Magister oder Spielmeister vorsteht, unter andächtigem Horchen der Eingeladenen und unter der gespannten Aufmerksamkeit von Zuhörern aus allen Teilen der Welt; manche von diesen Spielen haben eine Dauer von Tagen und Wochen, und während ein solches Spiel zelebriert wird, leben sämtliche Mitspieler und Zuhörer nach genauen Vorschriften, welche sich auch auf die Schlafdauer erstrecken, ein enthaltsames und selbstloses Leben der absoluten Versenkung, vergleichbar dem streng geregelten, büßerischen Leben, welches die Teilnehmer an einer der Übungen des heiligen Ignatius führten.

Es dürfte wenig mehr hinzuzufügen sein. Das Spiel der Spiele hatte sich, unter der wechselnden Hegemonie bald dieser, bald jener Wissenschaft oder Kunst, zu einer Art von Universalsprache ausgebildet, durch welche die Spieler in sinnvollen Zeichen Werte auszudrücken und zueinander in Beziehung zu setzen befähigt waren. Zu allen Zeiten stand das Spiel in engem Zusammenhang mit der Musik und verlief meistens nach musikalischen oder mathematischen Regeln. Ein Thema, zwei Themen, drei

Themen wurden festgestellt, wurden ausgeführt, wurden variiert und erlitten ein ganz ähnliches Schicksal wie das Thema einer Fuge oder eines Konzertsatzes. Es konnte ein Spiel zum Beispiel ausgehen von einer gegebenen astronomischen Konfiguration, oder vom Thema einer Bachfuge, oder von einem Satz des Leibniz oder der Upanishaden, und es konnte von diesem Thema aus, je nach Absicht und Begabung des Spielers, die wachgerufene Leitidee entweder weiterführen und ausbauen oder auch durch Anklänge an verwandte Vorstellungen ihren Ausdruck bereichern. War der Anfänger etwa fähig, durch die Spielzeichen Parallelen zwischen einer klassischen Musik und der Formel eines Naturgesetzes herzustellen, so führte beim Könner und Meister das Spiel vom Anfangsthema frei bis in unbegrenzte Kombinationen. Beliebt war bei einer gewissen Spielerschule lange Zeit namentlich das Nebeneinanderstellen, Gegeneinanderführen und endliche harmonische Zusammenführen zweier feindlicher Themen oder Ideen, wie Gesetz und Freiheit, Individuum und Gemeinschaft, und man legte großen Wert darauf, in einem solchen Spiel beide Themata oder Thesen vollkommen gleichwertig und parteilos durchzuführen, aus These und Antithese möglichst rein die Synthese zu entwickeln. Überhaupt waren, von genialen Ausnahmen abgesehen, Spiele mit negativem oder skeptischem, disharmonischem Ausklang unbeliebt und zuzeiten geradezu verboten, und das hing tief mit dem Sinn zusammen, den das Spiel auf seiner Höhe für die Spieler gewonnen hatte. Es bedeutete eine erlesene, symbolhafte Form des Suchens nach dem Vollkommenen, eine sublime Alchimie, ein Sichannähern an den über allen Bildern und Vielheiten in sich einigen Geist, also an Gott. So wie die frommen Denker früherer Zeiten etwa das kreatürliche Leben darstellten als zu Gott hin unterwegs und die Mannigfaltigkeit der Erscheinungswelt in der göttlichen Einheit erst vollendet und zu Ende gedacht sahen, so ähnlich bauten, musizierten und philosophierten die Figuren und Formeln des Glasperlenspieles in einer Weltsprache, die aus allen Wissenschaften und Künsten gespeist war, sich spielend und strebend dem Vollkommenen entgegen, dem reinen Sein, der voll erfüllten Wirklichkeit. «Realisieren» war ein beliebter Ausdruck bei den Spielern, und als Weg vom Werden zum Sein, vom Möglichen zum Wirklichen empfanden sie ihr Tun. Hier sei uns erlaubt, nochmals an die oben angeführten Sätze des Nicolaus Cusanus zu erinnern.

Übrigens waren die Ausdrücke der christlichen Theologie, soweit sie klassisch formuliert und damit allgemeines Kulturgut zu sein schienen, natürlich mit in die Zeichensprache des Spieles aufgenommen, und es konnte etwa einer der Hauptbegriffe des Glaubens oder der Wortlaut einer Bibelstelle, ein Satz aus einem Kirchenvater oder aus dem lateinischen Messetext ebenso leicht und exakt ausgedrückt und in das Spiel mit aufgenommen werden wie ein Axiom der Geometrie oder eine Mozartmelodie. Es ist kaum übertrieben, wenn wir zu sagen wagen: für den engen Kreis der echten Glasperlenspieler war das Spiel nahezu gleichbedeutend mit Gottesdienst, während es sich jeder eigenen Theologie enthielt.

Im Kampf um ihren Bestand inmitten der ungeistigen Weltmächte nun waren sowohl die Glasperlenspieler wie die Römische Kirche allzusehr aufeinander angewiesen, als daß man es hätte auf eine Entscheidung zwischen beiden ankommen lassen, obwohl dazu häufige Anlässe sich gefunden hätten, denn bei beiden Mächten trieben die intellektuelle Redlichkeit und der echte Drang nach scharfer, eindeutiger Formulierung zu einer Scheidung. Vollzogen wurde sie jedoch niemals. Rom begnügte sich damit, dem Spiele bald wohlwollender, bald ablehnender gegenüberzustehen, es gehörten ja auch in den Kongregationen und im höheren und höchsten Klerus manche der besten Begabungen mit zu den Spielern. Und das Spiel selbst stand, seit es öffentliche Spiele und einen Ludi Magister

gab, unter dem Schutz des Ordens und der Erziehungs-
behörden, welche beide Rom gegenüber stets die Höflichkeit und Ritterlichkeit selbst waren. Papst Pius XV., der
noch als Kardinal ein guter und eifriger Glasperlenspieler
gewesen war, nahm als Papst nicht nur, gleich seinen Vor-
gängern, für immer vom Spiele Abschied, sondern versuchte auch ihm den Prozeß zu machen; es war damals
nahe daran, daß den Katholiken das Spiel verboten worden wäre. Aber der Papst starb, ehe es dazu kam, und
eine vielgelesene Biographie dieses nicht unbedeutenden
Mannes stellte sein Verhältnis zum Glasperlenspiel als
das einer tiefen Leidenschaft dar, welcher er als Papst nur
noch in feindseliger Form Herr zu werden wußte.

Seine öffentliche Organisation erfuhr das Spiel, das
früher von einzelnen und von Kameradschaften frei betrieben worden, aber allerdings schon lange von der Erziehungsbehörde freundlich gefördert worden war, zuerst
in Frankreich und England, die übrigen Länder folgten
ziemlich rasch nach. Es wurden nun in jedem Lande eine
Spielkommission und ein oberster Spielleiter bestimmt,
mit dem Titel Ludi Magister, und es wurden offizielle,
unter der persönlichen Leitung des Magisters durchgeführte Spiele zu geistigen Feierlichkeiten erhoben. Der
Magister blieb natürlich, wie alle hohen und höchsten
Funktionäre der Geistespflege, anonym; außer den paar
Nächsten kannte niemand ihn mit seinem persönlichen
Namen. Einzig den offiziellen, großen Spielen, für welche
der Ludi Magister verantwortlich war, standen die offiziellen und internationalen Verbreitungsmittel wie Rund-
funk und so weiter zur Verfügung. Außer der Leitung der
öffentlichen Spiele gehörte zu den Pflichten des Magisters
die Förderung der Spieler und Spielschulen, vor allem
aber hatten die Magister aufs strengste über die Weiterbildung des Spieles zu wachen. Die Weltkommission aller
Länder allein entschied über die (heute kaum mehr vor-
kommende) Aufnahme neuer Zeichen und Formeln in den

Bestand des Spieles, über etwaige Erweiterungen der Spielregeln, über die Wünschbarkeit oder Entbehrlichkeit neu
einzubeziehender Gebiete. Betrachtet man das Spiel als
eine Art Weltsprache der Geistigen, so sind die Spiel-
kommissionen der Länder unter Leitung ihrer Magister
in ihrer Gesamtheit die Akademie, welche den Bestand,
die Fortbildung, die Reinhaltung dieser Sprache überwacht. Jede Landeskommission ist im Besitz des Spiel-
archives, das heißt sämtlicher bis anher geprüften und
zugelassenen Zeichen und Schlüssel, deren Zahl längst
eine sehr viel höhere geworden ist als die Zahl der alten
chinesischen Schriftzeichen. Im allgemeinen gilt als genügende Vorbildung für einen Glasperlenspieler das
Schlußexamen der gelehrten höheren Schulen, namentlich
aber der Eliteschulen, doch wurde und wird stillschweigend die überdurchschnittliche Beherrschung einer der
führenden Wissenschaften oder der Musik vorausgesetzt.
Es einmal bis zum Mitglied der Spielkommission oder
gar zum Ludi Magister zu bringen, war der Traum beinahe jedes Fünfzehnjährigen in den Eliteschulen. Aber
schon unter den Doktoranden war es nur noch ein win-
ziger Teil, welcher noch ernstlich an dem Ehrgeiz festhielt, dem Glasperlenspiel und seiner Weiterbildung
aktiv dienen zu dürfen. Dafür übten sich alle diese Liebhaber des Spiels fleißig in der Spielkunde und der Meditation und bildeten bei den «großen» Spielen jenen
innersten Ring von andächtigen und hingegebenen Teilnehmern, welche den öffentlichen Spielen den feierlichen
Charakter geben und sie vor dem Entarten zu bloß dekorativen Akten bewahren. Für diese eigentlichen Spieler
und Liebhaber ist der Ludi Magister ein Fürst oder Hohepriester, beinahe eine Gottheit.

Für jeden selbständigen Spieler aber, und gar für den
Magister, ist das Glasperlenspiel in erster Linie ein Musizieren, etwa im Sinn jener Worte, die Josef Knecht einmal über das Wesen der klassischen Musik gesagt hat:

«Wir halten die klassische Musik für den Extrakt und Inbegriff unsrer Kultur, weil sie ihre deutlichste, bezeichnendste Gebärde und Äußerung ist. Wir besitzen in dieser Musik das Erbe der Antike und des Christentums, einen Geist heiterer und tapferer Frömmigkeit, eine unübertrefflich ritterliche Moral. Denn eine Moral letzten Endes bedeutet jede klassische Kulturgebärde, ein zur Gebärde zusammengezogenes Vorbild des menschlichen Verhaltens. Es ist ja zwischen 1500 und 1800 mancherlei Musik gemacht worden, Stile und Ausdrucksmittel waren höchst verschieden, aber der Geist, vielmehr die Moral ist überall dieselbe. Immer ist die menschliche Haltung, deren Ausdruck die klassische Musik ist, dieselbe, immer beruht sie auf derselben Art von Lebenserkenntnis und strebt nach derselben Art von Überlegenheit über den Zufall. Die Gebärde der klassischen Musik bedeutet: Wissen um die Tragik des Menschentums, Bejahen des Menschengeschicks, Tapferkeit, Heiterkeit! Ob das nun die Grazie eines Menuetts von Händel oder von Couperin ist, oder die zu zärtlicher Gebärde sublimierte Sinnlichkeit wie bei vielen Italienern oder bei Mozart, oder die stille, gefaßte Sterbensbereitschaft wie bei Bach, es ist immer ein Trotzdem, ein Todesmut, ein Rittertum, und ein Klang von übermenschlichem Lachen darin, von unsterblicher Heiterkeit. So soll es auch in unsern Glasperlenspielen klingen, und in unsrem ganzen Leben, Tun und Leiden.»

Diese Worte wurden von einem Schüler Knechts aufgezeichnet. Mit ihnen beenden wir unsere Betrachtung über das Glasperlenspiel.

LEBENSBESCHREIBUNG DES
MAGISTER LUDI JOSEF KNECHT

Die Berufung

Über Josef Knechts Herkunft ist uns nichts bekannt-
geworden. Gleich vielen anderen Eliteschülern hat er
entweder seine Eltern früh verloren oder ist von der
Erziehungsbehörde aus ungünstigen Verhältnissen losgelöst und adoptiert worden. In jedem Falle ist ihm
der Konflikt zwischen Eliteschule und Elternhaus erspart
geblieben, der manchem anderen von seiner Art die
Jugendjahre belastet und den Eintritt in den Orden er-
schwert hat und der in manchen Fällen hochbegabte junge
Menschen zu schwierigen und problematischen Charakte-
ren macht. Knecht gehört zu den Glücklichen, welche recht
eigentlich für Kastalien, für den Orden und für den Dienst
in der Erziehungsbehörde geboren und vorbestimmt scheinen; und wenn ihm auch die Problematik des geistigen
Lebens keineswegs unbekannt geblieben ist, so war es ihm
doch gegeben, die jedem geistgeweihten Leben eingeborene
Tragik ohne persönliche Bitterkeit zu erleben. Es ist wohl
auch nicht so sehr diese Tragik selbst, welche uns verlockt
hat, der Persönlichkeit Josef Knechts unsre eingehende
Betrachtung zu widmen; es ist vielmehr die stille, heitere,
ja strahlende Art, mit welcher er sein Schicksal, seine Begabung, seine Bestimmung verwirklichte. Wie jeder bedeutende Mensch hat er sein Daimonion und seinen Amor
fati, aber sein Amor fati zeigt sich uns frei von Düsterkeit
und Fanatismus. Freilich wissen wir ja das Verborgene
nicht und wollen nicht vergessen, daß Geschichte schreiben, auch wenn es noch so nüchtern und mit noch so gutem

Willen zur Sachlichkeit getan wird, immer Dichtung bleibt und ihre dritte Dimension die Fiktion ist. So wissen wir, um große Beispiele zu wählen, ja keineswegs, ob etwa Johann Sebastian Bach oder Wolfgang Amadeus Mozart eigentlich auf eine heitere oder auf eine schwere Art gelebt haben. Mozart hat für uns die eigentümlich rührende und Liebe weckende Anmut der Frühvollendeten, Bach hat für uns die erbaulich-tröstliche Ergebenheit in das Leidenmüssen und Sterbenmüssen als in Gottes väterlichen Willen, aber wir lesen dies doch eigentlich keineswegs aus ihren Biographien und den überlieferten Tatsachen aus ihrem Privatleben, sondern wir lesen es einzig aus ihrem Werk, aus ihrer Musik. Ferner addieren wir zu dem Bach, dessen Biographie wir kennen und dessen Bild wir uns nach seiner Musik vorstellen, unwillkürlich auch noch sein postumes Schicksal: wir lassen ihn gewissermaßen in unsrer Phantasie schon als Lebenden darum wissen, lassen ihn darüber lächeln und schweigen, daß sein gesamtes Werk gleich nach seinem Tode vergessen wurde und seine Handschriften als Makulatur untergingen, daß statt seiner einer seiner Söhne der «große Bach» wurde und Erfolge erntete, daß sein Werk dann nach seiner Wiedererweckung mitten in die Mißverständnisse und Barbareien der Feuilletonepoche geriet, und so weiter. Und ebenso sind wir geneigt, dem noch lebenden und in voller, gesunder Arbeit blühenden Mozart ein Wissen um seine Geborgenheit in Todeshand, einen Vorausbesitz seines Umschlossenseins vom Tode zuzuschreiben oder anzudichten. Wo ein Werk vorhanden ist, kann der Historiker gar nicht anders, er faßt es mit dem Leben seines Schöpfers als zwei untrennbare Hälften einer lebendigen Einheit zusammen. So tun wir mit Mozart oder mit Bach, so tun wir auch mit Knecht, obwohl er unsrer wesentlich unschöpferischen Epoche angehört und nicht ein «Werk» im Sinne jener Meister hinterlassen hat.

Wenn wir den Versuch machen, Knechts Leben nach-zuzeichnen, so machen wir damit auch einen Versuch zu seiner Deutung, und wenn wir als Historiker es tief be-dauern müssen, daß über den letzten Teil dieses Lebens beinahe alle wirklich verbürgten Nachrichten fehlen, so gab uns doch gerade der Umstand zu unserem Unter-nehmen Mut, daß dieser letzte Teil von Knechts Leben Legende geworden ist. Wir übernehmen diese Legende und sind mit ihr einverstanden, einerlei, ob sie nur fromme Dichtung sei oder nicht. So wie wir von Knechts Geburt und Herkunft nichts wissen, wissen wir von seinem Ende nichts. Wir haben aber nicht die mindeste Berechtigung zu der Annahme, dieses Ende könnte ein zufälliges gewesen sein. Wir sehen sein Leben, soweit es bekannt ist, in klarer Stufenfolge aufgebaut, und wenn wir in unsern Vermutungen über sein Ende uns willig der Legende anschließen und sie gläubig übernehmen, so tun wir es, weil uns das, was die Legende berichtet, als letzte Stufe dieses Lebens völlig den vorhergegangenen zu ent-sprechen scheint. Wir gestehen sogar, daß das Entschweben dieses Lebens in die Legende uns organisch und richtig scheint, so wie uns das Fortbestehen eines Gestirns, das unsern Augen entschwindet und für uns «untergegangen» ist, keinerlei Glaubensskrupel schafft. Josef Knecht hat innerhalb der Welt, in der wir, Autor und Leser dieser Aufzeichnungen, leben, das denkbar Höchste erreicht und geleistet, indem er als Magister Ludi Führer und Vorbild der geistig Kultivierten und geistig Strebenden war, vor-bildlich hat er das überkommene geistige Erbe verwaltet und vermehrt, Hohepriester eines Tempels, der jedem von uns heilig ist. Er hat aber den Bezirk eines Meisters, den Platz in der obersten Spitze unsrer Hierarchie, nicht bloß erreicht und innegehabt; er hat ihn durchschritten, er ist ihm entwachsen in eine Dimension, welche wir nur ehrerbietig zu ahnen vermögen, und eben darum scheint es uns vollkommen angemessen und seinem Leben entsprechend, daß auch seine Biographie die üblichen Dimensionen überschritten hat und am Ende in Legende übergegangen ist. Wir nehmen das Wunderbare dieser Tatsache hin und freuen uns des Wunderbaren, ohne allzuviel daran deuten zu wollen. Soweit Knechts Leben aber Historie ist, und das ist es bis zu einem ganz bestimmten Tage, wollen wir es als solche behandeln und haben uns darum bemüht, die Überlieferung genau so weiterzugeben, wie sie sich unsern Forschungen dargeboten hat.

Aus seiner Kindheit, das heißt aus der Zeit vor seiner Aufnahme in die Eliteschulen, wissen wir nur eine einzige Begebenheit, es ist jedoch eine wichtige und eine von symbolischer Bedeutung, denn sie bedeutet den ersten großen Anruf des Geistes an ihn, den ersten Akt seiner Berufung, und es ist bezeichnend, daß dieser erste Anruf nicht von seiten der Wissenschaft kam, sondern von seiten der Musik. Wir verdanken dies Stückchen Biographie, wie beinahe alle Erinnerungen aus Knechts persönlichem Leben, den Aufzeichnungen eines Glasperlenspiel-Schülers, eines treuen Verehrers, der viele Aussprüche und Erzählungen seines großen Lehrers aufgeschrieben hat.

Knecht muß damals etwa zwölf oder dreizehn Jahre alt gewesen sein und war Lateinschüler in dem Städtchen Berolfingen am Rande des Zaberwaldes, das vermutlich auch sein Geburtsort gewesen ist. Zwar war der Knabe schon längere Zeit Stipendiat der Lateinschule und war vom Lehrerkollegium, am eifrigsten vom Musiklehrer, schon zwei- oder dreimal der obersten Behörde zur Aufnahme in die Eliteschulen empfohlen worden, aber er wußte davon nichts und hatte noch keinerlei Begegnung mit der Elite oder gar mit den Meistern der obersten Erziehungsbehörde erlebt. Da wurde ihm von seinem Musiklehrer (er lernte damals Violine und Laute) mitgeteilt, es werde in Bälde vielleicht der Musikmeister nach Berolfingen kommen, um den Musikunterricht an der Schule zu inspizieren, Josef möge also brav üben und sich und seinen Lehrer nicht in Verlegenheit bringen. Die Nachricht erregte den Knaben aufs tiefste, denn natürlich wußte er genau, wer der Musikmeister sei und daß er nicht nur, wie etwa die zweimal jährlich erscheinenden Schulinspektoren, aus irgendeiner der höheren Regionen der Erziehungsbehörde komme, sondern einer der zwölf Halbgötter, einer der zwölf obersten Leiter dieser ehrwürdigsten Behörde und für das ganze Land die oberste Instanz in allen musikalischen Angelegenheiten sei. Der Musikmeister selbst, der Magister Musicae in Person, würde also nach Berolfingen kommen! Es gab in der Welt nur eine einzige Person, welche dem Knaben Josef vielleicht noch sagenhafter und geheimnisvoller gewesen wäre: der Glasperlenspielmeister. Für den angekündigten Musikmeister erfüllte ihn im voraus eine ungeheure und ängstliche Ehrfurcht, er stellte sich diesen Mann bald wie einen König, bald wie einen Zauberer vor, bald wie einen der zwölf Apostel oder einen der sagenhaften großen Künstler der klassischen Zeiten, etwa einen Michael Prätorius, einen Claudio Monteverdi, einen J. J. Froberger oder Johann Sebastian Bach — und er freute sich ebenso tief auf den Augenblick, da dies Gestirn erscheinen würde, wie er sich vor ihm fürchtete. Daß einer der Halbgötter und Erzengel, daß einer der geheimnisvollen und allmächtigen Regenten der geistigen Welt hier im Städtchen und in der Lateinschule leibhaftig erscheinen, daß er ihn sehen sollte, daß der Meister ihn vielleicht anreden, ihn prüfen, ihn tadeln oder loben sollte, das war eine große Sache, war eine Art Wunder und seltne Himmelserscheinung; auch geschah es, wie die Lehrer versicherten, seit Jahrzehnten zum erstenmal, daß ein Magister Musicae in eigener Person die Stadt und die kleine Lateinschule besuchte. Der Knabe dachte sich das Bevorstehende in vielen Bildern aus, er dachte sich vor allem eine große öffentliche Festlichkeit und einen Empfang, wie er ihn einmal beim Amtsantritt des neuen

Bürgermeisters erlebt hatte, mit Blechmusik und beflaggten Straßen, vielleicht sogar mit Feuerwerk, und auch Knechts Kameraden hatten solche Vorstellungen und Hoffnungen. Seine Vorfreude wurde nur durch den Gedanken gedämpft, daß er selber vielleicht diesem großen Mann allzu nahe kommen und vor ihm, dem großen Kenner, mit seiner Musik und mit seinen Antworten sich ganz unerträglich blamieren könne. Aber diese Angst war nicht nur quälend, sie war auch süß, und ganz heimlich und uneingestanden fand er doch das ganze erwartete Fest samt Flaggen und Feuerwerk lange nicht so schön, so aufregend, wichtig und trotz allem wunderbar freudig wie eben den Umstand, daß er, der kleine Josef Knecht, diesen Mann aus nächster Nähe sehen sollte, ja daß jener ein klein wenig auch seinetwegen, Josefs wegen, diesen Besuch in Berolfingen mache, denn er kam ja, um den Musikunterricht zu prüfen, und der Musiklehrer hielt es offenbar für möglich, daß er auch ihn prüfen werde.

Aber vielleicht, ach, wahrscheinlich würde es doch nicht dazu kommen, es war ja kaum möglich, gewiß würde der Meister andres zu tun haben, als sich von kleinen Buben auf der Geige vorspielen zu lassen, er würde doch wohl nur die älteren und fortgeschrittensten Schüler sehen und hören wollen. Mit solchen Gedanken erwartete der Knabe den Tag, und der Tag kam und begann mit einer Enttäuschung: es schallte keine Musik in den Gassen, es hingen keine Fahnen und Kränze an den Häusern, und man mußte wie jeden Tag seine Bücher und Hefte nehmen und in den gewohnten Unterricht gehen, und selbst im Klassenzimmer war nicht die kleinste Spur von Schmuck und Festlichkeit zu sehen, es war alles so wie jeden Tag. Der Unterricht begann, der Lehrer trug denselben Alltagsrock wie immer, mit keiner Rede, mit keinem Wort gedachte er des großen Ehrengastes.

Aber in der zweiten oder dritten Schulstunde kam es dennoch; es wurde an die Tür gepocht, es kam der

Schuldiener herein, grüßte den Lehrer und meldete, der Schüler Josef Knecht habe in einer Viertelstunde beim Musiklehrer zu erscheinen und möge darauf achten, sich anständig zu kämmen und die Hände und Fingernägel zu reinigen. Knecht wurde blaß vor Schreck, taumelnd verließ er die Schule, lief ins Internat hinüber, legte seine Bücher ab, wusch und kämmte sich, nahm zitternd seinen Violinkasten und sein Übungsheft und schritt, mit Würgen in der Kehle, zu den Musikstuben im Anbau. Ein aufgeregter Mitschüler empfing ihn auf der Treppe, deutete auf ein Übungszimmer und meldete: «Hier sollst du warten, bis man dich ruft.»

Es dauerte nicht lange und war ihm doch eine Ewigkeit, bis er vom Warten erlöst wurde. Es rief ihn niemand, aber es trat ein Mann herein, ein ganz alter Mann, wie es ihm anfangs schien, ein nicht sehr großer, weißhaariger Mann mit einem schönen lichten Gesicht und mit durchdringend blickenden hellblauen Augen, deren Blick man hätte fürchten können, aber er war nicht nur durchdringend, sondern auch heiter, er war von einer nicht lachenden oder lächelnden, sondern stillglänzenden, ruhigen Heiterkeit. Er gab dem Knaben die Hand und nickte ihm zu, setzte sich bedächtig auf den Hocker vor dem alten Übungsklavier und sagte: «Du bist Josef Knecht? Dein Lehrer scheint mit dir zufrieden zu sein, ich glaube, er hat dich gern. Komm, wir wollen ein wenig miteinander musizieren.» Knecht hatte seine Geige schon vorher ausgepackt, der alte Mann schlug das A an, und der Knabe stimmte, dann sah er den Musikmeister fragend und ängstlich an.

«Was möchtest du gern spielen?» fragte der Meister. Der Schüler brachte keine Antwort heraus, er war von Ehrfurcht für den Alten bis zum Überfließen angefüllt, noch nie hatte er einen solchen Menschen gesehen. Zögernd griff er nach seinem Notenheft und hielt es dem Manne hin.

«Nein», sagte der Meister, «ich möchte, daß du auswendig spielst und kein Übungsstück, sondern irgend etwas Einfaches, was du auswendig kannst, vielleicht ein Lied, das du gern hast.»

Knecht war verwirrt und von diesem Gesicht und diesen Augen bezaubert, er brachte keine Antwort heraus, er schämte sich seiner Verwirrung sehr, aber sagen konnte er nichts. Der Meister drängte nicht. Er schlug mit einem Finger die ersten Töne einer Melodie an, sah den Knaben fragend an, der nickte und spielte die Melodie sofort und freudig mit, es war eins von den alten Liedern, die in der Schule oft gesungen wurden.

«Noch einmal!» sagte der Meister. Knecht wiederholte die Melodie, und der Alte spielte jetzt eine zweite Stimme dazu. Zweistimmig klang nun das alte Lied durch die kleine Übungsstube.

«Noch einmal!»

Knecht spielte, und der Meister spielte die zweite und eine dritte Stimme dazu. Dreistimmig klang das schöne alte Lied durch die Stube.

«Noch einmal!» Und der Meister spielte drei Stimmen hinzu.

«Ein schönes Lied!» sagte der Meister leise. «Spiele es jetzt einmal in der Altlage!»

Knecht gehorchte und spielte, der Meister hatte ihm den ersten Ton angegeben und spielte nun die drei andern Stimmen dazu. Und immer wieder sagte der Alte: «Noch einmal!», es klang jedesmal fröhlicher. Knecht spielte die Melodie im Tenor, immer von zwei bis drei Gegenstimmen begleitet. Viele Male spielten sie das Lied, es war keine Verständigung mehr nötig, und mit jeder Wiederholung wurde das Lied ganz von selbst reicher an Verzierungen und Rankenspiel. Der kahle kleine Raum mit dem frohen vormittäglichen Licht klang festlich von den Tönen wider.

Nach einer Weile hörte der Alte auf. «Ist es nun

genug?» fragte er. Knecht schüttelte den Kopf und begann von neuem, heiter fiel der andre mit seinen drei Stimmen ein, und die vier Stimmen zogen ihre dünnen, klaren Linien, sprachen miteinander, stützten sich aufeinander, überschnitten sich und umspielten einander in heitern Bogen und Figuren, und der Knabe und der Alte dachten an nichts andres mehr, gaben sich den schönen verschwisterten Linien hin und den Figuren, die sie in ihren Begegnungen bildeten, in ihrem Netz gefangen musizierten sie, wiegten sich leise mit und gehorchten einem unsichtbaren Kapellmeister. Bis der Meister, als wieder die Melodie zu Ende war, den Kopf zurückwandte und fragte: «Hat es dir gefallen, Josef?»

Dankbar und leuchtend blickte Knecht ihn an. Er strahlte, aber er brachte kein Wort heraus.

«Weißt du etwa schon», fragte der Meister jetzt, «was eine Fuge ist?»

Knecht machte ein zweifelndes Gesicht. Er hatte schon Fugen gehört, aber im Unterricht war das noch nicht vorgekommen.

«Gut», sagte der Meister, «dann will ich es dir zeigen. Am schnellsten kapierst du es, wenn wir selber eine Fuge machen. Also: zu einer Fuge gehört vor allem ein Thema, und das Thema suchen wir nicht lang, das nehmen wir aus unserem Lied.»

Er spielte eine kleine Tonfolge, ein Stückchen aus der Liedmelodie, es klang wunderlich, so herausgeschnitten, ohne Kopf und Schwanz. Er spielte das Thema nochmals, und schon ging es weiter, schon kam der erste Einsatz, der zweite verwandelte den Quintschritt in einen Quartschritt, der dritte Einsatz wiederholte den ersten eine Oktave höher, ebenso der vierte den zweiten, mit einer Klausel in der Tonart der Dominante schloß die Exposition. Die zweite Durchführung modulierte freier nach andern Tonarten hinüber, die dritte, mit einer Neigung zur Subdominante, endete mit einer Klausel auf dem Grundton. Der Knabe blickte auf die klugen weißen Finger des Spielenden, sah in seinem zusammengenommenen Gesicht den Gang der Entwicklung leise gespiegelt, während die Augen unter halbgeschlossenen Lidern ruhten. Des Knaben Herz wallte von Verehrung, von Liebe für den Meister, und sein Ohr vernahm die Fuge, ihm schien, er höre heute zum erstenmal Musik, er ahnte hinter dem vor ihm entstehenden Tonwerk den Geist, die beglückende Harmonie von Gesetz und Freiheit, von Dienen und Herrschen, er ergab und gelobte sich diesem Geist und diesem Meister, er sah sich und sein Leben und sah die ganze Welt in diesen Minuten vom Geist der Musik geleitet, geordnet und gedeutet, und als das Spiel sein Ende gefunden hatte, sah er den Verehrten, den Zauberer und König, noch eine kleine Weile leicht vorgeneigt über den Tasten, mit halbgeschlossenen Lidern, das Gesicht von innen her leise leuchtend, und wußte nicht, sollte er jubeln über die Seligkeit dieser Augenblicke oder weinen, daß sie vorüber waren. Da stand der alte Mann langsam vom Klavierstühlchen auf, sah ihn mit den heitern blauen Augen durchdringend und zugleich unsäglich freundlich an und sagte: «Nirgends können zwei Menschen leichter Freunde werden als beim Musizieren. Das ist eine schöne Sache. Hoffentlich werden wir Freunde bleiben, du und ich. Vielleicht wirst du auch Fugen machen lernen, Josef.» Damit gab er ihm die Hand und ging, und in der Tür wendete er sich noch einmal um und grüßte zum Abschied mit einem Blick und einem höflichen kleinen Neigen des Kopfes.

Knecht hat viele Jahre später seinem Schüler erzählt: als er aus dem Hause trat, fand er die Stadt und die Welt viel mehr verwandelt und verzaubert, als wenn Fahnen und Kränze, Bänder und Feuerwerke sie geschmückt hätten. Er hatte den Vorgang der Berufung erlebt, den man recht wohl ein Sakrament nennen darf: das Sichtbarwerden und einladende Sichöffnen der idealen Welt, welche bis dahin dem jungen Gemüt nur teils vom Hörensagen, teils aus glühenden Träumen bekannt gewesen war. Diese Welt existierte nicht nur irgendwo in der Ferne, in der Vergangenheit oder Zukunft, nein, sie war da und war aktiv, sie strahlte aus, sie schickte Sendboten, Apostel, Gesandte aus, Männer wie diesen alten Magister, der übrigens, wie es Josef scheinen wollte, eigentlich doch gar nicht so sehr alt war. Und aus dieser Welt, durch einen dieser ehrwürdigen Sendboten, war auch an ihn, den kleinen Lateinschüler, Mahnung und Ruf ergangen! Diese Bedeutung hatte das Erlebnis für ihn, und es dauerte Wochen, bis er wirklich wußte und überzeugt war, daß dem magischen Vorgang jener geweihten Stunde auch ein exakter Vorgang in der realen Welt entsprach, daß die Berufung nicht bloß eine Beglückung und Mahnung in seiner eigenen Seele und seinem Gewissen, sondern auch eine Gabe und Mahnung der irdischen Mächte an ihn war. Denn auf die Dauer konnte es nicht verborgen bleiben, daß der Besuch des Musikmeisters weder ein Zufall noch eine wirkliche Schulinspektion gewesen war. Sondern Knechts Name hatte schon seit längerer Zeit, auf Grund von Berichten seiner Lehrer, auf den Listen der Schüler gestanden, welche einer Erziehung in den Eliteschulen würdig schienen oder doch der obersten Behörde hiezu empfohlen waren. Da dieser Knabe Knecht nicht nur als Lateiner und als angenehmer Charakter gelobt, sondern auch noch speziell von seinem Musiklehrer empfohlen und gerühmt wurde, hatte es der Musikmeister auf sich genommen, bei Gelegenheit einer Amtsreise sich ein paar Stunden Zeit für Berolfingen zu nehmen und sich diesen Schüler anzusehen. Dabei war es ihm nicht so sehr auf das Latein und nicht so sehr auf die Fingerfertigkeit angekommen (hierin verließ er sich auf die Zeugnisse der Lehrer, deren Studium er immerhin eine Stunde gönnte) als darauf, ob dieser Knabe in seinem ganzen Wesen das

Zeug zum Musikanten im höhern Sinn habe, zur Begeisterung, zum Sicheinordnen, zur Ehrfurcht, zum Dienst
am Kultus. Im allgemeinen waren aus guten Gründen die
Lehrer an den öffentlichen höhern Schulen nichts weniger
als freigebig mit Empfehlungen von Schülern für die
«Elite», immerhin kamen etwa einmal Begünstigungen
aus mehr oder weniger unlautern Absichten vor, und
nicht selten empfahl auch ein Lehrer aus Mangel an Blick
hartnäckig irgendeinen Lieblingsschüler, der außer Fleiß,
Ehrgeiz und klugem Verhalten gegen die Lehrer wenig
Vorzüge hatte. Gerade diese Art war dem Musikmeister
besonders zuwider, er hatte den Blick dafür, ob ein Prüf-
ling sich dessen bewußt war, daß es jetzt um seine Zukunft und Laufbahn gehe, und wehe dem Schüler, der
ihm allzu geschickt, allzu bewußt und klug begegnete
oder gar ihm zu schmeicheln versuchte, er war in manchen
Fällen schon verworfen, noch ehe eine Prüfung begonnen
hatte.

Der Schüler Knecht nun hatte dem alten Musikmeister
gefallen, sehr gut hatte er ihm gefallen, noch auf der
Weiterreise dachte er vergnügt an ihn zurück; er hatte
sich keinerlei Notizen und Zeugnisse über ihn ins Heft
geschrieben, sondern nahm die Erinnerung an den
frischen, bescheidenen Knaben mit sich und schrieb nach
der Rückkehr mit eigener Hand seinen Namen in die
Liste der Schüler, welche von einem Mitglied der obersten
Behörde selbst geprüft und der Aufnahme würdig be-
funden waren.

Von dieser Liste — sie hieß unter den Lateinschülern
«das goldene Buch», es gab gelegentlich für sie aber auch
die respektlose Bezeichnung «Streberkatalog» — hatte
Josef in der Schule gelegentlich reden hören, und in ganz
verschiedenen Tonarten. Wenn ein Lehrer diese Liste erwähnte, und sei es nur, um einem Schüler vorzuhalten,
daß ein Bursche wie er natürlich niemals daran denken
könne, es so weit zu bringen, dann war etwas von

Feierlichkeit, von Respekt und auch von Wichtigtuerei in seinem Ton. Sprachen aber die Schüler einmal vom Streberkatalog, dann taten sie es meistens auf schnoddrige Art und mit etwas übertriebener Gleichgültigkeit. Einmal hatte Josef einen Schüler sagen hören: «Ach was, ich spucke euch auf diesen blöden Streberkatalog! Wer ein Kerl ist, der kommt nicht dort hinein, darauf kann man sich verlassen. Dorthin schicken die Lehrer bloß die allerdicksten Schanzer und Kriecher.»

Es folgte eine merkwürdige Zeit auf das schöne Erlebnis. Er wußte vorerst nichts davon, daß er jetzt zu den «electi», zur «flos juventutis» gehöre, wie im Orden die Eliteschüler heißen; er dachte zunächst keineswegs an praktische Folgen und spürbare Auswirkungen des Erlebnisses in seinem Schicksal und Alltag, und während er für seine Lehrer schon ein Ausgezeichneter und Abschiednehmender war, erlebte er selbst seine Berufung beinahe nur als einen Vorgang im eigenen Innern. Auch so war es ein scharfer Einschnitt in seinem Leben. Wenn auch die Stunde mit dem Zaubermann in seinem Herzen schon Geahntes erfüllte oder näherrückte, es war dennoch durch eben jene Stunde das Gestern vom Heute, das Gewesene vom Jetzigen und Kommenden deutlich getrennt, so wie ein aus dem Traum Erweckter auch dann, wenn er in derselben Umgebung aufwacht, die er im Traum gesehen hat, an seinem Wachsein nicht zweifeln kann. Es gibt viele Arten und Formen der Berufung, der Kern und Sinn des Erlebnisses aber ist immer derselbe: es wird die Seele dadurch erweckt, verwandelt oder gesteigert, daß statt der Träume und Ahnungen von innen plötzlich ein Anruf von außen, ein Stück Wirklichkeit dasteht und eingreift. Hier nun war das Stück Wirklichkeit die Gestalt des Meisters gewesen: der nur als ferne, ehrwürdig halbgöttliche Figur gekannte Musikmeister, ein Erzengel aus dem obersten der Himmel, war leibhaftig erschienen, hatte allwissende blaue Augen gehabt, hatte auf einem

Stühlchen am Übungsklavier gesessen, hatte mit Josef musiziert, wunderbar musiziert, hatte ihm beinahe ohne Worte gezeigt, was eigentlich Musik sei, hatte ihn gesegnet und war wieder verschwunden. Was alles daraus vielleicht folgen und sich ergeben könne, darüber nachzusinnen war Knecht vorerst gar nicht fähig, weil er vom unmittelbaren, inneren Nachhall des Ereignisses viel zu sehr erfüllt und beschäftigt war. Wie eine junge Pflanze, die bisher still und zögernd sich entwickelte, plötzlich heftiger zu atmen und zu wachsen beginnt, als sei ihr in einer Stunde des Wunders mit einemmal das Gesetz ihrer Gestalt bewußt geworden und sie strebe nun innig nach seiner Erfüllung, so begann der Knabe, nachdem ihn die Hand des Zauberers berührt, rasch und sehnlich seine Kräfte zu sammeln und anzuspannen, fühlte sich verändert, fühlte sich wachsen, fühlte neue Spannungen, neue Harmonien zwischen sich und der Welt, konnte zu manchen Stunden in der Musik, im Latein, in der Mathematik Aufgaben bewältigen, die seinem Alter und seinen Kameraden noch fernlagen, und sich dabei zu jeder Leistung fähig fühlen, und konnte in anderen Stunden alles vergessen und mit einer ihm neuen Weichheit und Hingabe träumen, dem Wind oder Regen zuhören, in eine Blume oder ins ziehende Flußwasser starren, nichts begreifend, alles ahnend, hingenommen von Sympathie, von Neugierde, von Verstehenwollen, fortgezogen vom eigenen Ich zum anderen, zur Welt, zum Geheimnis und Sakrament, zum schmerzlich-schönen Spiel der Erscheinungen.

So von innen beginnend und wachsend bis zur Begegnung und Bestätigung des Innen und Außen vollzog sich die Berufung bei Josef Knecht in vollkommener Reinheit; er hat alle ihre Stufen durchlaufen, alle ihre Beglückungen und alle ihre Beängstigungen gekostet. Ungestört durch plötzliche Enthüllungen und Indiskretionen vollzog sich der edle Vorgang, die typische Jugend- und Vorgeschichte jedes edlen Geistes; harmonisch und gleichmäßig arbeiteten und wuchsen das Innen und das Außen einander entgegen. Als, am Ende dieser Entwicklungen, der Schüler seiner Lage und seines äußern Schicksals bewußt wurde, als er sich von den Lehrern wie ein Kollege, ja wie ein Ehrengast behandelt sah, dessen Weggang man jeden Augenblick erwartet, und von den Mitschülern sich halb bewundert oder beneidet, halb auch gemieden, ja beargwöhnt, von einigen Gegnern gehöhnt und gehaßt, von den bisherigen Freunden mehr und mehr getrennt und verlassen sah — da hatte der gleiche Vorgang der Lostrennung und Vereinzelung sich längst schon in seinem Innern vollzogen, es waren ihm von innen, vom eigenen Gefühle her, die Lehrer mehr und mehr aus Vorgesetzten zu Kameraden, die einstigen Freunde zu zurückbleibenden Begleitern einer Wegstrecke geworden, er fand sich in seiner Schule und Stadt nicht mehr unter seinesgleichen und am rechten Orte, sondern das alles war jetzt von einem heimlichen Tode, einem Fluidum von Unwirklichkeit, von Vergangensein durchsetzt, es war zu einem Provisorium, einem abgetragenen und nirgends mehr passenden Kleide geworden. Und dieses Entwachsen aus einer bisher harmonischen und geliebten Heimat, dies Entwerden aus einer ihm nicht mehr zugehörigen und entsprechenden Lebensform, dies von Stunden höchster Beglückung und strahlenden Selbstgefühls unterbrochene Leben eines Abschiednehmenden, Weggerufenen wurde ihm gegen das Ende hin zu einer großen Qual, einem kaum mehr erträglichen Druck und Leide, denn alles verließ ihn, ohne daß er gewiß war, ob nicht eigentlich er es sei, der es verlasse, ob er nicht dieses Absterben und Fremdwerden in seiner lieben gewohnten Welt selber verschuldet habe durch Ehrgeiz, durch Anmaßung, durch Hochmut, durch Untreue und Mangel an Liebe. Unter den Schmerzen, die eine echte Berufung mit sich führt, sind diese die bittersten. Wer die Berufung empfängt, der nimmt damit nicht nur ein Geschenk und einen Befehl entgegen, er nimmt auch etwas wie eine Schuld auf sich, so wie der Soldat, der aus den Reihen seiner Kameraden geholt und zum Offizier befördert wird, dieser Beförderung desto würdiger ist, je mehr er sie mit einem Gefühl von Schuld, ja schlechtem Gewissen seinen Kameraden gegenüber bezahlt.

Indessen war es Knecht beschieden, diese Entwicklung ungestört und in voller Unschuld auszutragen: er war, als ihm schließlich vom Lehrerrat seine Auszeichnung und seine baldige Aufnahme in die Eliteschulen mitgeteilt wurden, davon im Augenblick vollkommen überrascht, wenn auch schon im nächsten Augenblick dies Neue ihm wie längst gewußt und erwartet vorkam. Erst jetzt fiel ihm ein, daß ihm schon seit Wochen je und je einmal das Wort «Electus» oder «Eliteknabe» im Sinn eines Spottworts nachgerufen worden war. Er hatte es gehört, aber nur halb, und hatte es niemals anders gedeutet denn eben als Hohn. Nicht «Electus» hatte man ihn nennen wollen, so empfand er es, sondern «Du, der du dich in deinem Hochmut für einen Electus hältst!» Er hatte zuweilen schwer unter diesen Ausbrüchen des Entfremdungsgefühls zwischen ihm und seinen Kameraden gelitten, aber er hätte sich tatsächlich niemals selber für einen Electus gehalten: die Berufung war ihm nicht als Rangerhöhung, nur als innere Mahnung und Förderung bewußt geworden. Aber dennoch: hatte er es nicht trotz allem gewußt, immer geahnt, hundertmal gespürt? Nun war es reif, seine Beseligungen waren bestätigt und legitimiert, seine Leiden hatten Sinn gehabt, das unerträglich alt und eng gewordene Kleid durfte abgelegt werden, es lag ein neues für ihn bereit.

Mit seiner Aufnahme in die Elite war Knechts Leben auf eine andre Ebene verpflanzt, es war der erste und entscheidende Schritt in seiner Entwicklung geschehen.

Es geht durchaus nicht allen Eliteschülern so, daß die amtliche Aufnahme in die Elite mit dem innern Erlebnis der Berufung zusammenfällt. Das ist Gnade, oder wenn man es banal ausdrücken will: es ist ein Glücksfall. Wem er begegnet, dessen Leben hat ein Plus, so wie der ein Plus besitzt, dem ein Glücksfall besonders glückliche Gaben an Leib und Seele mitgegeben hat. Die meisten Eliteschüler, ja beinahe alle, empfinden zwar ihre Wahl als ein großes Glück, als eine Auszeichnung, auf die sie stolz sind, und sehr viele von ihnen haben sich auch diese Auszeichnung vorher glühend erwünscht. Aber der Übergang von der gewöhnlichen heimatlichen Schule in die Schulen von Kastalien fällt den meisten Auserwählten dann doch schwerer, als sie gedacht hätten, und bringt manchen unerwartete Enttäuschungen. Vor allem ist der Übergang für alle jene Schüler, die in ihrem Elternhaus glücklich und geliebt waren, ein sehr schwerer Abschied und Verzicht, und so kommt denn auch, namentlich während der beiden ersten Elitejahre, eine nicht unbeträchtliche Zahl von Rückversetzungen vor, deren Grund nicht ein Mangel an Begabung und Fleiß, sondern die Unfähigkeit der Schüler ist, sich mit dem Internatsleben und vor allem mit dem Gedanken zu versöhnen, künftig die Verbindung mit Familie und Heimat immer mehr zu lösen und schließlich keine andre Zugehörigkeit mehr zu kennen und zu respektieren als die zum Orden. Dann gibt es je und je auch Schüler, welchen umgekehrt gerade das Loskommen vom Vaterhaus und von einer ihnen entleideten Schule die Hauptsache bei ihrer Aufnahme in die Elite war; diese, etwa von einem strengen Vater oder einem ihnen unangenehmen Lehrer befreit, atmeten zwar eine Weile auf, hatten sich aber von dem Wechsel so große und unmögliche Veränderungen ihres ganzen Lebens versprochen, daß bald eine Enttäuschung kam. Auch die eigentlichen Streber und Musterschüler, die Pedantischen, konnten sich in Kastalien nicht immer halten;

nicht daß sie den Studien nicht wären gewachsen gewesen, aber es kam in der Elite eben nicht allein auf die Studien und Fachzeugnisse an, sondern es wurden auch erzieherische und musische Ziele angestrebt, vor welchen dieser und jener die Waffen streckte. Immerhin war in dem System der vier großen Eliteschulen mit ihren zahlreichen Unterabteilungen und Zweiganstalten Raum für vielerlei Begabungen, und ein strebsamer Mathematiker oder Philologe, wenn er wirklich das Zeug zu einem Gelehrten in sich hatte, brauchte etwa einen Mangel an musikalischer oder philosophischer Begabung nicht als Gefahr zu empfinden. Es gab zuzeiten sogar in Kastalien sehr starke Tendenzen zur Pflege der reinen, nüchternen Fachwissenschaften, und die Vorkämpfer dieser Tendenzen waren nicht nur gegen die «Phantasten», das heißt gegen die Musikalischen und Musischen, kritisch und spottlustig gestimmt, sondern haben zuzeiten innerhalb ihrer Kreise alles Musische, und namentlich das Glasperlenspiel, geradezu abgeschworen und verpönt.

Da Knechts Leben, soweit es uns bekannt ist, sich ganz in Kastalien abspielte, in jenem stillsten und heitersten Bezirk unseres gebirgigen Landes, den man früher mit einem Ausdruck des Dichters Goethe oft auch «die pädagogische Provinz» genannt hat, wollen wir in aller Kürze und auf die Gefahr hin, den Leser mit Längstgewußtem zu langweilen, nochmals dies berühmte Kastalien und die Struktur seiner Schulen skizzieren. Diese Schulen, kurz die Eliteschulen genannt, sind ein weises und elastisches Aussiebesystem, durch welches die Leitung (ein sogenannter «Studienrat» mit zwanzig Räten, deren zehn die Erziehungsbehörde, zehn den Orden vertreten) ihre Auswahl an besten Begabungen aus allen Teilen und Schulen des Landes zum Nachwuchs für den Orden und für alle wichtigen Ämter des Erziehungs- und Studienwesens heranzieht. Die vielen Normalschulen, Gymnasien und so weiter des Landes, sei ihr Charakter nun ein humanistischer oder ein naturwissenschaftlich-technischer, sind für mehr als neunzig vom Hundert unsrer studierenden Jugend Vorbereitungsschulen für die sogenannten freien Berufe, sie enden mit der Reifeprüfung zur Hochschule, und dort, an der Hochschule, wird sodann ein bestimmter Studiengang für jedes Fach absolviert. Dies ist der normale, jedem bekannte Lehrgang unsrer Studierenden, diese Schulen stellen leidlich strenge Anforderungen und scheiden die Unbegabten nach Möglichkeit aus. Neben oder über diesen Schulen aber läuft das System der Eliteschulen, in welche nur die an Begabung und Charakter hervorragendsten Schüler probeweise aufgenommen werden. Den Zugang zu ihnen bilden nicht Prüfungen, sondern die Eliteschüler werden von ihren Lehrern nach deren freiem Ermessen ausgewählt und den Behörden von Kastalien empfohlen. Es wird etwa einem Elf- oder Zwölfjährigen eines Tages von seinem Lehrer bedeutet, er könne im nächsten Halbjahr in eine der kastalischen Schulen eintreten und möge sich prüfen, ob er sich dazu berufen und gezogen fühle. Sagt er nach Ablauf der Bedenkzeit ja, wozu auch das bedingungslose Einverständnis beider Eltern gehört, so nimmt eine der Eliteschulen ihn auf Probe auf. Die Leiter und obersten Lehrer dieser Eliteschulen (nicht etwa die Universitätslehrer) bilden die «Erziehungsbehörde», diese hat die Leitung alles Unterrichts und aller geistigen Organisationen im Lande. Wer einmal Eliteschüler ist, für den kommt, falls er nicht in irgendeinem der Lehrgänge versagt und in die Normalschulen zurückgeschickt werden muß, kein Fach- und Brotstudium mehr in Betracht, sondern aus den Eliteschülern rekrutiert sich der «Orden» und die Hierarchie der gelehrten Behörde, vom Schullehrer bis zu den obersten Ämtern: den zwölf Studiendirektoren oder «Meistern» und dem Ludi Magister, dem Leiter des Glasperlenspiels. Meist wird der letzte Lehrgang der Eliteschulen im Alter von zweiundzwanzig bis fünfundzwanzig

Jahren abgeschlossen, und zwar durch die Aufnahme in den Orden. Von da an stehen nun den ehemaligen Eliteschülern alle Bildungsanstalten und Forschungsinstitute des Ordens und der Erziehungsbehörde zur Verfügung: die für sie reservierten Elite-Hochschulen, die Bibliotheken, Archive, Laboratorien und so weiter samt einem großen Stab von Lehrern sowie die Einrichtungen des Glasperlenspiels. Wer während der Schuljahre eine spezielle, fachliche Begabung erkennen läßt, für Sprachen, für Philosophie, für Mathematik oder was es nun sei, der wird schon in den obern Stufen der Eliteschulen in den Lehrgang hinübergesiebt, der seiner Begabung die beste Nahrung bietet; die meisten dieser Schüler enden als Fachlehrer an den öffentlichen Schulen und Hochschulen und bleiben, auch wenn sie Kastalien verlassen haben, lebenslänglich Mitglieder des Ordens, das heißt sie stehen in streng eingehaltenem Abstand von den «Normalen» (den nicht in der Elite Ausgebildeten) und können — außer sie nähmen ihren Austritt aus dem Orden — niemals «freie» Fachmänner werden wie der Arzt, der Anwalt, der Techniker und so weiter, sondern unterstehen zeitlebens den Regeln des Ordens, zu welchen unter andern die Besitzlosigkeit und die Ehelosigkeit gehören; das Volk nennt sie, halb spöttisch, halb respektvoll, «Mandarine». Auf diese Art findet die große Mehrzahl der einstigen Eliteschüler ihre endgültige Bestimmung. Der kleine Rest aber, die letzte und feinste Auswahl aus den kastalischen Schulen, bleibt einem freien Studium von nicht begrenzter Dauer, einem beschaulich-fleißigen Geistesleben vorbehalten. Manche Hochbegabte, welche jedoch wegen Charakterungleichheiten oder aus andern Gründen, etwa wegen körperlicher Mängel, sich nicht zu Lehrern und zu verantwortlichen Ämtern in der oberen oder unteren Erziehungsbehörde eignen, studieren, forschen oder sammeln lebenslänglich weiter, Pensionäre der Behörde, ihre Leistung fürs Ganze besteht zumeist in rein gelehrten Arbeiten. Einige sind als Berater den Wörterbuch-Kommissionen, den Archiven, Bibliotheken und so weiter zugeteilt, andre betreiben ihre Gelehrsamkeit nach der Devise l'art pour l'art, schon manche von ihnen haben ihr Leben an sehr entlegene und oft wunderliche Arbeiten gewendet, wie etwa jener Lodovicus crudelis, der in dreißigjähriger Arbeit alle überlieferten altägyptischen Texte sowohl ins Griechische wie ins Sanskrit übersetzt hat, oder der etwas wunderliche Chattus Calvensis II., der in vier gewaltigen handschriftlichen Foliobänden ein Werk über «die Aussprache des Lateins an den Hochschulen des südlichen Italien gegen Ende des zwölften Jahrhunderts» hinterließ. Dies Werk war gedacht als erster Teil einer «Geschichte der Aussprache des Lateins vom zwölften bis zum sechzehnten Jahrhundert», ist aber trotz seiner tausend Manuskriptblätter Fragment geblieben und von niemandem fortgesetzt worden. Es ist begreiflich, daß über rein gelehrte Arbeiten dieser Art manche Späße gemacht werden, ihr tatsächlicher Wert für kommende Zeiten der Wissenschaft und für das Volksganze läßt sich in keiner Weise berechnen. Indessen bedarf die Wissenschaft, ebenso wie in früheren Zeiten die Kunst, nun einmal einer gewissen weitgesteckten Weide, und zuzeiten kann der Erforscher irgendeines Themas, für welches außer ihm sich niemand interessiert, in sich ein Wissen ansammeln, das seinen mitlebenden Kollegen höchst wertvolle Dienste leistet wie ein Wörterbuch oder ein Archiv. Soweit möglich wurden gelehrte Arbeiten wie die erwähnten auch gedruckt. Man ließ die eigentliche Gelehrtenschaft in nahezu vollkommener Freiheit ihre Studien und Spiele treiben und stieß sich nicht daran, daß manche ihrer Arbeiten augenscheinlich dem Volk und Gemeinwesen keinen unmittelbaren Nutzen brachten, ja den Nichtgelehrten als luxuriöse Spielereien erscheinen mußten. Es ist mancher dieser Gelehrten wegen der Art seiner Studien belächelt, niemals aber getadelt oder gar seiner Privilegien beraubt worden. Daß sie auch beim Volk Achtung genossen und nicht bloß geduldet wurden, wenn es auch viele Witze über sie gab, das hing mit dem Opfer zusammen, mit welchem alle Mitglieder der Gelehrtenschaft ihre geistige Freiheit bezahlten. Sie hatten viele Annehmlichkeiten, sie hatten in bescheidener Zuteilung Nahrung, Kleidung und Wohnung, sie hatten herrliche Bibliotheken zur Verfügung, Sammlungen, Laboratorien, aber dafür verzichteten sie nicht nur auf Wohlleben, auf Ehe und Familie, sondern waren, als mönchische Gemeinschaft, aus dem allgemeinen Wettbewerb der Welt ausgeschieden, kannten kein Eigentum, keine Titel und Auszeichnungen und hatten sich im Materiellen mit einem sehr einfachen Leben zu begnügen. Wenn einer seine Lebensjahre an die Entzifferung einer einzigen alten Inschrift vergeuden wollte, stand ihm dies frei, man leistete ihm noch Vorschub; aber wenn er auf gutes Leben, auf elegante Kleidung, auf Geld oder Titel Anspruch machte, stieß er auf unerbittliche Verbote, und wem diese Appetite wichtig waren, der kehrte meist schon in jungen Jahren in die «Welt» zurück, wurde besoldeter Fachlehrer, oder Privatlehrer, oder Journalist, oder heiratete, oder suchte sich auf irgendwelche Art ein Leben nach seinem Geschmack.

Als der Knabe Josef Knecht von Berolfingen Abschied nehmen mußte, war es sein Musiklehrer, der ihn zum Bahnhof begleitete. Von ihm tat der Abschied ihm weh, und ein wenig wallte ihm auch das Herz in einem Gefühl von Alleingebliebensein und Unsicherheit, als im Dahinfahren der hellgetünchte Treppengiebel des alten Schloßturmes untersank und verschwunden blieb. Mancher andre Schüler tritt diese erste Reise mit viel heftigeren Gefühlen, verzagt und in Tränen an. Josef war mit dem Herzen schon mehr drüben als hier, er überstand es leicht. Und die Reise war nicht lang.

Er war der Schule Eschholz zugeteilt worden. Bilder dieser Schule hatte er früher schon im Amtszimmer seines Rektors gesehen. Eschholz war die größte und die jüngste Schulsiedlung von Kastalien, die Bauten alle aus neuerer Zeit, keine Stadt in der Nähe, nur eine dorfähnliche kleine Niederlassung, eng von Bäumen umstanden; dahinter entfaltete sich weit, eben und heiter die Anstalt, um ein großes freies Rechteck angelegt, in dessen Mitte, geordnet wie die Fünf auf einem Würfel, fünf stattliche Mammutbäume ihre dunklen Kegel in die Höhe trieben. Der riesige Platz war teils mit Rasen, teils mit Sand bedeckt und nur von zwei großen Schwimmbassins mit fließendem Wasser unterbrochen, zu welchen breite flache Stufen hinabführten. Beim Eingang zu diesem sonnigen Platz stand das Schulhaus, das einzig hohe Gebäude der Anlage, zweiflügelig mit je einer fünfsäuligen Vorhalle an jedem Flügel. Alles übrige Bauwerk, das den ganzen Platz ohne Lücke von drei Seiten umschloß, war ganz niedrig, flach und schmucklos, in lauter gleichgroße Glieder geteilt, deren jedes mit einer Laube und einer Treppe von wenigen Stufen auf den Platz mündete, und in den meisten Laubenöffnungen standen Blumentöpfe.

Bei der Ankunft wurde nach kastalischer Sitte der Knabe nicht von einem Schuldiener empfangen und vor einen Rektor oder ein Lehrerkollegium geführt, sondern es empfing ihn ein Kamerad, ein hübscher, großgewachsener Knabe, in blaues Leinen gekleidet, ein paar Jahre älter als Josef, der gab ihm die Hand und sagte: «Ich bin Oskar, der älteste vom Haus Hellas, wo du wohnen wirst, und es ist mein Auftrag, dich bei uns willkommen zu heißen und einzuführen. In der Schule wirst du erst morgen erwartet, wir haben hübsch Zeit, alles ein wenig anzusehen, du wirst dich schnell auskennen. Ich bitte dich auch, mich für die erste Zeit, bis du eingelebt bist, als deinen Freund und Mentor zu betrachten, und auch als deinen Beschützer, falls du einmal von den Kameraden belästigt werden solltest; manche meinen ja, sie müßten immer die Neuen ein wenig plagen. Schlimm wird es nicht sein, das kann ich versprechen. Jetzt führe ich dich zuerst nach Hellas, in unser Schülerhaus, damit du siehst, wo du wohnen wirst.»

So begrüßte, in der hergebrachten Weise, der vom Hausvorstand zu Josefs Mentor ernannte Oskar den Neuling, und in der Tat gab er sich Mühe, seine Rolle gut zu spielen; fast immer macht ja diese Rolle den Senioren Spaß, und wenn ein Fünfzehnjähriger sich Mühe gibt, einen Dreizehnjährigen durch leutseligen Kameradenton und leise Begönnerung zu berücken, so wird ihm das ja wohl immer gelingen. Josef wurde in seinen ersten Tagen vom Mentor durchaus als Gast behandelt, von dem man wünscht, er möge, sollte er etwa schon morgen wieder abreisen, vom Hause und vom Gastgeber einen guten Eindruck mitnehmen. Josef wurde in die Schlafstube geführt, die er mit zwei andern Knaben teilen sollte, er wurde mit Zwieback und einem Becher Fruchtsaft bewirtet, es wurde ihm das «Haus Hellas», eine der Wohnparzellen des großen Rechtecks, gezeigt, es wurde ihm gezeigt, wo er im Luftbad sein Handtuch aufhängen und in welcher Ecke er Topfblumen halten könne, falls er dazu Lust habe, er wurde auch noch vor Abend zum Waschmeister ins Waschhaus geführt, wo man ihm einen blauen Leinenanzug aussuchte und anpaßte. Josef fühlte sich vom ersten Augenblick an wohl am Ort und ging vergnügt auf Oskars Ton ein; kaum war eine leise Verlegenheit an ihm zu spüren, wennschon der Ältere und schon längst in Kastalien Heimische natürlich ein Halbgott für ihn war. Auch die gelegentlichen kleinen Renommistereien und Schauspielereien gefielen ihm, etwa wenn Oskar ein kompliziertes griechisches Zitat in seine Rede flocht, um sich dann sofort höflich zu erinnern, daß der Neue ja freilich dies noch nicht verstehen könne, natürlich nicht, wer wollte das auch von ihm verlangen!

Im übrigen war für Knecht das Internatsleben nichts Neues; er ordnete sich ohne Mühe ein. Es sind auch aus seinen Eschholzer Jahren wichtige Ereignisse nicht überliefert; den furchtbaren Brand im Schulhause kann er nicht mehr miterlebt haben. Seine Zeugnisse, soweit sie noch aufzufinden waren, zeigen in der Musik und im Latein gelegentlich die höchsten Zahlen, in Mathematik und Griechisch hielten sie sich etwas über dem guten Durchschnitt, im «Hausbuch» finden sich je und je über ihn Eintragungen wie «ingenium valde capex, studia non angusta, mores probantur» oder «ingenium felix et profectuum avidissimum, moribus placet officiosis». Welche Strafen er in Eschholz empfing, läßt sich nicht mehr feststellen, das Strafenbuch ist mit so vielem andren dem Brande zum Opfer gefallen. Ein Mitschüler soll später versichert haben, Knecht sei in den vier Eschholzer Jahren nur ein einziges Mal (durch Entzug des Wochenausfluges) bestraft worden, und zwar, weil er sich hartnäckig geweigert habe, den Namen eines Kameraden anzugeben, der etwas Verbotenes getan hatte. Die Anekdote klingt glaubhaft, Knecht war ohne Zweifel stets ein guter Kommilitone und niemals liebedienerisch nach oben; daß aber jene Bestrafung wirklich in vier Jahren die einzige gewesen sei, ist doch recht wenig wahrscheinlich.

Da wir an Dokumenten über Knechts erste Eliteschulzeit so arm sind, ziehen wir eine Stelle aus seinen spätern Vorlesungen über das Glasperlenspiel heran. Allerdings liegen von Knecht eigene Manuskripte zu diesen für Anfänger gehaltenen Vorlesungen nicht vor, ein Schüler hat sie nach seinem freien Vortrag stenographiert. Knecht spricht an jener Stelle über Analogien und Assoziationen im Glasperlenspiel und unterscheidet bei den letztern zwischen «legitimen», das heißt allgemeinverständlichen, und «privaten» oder subjektiven Assoziationen. Er sagt dort: «Um euch ein Beispiel für diese privaten Assoziationen zu geben, welche ihren privaten Wert dadurch nicht verlieren, daß sie im Glasperlenspiel unbedingt verboten sind, erzähle ich euch von einer solchen Assoziation aus meiner eigenen Schülerzeit. Ich war etwa vierzehn Jahre alt, und es war im Vorfrühling, im Februar oder März, da lud ein Kamerad mich ein, eines Nachmittags mit ihm auszugehen, um ein paar Holunderstämmchen zu schneiden, die wollte er als Röhren beim Bau einer kleinen Wassermühle benutzen. Wir zogen also aus, und es muß ein besonders schöner Tag in der Welt oder in meinem Gemüt gewesen sein, denn er ist mir im Gedächtnis geblieben und hat mir ein kleines Erlebnis gebracht. Das Land war feucht, aber schneefrei, an den Wasserläufen grünte es schon stark, im kahlen Gesträuch gaben Knospen und erste aufbrechende Kätzchen schon einen Hauch von Farbe, und die Luft war voll Geruch, einem Geruch voll Leben und voll Widerspruch, es duftete nach feuchter Erde, faulendem Laub und jungen Pflanzenkeimen, jeden Augenblick erwartete man schon die ersten Veilchen zu riechen, obschon es noch keine gab. Wir kamen zu den Holundern, sie hatten winzige Knospen, aber noch kein Laub, und als ich einen Zweig abschnitt, drang mir ein bittersüßer, heftiger Geruch entgegen, der alle die andern Frühlingsgerüche in sich gesammelt, summiert und potenziert zu haben schien. Ich war ganz benommen davon, ich roch an meinem Messer, roch an meiner Hand, roch an dem Holunderzweig; sein Saft war es, der so dringlich und unwiderstehlich duftete. Wir sprachen nicht darüber, aber auch mein Kamerad roch lang und nachdenklich an seinem Rohr, auch zu ihm sprach der Duft. Nun, jedes Erlebnis hat eben seine Magie, und hier bestand mein Erlebnis darin, daß der kommende Frühling, schon beim Gehen über die feucht schwappenden Wiesenböden, beim Duft der Erde und Knospen von mir stark und beglückend empfunden, sich nun im Fortissimo des Holunderduftes zu einem sinnlichen Gleichnis und einer Bezauberung konzentrierte und steigerte. Vielleicht hätte ich, auch wenn dies kleine Erlebnis für sich allein geblieben wäre, diesen Geruch niemals mehr vergessen; vielmehr, jede künftige Wiederbegegnung mit diesem Geruch hätte mir wahrscheinlich bis ins Alter stets die Erinnerung an jenes erste Mal aufgeweckt, da ich den Duft bewußt erlebt hatte. Nun kommt aber noch etwas Zweites hinzu. Ich hatte damals bei meinem Klavierlehrer einen alten Band Noten gefunden, der mich gewaltig anzog, es war ein Band Lieder von Franz Schubert. Ich hatte darin geblättert, als ich einmal etwas lange auf den Lehrer warten mußte, und auf meine Bitte hatte er ihn mir für einige Tage geliehen. In meinen Freistunden lebte ich ganz in der Wonne des Entdeckens, ich hatte bis dahin nichts von Schubert gekannt und war damals ganz von ihm bezaubert. Und nun entdeckte ich, am Tag jenes Holundergangs oder am Tage nachher, Schuberts Frühlingslied ‚Die linden Lüfte sind erwacht‘, und die ersten Akkorde der Klavierbegleitung überfielen mich wie ein Wiedererkennen: diese Akkorde dufteten genau so wie der junge Holunder geduftet hatte, so bittersüß, so stark und gepreßt, so voll Vorfrühling! Von jener Stunde an ist für mich die Assoziation Vorfrühling — Holunderduft — Schubertakkord eine feststehende und absolut gültige, mit dem Anschlagen des Akkords rieche ich sofort und unbedingt den herben Pflanzengeruch wieder, und beides zusammen heißt: Vorfrühling. Ich besitze an dieser privaten Assoziation etwas sehr Schönes, etwas, das ich für nichts hergeben möchte. Aber die Assoziation, das jedesmalige Aufzucken zweier sinnlicher Erlebnisse beim Gedanken ‚Vorfrühling‘, ist meine Privatsache. Sie läßt sich mitteilen, gewiß, so wie ich sie euch hier erzählt habe. Aber sie läßt sich nicht übertragen. Ich kann euch meine Assoziation verständlich machen, aber ich kann nicht machen, daß auch nur bei einem einzigen von euch meine private Assoziation gleichfalls zu einem gültigen Zeichen, zu einem Mechanismus wird, der auf Anruf unfehlbar reagiert und stets genau gleich abläuft.»

Einer von Knechts Mitschülern, der es später bis zum ersten Archivar des Glasperlenspiels gebracht hat, wußte zu erzählen, daß Knecht im ganzen ein stillfröhlicher Knabe gewesen sei, beim Musizieren habe er zuweilen einen wunderbar versunkenen oder seligen Ausdruck gehabt, heftig und leidenschaftlich habe man ihn nur selten gesehen, besonders beim rhythmischen Ballspiel, das er sehr liebte. Einige Male aber sei der freundliche, gesunde Knabe aufgefallen und habe Spott oder auch Besorgnis erregt, nämlich bei einigen Fällen von Schülerentlassungen, wie sie ja namentlich an den niedern Eliteschulen des öftern notwendig werden. Als es das erstemal vorkam, daß ein Klassenkamerad beim Unterricht und Spiel fehlte und auch andern Tages nicht wiederkam und es sich herumsprach, daß er nicht etwa krank, sondern entlassen und abgereist sei und nicht wiederkommen werde, da sei Knecht nicht nur traurig, sondern tagelang wie verstört gewesen. Er selbst habe sich später, um Jahre später, so darüber geäußert: «Wenn ein Schüler aus Eschholz zurückgeschickt wurde und uns verließ, empfand ich es jedesmal wie einen Todesfall. Hätte man mich nach dem Grund meiner Trauer gefragt, so hätte ich gesagt, es sei Mitleid mit dem Armen, der sich durch Leichtsinn und Trägheit seine Zukunft verdorben habe, und es sei auch Angst dabei, Angst, daß es auch mir vielleicht einmal so gehen könnte. Erst nachdem ich das gleiche schon des öftern erlebt hatte und im Grunde an die Möglichkeit, das gleiche Schicksal könne auch mich treffen, gar nicht mehr glaubte, begann ich etwas tiefer zu sehen. Jetzt empfand ich den Ausschluß eines Electus nicht mehr nur als Unglück und Strafe, es war mir ja jetzt auch bekannt, daß die Entlassenen selbst in manchen Fällen ganz gerne wieder nach Hause zogen. Ich spürte jetzt, daß es nicht bloß Gericht und Strafe gab, denen ein Leichtsinniger zum Opfer fallen konnte, sondern daß die ‚Welt‘ dort draußen, aus der wir Electi alle einst gekommen waren, nicht in dem Maße aufgehört habe zu existieren, wie es mir erschien, daß sie vielmehr für manche eine große Wirklichkeit voll Anziehungskraft war, die sie lockte und schließlich zurückrief. Und vielleicht war sie das nicht nur für einzelne, sondern für alle, vielleicht auch war es gar nicht ausgemacht, daß es die Schwächeren und Minderwertigen seien, welche die ferne Welt so sehr anzog: vielleicht war der scheinbare Rückfall, den sie erlitten, gar kein Fall und kein Erleiden, sondern ein Sprung und eine Tat, und vielleicht waren wir, die wir brav in Eschholz blieben, gerade die Schwachen und Feigen.» Wir werden sehen, daß diese Gedanken ihm etwas später sehr lebendig nahe traten.

Eine große Freude war für ihn jedes Wiedersehen mit dem Musikmeister. Der kam mindestens alle zwei bis drei Monate einmal nach Eschholz, besuchte und inspizierte die Musikstunden, war auch mit einem der dortigen Lehrer befreundet, dessen Gast er nicht selten für einige Tage war. Einmal leitete er persönlich die letzten Proben zur Aufführung einer Vesper von Monteverdi. Vor allem aber behielt er die Begabteren unter den Musikschülern im Auge, und Knecht gehörte zu denen, die er seiner väterlichen Freundschaft würdigte. Je und je saß er mit ihm eine Stunde in einer der Übungskammern am Klavier und nahm Werke seiner Lieblingsmusiker mit ihm durch oder ein Musterbeispiel aus den alten Kompositionslehren. «Mit dem Musikmeister einen Kanon zu bauen oder ihn einen schlechtgebauten ad absurdum führen zu hören, hatte oft eine Feierlichkeit oder auch eine Munterkeit wie nichts andres, manchmal konnte man kaum die Tränen zurückhalten, und manchmal kam man nicht aus dem Lachen heraus. Aus einer privaten Musikstunde bei ihm kam man wie aus einem Bad und einer Massage.»

Als Knechts Eschholzer Schülerzeit sich ihrem Ende näherte — er sollte zusammen mit etwa einem Dutzend andrer Schüler seiner Stufe in eine Schule der nächsten Stufe aufgenommen werden —, hielt diesen Kandidaten einst der Rektor die übliche Rede, in welcher er den Promovierten nochmals den Sinn und die Gesetze der kastalischen Schulen vor Augen stellte und ihnen gewissermaßen im Namen des Ordens den Weg vorzeichnete, an dessen Ende sie das Recht haben würden, selbst in den Orden einzutreten. Diese solenne Rede gehört zum Programm eines Festtages, den die Schule ihren Promovierten gibt und an welchem diese von Lehrern und Mitschülern wie Gäste behandelt werden. Stets finden an diesen Tagen sorgfältig vorbereitete Aufführungen statt — diesmal war es eine große Kantate aus dem siebzehnten Jahrhundert —, und der Musikmeister war selber gekommen, sie anzuhören. Nach des Rektors Rede, auf dem Wege zum geschmückten Speisesaal, näherte sich Knecht dem Meister mit einer Frage: «Der Rektor», sagte er, «hat uns davon erzählt, wie es außerhalb von Kastalien, in den gewöhnlichen Schulen und Hochschulen, zugeht. Er hat gesagt, daß die dortigen Schüler sich auf ihren Universitäten den ‚freien‘ Berufen zuwenden. Es sind das, wenn ich ihn richtig verstanden habe, zum größern Teil Berufe, welche wir hier in Kastalien gar nicht kennen. Wie soll ich das nun verstehen? Warum nennt man jene Berufe ‚frei‘? Und warum sollen gerade wir Kastalier von ihnen ausgeschlossen sein?»

Der Magister Musicae zog den Jüngling beiseite und blieb unter einem der Mammutbäume stehen. Ein beinahe listiges Lächeln zog die Haut um seine Augen in Fältchen, als er ihm Antwort gab: «Du trägst den Namen Knecht, mein Lieber, vielleicht hat darum das Wort ‚frei‘ so viel Zauber für dich. Nimm es aber nicht zu ernst in diesem Fall! Wenn die Nichtkastalier von freien Berufen sprechen, so wird das Wort vielleicht sehr ernsthaft und sogar pathetisch klingen. Von uns aber wird es ironisch gemeint. Eine Freiheit jener Berufe zwar besteht insofern, als der Lernende sich den Beruf selbst erwählt. Das gibt einen Anschein von Freiheit, obwohl in den meisten Fällen die

Wahl weniger vom Schüler als von dessen Familie getroffen wird und mancher Vater sich lieber die Zunge abbisse, als seinem Sohn diese freie Wahl wirklich überließe. Aber vielleicht ist das Verleumdung; schalten wir diesen Einwand aus! Die Freiheit also sei da, aber sie beschränkt sich auf den einen, einzigen Akt der Berufswahl. Nachher ist es mit der Freiheit zu Ende. Schon bei den Studien an der Hochschule ist der Arzt, der Jurist, der Techniker in einen sehr starren Lehrgang gezwängt, der mit einer Reihe von Prüfungen endet. Hat er sie bestanden, dann bekommt er sein Patent und kann nun, wieder in scheinbarer Freiheit, seinem Beruf nachgehen. Er wird damit aber ein Sklave niedriger Mächte, er hängt vom Erfolg, vom Geld, von seinem Ehrgeiz, seiner Ruhmsucht, vom Gefallen ab, das die Menschen an ihm finden oder nicht finden. Er muß sich Wahlen unterziehen, er muß Geld verdienen, er nimmt teil am rücksichtslosen Wettkampf der Kasten, der Familien, der Parteien, der Zeitungen. Dafür hat er die Freiheit, erfolgreich und wohlhabend zu werden und von den Erfolglosen gehaßt zu werden oder umgekehrt. Mit dem Eliteschüler und spätern Mitglied des Ordens steht es in jeder Hinsicht umgekehrt. Er ,wählt' sich keinen Beruf. Er glaubt nicht, seine Talente besser beurteilen zu können als die Lehrer. Er läßt sich innerhalb der Hierarchie immer an den Ort stellen und zu der Funktion bestimmen, welche die Oberen für ihn wählen — sofern nämlich die Sache nicht etwa umgekehrt läuft und die Eigenschaften, Gaben und Fehler des Schülers es sind, welche die Lehrer zwingen, ihn hierhin oder dorthin zu stellen. Inmitten dieser scheinbaren Unfreiheit nun genießt jeder Electus nach seinen ersten Kursen die denkbar größte Freiheit. Während der Mann der ,freien' Berufe sich zur Ausbildung in seinem Fach einem engen und starren Lehrgang mit starren Prüfungen unterziehen muß, geht beim Electus, sobald er selbständig zu studieren beginnt, die Freiheit so weit, daß es viele gibt, welche ihr Leben lang nach eigener Wahl die entlegensten und oft fast närrischen Studien betreiben, und niemand stört sie darin, solange nur nicht ihre Sitten entarten. Der zum Lehrer Geeignete wird als Lehrer verwendet, der zum Erzieher Geeignete als Erzieher, der zum Übersetzer Geeignete als Übersetzer, jeder findet wie von selbst den Ort, an welchem er dienen und im Dienen frei sein kann. Und nun ist er außerdem für sein ganzes Leben jener ‚Freiheit‘ des Berufes entzogen, die so furchtbare Sklaverei bedeutet. Er weiß nichts vom Streben nach Geld, nach Ruhm, nach Rang, er kennt keine Parteien, keinen Zwiespalt zwischen Person und Amt, zwischen Privat und Öffentlich, keine Abhängigkeit vom Erfolg. Du siehst wohl, mein Sohn: wenn man von freien Berufen spricht, so ist das ‚frei‘ ziemlich spaßhaft gemeint.»

Der Abschied von Eschholz bedeutete in Knechts Leben einen deutlichen Einschnitt. Hatte er bisher in einer glücklichen Kindheit, in einer willigen und beinahe problemlosen Einordnung und Harmonie gelebt, so begann jetzt eine Periode des Kampfes, der Entwicklungen und der Problematik. Er war etwa siebzehn Jahre alt, als ihm seine baldige Versetzung in eine höhere Schulstufe angekündigt wurde, ihm und einer Reihe von Kommilitonen, und jetzt gab es auf eine kurze Weile keine wichtigere und mehr diskutierte Frage für die Ausgewählten als die nach dem Ort, an den jeder von ihnen verpflanzt werden würde. Er wurde einem jeden der Tradition gemäß erst in den letzten Tagen vor der Abreise mitgeteilt, und in der Frist zwischen Entlassungsfest und Abreise waren Ferien. In diese Ferien nun fiel für Knecht ein schönes und bedeutendes Ereignis: der Musikmeister lud ihn ein, ihn auf einer Fußreise zu besuchen und einige Tage sein Gast zu sein. Das war eine große und seltene Ehre. Mit einem ebenfalls promovierten Kameraden — denn Knecht gehörte noch zu Eschholz, und den Schülern dieser Stufe war Alleinreisen nicht erlaubt — wanderte er eines frühen Morgens dem Wald und den Bergen entgegen, und als die beiden nach drei Stunden des Steigens im Waldschatten auf eine freie Kuppe gelangten, sahen sie unter sich schon klein und leicht überblickbar ihr Eschholz liegen, weithin kenntlich an der dunklen Masse der fünf Riesenbäume, am rasendurchzogenen Rechteck mit den spiegelnden Weihern, mit dem hohen Schulhaus, der Ökonomie, dem Dörfchen, dem berühmten Eschengehölz. Die beiden Jünglinge standen und blickten hinab; mancher von uns hat diesen lieblichen Blick in Erinnerung, er war damals nicht sehr vom heutigen verschieden, denn die Gebäude sind nach dem großen Brande beinahe unverändert wieder errichtet worden, und von den hohen Bäumen haben drei den Brand überlebt. Da sahen sie ihre Schule liegen, ihre Heimat seit Jahren, von der sie nun bald Abschied nehmen sollten, und beide fühlten sich von dem Anblick im Herzen ergriffen.

«Ich glaube, ich habe noch nie richtig gesehen, wie schön es ist», sagte Josefs Begleiter. «Ach ja, es mag davon kommen, daß ich es zum erstenmal als etwas sehe, was ich verlassen und wovon ich Abschied nehmen muß.»

«Das ist es», sagte Knecht, «du hast recht, es geht auch mir so. Aber wenn wir auch von hier fortgehen werden, eigentlich und richtig verlassen wir Eschholz ja doch nicht. Richtig verlassen haben es nur jene, die für immer fortgegangen sind, jener Otto zum Beispiel, der so wunderbare lateinische Juxverse machen konnte, oder unser Charlemagne, der so lang unter Wasser hat schwimmen können, und die anderen. Die haben wirklich Abschied genommen und sich losgelöst. Ich habe lange nicht mehr an sie gedacht, jetzt fallen sie mir wieder ein. Lache mich nur aus, aber diese Abgefallenen haben trotz allem für mich etwas Imponierendes, so wie der abtrünnige Engel Luzifer etwas Großes hat. Sie haben vielleicht das Falsche getan, vielmehr, sie haben ganz ohne Zweifel das Falsche getan, aber immerhin: sie haben etwas getan, sie haben etwas vollzogen, sie haben einen Sprung gewagt, es gehörte Mut dazu. Wir andern, wir haben Fleiß und Geduld gehabt, und Vernunft, aber getan haben wir nichts, gesprungen sind wir nicht!»

«Ich weiß nicht», meinte der andre, «manche von ihnen haben weder etwas getan noch gewagt, sondern sie haben einfach gebummelt, bis man sie fortgeschickt hat. Aber vielleicht verstehe ich dich nicht ganz. Was meinst du denn mit dem Springen?»

«Damit meine ich das Loslassenkönnen, das Ernstmachen, nun eben — das Springen! Ich wünsche mir nicht, in meine frühere Heimat und in mein früheres Leben zurückzuspringen, sie zieht mich nicht, ich habe sie beinah vergessen. Aber ich wünsche mir: einmal, wenn die Stunde kommt und es notwendig sein wird, mich auch losmachen und springen zu können, bloß nicht zurück ins Geringere, sondern vorwärts und ins Höhere.»

«Nun, dem gehen wir ja entgegen. Eschholz war eine Stufe, die nächste wird höher sein, und schließlich erwartet uns der Orden.»

«Ja, aber das meinte ich nicht. Wir wollen weiterziehen, amice, das Wandern ist so schön, es wird mich wieder froh machen. Wir sind ja ganz trübsinnig geworden.»

In dieser Stimmung und diesen Worten, die jener Kamerad uns überliefert hat, meldet sich die stürmische Epoche von Knechts Jugendzeit schon an.

Zwei Tage waren die Wanderer unterwegs, bis sie am damaligen Wohnort des Musikmeisters anlangten, dem hochgelegenen Monteport, wo der Meister im ehemaligen Kloster gerade einen Kurs für Dirigenten abhielt. Der Kamerad wurde im Gästehaus untergebracht, während Knecht eine kleine Zelle in der Wohnung des Magisters bekam. Er hatte dort kaum seinen Rucksack ausgepackt und sich gewaschen, da kam schon sein Wirt herein. Der ehrwürdige Mann gab dem Jüngling die Hand, setzte sich mit einem kleinen Seufzer auf einen Stuhl nieder, schloß für ein paar Augenblicke die Augen, wie er es tat, wenn er sehr müde war, dann sagte er freundlich aufblickend: «Entschuldige mich, ich bin kein sehr guter Wirt. Du kommst eben von der Fußreise und wirst müde sein, und ehrlich gesagt bin ich es auch, mein Tag ist etwas überfüllt — aber wenn du nicht etwa schon schläfrig bist, möchte ich dich gleich jetzt für eine Stunde mit in meine Stube nehmen. Du kannst zwei Tage hierbleiben, und morgen kannst du auch deinen Begleiter zu mir zu Tisch einladen, aber viel Zeit habe ich leider nicht für dich, darum müssen wir sehen, wie wir die paar Stunden herausbringen, die ich für dich brauche. Wir fangen also gleich an, nicht?»

Er führte Knecht in eine gewölbte große Zelle, darin stand nichts von Hausrat als ein altes Klavier und zwei Stühle. In die setzten sie sich.

«Du kommst bald in eine andere Stufe», sagte der Meister. «Dort wirst du allerlei Neues lernen, es ist viel Hübsches dabei, auch am Glasperlenspiel wirst du wohl bald zu nippen beginnen. Das alles ist schön und ist wichtig, aber eines ist wichtiger als alles andre: du wirst das Meditieren lernen. Scheinbar lernen es ja alle, aber man darf nicht immer nachprüfen. Von dir wünsche ich, daß du es richtig und gut lernest, ebenso gut wie die Musik; alles andre kommt dann von selbst. Darum möchte ich dir die zwei oder drei ersten Lektionen selbst geben, das war der Grund meiner Einladung. Wir wollen also heut und morgen und übermorgen je eine Stunde zu meditieren versuchen, und zwar über Musik. Du bekommst jetzt einen Becher Milch, damit Durst und Hunger dich nicht stören, die Abendmahlzeit wird uns erst später gebracht.»

Es pochte an der Tür, und ein Becher Milch wurde gebracht.

«Trinke langsam, langsam», mahnte er, «laß dir Zeit, und sprich nicht dazu.» Ganz langsam trank Knecht seine kühle Milch, ihm gegenüber saß der verehrte Mann und hielt wieder die Augen geschlossen, sein Gesicht sah recht alt, aber freundlich aus, es war voll Friede, er lächelte in sich hinein, als sei er in seine eigenen Gedanken hinabgestiegen wie ein Ermüdeter in ein Fußbad. Es strömte Ruhe von ihm aus. Knecht spürte es und wurde selbst beruhigt.

Jetzt drehte sich der Magister auf seinem Stuhle um und legte die Hände auf das Klavier. Er spielte ein Thema und trieb es variierend vorwärts, es schien ein Stück von einem italienischen Meister zu sein. Er wies seinen Gast an, sich den Gang dieser Musik wie einen Tanz, wie eine ununterbrochene Reihe von Gleichgewichtsübungen vorzustellen, wie eine Folge von kleineren oder größeren Schritten von der Mitte einer Symmetrieachse aus, und auf nichts andres zu achten als auf die Figur, welche diese Schritte bildeten. Er spielte die Takte nochmals, sann ihnen schweigend nach, spielte sie noch einmal, und blieb, die Hände auf den Knien, ganz still sitzen, die Augen halb geschlossen, ohne jede Regung, in sich innen die Musik wiederholend und betrachtend. Auch der Schüler horchte ihr in seinem Innern nach, sah Bruchstücke von Notenlinien vor sich, sah etwas sich bewegen, etwas schreiten, tanzen und schweben, und suchte die Bewegung zu erkennen und zu lesen wie die Kurven der Linie eines Vogelfluges. Sie verwirrten und verloren sich wieder, er mußte von vorn beginnen, einen Augenblick verließ ihn die Konzentration, er war im Leeren, blickte verlegen um sich und sah das stille versunkene Angesicht des Meisters blaß in der Dämmerung schweben, fand sich nun wieder in jenen geistigen Raum zurück, dem er entglitten war, hörte die Musik wieder darin tönen, sah sie darin schreiten, sah sie die Linie ihrer Bewegung hinschreiben, sah und sann den tanzenden Füßen der Unsichtbaren nach...

Es schien ihm eine lange Zeit vergangen zu sein, als er dem Raum wieder entglitt, als er den Stuhl unter sich wieder fühlte, den mattenbedeckten Steinboden, das schwach gewordene Dämmerlicht hinter den Fenstern. Er spürte, daß jemand ihn ansehe, blickte auf und sah in den Blick des Musikmeisters, der ihn aufmerksam betrachtete. Der Meister nickte ihm kaum merklich zu, spielte mit einem Finger pianissimo die letzte Variation jener italienischen Musik und erhob sich.

«Bleibe hier sitzen», sagte er, «ich werde wiederkommen. Suche die Musik in dir noch einmal auf, achte auf die Figur! Aber zwinge dich nicht, es ist bloß ein Spiel. Wenn du drüber einschläfst, so schadet es auch nichts.»

Er ging, es wartete noch eine Arbeit auf ihn, die der überfüllte Tag ihm übriggelassen hatte, keine leichte und angenehme Arbeit, keine, die er sich wünschte. Es war einer unter den Schülern des Dirigentenkurses, ein begabter, aber eitler und hochfahrender Mensch, mit dem er noch sprechen, dem er Unarten legen, Unrecht beweisen, dem er Sorge wie Überlegenheit, Liebe wie Autorität zeigen mußte. Er seufzte. Daß es keine endgültige Ordnung, kein Aufräumen mit erkannten Irrtümern gab! Daß man immer und immer wieder dieselben Fehler bekämpfen, dieselben Unkräuter ausraufen mußte! Das Talent ohne Charakter, das Virtuosentum ohne Hierarchie, das einst im Feuilletonzeitalter das Musikleben beherrscht hatte, das in der musikalischen Renaissance ausgerottet und abgetan worden war — da grünte es schon wieder und trieb Knospen.

Als er von seinem Gange wiederkam, um mit Josef das Abendbrot einzunehmen, fand er ihn still, aber vergnügt, gar nicht mehr müde. «Es war sehr schön», sagte der Knabe träumerisch. «Die Musik ist mir darüber ganz entschwunden, sie hat sich verwandelt.»

«Laß sie in dir nachschwingen», sagte der Meister und führte ihn in ein kleines Gemach, wo ein Tisch mit Brot und Obst bereit stand. Sie aßen, und der Meister lud ihn ein, morgen eine Weile dem Dirigierkurs beizuwohnen.

Ehe er sich zurückzog und den Gast in seine Zelle brachte, sagte er zu ihm: «Du hast beim Meditieren etwas gesehen, die Musik ist dir als Figur erschienen. Versuche, wenn du dazu Lust hast, sie nachzuschreiben.»

In der Gastzelle fand Knecht einen Bogen Papier auf dem Tische liegen und Stifte, und ehe er zur Ruhe ging, versuchte er die Figur zu zeichnen, in welche sich ihm jene Musik verwandelt hatte. Er zog eine Linie, und von der Linie schräg wegstrebend in rhythmischen Zwischenräumen kurze Seitenlinien; es erinnerte etwa an die Ordnung der Blätter an einem Baumzweig. Es befriedigte ihn nicht, was dabei entstand, aber er fühlte Lust, es noch einmal und nochmals zu versuchen, und zuletzt bog er im Spielen die Linie zu einem Kreis, von welchem die Seitenlinien ausstrahlten, ähnlich wie vom Kreis eines Kranzes die Blumen. Dann ging er zu Bett und schlief schnell ein. Im Traum kam er wieder auf jene Hügelkuppe über den Wäldern, wo er gestern mit seinem Kameraden gerastet hatte, und sah unter sich das liebe Eschholz liegen, und indem er hinabschaute, zog das Rechteck der Schulgebäude sich zu einem Oval und dann zum Kreis auseinander, einem Kranz, und der Kranz begann sich langsam zu drehen, drehte sich mit zunehmender Geschwindigkeit, drehte sich zuletzt rasend schnell und barst und flog in funkelnden Sternen auseinander.

Er wußte beim Erwachen nichts mehr davon, aber als ihn später bei einem Morgengang der Meister fragte, ob er einen Traum gehabt habe, war es ihm, als müsse er etwas Schlimmes oder Aufregendes im Traum erlebt haben, er sann nach, fand den Traum wieder, erzählte ihn und war verwundert über seine Harmlosigkeit. Aufmerksam hörte der Meister zu.

«Soll man denn auf Träume achten?» fragte Josef. «Kann man sie deuten?»

Der Meister sah ihm in die Augen und sagte kurz: «Man soll auf alles achten, denn man kann alles deuten.»

Nach einigen Schritten aber fragte er väterlich: «In welche Schule möchtest du denn am liebsten kommen?» Jetzt errötete Josef. Schnell und leise sagte er: «Ich glaube, nach Waldzell.» Der Meister nickte. «Ich dachte es mir. Du kennst doch den alten Spruch: Gignit autem artificiosam . . .»

Noch rot im Gesicht, ergänzte Knecht den jedem Schüler wohlbekannten Spruch: Gignit autem artificiosam lusorum gentem Cella Silvestris. Zu deutsch: Waldzell aber bringt das kunstreiche Völkchen der Glasperlenspieler hervor.

Herzlich blickte ihn der Alte an. «Wahrscheinlich ist das dein Weg, Josef. Du weißt, daß nicht alle mit dem Glasperlenspiel einverstanden sind. Sie sagen, es sei ein Ersatz für die Künste, und die Spieler seien Belletristen, sie seien nicht mehr als eigentlich Geistige zu betrachten, sondern seien eben frei phantasierende und dilettierende Künstler. Du wirst ja sehen, was daran wahr ist. Vielleicht hast du selber Vorstellungen vom Glasperlenspiel, die ihm mehr zutrauen, als es dir halten wird, vielleicht auch umgekehrt. Daß das Spiel Gefahren hat, ist gewiß. Eben darum lieben wir es, auf gefahrlose Wege schickt man nur die Schwachen. Du sollst aber nie vergessen, was ich dir so oft gesagt habe: unsre Bestimmung ist, die Gegensätze richtig zu erkennen, erstens nämlich als Gegensätze, dann aber als die Pole einer Einheit. So ist es auch mit dem Glasperlenspiel. Die Künstlernaturen sind in dies Spiel verliebt, weil man darin phantasieren kann; die strengen Fachwissenschaftler verachten es — und auch manche Musiker tun es —, weil ihm jener Grad der Strenge in der Disziplin fehle, den die Einzelwissenschaften erreichen können. Gut, du wirst diese Gegensätze kennenlernen und wirst mit der Zeit entdecken, daß es nicht Gegensätze der Objekte sind, sondern der Subjekte, daß zum Beispiel ein phantasierender Künstler die reine Mathematik oder Logik nicht deswegen meidet, weil er etwas von ihr erkannt und auszusagen hätte, sondern weil er instinktiv anderswohin neigt. Du kannst an solchen instinktiven und heftigen Neigungen und Abneigungen mit Sicherheit die kleineren Seelen erkennen. In Wirklichkeit, das heißt in den großen Seelen und überlegenen Geistern, gibt es diese Leidenschaften nicht. Jeder von uns ist nur ein Mensch, nur ein Versuch, ein Unterwegs. Er soll aber dorthin unterwegs sein, wo das Vollkommene ist, er soll ins Zentrum streben, nicht an die Peripherie. Merke dir: man kann strenger Logiker oder Grammatiker und dabei voll Phantasie und Musik sein. Man kann Musikant oder Glasperlenspieler und dabei ganz Hingabe an Gesetz und Ordnung sein. Der Mensch, den wir meinen und wollen, der zu werden unser Ziel ist, würde jeden Tag seine Wissenschaft oder Kunst mit jeder andern tauschen können, er würde im Glasperlenspiel die kristallenste Logik aufstrahlen lassen und in der Grammatik die schöpferischste Phantasie. So sollten wir sein, man sollte uns zu jeder Stunde auf einen andern Posten stellen können, ohne daß wir uns dagegen sträuben und uns verwirren lassen.»

«Ich glaube zu verstehen», sagte Knecht. «Aber sind jene, die so starke Vorlieben und Aversionen haben, nicht eben einfach die leidenschaftlicheren Naturen, andre aber die ruhigeren und sanfteren?»

«Es scheint zu stimmen und stimmt doch nicht», lachte der Meister. «Um für alles tüchtig zu sein und allem gerecht zu werden, braucht man gewiß nicht ein Minus an Seelenkraft und Schwung und Wärme, sondern ein Plus. Was du Leidenschaft nennst, ist nicht Seelenkraft, sondern Reibung zwischen Seele und Außenwelt. Es ist dort, wo die Leidenschaftlichkeit herrscht, nicht ein Plus an Kraft des Begehrens und Strebens vorhanden, sondern sie ist auf ein vereinzeltes und falsches Ziel gerichtet, daher die Spannung und Schwüle in der Atmosphäre. Wer die höchste Kraft des Begehrens ins Zentrum richtet, gegen das wahre Sein hin, gegen das Vollkommene, der scheint ruhiger als der Leidenschaftliche, weil man die Flamme seiner Glut nicht immer sieht, weil er zum Beispiel beim Disputieren nicht schreit und nicht mit den Armen fuchtelt. Aber ich sage dir: er muß glühen und brennen!»

«Ach, wenn man doch wissend werden könnte!» rief Knecht. «Wenn es doch eine Lehre gäbe, etwas, woran man glauben kann! Alles widerspricht einander, alles läuft aneinander vorbei, nirgends ist Gewißheit. Alles läßt sich so deuten und läßt sich auch wieder umgekehrt deuten. Man kann die ganze Weltgeschichte als Entwicklung und Fortschritt auslegen, und kann ebensowohl nichts als Verfall und Unsinn in ihr sehen. Gibt es denn keine Wahrheit? Gibt es keine echte und gültige Lehre?»

Der Meister hatte ihn noch nie so heftig reden hören. Er ging eine Strecke weiter, dann sagte er: «Es gibt die Wahrheit, mein Lieber! Aber die ‚Lehre‘, die du begehrst, die absolute, vollkommen und allein weise machende, die gibt es nicht. Du sollst dich auch gar nicht nach einer vollkommenen Lehre sehnen, Freund, sondern nach Vervollkommnung deiner selbst. Die Gottheit ist in dir, nicht in den Begriffen und Büchern. Die Wahrheit wird gelebt, nicht doziert. Mache dich auf Kämpfe gefaßt, Josef Knecht, ich sehe wohl, sie haben schon begonnen.»

In diesen Tagen sah Josef den geliebten Magister zum erstenmal in seinem Alltag und seiner Arbeit und bewunderte ihn sehr, obwohl er nur einen kleinen Teil seiner täglichen Leistung sehen konnte. Am meisten aber gewann ihn der Meister dadurch, daß er sich seiner so annahm, daß er ihn zu sich eingeladen hatte, daß inmitten seiner Arbeit der überbürdete und oft so müde aussehende Mann noch Stunden für ihn aussparte, und nicht nur die Stunden! Wenn ihm diese Einführung in die Meditation so tiefen und nachhaltigen Eindruck machte, so tat sie es, wie er später beurteilen lernte, nicht durch eine besonders feine oder eigenartige Technik, sondern nur durch die Person, durch das Beispiel des Meisters. Seine späteren

Lehrer, bei welchen er im folgenden Jahr in der Meditation unterrichtet wurde, gaben mehr Anweisungen, genauere Lehren, kontrollierten schärfer, stellten mehr Fragen, wußten mehr zu korrigieren. Der Musikmeister, seiner Macht über diesen Jüngling sicher, sprach und lehrte beinahe gar nichts, er gab eigentlich nur die Themen an und ging mit seinem Beispiel voran. Knecht beobachtete, wie sein Meister oft so alt und mitgenommen aussah, wie er dann, mit halbgeschlossenen Augen, in sich versank, danach wieder so still, so kräftig, heiter und freundlich zu blicken vermochte — nichts hätte ihn inniger vom Weg zu den Quellen, vom Weg aus der Unruhe in die Ruhe überzeugen können. Was der Meister etwa darüber in Worten zu sagen hatte, davon erfuhr Knecht beiläufig dieses und jenes auf einem kurzen Spaziergang oder bei einer Mahlzeit.

Wir wissen, daß Knecht vom Magister damals auch einige erste Andeutungen und Wegleitungen für das Glasperlenspiel empfing, doch sind keine Worte überliefert. Eindruck machte es ihm, daß sein Wirt sich manche Mühe um Josefs Begleiter gab, damit er nicht zu sehr die Empfindung habe, nur Anhängsel zu sein. An alles schien dieser Mann zu denken.

Der kurze Aufenthalt in Monteport, die drei Meditationsstunden, das Zuschauen beim Dirigentenkurs, die paar Gespräche mit dem Meister bedeuteten viel für Knecht; mit Sicherheit hatte jener den wirksamsten Zeitpunkt für sein kurzes Eingreifen gewählt. Seine Einladung hatte hauptsächlich den Zweck gehabt, dem Jüngling die Meditation ans Herz zu legen, aber nicht weniger wichtig war diese Einladung an sich selbst, als Auszeichnung, als Zeichen dafür, daß man auf ihn achte und etwas von ihm erwarte: es war der zweite Grad der Berufung. Man hatte ihm Einblick in die innern Bezirke gegönnt; wenn einer der zwölf Meister einen Schüler dieser Stufe so nahe zu sich heranrief, so bedeutete das nicht nur ein persönliches

Wohlwollen. Was ein Meister tat, war immer mehr als persönlich.

Beim Abschied bekamen beide Schüler kleine Geschenke, Josef ein Heft mit zwei Bachschen Choralvorspielen, der Kamerad eine zierliche Taschenausgabe des Horaz. Zu Knecht sagte der Meister, als er ihn entließ: «Du wirst in einigen Tagen erfahren, welcher Schule du zugeteilt bist. Ich werde dorthin weniger häufig kommen als nach Eschholz, aber wir werden uns auch dort wohl wiedersehen, wenn ich gesund bleibe. Wenn du Lust dazu hast, kannst du mir einmal im Jahr einen Brief schreiben, besonders über den Verlauf deiner musikalischen Studien. Kritik an deinen Lehrern soll dir nicht verboten sein, doch lege ich auf sie weniger Wert. Es wartet vieles auf dich, ich hoffe, daß du dich bewährst. Unser Kastalien soll nicht bloß eine Auslese sein, es soll vor allem eine Hierarchie sein, ein Bau, in dem jeder Stein seinen Sinn nur vom Ganzen bekommt. Aus diesem Ganzen heraus führt kein Weg, und wer höher steigt und größere Aufgaben bekommt, wird nicht freier, er wird nur immer verantwortlicher. Auf Wiedersehen, junger Freund, es war mir eine Freude, dich hier zu haben.»

Die beiden wanderten zurück, beide waren unterwegs heiterer und gesprächiger als auf dem Herwege, die paar Tage mit anderer Luft und anderen Bildern, die Berührung mit einem anderen Lebenskreise hatten sie aufgelockert, von Eschholz und von der dortigen Abschiedsstimmung freier gemacht und doppelt begierig auf den Wechsel und die Zukunft. Bei mancher Rast im Walde oder über einer der steilen Schluchten der Gegend von Monteport holten sie ihre hölzernen Flöten aus der Tasche und spielten zweistimmig ein paar Lieder. Und als sie jene Höhe über Eschholz mit der Aussicht auf Anstalt und Bäume wieder erreicht hatten, da schien ihnen beiden ihr Gespräch, das sie geführt, schon weit in der Vergangenheit zu liegen, die Dinge hatten alle einen neuen Aspekt gewonnen; sie sagten kein Wort, sie schämten sich ein wenig der Gefühle und Worte von damals, die so rasch überholt und inhaltlos geworden waren.

In Eschholz erfuhren sie schon am nächsten Tage ihre Bestimmung. Knecht war für Waldzell bestimmt.

Waldzell

«Waldzell aber bringt das kunstreiche Völkchen der Glasperlenspieler hervor», heißt der alte Spruch über diese berühmte Schule. Unter den kastalischen Schulen der zweiten und dritten Stufe war es die am meisten musische, das heißt wenn an andren Schulen ganz ausgesprochen eine bestimmte Wissenschaft dominierte, wie etwa in Keuperheim die Altphilologie, in Porta die aristotelische und scholastische Denklehre, in Planvaste die Mathematik, so wurde umgekehrt in Waldzell traditionell eine Tendenz zur Universalität und zur Verschwisterung zwischen Wissenschaft und Künsten gepflegt, und oberstes Sinnbild dieser Tendenzen war das Glasperlenspiel. Dieses wurde zwar auch hier, wie in allen Schulen, keineswegs offiziell und als obligatorisches Fach gelehrt; dafür aber galten ihm die privaten Studien der Waldzeller Schüler fast ausschließlich, und dann war das Städtchen Waldzell ja auch der Sitz des offiziellen Glasperlenspiels und seiner Einrichtungen: hier war die berühmte Spielhalle für die feierlichen Spiele, hier das riesige Spielarchiv mit seinen Beamten und Bibliotheken, hier der Sitz des Ludi Magister. Und wenn auch diese Anstalten völlig für sich bestanden und die Schule ihnen in keiner Weise angegliedert war, so herrschte hier eben doch der Geist dieser Anstalten und hing etwas von der Weihe der großen öffentlichen Spiele in der Luft des Ortes. Das Städtchen selbst war sehr stolz darauf, nicht nur eine Schule, sondern auch das Spiel zu beherbergen; bei der Bevölkerung hießen die Schüler «Studenten», die Studierenden und Gäste der Spielschule aber «Luser», verdorben aus Lusores. Übrigens war die Waldzeller Schule die kleinste von allen kastalischen Schulen, die Schülerzahl war kaum jemals höher als etwa sechzig, und gewiß gab ihr auch dieser Umstand etwas Besonderes und Aristokratisches, ließ sie als etwas Ausgezeichnetes, als eine engste Elite innerhalb der Elite erscheinen; es waren denn auch aus dieser ehrwürdigen Schule in den letzten Jahrzehnten viele Magister und sämtliche Glasperlenspielmeister hervorgegangen. Allerdings war dieser glänzende Ruf von Waldzell keineswegs unumstritten: da und dort war man auch der Meinung, die Waldzeller seien eingebildete Schöngeister und verwöhnte Prinzen, und außer zum Glasperlenspiel zu nichts zu brauchen; zuzeiten waren an mehreren andern Schulen über die Waldzeller recht böse und bittere Worte in Mode, aber eben die Schärfe dieser Witze und Kritiken zeigt ja an, daß Gründe zu Eifersucht und Neid vorhanden waren. Alles in allem bedeutete die Versetzung nach Waldzell eine gewisse Auszeichnung; auch Josef Knecht wußte das, und obwohl er nicht ehrgeizig im vulgären Sinn war, nahm er die Auszeichnung doch mit einem freudigen Stolz entgegen.

Mit mehreren Kameraden zusammen kam er in Waldzell als Fußwanderer an; voll hoher Erwartung und Bereitschaft schritt er durch das Südtor und war sofort gewonnen und bezaubert von dem uralten braunen Städtchen und dem gewaltig ausgedehnten einstigen Zisterzienserkloster, welches die Schule beherbergte. Noch ehe er neu eingekleidet war, sofort nach dem Empfangsimbiß in der Pförtnerhalle der Schule, machte er sich allein auf den Weg, um seine neue Heimat zu entdecken, fand den Fußpfad, der auf den Resten der einstigen Stadtmauer über dem Flusse hinführt, blieb auf der gewölbten Brücke stehen und horchte auf das Rauschen des Mühlwehrs, ging am Friedhof vorbei die Lindenallee hinab, sah und erkannte hinter den hohen Hecken den Vicus Lusorum, die kleine Extrastadt der Glasperlenspieler: Festhalle, Archiv, Lehrsäle, Gäste- und Lehrerhäuser. Aus einem dieser Häuser sah er einen Mann kommen, in der Tracht der Glasperlenspieler, und dachte bei sich, daß dies nun einer der sagenhaften Lusores sei, möglicherweise der Magister Ludi selbst. Mächtig spürte er den Zauber dieser Atmosphäre, alles schien hier alt, ehrwürdig, geheiligt, von Tradition beladen, man war hier dem Zentrum um ein Stück näher als in Eschholz. Und aus dem Bezirk des Glasperlenspiels zurückkehrend, spürte er nun auch noch andere Zauber, minder ehrwürdige vielleicht, doch nicht minder erregende. Es war die kleine Stadt, das Stückchen profaner Welt mit Wandel und Handel, mit Hunden und Kindern, mit Gerüchen nach Kaufläden und Handwerken, mit bärtigen Bürgern und dicken Frauen hinter den Ladentüren, spielenden und johlenden Kindern, spöttisch blickenden Mädchen. Vieles erinnerte ihn an ferne Vorwelten, an Berolfingen, er hatte geglaubt, das alles ganz vergessen zu haben. Nun gaben tiefe Schichten seiner Seele Antwort auf dies alles, auf die Bilder, auf die Laute, die Gerüche. Eine weniger stille, aber buntere und reichere Welt schien hier auf ihn zu warten, als die von Eschholz gewesen war.

Die Schule freilich war vorerst die genaue Fortsetzung der vorigen, wenn auch einige neue Fächer hinzukamen. Wirklich neu war hier nichts als die Meditationsübungen, und auch von diesen hatte ihm ja der Musikmeister schon einen Vorgeschmack gegeben. Er ging auf das Meditieren willig ein, ohne vorerst mehr als ein angenehm entspannendes Spiel darin zu sehen. Erst etwas später — wir werden dessen gedenken — sollte er seinen eigentlichen und hohen Wert erlebend erkennen. Schulvorstand von Waldzell war ein origineller und etwas gefürchteter Mann, Otto Zbinden, damals schon gegen sechzig Jahre alt; von seiner schönen und leidenschaftlichen Handschrift sind manche der Eintragungen über den Schüler Josef Knecht, die wir eingesehen haben. Doch waren es weniger die Lehrer als die Mitschüler, welche zunächst des Jünglings Neugierde erweckten. Er hat namentlich mit zweien von ihnen einen lebhaften und mannigfach bezeugten Verkehr und Austausch gehabt. Der eine, dem er sich schon gleich in den ersten Monaten anschloß, Carlo Ferromonte (er brachte es später, als Stellvertreter des Musikmeisters, zum zweithöchsten Rang in der Behörde), war mit Knecht gleichaltrig; wir verdanken ihm unter andrem eine Stilgeschichte der Lautenmusik im sechzehnten Jahrhundert. In der Schule nannte man ihn den «Reisesser» und schätzte ihn als angenehmen Spielkameraden; seine Freundschaft mit Josef begann mit Gesprächen über Musik und führte zu mehrjährigen gemeinsamen Studien und Übungen, über welche wir zum Teil durch Knechts seltene, aber inhaltsreiche Briefe an den Musikmeister unterrichtet sind. Knecht nennt Ferromonte im ersten dieser Briefe einen «Spezialisten und Kenner in der Musik der reichen Ornamentik, der Verzierungen, Triller etc.», er spielte Couperin, Purcell und andre Meister der Zeit um 1700 mit ihm. In einem dieser Briefe spricht Knecht eingehend über diese Übungen und diese Musik, «wo in manchen Stücken fast über jeder Note eine Verzierung steht». «Wenn man so ein paar Stunden lang», fährt er fort, «nichts als Doppelschläge, Pralltriller und Mordente geschlagen hat, so sind die Finger wie mit Elektrizität geladen.»

In der Musik machte er in der Tat große Fortschritte, im zweiten oder dritten Waldzeller Jahr las und spielte er die Notenschriften, Schlüssel, Abkürzungen, Baßbezifferungen aller Jahrhunderte und Stile leidlich geläufig und machte sich im Reich der abendländischen Musik, soweit sie uns erhalten ist, auf jene besondere Art heimisch, welche vom Handwerk ausgeht und eine sorgfältige Beachtung und Pflege des Sinnlichen und Technischen nicht verschmäht, um in den Geist einzudringen. Gerade sein Eifer im Erfassen des Sinnlichen, sein Bemühen, aus dem Sinnlichen, Klanglichen, aus den Sensationen des Ohres in den verschiedenen Musikstilen ihren Geist abzulesen, hielt ihn auffallend lang davon ab, sich mit der Vorschule zum Glasperlenspiel abzugeben. Er hat später einmal in seinen Vorlesungen das Wort gesagt: «Wer die Musik nur in den Extrakten kennt, welche das Glasperlenspiel aus ihr destilliert hat, mag ein guter Glasperlenspieler sein, ist aber noch lange kein Musiker, und vermutlich ist er auch kein Historiker. Die Musik besteht nicht nur aus jenen rein geistigen Schwingungen und Figurationen, die wir aus ihr abstrahiert haben, sie bestand durch alle Jahrhunderte in erster Linie aus der Freude am Sinnlichen, am Ausströmen des Atems, am Schlagen des Taktes, an den Färbungen, Reibungen und Reizen, welche beim Mischen von Stimmen, beim Zusammenspiel von Instrumenten entstehen. Gewiß ist der Geist die Hauptsache, und gewiß ist die Erfindung neuer Instrumente und die Änderung alter, ist die Einführung neuer Tonarten und neuer konstruktiver und harmonischer Regeln oder Verbote immer nur eine Gebärde und Äußerlichkeit, so wie die Trachten und Moden der Völker eine Äußerlichkeit sind; aber man muß diese äußerlichen und sinnlichen Kennzeichen sinnlich und intensiv erfaßt und geschmeckt haben, um die Epochen und Stile aus ihnen heraus zu verstehen. Man macht Musik mit den Händen und Fingern, mit dem Munde, mit der Lunge, nicht mit dem Gehirn allein, und wer zwar Noten lesen, aber kein Instrument vollkommen spielen kann, der soll über Musik nicht mitreden. Und so ist auch die Geschichte der Musik keineswegs allein von einer abstrakten Stilgeschichte aus zu verstehen, und es würden zum Beispiel die Verfallszeiten der Musik ganz unverständlich bleiben, wenn wir in ihnen nicht jedesmal das Überwiegen des Sinnlichen und Quantitativen über das Geistige erkennen würden.»

Es hatte eine Weile den Anschein, als habe Knecht sich entschlossen, nichts als Musiker zu werden; alle im Belieben des Schülers stehenden Lehrfächer, darunter die erste Einführung ins Glasperlenspiel, versäumte er zugunsten der Musik so sehr, daß gegen Ende des ersten Semesters der Schulvorstand ihn darüber zur Rede stellte. Der Schüler Knecht ließ sich nicht einschüchtern, er stellte sich hartnäckig auf den Standpunkt der Schülerrechte. Er soll zum Vorstand gesagt haben: «Wenn ich in einem offiziellen Unterrichtsfach versage, so sind Sie im Recht, wenn Sie mich tadeln; ich habe Ihnen dazu aber keinen Anlaß gegeben. Ich dagegen bin im Recht, wenn ich von der Zeit, über die ich verfügen darf, drei Viertel oder auch vier Viertel der Musik widme. Ich berufe mich auf die Statuten.» Der Vorstand Zbinden war klug genug, nicht zu insistieren, merkte sich aber natürlich diesen Schüler und soll ihn lange Zeit mit kühler Strenge behandelt haben.

Länger als ein Jahr, vermutlich etwa anderthalb Jahre dauerte diese eigentümliche Periode in Knechts Schülerleben: normale, aber nicht glänzende Zeugnisse und stilles und — wie es nach dem Vorfall mit dem Vorstande scheint — etwas trotziges Sichzurückziehen, keine irgend auffallenden Freundschaften, dafür aber dieser ungewöhnlich leidenschaftliche Eifer im Musizieren, Enthaltung von fast allen Privatfächern, auch dem Glasperlenspiel. Einige Züge in diesem Jünglingsbild sind ohne Zweifel Merkmale der Pubertät; wahrscheinlich ist er in dieser Periode dem andern Geschlecht nur zufällig und mißtrauisch begegnet, vermutlich war er — gleich vielen Eschholzern, wenn sie nicht Schwestern zu Hause hatten — recht schüchtern. Gelesen hat er viel und besonders deutsche Philosophen: Leibniz, Kant und die Romantiker, von denen ihn Hegel weitaus am stärksten anzog.

Wir müssen nun etwas eingehender jenes anderen Mitschülers gedenken, der in Knechts Waldzeller Leben eine bestimmende Rolle gespielt hat, des Hospitanten Plinio

Designori. Er war Hospitant, das heißt er durchlief die Eliteschulen gastweise, nämlich ohne die Absicht, dauernd in der pädagogischen Provinz zu verweilen und dem Orden beizutreten. Solche Hospitanten gab es je und je, freilich recht selten, denn die Erziehungsbehörde hat natürlich niemals Wert auf die Ausbildung von Schülern gelegt, welche nach Ablauf der Eliteschulzeit wieder ins Elternhaus und in die Welt zurückzukehren gedachten. Indessen gab es einige alte, um Kastalien in den Zeiten seiner Gründung hochverdiente patrizische Familien im Lande, in welchen die auch heute noch nicht völlig ausgestorbene Sitte bestand, jeweilen einen Sohn, falls seine Begabung dafür ausreichte, gastweise in den Eliteschulen erziehen zu lassen; das Recht dazu war in jenen paar Familien traditionell geworden. Diese Hospitanten nun, obwohl sie in jeder Hinsicht denselben Regeln wie alle Eliteschüler unterstanden, bildeten innerhalb der Schülerschaft schon dadurch eine Ausnahme, daß sie nicht gleich den andern von Jahr zu Jahr mehr ihrer Heimat und Familie sich entfremdeten, sondern alle Ferienzeiten dort verbrachten und inmitten ihrer Mitschüler stets Gäste und Fremdlinge blieben, da sie die Sitte und Denkart der Heimat beibehielten. Auf sie wartete Elternhaus, weltliche Laufbahn, Beruf und Heirat, und nur sehr wenige Male ist es geschehen, daß ein solcher Gastschüler, vom Geiste der Provinz ergriffen, mit Einwilligung seiner Familie am Ende doch in Kastalien verblieb und dem Orden beitrat. Dagegen sind mehrere in der Geschichte unsres Landes bekannte Staatsmänner in ihrer Jugend Gastschüler gewesen und sind in Zeiten, da die öffentliche Meinung aus diesen oder jenen Gründen den Eliteschulen und dem Orden kritisch gegenüberstand, kräftig für sie eingetreten.

Ein solcher Hospitant also war Plinio Designori, mit welchem der etwas jüngere Josef Knecht in Waldzell zusammentraf. Er war ein Jüngling von hohen Gaben, glänzend namentlich in Rede und Debatte, ein feuriger und etwas unruhiger Mensch, der dem Schulvorstand Zbinden viele Sorgen machte, denn er hielt sich als Schüler zwar gut und ließ sich nicht tadeln, war aber keineswegs darum bemüht, seine Ausnahmestellung als Hospitant zu vergessen und sich möglichst unauffällig einzureihen, sondern bekannte sich freimütig und kampflustig zu einer nichtkastalischen und weltlichen Gesinnung. Es konnte nicht ausbleiben, daß zwischen den beiden Schülern ein besonderes Verhältnis entstand: beide waren sie Hochbegabte und Berufene, das machte sie zu Brüdern, während sie in allem andern Gegensätze waren. Es hätte eines Lehrers von ungewöhnlich hoher Einsicht und Kunst bedurft, um aus der hier entstehenden Aufgabe die Quintessenz zu ziehen und nach den Regeln der Dialektik zwischen und über den Gegensätzen immer wieder die Synthese zu ermöglichen. Dem Vorstand Zbinden hätte es dazu an Gaben und an Willen nicht gefehlt, er gehörte nicht zu jenen Lehrern, welchen die Genies unbequem sind, aber es fehlte ihm für diesen Fall die wichtigste Voraussetzung: das Vertrauen der beiden Schüler. Plinio, der sich in der Rolle des Outsiders und Revolutionärs gefiel, blieb dem Vorstand gegenüber stets sehr auf der Hut; und mit Josef Knecht hatte es leider jene Verstimmung wegen seiner Privatstudien gegeben, auch er hätte sich nicht um Rat an Zbinden gewandt. Zum Glück gab es aber den Musikmeister. An ihn gelangte Knecht mit der Bitte um Beistand und Rat, und dieser weise alte Musikant nahm sich der Sache ernstlich an und hat das Spiel meisterhaft gelenkt, wie wir sehen werden. Unter den Händen dieses Meisters wurde die größte Gefahr und Versuchung im Leben des jungen Knecht zu einer auszeichnenden Aufgabe, und dieser zeigte sich ihr gewachsen. Die innere Geschichte der Freund-Feindschaft zwischen Josef und Plinio, oder dieser Musik über zwei Themata, oder dieses dialektischen Spieles zwischen zwei Geistern war etwa die folgende.

Zunächst war es natürlich Designori, der dem Gegen-spieler auffiel und ihn anzog. Er war nicht nur der ältere, war nicht nur ein hübscher, feuriger und beredter Jüng-ling, vor allem andern war er einer «von draußen», ein Nichtkastalier, einer aus der Welt, ein Mensch mit Vater und Mutter, Onkeln, Tanten, Geschwistern, einer, für den Kastalien samt allen seinen Gesetzen, Traditionen und Idealen nur eine Etappe, eine Wegstrecke, einen befriste-ten Aufenthalt bedeutete. Für diesen weißen Raben war Kastalien nicht die Welt, für ihn war Waldzell eine Schule wie andre, für ihn war die Rückkehr in die «Welt» keine Schmach und Strafe, auf ihn wartete nicht der Orden, sondern die Karriere, die Ehe, die Politik, kurz jenes «reale Leben», von welchem mehr zu wissen jeder Ka-stalier ein heimliches Gelüste empfand, denn die «Welt» war für den Kastalier dasselbe, was sie einst für den Büßer und Mönch gewesen war: das Minderwertige und Verbotene zwar, aber nicht minder das Geheimnisvolle, Verführerische, Faszinierende. Und Plinio nun machte wirklich aus seiner Zugehörigkeit zur Welt kein Geheim-nis, er schämte sich ihrer keineswegs, er war stolz auf sie. Mit einem halb noch knabenhaften und schauspielerischen, halb auch schon bewußten und als Programm empfunde-nen Eifer betonte er seine andere Art und benutzte jeden Anlaß, um seine weltlichen Auffassungen und Normen den kastalischen gegenüberzustellen und sie als besser, rich-tiger, natürlicher, menschlicher auszugeben. Er operierte dabei viel mit der «Natur» und mit dem «gesunden Men-schenverstand», den er dem verbildeten, lebensfremden Schulgeist gegenüberstellte, und war mit Schlagworten und großen Tönen nicht sparsam, doch war er klug und hatte Geschmack genug, sich nicht mit groben Provo-kationen zu begnügen, sondern die in Waldzell gebräuch-lichen Formen des Disputierens so ziemlich anzuerkennen. Er wollte die «Welt» und das naive Leben gegen die «hoch-mütig scholastische Geistigkeit» Kastaliens verteidigen, aber er wollte zeigen, daß er imstande sei, dies mit den Waffen der Gegner zu tun; keineswegs wollte er der Kulturlose sein, der blind im Blumengarten der geistigen Bildung herumtrampelt.

Je und je schon hatte Josef Knecht als schweigsamer, aber aufmerksamer Zuhörer sich im Hintergrund irgendeiner kleinen Schülergruppe aufgehalten, deren Mittelpunkt und Redner Designori war. Mit Neugierde, mit Erstaunen und Bangigkeit hatte er von diesem Redner Sätze sprechen hören, in welchen alles vernichtend kritisiert wurde, was in Kastalien Autorität und heilig war, in welchen alles bezweifelt, ins Fragwürdige gezogen oder lächerlich gemacht wurde, woran er selbst glaubte. Er bemerkte zwar, daß längst nicht alle Zuhörer diese Reden ernst nahmen, manche hörten sichtlich nur spaßeshalber zu, wie man einem Jahrmarktredner zuhört, auch hörte er häufig Erwiderungen, in denen Plinios Angriffe ironisiert oder ernsthaft zurückgewiesen wurden. Immer aber waren einige Kameraden um diesen Plinio versammelt, immer war er Mittelpunkt, und ob sich nun gerade ein Opponent fand oder nicht, immerzu übte er Anziehungskraft und etwas wie Verführung aus. Und so, wie es den andern erging, die um den lebhaften Redner Gruppen bildeten und seine Tiraden mit Staunen oder mit Gelächter anhörten, so ging es auch Josef; trotz jenes Gefühls von Bangigkeit, ja von Angst, das er bei solchen Reden empfand, fühlte er sich von ihnen auf eine unheimliche Art angezogen, und nicht nur, weil sie amüsant waren, nein, sie schienen ihn auch im Ernst etwas anzugehen. Nicht daß er innerlich dem kühnen Redner zugestimmt hätte, aber es gab Zweifel, von deren Existenz oder Möglichkeit man nur zu wissen brauchte, um an ihnen zu leiden. Es war vorerst kein schlimmes Leiden, es war nur ein Angerührtsein und eine Unruhe, ein Gefühl, gemischt aus heftigem Drang und schlechtem Gewissen.

Die Stunde mußte kommen, und sie kam, in der

Designori bemerkte, daß er unter seinen Zuhörern einen
hatte, dem seine Worte mehr bedeuteten als anregende
oder auch anstößige Unterhaltungen und Befriedigungen
der Disputierlust, einen schweigsamen blonden Knaben,
der hübsch und fein, aber etwas schüchtern aussah und der
denn auch rot wurde und verlegene, knappe Antworten
gab, als er ihn freundlich ansprach. Offenbar war dieser
Junge ihm schon länger nachgegangen, dachte Plinio, und
dachte ihn nun mit einer freundschaftlichen Gebärde zu
belohnen und vollends zu gewinnen: er lud ihn für den
Nachmittag zu einem Besuch auf seiner Stube ein. So
leicht war dieser schüchterne und spröde Knabe nicht zu
haben. Plinio mußte zu seiner Verwunderung erleben,
daß er ihm auswich und nicht Rede stehen wollte, auch die
Einladung nahm er nicht an; dies wieder reizte den
Älteren, und er begann von dem Tag an um den schweigsamen Josef zu werben, anfangs wohl nur aus Eigenliebe,
später im Ernst, denn er spürte hier einen Gegenspieler,
vielleicht einen künftigen Freund, vielleicht das Gegenteil.
Immer wieder sah er Josef in seiner Nähe erscheinen
und spürte sein intensives Zuhören, und immer wieder
zog der Scheue sich zurück, sobald er ihm nähertreten
wollte.

Dieses Verhalten hatte seine Ursachen. Längst hatte
Josef gespürt, daß ihn bei diesem andern etwas Wichtiges
erwarte, vielleicht etwas Schönes, eine Erweiterung seines
Horizontes, eine Erkenntnis, eine Aufklärung, vielleicht
auch eine Versuchung und Gefahr, jedenfalls etwas, was
es zu bestehen galt. Er hatte die ersten Regungen von
Zweifel und Kritiklust, die Plinios Reden in ihm geweckt
hatten, seinem Freunde Ferromonte mitgeteilt, aber dieser
hatte wenig darauf geachtet, er hatte Plinio für einen
eingebildeten und wichtigtuerischen Kerl erklärt, auf den
man nicht zu hören brauche, und sich alsbald wieder in
seine musikalischen Übungen vertieft. Ein Gefühl sagte
Josef, daß der Vorstand die Instanz wäre, vor welche er

seine Zweifel und Beunruhigungen hätte bringen müssen; nun hatte er aber seit jener kleinen Auseinandersetzung kein herzliches und offenes Verhältnis mehr zu ihm: er fürchtete, von ihm nicht verstanden zu werden, und noch mehr fürchtete er, eine Aussprache über den Rebellen Plinio würde vom Vorstand am Ende als eine Art von Denunziation aufgefaßt werden. In dieser Verlegenheit, die durch Plinios Versuche zu freundschaftlicher Annäherung immer peinlicher wurde, wandte er sich nun an seinen Gönner und guten Geist, den Musikmeister, in einem sehr langen Brief, der uns erhalten ist. Er schrieb darin unter andrem: «Es ist mir noch nicht klar, ob Plinio in mir einen Gesinnungsgenossen zu gewinnen hofft oder nur einen Gesprächspartner. Ich hoffe das letztere, denn mich zu seinen Auffassungen bekehren, hieße ja mich zur Untreue verführen und mein Leben zerstören, das nun einmal in Kastalien verwurzelt ist; ich habe keine Eltern und Freunde draußen, zu denen ich zurückkehren könnte, wenn ich wirklich einmal diesen Wunsch haben sollte. Aber auch wenn Plinios respektlose Reden gar keine Bekehrung und Beeinflussung bezwecken, bin ich ihnen gegenüber in Verlegenheit. Denn um Ihnen gegenüber, verehrter Meister, ganz aufrichtig zu sein: es tritt mir in Plinios Denkart etwas entgegen, dem ich nicht einfach mit einem Nein antworten kann, er appelliert an eine Stimme in mir, die zuweilen sehr dazu neigt, ihm recht zu geben. Vermutlich ist es die Stimme der Natur, und sie steht zu meiner Erziehung und der uns geläufigen Anschauungsweise in grellem Widerspruch. Wenn Plinio unsre Lehrer und Meister als Priesterkaste bezeichnet und uns Schüler als gegängelte und kastrierte Herde, so sind das natürlich derbe und übertreibende Worte, aber irgend etwas Wahres enthalten sie vielleicht doch, sonst könnten sie mich ja auch nicht so beunruhigen. Plinio kann so erstaunliche und entmutigende Sachen sagen. Etwa: das Glasperlenspiel sei ein Rückfall in die feuilletonistische

Epoche, ein bloßes verantwortungsloses Spielen mit den Buchstaben, in welche wir die Sprachen der verschiedenen Künste und Wissenschaften aufgelöst hätten; es bestehe aus lauter Assoziationen und spiele mit lauter Analogien. Oder: beweisend für den Unwert unsrer ganzen geistigen Bildung und Haltung sei unsre resignierte Unfruchtbarkeit. Wir analysieren zum Beispiel, sagt er, die Gesetze und Techniken aller Stilarten und Zeiten der Musik und bringen selber keine neue Musik hervor. Wir lesen und erläutern, sagt er, den Pindar oder den Goethe und schämen uns, selber Verse zu machen. Das sind Vorwürfe, über die ich nicht lachen kann. Und sie sind noch nicht die schlimmsten, nicht die, die mich am meisten verwunden. Schlimm ist es, wenn er etwa sagt, wir Kastalier führten das Leben von künstlich gezüchteten Singvögeln, ohne unser Brot selber zu verdienen, ohne die Not und den Kampf des Lebens zu kennen, ohne von dem Teil der Menschheit etwas zu wissen und wissen zu wollen, dessen Arbeit und Armut die Grundlage für unsere Luxusexistenz sei.» Und der Brief schloß mit den Worten: «Ich habe vielleicht Ihre Freundlichkeit und Güte mißbraucht, Reverendissime, und ich bin darauf gefaßt, von Ihnen ausgescholten zu werden. Schelten Sie mich nur, und erlegen Sie mir Bußen auf, ich werde Ihnen dafür danken. Aber eines Rates bin ich äußerst bedürftig. Ich kann den jetzigen Zustand noch eine kleine Weile so hinhalten. Ihm zu einer wirklichen und fruchtbaren Entwicklung verhelfen kann ich nicht, dazu bin ich zu schwach und unerfahren, und was vielleicht das schlimmste ist, unsrem Herrn Schulvorstand kann ich mich nicht anvertrauen, es sei denn, daß Sie es mir ausdrücklich befohlen. Darum habe ich Sie mit der Sache, die für mich eine große Not zu werden beginnt, belästigt.»

Es wäre uns überaus wertvoll, die Antwort des Meisters auf diesen Hilferuf ebenfalls schwarz auf weiß zu besitzen. Diese Antwort ist aber mündlich erfolgt. Kurze

Zeit nach Knechts Brief traf der Magister Musicae selbst in Waldzell ein, um eine Musikprüfung zu leiten, und hat sich während der Tage seines dortigen Aufenthaltes seines kleinen Freundes aufs beste angenommen. Wir wissen davon aus späteren Erzählungen Knechts. Leicht hat er es ihm nicht gemacht. Er begann damit, daß er Knechts Schulzeugnisse sowie namentlich seine Privatstudien einer genauen Prüfung unterzog und diese Studien allzu einseitig fand, hierin gab er dem Waldzeller Vorstand recht und bestand auch darauf, daß Knecht dies dem Vorstand gegenüber zugab. Für Knechts Verhalten gegen Designori gab er genaue Richtlinien und reiste nicht ab, ehe auch diese Frage mit dem Vorstand Zbinden besprochen war. Die Folge war nicht nur das merkwürdige und allen Miterlebenden unvergeßliche Kampfspiel zwischen Designori und Knecht, sondern auch ein ganz neues Verhältnis zwischen diesem und dem Vorstand. Dies Verhältnis war nach wie vor kein herzliches und geheimnisvolles, wie etwa das zum Musikmeister, aber ein geklärtes und entspanntes.

Die Rolle, welche Knecht nun zugefallen war, bestimmte sein Leben für längere Zeit. Es war ihm erlaubt, Designoris Freundschaft anzunehmen, sich seinem Einfluß und seinen Angriffen zu stellen, ohne Einmischung oder Überwachung von seiten der Lehrer. Die ihm vom Mentor gestellte Aufgabe aber war, Kastalien gegen seinen Kritiker zu verteidigen und die Auseinandersetzung der Anschauungen auf das höchste Niveau zu bringen; das bedeutete unter andrem, daß Josef sich die Grundlagen der Ordnung, die in Kastalien und im Orden herrschte, intensiv zu eigen machen und immer wieder vergegenwärtigen mußte. Die Redekämpfe zwischen den beiden befreundeten Gegnern wurden bald berühmt, man drängte sich, sie zu hören. Designoris aggressiver und ironischer Ton wurde feiner, seine Formulierungen strenger und verantwortlicher, seine Kritik sachlicher. Bisher war Plinio

der Bevorzugte in diesem Kampf gewesen; er kam aus der
«Welt», er hatte ihre Erfahrung, ihre Methoden, ihre
Angriffsmittel und auch etwas von ihrer Unbedenklichkeit, er kannte aus den Gesprächen mit den Erwachsenen
zu Hause alles, was die Welt gegen Kastalien einzu-
wenden hatte. Jetzt zwangen ihn Knechts Repliken einzusehen, daß er zwar die Welt recht gut kenne, besser als
jeder Kastalier, daß er aber keineswegs Kastalien und
seinen Geist ebenso gut kenne wie die, die hier zu Hause
waren und deren Heimat und Schicksal Kastalien war.
Er lernte einsehen und lernte allmählich auch zugeben,
daß er hier ein Gast sei, kein Einheimischer, und daß es
nicht nur draußen, sondern auch hier in der pädagogischen
Provinz jahrhundertealte Erfahrungen und Selbstver-
ständlichkeiten gebe, auch hier eine Tradition, ja eine
«Natur», die er nur zum Teil kannte und die ihren Anspruch auf Achtung nun durch ihren Sprecher Josef Knecht
kundgab. Knecht hingegen, um seiner Rolle als Apologet
zu genügen, war genötigt, mit Hilfe von Studium, Meditation und Selbstzucht sich das, was zu verteidigen er
dastand, immer deutlicher und inniger zu eigen und bewußt zu machen. Im Rhetorischen blieb Designori der
Überlegene, außer dem Feuer und Ehrgeiz seiner Natur
kam ihm da eine gewisse Weltschulung und Gewitztheit
zu Hilfe, er verstand namentlich auch im Unterliegen
noch an die Zuhörer zu denken und sich einen würdigen
oder doch witzigen Abgang zu sichern, während Knecht,
wenn ihn der Gegner in die Enge getrieben hatte, etwa
sagen konnte: «Darüber muß ich erst noch nachdenken,
Plinio. Warte ein paar Tage, ich werde dich wieder daran
erinnern.»

Wenn nun dies Verhältnis auch in eine würdige Form
gebracht war, ja für die Teilnehmer und Zuhörer der
Dispute ein unentbehrliches Element des damaligen Waldzeller Schullebens wurde, so war doch für Knecht die Not
und der Konflikt kaum leichter geworden. Kraft des

hohen Maßes von Vertrauen und Verantwortlichkeit, die ihm damit auferlegt waren, bewältigte er die Aufgabe, und es ist ein Beweis für die Kraft und Wohlbeschaffenheit seiner Natur, daß er sie ohne sichtbare Schädigung durchgeführt hat. Im stillen aber hatte er viel zu leiden. Wenn er für Plinio Freundschaft empfand, so empfand er sie ja nicht nur für den gewinnenden und witzigen Kameraden, für den welt- und redegewandten Plinio, sondern nicht minder für jene fremde Welt, welche sein Freund und Gegner vertrat, die er in seiner Gestalt und in seinen Worten und Gebärden kennen oder ahnen lernte, jene sogenannte «reale» Welt, in der es zärtliche Mütter und Kinder, Hungernde und Armenhäuser, Zeitungen und Wahlkämpfe gab, jene primitive und zugleich raffinierte Welt, in welche Plinio zu allen Ferienzeiten zurückkehrte, um Eltern und Geschwister zu besuchen, Mädchen den Hof zu machen, Arbeiterversammlungen beizuwohnen oder Gast in vornehmen Klubs zu sein, während Knecht in Kastalien blieb, mit Kameraden wanderte und schwamm, Frobergersche Ricercari übte oder Hegel las.

Es war keine Frage für Josef, daß er nach Kastalien gehöre und zu Recht das kastalische Leben führe, ein Leben ohne Familie, ohne mancherlei sagenhafte Zerstreuungen, ein Leben ohne Zeitungen, ein Leben auch ohne Not und Hunger — übrigens hatte ja auch Plinio, der den Eliteschülern ihr Drohnendasein so eindringlich vorhalten konnte, niemals bisher gehungert oder sich sein Brot selber verdient. Nein, jene Plinio-Welt war nicht die bessere und richtigere. Aber sie war da, es gab sie, und sie war, wie er aus der Weltgeschichte wußte, immer dagewesen und immer ähnlich gewesen wie heute, und viele Völker hatten keine andre Welt gekannt als sie, wußten nichts von Eliteschulen und pädagogischer Provinz, von Orden, Meistern und Glasperlenspiel. Die große Mehrzahl aller Menschen auf der ganzen Erde lebte anders, als man in Kastalien lebte, einfacher, primitiver, gefährlicher, unbehüteter, ungeordneter. Und diese primitive Welt war jedem Menschen eingeboren, man spürte etwas von ihr im eigenen Herzen, etwas von Neugierde nach ihr, von Heimweh nach ihr, von Mitleid mit ihr. Ihr gerecht zu werden, ihr ein gewisses Heimatrecht im eigenen Herzen zu bewahren, aber dennoch nicht an sie zurückzufallen, war die Aufgabe. Denn es gab neben und über ihr die zweite Welt, die kastalische, die geistige, eine künstliche, eine geordnetere, geschütztere, aber der beständigen Aufsicht und Übung bedürftige Welt, die Hierarchie. Ihr zu dienen, ohne doch jener andern Welt unrecht zu tun oder sie gar zu verachten, auch ohne mit irgendeinem unklaren Verlangen oder Heimweh nach ihr zu schielen, müßte das Richtige sein. Denn die kleine kastalische diente ja der großen anderen Welt, sie gab ihr Lehrer, Bücher, Methoden, sie sorgte für die Reinhaltung der geistigen Funktionen und Moral, und sie stand als Schule und Zuflucht jener kleinen Zahl von Menschen offen, deren Bestimmung es schien, ihr Leben dem Geist und der Wahrheit zu widmen. Warum nur lebten die beiden Welten anscheinend nicht harmonisch und brüderlich neben- und ineinander, warum konnte man sie nicht beide in sich hegen und vereinen?

Einst fiel einer der seltenen Besuche des Musikmeisters in eine Zeit, wo Josef, von seiner Aufgabe ermüdet und zermürbt, große Mühe hatte, das Gleichgewicht zu bewahren. Der Meister konnte es aus einigen Andeutungen des Jünglings schließen, las es aber weit deutlicher aus seinem überanstrengten Aussehen, seinen unruhigen Blicken, seinem etwas fahrigen Wesen. Er stellte einige forschende Fragen, stieß auf Unlust und Hemmungen, gab das Fragen auf und nahm, dadurch ernstlich besorgt geworden, ihn mit in eine Übungskammer, unter dem Vorwand, ihm eine kleine musikalische Entdeckung mitteilen zu wollen. Er hieß ihn ein Klavichord bringen und stimmen und verwickelte ihn so lange in ein Privatissimum über die Entstehung der Sonatenform, bis der Schüler seine Nöte einigermaßen vergaß, sich hingab und entspannt und dankbar seinen Worten und seinem Spiele zuhörte. Geduldig ließ er sich Zeit, ihn in den Zustand der Bereitschaft und Empfänglichkeit zu versetzen, den er an ihm vermißt hatte. Und als es gelungen war, als er seinen Vortrag beendet und zum Schluß eine der Gabrielischen Sonaten gespielt hatte, stand er auf, ging langsam in der kleinen Stube auf und ab und erzählte:

«Diese Sonate hat mich vor langen Jahren einmal sehr beschäftigt. Es war noch in den Jahren meines freien Studiums, noch ehe ich zum Lehrer und später dann zum Musikmeister berufen wurde. Ich hatte damals den Ehrgeiz, eine Geschichte der Sonate mit neuen Gesichtspunkten auszuarbeiten, aber es kam da eine Zeit, in der ich nicht nur nicht mehr vorwärtskam, sondern mehr und mehr daran zu zweifeln anfing, ob alle diese musikalischen und historischen Forschungen denn überhaupt einen Wert hätten, ob sie wirklich mehr seien als ein leeres Spiel für müßige Leute und ein flitterhafter, geistig-künstlerischer Ersatz für echtes, gelebtes Leben. Kurz, ich hatte eine von den Krisen durchzumachen, in denen alles Studium, alle geistige Bemühung, aller Geist überhaupt uns zweifelhaft und entwertet wird und wo wir dazu neigen, jeden pflügenden Bauern und jedes abendliche Liebespaar zu beneiden oder auch jeden Vogel, der im Baume singt, und jede Zikade, die im Sommergrase zirpt, denn sie scheinen uns so natürlich, so erfüllt und glücklich zu leben, und von ihren Nöten und von den Härten, Gefahren und Leiden ihres Lebens wissen wir ja nichts. Kurz, ich hatte das Gleichgewicht so ziemlich verloren, es war kein hübscher Zustand, er war sogar recht schwer erträglich. Ich dachte mir die wunderlichsten Möglichkeiten zu Flucht und Befreiung aus, ich dachte daran, als Musikant in die Welt hinauszuziehen und tanzenden Hochzeitsgesellschaften aufzuspielen, und wäre wie in alten Romanen ein ausländischer Werber erschienen und hätte mich eingeladen, eine Uniform anzuziehen und einer beliebigen Truppe in einen beliebigen Krieg zu folgen, ich wäre mitgegangen. Und so ging es denn, wie es bei solchen Zuständen oft zu gehen pflegt: ich verlor mich so sehr, daß ich allein nicht mehr fertig wurde und eine Hilfe brauchte.»

Er blieb einen Augenblick stehen und lachte vor sich hin. Dann fuhr er fort: «Natürlich hatte ich einen Studienberater, wie es Vorschrift ist, und natürlich wäre es vernünftig und richtig und meine Pflicht gewesen, mir bei ihm Rat zu holen. Aber es ist nun einmal so, Josef: gerade wenn man in Schwierigkeiten gerät und vom Weg abgekommen ist und eine Korrektur am nötigsten brauchte, gerade dann hat man die größte Abneigung dagegen, auf den normalen Weg zurückzukehren und die normale Korrektur aufzusuchen. Mein Studienberater war mit meinem letzten Quartalsbericht nicht zufrieden gewesen, er hatte mir ernstliche Einwendungen gemacht, ich aber hatte geglaubt, auf dem Weg zu neuen Entdeckungen oder Einsichten zu sein, und hatte ihm seine Einwände einigermaßen übelgenommen. Kurz, ich mochte zu ihm nicht gehen, ich mochte nicht zu Kreuze kriechen und zugeben, daß er recht gehabt habe. Auch meinen Kameraden wollte ich mich nicht anvertrauen, aber es gab da einen Sonderling in meiner Nachbarschaft, den ich nur vom Sehen und Hörensagen kannte, einen Sanskritgelehrten mit dem Spitznamen ,der Yogin'. In einer Stunde, in der mein Zustand mir genügend unerträglich geworden war, ging ich zu diesem Manne hin, dessen etwas einsame und absonderliche Gestalt ich ebensooft belächelt wie heimlich bewundert hatte. Ich suchte ihn in seiner Zelle auf, wollte ihn anreden, fand ihn aber in der Versenkung, er hatte dabei die rituelle indische Haltung inne und war nicht erreichbar, er schwebte leise lächelnd in einer vollkommenen Abseitigkeit, ich konnte nichts tun, als bei der Tür stehenbleiben und warten, bis er aus der Versunkenheit zurückkehre. Dies dauerte sehr lange, es dauerte eine Stunde und zwei Stunden, ich wurde schließlich müde und ließ mich zu Boden gleiten; dort saß ich, an die Wand gelehnt, und wartete weiter. Am Ende sah ich den Mann langsam erwachen, er bewegte den Kopf ein wenig, er reckte die Schultern, er schlug langsam die gekreuzten Beine auseinander, und indem er sich zum Aufstehen anschickte, fiel sein Blick auf mich. ‚Was willst du?' fragte er. Ich erhob mich und sagte, ohne etwas überlegt zu haben und ohne recht zu wissen, was ich sagte: ‚Es sind die Sonaten von Andrea Gabrieli.' Er stand vollends auf, setzte mich in seinen einzigen Stuhl, nahm auf dem Tischrande Platz und sagte: ‚Gabrieli? Was hat er dir denn getan mit seinen Sonaten?' Ich fing an, ihm zu erzählen, wie es mir gegangen war, zu beichten, wie es um mich stehe. Er fragte mich mit einer Genauigkeit, die mir pedantisch schien, nach meiner Geschichte aus, nach den Studien um Gabrieli und die Sonate, er wollte wissen, wann ich aufgestanden, wie lang ich gelesen, wieviel ich musiziert, zu welchen Stunden ich gegessen und mich schlafen gelegt habe. Ich hatte mich ihm anvertraut, ja aufgedrängt, so mußte ich seine Fragen dulden und beantworten, aber sie beschämten mich, sie gingen immer unerbittlicher ins einzelne, es wurde mein geistiges und mein moralisches Leben in den letzten Wochen und Monaten analysiert. Dann schwieg er plötzlich, der Yogin, und als ich auch daraus nicht klug wurde, zuckte er mit den Schultern und sagte: ‚Siehst du es denn nicht selber, wo der Fehler liegt?' Nein, ich konnte es nicht sehen. Und jetzt rekapitulierte er erstaunlich genau alles, was er aus mir herausgefragt hatte, bis zurück zu den ersten Anzeichen von Ermüdung, Widerwillen und geistiger Verstopfung, und wies mir nach, daß dies nur einem allzu frei drauflos Studierenden habe passieren können und daß es hohe Zeit für mich gewesen sei, die mir verlorengegangene Kontrolle über mich und meine Kräfte mit fremder Hilfe wiederzufinden. Ich hätte, so wies er mir nach, wenn ich mir schon die Freiheit genommen hatte, auf regelmäßige Meditationsübungen zu verzichten, doch wenigstens gleich bei den ersten üblen Folgen mich dieser Versäumnis erinnern und sie wiedergutmachen sollen. Und er hatte vollkommen recht. Ich hatte nicht nur eine ganze Zeit lang das Meditieren unterlassen, hatte keine Zeit gehabt, war immer zu unlustig und zerstreut oder allzu studienbeflissen und angeregt gewesen — ich hatte sogar mit der Zeit ganz das Bewußtsein meiner dauernden Unterlassungssünde verloren, und hatte mich jetzt, da ich beinah gescheitert und verzweifelt war, erst durch einen andern an sie erinnern lassen müssen. Und in der Tat hatte ich dann die größte Mühe, mich aus der Verwahrlosung herauszureißen, ich mußte zu den Schul- und Anfängerübungen im Meditieren zurückkehren, um nur die Fähigkeit zu Sammlung und Versenkung allmählich mir wieder anzueignen.»

Der Magister endete seinen Stubenspaziergang mit einem kleinen Seufzer und mit den Worten: «So ist es mir damals gegangen, und es beschämt mich noch heute ein wenig, davon zu sprechen. Aber es ist so, Josef: je mehr wir von uns verlangen, oder je mehr unsre jeweilige Aufgabe von uns verlangt, desto mehr sind wir auf die Kraftquelle der Meditation angewiesen, auf die immer erneute Versöhnung von Geist und Seele. Und — ich wüßte noch manche Beispiele dafür — je intensiver eine Aufgabe uns in Anspruch nimmt, uns bald erregt und steigert, bald ermüdet und niederdrückt, desto leichter kann es geschehen, daß wir diese Quelle vernachlässigen, so wie man beim Verbohrtsein in eine geistige Arbeit leicht dazu neigt, den Körper und seine Pflege zu vernachlässigen. Die wirklich großen Männer der Weltgeschichte haben alle entweder zu meditieren verstanden oder doch unbewußt den Weg dorthin gekannt, wohin Meditation uns führt. Die andern, auch die begabtesten und kräftigsten, sind alle am Ende gescheitert und unterlegen, weil ihre Aufgabe, oder ihr ehrgeiziger Traum, so von ihnen Besitz ergriff, sie so besaß und zu Besessenen machte, daß sie die Fähigkeit verloren, sich immer wieder vom Aktuellen zu lösen und zu distanzieren. Nun, du weißt dies ja, man lernt es ja schon bei den ersten Übungen. Es ist unerbittlich wahr. Wie unerbittlich wahr es ist, sieht man erst, wenn man den Weg einmal verloren hat.»

Es blieb von dieser Erzählung so viel in Josef wirksam, daß er die Gefahr, in der er selber stand, witterte und sich den Übungen mit erneuter Hingabe unterzog. Einen tiefen Eindruck machte es ihm, daß der Meister ihm zum erstenmal ein Stückchen aus seinem ganz persönlichen Leben gezeigt hatte, aus seiner Jugend und Studienzeit; zum erstenmal wurde ihm klar, daß auch ein Halbgott, ein Meister, einmal jung und auf Irrwegen habe sein können. Er empfand dankbar, welches Vertrauen der Verehrte ihm mit seinem Bekenntnis gezeigt hatte. Man konnte irrgehen, ermüden, Fehler machen, gegen Vorschriften verstoßen, und konnte doch wieder damit fertig werden, zurückfinden und am Ende noch ein Meister werden. Er überwand die Krise.

In den zwei bis drei Waldzeller Jahren, während die Freundschaft zwischen Plinio und Josef bestand, erlebte die Schule das Schauspiel dieser kämpferischen Freundschaft wie ein Drama mit, an welchem jeder ein wenig teilhatte, vom Vorstand bis zum jüngsten Schüler. Die beiden Welten, die beiden Prinzipien hatten sich in Knecht und Designori verkörpert, jeder steigerte den andern, jede Disputation wurde ein feierlicher und repräsentativer Wettkampf, der alle anging. Und wie Plinio aus jedem Ferienbesuch, aus jeder Umarmung seines Mutterbodens neue Kräfte mitbrachte, so sog Josef aus jedem Nachdenken, aus jeder Lektüre, aus jeder Versenkungsübung, aus jedem Wiedersehen mit dem Magister Musicae neue Kräfte, machte sich geeigneter zum Vertreter und Anwalt

Kastaliens. Einst, als Kind noch, hatte er die erste Berufung erlebt. Jetzt erfuhr er die zweite, und diese Jahre schmiedeten und prägten ihn zur Gestalt des vollkommenen Kastaliers. Längst hatte er nun auch den ersten Unterricht im Glasperlenspiel absolviert und begann damals schon, in den Ferien und unter Kontrolle eines der Spielleiter, eigene Glasperlenspiele zu entwerfen. Hier nun entdeckte er eine der ergiebigsten Quellen der Freude und innern Entspannung; seit seinen unersättlichen Cembalo- und Klavichordübungen mit Carlo Ferromonte hatte nichts ihm so wohlgetan, ihn so gekühlt, gestärkt, bestätigt und beglückt wie diese ersten Vorstöße in die Sternenwelt des Glasperlenspiels.

Aus eben diesen Jahren nun stammen jene Gedichte des jungen Josef Knecht, die in der Abschrift Ferromontes sich erhalten haben; es ist wohl möglich, daß ihrer mehr waren, als auf uns gekommen sind, und es ist anzunehmen, daß auch diese Gedichte, deren früheste noch vor Knechts Einführung ins Glasperlenspiel entstanden sind, mitgeholfen haben, ihm die Durchführung seiner Rolle und das Überstehen jener kritischen Jahre zu ermöglichen. Jeder Leser wird da und dort in diesen zum Teil kunstvollen, zum Teil sichtlich rasch hingeschriebenen Versen Spuren der tiefen Erschütterung und Krise entdecken, welche Knecht damals unter Plinios Einfluß durchgemacht hat. Es klingt in mancher Zeile eine tiefe Beunruhigung, ein grundsätzlicher Zweifel an sich selbst und am Sinn seines Daseins, bis in dem Gedicht «Glasperlenspiel» die fromme Hingabe gelungen scheint. Übrigens lag ein gewisses Zugeständnis an die Welt Plinios, ein Stück Rebellion gegen gewisse kastalische Hausgesetze schon in der bloßen Tatsache, daß er diese Gedichte geschrieben und sie sogar mehreren Kameraden gelegentlich gezeigt hat. Denn wenn schon im allgemeinen Kastalien auf das Hervorbringen von Kunstwerken Verzicht geleistet hat (auch musikalisches Produzieren kennt und duldet man dort nur in der Form von stilistisch streng gebundenen Kompositionsübungen), so galt Gedichtemachen gar für das denkbar Unmöglichste, Lächerlichste, Verpönteste. Ein Spiel also, ein müßiges Schnitz- und Schnörkelwerk sind diese Gedichte nicht; es bedurfte eines hohen Drucks, um diese Produktivität in Fluß zu bringen, und es gehörte ein gewisser trotziger Mut dazu, diese Verse zu schreiben und sich zu ihnen zu bekennen.

Es bleibe nicht unerwähnt, daß auch Plinio Designori unter dem Einfluß seines Antagonisten erhebliche Wandlungen und Entwicklungen erfuhr, und zwar nicht nur im Sinn einer Erziehung zur Läuterung seiner Kampfmethoden. Während des kollegialen und kämpferischen Austausches jener Schuljahre sah er seinen Gegenspieler sich in stetiger Steigerung zum vorbildlichen Kastalier entwickeln, es trat ihm der Geist der Provinz in der Gestalt des Freundes immer sichtbarer und lebendiger entgegen, und ebenso wie er jenen bis zu einem gewissen Gärungsgrade mit der Atmosphäre seiner Welt infiziert hatte, atmete er selbst die kastalische Luft und erlag ihrem Reiz und Einfluß. Im letzten Jahr seiner Schulzeit, nach einer zweistündigen Disputation über die Ideale des Mönchtums und deren Gefahren, welche sie im Beisein der obersten Glasperlenspiel-Klasse ausgekämpft hatten, nahm er Josef zu einem Spaziergang mit und machte ihm auf diesem Gang ein Geständnis, das wir nach einem Brief Ferromontes zitieren: «Ich weiß natürlich längst, Josef, daß du der frommgläubige Glasperlenspieler und Provinzheilige nicht bist, dessen Rolle du so ausgezeichnet spielst. Jeder von uns beiden steht an exponierter Stelle in einem Kampf, und jeder von uns weiß ja wohl, daß das, wogegen er kämpft, zu Recht existiert und seine unbestrittenen Werte hat. Du stehst auf der Seite der Hochzucht des Geistes, ich auf der Seite des natürlichen Lebens. In unsrem Kampf hast du gelernt, die Gefahren des natürlichen Lebens auszuspüren und aufs Korn zu nehmen; dein Amt ist es, darauf hinzuweisen, wie das natürliche, naive Leben ohne geistige Zucht zum Sumpf werden und ins Tierische und noch weiter zurückführen muß. Und ich wieder muß immer wieder daran erinnern, wie gewagt, gefährlich und schließlich unfruchtbar ein Leben sei, das rein auf den Geist gestellt ist. Gut, jeder verteidigt das, an dessen Primat er glaubt, du den Geist, ich die Natur. Aber nimm es nicht übel, es will mir manchmal so vorkommen, als haltest du mich tatsächlich und naiv für so etwas wie einen Feind eures kastalischen Wesens, für einen Mann, dem eure Studien, Übungen und Spiele im Grunde nur Firlefanz bedeuten, wenn er sie auch aus diesen oder jenen Gründen eine Weile mitmacht. Ach, mein Lieber, wie sehr wärest du im Irrtum, wenn du das wirklich glauben solltest! Ich will dir bekennen, daß ich zu eurer Hierarchie eine ganz närrische Liebe habe, daß sie mich oft entzückt und verlockt wie das Glück selbst. Ich will dir auch bekennen, daß ich vor Monaten, als ich eine Weile zu Hause bei den Eltern war, eine Aussprache mit meinem Vater durchgekämpft und es erreicht habe, daß er mir erlaubt, Kastalier zu bleiben und in den Orden einzutreten für den Fall, daß am Ende meiner Schulzeit dies mein Wunsch und Entschluß sein sollte; und ich war glücklich, als er endlich seine Einwilligung dazu gab. Nun, ich werde keinen Gebrauch von ihr machen, das weiß ich seit kurzem. O nicht, daß ich die Lust dazu verloren hätte! Aber ich sehe mehr und mehr: für mich würde das Verbleiben bei euch eine Flucht bedeuten, eine anständige, eine edle Flucht vielleicht, aber eben doch eine Flucht. Ich werde zurückkehren und ein Weltmensch werden. Aber ein Weltmensch, der eurem Kastalien dankbar bleibt, einer, der manche eurer Übungen weiter üben und jedes Jahr das große Glasperlenspiel mitfeiern wird.»

Mit tiefer Bewegung teilte Knecht dies Geständnis Plinios seinem Freunde Ferromonte mit. Und dieser fügt der Erzählung in eben jenem Briefe die Worte bei: «Mir, dem Musiker, war dies Bekenntnis Plinios, dem ich nicht immer gerecht geworden war, wie ein musikalisches Erlebnis. Der Gegensatz: Welt und Geist, oder der Gegensatz: Plinio und Josef hatte sich vor meinen Augen aus dem Kampf zweier unversöhnlicher Prinzipien in ein Konzert sublimiert.»

Als Plinio seinen vierjährigen Schulkurs beendet hatte und nach Hause zurückkehren sollte, brachte er dem Vorstand einen Brief seines Vaters, der Josef Knecht für die Ferien einlud. Dies war ein ungewöhnliches Ansinnen. Urlaub zu Reisen und Aufenthalt außerhalb der pädagogischen Provinz gab es zwar, vor allem zu Studienzwecken, nicht allzu selten, doch war er allerdings eine Ausnahme und wurde nur älteren und bewährteren Studierenden, niemals aber Schülern gewährt. Schulvorstand Zbinden hielt immerhin die Einladung, da sie von einem so hochgeachteten Hause und Manne kam, für wichtig genug, um sie nicht von sich aus abzulehnen, sondern legte sie dem Ausschuß der Erziehungsbehörde vor, welche sie alsbald mit einem lakonischen Nein beantwortete. Die Freunde mußten Abschied voneinander nehmen.

«Wir werden es später wieder mit der Einladung versuchen», sagte Plinio, «irgendeinmal wird es schon glücken. Du mußt einmal mein Vaterhaus und meine Leute kennenlernen und sehen, daß auch wir Menschen sind und nicht bloß so ein Geschmeiß von Welt- und Geschäftsleuten. Du wirst mir sehr fehlen. Und nun sieh zu, Josef, daß du in diesem komplizierten Kastalien bald nach oben kommst; du eignest dich zwar sehr zum Glied einer Hierarchie, aber nach meiner Meinung doch mehr zum Bonzen als zum Famulus, deinem Namen zum Trotz. Ich prophezeie dir eine große Zukunft, du wirst eines Tages Magister sein und zu den Erlauchten zählen.»

Josef sah ihn traurig an.

«Spotte nur!» sagte er, mit der Bewegung des Abschied-nehmens kämpfend. «Ich bin nicht so ehrgeizig wie du, und wenn ich es jemals zu einem Amt bringe, so wirst du längst Präsident oder Bürgermeister, Hochschulprofessor oder Bundesrat sein. Denke freundlich an uns, Plinio, und an Kastalien, entfremde dich uns nicht ganz! Es muß doch bei euch draußen auch einige Leute geben, die von Ka-stalien mehr wissen als die Witze, die dort draußen über uns gemacht werden.»

Sie drückten einander die Hände, und Plinio reiste ab. Für sein letztes Waldzeller Jahr wurde es um Josef sehr still, seine exponierte und anstrengende Funktion als ge-wissermaßen öffentliche Persönlichkeit hatte plötzlich ein Ende, Kastalien brauchte keinen Verteidiger mehr. Seine Freizeit widmete er in diesem Jahr vorwiegend dem Glas-perlenspiel, das ihn mehr und mehr anzog. Ein Heftchen Notizen aus jener Zeit über Bedeutung und Theorie des Spieles beginnt mit dem Satz: «Das Ganze des Lebens, des physischen wie des geistigen, ist ein dynamisches Phänomen, von welchem das Glasperlenspiel im Grunde nur die ästhetische Seite erfaßt, und zwar erfaßt es sie vorwiegend im Bild rhythmischer Vorgänge.»

Studienjahre

Josef Knecht war nun etwa vierundzwanzig Jahre alt. Mit der Entlassung aus Waldzell war seine Schülerzeit abgeschlossen, und es begannen die Jahre des freien Stu-dierens; mit Ausnahme der harmlosen Eschholzer Knaben-jahre sind sie wohl die heitersten und glücklichsten seines Lebens gewesen. Es ist ja auch immer aufs neue etwas Wunderbares und rührend Schönes um die schweifende Entdeckungs- und Eroberungslust eines Jünglings, der zum erstenmal frei vom Schulzwang sich den unendlichen

Horizonten des Geistigen entgegen bewegt, dem noch keine Illusion zerflattert, kein Zweifel weder an der eigenen Fähigkeit zu unendlicher Hingabe, noch an der Unbegrenztheit der geistigen Welt gekommen ist. Gerade für Begabungen von Josef Knechts Art, welche nicht von einem Einzeltalent schon früh zur Konzentration auf ein Spezialfach gedrängt werden, sondern ihrem Wesen nach auf Ganzheit, auf Synthese und Universalität zielen, ist dieser Frühling der Studienfreiheit nicht selten eine Zeit intensiven Glückes, ja beinahe Rausches; ohne die vorangegangene Zucht der Eliteschule, ohne die seelische Hygiene der Meditationsübungen und ohne die mild geübte Kontrolle der Erziehungsbehörde wäre diese Freiheit für solche Begabungen eine schwere Gefahr und müßte vielen zum Verhängnis werden, wie sie es in den Zeiten vor unsrer heutigen Ordnung, in den vorkastalischen Jahrhunderten, unzähligen hohen Begabungen gewesen ist. An den Hochschulen jener Vorzeit hat es zu gewissen Zeiten von jungen faustischen Naturen geradezu gewimmelt, welche mit vollen Segeln aufs hohe Meer der Wissenschaften und der akademischen Freiheit fuhren und alle Schiffbrüche eines ungezügelten Dilettantismus erleiden mußten; Faust selber ist ja der Prototyp des genialen Dilettanten und seiner Tragik. In Kastalien nun ist die geistige Freiheit der Studierenden noch unendlich viel größer, als sie es je an den Universitäten früherer Epochen war, denn die zur Verfügung stehenden Möglichkeiten zu Studien sind viel reichhaltiger, außerdem fehlt in Kastalien völlig die Beeinflussung und Beschränkung durch materielle Rücksichten, durch Ehrgeiz, Ängstlichkeit, Armut der Eltern, Aussichten auf Brot und Karriere und so weiter. In den Akademien, Seminaren, Bibliotheken, Archiven, Laboratorien der pädagogischen Provinz ist jeder Studierende, was seine Herkunft und was seine Aussichten betrifft, vollkommen gleichgestellt; die Hierarchie stuft sich lediglich aus den intellektuellen und charakterlichen Anlagen und Qualitäten der Schüler. In materieller und geistiger Hinsicht dagegen sind von den Freiheiten, Verlockungen und Gefahren, welchen an weltlichen Hochschulen viele Begabte zum Opfer fallen, in Kastalien die meisten nicht vorhanden; es besteht auch hier noch Gefahr, Dämonie und Verblendung genug — wo wäre das Menschendasein von ihnen frei? —, aber der kastalische Student ist immerhin manchen Möglichkeiten der Entgleisung, der Enttäuschung und des Untergangs entzogen. Weder kann es ihm geschehen, daß er der Trunksucht verfällt, noch kann er seine Jugendjahre an die renommistischen oder geheimbündlerischen Gepflogenheiten gewisser Studentengenerationen der älteren Zeit verlieren, noch auch kann er eines Tages die Entdeckung machen, daß sein studentisches Reifezeugnis ein Irrtum war, daß er erst im Lauf seiner Studienzeit auf nicht wieder auszufüllende Lücken in seiner Vorbildung stößt; vor diesen Mißständen schützt ihn die kastalische Ordnung. Auch die Gefahr, sich an Frauen oder an sportliche Exzesse zu verschwenden, ist nicht eben groß. Was die Frauen betrifft, so kennt der kastalische Student weder die Ehe mit ihren Verlockungen und Gefahren, noch kennt er die Prüderie mancher vergangenen Epoche, welche den Studenten entweder zu geschlechtlicher Askese zwang oder ihn auf mehr oder weniger käufliche und dirnenhafte Weiber anwies. Da es für die Kastalier keine Ehe gibt, gibt es auch keine auf die Ehe hin gerichtete Liebesmoral. Da es für den Kastalier kein Geld und so gut wie kein Eigentum gibt, existiert auch die Käuflichkeit der Liebe nicht. Es ist in der Provinz Sitte, daß die Bürgertöchter nicht allzu früh heiraten, und in den Jahren vor der Ehe scheint ihnen der Student und Gelehrte als Geliebter ganz besonders begehrenswert; er fragt nicht nach Herkunft und Vermögen, ist gewohnt, geistige Fähigkeiten den vitalen mindestens gleichzustellen, hat meistens Phantasie und Humor und muß, da er kein Geld hat, mehr als andre mit dem Einsatz seiner selbst bezahlen. Die Studentenliebste in Kastalien kennt die Frage nicht: wird er mich heiraten? Nein, er wird sie nicht heiraten. Zwar ist tatsächlich auch dies schon geschehen; es hat sich je und je der seltene Fall ereignet, daß ein Elitestudent auf dem Weg der Heirat in die bürgerliche Welt zurückkehrte, unter Verzicht auf Kastalien und die Zugehörigkeit zum Orden. Doch spielen diese paar Fälle von Abtrünnigwerden in der Geschichte der Schulen und des Ordens kaum eine andre Rolle als die einer Kuriosität.

Der Grad an Freiheit und Selbstbestimmung, mit welchem der Eliteschüler nach der Entlassung aus den vorbereitenden Schulen sich allen Wissens- und Forschungsgebieten gegenübergestellt findet, ist in der Tat ein sehr hoher. Eingeschränkt wird diese Freiheit, soweit nicht die Begabungen und Interessen von Anfang an engere sind, lediglich durch die Verpflichtung jedes frei Studierenden zur Vorlage eines Studienplanes jeweils für ein Halbjahr, dessen Durchführung von den Behörden milde überwacht wird. Für die vielseitig Begabten und Interessierten — und zu ihnen gehörte Knecht — haben die paar ersten Studienjahre durch diese sehr weitgehende Freiheit etwas wunderbar Verlockendes und Entzückendes. Gerade diesen vielseitig Interessierten läßt die Behörde, wenn sie nicht etwa geradezu ins Bummeln geraten, eine beinahe paradiesische Freiheit; der Schüler mag nach Belieben sich in allen Wissenschaften umsehen, die verschiedensten Studiengebiete miteinander vermischen, sich in sechs oder acht Wissenschaften gleichzeitig verlieben oder von Anfang an sich an eine engere Auswahl halten; außer der Innehaltung der allgemeinen, für Provinz und Orden geltenden moralischen Lebensregeln wird nichts von ihm verlangt als jährlich einmal der Ausweis über die von ihm gehörten Vorlesungen, über seine Lektüre und seine Arbeit in Instituten. Die genauere Kontrolle und Prüfung seiner Leistungen beginnt erst dort, wo er fachwissenschaftliche Kurse und Seminare besucht, zu welchen auch die des

Glasperlenspiels und der Musikhochschule gehören; hier freilich hat jeder Studierende sich den offiziellen Prüfungen zu stellen und die vom Seminarleiter verlangten Arbeiten zu leisten, wie es sich von selbst versteht. Aber niemand zwingt ihn in diese Kurse, er kann semesterlang und jahrelang nach Belieben auch nur in den Bibliotheken sitzen und Vorlesungen hören. Diese Studenten, die mit der Bindung an ein einzelnes Wissensgebiet sich lange Zeit lassen, zögern zwar damit ihre Aufnahme in den Orden hinaus, werden aber mit großer Duldung auf ihren Streifzügen durch alle möglichen Wissenschaften und Studienarten belassen, ja gefördert. Es wird von ihnen, außer dem moralischen Wohlverhalten, nichts an Leistung verlangt als jedes Jahr die Abfassung eines «Lebenslaufes». Diese alte und oft bespöttelte Sitte ist es, der wir die drei während seiner Studienjahre geschriebenen Lebensläufe Knechts verdanken. Es handelt sich bei ihnen also nicht, wie bei den in Waldzell entstandenen Gedichten, um eine rein freiwillige und inoffizielle, ja heimliche und mehr oder weniger verbotene Art von literarischer Tätigkeit, sondern um eine normale und offizielle. Schon in den frühesten Zeiten der pädagogischen Provinz war die Sitte aufgekommen, die jüngern Studierenden, das heißt die noch nicht in den Orden Aufgenommenen, je und je zur Abfassung einer besonderen Art von Aufsatz oder Stilübung anzuhalten, nämlich eines sogenannten «Lebenslaufes», das heißt einer fiktiven, in eine beliebige Zeit zurückverlegten Selbstbiographie. Der Schüler hatte die Aufgabe, sich in eine Umgebung und Kultur, in das geistige Klima irgendeiner frühern Epoche zurückzuversetzen und sich darin eine ihm entsprechende Existenz auszudenken; je nach Zeit und Mode war das kaiserliche Rom, das Frankreich des siebzehnten oder das Italien des fünfzehnten Jahrhunderts, das perikleische Athen oder das Österreich der Mozartzeit bevorzugt, und bei den Philologen war es Sitte geworden, daß sie ihre Lebensromane in der

Sprache und im Stil des Landes und der Zeit abfaßten, in welchen sie spielten; es gab zuzeiten höchst virtuose Lebensläufe im Kurialstil des päpstlichen Rom um das Jahr 1200, im Mönchslatein, im Italienisch der «Hundert Novellen», im Französisch Montaignes, im Barockdeutsch des Schwans von Boberfeld. Es lebte ein Rest des alten asiatischen Wiedergeburts- und Seelenwanderungsglaubens in dieser freien und spielerischen Form hier fort; allen Lehrern und Schülern war die Vorstellung geläufig, daß ihrer jetzigen Existenz frühere vorangegangen sein könnten, in anderen Körpern, zu andern Zeiten, unter andern Bedingungen. Dies war nun freilich nicht etwa ein Glaube im strengen Sinn, noch viel weniger war es eine Lehre; es war eine Übung, ein Spiel der Imaginationskräfte, sich das eigene Ich in veränderten Lagen und Umgebungen vorzustellen. Man übte sich dabei, so wie man es in vielen stilkritischen Seminaren und so oft auch im Glasperlenspiele tat, im behutsamen Eindringen in vergangene Kulturen, Zeiten und Länder, lernte seine eigene Person als Maske, als vergängliches Kleid einer Entelechie betrachten. Die Sitte, solche Lebensläufe zu schreiben, hatte ihren Reiz und hatte manche Vorzüge, sie hätte sich sonst wohl auch nicht so lange erhalten. Übrigens war die Zahl der Studierenden gar nicht so sehr klein, welche nicht nur an die Idee der Reinkarnation mehr oder weniger glaubten, sondern auch an die Wahrheit ihrer eigenen erfundenen Lebensläufe. Denn natürlich waren die meisten dieser imaginierten Vorexistenzen nicht nur Stilübungen und historische Studien, sondern auch Wunschbilder und gesteigerte Selbstbildnisse: die Verfasser der meisten Lebensläufe schilderten sich in demjenigen Kostüm und als denjenigen Charakter, als welcher zu erscheinen und sich zu verwirklichen ihr Wunsch und Ideal war. Des weiteren waren die Lebensläufe, pädagogisch kein schlechter Gedanke, ein legitimer Kanal für das dichterische Bedürfnis des jugendlichen Alters. War auch seit Generationen das eigentliche, ernsthafte Dichten verpönt und teils durch die Wissenschaften, teils durch das Glasperlenspiel ersetzt, so war doch der Künstler- und Gestaltungstrieb des Jugendalters nicht erledigt; er fand in den Lebensläufen, welche sich oft bis zu kleinen Romanen erweiterten, ein erlaubtes Feld der Betätigung. Auch mochte mancher Verfasser dabei die ersten Schritte ins Land der Selbsterkenntnis tun. Übrigens kam es auch des öfteren vor und stieß bei den Lehrern meistens auf wohlwollendes Verständnis, daß Studierende ihre Lebensläufe zu kritischen und revolutionären Auslassungen über die heutige Welt und über Kastalien benutzten. Außerdem aber waren diese Aufsätze für die Lehrer gerade während der Zeit, in welcher die Studierenden die größte Freiheit genossen und keiner genauen Kontrolle unterlagen, sehr aufschlußreich und gaben ihnen über das geistige und moralische Leben und Befinden der Verfasser oft überraschend deutliche Auskunft.

Von Josef Knecht sind drei solche Lebensläufe erhalten, wir werden sie wortgetreu mitteilen und halten sie für den vielleicht wertvollsten Teil unseres Buches. Ob er nur diese drei Lebensläufe geschrieben habe, ob nicht einer oder der andere verlorengegangen sei, darüber sind mancherlei Vermutungen möglich. Mit Bestimmtheit wissen wir nur, daß es Knecht nach der Überreichung seines dritten, des «indischen» Lebenslaufes von der Kanzlei der Erziehungsbehörde nahegelegt wurde, er möge einen etwaigen noch folgenden Lebenslauf in eine historisch näherliegende und reicher dokumentierte Epoche verlegen und sich mehr um das historische Detail bekümmern. Wir wissen aus Erzählungen und Briefen, daß er daraufhin in der Tat Vorstudien zu einem Lebenslauf aus dem achtzehnten Jahrhundert gemacht hat. Er wollte darin als schwäbischer Theologe auftreten, der den Kirchendienst später mit der Musik vertauscht, der ein Schüler Johann Albrecht Bengels, ein Freund Oetingers und eine Weile

Gast der Gemeinde Zinzendorfs war. Wir wissen, daß er damals eine Menge alter, zum Teil entlegener Literatur über Kirchenverfassung, über Pietismus und Zinzendorf, über Liturgie und Kirchenmusik jener Zeit gelesen und exzerpiert hat. Wir wissen auch, daß er für die Gestalt des magischen Prälaten Oetinger eine richtige Verliebtheit, für die des Magisters Bengel eine echte Liebe und tiefe Verehrung empfand — sein Bildnis ließ er sich eigens photographieren und hatte es eine Weile auf dem Schreibtisch stehen — und sich um die Würdigung Zinzendorfs, der ihn ebenso interessierte wie abstieß, ehrlich bemüht hat. Am Ende ließ er diese Arbeit liegen, zufrieden mit dem, was er bei ihr gelernt hatte, erklärte sich aber für unfähig, daraus einen Lebenslauf zu machen, denn er habe viel zuviel Einzelstudien getrieben und Details gesammelt. Diese Aussage berechtigt uns vollends, in jenen ausgeführten drei Lebensläufen mehr die Schöpfungen und Bekenntnisse eines dichterischen Menschen und eines edlen Charakters als die Arbeiten eines Gelehrten zu sehen, womit wir ihnen nicht Unrecht zu tun meinen.

Für Knecht kam nun aber zu der Freiheit des in die selbstgewählten Studien entlassenen Schülers noch eine andere Freiheit und Entspannung hinzu. Er war ja nicht nur ein Zögling wie alle gewesen, hatte nicht nur die Ordnung der strengen Schulung, der genauen Tageseinteilung, der sorgfältigen Kontrolle und Beobachtung durch die Lehrer über sich gehabt und war allen Anstrengungen eines Eliteschülers ausgesetzt gewesen. Er war, neben diesem allem und weit darüber hinaus, durch sein Verhältnis zu Plinio zum Träger einer Rolle und einer Verantwortung geworden, die ihn geistig und seelisch bis an die Grenzen des Möglichen teils ansponnte, teils belastete, einer aktiven sowohl wie repräsentativen Rolle, einer Verantwortung, welche eigentlich über seine Jahre und Kräfte ging und welche er, oft gefährdet genug, nur aus einem Überschuß an Willenskraft und Begabung bewältigt hatte und ohne den mächtigen Beistand aus der Ferne, den Musikmeister, überhaupt nicht hätte zu Ende führen können. Wir finden ihn, den etwa Vierundzwanzigjährigen, am Ende seiner ungewöhnlichen Waldzeller Schuljahre zwar über sein Alter gereift und etwas überanstrengt, erstaunlicherweise aber nicht erkennbar geschädigt. Wie tief dennoch sein ganzes Wesen durch jene Rolle und Last in Anspruch genommen, ja der Erschöpfung nahegebracht worden war, darüber fehlt es zwar an unmittelbaren Zeugnissen, wir erkennen es aber, sobald wir die Art betrachten, auf welche der den Schulen Entwachsene in den ersten Jahren von der errungenen und gewiß oft tief ersehnten Freiheit Gebrauch gemacht hat. Knecht, der während seiner letzten Schülerjahre an so sichtbarer Stelle gestanden und gewissermaßen schon der Öffentlichkeit angehört hatte, hat sich aus ihr sofort und vollkommen zurückgezogen; ja wenn man die Spuren seines damaligen Lebens aufsucht, hat man den Eindruck: am liebsten hätte er sich unsichtbar gemacht, keine Umgebung und Gesellschaft konnte ihm harmlos genug, keine Existenzform privat genug sein. So hat er auch auf einige lange und stürmische Briefe Designoris erst kurz und unlustig, dann gar nicht mehr geantwortet. Der berühmte Schüler Knecht verschwand und war nicht mehr aufzufinden; nur in Waldzell blühte sein Ruhm weiter und wurde mit der Zeit beinah zur Legende.

So hat er im Beginn seiner Studienjahre aus den genannten Gründen Waldzell gemieden, daraus ergab sich denn auch der vorläufige Verzicht auf die höheren und höchsten Kurse im Glasperlenspiel. Trotzdem aber, das heißt obwohl ein oberflächlicher Beobachter damals eine auffallende Vernachlässigung des Glasperlenspiels bei Knecht hätte feststellen können, wissen wir, daß im Gegenteil der ganze, scheinbar launische und zusammenhanglose, jedenfalls recht ungewöhnliche Gang seiner freien Studien vom Glasperlenspiel beeinflußt war und zu ihm und dem Dienst am Spiel zurückführte. Wir gehen darauf etwas ausführlicher ein, denn dieser Zug ist charakteristisch; Josef Knecht hat auf die wunderlichste, eigensinnigste Weise sich seiner Studierfreiheit bedient, auf eine verblüffende, jugendlich geniale Weise. Während seiner Waldzeller Jahre hatte er wie üblich die offizielle Einführung ins Glasperlenspiel und den Wiederholungskurs durchgemacht; dann war er, im Lauf des letzten Schuljahres und im Freundeskreis schon damals im Ruf eines guten Spielers stehend, von der Anziehungskraft des Spiels der Spiele mit solcher Heftigkeit ergriffen worden, daß er, nach Absolvierung eines weiteren Kurses, noch als Eliteschüler unter die Spieler der zweiten Stufe aufgenommen wurde, was eine recht seltene Auszeichnung bedeutet.

Einem Kameraden beim offiziellen Wiederholungskurs, seinem Freunde und spätern Gehilfen Fritz Tegularius, hat er einige Jahre später ein Erlebnis berichtet, das nicht nur seine Bestimmung zum Glasperlenspieler entschied, sondern auch auf den Gang seiner Studien von größtem Einfluß war. Der Brief ist erhalten, die Stelle lautet: «Laß mich dich aus jener Zeit, wo wir beide, derselben Gruppe zugeteilt, so eifrig an unsern ersten Dispositionen zu Glasperlenspielen arbeiteten, an einen bestimmten Tag und ein bestimmtes Spiel erinnern. Unser Gruppenleiter hatte uns verschiedene Anregungen gegeben und allerlei Themata zur Wahl gestellt; wir waren gerade bei dem heiklen Übergang von der Astronomie, Mathematik und Physik zu den Sprach- und Geschichtswissenschaften, und der Leiter war ein Virtuose in der Kunst, uns begierigen Anfängern Fallen zu stellen und uns auf das Glatteis unzulässiger Abstraktionen und Analogien zu locken, er schmuggelte uns verlockende etymologische und sprachvergleichende Spielereien in die Hände und hatte seinen Spaß daran, wenn einer von uns darauf hereinfiel. Wir zählten griechische Silbenlängen bis zur Ermüdung, um dann plötzlich den Boden unter den Füßen weggezogen zu bekommen, indem wir vor die Möglichkeit, ja Notwendigkeit eines akzentuierenden, statt des metrischen Skandierens gestellt wurden, und dergleichen mehr. Er machte seine Sache formal glänzend und ganz korrekt, wenn auch in einem Geist, der mir nicht angenehm war, er zeigte uns Irrgänge und verlockte uns zu Fehlspekulationen, zwar mit der guten Absicht, uns mit den Gefahren bekannt zu machen, aber ein wenig auch, um uns dumme Jungen auszulachen und gerade den Eifrigsten möglichst viel Skepsis in ihre Begeisterung zu gießen. Dennoch geschah es gerade unter ihm und bei einem seiner verzwickten Vexier-Experimente, daß ich, während wir tastend und ängstlich ein halbwegs taugliches Spielproblem zu entwerfen versuchten, plötzlich und mit einem Schlage vom Sinn und von der Größe unsres Spiels ergriffen und bis ins Innerste erschüttert wurde. Wir sezierten an einem sprachgeschichtlichen Problem herum und sahen gewissermaßen dem Höhepunkt und der Glanzzeit einer Sprache aus der Nähe zu, gingen in Minuten einen Weg mit ihr, zu dem sie einige Jahrhunderte gebraucht hatte, und mich packte das Schauspiel der Vergänglichkeit gewaltig an: wie da vor unsern Augen ein so komplizierter, alter, ehrwürdiger, in vielen Generationen langsam aufgebauter Organismus zu seiner Blüte kommt, und die Blüte schon den Keim des Verfalls enthält, und der ganze sinnvoll gegliederte Bau zu sinken, zu entarten, dem Untergang entgegenzuwanken beginnt — und zugleich durchfuhr es mich mit einem Zuck und freudigen Schrecken, daß dennoch der Verfall und Tod jener Sprache nicht ins Nichts geführt hatte, daß ihre Jugend, ihre Blüte, ihr Niedergang in unserem Gedächtnis, im Wissen um sie und ihre Geschichte, aufbewahrt und daß sie in den Zeichen und Formeln der Wissenschaft sowohl wie in den geheimen Formulierungen des Glasperlenspiels fortlebe und jederzeit wieder aufgebaut werden könne. Ich begriff plötzlich, daß in der Sprache oder doch mindestens im Geist des

Glasperlenspiels tatsächlich alles allbedeutend sei, daß jedes Symbol und jede Kombination von Symbolen nicht hierhin oder dorthin, nicht zu einzelnen Beispielen, Experimenten und Beweisen führe, sondern ins Zentrum, ins Geheimnis und Innerste der Welt, in das Urwissen. Jeder Übergang von Dur zu Moll in einer Sonate, jede Wandlung eines Mythos oder eines Kultes, jede klassische, künstlerische Formulierung sei, so erkannte ich im Blitz jenes Augenblicks, bei echter meditativer Betrachtung, nichts andres als ein unmittelbarer Weg ins Innere des Weltgeheimnisses, wo im Hin und Wider zwischen Ein- und Ausatmen, zwischen Himmel und Erde, zwischen Yin und Yang sich ewig das Heilige vollzieht. Zwar hatte ich damals schon manches gut aufgebaute und gut durchgeführte Spiel als Zuhörer miterlebt, und es war mir manche große Erhebung und manche beglückende Einsicht dabei zuteil geworden; doch war ich bis dahin über den eigentlichen Wert und Rang des Spieles an sich immer wieder zu Zweifeln geneigt gewesen. Am Ende konnte ja jede gut gelöste Mathematikaufgabe geistigen Genuß bringen, jede gute Musik konnte beim Hören, und noch weit mehr beim Spielen, die Seele erheben und ins Große dehnen, und jede andächtige Meditation konnte das Herz beruhigen und es zum Einklang mit dem All stimmen; aber eben darum war doch vielleicht das Glasperlenspiel, so sagten meine Zweifel, nur eine formale Kunst, eine geistreiche Fertigkeit, eine witzige Kombination, und dann war es besser, dies Spiel nicht zu spielen, sondern sich mit sauberer Mathematik und guter Musik zu beschäftigen. Jetzt aber hatte ich zum erstenmal die innere Stimme des Spieles selbst vernommen, seinen Sinn, sie hatte mich erreicht und durchdrungen, und seit jener Stunde bin ich des Glaubens, daß unser königliches Spiel wirklich eine lingua sacra, eine heilige und göttliche Sprache ist. Du wirst dich erinnern, denn du selbst hast damals bemerkt, daß eine Wandlung in mir vorgegangen war und ein

Ruf mich erreicht hatte. Ich kann ihn nur jenem unvergeßlichen Ruf vergleichen, der einst mein Herz und mein Leben verwandelt und emporgehoben hat, da ich als kleiner Knabe vom Magister Musicae geprüft und nach Kastalien berufen worden bin. Du hast es bemerkt, das spürte ich damals wohl, wenn du auch kein Wort darüber sagtest; wir wollen auch heute nichts weiter darüber sagen. Aber nun habe ich eine Bitte an dich, und um sie dir zu erklären, muß ich dir sagen, was sonst niemand weiß und wissen soll, nämlich, daß mein derzeitiges Herumstudieren keiner Laune entspringt, daß ihm vielmehr ein ganz bestimmter Plan zugrunde liegt. Du entsinnst dich, in großen Zügen wenigstens, jener Glasperlenspielübung, die wir damals als Schüler im dritten Kurs mit Hilfe des Leiters aufbauten und in deren Verlauf ich jene Stimme vernahm und meine Berufung zum Lusor erlebte. Nun, jenes Übungsspiel, das mit einer rhythmischen Analyse des Themas zu einer Fuge begann und in dessen Mitte ein angeblicher Satz des Kungtse stand, jenes ganze Spiel von Anfang bis zu Ende studiere ich jetzt, das heißt, ich arbeite mich durch jeden seiner Sätze durch, übersetze ihn aus der Spielsprache in seine Ursprache zurück, in Mathematik, in Ornamentik, in Chinesisch, in Griechisch usw. Ich will, wenigstens dies eine Mal im Leben, den ganzen Inhalt eines Glasperlenspiels fachmäßig nachstudieren und nachkonstruieren; den ersten Teil habe ich schon hinter mir und habe zwei Jahre dazu gebraucht. Es wird natürlich noch manche Jahre kosten. Aber da wir nun einmal unsre berühmte Studienfreiheit in Kastalien haben, will ich sie eben auf diese Art benützen. Die Einwände dagegen sind mir bekannt. Die meisten unsrer Lehrer würden sagen: wir haben in einigen Jahrhunderten das Glasperlenspiel erfunden und ausgebaut, als eine universale Sprache und Methode, um alle geistigen und künstlerischen Werte und Begriffe auszudrücken und auf ein gemeinsames Maß zu bringen. Nun kommst du und willst nachprüfen, ob das auch stimme! Du wirst dein Leben dazu brauchen und wirst es bereuen. Nun, ich werde nicht mein Leben dazu brauchen und hoffe es auch nicht zu bereuen. Und nun meine Bitte: da du zur Zeit im Spielarchiv arbeitest und ich aus besonderen Gründen Waldzell noch für eine gute Weile meiden möchte, sollst du mir je und je eine Anzahl Fragen beantworten, das heißt, mir in der nicht gekürzten Form jeweils die offiziellen Schlüssel und Zeichen für allerlei Themata aus dem Archiv mitteilen. Ich rechne auf dich und rechne darauf, daß du, sobald ich dir irgendwelche Gegendienste leisten kann, über mich verfügst.»

Vielleicht ist hier der Ort, auch jene andre Stelle aus Knechts Briefen mitzuteilen, welche sich auf das Glasperlenspiel bezieht, wenn auch der betreffende Brief, an den Musikmeister gerichtet, mindestens ein oder zwei Jahre später geschrieben wurde. «Ich denke mir», schreibt Knecht seinem Gönner, «daß man ein ganz guter, ja virtuoser Glasperlenspieler sein kann, ja vielleicht sogar ein recht tüchtiger Magister Ludi, ohne das eigentliche Geheimnis des Spieles und seinen letzten Sinn zu ahnen. Ja es könnte sein, daß gerade ein Ahnender und Wissender, wenn er zum Fachmann im Glasperlenspiel oder dessen Leiter würde, dem Spiel gefährlicher werden könnte als jene. Denn die Innenseite, die Esoterik des Spiels, zielt wie alle Esoterik ins Ein und All hinab, in die Tiefen, wo nur noch der ewige Atem im ewigen Ein und Aus sich selbst genügend waltet. Wer den Sinn des Spiels in sich zu Ende erlebt hätte, wäre eigentlich schon kein Spieler mehr, er stünde nicht in der Vielfalt mehr und wäre der Freude am Erfinden, Konstruieren und Kombinieren nicht mehr fähig, da er eine ganz andere Lust und Freude kennt. Da ich dem Sinn des Glasperlenspiels nahe zu sein meine, wird es für mich und für andre besser sein, wenn ich das Spiel nicht zu meinem Beruf mache, sondern mich lieber auf die Musik verlege.»

Der Musikmeister, meist sehr sparsam im Briefschreiben, war von dieser Äußerung offenbar beunruhigt und hat auf sie eine freundlich warnende Auskunft gegeben: «Es ist gut, daß du selber von einem Spielmeister nicht verlangst, er solle ein ‚Esoteriker' in deinem Sinne sein, denn ich hoffe, du habest das ohne Ironie gesagt. Ein Spielmeister oder Lehrer, der sich in erster Linie darum sorgte, ob er auch dem ‚innersten Sinn' nahe genug sei, wäre ein sehr schlechter Lehrer. Ich zum Beispiel habe, offen gestanden, meinen Schülern zeitlebens niemals ein Wort über den ‚Sinn' der Musik gesagt; wenn es einen gibt, so bedarf er meiner nicht. Dagegen habe ich stets großen Wert darauf gelegt, daß meine Schüler ihre Achtel und Sechzehntel hübsch genau zählten. Ob du nun Lehrer, Gelehrter oder Musikant wirst, habe die Ehrfurcht vor dem ‚Sinn', aber halte ihn nicht für lehrbar. Mit dem Lehrenwollen des ‚Sinnes' haben einst die Geschichtsphilosophen die halbe Weltgeschichte verdorben, das feuilletonistische Zeitalter eingeleitet und eine Menge von vergossenem Blut mitverschuldet. Auch wenn ich etwa Schüler in den Homer oder die griechischen Tragiker einzuführen hätte, würde ich nicht versuchen, ihnen die Dichtung als eine Erscheinungsform des Göttlichen zu suggerieren, sondern bemüht sein, ihnen die Dichtung durch die genaue Kenntnis ihrer sprachlichen und metrischen Mittel zugänglich zu machen. Sache des Lehrers und des Gelehrten ist das Erforschen der Mittel und die Pflege der Überlieferung, das Reinhalten der Methoden, nicht das Erregen und Beschleunigen jener nicht mehr sagbaren Erlebnisse, welche den Auserwählten — oft sind sie auch Geschlagene und Opfer — vorbehalten sind.»

Im übrigen erwähnt Knechts Briefwechsel jener Jahre, der ohnehin nicht groß gewesen zu sein scheint oder zum Teil verlorengegangen ist, das Glasperlenspiel und seine «esoterische» Auffassung an keiner Stelle; die größte und besterhaltene dieser Korrespondenzen, die mit

Ferromonte, handelt ohnehin nahezu ausschließlich von Problemen der Musik und der musikalischen Stilanalyse.

So sehen wir denn in dem eigentümlichen Zickzack, den Knechts Studiengang beschrieb und der nichts anderes war als die genaue Nachzeichnung und jahrelange Durcharbeitung eines einzigen Spielschemas, einen sehr bestimmten Sinn und Willen sich durchsetzen. Um sich die Inhalte dieses einzigen Spielschemas anzueignen, welches sie einst als Schüler zu Übungszwecken in wenigen Tagen komponiert hatten und das, in der Sprache des Glasperlenspiels, in einer Viertelstunde abzulesen gewesen war, verwendete er Jahr um Jahr, saß in Lehrsälen und Bibliotheken, studierte Froberger und Alessandro Scarlatti, Fugen und Sonatenbau, repetierte Mathematik, lernte Chinesisch, arbeitete ein System der Klangfiguren und die Feustelsche Theorie von der Entsprechung zwischen der Farbenskala und den musikalischen Tonarten durch. Man fragt sich, warum er diesen mühsamen, eigensinnigen und vor allem einsamen Weg gewählt habe, denn sein Endziel (außerhalb Kastaliens würde man sagen: seine Berufswahl) war ohne Zweifel das Glasperlenspiel. Wäre er, als Hospitant und unverbindlich zunächst, in eines der Institute des Vicus Lusorum, der Glasperlenspieler-Siedlung in Waldzell, eingetreten, so wären ihm alle auf das Spiel bezüglichen Spezialstudien erleichtert gewesen, es hätten ihm Rat und Auskunft in allen Einzelfragen zu jeder Stunde offen gestanden, und außerdem hätte er seinen Studien unter Kameraden und Mitstrebenden obliegen können, statt sich allein und gewiß oft wie in freiwilliger Verbannung abzuquälen. Nun, er ging seinen Weg. Er vermied, so vermuten wir, Waldzell nicht nur, um seine dortige Schülerrolle und die Erinnerung an sie möglichst auszulöschen, bei den andern wie bei sich selbst, sondern ebenso, um nicht inmitten der Gemeinschaft der Glasperlenspieler in eine neue, ähnliche Rolle hineinzugeraten. Denn etwas wie Schicksal, etwas wie Vorbestimmung zu Führerschaft und Repräsentation mochte er seit damals in sich spüren, und er tat das Mögliche, dies ihm sich aufdrängende Schicksal zu überlisten. Er spürte die Schwere der Verantwortung voraus, er spürte sie schon jetzt den Waldzeller Mitschülern gegenüber, die für ihn begeistert waren und denen er sich entzog, und spürte sie besonders gegenüber jenem Tegularius, von dem er instinktiv wußte, daß er für ihn durchs Feuer gehen würde. So suchte er die Verborgenheit und Beschaulichkeit, während jenes Schicksal ihn nach vorn und ins Öffentliche drängen wollte. So etwa denken wir uns seine innere Lage damals. Aber es war noch ein wichtiger Grund oder Antrieb mehr vorhanden, ihn vom üblichen Lehrgang der höheren Glasperlenspielschulen abzuschrecken und zum Outsider zu machen, nämlich ein nicht zu beschwichtigender Forschungstrieb, auf dessen Grund die einstigen Zweifel gegen das Glasperlenspiel ruhten. Gewiß, er hatte es erlebt und geschmeckt, daß das Spiel wirklich in einem höchsten und heiligen Sinn gespielt werden könne, aber er hatte auch gesehen, daß die Mehrzahl der Spieler und Schüler, ja auch ein Teil der Leiter und Lehrer keineswegs in jenem hohen und heiligen Sinn Spieler waren und in der Spielsprache nicht eine lingua sacra sahen, sondern eben eine geistvolle Art von Stenographie, und daß sie das Spiel als eine interessante oder amüsante Spezialität, als einen intellektuellen Sport oder als einen Wettkampf des Ehrgeizes betrieben. Ja, er hatte, wie sein Brief an den Musikmeister zeigt, auch schon eine Ahnung davon, daß möglicherweise nicht immer das Suchen nach dem letzten Sinn die Qualität des Spielers bestimmt, daß das Spiel auch einer Exoterik bedürfe, daß es auch Technik, Wissenschaft und gesellschaftliche Institution sei. Kurz, es waren Zweifel und Zwiespälte da, das Spiel war eine Lebensfrage, war vorläufig das große Hauptproblem seines Lebens geworden, und er war keineswegs gesonnen, sich seine Kämpfe durch wohlwollende Seelenhirten erleichtern oder durch freundlich ablenkendes Lehrer-lächeln bagatellisieren zu lassen.

Natürlich hätte er unter den Zehntausenden der schon gespielten und den Millionen der möglichen Glasperlen-spiele jedes beliebige zur Grundlage seiner Studien machen können. Er wußte dies und ging von jenem zufälligen, in jenem Schülerkurs von ihm und seinen Kameraden kombinierten Spielplane aus. Es war das Spiel, bei dem er zum erstenmal vom Sinn aller Glasperlenspiele erfaßt worden war und seine Berufung zum Spieler erfahren hatte. Ein von ihm in der üblichen Kurzschrift aufgezeichnetes Schema jenes Spieles begleitete ihn in diesen Jahren beständig. In den Bezeichnungen, Schlüsseln, Signaturen und Abbreviaturen der Spielsprache war hier eine Formel der astronomischen Mathematik, das Formprinzip einer alten Sonate, ein Ausspruch des Kungfutse und so weiter aufgezeichnet. Ein Leser, welcher etwa das Glasperlenspiel nicht kennen sollte, möge sich ein solches Spielschema etwa ähnlich vorstellen wie das Schema einer Schachpartie, nur daß die Bedeutungen der Figuren und die Möglichkeiten ihrer Beziehungen zueinander und ihrer Einwirkung aufeinander vervielfacht gedacht und jeder Figur, jeder Konstellation, jedem Schachzuge ein tatsächlicher, durch eben diesen Zug, diese Konfiguration und so weiter symbolisch bezeichneter Inhalt zuzuschreiben wäre. Knechts Studienjahre nun galten nicht nur der Aufgabe, die im Spielplan enthaltenen Inhalte, Prinzipien, Werke und Systeme des genauesten kennenzulernen, im Lernen einen Weg durch verschiedene Kulturen, Wissenschaften, Sprachen, Künste, Jahrhunderte zurückzulegen; nicht minder hatte er sich die keinem seiner Lehrer bekannte Aufgabe gestellt, an diesen Objekten die Systeme und Ausdrucksmöglichkeiten der Glasperlenspielkunst auf das genaueste nachzuprüfen.

Um das Resultat im voraus mitzuteilen: er fand hier und dort eine Lücke, ein Ungenügen, im ganzen aber muß unser Glasperlenspiel seiner zähen Prüfung

131

standgehalten haben, sonst wäre er nicht am Ende zu ihm zurückgekehrt.

Schrieben wir hier eine kulturgeschichtliche Studie, so wäre gewiß mancher Ort und manche Szene aus Knechts Studentenzeit der Beschreibung würdig. Er bevorzugte, soweit dies irgend möglich war, solche Orte, an welchen er allein oder nur mit ganz wenigen zusammen arbeiten konnte, und einigen dieser Orte hat er eine dankbare Anhänglichkeit bewahrt. Häufig weilte er in Monteport, manchmal als Gast des Musikmeisters, manchmal als Teilnehmer an einem musikgeschichtlichen Seminar. Zweimal finden wir ihn in Hirsland, dem Sitz der Ordensleitung, als Teilnehmer an der «großen Übung», dem zwölftägigen Fasten und Meditieren. Mit besonderer Freude, ja Zärtlichkeit erzählte er später seinen Nächsten vom «Bambusgehölz», der lieblichen Eremitage, dem Schauplatz seiner I-Ging-Studien. Hier hat er nicht nur Entscheidendes gelernt und erlebt, er fand hier auch, von einer wunderbaren Ahnung oder Führung geleitet, eine einzigartige Umgebung und einen ungewöhnlichen Menschen, nämlich den sogenannten «Älteren Bruder», den Schöpfer und Bewohner der chinesischen Eremitage Bambusgehölz. Es scheint uns angezeigt, diese merkwürdigste Episode seiner Studienzeit etwas eingehender zu schildern.

Knecht hatte das Studium der chinesischen Sprache und der Klassiker in dem berühmten ostasiatischen Lehrhaus begonnen, das seit Generationen der Schulsiedlung der Altphilologen, Sankt Urban, angegliedert war. Er hatte daselbst rasche Fortschritte im Lesen und Schreiben gemacht, sich auch mit einigen dort arbeitenden Chinesen befreundet und eine Anzahl der Lieder des Schi King auswendig gelernt, als er im zweiten Jahr seines Aufenthaltes sich immer intensiver für das I Ging, das Buch der Wandlungen, zu interessieren anfing. Die Chinesen gaben ihm auf sein Drängen zwar allerlei Auskünfte, doch keine Einführung, ein Lehrer dafür war im Lehrhaus nicht vorhanden, und als Knecht immer wieder sein Anliegen vorbrachte, man möge ihm einen Lehrer für eine gründliche Beschäftigung mit dem I Ging verschaffen, erzählte man ihm vom «Älteren Bruder» und seiner Einsiedelei. Knecht hatte schon seit einer Weile wohl bemerkt, daß er mit seinem Interesse für das Buch der Wandlungen in ein Gebiet ziele, von dem man im Lehrhaus wenig wissen wollte, er wurde vorsichtiger in seinen Erkundigungen, und wie er sich nun des weiteren um Auskünfte über den sagenhaften Älteren Bruder bemühte, blieb ihm nicht verborgen, daß dieser Eremit zwar eine gewisse Achtung, ja einen Ruhm genoß, jedoch mehr den eines kauzigen Outsiders als den eines Gelehrten. Er spürte, daß er sich hier selbst helfen müsse, brachte eine begonnene Seminararbeit so bald wie möglich zum Abschluß und empfahl sich. Zu Fuß machte er sich auf den Weg nach der Gegend, in welcher jener Geheimnisvolle einst sein Bambusgehölz angelegt hatte, vielleicht ein Weiser und Meister, vielleicht ein Narr. Er hatte über ihn etwa so viel in Erfahrung gebracht: der Mann war vor etwa fünfundzwanzig Jahren der hoffnungsvollste Student der chinesischen Abteilung gewesen, er schien für diese Studien geboren und berufen zu sein, übertraf die besten Lehrer, seien sie nun Chinesen von Geburt oder Abendländer, in der Technik des Pinselschreibens und des Entzifferns alter Schriften, fiel jedoch ein wenig auf durch den Eifer, mit dem er sich auch äußerlich zum Chinesen zu machen suchte. So redete er alle Vorgesetzten, vom Leiter eines Seminars bis zu den Meistern hinauf, hartnäckig nicht mit ihren Titeln und dem vorschriftsmäßigen Ihr an, wie alle Studenten es taten, sondern mit der Anrede «Mein älterer Bruder», welche Bezeichnung schließlich für immer als Spottname an ihm selbst hängenblieb. Besondere Sorgfalt widmete er dem Orakelspiel des I Ging, dessen Handhabung mit Hilfe der traditionellen Schafgarbenstengel er meisterhaft übte. Nächst den alten Kommentaren zum Orakelbuch war sein

Lieblingsbuch das des Dschuang Dsie. Offenbar war der rationalistische und eher antimystische, streng konfuzianisch sich gebende Geist in der chinesischen Abteilung des Lehrhauses, wie Knecht ihn kennengelernt hatte, schon damals zu spüren gewesen, denn der Ältere Bruder verließ eines Tages das Institut, das ihn als Fachlehrer gern behalten hätte, und begab sich auf Wanderung, ausgerüstet mit Pinsel, Tuscheschale und zwei, drei Büchern. Er suchte den Süden des Landes auf, war bald da, bald dort bei Ordensbrüdern zu Gast, suchte und fand den geeigneten Ort für die von ihm geplante Einsiedelei, erwarb in hartnäckigen Eingaben und mündlichen Vorstellungen von den weltlichen Behörden sowohl wie vom Orden das Recht, diesen Ort als Siedler zu bepflanzen, und lebte seither dort in einer streng altchinesisch eingerichteten Idylle, bald als Kauz belächelt, bald als eine Art Heiliger verehrt, mit sich und der Welt im Frieden, seine Tage mit Meditation und dem Abschreiben alter Schriftrollen hinbringend, soweit nicht die Arbeit an seinem Bambusgehölz, das einen sorgfältig angelegten chinesischen Kleingarten vor dem Nordwind schützte, ihn in Anspruch nahm.

Dorthin also wanderte Josef Knecht, mit häufigen Rasten und von der Landschaft entzückt, die ihm nach der Übersteigung der Bergpässe von Süden blau und duftig entgegenblickte, mit sonnigen Rebenterrassen, braunem Gemäuer voll Eidechsen, würdigen Kastanienhainen, eine würzige Mischung aus Südland und Hochgebirge. Es war Spätnachmittag, als er das Bambusgehölz erreichte; er trat ein und sah mit Erstaunen ein chinesisches Gartenhaus inmitten eines wunderlichen Gartens stehen, ein Brunnen plätscherte aus hölzerner Röhre, das in einem Kieselbett abfließende Wasser füllte nahebei ein gemauertes Becken, in dessen Ritzen vielerlei Grün wucherte und in dessen stillklarem Wasser ein paar Goldkarpfen schwammen. Friedlich und zart wiegten sich die Bambusfahnen über

den schlanken, starken Schäften, der Rasen war von Stein-
platten unterbrochen, auf welchen Inschriften im klassischen Stil zu lesen waren. Ein schmächtiger Mann, in grau-
gelbes Leinen gekleidet, mit einer Brille über blauen abwartenden Augen, erhob sich von einem Blumenbeet, über
dem er kauernd verweilt hatte, kam langsam auf den
Besucher zu, nicht unfreundlich, aber mit jener etwas lin-
kischen Scheu, wie Zurückgezogene und Alleinlebende sie
manchmal an sich haben, richtete den Blick fragend auf
Knecht und wartete, was er zu sagen habe. Dieser sprach
nicht ohne Befangenheit die chinesischen Worte, die er sich
zur Begrüßung ausgedacht hatte: «Der junge Schüler
erlaubt sich, dem Älteren Bruder seine Aufwartung zu
machen.»

«Der wohlerzogene Gast ist willkommen», sagte der
Ältere Bruder, «stets sei ein junger Kollege mir zu einer
Schale Tee und einem kleinen erfreulichen Gespräch willkommen, und auch ein Nachtlager findet sich für ihn,
wenn ihm dies erwünscht ist.»

Knecht machte Kotao und dankte, wurde in das Häuschen geführt und mit Tee bewirtet; es wurde ihm alsdann
der Garten gezeigt, die Steine mit den Inschriften, der
Teich, die Goldfische, deren Alter ihm genannt wurde.
Bis zum Abendessen saß man unter dem wehenden Bambus, tauschte Höflichkeiten, Liederverse und Sprüche aus
den Klassikern, betrachtete Blumen und genoß das rosig
an den Bergzügen verblühende Abendlicht. Darauf kehrte
man ins Haus zurück, der Ältere Bruder trug Brot und
Früchte auf, buk auf winzigem Herde je einen vortreff-
lichen Pfannkuchen für sich und den Gast, und als sie
gegessen hatten, wurde der Student nach dem Zweck seines
Besuches gefragt, auf deutsch, und auf deutsch erzählte er,
wie er hierhergekommen und was sein Anliegen sei, nämlich so lange hierzubleiben, als der Ältere Bruder erlaube,
und sein Schüler zu sein.

«Wir sprechen morgen darüber», sagte der Eremit und

bot dem Gast ein Lager an. Am Morgen dann setzte sich Knecht ans Wasser zu den Goldfischen, blickte in die kleine kühle Welt von Dunkel und Licht und zauberisch spielenden Farben hinab, wo in dem dunkel Grünblauen und tintig Finstren sich die Leiber der Goldenen wiegten und dann und wann, eben wenn die ganze Welt verzaubert und für immer entschlafen und in Traumbann verfallen schien, mit einer sanft elastischen und doch erschreckenden Bewegung Blitze von Kristall und Gold durch das Schlafdunkel schickten. Er blickte hinab, mehr und mehr versinkend, mehr träumend als kontemplierend, und fühlte es nicht, als der Ältere Bruder mit leisen Schritten aus dem Hause kam, stehenblieb und seinen so versunkenen Gast lange betrachtete. Als Knecht endlich die Versunkenheit abschüttelnd sich erhob, war jener nicht mehr da, aber alsbald lud aus dem Innern seine Stimme zum Tee. Sie wechselten einen kurzen Gruß, tranken Tee, saßen und hörten durch die Morgenstille den kleinen Wasserstrahl des Brunnens klingen, Melodie der Ewigkeit. Dann stand der Eremit auf, machte sich da und dort in der unregelmäßig gebauten Stube zu schaffen, blickte zwischenein blinzelnd zu Knecht hinüber und fragte plötzlich: «Bist du bereit, deine Schuhe anzuziehen und wieder fortzuwandern?»

Knecht zögerte, dann sagte er: «Wenn es so sein muß, bin ich bereit.»

«Und sollte es sich fügen, daß du eine kleine Weile hier bleibst, bist du dann bereit, Gehorsam zu leisten und dich so still zu halten wie ein Goldfisch?» Wieder bejahte der Student.

«Es ist gut», sagte der Ältere Bruder. «Nun werde ich die Stäbchen legen und das Orakel befragen.»

Während Knecht saß und mit ebenso großer Ehrfurcht wie Neugierde zuschaute, sich still haltend «wie ein Goldfisch», holte jener aus einem hölzernen Becher, einer Art von Köcher vielmehr, eine Handvoll Stäbchen; es waren

Schafgarbenstengel, die zählte er aufmerksam durch, tat einen Teil des Bündels wieder in das Gefäß zurück, legte einen Stengel beiseite, teilte die andern in zwei gleich große Bündel, behielt das eine in der linken Hand, nahm mit der rechten, mit spitzen empfindsamen Fingern, winzig kleine Bündelchen aus dem andern, zählte sie, legte sie beiseite, bis einige wenige Stengel übrigblieben, die er zwischen zwei Finger der Linken klemmte. Nachdem er so das eine Bündel nach ritueller Zählung auf einige Stengel reduziert hatte, nahm er mit dem andern die gleiche Prozedur vor. Er legte die ausgezählten Stengel ab, nahm beide Bündel, eines nach dem andern, aufs neue durch, zählte, klemmte kleine Bündelreste zwischen zwei Finger, und dies alles taten die Finger mit einer sparsamen, stillen Behendigkeit, es sah aus wie ein geheimes, von strengen Regeln beherrschtes, tausendmal geübtes und zur virtuosen Fertigkeit gewordenes Geschicklichkeitsspiel. Nachdem er es mehrmals durchgespielt hatte, waren drei kleine Bündelchen übriggeblieben, aus den Zahlen ihrer Stengel las er ein Zeichen ab, das malte er mit spitzem Pinsel auf ein kleines Blatt. Nun begann der ganze komplizierte Vorgang von neuem, die Stäbchen wurden in zwei gleiche Bündel geteilt, es wurde gezählt, es wurden Stäbchen weggelegt, Stäbchen zwischen die Finger gesteckt, bis am Ende wieder drei winzige Bündelchen blieben, deren Ergebnis ein zweites Zeichen war. Tänzerisch bewegt, mit einem ganz leisen trockenen Klappern, schlugen die Stengel aneinander, wechselten ihre Plätze, bildeten Bündel, wurden getrennt, wurden neu abgezählt, rhythmisch mit gespenstischer Sicherheit bewegten sich die Stäbchen. Am Ende jedes Vorgangs schrieb der Finger ein Zeichen nieder, und zuletzt standen die positiven und negativen Zeichen in sechs Zeilen übereinander. Die Stengel wurden gesammelt und sorgfältig in ihren Behälter zurückgestellt, der Magier hockte am Boden auf schilfener Matte und hatte vor sich das Ergebnis des

Orakelsuchens auf seinem Blatte stehen, das er lange still betrachtete.

«Es ist das Zeichen Mong», sagte er. «Dies Zeichen hat den Namen: Jugendtorheit. Oben der Berg, unten das Wasser, oben Gen, unten Kan. Unten am Berge entspringt die Quelle, Gleichnis der Jugend. Das Urteil aber lautet:

> Jugendtorheit hat Gelingen.
> Nicht ich suche den jungen Toren,
> Der junge Tor sucht mich.
> Beim ersten Orakel gebe ich Auskunft.
> Fragt er mehrmals, ist es Belästigung.
> Wenn er belästigt, so gebe ich keine Auskunft.
> Fördernd ist Beharrlichkeit.»

Knecht hatte vor aufmerksamer Spannung den Atem angehalten. In der entstehenden Stille seufzte er unwillkürlich tief auf. Er wagte nicht zu fragen. Aber er glaubte verstanden zu haben: der junge Tor war angekommen, er durfte bleiben. Noch während er von dem sublimen Marionettenspiel der Finger und Stäbchen eingefangen und bezaubert war, dem er so lange zugesehen hatte, das so überzeugend sinnvoll aussah, obwohl man seinen Sinn nicht zu erraten vermochte, nahm das Ergebnis von ihm Besitz. Das Orakel hatte gesprochen, es hatte zu seinen Gunsten entschieden.

Wir hätten die Episode nicht so eingehend geschildert, wenn nicht Knecht selbst sie seinen Freunden und Schülern des öftern mit einem gewissen Behagen erzählt hätte. Nun kehren wir zu unserm sachlichen Bericht zurück. Knecht blieb monatelang im Bambusgehölz und hat das Manipulieren mit den Schafgarbenstengeln beinahe ebenso vollkommen gelernt wie sein Lehrer. Dieser übte jeden Tag mit ihm eine Stunde Stäbchenzählen, führte ihn in die Grammatik und Symbolik der Orakelsprache ein, ließ ihn sich im Schreiben und Auswendiglernen der vierundsechzig

Zeichen üben, las ihm aus den alten Kommentaren vor, erzählte ihm je und je an besonders guten Tagen eine Geschichte von Dschuang Dsie. Im übrigen lernte der Schüler den Garten pflegen, die Pinsel waschen, die Tusche reiben, er lernte auch Suppe und Tee kochen, Reisig sammeln, auf das Wetter achten und den chinesischen Kalender handhaben. Seine seltenen Versuche jedoch, auch das Glasperlenspiel und die Musik mit in ihre sparsamen Gespräche einzubeziehen, waren vollkommen ergebnislos, sie schienen entweder an einen Schwerhörigen gerichtet oder wurden mit einem nachsichtigen Lächeln beiseitegeschoben oder mit einem Spruch beantwortet, wie etwa: «Dichte Wolken, kein Regen» oder «Der Edle ist ohne Makel». Als sich jedoch Knecht aus Monteport ein kleines Klavichord schicken ließ und jeden Tag eine Stunde spielte, wurde kein Einspruch erhoben. Einmal gestand Knecht seinem Lehrer, er wünsche es dahin zu bringen, daß er imstande wäre, das System des I Ging dem Glasperlenspiel einzubauen. Der Ältere Bruder lachte. «Nur zu!» rief er, «du wirst ja sehen. Einen hübschen kleinen Bambusgarten in die Welt hineinsetzen, das kann man schon. Aber ob es dem Gärtner gelingen würde, die Welt in sein Bambusgehölz einzubauen, scheint mir doch fraglich.» — Genug davon. Wir erwähnen nur noch, daß der Ältere Bruder einige Jahre später, als Knecht in Waldzell schon eine sehr geachtete Person war, von diesem eingeladen wurde, einen Lehrauftrag dort anzunehmen, worauf er aber nicht antwortete.

Nachmals hat Josef Knecht die Monate seines Lebens im Bambusgehölz nicht nur als eine besonders glückliche Zeit, sondern auch des öftern als den «Beginn seines Erwachens» bezeichnet, wie denn von jener Zeit an das Bild vom Erwachen häufiger in seinen Äußerungen vorkommt, mit einer ähnlichen, doch nicht durchaus gleichen Bedeutung, wie er sie vorher dem Bild der Berufung beigelegt hatte. Daß das «Erwachen» eine jeweilige Erkenntnis seiner selbst und des Ortes, an dem er innerhalb der kastalischen und der menschlichen Ordnung überhaupt stand, zu bedeuten hat, ist zu vermuten, doch scheint uns der Akzent mehr und mehr auf die Selbsterkenntnis sich zu verschieben, in dem Sinn, daß Knecht vom «Beginn des Erwachens» an mehr und mehr sich einem Gefühl seiner besonderen, einmaligen Position und Bestimmung näherte, während ihm die Begriffe und die Kategorien der überkommenen allgemeinen und speziell kastalischen Hierarchie immer mehr zu relativen wurden.

Die chinesischen Studien waren mit dem Aufenthalt im Bambusgehölz noch längst nicht abgeschlossen, sie dauerten fort, und namentlich war Knecht bemüht um die Kenntnis der alten chinesischen Musik. Überall bei den ältern chinesischen Schriftstellern stieß er auf das Lob der Musik als einer der Urquellen aller Ordnung, Sitte, Schönheit und Gesundheit, und diese weite und sittliche Auffassung der Musik war ihm ja durch den Musikmeister, der geradezu für ihre Verkörperung gelten konnte, von jeher vertraut. Ohne je den Grundplan seiner Studien aufzugeben, den wir aus jenem Briefe an Fritz Tegularius kennen, stieß er überall, wo er Wesentliches für sich witterte, das heißt, wo der beschrittene Weg des «Erwachens» für ihn weiterzuführen schien, großzügig und energisch vor. Eines der positiven Ergebnisse seiner Lehrzeit beim Älteren Bruder bestand darin, daß er von da an seine Scheu vor der Rückkehr nach Waldzell überwand, jedes Jahr nahm er dort an irgendeinem der höheren Kurse teil und war nun schon, ohne recht zu wissen, wie es dazu gekommen war, eine im Vicus Lusorum mit Interesse und Anerkennung betrachtete Persönlichkeit, gehörte jenem innersten und sensibelsten Organe des ganzen Spielwesens an, jener anonymen Gruppe von bewährten Spielern, in deren Händen eigentlich das jeweilige Schicksal oder doch mindestens die jeweilige Richtung und Mode des Spieles liegt. Diese Gruppe von Spielern, in welcher auch Beamte der Spielanstalten nicht fehlten, aber keineswegs dominierten, war hauptsächlich in einigen abgelegenen, stillen Räumen des Spielarchivs zu treffen, beschäftigt mit spielkritischen Studien, kämpfend um die Einziehung neuer Stoffgebiete in das Spiel oder um deren Fernhaltung, debattierend für oder gegen gewisse stets wechselnde Geschmacksrichtungen in der Form, in der äußern Handhabung, im Sportlichen des Glasperlenspiels; jeder hier heimisch Gewordene war ein Virtuose des Spiels, jeder jedem in seinen Talenten und Eigenheiten sehr genau bekannt, es war wie im Umkreis eines Ministeriums oder in einem aristokratischen Klub, wo die Herrschenden und Verantwortlichen von morgen und übermorgen einander treffen und kennenlernen. Ein gedämpfter, geschliffener Ton herrschte hier, man war ehrgeizig, ohne es zu zeigen, und war aufmerksam und kritisch bis zur Übertreibung. Diese Elite des Nachwuchses aus dem Vicus Lusorum galt für viele in Kastalien, und auch für einige draußen im Lande, als letzte Blüte der kastalischen Tradition, als Creme einer exklusiv aristokratischen Geistigkeit, und mancher Jüngling hat jahrelang voll Ehrgeiz davon geträumt, ihr einst anzugehören. Für andere wieder war dieser erlesene Kreis von Prätendenten auf die höheren Würden in der Hierarchie des Glasperlenspiels etwas Verhaßtes und Verkommenes, eine Clique von hochnäsigen Nichtstuern, geistreich verspielten Genies ohne Sinn für Leben und Wirklichkeit, eine anmaßende und im Grunde schmarotzerische Gesellschaft von Elegants und Strebern, deren Beruf und Lebensinhalt eine Spielerei, ein unfruchtbarer Selbstgenuß des Geistes sei.

Knecht stand beiden Auffassungen ohne Empfindlichkeit gegenüber; es bedeutete ihm nichts, ob er vom Studentenklatsch als Wundertier gepriesen oder als Emporkömmling und Streber bespöttelt werde. Was ihm wichtig war, waren nur seine Studien, welche nun alle in den Bezirk des Spieles einbezogen waren. Was ihm wichtig war,

141

war außerdem vielleicht nur noch jene eine Frage, ob nämlich das Spiel wirklich das Höchste von Kastalien und wert sei, sein Leben daran zu setzen. Denn mit dem Sich-einspielen in immer verborgenere Geheimnisse der Spiel-gesetze und Spielmöglichkeiten, mit dem Heimischwerden in den bunten Labyrinthen des Archives und der kom-plexen Innenwelt der Spielsymbolik waren seine Zweifel nicht unbedingt zum Schweigen gebracht, er hatte es schon in sich erfahren, daß Glaube und Zweifel zusammen-gehören, daß sie einander bedingen wie Ein- und Aus-atmen, und mit den Fortschritten in allen Gebieten des Spiel-Mikrokosmos waren natürlich auch sein Sehver-mögen und seine Empfindlichkeit für alles Problematische des Spieles gewachsen. Eine kleine Weile hatte vielleicht das Idyll im Bambusgehölz ihn beruhigt oder auch irre ge-macht; das Beispiel des Älteren Bruders hatte ihm gezeigt, daß es immerhin Auswege aus all dieser Problematik gab, man konnte zum Beispiel wie jener sich zum Chinesen machen, sich hinter einer Gartenhecke abschließen und in einer genügsam schönen Art von Vollkommenheit leben. Man konnte vielleicht auch Pythagoreer werden oder Mönch und Scholastiker — aber es war ein Ausweg, ein nur wenigen möglicher und erlaubter Verzicht auf Uni-versalität, ein Verzicht auf das Heute und Morgen zu-gunsten eines Vollkommenen, aber Vergangenen, es war eine sublime Art von Flucht, und Knecht hatte beizeiten gespürt, daß dies sein Weg nicht sei. Aber welches war sein Weg? Außer seiner großen Begabung für die Musik und für das Glasperlenspiel wußte er noch andere Kräfte in sich vorhanden, eine gewisse innere Unabhängigkeit, einen hohen Eigensinn, der ihm zwar keineswegs das Dienen verbot oder erschwerte, der aber von ihm ver-langte, daß er nur dem höchsten Herrn diene. Und diese Kraft, diese Unabhängigkeit, dieser Eigensinn in ihm war nicht nur ein Zug in seinem Bild, er war nicht nur nach innen gerichtet und wirksam, er wirkte auch nach außen.

Josef Knecht hatte schon in den Schuljahren, und namentlich während jener Periode seiner Rivalität mit Plinio Designori, des öftern die Erfahrung gemacht, daß manche Gleichaltrige, noch mehr aber Jüngere unter den Kameraden ihn nicht nur gern hatten und seine Freundschaft suchten, sondern dazu neigten, sich von ihm beherrschen zu lassen, ihn um Rat zu fragen, ihm Einfluß auf sich einzuräumen, und diese Erfahrung hatte sich seither des öftern wiederholt. Sie hatte eine höchst angenehme und schmeichelhafte Seite, diese Erfahrung, sie tat dem Ehrgeiz wohl und stärkte das Selbstbewußtsein. Aber sie hatte auch eine ganz andre Seite, eine finstre und furchtbare, denn schon die Neigung, auf jene nach Rat, Führung und Vorbild begierigen Kameraden in ihrer Schwäche, ihrem Mangel an Eigensinn und an Würde herabzusehen, ja die gelegentlich auftauchende heimliche Lust, sie (wenigstens in Gedanken) zu gefügigen Sklaven zu machen, hatte etwas Verbotenes und Häßliches an sich. Außerdem hatte er während der Zeit mit Plinio es zu schmecken bekommen, mit wieviel Verantwortung, Anstrengung und innerer Belastung jede glänzende und repräsentative Stellung bezahlt wird; er wußte auch, wie schwer der Musikmeister zuweilen an der seinen trug. Es war schön und hatte etwas Verlockendes, Macht über Menschen zu haben und vor andern hervorzuglänzen, aber es hatte auch eine Dämonie und Gefahr, und die Weltgeschichte bestand ja aus einer lückenlosen Reihe von Herrschern, Führern, Machern und Befehlshabern, welche mit unendlich seltenen Ausnahmen alle hübsch begonnen und übel geendet, welche alle, wenigstens angeblich, um des Guten willen nach der Macht gestrebt hatten, um nachher von der Macht besessen und betäubt zu werden und sie um ihrer selbst willen zu lieben. Es galt, jene ihm von Natur mitgegebene Macht dadurch zu heiligen und heilsam zu machen, daß er sie in den Dienst der Hierarchie stellte; dies war ihm stets selbstverständlich gewesen. Aber wo war die Stelle, an welcher seine Kräfte am besten dienen und Frucht tragen konnten? Die Fähigkeit, andere und namentlich Jüngere anzuziehen und mehr oder weniger zu beeinflussen, wäre für einen Offizier oder Politiker von Wert gewesen, aber hier in Kastalien war dafür kein Ort, hier waren diese Fähigkeiten eigentlich nur dem Lehrer und Erzieher dienlich, und gerade zu diesen Tätigkeiten fühlte Knecht wenig Lust in sich. Wenn es nach seinem Willen allein gegangen wäre, hätte er das Leben des unabhängigen Gelehrten jedem andern vorgezogen — oder aber das des Glasperlenspielers. Und damit stand er vor der alten, quälenden Frage: war dieses Spiel wirklich das Höchste, war es wirklich die Königin im geistigen Reich? War es nicht, trotz allem und allem, am Ende doch nur ein Spiel? War es einer vollen Hingabe, eines lebenslänglichen Dienstes wirklich wert? Dies berühmte Spiel hatte einst, vor Generationen, begonnen als eine Art von Ersatz für die Kunst, und es war, für viele wenigstens, im Begriffe, allmählich zu einer Art von Religion zu werden, einer Sammlungs-, Erhebungs- und Andachtsmöglichkeit für hochentwickelte Intelligenzen. Man sieht, es war der alte Wettstreit zwischen Ästhetisch und Ethisch, der sich in Knecht vollzog. Die nie vollkommen ausgesprochene, aber auch niemals ganz schweigende Frage war dieselbe, die da und dort in seinen Schülergedichten in Waldzell so dunkel und drohend aufgetaucht war — sie galt nicht nur dem Glasperlenspiel, sie galt Kastalien überhaupt.

Gerade zu einer Zeit, in der diese Problematik ihn stark bedrängte und er in Träumen des öftern Auseinandersetzungen mit Designori erlebte, begegnete es ihm einmal beim Gang über einen der geräumigen Höfe der Waldzeller Spielerstadt, daß hinter ihm von einer Stimme, die er nicht gleich erkannte und die ihm doch wohlbekannt scheinen wollte, laut sein Name gerufen wurde. Als er sich umwandte, sah er einen großgewachsenen jungen Mann,

mit einem Bärtchen im Gesicht, der stürmisch auf ihn zu-
lief. Es war Plinio, und in einem Andrang von Erinnerung und Zärtlichkeit begrüßte er ihn herzlich. Sie ver-
abredeten sich auf den Abend. Plinio, der längst seine
Studentenzeit an den weltlichen Hochschulen hinter sich
hatte und schon Beamter war, hatte sich für eine kurze
Ferienzeit als Gast zu einem Glasperlenspielkurs eingefunden, wie er auch schon vor einigen Jahren einen absolviert hatte. Das abendliche Beisammensein brachte die
beiden Freunde jedoch bald in Verlegenheit. Plinio war
hier ein Gastschüler, ein geduldeter Dilettant von draußen, der zwar mit großem Eifer seinem Kurse folgte,
aber einem Kurse für Außenstehende und Liebhaber, die
Distanz war allzu groß; er saß einem Fachmann und Eingeweihten gegenüber, der sogar noch durch seine Schonung
und sein artiges Eingehen auf des Freundes Interesse für
das Glasperlenspiel ihn fühlen lassen mußte, daß er hier
kein Kollege, sondern ein Kind sei und an der Peripherie
einer Wissenschaft sein Vergnügen fand, welche dem andern bis ins Innerste vertraut war. Knecht suchte das Gespräch vom Spiele abzulenken, er bat Plinio, ihm von
seinem Amt, seiner Arbeit, seinem Leben dort draußen zu
erzählen. Hier nun war Josef der Zurückgebliebene und
das Kind, das ahnungslose Fragen stellte und vom andern
schonend belehrt wurde. Plinio war Jurist, strebte nach
politischem Einfluß, war im Begriff, sich mit der Tochter
eines Parteiführers zu verloben, er sprach eine Sprache,
welche Josef nur halb verstand, viele oft wiederkehrende
Ausdrücke klangen ihm leer, wenigstens hatten sie für
ihn keinen Inhalt. Es war immerhin zu merken, daß
Plinio dort in seiner Welt etwas galt, Bescheid wußte und
ehrgeizige Ziele hatte. Aber die zwei Welten, die sich einst
vor zehn Jahren in den beiden Jünglingen neugierig und
nicht ohne Sympathie berührt und befühlt hatten, klafften jetzt unvereinbar und fremd auseinander. Es war ja
anzuerkennen, daß dieser Weltmann und Politiker eine

gewisse Anhänglichkeit an Kastalien bewahrt hatte und
schon zum zweitenmal eine Ferienzeit dem Glasperlenspiel opferte; aber am Ende, dachte Josef, war es doch
nicht viel anders, als wenn er, Knecht, eines Tages sich in
Plinios Amtsbezirk eingefunden und sich als neugieriger
Gast einige Gerichtssitzungen, ein paar Fabriken oder
Wohlfahrtseinrichtungen hätte zeigen lassen. Enttäuscht
waren beide. Knecht fand seinen einstigen Freund vergröbert und veräußerlicht, Designori dagegen fand den
Kameraden von damals recht hochmütig in seiner exklu-
siven Geistigkeit und Esoterik, ein richtiger von sich und
seinem Sport entzückter «Nurnochgeist» schien er ihm
geworden zu sein. Indessen gaben sie sich Mühe, und
Designori wußte allerlei zu erzählen, von seinen Studien
und Prüfungen, von Reisen nach England und in den
Süden, von politischen Versammlungen, vom Parlament.
Einmal äußerte er auch ein Wort, das wie Drohung oder
Warnung klang, er sagte: «Du wirst sehen, es wird bald
unruhige Zeiten geben, vielleicht Kriege, und es ist gar
nicht unmöglich, daß eure ganze kastalische Existenz einst
wieder ernstlich in Frage gestellt wird.» Josef nahm es
nicht allzu ernst, er fragte nur: «Und du, Plinio? Wirst
du für oder gegen Kastalien sein?»

«Ach», meinte Plinio mit erzwungenem Lachen, «mich
wird man kaum um meine Meinung fragen. Übrigens bin
ich natürlich für den ungestörten Fortbestand von Kastalien, sonst wäre ich ja nicht hier. Immerhin, so bescheiden eure Ansprüche in materieller Hinsicht sind,
kostet Kastalien das Land eine ganz hübsche Summe im
Jahr.»

«Ja», lachte Josef, «die Summe beträgt, wie man mir
sagte, etwa den zehnten Teil von dem, was während
des kriegerischen Jahrhunderts unser Land jährlich für
Waffen und Munition ausgab.»

Sie trafen sich noch einige Male, und je näher das Ende
von Plinios Kurs heranrückte, desto beflissener waren sie

um Artigkeiten gegeneinander. Doch fühlten beide sich erleichtert, als die zwei oder drei Wochen um waren und Plinio abreiste.

Glasperlenspielmeister war damals Thomas von der Trave, ein berühmter, weitgereister und weltgewandter Mann, konziliant und vom artigsten Entgegenkommen gegen jedermann, der sich ihm näherte, in den Spielangelegenheiten aber von wachsamster und asketischer Strenge, ein großer Arbeiter, was jene nicht ahnten, die ihn nur von der repräsentativen Seite kannten, etwa im Festornat als Leiter der großen Spiele oder beim Empfang von Abordnungen aus dem Auslande. Man sagte ihm nach, er sei ein kühler, ja kalter Verstandesmensch, der zum Musischen nur in einem Höflichkeitsverhältnis stehe, und unter jungen und enthusiastischen Liebhabern des Glasperlenspiels hörte man gelegentlich eher absprechende Urteile über ihn — Fehlurteile, denn wenn er kein Enthusiast war und es in den großen öffentlichen Spielen eher vermied, große und erregende Themen anzurühren, so zeigen seine glänzend aufgebauten, formal unübertrefflichen Spiele doch für die Kenner eine nahe Vertrautheit mit den hintergründigen Problemen der Spielwelt.

Eines Tages ließ der Magister Ludi Josef Knecht zu sich laden, er empfing ihn in seiner Wohnung, in Haustracht, und fragte ihn, ob es ihm möglich und angenehm sein würde, in den nächsten Tagen immer um diese Tageszeit für eine halbe Stunde zu kommen. Knecht war noch nie allein bei ihm gewesen, er nahm den Befehl verwundert entgegen. Für heute legte ihm der Meister ein umfangreiches Schreiben vor, einen Vorschlag, der ihm von einem Organisten zugegangen war, einen der unzähligen Vorschläge, deren Prüfung zu den Arbeiten des obersten Spielamtes gehört. Es handelt sich dabei meistens um Anträge zur Aufnahme neuen Stoffes in das Archiv: einer hat zum Beispiel die Geschichte des Madrigals besonders genau durchgearbeitet und in der Stilentwicklung eine Kurve entdeckt, die er musikalisch und mathematisch aufzeichnet, damit sie in den Sprachschatz des Spieles aufgenommen werde. Einer hat das Latein des Julius Cäsar auf seine rhythmischen Eigenschaften hin untersucht und hat darin die auffallendsten Übereinstimmungen gefunden mit dem Ergebnis wohlbekannter Intervalluntersuchungen im byzantinischen Kirchengesang. Oder ein Schwärmer hat, wieder einmal, eine neue Kabbala zur Notenschrift des fünfzehnten Jahrhunderts erfunden, nicht zu reden von den stürmischen Briefen abwegiger Experimentatoren, welche etwa aus einer Vergleichung der Horoskope Goethes und Spinozas die erstaunlichsten Schlüsse zu ziehen wissen und oft sehr hübsch und einleuchtend aussehende mehrfarbige geometrische Zeichnungen beilegen. Knecht ging mit Eifer auf die heutige Vorlage ein, er selbst hatte ja Vorschläge dieser Art des öfteren schon im Kopfe gehabt, wenn auch nicht eingesandt; jeder aktive Glasperlenspieler träumt ja von einer beständigen Erweiterung der Spielgebiete, bis sie die ganze Welt umfassen, vielmehr, er vollzieht diese Erweiterungen in seiner Vorstellung und in seinen privaten Glasperlenspielübungen beständig und hegt für diejenigen, welche sich dabei zu bewähren scheinen, den Wunsch, sie möchten aus privaten auch zu offiziellen Erweiterungen werden. Die eigentliche, letzte Finesse des privaten Spielens hochentwickelter Spieler besteht ja eben darin, daß sie der ausdrückenden, namengebenden und formbildenden Kräfte der Spielgesetze so sehr Herr sind, um in ein beliebiges Spiel mit objektiven und historischen Werten auch ganz individuelle, einmalige Vorstellungen mit aufzunehmen. Ein geschätzter Botaniker hat davon einmal das drollige Wort gesagt: «Beim Glasperlenspielen muß alles möglich sein, auch daß etwa eine einzelne Pflanze sich mit Herrn Linné auf lateinisch unterhält.»

Knecht half also dem Magister bei der Analyse des vorliegenden Schemas; rasch war die halbe Stunde vergangen, andern Tages fand er sich pünktlich ein, und so kam er zwei Wochen lang täglich, um eine halbe Stunde allein mit dem Magister Ludi zu arbeiten. Schon in den ersten Tagen fiel es ihm auf, daß dieser ihn auch ganz minderwertige Eingaben, deren Unbrauchbarkeit sich dem ersten prüfenden Blick preisgab, trotzdem sorgfältig bis zu Ende kritisch durcharbeiten ließ; er wunderte sich, daß der Meister dafür Zeit habe, und allmählich begann er zu merken, daß es sich hier nicht darum handle, dem Meister Dienste zu tun und ein wenig Arbeit abzunehmen, sondern daß diese Arbeiten, obwohl an sich notwendig, doch vor allem eine Gelegenheit sein sollten, ihn selbst, den jungen Adepten, in artigster Form höchst sorgfältig zu prüfen. Es geschah etwas mit ihm, etwas Ähnliches wie einst in der Knabenzeit beim Erscheinen des Musikmeisters, er merkte es nun plötzlich auch am Verhalten seiner Kameraden, es wurde scheuer, distanzierter, manchmal ironisch-ehrerbietig; es bereitete sich etwas vor, er spürte es, nur war es weniger beglückend als damals.

Nach der letzten ihrer Sitzungen sagte der Glasperlenspielmeister mit seiner etwas hohen, höflichen Stimme in seiner sehr genau akzentuierenden Sprache ohne jede Feierlichkeit: «Es ist gut, du brauchst morgen nicht mehr zu kommen, unser Geschäft ist für den Augenblick beendet, bald werde ich dich allerdings wieder bemühen müssen. Besten Dank für deine Mitarbeit, sie ist mir von Wert gewesen. Übrigens bin ich der Meinung, du solltest jetzt deine Aufnahme in den Orden beantragen; auf Schwierigkeiten wirst du nicht stoßen, ich habe die Ordensbehörde schon verständigt. Du bist doch einverstanden?» Dann fügte er aufstehend hinzu: «Noch ein Wort nebenbei: vermutlich neigst auch du, wie die meisten guten Glasperlenspieler es in der Jugend tun, gelegentlich dazu, unser Spiel als eine Art von Instrument für das Philosophieren zu gebrauchen. Meine Worte allein werden dich davon nicht heilen, ich sage sie dennoch: Philosophieren soll man nur mit den legitimen Mitteln, denen der Philosophie. Unser Spiel aber ist weder Philosophie, noch ist es Religion, es ist eine eigene Disziplin und im Charakter am meisten der Kunst verwandt, es ist eine Kunst sui generis. Man kommt weiter, wenn man sich daran hält, als wenn man es erst nach hundert Mißerfolgen einsieht. Der Philosoph Kant — man kennt ihn wenig mehr, aber er war ein Kopf von Rang — hat vom theologischen Philosophieren gesagt, es sei ‚eine Zauberlaterne von Hirngespinsten‘. Dazu dürfen wir unser Glasperlenspiel nicht machen.»

Josef war überrascht, und diese letzte Mahnung überhörte er beinahe vor verhaltener Erregung. Blitzschnell durchfuhr es ihn: die Worte bedeuteten das Ende seiner Freiheit, den Abschluß seiner Studienzeit, die Aufnahme in den Orden und seine baldige Einreihung in die Hierarchie. Er dankte mit tiefer Verneigung und ging alsbald zur Waldzeller Ordenskanzlei, wo er sich in der Tat schon in die Liste der neu Aufzunehmenden eingetragen fand. Er kannte, wie alle Studenten seiner Stufe, die Ordensregeln schon ziemlich genau und erinnerte sich der Bestimmung, daß jedes Ordensmitglied, das eine amtliche Stellung des höhern Ranges innehatte, zur Vollziehung der Aufnahme befugt war. So sprach er die Bitte aus, vom Musikmeister die Zeremonie vollziehen zu lassen, bekam einen Ausweis und kurzen Urlaub und reiste am nächsten Tage zu seinem Gönner und Freunde nach Monteport. Er fand den ehrwürdigen alten Herrn etwas leidend, wurde jedoch mit Freude willkommen geheißen.

«Du kommst wie gerufen», sagte der Alte. «In Bälde hätte ich die Befugnis nicht mehr besessen, dich als jungen Bruder in den Orden aufzunehmen. Ich bin im Begriff, mein Amt niederzulegen, meine Entlassung ist schon bewilligt.»

Die Zeremonie selbst war einfach. Am folgenden Tage lud der Musikmeister, wie es die Statuten verlangten, zwei Ordensbrüder als Zeugen ein, vorher hatte Knecht einen Satz der Ordensregel als Aufgabe für eine Meditationsübung bekommen. Es war der Satz: «Beruft dich die hohe Behörde in ein Amt, so wisse: jeder Aufstieg in der Stufe der Ämter ist nicht ein Schritt in die Freiheit, sondern in die Bindung. Je höher das Amt, desto tiefer die Bindung. Je größer die Amtsgewalt, desto strenger der Dienst. Je stärker die Persönlichkeit, desto verpönter die Willkür.» Nun versammelte man sich in der Musikzelle des Magisters, derselben, in welcher Knecht einst seine erste Einführung in die Kunst des Meditierens erfahren hatte; der Meister forderte den Initianten auf, zur Feier der Stunde ein Choralvorspiel von Bach zu spielen, darauf las einer der Zeugen die gekürzte Fassung der Ordensregel vor, und der Musikmeister selbst stellte die rituellen Fragen und nahm dem jungen Freunde die Gelübde ab. Er schenkte ihm noch eine Stunde, sie saßen im Garten, und der Meister gab ihm freundliche Weisungen, in welchem Sinne er die Ordensregel sich zu eigen machen und nach ihr leben solle. «Es ist schön», sagte er, «daß du in dem Augenblick, wo ich abtrete, in die Lücke trittst, es ist, als hätte ich einen Sohn, der künftig statt meiner seinen Mann stellen wird.» Und als er Josefs Gesicht traurig werden sah: «Nun, sei nicht betrübt, auch ich bin es nicht. Ich bin recht müde und freue mich auf die Muße, die ich noch genießen will und an deren Genuß du recht oft teilhaben wirst, so hoffe ich. Und wenn wir uns das nächste Mal wiedersehen, dann nenne mich du. Ich konnte dir das nicht anbieten, solange ich im Amt war.» Er entließ ihn mit dem herzgewinnenden Lächeln, das Josef nun schon seit zwanzig Jahren kannte.

Knecht kehrte rasch nach Waldzell zurück, er hatte nur drei Tage Urlaub von dort erhalten. Kaum war er zurück, so wurde er zum Magister Ludi gerufen, der ihn mit einer kollegialen Munterkeit empfing und zur Aufnahme in den Orden beglückwünschte. «Um uns vollends zu Kollegen und Arbeitskameraden zu machen», fuhr er fort, «fehlt nur noch deine Einreihung an einen bestimmten Platz in unsrem Bau.» Josef erschrak ein wenig. Nun also sollte er seine Freiheit verlieren. «Ach», sagte er schüchtern, «ich hoffe, man werde mich an irgendeinem bescheidenen Platz brauchen können. Doch hatte ich, um es Euch zu gestehen, allerdings gehofft, noch eine Weile frei studieren zu können.» Der Magister blickte ihm mit seinem klugen, leicht ironischen Lächeln fest in die Augen. «Eine Weile, sagst du, aber wie lang ist das?» Knecht lachte verlegen. «Ich weiß es wirklich nicht.» — «Das dachte ich mir», stimmte der Meister zu, «du sprichst noch die Studentensprache und denkst noch in Studentenbegriffen, Josef Knecht, und das ist in Ordnung, aber es wird schon sehr bald nicht mehr in Ordnung sein, denn wir brauchen dich. Du weißt, daß du auch später, ja noch in den höchsten Ämtern unsrer Behörde, Urlaube zu Studienzwecken bekommen kannst, wenn du die Behörde vom Wert dieser Studien zu überzeugen vermagst; mein Vorgänger und Lehrer hat zum Beispiel noch als Magister Ludi und alter Mann ein volles Jahr Urlaub für seine Londoner Archivstudien erbeten und bekommen. Aber er bekam seinen Urlaub nicht für ‚eine Weile‘, sondern für eine bestimmte Zahl von Monaten, Wochen, Tagen. Damit wirst du künftig rechnen müssen. Und jetzt habe ich dir einen Vorschlag zu machen; wir brauchen einen verantwortlichen Mann, den man außerhalb unsres Kreises noch nicht kennt, für eine besondere Mission.»

Es handelte sich um folgenden Auftrag: das Benediktinerkloster Mariafels, eine der ältesten Bildungsstätten des Landes, das mit Kastalien freundschaftliche Beziehungen unterhielt und namentlich seit Jahrzehnten dem Glasperlenspiel zugetan war, hatte gebeten, ihm für einige Zeit einen jungen Lehrer zur Einführung in das Spiel wie auch zur Anregung der paar fortgeschrittenern Spieler des Klosters zu überlassen, und die Wahl des Magisters war auf Josef Knecht gefallen. Darum hatte er ihn so behutsam geprüft, darum seinen Eintritt in den Orden beschleunigt.

Zwei Orden

In mancher Beziehung war es nun wieder ähnlich um ihn bestellt wie einst in seiner Lateinschülerzeit nach dem Besuch des Musikmeisters. Daß die Berufung nach Mariafels eine besondere Auszeichnung und einen tüchtigen ersten Schritt auf der Stufenleiter der Hierarchie bedeute, hätte Josef kaum gedacht; er konnte es aber, nun immerhin wacheren Auges als damals, deutlich am Verhalten und Gehaben seiner Kommilitonen ablesen. Gehörte er seit einiger Zeit innerhalb der Elite der Glasperlenspieler zum innersten Kreise, so war er jetzt durch den ungewöhnlichen Auftrag vor allen gekennzeichnet als einer, den die Oberen im Auge haben und dessen sie sich zu bedienen gedenken. Die Kameraden und Mitstrebenden von gestern zogen sich nicht gerade zurück oder wurden unfreundlich, dafür ging es in diesem hocharistokratischen Kreise viel zu manierlich zu, aber es entstand eine Distanz; der Kamerad von gestern konnte der Vorgesetzte von übermorgen sein, und solche Stufungen und Differenzierungen im gegenseitigen Verhältnis verzeichnete dieser Kreis mit den zartesten Schwingungen und brachte sie zum Ausdruck.

Eine Ausnahme machte Fritz Tegularius, den wir nächst Ferromonte wohl den treuesten Freund im Leben Josef Knechts nennen dürfen. Dieser seinen Gaben nach zum Höchsten bestimmte, durch einen Mangel an Gesundheit, Gleichgewicht und Selbstvertrauen aber schwer behinderte Mann war gleichen Alters wie Knecht, um die Zeit von dessen Aufnahme in den Orden also gegen vierunddreißig Jahre, und war ihm vor etwa zehn Jahren bei einem Glasperlenspielkurs das erstemal begegnet, und Knecht hatte schon damals gespürt, wie sehr dieser stille und etwas melancholische Jüngling sich zu ihm hingezogen fühlte. Mit seinem Spürsinn für Menschen, der ihm, wennschon unbewußt, auch damals schon eigen war, erfühlte er auch die Wesensart dieser Liebe; sie war eine zur bedingungslosen Hingabe und Unterordnung bereite Freundschaft und Verehrung, von einer Schwärmerei beinahe religiösen Charakters durchglüht, aber durch innere Vornehmheit und auch durch ein ahnungsvolles Gefühl der innern Tragik beschattet und in Schranken gehalten. Damals noch von der Designori-Epoche her erschüttert und sensibel, ja mißtrauisch gemacht, hatte Knecht diesen Tegularius mit konsequenter Strenge in Distanz gehalten, obwohl auch er sich von dem interessanten und ungewöhnlichen Kameraden angezogen fühlte. Zur Charakterisierung diene uns ein Blatt aus den amtlichen Geheimaufzeichnungen Knechts, wie er sie um Jahre später zur ausschließlichen Verfügung der obersten Behörde führte. Es heißt da:

«Tegularius. Dem Referenten persönlich befreundet. In Keuperheim mehrfach ausgezeichneter Schüler, guter Altphilologe, stark philosophisch interessiert, arbeitete über Leibniz, Bolzano, später Plato. Der begabteste, glänzendste Glasperlenspieler, den ich kenne. Er wäre der prädestinierte Magister Ludi, wäre nicht, im Zusammenhang mit seiner zarten Gesundheit, sein Charakter dazu vollkommen ungeeignet. T. darf niemals zu einer leitenden, repräsentativen oder organisatorischen Stellung gelangen, es wäre für ihn und für das Amt ein Unglück. Sein Mangel äußert sich körperlich in Depressionszuständen, Perioden der Schlaflosigkeit und nervöser Schmerzen, seelisch zeitweise in Melancholie, heftigem Einsamkeitsbedürfnis, Angst vor Pflicht und Verantwortung, vermutlich auch in Gedanken an Selbstmord. Der so schwer Gefährdete hält sich mit Hilfe der Meditation und einer großen Selbstzucht so tapfer aufrecht, daß die meisten in seiner Umgebung keine Ahnung von der Schwere seines Leidens haben und lediglich seine große Schüchternheit und Verschlossenheit zur Kenntnis nehmen. Ist T. also leider zur Führung höherer Ämter nicht geeignet, so ist er im Vicus Lusorum dennoch ein Kleinod, ein ganz unersetzlicher Schatz. Die Technik unsres Spieles beherrscht er so wie ein großer Musikant sein Instrument, er trifft blindlings die zarteste Nuance und ist auch als Lehrer nicht zu verachten. In den höhern und höchsten Wiederholungskursen — für die untern ist er mir zu schade — wüßte ich mich ohne ihn kaum mehr zu behelfen; wie er die Probespiele der Jünglinge analysiert, ohne sie je zu entmutigen, wie er ihnen hinter die Schliche kommt, alles Nachgeahmte oder nur Dekorative unfehlbar erkennt und bloßlegt, wie er in einem gut fundierten, aber noch unsichern und verkomponierten Spiel die Fehlerquellen findet und aufzeigt wie tadellose anatomische Präparate, ist etwas ganz Einziges. Dieser unbestechliche und scharfe Blick beim Analysieren und Korrigieren ist es vor allem, der ihm die Achtung der Schüler und Kollegen sichert, welche sonst durch sein unsicheres und ungleiches, schüchtern-scheues Auftreten stark in Frage gestellt wäre. Was ich über die Genialität des T. als Glasperlenspieler sagte, die ganz ohne ihresgleichen ist, möchte ich durch ein Beispiel illustrieren. In der ersten Zeit meiner Freundschaft mit ihm, als wir beide in den Kursen schon nicht mehr viel an Technik zu lernen fanden, gab er mir einmal in einer Stunde besonderen Vertrauens Einblick in einige Spiele, die er damals komponiert hatte. Ich fand sie auf den ersten Blick glänzend erfunden und irgendwie neuartig und originell im Stil, bat mir die aufgezeichneten Schemata zum Studium aus und fand in diesen Spielkompositionen, richtigen Dichtungen, etwas so Erstaunliches und Eigenartiges, daß ich es hier nicht glaube verschweigen zu dürfen. Diese Spiele waren kleine Dramen von beinahe rein monologischer Struktur und spiegelten

das individuelle, ebenso gefährdete wie geniale Geistesleben ihres Autors wider wie ein vollkommenes Selbst-
bildnis. Es wurde nicht nur zwischen den verschiedenen
Themen und Themengruppen, auf denen das Spiel ruhte
und deren Folge und Gegenüberstellung sehr geistreich
war, dialektisch konzertiert und gestritten, sondern es
wurde auch die Synthese und Harmonisierung der gegen-
sätzlichen Stimmen nicht in der üblichen, der klassischen
Weise aufs Letzte gebracht, vielmehr erlitt diese Harmonisierung eine ganze Reihe von Brechungen und blieb
jedesmal, wie ermüdet und verzweifelt, vor der Auflösung stehen und verklang in Frage und Zweifel. Es
bekamen jene Spiele dadurch nicht nur eine aufregende
und meines Wissens bisher nie gewagte Chromatik, sondern die ganzen Spiele wurden zum Ausdruck eines
tragischen Zweifels und Verzichtes, sie wurden zur bild-
haften Feststellung der Fragwürdigkeit jeder geistigen Bemühung. Dabei waren sie in ihrer Geistigkeit sowohl wie
in ihrer spieltechnischen Kalligraphie und Vollendung so
außergewöhnlich schön, daß man darüber hätte weinen
können. Jedes dieser Spiele strebte so innig und ernsthaft
zur Lösung und verzichtete auf die Lösung schließlich mit
so edler Entsagung, daß es wie eine vollkommene Elegie
auf die allem Schönen inwohnende Vergänglichkeit
und die allen hohen Geisteszielen letztlich inwohnende
Fragwürdigkeit war. — Item, Tegularius sei, falls er mich
oder meine Amtsdauer überlebt, als ein äußerst zartes,
kostbares, aber gefährdetes Gut empfohlen. Er soll sehr
viel Freiheit genießen, sein Rat soll in allen Spielfragen
von Wichtigkeit gehört werden. Doch sollen ihm Schüler
nie zur alleinigen Leitung anvertraut werden.»
    Dieser merkwürdige Mann war im Lauf der Jahre
wirklich Knechts Freund geworden. Er war gegen Knecht,
in dem er außer dem Geist auch etwas wie eine Herren-
natur bewunderte, von einer rührenden Ergebenheit, und
vieles, was wir über Knecht wissen, ist durch ihn über-

liefert. Er war vielleicht im engsten Kreis der jüngern Glasperlenspieler der einzige, der seinen Freund wegen des ihm gewordenen Auftrags nicht beneidete, und der einzige, für welchen dessen Abberufung auf ungewisse Zeit ein so tiefer, beinahe unerträglicher Schmerz und Verlust war.

Josef selbst empfand den neuen Zustand, sobald er jenen gewissen Schreck über das plötzliche Verlorengehen seiner geliebten Freiheit überwunden hatte, freudig, er spürte Lust zur Reise, Lust zur Betätigung und Neugierde auf die fremde Welt, in die man ihn sandte. Übrigens ließ man den jungen Ordensbruder nicht ohne weiteres nach Mariafels reisen; er wurde zuerst drei Wochen in die «Polizei» gesteckt. So hieß unter den Studenten jene kleine Abteilung im Apparat der Erziehungsbehörde, welche man etwa ihr Politisches Departement oder auch ihr Außenministerium nennen könnte, wenn dies nicht doch etwas gar zu großartige Namen für eine kleine Sache wären. Hier wurden ihm die Verhaltungsmaßregeln für Ordensbrüder beim Aufenthalt in der Welt draußen beigebracht, und beinahe jeden Tag widmete ihm Herr Dubois, der Vorstand dieses Amtes, persönlich eine Stunde. Diesem gewissenhaften Mann nämlich schien es bedenklich, an einen solchen Außenposten einen noch unbewährten und noch vollkommen weltunkundigen Mann zu schicken; er machte kein Hehl daraus, daß er den Entschluß des Glasperlenspielmeisters mißbillige, und gab sich doppelte Mühe, den jungen Ordensbruder über die Gefahren der Welt und die Mittel, ihnen wirksam zu begegnen, mit freundlicher Sorgfalt aufzuklären. Und die väterlich besorgte, redliche Gesinnung des Vorstandes traf mit der Willigkeit des jungen Mannes, sich belehren zu lassen, so glücklich zusammen, daß in diesen Stunden seiner Einführung in die Regeln des Umgangs mit der Welt Josef Knecht seinem Lehrer richtig lieb wurde und dieser ihn zuletzt beruhigt und mit vollem Zutrauen in seine Mission entlassen konnte. Er versuchte sogar, mehr aus Wohlwollen als aus Politik, ihm noch von sich aus eine Art von Auftrag mitzugeben. Herr Dubois gehörte, schon als einer der wenigen «Politiker» Kastaliens, zu jener sehr kleinen Gruppe von Beamten, deren Gedanken und Studien zum größern Teil dem staatsrechtlichen und wirtschaftlichen Fortbestande Kastaliens, seinem Verhältnis zur Außenwelt und seiner Abhängigkeit von ihr galten. Die allermeisten Kastalier, die Beamten nicht minder als die Gelehrten und Studierenden, lebten in ihrer pädagogischen Provinz und ihrem Orden als in einer stabilen, ewigen und sich von selbst verstehenden Welt, von welcher sie freilich wußten, daß sie nicht immer dagewesen, daß sie einmal entstanden, und zwar in Zeiten tiefster Not langsam und unter bittern Kämpfen entstanden war, entstanden am Ende der kriegerischen Epoche ebensowohl aus einer asketisch-heroischen Selbstbesinnung und Anstrengung der Geistigen wie aus einem tiefen Bedürfnis der erschöpften, verbluteten und verwahrlosten Völker nach Ordnung, Norm, Vernunft, Gesetz und Maß. Sie wußten das und wußten um die Funktion aller Orden und «Provinzen» der Welt: sich des Regierens und Wettbewerbs zu enthalten und dafür eine Stetigkeit und Dauer der geistigen Fundamente aller Maße und Gesetze zu gewährleisten. Daß aber diese Ordnung der Dinge sich keineswegs von selbst verstehe, daß sie eine gewisse Harmonie zwischen Welt und Geist voraussetze, deren Störung immer wieder möglich war, daß die Weltgeschichte, alles in allem genommen, das Wünschenswerte, Vernünftige und Schöne keineswegs anstrebe und begünstige, sondern höchstens je und je als Ausnahme dulde, dies wußten sie nicht, und die heimliche Problematik ihrer kastalischen Existenz wurde von fast allen Kastaliern im Grunde nicht wahrgenommen, sondern eben jenen wenigen politischen Köpfen überlassen, deren der Vorstand Dubois einer war. Von ihm, von Dubois, erfuhr Knecht,

nachdem er sein Vertrauen gewonnen hatte, eine summa-
rische Einführung in die politischen Grundlagen Kastaliens, welche ihn anfänglich eher abstoßend und uninter-
essant anmutete gleich den meisten seiner Ordensbrüder,
ihm dann jene Bemerkung Designoris über die Möglichkeit einer Gefährdung Kastaliens ins Gedächtnis zurückrief und mit ihr den ganzen, scheinbar längst verwundenen
und vergessenen, bittern Nachgeschmack seiner jugendlichen Auseinandersetzungen mit Plinio und ihm dann
plötzlich höchst wichtig und zu einer Stufe auf seinem
Weg des Erwachens wurde.

Am Ende ihres letzten Beisammenseins sagte ihm
Dubois: «Ich glaube, ich kann dich nun ziehen lassen. Du
wirst dich streng an den Auftrag halten, den der ehrwürdige Magister Ludi dir gab, und nicht minder an die
Verhaltungsmaßregeln, die wir dir hier mitgegeben haben.
Es war mir angenehm, dir behilflich sein zu können; du
wirst sehen, daß die drei Wochen nicht verloren waren,
die wir dich hier aufgehalten haben. Und wenn du jemals
den Wunsch verspüren solltest, mir deine Zufriedenheit
mit meinen Informationen und mit unsrer Bekanntschaft
zu beweisen, so zeige ich dir einen Weg dazu. Du wirst
in ein Benediktinerstift kommen, und falls du dort eine
Weile bleibst und das Vertrauen der Patres gewinnst,
wirst du vermutlich im Kreis dieser ehrwürdigen Herren
und ihrer Gäste auch politische Gespräche hören und
politische Stimmungen verspüren. Wenn du mich davon
gelegentlich benachrichtigen wolltest, wäre ich dankbar
dafür. Verstehe mich richtig: du sollst keineswegs dich
als eine Art von Spion betrachten oder ein dir von den
Patres erwiesenes Vertrauen mißbrauchen. Du sollst mir
keine Mitteilung machen, die dein Gewissen dir nicht
erlaubt. Daß wir etwaige Informationen nur im Interesse
unsres Ordens und Kastaliens zur Kenntnis nehmen und
verwerten, dafür bin ich dir Bürge. Wir sind keine wirklichen Politiker und haben keinerlei Macht, aber auch wir

sind auf die Welt angewiesen, die uns braucht oder duldet. Es kann uns unter Umständen von Nutzen sein, es zu erfahren, wenn ein Staatsmann im Kloster einkehrt, oder der Papst für krank gilt, oder neue Anwärter auf die Liste der künftigen Kardinäle kommen. Wir sind nicht auf deine Mitteilungen angewiesen, wir haben mancherlei Quellen, aber eine kleine Quelle mehr kann nicht schaden. Geh nun, du brauchst heute zu meiner Anregung weder ja noch nein zu sagen. Nimm dir nichts vor, als vorerst deinen amtlichen Auftrag gut auszuführen und uns bei den geistlichen Vätern Ehre zu machen. Ich wünsche gute Reise.»

Im Buch der Wandlungen, das Knecht vor dem Antritt seiner Reise unter Vollziehung der Schafgarbenstengel-Zeremonie befragte, stieß er auf das Zeichen Lü, das bedeutet «Der Wanderer» mit dem Urteil «Durch Kleinheit Gelingen. Dem Wanderer ist Beharrlichkeit von Heil.» Er fand eine Sechs auf zweitem Platz und schlug im Buche die Deutung nach:

> Der Wanderer kommt zur Herberge.
> Er hat seinen Besitz bei sich.
> Er erlangt eines jungen Dieners Beharrlichkeit.

Das Abschiednehmen geschah mit Heiterkeit, nur die letzte Unterredung mit Tegularius war für beide eine harte Probe der Standhaftigkeit. Fritz tat sich Gewalt an und war in der Kühle, die er sich aufzwang, wie erstarrt; für ihn ging mit dem Freunde das Beste weg, was er besaß. Knechts Wesen ließ eine so leidenschaftliche und namentlich eine so ausschließliche Bindung an einen Freund nicht zu, er konnte im Notfall auch ohne Freund sein und konnte den Strahl seiner Sympathie ohne Hemmung neuen Objekten und Menschen zuwenden. Ein einschneidender Verlust war ihm der Abschied nicht; wohl aber kannte er den Freund schon damals gut genug, um zu

wissen, welche Erschütterung und Prüfung diese Trennung ihm bedeute, und um sich Sorge um ihn zu machen.
Er hatte sich über diese Freundschaft schon oft Gedanken
gemacht, hatte einmal auch mit dem Musikmeister über
sie gesprochen und hatte es bis zu einem gewissen Grade
gelernt, das eigene Erlebnis und Gefühl zu objektivieren
und kritisch zu betrachten. Es war ihm dabei bewußt
geworden, daß es nicht eigentlich oder doch nicht allein
die große Begabung des andern war, die ihn fesselte und
ihm etwas wie Leidenschaft für ihn eingab, sondern gerade
die Verbindung dieser Begabung mit so schweren Mängeln,
so großer Gebrechlichkeit, und daß die Einseitigkeit und
Ausschließlichkeit der Liebe, die ihm Tegularius entgegen-
brachte, nicht nur einen schönen, sondern auch einen gefährlichen Reiz und Aspekt habe, nämlich die Versuchung,
den an Kraft, aber nicht an Liebe Schwächeren gelegentlich seine Macht fühlen zu lassen. Er hatte sich in dieser
Freundschaft eine große Zurückhaltung und Selbstzucht
zur Pflicht gemacht bis zuletzt. In Knechts Leben hätte
der andre, so lieb er ihm war, keine tiefe Bedeutung gewonnen, wenn nicht die Freundschaft mit diesem zarten,
von seinem so viel stärkern und sichereren Freund faszi-
nierten Menschen ihn über die Anziehungskraft und Macht
belehrt hätte, die ihm über manche Menschen gegeben
war. Er lernte spüren, daß etwas von dieser Macht, andre
anzuziehen und zu beeinflussen, wesentlich mit zur Begabung des Lehrers und Erziehers gehöre, und daß sie
Gefahren berge und Verantwortung auferlege. Tegularius
war ja nur einer von manchen, Knecht sah sich vielen
werbenden Blicken ausgesetzt. Zugleich hatte er im letzten
Jahre die hochgespannte Atmosphäre, in der er im Spielerdorf lebte, immer deutlicher und bewußter empfunden.
Er gehörte da einem offiziell nicht existierenden, aber sehr
scharf abgegrenzten Kreis oder Stande an, der engsten
Auswahl von Kandidaten und Repetenten des Glasperlenspiels, einem Kreise, aus dem man zwar wohl den einen

und andern zu Hilfsdiensten beim Magister, beim Archivar oder bei den Spielkursen herbeizog, von welchen aber keiner in die niedere oder mittlere Beamten- und Lehrerschaft befohlen wurde; sie waren die Reserve für die Besetzung der leitenden Stellen. Hier kannte man einander sehr genau, peinlich genau, es gab hier nahezu keine Täuschungen über Begabungen, Charaktere und Leistungen. Und gerade weil hier, unter diesen Repetenten der Spielstudien und Aspiranten auf die höheren Würden, jeder eine überdurchschnittliche und beachtenswerte Kraft war, jeder den Leistungen, dem Wissen, den Zeugnissen nach vom ersten Range, gerade darum spielten jene Züge und Färbungen der Charaktere, welche einen Prätendenten zum Führer und Mann des Erfolges prädestinieren, eine besonders große und aufmerksam beobachtete Rolle. Ein Plus oder Minus an Ehrgeiz, an gutem Auftreten, an Körpergröße oder hübscher Erscheinung, ein kleines Plus oder Minus an Charme, an Wirkung auf Jüngere oder auf die Behörden, an Liebenswürdigkeit war hier von großem Gewicht und konnte im Wettbewerb entscheiden. So wie etwa Fritz Tegularius diesem Kreise nur als Outsider, als Gast und Geduldeter und gewissermaßen nur seiner Peripherie angehörte, weil er sichtlich keine Herrschergaben besaß, so gehörte Knecht zum innersten Zirkel. Was ihn den Jungen empfahl und ihm Anbeter warb, war seine Frische und noch ganz jugendliche Anmut, welche dem Anschein nach den Leidenschaften unzugänglich, unbestechlich und auch wieder kindlich-unverantwortlich war, eine gewisse Unschuld also. Und was ihn den Oberen angenehm machte, war die andre Seite dieser Unschuld: sein fast völliger Mangel an Ehrgeiz und Strebertum.

In jüngster Zeit waren die Wirkungen seiner Persönlichkeit, die nach unten zuerst und erst allmählich und zuletzt auch die nach oben, dem jungen Manne bewußt geworden, und wenn er von diesem Standpunkt des

Wachgewordenen zurücksah, fand er beide Linien bis in die Knabenzeit zurück sein Leben durchlaufen und formen: die werbende Freundschaft, die ihm von Kameraden und Jüngeren dargebracht wurde, und die wohlwollende Aufmerksamkeit, mit der viele Vorgesetzte ihn behandelt hatten. Es hatte Ausnahmen gegeben, wie den Rektor Zbinden, aber dafür auch solche Auszeichnungen wie die Gönnerschaft des Musikmeisters und neuerdings die des Herrn Dubois und des Magister Ludi. Es war alles eindeutig, und dennoch hatte Knecht es nie ganz sehen und gelten lassen wollen. Es war sichtlich der ihm vorgezeichnete Weg, wie von selbst und ohne Streben überall in die Elite zu geraten, bewundernde Freunde und hochstehende Gönner zu finden, es war sein Weg, sich nicht an der Basis der Hierarchie im Schatten niederlassen zu dürfen, sondern sich stetig ihrer Spitze und dem hellen Licht, in dem sie stand, zu nähern. Er würde nicht ein Subalterner und nicht ein Privatgelehrter, sondern ein Herr sein. Daß er dies später als andre, ähnlich Gestellte bemerkte, gab ihm jenes nicht zu beschreibende Mehr an Zauber, jenen Klang von Unschuld. Und warum bemerkte er es so spät, ja so widerwillig? Weil er dies alles ja gar nicht angestrebt hatte und nicht wollte, weil ihm Herrschen kein Bedürfnis, Befehlen kein Vergnügen war, weil er viel mehr das kontemplative als das aktive Leben begehrte und zufrieden gewesen wäre, noch manche Jahre, wenn nicht sein ganzes Leben, ein unbeachteter Studierender zu bleiben, neugieriger und ehrfürchtiger Pilger durch die Heiligtümer der Vergangenheit, die Kathedralen der Musik, die Gärten und Wälder der Mythologien, der Sprachen und Ideen. Nun, da er sich unerbittlich in die vita activa gestoßen sah, spürte er weit stärker als bisher die Spannungen des Strebens, des Wettbewerbes, des Ehrgeizes in seiner Umgebung, spürte seine Unschuld bedroht und nicht mehr haltbar. Er sah ein, daß er das ihm ungewollt Zugewiesene und Bestimmte nun wollen und bejahen müsse, um das Gefühl des Gefangenseins und das Heimweh nach der verlorenen Freiheit der letzten zehn Jahre zu überwinden, und da er hierzu im Innern noch nicht so ganz disponiert war, empfand er den vorläufigen Abschied von Waldzell und der Provinz und die Reise in die Welt hinaus als Erlösung.

Das Stift und Kloster Mariafels hatte in vielen Jahrhunderten seines Bestehens die Geschichte des Abendlandes mitbestimmt und miterlitten, es hatte Blütezeiten, Niedergänge, Wiedergeburten und neue Tiefstände erlebt und war zu manchen Zeiten und auf verschiedenen Gebieten berühmt und glänzend gewesen. Einst ein Hochsitz scholastischer Gelehrsamkeit und Disputierkunst und noch heute im Besitz einer gewaltigen Bibliothek der mittelalterlichen Theologie, war es nach Zeiten des Erschlaffens und der Trägheit zu neuem Glanz gekommen, diesmal durch seine Musikpflege, seinen vielgepriesenen Chor, durch die von seinen Patres geschriebenen und aufgeführten Messen und Oratorien; von damals her besaß es noch immer eine schöne musikalische Tradition, ein halbes Dutzend nußbaumener Truhen voll musikalischer Manuskripte und die schönste Orgel des Landes. Dann war die politische Zeit des Klosters gekommen; auch sie hatte eine gewisse Tradition und Übung zurückgelassen. In Zeiten schlimmer kriegerischer Verwilderung war Mariafels mehrmals zur kleinen Insel der Besinnung und Vernunft geworden, auf der die besseren Köpfe der feindlichen Parteien vorsichtig einander suchten und nach Verständigung tasteten, und einmal — das war der letzte Höhepunkt in seiner Geschichte — war Mariafels Geburtsort eines Friedensschlusses geworden, der die Sehnsucht erschöpfter Völker für eine Weile stillte. Als dann eine neue Zeit begann und Kastalien begründet war, verhielt das Kloster sich abwartend, ja ablehnend, vermutlich nicht ohne sich darüber in Rom Weisung geholt zu haben. Ein Gesuch der Erziehungsbehörde um Gastfreundschaft für einen

Gelehrten, der einige Zeit in der scholastischen Bibliothek des Klosters arbeiten wollte, wurde höflich abgelehnt, ebenso die Einladung, einen Vertreter zu einer musikgeschichtlichen Tagung zu senden. Erst seit dem Abt Pius, der noch in vorgerücktem Alter sich lebhaft für das Glasperlenspiel zu interessieren anfing, entstand Verkehr und Austausch und war seither zu einer nicht gerade lebhaften, aber freundschaftlichen Beziehung geworden. Man tauschte Bücher, gewährte gegenseitige Gastfreundschaft; auch Knechts Gönner, der Musikmeister, war in jungen Jahren einige Wochen in Mariafels gewesen, hatte Notenhandschriften kopiert und die berühmte Orgel gespielt. Knecht wußte davon und freute sich auf den Aufenthalt an einem Orte, von dem er den Verehrten gelegentlich mit Freude hatte erzählen hören.

Man empfing ihn über sein Erwarten mit einer Auszeichnung und Artigkeit, die ihn beinahe verlegen machte. Es war ja auch das erstemal, daß Kastalien dem Kloster für unbestimmte Zeit einen Glasperlenspiellehrer aus der Elite zur Verfügung stellte. Er hatte beim Vorstand Dubois gelernt, sich namentlich in der ersten Zeit seiner Gastrolle nicht als Person, nur als Vertreter Kastaliens anzusehen und Artigkeiten sowohl wie etwaige Distanzierung lediglich als Abgesandter zur Kenntnis zu nehmen und zu erwidern; das half ihm über die ersten Befangenheiten hinweg. Auch des anfänglichen Gefühls von Fremdheit und der Bangigkeit und leisen Erregtheit der ersten Nächte, in denen er wenig Schlaf genoß, wurde er Meister, und da der Abt Gervasius ihm ein gutmütiges und munteres Wohlwollen zeigte, wurde ihm rasch in der neuen Umwelt wohl. Es erfreute ihn die Frische und Kraft der Landschaft, einer rauhen Berglandschaft mit schroffen Felswänden und saftigen Weiden voll schönen Viehes dazwischen; es beglückte ihn die Wucht und Weiträumigkeit der alten Bauten, welchen die Geschichte vieler Jahrhunderte abzulesen war, es gewann ihn die Schönheit und einfache Behaglichkeit seiner Wohnung, zweier Räume im oberen Stockwerk des langen Gästeflügels, es behagten ihm die Forschungsgänge durch den stattlichen kleinen Staat mit zwei Kirchen, Kreuzgängen, Archiv, Bibliothek, Abtwohnung, mehreren Höfen, mit ausgedehnten Stallbauten voll wohlgehaltenen Viehes, sprudelnden Brunnen, gewölbten riesigen Wein- und Obstkellern, mit zwei Refektorien, dem berühmten Kapitelsaal, den gepflegten Gärten sowie den Werkstätten der Laienbrüder, des Böttchers, Schuhmachers, Schneiders, Schmiedes und so weiter, welche um den größten Hof ein kleines Dorf bildeten. Schon hatte er Zutritt zur Bibliothek, schon hatte ihm der Organist die herrliche Orgel gezeigt und ihm erlaubt, auf ihr zu spielen, und nicht wenig lockten ihn die Notentruhen, wo er eine stattliche Zahl von unveröffentlichten, zum Teil überhaupt noch unbekannten Musikmanuskripten früherer Epochen warten wußte.

Auf den Beginn seiner amtlichen Funktion schien man im Kloster nicht eben ungeduldig zu warten, es dauerte nicht nur Tage, es dauerte Wochen, bis man dem eigentlichen Ziel seines Hierseins ernstlich nähertrat. Zwar hatten sich vom ersten Tage an einige Patres, und namentlich auch der Abt selber, gern mit Josef über das Glasperlenspiel unterhalten, aber von einem Unterricht oder sonst einer systematischen Tätigkeit war noch nicht die Rede. Auch sonst bemerkte Knecht im Gehaben, Lebensstil und Verkehrston der geistlichen Herren ein ihm bisher unbekanntes Tempo, eine gewisse ehrwürdige Langsamkeit, eine langatmige und gutmütige Geduld, an welcher alle diese Väter, auch die persönlich keineswegs temperamentlosen, teilzuhaben schienen. Es war der Geist ihres Ordens, es war der tausendjährige Atem einer uralten, privilegierten, in Glück und Not hundertmal bewährten Ordnung und Gemeinschaft, an welcher sie teilhatten, so wie jede Biene am Schicksal und Ergehen ihres Stockes teilhat, seinen Schlaf schläft, sein Leiden mitleidet, sein Zittern mitzittert. Verglichen mit dem Lebensstil Kastaliens schien dieser benediktinische beim ersten Zusehen weniger geistig, weniger agil und zugespitzt, weniger aktiv, dafür aber gelassener, unbeeinflußbarer, älter, bewährter, es schien hier ein schon längst wieder zur Natur gewordener Geist und Sinn zu walten. Mit Neugierde und großem Interesse, auch mit großer Bewunderung ließ Knecht dies Klosterleben auf sich wirken, das zu einer Zeit, da es noch kein Kastalien gab, schon beinahe gleich wie heute und schon anderthalbtausend Jahre alt gewesen war und das der beschaulichen Seite seiner Natur so sehr entgegenkam. Er war Gast, wurde geehrt, wurde weit über Erwarten und Gebühr geehrt, aber er fühlte deutlich: dies war Form und Usus und galt weder seiner Person, noch galt es dem Geist Kastaliens oder des Glasperlenspiels, es war die majestätische Höflichkeit einer alten Großmacht gegen eine jüngere. Nur zum Teil war er darauf vorbereitet gewesen, und nach einer Weile fühlte er sich, trotz aller Behaglichkeit seines Mariafelser Lebens, so unsicher, daß er bei seiner Behörde um genauere Vorschriften für sein Verhalten bat. Der Magister Ludi schrieb ihm persönlich einige Zeilen. «Mache dir nichts daraus», hieß es darin, «deinem Studium des dortigen Lebens beliebige Zeit zu opfern. Benütze deine Tage, lerne, suche dich beliebt und nützlich zu machen, soweit man dort dafür empfänglich ist, aber dränge dich nicht auf, scheine niemals ungeduldiger zu sein, scheine nie weniger Muße zu haben als deine Gastgeber. Auch wenn sie dich ein ganzes Jahr lang so behandeln sollten, als sei es dein erster Gasttag in ihrem Hause, so geh ruhig darauf ein und benimm dich, als käme es dir auch auf zwei oder zehn Jahre mehr nicht an. Nimm es als einen Wettkampf ir der Übung der Geduld. Sorgfältig meditieren! Dauert dır deine Muße zu lang, so nimm dir täglich einige Stunden, nicht mehr als vier, für eine regelmäßige Arbeit, etwa das Studium oder Kopieren von Handschriften. Aber mache nicht den Eindruck, als arbeitetest du, habe Zeit für jeden, der Lust hat, mit dir zu plaudern.»

Knecht hielt sich daran und fühlte sich bald wieder freier. Er hatte bisher allzusehr an den Lehrauftrag für Liebhaber des Glasperlenspiels gedacht, welcher seiner hiesigen Mission den Namen gab, während die Väter des Klosters ihn mehr als einen bei guter Stimmung zu haltenden Abgesandten einer befreundeten Macht behandelten. Und als am Ende Abt Gervasius doch dieses Lehrauftrags sich erinnerte und ihm vorerst einige Patres zuführte, welche eine erste Einführung in die Glasperlenspielkunst schon genossen hatten und mit denen er einen weiterführenden Kursus abhalten sollte, da zeigte es sich, zu seinem Erstaunen und anfänglich zu seiner schweren Enttäuschung, daß die Kultur des edlen Spieles an diesem gastfreien Orte eine sehr oberflächliche und dilettantische und man dem Anschein nach mit einem sehr bescheidenen Maß an Spielkenntnissen zufrieden war. Und im Gefolge dieser Einsicht kam ihm langsam auch die andere: daß es wohl gar nicht die Glasperlenspielkunst und deren Pflege im Kloster sei, deretwegen man ihn hierher geschickt habe. Die Aufgabe, diese paar dem Spiele läßlich zugeneigten Patres im Elementaren etwas zu fördern und ihnen die Befriedigung einer bescheidenen Sportleistung zu verschaffen, war leicht, allzu leicht, und es wäre ihr jeder beliebige andre Spielkandidat, auch wenn er längst noch nicht der Elite angehörte, gewachsen gewesen. Dieser Unterricht also konnte nicht der eigentliche Zweck seiner Mission sein. Er begann zu begreifen, daß man ihn wohl weniger zum Lehren hierhergeschickt habe als zum Lernen.

Allerdings, gerade als er dies durchschaut zu haben meinte, erfuhr seine Autorität im Kloster doch wieder eine plötzliche Stärkung und damit auch sein Selbstbewußtsein, denn er hatte trotz allen Reizen und Annehmlichkeiten seiner Gastrolle seinen Aufenthalt schon zuweilen beinahe wie eine Strafversetzung empfunden. Nun geschah es eines Tages, daß ihm in einer Unterhaltung mit dem Abte absichtslos eine Anspielung auf das chinesische I Ging unterlief; der Abt horchte auf, stellte einige Fragen, und als er seinen Gast so über Erwarten bewandert im Chinesischen und im Buch der Wandlungen fand, konnte er seine Freude nicht verhehlen. Er hatte eine Vorliebe für das I Ging, und wenn er auch kein Chinesisch verstand und sein Wissen um das Orakelbuch und andre chinesische Geheimnisse von jener harmlosen Oberflächlichkeit war, mit welcher die derzeitigen Insassen dieses Klosters in fast allen ihren wissenschaftlichen Interessen sich zu begnügen schienen, so war doch wohl zu merken, daß der kluge und im Vergleich mit seinem Gast so erfahrene und weltkundige Mann zum Geist der altchinesischen Staats- und Lebensweisheit wirklich ein Verhältnis habe. Es ergab sich ein Gespräch von ungewohnter Lebhaftigkeit, das die bisher zwischen Hausherrn und Gast bestehende höfliche Haltung zum erstenmal durchbrach und dazu führte, daß Knecht gebeten wurde, dem ehrwürdigen Herrn zweimal in der Woche eine I-Ging-Lektion zu erteilen.

Während so sein Verhältnis zum Abt und Gastgeber sich ins Lebendigere und Wirksame steigerte, die kollegiale Freundschaft mit dem Organisten gedieh und der kleine geistliche Staat, in dem er lebte, ihm allmählich vertraut wurde, begann auch die Versprechung des Orakels, das er vor der Abreise aus Kastalien befragt hatte, sich der Erfüllung zu nähern. Es war ihm, dem seinen Besitz bei sich tragenden Wanderer, nicht nur die Einkehr in einer Herberge verheißen worden, sondern auch «eines jungen Dieners Beharrlichkeit». Daß die Verheißung sich zur Erfüllung entfaltete, durfte der Wanderer als ein gutes Zeichen annehmen, als ein Zeichen dafür, daß er wirklich «seinen Besitz bei sich trage», daß er auch fern von den Schulen, Lehrern, Kameraden, Gönnern und Helfern, fern von der heimatlichen, nährenden und hilfreichen Atmosphäre Kastaliens den Geist und die Kräfte in sich gesammelt trage, mit deren Hilfe er einem tätigen und wertvollen Leben entgegenging. Der angekündigte «junge Diener» nämlich näherte sich ihm in Gestalt eines geistlichen Schülers namens Anton, und wenn dieser junge Mensch auch in Josef Knechts Leben selber keine Rolle gespielt hat, so war er doch damals in jener eigentümlich zwiespältig gestimmten ersten Klosterzeit ein Hinweis, ein Bote zu Neuem und Größerem, ein Ansager kommender Ereignisse. Anton, ein schweigsamer, aber feurig und begabt blickender Jüngling, schon nahezu reif, um in den Kreis der Mönche aufgenommen zu werden, begegnete dem Glasperlenspieler, dessen Herkunft und Kunst ihm so geheimnisvoll war, ziemlich häufig, während im übrigen die kleine Schülerschar in ihrem abgesonderten und für den Gast nicht zugänglichen Flügel ihm nahezu unbekannt blieb und ihm sichtlich ferngehalten wurde. Die Teilnahme am Spielkursus war den Schülern nicht erlaubt. Dieser Anton aber hatte mehrmals in der Woche Dienst als Bibliotheksgehilfe; hier begegnete ihm Knecht, gelegentlich war es auch zu einem Gespräch gekommen, und mehr und mehr bemerkte Knecht, daß dieser junge Mensch mit den dunkelkräftigen Augen unter starken schwarzen Brauen ihm in jener schwärmerischen und dienstbereiten Art von verehrender Jünglings- und Schülerliebe zugetan war, welche ihm nun oft genug schon begegnet war und welche er längst, obwohl er jedesmal Lust fühlte, sich ihr zu entziehen, als ein lebendiges und wichtiges Element im Ordensleben erkannt hatte. Hier im Kloster beschloß er, doppelt zurückhaltend zu sein; es wäre ihm wie ein Verstoß gegen die Gastfreundschaft erschienen, wenn er diesen noch der geistlichen Erziehung unterstehenden Jüngling hätte beeinflussen wollen; auch war ihm ja das strenge Keuschheitsgebot, unter welchem man hier stand, wohlbekannt, und ihm schien, dadurch könnte eine knabenhafte Verliebtheit noch gefährlicher werden. Jedenfalls mußte er jede Möglichkeit eines Anstoßes vermeiden und richtete sich danach.

In der Bibliothek, dem einzigen Ort, an dem er jenem Anton des öftern begegnete, machte er auch die Bekanntschaft eines Mannes, den er anfangs seiner bescheidenen Erscheinung wegen beinahe übersehen hatte, den er dann mit der Zeit genauer kennenlernte und zeitlebens mit einer dankbaren Verehrung geliebt hat wie nur etwa noch den Alt-Musikmeister. Es war der Pater Jakobus, wohl der bedeutendste Geschichtschreiber des Benediktinerordens, damals etwa sechzig Jahre alt, ein hagerer ältlicher Mann mit einem Sperberkopf auf langem sehnigem Halse, mit einem Gesicht, das von vorn, namentlich da er mit seinen Blicken sehr sparsam war, etwas Lebloses und Erloschenes hatte, dessen Profil aber mit der kühn geschwungenen Linie der Stirn, dem tiefen Einschnitt überm Nasenrücken, der scharfgeschnittenen Hakennase und dem etwas kurzen, aber gewinnend rein auslaufenden Kinn eine ausgeprägte und eigenwillige Persönlichkeit anzeigte. Der stille alte Mann, der übrigens dann bei näherem Kennenlernen höchst temperamentvoll sein konnte, hatte einen eigenen, stets mit Büchern, Handschriften und Landkarten bedeckten Studiertisch im kleineren, innern Raum der Bücherei inne und schien in diesem Kloster, das so unschätzbare Bücher besaß, der einzige wirklich ernstlich arbeitende Gelehrte zu sein. Übrigens war es jener Novize Anton, der Josef Knecht unabsichtlich auf den Pater Jakobus aufmerksam machte. Knecht hatte bemerkt, daß jener innere Raum der Bibliothek, wo der Gelehrte seinen Arbeitstisch stehen hatte, beinahe wie ein privates Studierzimmer betrachtet und von den wenigen Benützern der Bücherei nur im Notfalle und dann nur leise und respektvoll auf Zehenspitzen betreten wurde, obwohl der dort arbeitende Pater gar nicht den Eindruck machte, so leicht störbar zu sein. Natürlich hatte sich Knecht alsbald dieselbe Rücksicht zum Gebot gemacht, und schon dadurch war der arbeitsame Alte seiner Beobachtung entrückt geblieben. Nun hatte dieser eines Tages sich von Anton mit einigen Büchern bedienen lassen, und als Anton aus jenem innern Raum zurückkehrte, fiel es Knecht auf, daß er eine kleine Weile in der offenen Türe stehenblieb und zu dem an seinem Tische in die Arbeit Versunkenen zurückblickte mit einem schwärmerischen Ausdruck von Bewunderung und Ehrfurcht, gemischt mit jenem Gefühl beinahe zärtlicher Rücksicht und Hilfsbereitschaft, wie sie gutartige Jugend zuweilen der Kahlheit und Gebrechlichkeit des Alters entgegenbringt. Zunächst freute sich Knecht dieses Anblickes, der ja auch an sich schön war, auch zeigte er ihm immerhin, daß es bei Anton eine Schwärmerei für Ältere und Bewunderte auch ohne jede leibliche Verliebtheit gebe. Im nächsten Augenblick kam ihm ein eher ironischer Gedanke, dessen er sich beinahe schämte, der Gedanke: wie spärlich es in diesem Institute hier um die Gelehrsamkeit bestellt sein müsse, wenn der einzige ernstlich tätige Gelehrte des Hauses von der Jugend so wie ein Wundertier und Fabelwesen angestaunt wurde. Immerhin, dieser beinahe zärtliche Blick der bewundernden Verehrung, welchen Anton auf den Alten heftete, öffnete Knecht die Augen für die Erscheinung des gelehrten Paters, und indem er von da an je und je einen Blick auf diesen Mann warf, entdeckte er sein römisches Profil und entdeckte allmählich dies und jenes an Pater Jakobus, das auf einen nicht gewöhnlichen Geist und Charakter hinzudeuten schien. Daß er Historiker sei und für den eingeweihtesten Kenner der Geschichte der Benediktiner gelte, war ihm schon bekannt.

Eines Tages sprach der Pater ihn an; er hatte nichts von dem breiten, betont wohlwollenden, betont gutgelaunten und etwas onkelhaften Tonfall, der zum Stil des Hauses zu gehören schien. Er lud Josef ein, ihn nach der Vesper in seinem Zimmer zu besuchen. «Sie finden in mir», sagte er mit einer leisen und beinahe scheuen Stimme, aber wundervoll genau akzentuierend, «zwar keinen Kenner der Geschichte Kastaliens und noch weniger einen Glasperlenspieler, aber da nun, wie es scheint, unsre beiden so verschiedenen Orden sich mehr und mehr befreunden, möchte ich mich davon nicht ausschließen und möchte auch meinerseits aus Ihrer Anwesenheit je und je ein wenig Gewinn ziehen.» Er sprach mit vollkommenem Ernst, aber die leise Stimme und das alte kluge Gesicht gaben seinen überhöflichen Worten jene wunderbar zwischen Ernst und Ironie, Devotion und leisem Spott, Pathos und Spielerei schillernde Vieldeutigkeit, wie man sie etwa beim Höflichkeits- und Geduldspiel endloser Verneigungen bei der Begrüßung zwischen zwei Heiligen oder zwei Kirchenfürsten empfinden mag. Diese ihm von den Chinesen her so wohlbekannte Mischung aus Überlegenheit und Spott, aus Weisheit und eigensinnigem Zeremoniell war für Josef Knecht ein Labsal; es kam ihm zum Bewußtsein, daß er diesen Ton — auch der Glasperlenspielmeister Thomas beherrschte ihn meisterlich — seit geraumer Zeit nicht mehr vernommen habe; erfreut und dankbar nahm er die Einladung an. Als er am Abend des Paters abgelegene Wohnung am Ende eines stillen Seitenflügels aufsuchte und sich besann, an welche Tür er zu klopfen habe, hörte er zu seiner Überraschung Klaviermusik. Er horchte, es war eine Sonate von Purcell, anspruchlos und ohne Virtuosität, aber taktfest und sauber gespielt; innig und freundlich klang die reine, innig heitere Musik mit ihren süßen Dreiklängen zu ihm heraus und gemahnte ihn der Zeit in Waldzell, da er Stücke dieser Art mit seinem Freund Ferromonte auf verschiedenen Instrumenten geübt hatte. Er wartete genußvoll lauschend das Ende der Sonate ab, es tönte in dem stillen, dämmrigen Korridor so einsam und weltfern, und so tapfer und unschuldig, so kindlich und überlegen zugleich wie jede gute Musik inmitten der unerlösten Stummheit der Welt. Er pochte an die Tür, Pater Jakobus rief «Herein!» und empfing ihn mit seiner bescheidenen Würde, am kleinen Klavier brannten noch zwei Kerzen. Ja, sagte Pater Jakobus auf Knechts Frage, er spiele jeden Abend eine halbe oder auch eine ganze Stunde, er beende sein Tagewerk mit dem Einbruch der Dunkelheit und verzichte in den Stunden vor dem Schlafengehen auf Lesen und Schreiben. Sie sprachen von Musik, von Purcell, von Händel, von der uralten Musikpflege bei den Benediktinern, dem recht eigentlich musischen Orden, dessen Geschichte kennenzulernen Knecht Begierde zeigte. Das Gespräch wurde lebhaft und streifte hundert Fragen, die geschichtlichen Kenntnisse des Alten schienen wahrhaft wunderbar zu sein, doch leugnete er nicht, daß die Geschichte Kastaliens, des kastalischen Gedankens und des dortigen Ordens ihn wenig beschäftigt und interessiert habe, machte auch kein Hehl aus seiner kritischen Stellung zu diesem Kastalien, dessen «Orden» er als eine Nachahmung der christlichen Kongregationen betrachtete, und zwar im Grunde als eine blasphemische Nachahmung, da ja der kastalische Orden keine Religion, keinen Gott und keine Kirche zum Fundament habe. Knecht blieb bei dieser Kritik respektvoll Zuhörer, gab immerhin zu bedenken, daß über Religion, Gott und Kirche außer den benediktinischen und römisch-katholischen Auffassungen noch andre möglich seien und existiert hätten, welchen man weder die Reinheit des Wollens und Bestrebens noch einen tiefen Einfluß auf das geistige Leben absprechen könne.

«Richtig», sagte Jakobus, «Sie denken dabei unter andrem an die Protestanten. Sie haben die Religion und Kirche nicht zu erhalten vermocht, aber sie haben zuzeiten viel Tapferkeit gezeigt und vorbildliche Männer gehabt. Es gab einige Jahre in meinem Leben, da gehörten die verschiedenen Versöhnungsversuche zwischen den feindlichen christlichen Bekenntnissen und Kirchen zu meinen bevorzugten Studienobjekten, namentlich die der Epoche um 1700, wo wir Leute wie den Philosophen und

Mathematiker Leibniz und dann den wunderlichen Grafen Zinzendorf um die Wiedervereinigung der verfeindeten Brüder bemüht finden. Überhaupt ist das achtzehnte Jahrhundert, so schnellfertig und dilettantisch sein Geist oft erscheinen mag, geistesgeschichtlich merkwürdig interessant und doppeldeutig, und gerade die Protestanten jener Zeit haben mich des öfteren beschäftigt. Ich habe da einst einen Philologen, Lehrer und Erzieher großen Formates entdeckt, einen schwäbischen Pietisten übrigens, einen Mann, dessen moralische Nachwirkung sich volle zweihundert Jahre deutlich nachweisen läßt — aber wir kommen da auf ein andres Gebiet, kehren wir zur Frage nach der Legitimität und geschichtlichen Sendung der eigentlichen Orden zurück ...»

«Ach nein», rief Josef Knecht, «bitte verweilen Sie noch bei diesem Lehrer, von dem Sie eben sprechen wollten, beinahe glaube ich ihn erraten zu können.»

«So raten Sie.»

«Ich dachte zuerst an den Hallenser Francke, aber es muß ja ein Schwabe sein, und da kann ich an keinen andern denken als an Johann Albrecht Bengel.»

Ein Lachen klang auf, und ein Glanz von Freude verklärte das Gesicht des Gelehrten. «Sie überraschen mich, Lieber», rief er lebhaft, «es war richtig Bengel, den ich im Sinn hatte. Woher wissen Sie denn von ihm? Oder gehört es etwa in Ihrer erstaunlichen Provinz zum Selbstverständlichen, daß man so entlegene und vergessene Dinge und Namen kennt? Seien Sie versichert: wenn Sie sämtliche Patres, Lehrer und Schüler unsres Klosters abfragen wollten und auch noch die der letzten paar Generationen dazu, es würde nicht einer diesen Namen wissen.»

«Auch in Kastalien wüßten ihn wenige, vielleicht keiner außer mir und zweien meiner Freunde. Ich war einmal mit Studien aus dem achtzehnten Jahrhundert und dem Bereich des Pietismus beschäftigt, zu einem privaten Zwecke nur, und da sind ein paar schwäbische Theologen mir aufgefallen und gewannen meine Bewunderung und Ehrfurcht, und unter ihnen besonders dieser Bengel, er schien mir damals das Ideal eines Lehrers und Jugendleiters zu sein. Ich war so von diesem Mann eingenommen, daß ich mir sogar ein Bildnis aus einem alten Buche photographieren ließ und es eine Zeitlang über meinem Schreibtisch angeheftet hatte.»

Der Pater lachte noch immer. «Wir begegnen uns da unter einem ungewöhnlichen Zeichen», sagte er. «Es ist ja schon merkwürdig, daß Sie und ich beide bei unsern Studien auf diesen vergessenen Mann gestoßen sind. Vielleicht noch merkwürdiger ist es, daß es diesem schwäbischen Protestanten gelungen ist, fast gleichzeitig auf einen Benediktinerpater und einen kastalischen Glasperlenspieler zu wirken. Übrigens stelle ich mir Ihr Glasperlenspiel als eine Kunst vor, zu der es vieler Phantasie bedarf, und wundere mich, daß ein so streng nüchterner Mann wie Bengel Sie so sehr anziehen konnte.»

Auch Knecht lachte jetzt vergnügt. «Nun», sagte er, «wenn Sie sich an Bengels vieljährige Studien über die Offenbarung des Johannes und sein Auslegungssystem für die Prophezeiungen dieses Buches erinnern, so müssen Sie doch zugeben, daß unsrem Freunde auch der Gegenpol der Nüchternheit nicht ganz fremd war.»

«Das stimmt», gab der Pater heiter zu. «Und wie erklären Sie sich solche Gegensätze?»

«Wenn Sie mir einen Scherz erlauben wollen, so würde ich sagen: was Bengel gefehlt hat und was er, ohne es zu wissen, sehnlich gesucht und begehrt hat, war das Glasperlenspiel. Ich rechne ihn nämlich zu den heimlichen Vorläufern und Ahnen unsres Spiels.»

Vorsichtig und wieder ernst geworden, fragte Jakobus: «Ein wenig kühn, scheint mir, gerade Bengel für Ihre Ahnentafel zu annektieren. Und wie rechtfertigen Sie das?»

«Es war ein Spaß, aber ein Spaß, der sich verteidigen

läßt. Noch in seinen jungen Jahren, ehe die große Bibel-arbeit ihn beschäftigte, hat Bengel einmal seinen Freunden den Plan mitgeteilt, er hoffe in einem enzyklopädischen Werk alles Wissen seiner Zeit symmetrisch und synoptisch auf ein Zentrum hin zu ordnen und zusammenzufassen. Das ist nichts andres, als was das Glasperlenspiel auch tut.»

«Es ist der enzyklopädische Gedanke, mit dem das ganze achtzehnte Jahrhundert gespielt hat», rief der Pater.

«Er ist es», meinte Josef, «aber Bengel hat nicht bloß ein Nebeneinander der Wissens- und Forschungsgebiete angestrebt, sondern ein Ineinander, eine organische Ordnung, er war unterwegs auf der Suche nach dem Generalnenner. Und das ist einer der elementaren Gedanken des Glasperlenspiels. Und ich möchte noch mehr behaupten, nämlich: wäre Bengel im Besitz eines ähnlichen Systems gewesen, wie unser Spiel eines ist, so wäre ihm wahrscheinlich der große Irrweg mit seiner Umrechnung der prophetischen Zahlen und seiner Verkündigung des Antichrist und des Tausendjährigen Reiches erspart geblieben. Bengel fand für die verschiedenen Begabungen, die er in sich vereinigte, die ersehnte Richtung auf ein gemeinsames Ziel nicht ganz, und so ergab seine mathematische Begabung, in der Zusammenarbeit mit seinem Philologenscharfsinn, jene wunderlich aus Akribie und Phantastik gemischte ,Zeiten-Ordnung‘, die ihn so manche Jahre beschäftigt hat.»

«Es ist schon gut», meinte Jakobus, «daß Sie nicht Historiker sind, Sie neigen wirklich zum Phantasieren. Aber ich verstehe, wie Sie es meinen; Pedant bin ich nur in meiner Fachwissenschaft.»

Es wurde ein ergiebiges Gespräch, ein Sich-Erkennen der beiden, eine Art von Befreundung daraus. Dem Gelehrten schien es mehr als Zufall, oder mindestens doch ein recht besonderer Zufall, daß sie beide, er aus seiner

benediktinischen, der Junge aus seiner kastalischen Gebundenheit her, diesen Fund getan und diesen armen
württembergischen Klosterpräzeptor entdeckt hatten,
diesen ebenso herzenszarten wie felsenfesten, ebenso ver-
sponnenen wie nüchternen Mann; es mußte etwas da sein,
was sie beide verband, auf die derselbe unscheinbare
Magnet so stark gewirkt hatte. Und von jenem Abend
an, der mit der Sonate von Purcell begonnen hatte, war
in der Tat das Etwas und die Verbundenheit da. Jakobus
genoß den Austausch mit einem so geschulten und noch
so bildsamen jungen Geist, dies Vergnügen ward ihm
nicht allzuoft, und für Knecht wurde der Umgang mit
dem Historiker und die Schulung durch ihn, welche nun
begann, eine neue Stufe auf jenem Weg des Erwachens,
als den er sein Leben betrachtete. Um es in wenigen
Worten zu sagen: er lernte durch den Pater die Historie,
lernte die Gesetzlichkeiten und Widersprüchlichkeiten des
Geschichtstudiums und der Geschichtschreibung kennen
und lernte in den folgenden Jahren darüber hinaus die
Gegenwart und das eigene Leben als geschichtliche Wirklichkeit sehen.

Ihre Gespräche wuchsen oft zu richtigen Disputationen,
Angriffen und Rechtfertigungen aus, im Anfang war es
freilich mehr Pater Jakobus, der sich angriffslustig zeigte.
Je mehr er den Geist seines jungen Freundes kennenlernte, desto mehr tat es ihm leid, diesen so Hohes
versprechenden jungen Menschen ohne die Zucht einer
religiösen Erziehung und in der Scheinzucht einer intel-
lektuell-ästhetischen Geistigkeit aufgewachsen zu wissen.
Was er etwa an Knechts Denkart zu tadeln fand, schrieb
er auf Rechnung dieses «modernen» kastalischen Geistes,
seiner Wirklichkeitsferne, seiner Neigung zu spielerischer
Abstraktion. Und wo Knecht ihn durch unverdorbene,
seiner eigenen Denkart nahe verwandte Auffassungen
und Äußerungen überraschte, triumphierte er darüber,
daß seines jungen Freundes gute Natur der kastalischen

Erziehung so kräftig Widerstand geleistet habe. Josef nahm die Kritik an Kastalien sehr ruhig auf, und wo der alte Herr in seiner Leidenschaftlichkeit ihm zu weit zu gehen schien, wies er seine Angriffe kühl zurück. Übrigens waren unter den herabsetzenden Äußerungen des Paters über Kastalien auch solche, denen Josef zum Teil recht geben mußte, und in einem Punkt lernte er während seiner Mariafelser Zeit gewaltig um. Es handelte sich um das Verhältnis des kastalischen Geistes zur Weltgeschichte, um das, was der Pater «den völligen Mangel an geschichtlichem Sinn» nannte. «Ihr Mathematiker und Glasperlenspieler», konnte er sagen, «habet euch eine Weltgeschichte zurechtdestilliert, die bloß noch aus Geistes- und Kunstgeschichte besteht, eure Geschichte ist ohne Blut und Wirklichkeit; ihr wisset genau Bescheid über den Verfall des lateinischen Satzbaues im zweiten oder dritten Jahrhundert und habet von Alexander oder von Cäsar oder von Jesus Christus keine Ahnung. Ihr behandelt die Weltgeschichte wie ein Mathematiker die Mathematik, wo es nur Gesetze und Formeln gibt, aber keine Wirklichkeit, kein Gut und Böse, keine Zeit, kein Gestern, kein Morgen, nur eine ewige, flache, mathematische Gegenwart.»

«Aber wie soll man Geschichte treiben, ohne Ordnung in sie zu bringen?» fragte Knecht.

«Gewiß soll man Ordnung in die Geschichte bringen», wetterte Jakobus. «Jede Wissenschaft ist, unter andrem, ein Ordnen, ein Vereinfachen, ein Verdaulichmachen des Unverdaulichen für den Geist. Wir glauben in der Geschichte einige Gesetze erkannt zu haben und versuchen, auf sie beim Erkennen der geschichtlichen Wahrheit Rücksicht zu nehmen. So etwa, wie wenn ein Anatom beim Zerlegen eines Körpers sich nicht vor lauter ganz und gar überraschende Funde gestellt sieht, sondern durch das Vorfinden einer Organ-, Muskel-, Bänder- und Knochenwelt unter der Epidermis ein Schema bestätigt findet, das er in sich selber mitbrachte. Wenn der Anatom aber nur noch sein Schema sieht und die einmalige, individuelle Wirklichkeit seines Objekts darüber vernachlässigt, dann ist er ein Kastalier, ein Glasperlenspieler, er treibt Mathematik am ungeeignetsten Objekt. Wer Geschichte betrachtet, soll meinetwegen den rührendsten Kinderglauben an die ordnende Macht unsres Geistes und unsrer Methoden mitbringen, aber außerdem und trotzdem soll er Respekt haben vor der unbegreiflichen Wahrheit, Wirklichkeit, Einmaligkeit des Geschehens. Geschichte treiben, mein Lieber, ist kein Spaß und kein verantwortungsloses Spiel. Geschichte treiben setzt das Wissen darum voraus, daß man damit etwas Unmögliches und dennoch Notwendiges und höchst Wichtiges anstrebt. Geschichte treiben heißt: sich dem Chaos überlassen und dennoch den Glauben an die Ordnung und den Sinn bewahren. Es ist eine sehr ernste Aufgabe, junger Mann, und vielleicht eine tragische.»

Unter den Worten des Paters, die Knecht seinen Freunden damals brieflich mitteilte, sei noch eines als charakteristisch aufgenommen.

«Die großen Männer sind für die Jugend die Rosinen im Kuchen der Weltgeschichte, sie gehören auch zu deren eigentlicher Substanz, gewiß, und es ist gar nicht so einfach und leicht, wie man meinen sollte, die wirklich Großen von den Scheingroßen zu unterscheiden. Bei den Scheingroßen ist es der historische Augenblick und dessen Erraten und Anpacken, was den Schein der Größe gibt; es fehlt ja auch nicht an Historikern und Biographen, geschweige denn Journalisten, denen dies Erraten und Erfassen eines geschichtlichen Augenblicks, will sagen: der momentane Erfolg, schon als ein Kennzeichen der Größe erscheint. Der Korporal, der von heut auf morgen Diktator wird, oder die Kurtisane, die es für eine Weile dazu bringt, über die gute oder böse Laune eines Weltherrschers zu regieren, sind Lieblingsfiguren solcher Historiker. Und ideal gesinnte Jünglinge lieben, umgekehrt, am meisten die tragisch Erfolglosen, die Märtyrer, die um einen Augenblick zu früh oder zu spät Gekommenen. Für mich, der ich ja freilich vor allem ein Historiker unseres benediktinischen Ordens bin, sind das Anziehendste, Erstaunlichste und Studierenswerteste in der Weltgeschichte nicht die Personen und nicht die Coups und Erfolge oder Untergänge, sondern meine Liebe und unersättliche Neugierde gilt solchen Erscheinungen, wie unsre Kongregation eine ist, jenen sehr langlebigen Organisationen, in welchen der Versuch gemacht wird, vom Geist und der Seele her Menschen zu sammeln, zu erziehen und umzuformen, sie durch Erziehung, nicht durch Eugenik, durch den Geist, nicht durchs Blut zu einem Adel zu machen, der zum Dienen wie zum Herrschen befähigt ist. Mich hat in der Geschichte der Griechen nicht der Sternhimmel von Heroen und nicht das aufdringliche Geschrei der Agora gefesselt, sondern Versuche wie die der Pythagoreer oder der Platonischen Akademie, bei den Chinesen keine andre Erscheinung so sehr wie die Langlebigkeit des konfuzianischen Systems, und in unserer abendländischen Geschichte ist es vor allem die christliche Kirche und sind es die ihr dienenden und eingebauten Orden, die mir als geschichtliche Werte ersten Ranges erscheinen. Daß ein Abenteurer einmal Glück hat und ein Reich erobert oder begründet, das dann zwanzig oder fünfzig oder sogar einmal hundert Jahre·dauert, oder daß ein wohlmeinender Idealist von König oder Kaiser einmal eine redlichere Art von Politik anstrebt oder einen kulturellen Wunschtraum zu verwirklichen sucht, daß einmal unter hohem Druck ein Volk oder eine andre Gemeinschaft Unerhörtes zu leisten und zu dulden fähig war, das alles ist mir längst nicht so interessant, als daß immer wieder der Versuch zu solchen Gebilden gemacht wurde, wie unser Orden eines ist, und daß einige dieser Versuche sich tausend und zweitausend Jahre erhalten konnten. Von der heiligen Kirche selbst will ich nicht reden, sie steht für uns Gläubige oberhalb der

Diskussion. Aber daß Kongregationen wie die der Benediktiner, der Dominikaner, später der Jesuiten und so
weiter manche Jahrhunderte alt geworden sind und nach
all den Jahrhunderten noch, trotz allen Entwicklungen,
Entartungen, Anpassungen und Vergewaltigungen, ihr
Gesicht und ihre Stimme, ihre Gebärde, ihre individuelle
Seele bewahrt haben, das ist für mich das merkwürdigste
und ehrwürdigste Phänomen der Geschichte.»

Knecht bewunderte den Pater auch noch in seinen zor-
nigen Ungerechtigkeiten. Dabei hatte er damals noch keine
Ahnung davon, wer Pater Jakobus wirklich war, er sah
in ihm lediglich einen profunden und genialen Gelehrten
und wußte noch nicht, daß er außerdem ein Mann war,
der selber mit Bewußtsein in der Weltgeschichte stand
und sie mitgestalten half, der führende Politiker seiner
Kongregation und der von vielen Seiten um Auskunft,
Rat, Vermittlung angegangene Kenner der politischen
Geschichte und politischen Gegenwart. Etwa zwei Jahre,
bis zu seinem ersten Urlaub, verkehrte Knecht mit dem
Pater lediglich als mit einem Gelehrten und kannte von
dessen Leben, Tätigkeit, Ruf und Einfluß bloß die eine,
ihm zugekehrte Seite. Dieser gelehrte Herr verstand zu
schweigen, auch noch in der Freundschaft, und seine
Brüder im Kloster verstanden es ebenfalls besser, als Josef
ihnen zugetraut hätte.

Nach etwa zwei Jahren hatte Knecht sich im Kloster
so vollkommen eingelebt, als ein Gast und Außenseiter
das irgend konnte. Er war je und je dem Organisten dabei
behilflich gewesen, in seinem kleinen Motettenchor eine
uralt ehrwürdige, große Tradition in dünnem Faden bescheiden weiterzuführen. Er hatte einige Funde im klö-
sterlichen Musikarchiv getan und einige Abschriften alter
Werke nach Waldzell und namentlich nach Monteport
geschickt. Er hatte eine kleine Anfängerklasse von Glasperlenspielern herangezogen, zu welcher jetzt auch als
eifrigster Schüler jener junge Anton gehörte. Er hatte dem

Abt Gervasius zwar nicht das Chinesische, doch aber das Manipulieren mit den Schafgarbenstengeln und eine bessere Methode des Meditierens über die Sprüche des Orakelbuches beigebracht; der Abt hatte sich sehr an ihn gewöhnt und hatte längst auch seine anfänglichen Versuche, den Gast gelegentlich zum Weintrinken zu verführen, aufgegeben. Die Berichte, in denen er halbjährlich auf die offizielle Anfrage des Glasperlenspielmeisters Antwort gab, wie man in Mariafels mit Josef Knecht zufrieden sei, waren Lobpreisungen. In Kastalien wurden genauer als diese Berichte die Lektions- und Zeugnislisten über Knechts Spielkursus geprüft; man fand das Niveau bescheiden, war aber mit der Art zufrieden, wie der Lehrer sich diesem Niveau und überhaupt der Sitte und dem Geist des Klosters anzupassen wußte. Am meisten zufrieden und wahrhaft überrascht aber war man in der kastalischen Behörde, ohne dies freilich den Beauftragten merken zu lassen, über den häufigen, vertraulichen, ja schließlich geradezu freundschaftlichen Umgang Knechts mit dem berühmten Pater Jakobus.

Dieser Umgang hat allerlei Früchte getragen, über die uns ein der Erzählung etwas vorgreifendes Wort erlaubt sei, oder doch über diejenige Frucht, welche Knecht die liebste war. Sie reifte langsam, langsam, sie wuchs so abwartend und mißtrauisch heran wie die Samen von Bäumen des Hochgebirges, die man unten im üppigen Tiefland gesät hat: diese Samen, einem fetten Boden und gütigen Klima übergeben, tragen als Erbschaft das Zurückhalten und Mißtrauen in sich, mit dem ihre Väter aufgewachsen sind, das langsame Tempo des Wachsens gehört zu ihren erblichen Eigenschaften. So ließ der kluge Alte, daran gewöhnt, jede Möglichkeit eines Einflusses auf ihn mißtrauisch zu kontrollieren, all das nur zögernd und schrittweise in sich Wurzel fassen, was der junge Freund, der Kollege vom Gegenpol, ihm an kastalischem Geist zubrachte. Allmählich indessen keimte es doch, und von allem Guten, was Knecht in seinen Klosterjahren erlebt hat, war das Beste und ihm Kostbarste dieses knappe, aus hoffnungslos scheinenden Anfängen zögernd heranwachsende Vertrauen und Sichöffnen des erfahrenen Alten, sein langsam keimendes, noch langsamer zugestandenes Verständnis für seines jüngeren Bewunderers Person nicht nur, sondern auch für das, was an ihm von spezifisch kastalischer Prägung war. Schritt für Schritt führte der Junge, scheinbar beinahe nur Schüler, Zuhörender und Lernender, den Pater, der zu Anfang die Worte «kastalisch» oder «Glasperlenspieler» nur mit ironischer Betonung, ja ausgesprochen als Schimpfworte benutzt hatte, zur Anerkennung, zum duldenden erst und schließlich auch zum achtungsvollen Geltenlassen auch dieser Geistesart, auch dieses Ordens, auch dieses Versuches zu einer geistigen Adelsbildung. Der Pater hörte auf, die Jugend des Ordens zu bemäkeln, der mit seinen kaum mehr als zwei Jahrhunderten freilich dem benediktinischen um anderthalb Jahrtausende nachstand, er hörte auf, im Glasperlenspiel nur ein ästhetisches Dandytum zu sehen, und hörte auf, für die Zukunft so etwas wie eine Befreundung und Verbündung der beiden so ungleich alten Orden als unmöglich abzulehnen. Daß die Behörden in dieser teilweisen Gewinnung des Paters, welche Josef als ein persönliches und privates Glück ansah, den Gipfel seiner Mariafelser Sendung und Leistung sahen, davon ahnte er noch eine ganze Weile nichts. Je und je besann er sich ergebnislos darüber, wie es nun eigentlich mit seinem Auftrag im Kloster stehe, ob er eigentlich hier etwas leiste und nütze, ob seine Sendung an diesen Ort, welche anfänglich eine Beförderung und Auszeichnung zu sein schien und von den Mitstrebenden beneidet wurde, nicht auf die Dauer eher einen ruhmlosen Ruheposten, ein Abgeschobensein auf ein totes Geleise bedeute. Lernen konnte man ja überall etwas, warum also nicht auch hier? Aber im Sinn Kastaliens war dies Kloster hier, einzig den Pater Jakobus ausgenommen, kein Garten und Vorbild der Gelehrsamkeit, und ob er im Glasperlenspiel durch die Isolierung zwischen lauter meist genügsamen Dilettanten nicht schon einzurosten beginne und Rückschritte mache, wußte er auch nicht recht festzustellen. Es half ihm jedoch bei dieser Unsicherheit sein Mangel an Strebertum sowohl wie sein schon damals ziemlich weit gediehener amor fati. Ihm war, alles in allem, sein Leben als Gast und kleiner Fachlehrer in dieser altbehäbigen Klosterwelt eher angenehmer, als es die letzte Waldzeller Zeit im Kreis der Ehrgeizigen gewesen war, und sollte das Schicksal ihn etwa für immer auf diesem kleinen kolonialen Posten belassen, so würde er zwar einiges an seinem Leben hier zu ändern suchen, zum Beispiel einen seiner Freunde hierher zu manövrieren suchen oder zumindest sich jährlich einen längern Urlaub nach Kastalien erbitten, im übrigen aber damit zufrieden sein.

Der Leser dieser biographischen Skizze wartet vielleicht auf Bericht über eine andere Seite von Knechts Klostererlebnis, über die religiöse. Wir wagen darüber nur behutsame Andeutungen. Daß Knecht in Mariafels eine innigere Begegnung mit der Religion, einem täglich praktizierten Christentum, gehabt habe, ist nicht nur wahrscheinlich, es geht auch aus mancher seiner späteren Äußerungen und Haltungen sogar deutlich hervor; doch müssen wir die Frage, ob und wieweit er dort etwa zum Christen geworden sei, unbeantwortet lassen, diese Bezirke sind unsrer Forschung nicht zugänglich. Er hatte über den in Kastalien gepflegten Respekt vor den Religionen hinaus eine gewisse Art der Ehrfurcht in sich, die wir wohl fromm nennen dürfen, und er war über die christliche Lehre und ihre klassischen Formen schon in den Schulen, und speziell beim Studium der kirchlichen Musik, recht gut unterrichtet worden, vor allem waren ihm das Sakrament der Messe und der Ritus des Hochamtes gut bekannt. Bei den Benediktinern hatte er nun, nicht ohne Erstaunen und Ehrfurcht, eine ihm bisher theoretisch und

historisch bekannte Religion als eine noch lebende kennengelernt, er nahm an vielen Gottesdiensten teil, und seit
er sich mit einigen der Schriften von Pater Jakobus vertraut gemacht und dessen Gespräche auf sich hatte wirken
lassen, war ihm vollends das Phänomen dieses Christentums sichtbar geworden, das in den Jahrhunderten so
viele Male unmodern und überholt, antiquiert und erstarrt geworden war und sich doch immer wieder auf seine
Quellen besonnen und an ihnen erneuert hatte, das Moderne und Siegreiche von gestern wieder hinter sich zu-
rücklassend. Er wehrte sich auch nicht ernstlich gegen den
ihm in jenen Unterhaltungen je und je nahegelegten Gedanken, daß möglicherweise auch die kastalische Kultur
nur eine verweltlichte und vergängliche Neben- und Spät-
form der christlich-abendländischen Kultur sei und von
ihr einst wieder würde aufgesogen und zurückgenommen
werden. Mochte dem so sein, sagte er einst dem Pater, so
war doch ihm nun einmal sein Platz und sein Dienst
innerhalb der kastalischen, nicht etwa der benediktinischen
Ordnung angewiesen, hier hatte er mitzuarbeiten und sich
zu bewähren, unbekümmert darum, ob die Ordnung,
deren Glied er sei, Anspruch auf ewige oder auch nur
lange Dauer habe; eine Konversion hätte er nur als eine
nicht ganz würdige Form von Flucht betrachten können.
So hatte auch jener verehrte Johann Albrecht Bengel
zu seiner Zeit einer kleinen und vergänglichen Kirche
gedient, ohne dabei etwas vom Dienst am Ewigen zu
versäumen. Frömmigkeit, das heißt gläubiger Dienst und
Treue bis zur Hingabe des Lebens, sei in jedem Bekenntnis und auf jeder Stufe möglich, und für die Aufrichtig-
keit und den Wert jeder persönlichen Frömmigkeit sei
dieser Dienst und diese Treue die einzige gültige Probe.

Als Knechts Aufenthalt bei den Patres etwa zwei Jahre
gedauert hatte, erschien im Kloster einst ein Gast, der mit
großer Sorgfalt von ihm entfernt gehalten wurde, sogar
eine flüchtige Vorstellung wurde vermieden. Dadurch

neugierig geworden, beobachtete er den Fremden, der übrigens nur einige Tage blieb, und kam auf allerlei Vermutungen. Das geistliche Kleid, das der Fremde trug, glaubte er als Verkleidung zu erkennen. Mit dem Abt und namentlich mit Pater Jakobus hatte der Unbekannte lange Sitzungen bei geschlossenen Türen, häufig empfing er Eilbotschaften und sandte solche weg. Knecht, der ja von den politischen Beziehungen und Traditionen des Klosters wenigstens gerüchtweise wußte, vermutete, der Gast sei ein hoher Staatsmann in geheimer Mission, oder ein inkognito reisender Fürst; und indem er seinen Beobachtungen nachsann, erinnerte er sich aus den vergangenen Monaten noch des einen und andern Gastes, der ihm jetzt im Nachhinein ebenfalls geheimnis- oder bedeutungsvoll erscheinen wollte. Dabei fiel ihm der Vorstand der «Polizei» ein, der freundliche Herr Dubois, und dessen Bitte, je und je ein Auge gerade auf solche Vorgänge im Kloster zu haben, und wenn er auch zu solchen Berichten noch immer keinerlei Lust noch Beruf spürte, schlug ihm doch das Gewissen darüber, daß er dem wohlwollenden Manne seit langem nicht geschrieben und ihn vermutlich recht eigentlich enttäuscht habe. Er schrieb ihm einen langen Brief, suchte sein Schweigen zu erklären und erzählte, um dem Brief doch einige Substanz zu geben, ein wenig von seinem Verkehr mit Pater Jakobus. Er ahnte nicht, wie sorgfältig und von wem alles sein Brief würde gelesen werden.

Die Mission

Knechts erster Aufenthalt im Kloster dauerte zwei Jahre; um die Zeit, von der hier die Rede ist, stand er im siebenunddreißigsten Lebensjahr. Am Ende dieses Gastaufenthaltes im Stift Mariafels, etwa zwei Monate nach dem Datum seines langen Briefes an den Vorstand

Dubois, wurde er eines Morgens in das Sprechzimmer des Abtes gerufen. Er dachte, der leutselige Herr werde sich ein wenig über Chinesisches zu unterhalten Lust haben, und machte ungesäumt seine Aufwartung. Gervasius kam ihm mit einem Brief in der Hand entgegen. «Man beehrt mich mit einem Auftrag an Sie, Hochgeschätzter», rief er in seiner behäbig gönnerhaften Art vergnügt und verfiel auch alsbald in den ironischen Neckton, wie er sich als Ausdruck des noch nicht ganz geklärten Freundschaftsverhältnisses zwischen dem geistlichen und dem kastalischen Orden herausgebildet hatte und der eigentlich eine Schöpfung des Paters Jakobus war. «Übrigens alle Achtung vor Ihrem Magister Ludi! Der kann Briefe schreiben! Mir hat er lateinisch geschrieben, der Herr, Gott weiß warum; bei euch Kastaliern weiß man ja, wenn ihr irgend etwas tut, niemals, ob ihr damit eine Höflichkeit oder eine Verspottung, eine Ehrung oder eine Belehrung beabsichtigt. Also mir hat dieser ehrwürdige Dominus lateinisch geschrieben, und zwar ein Latein, wie es zur Zeit in unsrem ganzen Orden niemand zustande brächte, höchstens den Pater Jakobus ausgenommen. Es ist ein Latein wie aus der unmittelbaren Schule Ciceros und doch mit einem wohlerwogenen kleinen Schuß Kirchenlatein parfümiert, von dem man natürlich auch wieder nicht weiß, ob er naiv als ein Köder für uns Pfaffen, oder ironisch gemeint, oder einfach nur aus einem unbezähmbaren Trieb zum Spielen, Stilisieren und Dekorieren entstanden ist. Also der Verehrungswürdige schreibt mir: man halte es dortseits für wünschenswert, Sie einmal wieder zu sehen und zu umarmen, auch festzustellen, inwieweit etwa der lange Aufenthalt unter uns Halbbarbaren moralisch und stilistisch korrumpierend auf Sie gewirkt habe. Kurz, sofern ich das umfangreiche literarische Kunstwerk richtig verstanden und gedeutet habe, wird Ihnen ein Urlaub bewilligt, und ich werde ersucht, meinen Gast für eine nicht befristete Weile nach Waldzell heimzusenden, nicht für immer jedoch, sondern es liege Ihre baldige Wiederkehr, sofern sie uns angenehm scheine, durchaus in der Absicht der dortigen Behörde. Nun, entschuldigen Sie, ich vermochte längst nicht alle Finessen des Schreibens würdig zu interpretieren, Magister Thomas hat das wohl auch gar nicht von mir erwartet. Das Briefchen hier soll ich Ihnen übergeben, und nun gehen Sie, und überlegen Sie sich, ob und wann Sie reisen wollen. Wir werden Sie vermissen, mein Lieber, und werden, falls Sie gar zu lange ausbleiben sollten, nicht verfehlen, Sie wieder bei Ihrer Behörde zu reklamieren.»

In dem Briefe, den er Knecht übergeben hatte, wurde diesem von der Behörde kurz mitgeteilt, es sei ihm zur Erholung sowohl wie zur Aussprache mit den Oberen ein Urlaub gewährt, und man erwarte ihn nächstens in Waldzell. Auf die Vollendung des laufenden Spielkurses für Anfänger möge er, falls nicht der Abt es ausdrücklich wünsche, keine Rücksicht nehmen. Der Alt-Musikmeister lasse ihn grüßen. Beim Lesen dieser Zeile stutzte Josef und wurde nachdenklich: wie kam der Verfasser des Briefes, der Magister Ludi, dazu, mit diesem Gruß beauftragt zu werden, der ohnehin in das amtliche Schreiben nicht recht passen wollte? Es mußte eine Konferenz der Gesamtbehörde, unter Beiziehung auch der Alt-Meister, stattgefunden haben. Nun, ihn gingen die Sitzungen und Entschlüsse der Erziehungsbehörde nichts an; aber wunderlich berührte ihn dieser Gruß, merkwürdig kollegial klang er ihm. Einerlei, welcher Frage jene Konferenz mochte gegolten haben, der Gruß bewies, daß die Obersten bei diesem Anlaß auch von Josef Knecht gesprochen hatten. Stand ihm Neues bevor? Sollte er abberufen werden? Und würde das eine Beförderung oder ein Rückschritt sein? Aber der Brief sprach nur von Urlaub. Ja, auf diesen Urlaub freute er sich aufrichtig, am liebsten wäre er schon morgen gereist. Aber mindestens mußte er sich doch von seinen Schülern verabschieden und ihnen Weisungen zurücklassen. Anton würde sehr betrübt sein über seine Abreise. Und einigen von den Patres war er auch einen persönlichen Abschiedsbesuch schuldig. Nun dachte er an Jakobus, und beinahe zu seiner Verwunderung spürte er einen zarten Schmerz im Innern, eine Bewegung, die ihm sagte, daß er mit seinem Herzen mehr an diesem Mariafels hange, als er gewußt hatte. Es fehlte ihm hier vieles, woran er gewöhnt und was ihm teuer war, und im Laufe der zwei Jahre war Kastalien in seiner Vorstellung durch die Entfernung und Entbehrung noch immer schöner geworden; in diesem Augenblick aber erkannte er deutlich: was er an Pater Jakobus besaß, war unersetzlich und würde ihm in Kastalien fehlen. Damit wurde ihm auch klarer als bisher bewußt, was er hier erlebt und gelernt habe, und es überkam ihn eine Freude und Zuversicht im Gedanken an die Reise nach Waldzell, das Wiedersehen, das Glasperlenspiel, die Ferien, und die Freude wäre geringer gewesen ohne die Gewißheit der Rückkehr.

In plötzlichem Entschluß suchte er den Pater auf, erzählte ihm von seiner Abberufung in einen Urlaub, und wie es ihn selbst überrascht habe, hinter seiner Freude auf die Heimkehr und das Wiedersehen auch schon wieder eine Freude auf die Rückkehr vorzufinden, und da diese Freude vor allem ihm, dem verehrten Pater, gelte, habe er sich ein Herz gefaßt und wage es, ihm eine große Bitte vorzutragen, er möge ihn nämlich nach seiner Wiederkehr ein wenig in die Schule nehmen, wenn auch nur für eine Stunde oder zwei in der Woche. Jakobus lachte abwehrend und formulierte wieder einmal die schönsten spöttischen Komplimente auf die unübertrefflich vielseitige kastalische Bildung, vor welcher ein simpler Klosterbruder wie er nur in stummer Bewunderung verharren und vor Erstaunen den Kopf schütteln könne; aber Josef hatte schon gemerkt, daß die Abwehr nicht ernst gemeint sei, und als er die Hand zum Abschied gab, sagte der Pater ihm freundlich, daß er sich seiner Bitte wegen keine Sorge machen möge, er werde gern das ihm irgend Mögliche tun, und nahm den herzlichsten Abschied von ihm.

Freudig zog er nun heimwärts in die Ferien, im Herzen dessen gewiß, daß seine Klosterzeit nicht nutzlos gewesen sei. Bei der Abreise kam er sich wie ein Knabe vor, um freilich bald zu merken, daß er kein Knabe und auch kein Jüngling mehr sei; er merkte es an einem Gefühl von Beschämung und innerem Widerstand, das sich in ihm einstellte, sobald er mit irgendeiner Gebärde, einem Ruf, einer kleinen Kinderei auf die Stimmung von Losgebundenheit und ferienhaftem Schulknabenglück antworten wollte. Nein, was einst selbstverständlich und erlösend gewesen wäre, ein Jubelschrei zu den Vögeln im Baum hinauf, ein laut angestimmtes Marschlied, ein schwebend rhythmisches Dahintanzen — es ging nicht mehr, es wäre steif und gespielt herausgekommen, es wäre dumm und kindisch gewesen. Er spürte, daß er ein Mann sei, jung im Gefühl und jung an Kraft, aber in der Hingabe an den Augenblick und die Stimmung nicht mehr geübt, nicht mehr frei, wach gehalten, angebunden und verpflichtet — wodurch? Durch ein Amt? Durch die Aufgabe, bei den Klosterleuten sein Land und seinen Orden zu vertreten? Nein, es war der Orden selbst, es war die Hierarchie, in die er sich bei dieser plötzlichen Selbstbetrachtung unbegreiflich hineingewachsen und eingebaut fand, es war die Verantwortung, das Umfangensein vom Allgemeinen und Höheren, das manchen Jungen alt und manchen Alten jung konnte erscheinen lassen, das einen festhielt, das einen stützte und zugleich der Freiheit beraubte wie der Pfahl, an den ein junger Baum gebunden wird, das einem die Unschuld nahm, während es doch gerade eine immer klarere Reinheit von einem forderte.

In Monteport begrüßte er den Alt-Musikmeister, welcher selber einst in jungen Jahren Gast von Mariafels gewesen und dort die benediktinische Musik studiert hatte und der ihn nun nach vielem ausfragte. Er fand den alten Herrn zwar etwas leiser und abgewandter, aber an Aussehen kräftiger und heiterer als beim letztenmal, die Müdigkeit war aus seinem Gesicht gewichen, er war nicht jünger, aber hübscher und feiner geworden, seit er sein Amt niedergelegt hatte. Es fiel Knecht auf, daß er ihn wohl nach der Orgel, den Notenschränken und dem Chorgesang in Mariafels fragte, auch vom Baum im Kreuzgarten wissen wollte, ob er noch stehe, nach seiner dortigen Tätigkeit aber, nach dem Glasperlenspielkurs, nach dem Zweck seines Urlaubs ohne alle Neugierde schien. Immerhin gab ihm der Alte vor seiner Weiterreise ein Wort mit, das ihm wertvoll war. «Ich habe vernommen», sagte er in einem wie spaßenden Ton, «du seiest so etwas wie ein Diplomat geworden. Eigentlich kein schöner Beruf, aber es scheint, man sei mit dir zufrieden. Denke du darüber, wie du magst! Falls es aber nicht dein Ehrgeiz sein sollte, in diesem Beruf für immer zu bleiben, dann sieh dich vor, Josef; ich glaube, man will dich einfangen. Wehre dich, du hast das Recht dazu. — Nein, frage nicht, ich sage kein Wort weiter. Du wirst ja sehen.»

Trotz dieser Warnung, die er als Stachel in sich trug, empfand er bei seiner Ankunft in Waldzell eine Heimat- und Wiedersehensfreude wie noch nie; ihm wollte scheinen, dies Waldzell sei nicht nur seine Heimat und der schönste Ort der Welt, sondern es sei auch inzwischen noch hübscher und interessanter geworden, oder als habe er neue Augen und ein gesteigertes Sehvermögen mitgebracht. Und dies galt nicht nur den Toren, Türmen, den Bäumen und dem Fluß, den Höfen und Sälen, den Gestalten und altbekannten Gesichtern, er empfand auch während seines Urlaubs für den Geist Waldzells, für den Orden und das Glasperlenspiel jene gesteigerte Aufnahmefähigkeit, jenes gewachsene und dankbare Verständnis des Heimgekehrten, des Gereisten, des reifer und klüger Gewordenen. «Mir ist», sagte er zu seinem Freund Tegularius am

Schlusse eines lebhaften Lobgesangs auf Waldzell und Kastalien, «mir ist, als habe ich alle die Jahre hier im Schlafe hingebracht, glücklich zwar, aber wie ohne Bewußtsein, und als sei ich jetzt erwacht und sähe alles scharf und klar, als Wirklichkeit bestätigt. Daß zwei Jahre Fremde so die Augen schärfen können!» Er genoß seinen Urlaub wie ein Fest, namentlich die Spiele und Diskussionen mit den Kameraden, im Kreis der Elite des Vicus Lusorum, das Wiedersehen der Freunde, den Genius Loci von Waldzell. Aber allerdings kam diese Hochstimmung von Glück und Freude erst nach seinem ersten Empfang beim Glasperlenspielmeister zum Blühen, bis dahin war seiner Freude noch eine Bangigkeit beigemischt.

Der Magister Ludi stellte weniger Fragen, als Knecht erwartet hatte, kaum daß er den Anfänger-Spielkurs und Josefs Studien im Musikarchiv erwähnte, nur über den Pater Jakobus konnte er gar nicht genug zu hören bekommen, immer wieder kam er auf ihn zu sprechen, nichts war ihm zuviel, was Josef ihm von diesem Mann erzählte. Daß man mit ihm und seiner Mission bei den Benediktinern zufrieden, ja sogar sehr zufrieden sei, konnte er nicht nur aus der großen Freundlichkeit des Meisters schließen, sondern beinahe noch mehr aus dem Benehmen des Herrn Dubois, zu welchem der Magister ihn gleich weitergeschickt hatte. «Du hast deine Sache ausgezeichnet gemacht», sagte dieser und fügte mit leisem Lachen hinzu: «Ich hatte wirklich damals keinen guten Instinkt, als ich von deiner Sendung ins Kloster abriet. Daß du außer dem Abt auch noch den großen Pater Jakobus für dich eingenommen und für Kastalien günstiger gestimmt hast, ist viel, es ist mehr, als irgend jemand zu hoffen wagte.» Zwei Tage später lud ihn der Glasperlenspielmeister zusammen mit Dubois und dem derzeitigen Leiter der Waldzeller Eliteschule, dem Nachfolger Zbindens, zum Essen ein, und bei der Gesprächsstunde nach dem Essen fand sich unversehens auch der neue Musikmeister sowie der Archivar des Ordens ein, zwei weitere Mitglieder der obersten Behörde also, und der eine von ihnen nahm ihn noch mit sich ins Gästehaus zu einer langen Unterhaltung. Diese Einladung rückte Knecht zum erstenmal für alle sichtbar in den engsten Kreis der Kandidaten für hohe Ämter und richtete zwischen ihm und dem Durchschnitt der Spielerelite eine alsbald fühlbare Schranke auf, die der Wachgewordene empfindlich spürte. Man gab ihm im übrigen einen vorläufigen Urlaub von vier Wochen und die für Beamte gebräuchliche Ausweiskarte für die Gästehäuser der Provinz. Obwohl man ihm keinerlei Verpflichtungen auferlegte, nicht einmal eine Meldepflicht, konnte er doch wohl merken, daß er von oben beobachtet werde, denn als er wirklich einige Besuche und Ausflüge unternahm, so nach Keuperheim, nach Hirsland und ins ostasiatische Studienhaus, erhielt er dort alsbald Einladungen der dortigen hohen Amtsstellen; er wurde in diesen paar Wochen tatsächlich mit der gesamten Ordensbehörde und mit der Mehrzahl der Magister und Studienleiter bekannt. Wären diese sehr offiziellen Einladungen und Bekanntschaften nicht gewesen, so hätten diese Ausflüge für Knecht eine Rückkehr in die Welt und Freiheit seiner Studienjahre bedeutet. Er schränkte sie ein, vor allem aus Rücksicht auf Tegularius, der jede Unterbrechung ihres Wiedersehens schwer empfand, aber auch des Glasperlenspieles wegen, denn ihm lag sehr daran, sich hier wieder an den neuesten Übungen und Problemstellungen zu beteiligen und zu bewähren, und hier tat ihm Tegularius unersetzliche Dienste. Sein andrer naher Freund, Ferromonte, gehörte dem Stab des neuen Musikmeisters an und war ihm in dieser Zeit nur zweimal erreichbar; er fand ihn arbeitsam und arbeitsglücklich, eine große musikgeschichtliche Aufgabe hatte sich ihm erschlossen, die griechische Musik und ihr Fortleben im Tanz und Volkslied der Balkanländer betreffend; voll Mitteilungslust erzählte er dem Freunde von seinen jüngsten

Arbeiten und Funden; sie galten der Epoche des allmählichen Niederganges der barocken Musik etwa vom Ende des achtzehnten Jahrhunderts an und dem Eindringen neuer musikalischer Substanz von seiten der slawischen Volksmusik her.

Den Großteil dieser festlichen Ferienzeit aber brachte Knecht in Waldzell und beim Glasperlenspiel zu, repetierte mit Fritz Tegularius dessen Notizen aus einem Privatissimum, das der Magister in den beiden letzten Semestern für die Fortgeschrittensten gehalten hatte, und lebte sich nach der zweijährigen Entbehrung wieder mit allen Kräften in die edle Spielwelt ein, deren Zauber ihm von seinem Leben so untrennbar und so unentbehrlich schien wie der der Musik.

Erst in den letzten Tagen des Urlaubs kam der Magister Ludi wieder auf Josefs Mariafelser Sendung und auf seine nächste Zukunft und Aufgabe zu sprechen. Im Plauderton zuerst, dann ernster und dringlicher werdend, erzählte er ihm von einem Plan der Behörde, an welchem der Mehrzahl der Magister sowie Herrn Dubois sehr viel gelegen sei, dem Plan nämlich, für die Zukunft eine ständige Vertretung Kastaliens beim Heiligen Stuhl in Rom einzurichten. Es sei, so führte Meister Thomas in seiner gewinnenden und formvollendeten Weise aus, der historische Augenblick gekommen oder doch nahe für eine Überbrückung der alten Kluft zwischen Rom und dem Orden, in etwaigen künftigen Gefahren würden sie ganz ohne Zweifel gemeinsame Feinde haben, würden Schicksalsgenossen und natürliche Verbündete sein, und auf die Dauer sei ja auch der bisherige Zustand unhaltbar und eigentlich unwürdig: nämlich daß die beiden Mächte in der Welt, deren geschichtliche Aufgabe die Erhaltung und Pflege des Geistes und des Friedens sei, so nebeneinander und einander beinahe fremd weiterlebten. Die Römische Kirche habe die Erschütterungen und Krisen der letzten großen Kriegsepoche trotz schwerer Verluste überstanden

195

und sich durch sie erneuert und gereinigt, während die damaligen weltlichen Pflegestätten der Wissenschaft und Bildung mit in den Untergang der Kultur hineingeraten seien; erst auf ihren Trümmern seien der Orden und der kastalische Gedanke entstanden. Schon darum und schon ihres so ehrwürdigen Alters wegen sei der Kirche ein Vorrang einzuräumen, sie sei die ältere, vornehmere, in mehr und in größeren Stürmen bewährte Macht. Vorerst handle es sich darum, das Bewußtsein von der Verwandtschaft beider Mächte und ihrem Aufeinanderangewiesensein in allen etwa kommenden Krisen auch bei den Römischen zu wecken und zu pflegen.

(Hier dachte Knecht: «Oh, also nach Rom wollen sie mich schicken und womöglich für immer!» und setzte sich, der Warnung des Alt-Musikmeisters eingedenk, innerlich alsbald in Bereitschaft zur Abwehr.)

Meister Thomas fuhr fort: Ein wichtiger Schritt in dieser von kastalischer Seite schon seit langem angestrebten Entwicklung sei durch Knechts Mariafelser Mission geschehen. Diese Mission, an sich nur ein Versuch, eine höfliche Gebärde und zu nichts verpflichtend, sei ohne Nebenabsichten auf Einladung des dortigen Partners hin unternommen worden, andernfalls hätte man selbstverständlich nicht einen politisch ahnungslosen Glasperlenspieler, sondern etwa einen jüngern Beamten aus dem Bereich von Herrn Dubois dafür verwendet. Es habe nun aber dieser Versuch, diese kleine harmlose Mission, ein überraschend gutes Resultat ergeben, es sei durch sie ein führender Geist des heutigen Katholizismus, Pater Jakobus, mit dem Geist Kastaliens etwas näher bekannt geworden und habe von diesem Geist, den er bisher durchaus ablehnte, einen günstigeren Begriff bekommen. Man sei Josef Knecht dankbar für die Rolle, die er dabei gespielt habe. Hier nämlich liege der Sinn und der Erfolg seiner Mission, und von diesem Punkt aus müsse nicht nur der ganze Versuch einer Annäherung, sondern be-

sonders auch Knechts Sendung und Arbeit weiter betrachtet und betrieben werden. Man habe ihm einen Urlaub
gewährt, der auch noch etwas verlängert werden könne,
falls er dies wünsche, man habe sich mit ihm ausgesprochen
und ihn mit den meisten Mitgliedern der obersten Behörden bekannt gemacht, die Oberen hätten ihr Vertrauen
zu Knecht ausgesprochen und hätten nun ihn, den Glasperlenspielmeister, beauftragt, Knecht mit einem besonderen Geschäft und erweiterten Kompetenzen nach Mariafels zurückzusenden, wo er ja glücklicherweise eines
freundlichen Empfanges sicher sei.

Er machte eine Pause, wie um seinem Zuhörer Zeit zu
einer Frage zu lassen, aber dieser gab nur durch eine
höfliche Gebärde der Ergebenheit zu verstehen, daß er
aufmerke und seines Auftrags gewärtig sei.

«Der Auftrag, den ich dir zu übergeben habe», sagte
nun der Magister, «ist also dieser: wir planen, für früher
oder später, die Einrichtung einer ständigen Vertretung
unsres Ordens beim Vatikan, womöglich auf Gegenseitig-
keit. Wir sind, als die Jüngeren, Rom gegenüber zu einer
zwar nicht servilen, aber sehr ehrfurchtsvollen Haltung
bereit, wir wollen gerne den zweiten Rang einnehmen
und ihm den ersten lassen. Vielleicht — ich weiß das so
wenig, wie Herr Dubois es weiß — würde der Papst unser
Anerbieten schon heute annehmen; was wir aber unbedingt zu vermeiden haben, ist eine abschlägige Antwort
von dort. Es gibt nun einen uns bekannten und erreichbaren Mann, dessen Stimme in Rom das allergrößte
Gewicht hat, den Pater Jakobus. Und dein Auftrag ist,
du sollst ins Benediktinerstift zurückkehren, sollst wie
bisher dort leben, Studien treiben, einen harmlosen Glasperlenspielkurs abhalten und sollst all dein Augenmerk
und deine Sorgfalt daran wenden, den Pater Jakobus
langsam für uns zu gewinnen und dafür, daß er dir
seine Befürwortung unsres Vorhabens in Rom zusagt.
Diesmal ist das Endziel deiner Sendung also genau um-

grenzt. Wie lange du brauchen wirst, um es zu erreichen, ist nebensächlich; wir denken, es werde mindestens noch ein Jahr dauern, aber es können auch zwei, auch mehrere Jahre sein. Du kennst ja das benediktinische Tempo und hast gelernt, dich ihm anzupassen. Wir dürfen unter keinen Umständen den Eindruck von Ungeduld und Gierigkeit machen, die Sache muß wie von selber spruchreif werden, nicht wahr? Ich hoffe dich mit dem Auftrag einverstanden und bitte um offene Aussprache jedes Einwandes, den du etwa zu machen hast. Wenn du es wünschest, stehen auch ein paar Tage Bedenkzeit zur Verfügung.»

Knecht, den der Auftrag nach manchem vorangegangenen Gespräch nicht mehr überraschte, erklärte die Bedenkzeit für überflüssig, nahm den Auftrag gehorsam an, setzte aber hinzu: «Ihr wisset, daß Missionen dieser Art am besten gelingen, wenn der Beauftragte dabei nicht eigene innere Widerstände und Hemmungen zu bekämpfen hat. Ich habe gegen den Auftrag selbst keine Widerstände, ich begreife seine Wichtigkeit und hoffe ihm gerecht werden zu können. Eine gewisse Furcht und Bedrückung aber empfinde ich meiner Zukunft wegen; seid so gütig, Magister, und höret mein ganz persönliches, egoistisches Anliegen und Geständnis an. Ich bin Glasperlenspieler, wie Ihr wisset, infolge meiner Sendung zu den Patres habe ich nun zwei volle Jahre in meinen Studien versäumt, habe nichts hinzugelernt und meine Kunst vernachlässigt, nun kommt mindestens ein weiteres Jahr hinzu, wahrscheinlich mehr. Ich möchte in dieser Zeit nicht noch weiter zurückkommen. Darum bitte ich um öfteren kurzen Urlaub nach Waldzell und um ständigen Funkanschluß an die Vorträge und Spezialübungen eures Seminars für Fortgeschrittene.»

«Gern bewilligt», rief der Meister und hatte schon etwas von Verabschiedung im Ton, da hob Knecht die Stimme und sagte auch das andere noch, nämlich, daß er befürchte, falls das Vorhaben mit Mariafels glücke, etwa nach Rom geschickt oder sonst weiter zu diplomatischen Diensten gebraucht zu werden. «Und diese Aussicht», schloß er, «würde auf mich und meine Bemühungen im Kloster niederdrückend und hemmend wirken. Denn auf die Dauer in den diplomatischen Dienst abgeschoben zu werden, wär mir äußerst unerwünscht.»

Der Magister zog die Brauen zusammen und hob rügend den Finger. «Du sprichst von Abgeschobenwerden, das Wort ist wirklich schlecht gewählt, niemand hat je an Abschieben gedacht, eher an Auszeichnung, an Beförderung. Ich bin nicht befugt, dir über die Art, wie man dich späterhin verwenden wird, Auskunft zu geben oder Versprechungen zu machen. Doch kann ich deine Bedenken zur Not verstehen, und vermutlich werde ich dir behilflich sein können, falls du wirklich mit deiner Furcht recht behalten solltest. Und nun höre: du hast eine gewisse Gabe, dich angenehm und beliebt zu machen, ein Übelwollender könnte dich beinahe einen Charmeur heißen; vermutlich hat ja auch diese Gabe die Behörde zu deiner zweimaligen Absendung ins Kloster veranlaßt. Aber mache nicht allzuvielen Gebrauch von deiner Gabe, Josef, und suche nicht den Preis deiner Leistungen in die Höhe zu treiben. Wenn es dir mit dem Pater Jakobus glückt, so wird das der rechte Augenblick für dich sein, eine persönliche Bitte an die Behörde zu richten. Heute scheint es mir zu früh. Laß es mich wissen, wenn du reisebereit bist.»

Schweigend nahm Josef die Worte entgegen, sich mehr an das hinter ihnen versteckte Wohlwollen als an die Rüge haltend, und reiste bald darauf nach Mariafels zurück.

Dort empfand er die Sicherheit, welche ein genau umgrenzter Auftrag gibt, sehr wohltätig. Überdies war dieser Auftrag wichtig und ehrenvoll, und in einer Hinsicht traf er mit den eigensten Wünschen des Beauftragten zusammen: soviel wie nur möglich sich an den Pater Jakobus anzuschließen und dessen volle Freundschaft zu erwerben. Daß seine neue Mission hier im Stift ernst genommen werde und er selbst im Range erhöht sei, bewies ihm überdies die etwas veränderte Haltung der Würdenträger des Klosters, namentlich des Abtes; sie war unvermindert freundlich, aber um einen spürbaren Grad respektvoller als vormals. Josef war nicht mehr der junge Gast ohne Rang, gegen den man seiner Herkunft wegen und aus Wohlwollen für seine Persönlichkeit artig ist, er wurde jetzt eher wie ein höherer kastalischer Beamter empfangen und behandelt, ein bevollmächtigter Gesandter etwa. Nicht mehr blind in diesen Dingen, zog er daraus seine Schlüsse.

Bei Pater Jakobus allerdings konnte er keine Änderung des Verhaltens entdecken: die Freundschaftlichkeit und Freude, mit der ihn der Pater begrüßte und, ohne Knechts Bitte oder Mahnung abzuwarten, an die vereinbarte gemeinsame Arbeit erinnerte, rührte ihn tief. Sein Arbeitsplan und Tageslauf bekam nun ein wesentlich anderes Gesicht als vor dem Urlaub. Im Arbeitsplan und Pflichtenkreis nahm diesmal der Glasperlenspielkurs längst nicht mehr die erste Stelle ein, und von seinen musikarchivalischen Studien sowie der kollegialen Zusammenarbeit mit dem Organisten war überhaupt nicht mehr die Rede. Obenan stand jetzt der Unterricht bei Pater Jakobus, ein Unterricht in mehreren Fächern der Geschichtswissenschaft zugleich, denn der Pater führte seinen Vorzugsschüler nicht nur in die Vor- und Frühgeschichte des Benediktinerordens ein, sondern auch in die Quellenkunde des frühen Mittelalters, und las außerdem in einer gesonderten Stunde mit ihm einen der alten Chronisten im Urtext. Es gefiel dem Pater, daß Knecht ihn mit der Bitte bestürmte, auch den jungen Anton teilnehmen zu lassen, doch wurde es ihm nicht schwer, ihn davon zu überzeugen, daß auch der bestgewillte Dritte diese Art von privatestem Unterricht erheblich hemmen müßte, und so wurde Anton, der von Knechts Fürsprache nichts ahnte, nur zur Teilnahme an der Chronistenlektüre eingeladen und war darüber hoch beglückt. Ohne Zweifel waren diese Stunden für den jungen Bruder, über dessen Leben wir des weiteren nicht unterrichtet sind, eine Auszeichnung, ein Genuß und Ansporn höchster Art; es waren zwei der reinsten Geister und originalsten Köpfe seiner Zeit, an deren Arbeit und deren Austausch er als Zuhörer und junger Rekrut ein wenig teilhaben durfte. Knechts Gegenleistung an den Pater bestand in einer fortlaufenden, jeweils auf die Lektionen in Epigraphik und Quellenkunde folgenden Einführung in die Geschichte und Struktur Kastaliens und der leitenden Ideen des Glasperlenspiels, wobei der Schüler zum Lehrer, der verehrte Lehrer zum aufmerksamen Zuhörer und oft recht schwer zu befriedigenden Fragensteller und Kritiker wurde. Sein Mißtrauen gegen die gesamte kastalische Mentalität blieb immer wach; da er eine eigentlich religiöse Haltung an ihr vermißte, zweifelte er an ihrer Fähigkeit und Würdigkeit zum Erziehen eines wirklich ernst zu nehmenden Menschentyps, obwohl ihm in Knechts Person ein so edles Ergebnis dieser Erziehung gegenüberstand. Auch als er längst, soweit dies eben möglich war, eine Art von Bekehrung durch Knechts Unterricht und Beispiel erfahren hatte und längst entschlossen war, die Annäherung Kastaliens an Rom zu befürworten, schlief dies Mißtrauen nie völlig ein, Knechts Aufzeichnungen sind voll von drastischen, jeweils im Moment notierten Beispielen, deren wir eins anführen:

Pater: «Ihr seid große Gelehrte und Ästhetiker, ihr Kastalier, ihr messet das Gewicht der Vokale in einem alten Gedicht und setzt seine Formel zu der einer Planetenbahn in Beziehung. Das ist entzückend, aber es ist ein Spiel. Ein Spiel ist ja auch euer höchstes Geheimnis und Symbol, das Glasperlenspiel. Ich will auch anerkennen, daß ihr den Versuch machet, dies hübsche Spiel zu so etwas wie einem Sakrament zu erheben, oder mindestens zu einem Mittel der Erbauung. Aber Sakramente entstehen nicht aus solchen Bemühungen, das Spiel bleibt Spiel.»

Josef: «Sie meinen, Pater, es fehle uns das Fundament der Theologie?»

Pater: «Ach, von Theologie wollen wir gar nicht reden, davon seid ihr noch allzuweit entfernt. Es wäre euch schon mit einigen einfacheren Fundamenten gedient, mit einer Anthropologie zum Beispiel, einer wirklichen Lehre und einem wirklichen Wissen vom Menschen. Ihr kennt ihn nicht, den Menschen, nicht seine Bestialität und nicht seine Gottesbildschaft. Ihr kennt bloß den Kastalier, eine Spezialität, eine Kaste, einen aparten Züchtungsversuch.»

Für Knecht war es ja ein Glücksfall außerordentlicher Art, daß er für seine Aufgabe, den Pater für Kastalien zu gewinnen und vom Wert einer Bundesgenossenschaft zu überzeugen, in diesen Stunden das denkbar günstigste und breiteste Feld eingeräumt bekam. Es war ihm damit eine Situation geboten, welche allem nur irgend Wünsch- und Ersinnbaren so vollkommen entsprach, daß er schon bald etwas wie Gewissensskrupel dabei empfand, denn es wollte ihm beschämend und unwürdig erscheinen, wie ihm da der verehrte Mann vertrauensvoll sich hingebend gegenübersaß oder mit ihm den Kreuzgang hinab und hinauf wanderte, während er doch das Objekt und Ziel geheimer politischer Absichten und Geschäfte war. Knecht hätte diese Lage nicht lange schweigend hingenommen und sann nur noch über die Form nach, die er seiner Demaskierung zu geben habe, als ihm der Alte zu seiner Überraschung zuvorkam.

«Lieber Freund», sagte er eines Tages wie nebenher, «wir haben da wirklich eine höchst angenehme und, so hoffe ich, auch fruchtbare Art des Austausches erfunden. Die beiden Tätigkeiten, die mir zeitlebens die liebsten waren, das Lernen und das Lehren, haben in unsern gemeinsamen Arbeitsstunden eine schöne neue Kombination gefunden, und für mich kam das gerade zur richtigen Zeit, denn ich beginne zu altern und hätte mir eine bessere Kur und Auffrischung, als unsre Stunden sie sind, gar nicht ausdenken können. Also was mich betrifft, ich bin bei unsrem Austausch der Gewinnende, auf jeden Fall. Dagegen bin ich nicht so sicher, ob auch Sie, Freund, und namentlich ob die Leute, deren Abgesandter Sie sind und in deren Dienst Sie stehen, so viel bei der Sache zu gewinnen haben, wie sie vielleicht hoffen. Ich möchte einer spätern Enttäuschung vorbeugen und möchte außerdem zwischen uns beiden kein unklares Verhältnis entstehen lassen, darum erlauben Sie einem alten Praktiker eine Frage: ich habe mir über Ihren Aufenthalt in unsrem Klösterchen, so angenehm er mir ist, natürlich schon des öftern Gedanken gemacht. Bis vor kurzem, bis zu Ihrem neulichen Urlaub nämlich, glaubte ich feststellen zu können, daß der Sinn und das Ziel Ihrer Anwesenheit bei uns auch Ihnen selbst keineswegs vollkommen klar sei. Habe ich richtig beobachtet?»

Und als Knecht bejahte, fuhr er fort: «Gut. Seit Ihrer Rückkehr nun aus jenem Urlaub hat sich das geändert. Sie machen sich jetzt keine Gedanken und Sorgen mehr über den Zweck Ihres Hierseins, sondern wissen darüber Bescheid. Stimmt es? — Gut, ich habe also nicht fehlgeraten. Vermutlich rate ich auch nicht fehl mit der Vorstellung, die ich mir vom Zweck Ihres Hierseins mache. Sie haben einen diplomatischen Auftrag, und der gilt weder unsrem Kloster noch unsrem Herrn Abt, sondern er gilt mir. — Sie sehen, es bleibt von Ihrem Geheimnis nicht gar so viel übrig. Um die Lage vollends ganz zu klären, tue ich den letzten Schritt und gebe Ihnen den Rat, mir auch den Rest vollends mitzuteilen. Wie also lautet Ihr Auftrag?»

Knecht war aufgesprungen und stand ihm überrascht, verlegen, beinahe bestürzt gegenüber. «Sie haben recht», rief er, «aber während Sie mich erleichtern, beschämen Sie mich auch, indem Sie mir zuvorkommen. Seit einer Weile schon habe ich überlegt, wie ich unsrem Verhältnis die Klarheit geben könne, die Sie nun so rasch hergestellt haben. Ein Glück nur, daß meine Bitte um Ihre Unterweisungen und unsre Vereinbarung wegen meiner Einführung in Ihre Wissenschaft noch in die Zeit vor meinem Urlaub fallen, es hätte sonst wahrhaftig den Anschein, als sei das alles Diplomatie von mir gewesen und unsre Studien nur Vorwand!»

Freundlich beruhigte ihn der Alte. «Ich wollte nichts, als uns beiden einen Schritt vorwärts helfen. Die Lauterkeit Ihrer Absichten bedarf keiner Versicherung. Wenn ich Ihnen zuvorgekommen bin und nichts herbeigeführt habe, als was auch Ihnen erwünscht schien, ist ja alles gut.» Über den Inhalt von Knechts Auftrag, den dieser ihm nun mitteilte, meinte er: «Ihre Herren in Kastalien sind nicht gerade geniale, aber doch ganz annehmbare Diplomaten, und Glück haben sie auch. Ihren Auftrag werde ich mir in aller Ruhe überlegen, und meine Entscheidung wird zum Teil davon abhängen, wie weit es Ihnen gelingt, mich in Ihre kastalische Verfassung und Ideenwelt einzuführen und sie mir plausibel zu machen. Wir wollen uns damit alle Zeit lassen.» Und als er Knecht noch immer etwas betreten sah, lachte er hart auf und meinte: «Wenn Sie wollen, können Sie mein Vorgehen auch als eine Art von Lektion auffassen. Wir sind zwei Diplomaten, und deren Beisammensein ist stets ein Kampf, auch wenn er freundschaftliche Formen hat. In unsrem Kampf nun war ich momentan im Nachteil, das Gesetz des Handelns war mir entschlüpft, Sie wußten mehr als ich. Jetzt ist das also ausgeglichen. Der Schachzug ist geglückt, er war also richtig.»

Wenn es Knecht wertvoll und wichtig erschien, den Pater für die Absichten der kastalischen Behörde zu gewinnen, so schien es ihm doch noch weit wichtiger, so viel als nur möglich bei ihm zu lernen und seinerseits dem gelehrten und mächtigen Manne ein zuverlässiger Führer in die kastalische Welt zu sein. Um vieles ist Knecht von manchen seiner Freunde und Schüler beneidet worden, so wie eben ausgezeichnete Menschen nicht nur um ihre innere Größe und Energie, sondern auch um ihr scheinbares Glück, ihre scheinbare Bevorzugung durch das Schicksal beneidet zu werden pflegen. Der Kleinere sieht am Größeren das, was er eben zu sehen vermag, und Josef Knechts Laufbahn und Aufstieg hat in der Tat für jeden Betrachter etwas ungewöhnlich Glänzendes, Rasches, scheinbar Müheloses; von jener Zeit seines Lebens kann man wohl versucht sein zu sagen: er hat Glück gehabt. Wir wollen auch nicht den Versuch machen, dies «Glück» rationalistisch oder moralistisch, sei es als kausale Folge äußerer Umstände, sei es als eine Art von Belohnung seiner besonderen Tugend zu erklären. Glück hat weder mit Ratio noch mit Moral etwas zu tun, es ist etwas seinem Wesen nach Magisches, einer frühen, jugendlichen Menschheitsstufe Zugehörendes. Der naive Glückliche, der von den Feen Beschenkte, von den Göttern Verwöhnte ist kein Gegenstand für die rationale Betrachtung und somit auch nicht für die biographische, er ist Symbol und steht jenseits des Persönlichen und des Geschichtlichen. Dennoch gibt es hervorragende Menschen, aus deren Leben das «Glück» nicht wegzudenken ist, bestehe es auch nur darin, daß sie und die ihnen gemäße Aufgabe tatsächlich geschichtlich und biographisch einander finden und treffen, daß sie nicht zu früh und nicht zu spät geboren wurden; und zu ihnen scheint Knecht zu gehören. So macht denn sein Leben, wenigstens eine Strecke weit, den Eindruck, als sei ihm alles Wünschenswerte wie von selbst in den Schoß gefallen. Wir wollen diesen Aspekt nicht leugnen und nicht wegwischen, wir könnten ihn auch vernunftgemäß nur durch eine biographische Methode erklären, welche nicht die unsre und nicht die in Kastalien erwünschte und erlaubte ist, mit einem beinahe grenzenlosen Eingehen nämlich auf das Persönlichste, Privateste, auf die Gesundheit und Krankheit, die Schwankungen und Kurven im Lebens- und im Selbstgefühl. Wir sind überzeugt, daß eine solche, für uns nicht in Frage kommende Art der Biographie uns zum Nachweis eines vollkommenen Gleichgewichtes zwischen seinem «Glück» und seinen Leiden führen und dennoch das Bild seiner Gestalt und seines Lebens fälschen würde.

Genug der Abschweifung. Wir sprachen davon, daß Knecht von vielen, die ihn kannten oder die auch nur von ihm hörten, beneidet wurde. Aber wohl nichts in seinem Leben ist Kleineren so beneidenswert erschienen wie sein Verhältnis zu dem alten Benediktinerpater, das zugleich Schülerschaft und Lehrerschaft, Nehmen und Geben, Erobertsein und Erobern, zugleich Freundschaft und innige Arbeitsgemeinschaft war. Auch ist Knecht selbst von keiner seiner Eroberungen seit der des Älteren Bruders im Bambusgehölz so beglückt gewesen, durch keine hat er sich so sehr zugleich ausgezeichnet und beschämt, beschenkt und angespornt gefühlt wie durch diese. Kaum einer seiner späteren Vorzugsschüler, der nicht bezeugt hätte, wie häufig, wie gern und freudig er auf Pater Jakobus zu sprechen kam. Bei ihm lernte Knecht etwas, was er im damaligen Kastalien kaum hätte lernen können; er erwarb nicht nur den Überblick über die Methoden und Mittel historischer Erkenntnis und Forschung und seine erste Übung in ihrer Anwendung, sondern weit darüber hinaus gewann und erlebte er Geschichte nicht als Wissensgebiet, sondern als Wirklichkeit, als Leben, und dazu gehört als Entsprechung die Wandlung und Steigerung des eigenen, persönlichen Lebens zu Geschichte. Er hätte dies von einem bloßen Gelehrten nicht lernen können. Jakobus war nicht nur, weit über die Gelehrtheit hinaus, ein Schauender und Weiser. Er war überdies ein Erlebender und Mitschaffender, er hatte die Stelle, an die ihn sein Schicksal gestellt, nicht dazu benutzt, sich im Behagen eines betrachtenden Daseins zu wärmen, sondern hatte die Winde der Welt durch seine Gelehrtenstube wehen lassen und die Nöte und Ahnungen seiner Epoche in sein Herz eingelassen, er war am Geschehen seiner Zeit mittätig, mitschuldig und mitverantwortlich geworden und hatte es nicht nur mit dem Überblicken, Ordnen und Deuten längst abgelaufener Begebnisse und nicht nur mit Ideen zu tun gehabt, sondern nicht minder mit der Widerspenstigkeit der Materie und der Menschen. Er wurde, zusammen mit seinem Mitarbeiter und Gegenspieler, einem unlängst verstorbenen Jesuiten, als der eigentliche Gründer der diplomatischen und moralischen Macht und des hohen politischen Ansehens betrachtet, das die Römische Kirche nach Zeiten der Resignation und großer Dürftigkeit wiedergewonnen hatte.

Wenn nun auch in den Gesprächen zwischen Lehrer und Schüler von der politischen Gegenwart kaum jemals die Rede war — nicht allein die Übung des Paters im Schweigen und Zurückhalten, sondern ebensosehr die Scheu des Jüngeren vor dem Hineingezogenwerden ins Diplomatische und Politische verhinderte das —, so hatte doch die politische Stellung und Tätigkeit des Benediktiners seine Betrachtung der Weltgeschichte so durchdrungen, daß aus jeder seiner Ansichten, aus jedem seiner Blicke ins Gewirre der Welthändel auch der praktische Politiker mitsprach, ein nicht ehrgeiziger, nicht intriganter Politiker allerdings, kein Regent und Führer, auch kein Streber, sondern ein Ratgeber und Vermittler, ein Mann, dessen Aktivität durch Weisheit, dessen Streben durch eine tiefe Einsicht in die Unzulänglichkeit und Schwierigkeit des Menschenwesens gemildert war, dem aber sein Ruhm, seine Erfahrung, seine Kenntnis der Menschen und Zustände und nicht zuletzt seine Selbstlosigkeit und Integrität als Person eine bedeutende Macht gaben. Von alledem hatte Knecht, als er nach Mariafels kam, nichts gewußt, es war ihm nicht einmal der Name des Paters bekannt gewesen. Die Mehrzahl der Bewohner Kastaliens lebte in einer politischen Unschuld und Ahnungslosigkeit, wie sie dem Gelehrtenstande auch in früheren Epochen nicht selten eigen war; aktive politische Rechte und Pflichten besaß man nicht, Zeitungen bekam man kaum zu Gesicht; und wenn dies die Haltung und Gewohnheit der Durchschnittskastalier war, so war die Scheu vor dem Aktuellen, der Politik, der Zeitung noch größer bei den Glasperlenspielern, die sich gern für die eigentliche Elite und Creme der Provinz hielten und sehr darauf hielten, die dünne sublimierte Atmosphäre ihres gelehrt-artistischen Daseins durch nichts trüben zu lassen. Bei seinem erstmaligen Erscheinen im Kloster war Knecht ja auch nicht als Träger eines diplomatischen Auftrags, sondern lediglich als Lehrer des Glasperlenspiels gekommen, und hatte keine andren Kenntnisse politischer Art als die ihm von Monsieur Dubois in ein paar Wochen beigebrachten. Verglichen mit damals war er heute zwar sehr viel wissender geworden, hatte aber den Widerwillen des Waldzellers gegen die Beschäftigung mit aktueller Politik keineswegs aufgegeben. Wenn er auch in politischer Hinsicht im Umgang mit dem Pater Jakobus vielfach geweckt und erzogen wurde, so geschah das nicht, weil Knecht ein Bedürfnis danach gespürt hätte, so wie er etwa auf die Historie geradezu gierig war, sondern es geschah, weil unvermeidlich, wie beiläufig.

Um sein Rüstzeug zu ergänzen und seiner ehrenvollen Aufgabe, den Pater in seinen Vorträgen de rebus castaliensibus zum Schüler zu haben, eher gewachsen zu sein, hatte Knecht Literatur über die Verfassung und Geschichte der Provinz, über das System der Eliteschulen und die Entwicklungsgeschichte des Glasperlenspiels aus Waldzell mitgebracht. Einige dieser Bücher — er hatte sie seitdem nicht wieder vor Augen gehabt — hatten ihm schon vor zwanzig Jahren bei seinem Kampf mit Plinio Designori

gedient; andre, die man ihm damals noch hatte vorent-
halten müssen, da sie speziell für die Beamten Kastaliens
verfaßt waren, las er erst jetzt. So kam es, daß er zur
gleichen Zeit, da seine Studiengebiete sich so erweiterten,
die eigene geistige und geschichtliche Basis neu zu betrachten, zu erfassen und zu stärken genötigt war. Bei seinem
Versuch, dem Pater das Wesen des Ordens und des kastalischen Systems möglichst einfach und klar vor Augen zu
stellen, stieß er, wie es nicht anders sein konnte, alsbald
auf den schwächsten Punkt seiner eigenen wie der ganzen
kastalischen Bildung; es zeigte sich, daß die weltgeschicht-
lichen Zustände, welche einst das Entstehen des Ordens
und alles, was daraus folgte, ermöglicht und gefordert
hatten, ihm selber nur in einem schematisierten und blassen
Bilde vorstellbar waren, das der Anschaulichkeit und der
Ordnung ermangelte. So kam es, da der Pater ein nichts
weniger als passiver Schüler war, zu einer gesteigerten
Zusammenarbeit, einem höchst lebendigen Austausch:
während er die Geschichte seines kastalischen Ordens vorzutragen versuchte, half ihm Jakobus diese Geschichte in
mancher Hinsicht erst richtig sehen und erleben und ihre
Wurzeln in der allgemeinen Welt- und Staatengeschichte
finden. Wir werden diese intensiven, durch das Temperament des Paters nicht selten bis zur heftigsten Diskussion
gesteigerten Auseinandersetzungen noch nach Jahren ihre
Frucht tragen und bis zu Knechts Ende lebendig fort-
wirken sehen. Wie aufmerksam andrerseits der Pater
Knechts Ausführungen folgte und wie weit er durch sie
Kastalien hat kennen und anerkennen lernen, zeigte sein
ganzes späteres Verhalten; das bis heute bestehende, mit
wohlwollender Neutralität und gelegentlichem gelehrtem
Austausch beginnende und zeitweise bis zur wirklichen
Zusammenarbeit und Bundesgenossenschaft gediehene Ein-
vernehmen zwischen Rom und Kastalien ist diesen beiden
Männern zu danken. Sogar in die Theorie des Glasperlenspiels — was er anfangs lächelnd von sich gewiesen hatte —

begehrte der Pater schließlich eingeführt zu werden, denn er spürte wohl, daß dort das Geheimnis des Ordens und gewissermaßen dessen Glaube oder Religion zu suchen sei, und da er nun einmal willens war, in diese ihm bisher nur vom Hörensagen bekannte und wenig sympathische Welt einzudringen, ging er in seiner ebenso kräftigen wie listigen Art entschlossen aufs Zentrum los, und wenn er auch kein Glasperlenspieler geworden ist — dazu war er ohnehin viel zu alt —, so haben doch die Geister des Spiels und des Ordens sich außerhalb Kastaliens kaum jemals einen ernstern und wertvollern Freund gewonnen als den großen Benediktiner.

Je und je gab der Pater, wenn Knecht sich nach einer Arbeitszeit von ihm verabschiedete, ihm zu verstehen, daß er heute abend für ihn zu Hause sei; das waren auf die Anstrengungen der Lektionen und die Spannungen der Diskussionen hin friedliche Stunden, zu welchen Josef häufig sein Klavichord oder auch eine Geige mitbrachte, dann setzte sich der Alte ans Klavier im sanften Licht einer Kerze, deren süßer Wachsduft den kleinen Raum erfüllte gleich der Musik von Corelli, Scarlatti, Telemann oder Bach, die sie abwechselnd oder gemeinsam spielten. Früh ging der alte Herr schlafen, während Knecht, von der kleinen musikalischen Abendandacht gestärkt, seine Arbeitszeit bis zur Grenze des von der Disziplin Erlaubten in die Nacht ausdehnte.

Außer seinem Lernen und Lehren beim Pater nämlich, dem läßlich betriebenen Spielkurs im Kloster und etwa je und je einem chinesischen Colloquium mit dem Abt Gervasius finden wir Knecht zu jener Zeit noch mit einer recht umfangreichen Arbeit beschäftigt; er beteiligte sich, was er die beiden letzten Male unterlassen hatte, an dem jährlichen Wettbewerb der Waldzeller Elite. Bei diesem Wettbewerb mußten auf Grund von drei bis vier vorgeschriebenen Hauptthemen Entwürfe zu Glasperlenspielen ausgearbeitet werden, es wurde Wert auf neue,

210

kühne und originelle Verknüpfungen der Themen bei höchster formaler Sauberkeit und Kalligraphie gelegt, und es waren bei diesem einzigen Anlaß den Konkurrenten auch Überschreitungen des Kanons erlaubt, das heißt, man hatte das Recht, sich auch neuer, in den offiziellen Kodex und Hieroglyphenschatz noch nicht aufgenommener Chiffern zu bedienen. Dadurch wurde dieser Wettbewerb, nächst den öffentlichen großen Weihespielen ohnehin das erregendste Ereignis im Spielerdorf, auch zu einer Konkurrenz der aussichtsreichsten Anwärter auf neue Spielzeichen, und die denkbar höchste, sehr selten verliehene Auszeichnung eines Siegers bei diesem Wettkampf bestand darin, daß nicht nur sein Spiel als das beste Kandidatenspiel des Jahres feierlich zur Aufführung gelangte, sondern daß auch noch der von ihm dargebotene Zuwachs zu Grammatik und Sprachschatz des Spieles anerkannt und in das Spielarchiv und die Spielsprache aufgenommen wurde. Einst war, vor etwa fünfundzwanzig Jahren, der große Thomas von der Trave, der jetzige Magister Ludi, dieser seltenen Ehre gewürdigt worden mit seinen neuen Abbreviaturen für die alchimistische Bedeutung der Tierkreiszeichen, wie denn Magister Thomas auch späterhin viel für die Kenntnis und Einordnung der Alchimie als einer aufschlußreichen Geheimsprache geleistet hat. Knecht nun verzichtete für diesmal auf die Verwendung neuer Spielwerte, deren er wie wohl fast jeder Kandidat manche bereit gehabt hätte, er nahm ferner auch die Gelegenheit nicht wahr, ein Bekenntnis zur psychologischen Spielmethode abzulegen, was ihm eigentlich wohl nahegelegen wäre; er baute ein Spiel von zwar moderner und persönlicher Struktur und Thematik, vor allem aber von einer durchsichtig klaren, klassischen Komposition und streng symmetrischer, nur mäßig ornamentierender, altmeisterlich anmutiger Durchführung auf. Vielleicht war es die Entfernung von Waldzell und dem Spielarchiv, die ihn dazu zwang, vielleicht war es die starke Inanspruchnahme seiner Kraft und seiner Zeit durch die historischen Studien, vielleicht auch leitete ihn mehr oder weniger bewußt der Wunsch, sein Spiel so zu stilisieren, wie es dem Geschmack seines Lehrers und Freundes, des Paters Jakobus, am meisten entsprechen mochte; wir wissen es nicht.

Wir haben den Ausdruck «psychologische Spielmethode» gebraucht, der vielleicht nicht jedem unserer Leser ohne weiteres verständlich ist; zu Knechts Zeiten war er ein oft gehörtes Schlagwort. Es gab wohl zu jeder Zeit Strömungen, Moden, Kämpfe und wechselnde Anschauungen und Sinngebungen unter den Eingeweihten des Glasperlenspiels, und zu jener Zeit waren es vor allem zwei Auffassungen des Spiels, um die der Streit und die Diskussion ging. Man unterschied zwei Spieltypen, den formalen und den psychologischen, und wir wissen, daß Knecht, ebenso wie Tegularius, obwohl er sich dem Wortstreit ferne hielt, zu den Anhängern und Förderern des letzteren gehörte, nur hat Knecht, statt von der «psychologischen Spielweise», meist lieber von der «pädagogischen» gesprochen. Das formale Spiel strebte danach, aus den sachlichen Inhalten jedes Spieles, den mathematischen, sprachlichen, musikalischen und so weiter, eine möglichst dichte, lückenlose, formal vollkommene Einheit und Harmonie zu bilden. Das psychologische Spiel dagegen suchte die Einheit und Harmonie, die kosmoshafte Rundheit und Vollkommenheit nicht so sehr in der Wahl, Anordnung, Verschränkung, Verknüpfung und Gegenüberstellung der Inhalte als in der jeder Etappe des Spieles folgenden Meditation, auf die es allen Nachdruck legte. Ein solches psychologisches oder, wie Knecht lieber sagte, pädagogisches Spiel bot nicht von außen her den Anblick des Vollkommenen, sondern leitete den Spieler durch die Folge seiner genau vorgeschriebenen Meditationen zum Erlebnis des Vollkommenen und Göttlichen. «Das Spiel, wie ich es meine», schrieb Knecht einmal an den Alt-Musikmeister, «umschließt nach absolvierter Meditation den Spieler so, wie die Oberfläche einer Kugel ihren Mittelpunkt umschließt, und entläßt ihn mit dem Gefühl, eine restlos symmetrische und harmonische Welt aus der zufälligen und wirren gelöst und in sich aufgenommen zu haben.»

Jenes Spiel nun, mit dem sich Knecht am großen Wettbewerb beteiligte, war also ein formal, nicht ein psychologisch aufgebautes. Möglich, daß er damit den Oberen und auch sich selbst zu beweisen wünschte, er habe über dem Gastspiel in Mariafels und seiner diplomatischen Mission als Glasperlenspieler nichts an Übung, Elastizität, Eleganz und Virtuosität eingebüßt, und dieser Beweis ist ihm gelungen. Die letzte Ausführung und Reinschrift seines Spielentwurfes hat er, da sie nur im Waldzeller Spielarchiv besorgt werden konnte, seinem Freunde Tegularius anvertraut, welcher übrigens selbst zu den Teilnehmern am Wettbewerb gehörte. Auch konnte er seine Papiere dem Freunde selbst übergeben und sie mit ihm durchsprechen, wie er auch dessen Entwurf mit ihm durchsah, denn es war ihm gelungen, Fritz für drei Tage zu sich ins Kloster zu bekommen; zum erstenmal hatte Magister Thomas diese schon zweimal an ihn gerichtete Bitte erfüllt. So sehr sich Tegularius des Besuches freute, und so viel Neugierde er als kastalischer Insulaner mitbrachte, so fühlte er sich doch im Kloster äußerst unbehaglich, ja der sensible Mensch erkrankte beinahe unter all den fremdartigen Eindrücken und zwischen diesen freundlichen, aber einfachen, gesunden, auch etwas derben Menschen, deren keinem seine Gedanken, Sorgen und Probleme das geringste bedeutet hätten. «Du lebst hier auf einem fremden Gestirn», sagte er zu seinem Freunde, «und ich begreife nicht und bewundere dich dafür, daß du es hier schon drei Jahre ausgehalten hast. Deine Patres sind ja sehr artig gegen mich, aber ich fühle mich hier von allem abgelehnt und zurückgestoßen, nichts kommt mir entgegen, nichts versteht sich von selber, nichts läßt sich ohne Widerstände und Schmerzen assimilieren; zwei Wochen hier leben zu müssen, wäre mir die Hölle.» Knecht hatte Mühe mit ihm, sah auch mit Unbehagen zum erstenmal diese Fremdheit zwischen den beiden Orden und Welten als Zuschauer mit an und fühlte, daß sein überempfindlicher Freund mit seiner ängstlichen Hilflosigkeit hier keinen guten Eindruck mache. Aber ihre beiden Spielpläne für den Wettbewerb gingen sie miteinander gründlich und kritisch durch, und wenn Knecht nach einer solchen Stunde zu Pater Jakobus in den andern Flügel hinüberging oder zu einer Mahlzeit, hatte auch er das Gefühl, aus einem heimatlichen Lande plötzlich in ein ganz anderes, mit anderer Erde und Luft, anderem Klima und anderen Sternen, versetzt zu sein. Als Fritz wieder fort war, provozierte er beim Pater eine Äußerung über dessen Eindruck. «Ich hoffe», sagte Jakobus, «die Mehrzahl der Kastalier sei mehr Ihnen ähnlich als Ihrem Freunde. Das ist eine unvertraute, überzüchtete, schwächliche und dabei, fürchte ich, auch etwas hochmütige Menschenart, die Sie uns in ihm vorgeführt haben. Ich will mich weiterhin an Sie halten, sonst würde ich ungerecht gegen eure Art werden. Denn dieser arme, empfindliche, überkluge, zapplige Mensch könnte einem eure ganze Provinz wieder entleiden.»

«Nun», sagte Knecht, «es wird auch unter den Herren Benediktinern im Lauf der Jahrhunderte etwa einmal einen kränklichen, körperlich schwachen, aber geistig darum doch vollwertigen Mann gegeben haben, wie mein Freund einer ist. Es war vermutlich unklug, ihn hieher einzuladen, wo man zwar scharfe Augen für seine Schwächen, aber kein Organ für seine großen Vorzüge hat. Mir hat er durch sein Kommen einen großen Freundesdienst getan.» Und er erzählte dem Pater von seiner Teilnahme am Wettbewerb. Dieser sah es gerne, daß Knecht sich für seinen Freund wehrte. «Gut gegeben!» lachte er freundlich. «Aber Sie haben auch wirklich, wie es scheint, lauter Freunde, mit denen es sich etwas schwierig verkehrt.» Er genoß Knechts Nichtverstehen und verwundertes Gesicht und sagte dann leichthin: «Diesmal meine ich einen andern. Wissen Sie Neues von Ihrem Freund Plinio Designori?» Josefs Verwunderung wurde womöglich noch größer; ganz betroffen bat er um Aufklärung. Es hing so zusammen: Designori hatte in einer politischen Streitschrift sich zu heftig antiklerikalen Gesinnungen bekannt und dabei auch den Pater Jakobus recht energisch angegriffen. Dieser hatte von seinen Freunden bei der katholischen Presse Informationen über Designori bekommen, in welchen auch dessen kastalische Schulzeit und sein bekanntes Verhältnis zu Knecht erwähnt war. Josef bat sich den Aufsatz Plinios zum Lesen aus; daran schloß sich das erste Gespräch aktuell politischen Inhalts, das er mit dem Pater hatte und dem auch nur wenige nachfolgten. «Wunderlich und beinahe erschreckend», schrieb er an Ferromonte, «war es mir, die Figur unsres Plinio und, als Anhängsel, auch meine eigene plötzlich auf das Welttheater der Politik gestellt zu sehen, ein Aspekt, an dessen Möglichkeit ich bis dahin nie gedacht hatte.» Übrigens sprach sich der Pater über jene Streitschrift Plinios eher anerkennend, jedenfalls ohne Empfindlichkeit aus, er lobte Designoris Stil und fand, man merke ihm die Eliteschule recht wohl an, man sei sonst in der Tagespolitik mit sehr viel weniger an Geist und Niveau zufrieden.

Von seinem Freund Ferromonte bekam Knecht um diese Zeit die Abschrift eines ersten Teiles seiner später zu Berühmtheit gelangten Arbeit zugesandt mit dem Titel: «Die Aufnahme und Verarbeitung slawischer Volksmusik durch die deutsche Kunstmusik von Josef Haydn an.» In Knechts Antwortbrief auf diese Sendung lesen wir unter andrem: «Du hast aus Deinen Studien, deren Genosse ich einst eine Weile sein durfte, ein bündiges Fazit gezogen; die beiden Kapitel über Schubert, zumal

über die Quartette, gehören zum Gediegensten an Musikgeschichte, was ich aus neuerer Zeit kenne. Gedenke meiner
zuweilen, ich bin weit von solch einer Ernte entfernt, wie
sie Dir geglückt ist. So sehr ich mit meiner hiesigen Existenz
zufrieden sein darf — denn meine Mariafelser Mission
scheint nicht erfolglos zu sein —, empfinde ich doch zuweilen meine lange Entfernung aus der Provinz und aus
dem Waldzeller Kreis, dem ich angehöre, als beklemmend.
Ich lerne hier viel, unendlich viel, aber es ist nicht ein Zuwachs an Sicherheit und fachlicher Brauchbarkeit, den ich
hier erfahre, sondern ein Zuwachs an Problematik. Freilich auch an Horizont. Über die Unsicherheit, Fremdheit,
den Mangel an Zuversicht, Heiterkeit und Selbstvertrauen
und andres Üble, was ich namentlich während meiner
ersten zwei Jahre hier oft empfand, bin ich freilich jetzt
beruhigter: neulich war Tegularius hier, nur drei Tage,
aber so sehr er sich auf mich gefreut hatte und auf Mariafels neugierig gewesen war, er hielt es schon am zweiten
Tage beinahe nicht mehr aus vor Bedrücktheit und Sich-
fremdfühlen. Da ja schließlich auch ein Kloster eher eine
behütete, friedliche und geistfreundliche Welt ist und noch
lange kein Zuchthaus, keine Kaserne oder Fabrik, ziehe
ich aus meiner Erfahrung den Schluß, daß wir Leute aus
unsrer lieben Provinz weit verwöhnter und empfindsamer
sind, als wir selber wissen.»

Eben in jener Zeit, aus welcher der Brief an Carlo
datiert ist, brachte Knecht den Pater Jakobus dazu, daß
er in einem kurzen Schreiben an die kastalische Ordensleitung sein Jawort in der bewußten diplomatischen Frage
gab, jedoch die Bitte hinzufügte, man möge den «hierorts
allgemein beliebten Glasperlenspieler Josef Knecht», der
ihn eines Privatissimum de rebus castaliensibus würdige,
noch eine Weile hier belassen. Selbstverständlich machte
man sich drüben eine Ehre daraus, seinen Wunsch zu erfüllen. Knecht aber, der eben noch so weit von seiner
«Ernte» entfernt zu sein geglaubt hatte,. erhielt ein von

der Ordensleitung und Herrn Dubois gezeichnetes Anerkennungsschreiben über die Durchführung seines Auftrags. Was ihm an diesem hochamtlichen Schreiben im Augenblick am wichtigsten schien und die meiste Freude machte (er meldete es beinahe triumphierend in einem Briefchen an Fritz), war ein kurzer Satz des Inhalts, der Orden sei durch den Glasperlenspielmeister über seinen Wunsch, in den Vicus Lusorum zurückzukehren, unterrichtet und durchaus geneigt, diesem Wunsch nach Beendigung seines jetzigen Auftrags zu entsprechen. Er las diese Stelle auch dem Pater Jakobus vor und bekannte ihm, wie sehr er sich über sie freue, bekannte jetzt auch, wie sehr er gefürchtet habe, vielleicht dauernd von Kastalien verbannt zu bleiben und nach Rom geschickt zu werden. Der Pater meinte lachend: «Ja, die Orden haben es in sich, Freund, man lebt lieber in ihrem Schoß als an der Peripherie oder gar im Exil. Sie mögen ruhig das bißchen Politik wieder vergessen, in dessen unlautere Nähe Sie hier geraten sind, denn ein Politiker sind Sie nicht. Aber der Geschichte sollten Sie nicht untreu werden, auch wenn sie vielleicht immer ein Neben- und Liebhaberfach für Sie bleibt. Denn zum Historiker hätten Sie das Zeug. Und jetzt wollen wir beide noch voneinander profitieren, solang ich Sie habe.»

Von der Erlaubnis zu häufigeren Besuchen in Waldzell scheint Josef Knecht wenig Gebrauch gemacht zu haben; doch hörte er am Apparat ein Übungsseminar und manche Vorträge und Spiele mit. Und so nahm er auch aus der Ferne, in seinem vornehmen Gastzimmer im Stift sitzend, an jener «Solennität» teil, bei welcher im Festsaal des Vicus Lusorum die Ergebnisse des Preisausschreibens bekanntgegeben wurden. Er hatte eine nicht sehr persönliche und gar nicht revolutionäre, aber gediegene und höchst elegante Arbeit eingereicht, die er einzuschätzen wußte, und war auf eine lobende Erwähnung oder einen dritten oder zweiten Preis gefaßt. Zu seiner Überraschung hörte er nun, daß ihm der erste Preis zugesprochen sei, und noch ehe die Überraschung die Freude in ihm recht hatte aufkommen lassen, las schon der Sprecher des Spielmeisteramtes mit seiner schönen tiefen Stimme weiter und nannte als Träger des zweiten Preises Tegularius. Dies war nun allerdings ein bewegendes und entzückendes Erlebnis, daß sie beide, Hand in Hand, als gekrönte Sieger aus diesem Wettkampf hervorgingen! Er sprang auf, ohne weiter zuzuhören, und lief die Treppe hinab und durch die hallenden Dormente ins Freie. In einem Brief an den Alt-Musikmeister, der in jenen Tagen geschrieben ist, lesen wir: «Ich bin sehr glücklich, Verehrter, wie Du Dir denken kannst. Erst die Durchführung meiner Mission und deren ehrenvolle Anerkennung durch die Ordensleitung samt der mir so wichtigen Aussicht auf baldige Rückkehr in die Heimat, zu den Freunden und zum Glasperlenspiel, statt weiter in diplomatischen Diensten verwendet zu werden, und nun dieser erste Preis für ein Spiel, bei dem ich mir zwar mit dem Formalen Mühe gegeben habe, das aber aus guten Gründen nicht alles erschöpft, was ich zu geben hätte, und zu allem noch die Freude, diesen Erfolg mit meinem Freunde zu teilen — es war in der Tat viel auf einmal. Ich bin glücklich, ja, aber ich könnte nicht sagen, daß ich fröhlich sei. Auf eine karge Zeit hin, oder doch eine, die mir so erschien, kommen diese Erfüllungen für mein innerstes Gefühl etwas zu plötzlich und zu reichlich; meiner Dankbarkeit ist eine gewisse Bangigkeit beigemischt, so, als bedürfe es im randvoll gefüllten Gefäß nur noch eines hinzukommenden Tropfens, um alles wieder fragwürdig zu machen. Aber betrachte dies, bitte, als nicht gesagt, hier ist jedes Wort schon zuviel.»

Wir werden sehen, daß das randvoll gefüllte Gefäß bald noch mehr als nur einen Tropfen aufzunehmen bestimmt war. In der kurzen Zeit bis dahin aber lebte Josef Knecht seinem Glück und der ihm beigemischten

Bangigkeit mit einer Hingabe und Intensität, als hätte er die nahe bevorstehende große Änderung vorausgefühlt. Auch für den Pater Jakobus waren diese paar Monate eine glückliche und beschwingte Zeit. Es tat ihm leid, diesen Schüler und Kollegen bald verlieren zu sollen, und er suchte ihm, in den Arbeitsstunden selbst und noch mehr in ihren freien Unterhaltungen, das äußerst Mögliche von dem mitzugeben und zu vererben, was er in seinem arbeits- und gedankenreichen Leben an Einsicht in die Höhen und Tiefen des Menschen- und Völkerlebens gewonnen hatte. Auch über den Sinn und die Folgen von Knechts Mission sprach er zuweilen mit ihm, über die Möglichkeit und den Wert einer Befreundung und politischen Einigkeit zwischen Rom und Kastalien, und empfahl ihm das Studium jener Epoche, zu deren Früchten die Gründung des kastalischen Ordens ebenso wie die allmähliche Wiedererhebung Roms aus einer demütigenden Prüfungszeit gehörten. Er empfahl ihm auch zwei Werke über die Reformation und Kirchenspaltung im sechzehnten Jahrhundert, legte ihm jedoch sehr ans Herz, grundsätzlich das unmittelbare Quellenstudium und die jeweilige Beschränkung auf übersehbare Teilgebiete stets dem Lesen weltgeschichtlicher Wälzer vorzuziehen, und machte kein Hehl aus seinem tiefen Mißtrauen gegen alle Geschichtsphilosophien.

Magister Ludi

Knecht hatte beschlossen, seine endgültige Rückkehr nach Waldzell auf das Frühjahr zu verlegen, auf die Zeit des großen öffentlichen Glasperlenspiels, des Ludus anniversarius oder sollemnis. War auch der Höhepunkt in der denkwürdigen Geschichte dieser Spiele, die Zeit der wochenlang dauernden, aus aller Welt von Würdenträgern und Repräsentanten besuchten Jahresspiele schon vorüber und gehörte für immer der Geschichte an, so waren doch immer noch diese Frühlingstagungen mit dem meist zehn bis vierzehn Tage dauernden solennen Spiel das große festliche Ereignis des Jahres für ganz Kastalien, ein Fest, dem auch eine hohe religiöse und moralische Bedeutung nicht fehlte, denn es vereinigte die Vertreter aller, nicht immer völlig gleichgerichteter Gesinnungen und Tendenzen der Provinz im Sinn eines Gleichnisses der Harmonie, es schloß Frieden zwischen den Egoismen der einzelnen Disziplinen und weckte die Erinnerung an die Einheit, welche über ihrer Vielfalt stand. Es besaß für die Gläubigen die sakramentale Kraft echter Weihe, war für die Glaubenslosen zumindest ein Religionsersatz und für beide ein Bad in den reinen Quellen des Schönen. In ähnlicher Weise waren einstmals die Passionen von Johann Sebastian Bach — nicht so sehr zur Zeit ihrer Entstehung als in dem auf ihre Wiederentdeckung folgenden Jahrhundert — für ihre Mitwirkenden und Hörer teils echte religiöse Handlung und Weihe, teils Andacht und Religionsersatz und für alle zugleich feierliche Manifestationen der Kunst und des Creator spiritus gewesen.

Es hatte Knecht wenig Mühe gekostet, für seinen Entschluß die Zustimmung sowohl der Klosterleute wie der heimatlichen Behörde zu erlangen. Er vermochte sich noch nicht recht vorzustellen, welcher Art seine Position nach der Wiedereinreihung in die kleine Republik des Vicus Lusorum sein werde, vermutete aber, daß man ihn nicht lange in dieser Position belassen, sondern sehr bald mit irgendeinem Amte oder Auftrag beladen und ehren werde. Vorläufig freute er sich auf die Heimkehr, auf die Freunde, auf die bevorstehende Festzeit, genoß die letzten Tage des Zusammenseins mit Pater Jakobus und nahm es mit guter Haltung und Laune entgegen, daß Abt und Konvent ihn zum Abschiede noch durch manche Kundgebungen ihres Wohlwollens feierten. Dann reiste er, nicht ohne

Wehmut des Abschieds von einem liebgewonnenen Ort und von einem hinter ihm zurückbleibenden Lebensabschnitt, aber durch die das Festspiel vorbereitende Folge kontemplativer Exerzitien schon festlich vorgestimmt, denen er sich zwar ohne Führung und Kameraden, aber nach dem Wortlaut der Vorschriften genauestens unterzogen hatte. Daß es ihm nicht gelungen war, den vom Magister Ludi seit langem feierlich zum Jahresspiel eingeladenen Pater Jakobus zur Annahme der Einladung und zur Mitreise zu überreden, tat dieser Stimmung keinen Abbruch, er verstand die reservierte Haltung des alten Antikastaliers, und er selbst fühlte sich so für einen Augenblick allen Pflichten und Beengungen enthoben und völlig hingabebereit an die ihn erwartende Feier.

Es ist nun mit Festlichkeiten eine eigene Sache. Ganz und gar mißglücken kann ein echtes Fest, es sei denn durch unseligen Einbruch höherer Gewalten, niemals; für den Frommen behält auch eine verregnete Prozession ihre Weihe, und auch ein verbratenes Festmahl kann ihn nicht ernüchtern, und so ist für die Glasperlenspieler jedes Jahresspiel festlich und gewissermaßen geheiligt. Dennoch gibt es, wie jeder von uns weiß, Feste und Spiele, bei welchen alles und jedes zusammenstimmt und einander hebt, beschwingt und steigert, so wie es theatralische und musikalische Aufführungen gibt, welche sich ohne deutlich erkennbare Ursache wie durch ein Wunder zu Höhepunkten und innigen Erlebnissen steigern, während andre, um nichts schlechter vorbereitete, nur eben brave Leistungen bleiben. Soweit nun das Zustandekommen jener hohen Erlebnisse im Gemütszustande des Erlebenden mitbegründet ist, wäre Josef Knecht aufs denkbar beste vorbereitet gewesen: von keiner Sorge gedrückt, mit Ehren aus der Fremde heimkehrend, sah er dem Kommenden mit freudiger Erwartung entgegen.

Es war jedoch dem Ludus sollemnis dieses Mal nicht beschieden, von jenem Hauch des Wunders gestreift zu

einem besonderen Grade von Weihe und Strahlung zu
gedeihen. Es wurde sogar ein unfrohes, ein ausgesprochen
glückloses, ein schon beinahe mißglücktes Spiel. Mochten
trotzdem viele seiner Teilnehmer sich erbaut und gehoben
fühlen, so spürten, wie immer in solchem Falle, die eigentlichen Träger, Veranstalter und Verantwortlichen desto
unerbittlicher jene Atmosphäre von Stumpfheit, Gnaden-
losigkeit und Mißerfolg, von Hemmung und Pech, welche
den Himmel dieses Festes bedrohte. Knecht, obwohl natürlich auch er es spürte und eine gewisse Enttäuschung seiner
hochgespannten Erwartung erlebte, war keineswegs unter
denen, welche das Mißgeschick am deutlichsten zu fühlen
bekamen: ihm, der bei diesem Spiel kein Mitwirkender
war und keine Mitverantwortung trug, war es möglich,
in jenen Tagen, obwohl die eigentliche Blüte und Begna-
dung sich dem Akt versagte, als frommer Teilnehmer
dem geistvoll gebauten Spiele anerkennend zu folgen, die
Meditationen ungestört ausschwingen zu lassen und in
dankbarer Hingabe jenes allen Gästen dieser Spiele wohlbekannte Erlebnis einer Feier und eines Opfers, einer
mystischen Einswerdung der Gemeinde zu Füßen des
Göttlichen in sich zu vollziehen, wie es auch ein für den
engen Kreis der ganz Eingeweihten «mißglückter» Festakt zu geben vermag. Immerhin blieb auch er nicht un-
berührt von dem Unstern, der über dieser Feier waltete.
Das Spiel selbst freilich, sein Plan und Aufbau, war ohne
Tadel, wie jedes Spiel des Meisters Thomas, es war sogar
eines seiner eindrücklichsten, einfachsten, unmittelbarsten.
Seine Ausführung aber stand unter einem besonderen
Unstern und ist in der Geschichte Waldzells noch nicht
vergessen.

Als Knecht dort eintraf, eine Woche vor dem Beginn
des großen Spieles, wurde er nach seiner Anmeldung im
Spielerdorf nicht vom Glasperlenspielmeister empfangen,
sondern von dessen Stellvertreter Bertram, der ihn höflich
willkommen hieß, ihm aber ziemlich kurz und zerstreut

mitteilte, der ehrwürdige Magister sei dieser Tage erkrankt und er selbst, Bertram, über Knechts Mission nicht genügend unterrichtet, um seinen Bericht entgegenzunehmen, er möge sich dieserhalb zur Ordensleitung nach Hirsland begeben, dort seine Rückkehr melden und deren Befehle erwarten. Als Knecht bei der Verabschiedung in Stimme oder Gebärde unwillkürlich eine gewisse Befremdung über die Kühle und Kürze seines Empfanges verriet, entschuldigte sich Bertram. Der Kollege möge verzeihen, wenn er ihn enttäuscht habe, er möge das Besondere der Situation verstehen: der Magister sei erkrankt, das große Jahresspiel stehe dicht vor der Tür, und noch sei es sehr ungewiß, ob der Magister es werde leiten können oder ob er, der Stellvertreter, für ihn werde einspringen müssen. Die Krankheit des Ehrwürdigen hätte auf keinen ungünstigeren und heikleren Augenblick fallen können; er sei zwar, wie jederzeit, in Bereitschaft, die Amtsgeschäfte statt des Magisters zu versehen, aber dazu noch innerhalb so kurzer Frist sich genügend auf das große Spiel vorzubereiten und dessen Leitung zu übernehmen, das würde, so fürchte er, doch über seine Kräfte gehen.

Knecht bedauerte den sichtlich niedergeschlagenen und etwas aus dem Gleichgewicht gekommenen Mann und bedauerte nicht minder, daß in dessen Händen nun vielleicht die Verantwortung für das Fest liegen solle. Er war zu lange von Waldzell fort gewesen, um zu wissen, wie begründet die Sorgen Bertrams seien, denn dieser war, was für einen Stellvertreter immer das denkbar Mißlichste ist, seit einer Weile des Vertrauens der Elite, der sogenannten Repetenten, verlustig und hatte in der Tat einen sehr schweren Stand. Mit Sorge dachte Knecht des Glasperlenspielmeisters, dieses Helden der klassischen Form und der Ironie, des vollkommenen Magisters und Kastaliers; er hatte sich darauf gefreut, von ihm empfangen, angehört und wieder in das kleine Gemeinwesen

der Spieler, vielleicht auf einen Vertrauensposten, ein-
gereiht zu werden. Von Meister Thomas das Festspiel
zelebriert zu sehen, unter seinen Augen weiter zu arbeiten und um seine Anerkennung zu werben, war sein
Wunsch gewesen; nun war es ihm schmerzlich und ent-
täuschend, ihn hinter seiner Krankheit verborgen und sich
an andere Instanzen gewiesen zu finden. Es entschädigte
ihn dafür allerdings das achtungsvolle Wohlwollen, ja
die Kollegialität, mit der ihn der Ordenssekretär und
Herr Dubois empfingen und anhörten. Er konnte auch
gleich bei der ersten Aussprache feststellen, daß man ihn
bei dem römischen Plan vorerst nicht weiter zu brauchen
gedenke und seinen Wunsch nach dauernder Rückkehr
zum Spiel respektiere; vorerst lud man ihn freundlich ein,
im Gästehaus des Vicus Lusorum Wohnung zu nehmen
und erst einmal sich hier wieder umzusehen und dem
Jahresspiel beizuwohnen. Mit seinem Freunde Tegularius
widmete er die Vortage den Fasten- und Versenkungsübungen und hat jenes eigenartige Spiel, das manchen in
so wenig erfreulicher Erinnerung geblieben ist, fromm und
dankbar mitgemacht.

Die Stellung der Magisterstellvertreter, auch «Schatten»
genannt, und besonders die beim Musik- und beim Spiel-
meisteramt, ist eine höchst eigentümliche. Jeder der Magister hat einen Stellvertreter, den ihm nicht etwa die
Behörde zur Seite stellt, sondern den er selbst aus dem
engeren Kreis seiner Kandidaten wählt und für dessen
Handlungen und Unterschrift der Meister selbst, den er
vertritt, die volle Verantwortung trägt. Es ist also für
einen Kandidaten eine große Auszeichnung und ein
Zeichen höchsten Vertrauens, wenn er von seinem Magister zum Stellvertreter ernannt wird, er wird dadurch
als intimer Mitarbeiter und rechte Hand des allmächtigen
Magisters anerkannt und übt jedesmal, wenn der Magister verhindert ist und ihn schickt, dessen Amtshandlungen aus, allerdings nicht alle: an Abstimmungen der

obersten Behörde zum Beispiel darf er nur als Überbringer eines Ja oder Nein im Namen seines Meisters auftreten, niemals als Redner oder Antragsteller, und was dergleichen Vorsichtsmaßregeln mehr sind. Während nun die Ernennung zum Stellvertreter diesen an einen sehr hohen und zuweilen recht exponierten Platz stellt, bedeutet sie dennoch zugleich etwas wie eine Kaltstellung, sie sondert ihn innerhalb der amtlichen Hierarchie gewissermaßen als einen Ausnahmefall ab, und während sie ihm häufig die wichtigsten Funktionen anvertraut und hohe Ehre gewährt, nimmt sie ihm doch gewisse Rechte und Möglichkeiten, deren jeder andere Mitstrebende genießt. Namentlich sind es zwei Punkte, in welchen seine Ausnahmestellung deutlich erkennbar wird: der Stellvertreter trägt nicht die Verantwortung für seine Amtshandlungen, und er kann innerhalb der Hierarchie nicht weiter emporsteigen. Das Gesetz ist zwar ungeschrieben, aber es ist aus der Geschichte Kastaliens zu lesen: niemals ist beim Tode oder der Amtsniederlegung eines Magisters dessen «Schatten» an seine Stelle nachgerückt, der ihn doch so oft vertreten hat und dessen ganze Existenz ihn zum Nachfolger zu prädestinieren scheint. Es ist, als wolle die Sitte hier eine scheinbar fließende und bewegliche Grenze und Schranke geflissentlich als unüberbrückbar betonen: die Grenze zwischen Magister und Stellvertreter steht wie ein Gleichnis für die Grenze zwischen Amt und Person. Indem denn also ein Kastalier den hohen Vertrauensposten eines Stellvertreters annimmt, verzichtet er auf die Aussicht, jemals selbst Magister zu werden, jemals mit den Amtskleidern und Insignien, die er so oft repräsentierend trägt, wirklich eins zu werden, und zugleich tritt er das merkwürdig zweideutige Recht an, mit etwaigen Verfehlungen in seiner Amtsführung nicht sich selber, sondern seinen Magister zu belasten, der allein für ihn einzustehen hat. Und es ist in der Tat schon vorgekommen, daß ein Magister das Opfer des von ihm gewählten Stellvertreters geworden ist und einer gröberen Verfehlung wegen, die der andere sich zuschulden kommen ließ, von seinem Amte hat zurücktreten müssen. Der Ausdruck, mit welchem in Waldzell der Stellvertreter des Glasperlenspielmeisters bezeichnet wurde, wird dessen eigentümlicher Stellung, seiner Verbundenheit, ja quasi Identität mit dem Magister sowohl wie dem Scheinhaften und Wesenlosen seiner amtlichen Existenz vorzüglich gerecht. Man nennt ihn dort den «Schatten».

Meister Thomas von der Trave nun hatte seit Jahr und Tag einen «Schatten» namens Bertram walten lassen, dem es mehr an Glück als an Begabung oder gutem Willen gemangelt zu haben scheint. Er war ein vorzüglicher Glasperlenspieler, wie es sich von selbst versteht, er war auch ein mindestens nicht ungeschickter Lehrer und ein gewissenhafter Beamter, seinem Meister unbedingt ergeben; dennoch war er im Lauf der letzten Jahre bei den Beamten eher unbeliebt geworden und hatte die nachwachsende jüngste Schicht der Elite gegen sich, und da er nicht die ritterlich klare Natur seines Meisters besaß, störte das die Sicherheit und Ruhe seiner Haltung. Der Magister ließ ihn nicht fallen, hatte ihn aber seit Jahren den Reibungen mit jener Elite möglichst entzogen, ihn überhaupt immer seltener an die Öffentlichkeit gestellt und mehr in den Kanzleien und im Archiv verwendet. Dieser unbescholtene, aber nicht oder doch zur Zeit nicht mehr beliebte Mann, vom Glück sichtlich nicht begünstigt, sah sich nun plötzlich durch die Krankheit seines Meisters an die Spitze des Vicus Lusorum und, falls er wirklich das Jahresspiel zu leiten haben würde, für die Festzeit an den sichtbarsten Posten der ganzen Provinz gestellt und wäre dieser großen Aufgabe nur dann gewachsen gewesen, wenn die Mehrzahl der Glasperlenspieler oder doch die Repetentenschaft ihn durch ihr Vertrauen gestützt hätte, was jedoch bedauerlicherweise nicht geschah. So kam es denn, daß das Ludus sollemnis diesmal zu einer schweren Prüfung, beinahe zu einer Katastrophe für Waldzell wurde.

Erst am Tage vor Spielbeginn wurde amtlich bekanntgegeben, daß der Magister ernstlich erkrankt und außerstande sei, das Spiel zu leiten. Wir wissen nicht, ob diese Hintanhaltung der Mitteilung etwa vom Willen des kranken Magisters diktiert war, der vielleicht bis zum letzten Augenblick hoffte, sich wieder aufraffen und dem Spiele doch noch vorstehen zu können. Wahrscheinlich ist, daß er schon zu krank war, um solche Gedanken zu hegen, und daß sein «Schatten» den Fehler beging, Kastalien bis zur vorletzten Stunde im ungewissen über die Lage in Waldzell zu lassen. Freilich ließe sich auch darüber noch streiten, ob dies Zögern wirklich ein Fehler war. Es geschah ohne Zweifel in guter Absicht, nämlich um das Fest nicht von vornherein zu mißkreditieren und die Verehrer des Meisters Thomas vom Besuch abzuschrecken. Und wäre alles gut gegangen, hätte zwischen der Waldzeller Spielergemeinde und Bertram das Vertrauen bestanden, so hätte — es ist sehr wohl denkbar — der «Schatten» wirklich zum Stellvertreter werden und das Fehlen des Magisters nahezu unbemerkt bleiben können. Es ist müßig, weitere Vermutungen hierüber aufzustellen; wir glaubten nur andeuten zu müssen, daß jener Bertram nicht so unbedingt ein Versager oder gar ein Unwürdiger war, wie die öffentliche Meinung Waldzells damals ihn sah. Er war weit mehr Opfer als Schuldiger.

Es vollzog sich nun wie alljährlich der Zustrom der Gäste zum großen Spiel. Viele kamen ahnungslos, andre mit Besorgnis um das Ergehen des Magister Ludi und mit unfrohen Vorgefühlen für den Verlauf des Festes. Waldzell und die nahen Siedlungen füllten sich mit Menschen, die Ordensleitung und die Erziehungsbehörde fanden sich beinahe vollzählig ein, auch aus entlegenern Teilen des Landes und dem Auslande kamen festlich gestimmte

Reisende, die Gästehäuser überfüllend. Wie immer wurde die Feier am Abend vor Spielbeginn durch die Meditationsstunde eröffnet, während welcher vom Glockenzeichen an das ganze mit Menschen gefüllte Festgebiet in ein tiefes, andächtiges Schweigen versank. Der folgende Morgen brachte die erste der musikalischen Aufführungen und die Verkündigung des ersten Spielsatzes sowie die Meditation über die beiden musikalischen Themata dieses Satzes. Bertram, in der Festtracht des Glasperlenspielmeisters, zeigte ein gemessenes und beherrschtes Auftreten, nur war er sehr blaß und erschien in der Folge von Tag zu Tag mehr überanstrengt, leidend und resigniert, in den letzten Tagen glich er wirklich einem Schatten. Schon am zweiten Spieltage verbreitete sich das Gerücht, Magister Thomas' Befinden habe sich verschlechtert, und sein Leben sei in Gefahr, und am Abend dieses Tages vernahm man da und dort und überall unter den Eingeweihteren die ersten Beiträge zu der allmählich entstehenden Legende um den kranken Meister und seinen «Schatten». Diese Legende, vom innersten Kreis des Vicus Lusorum, der Repetentenschaft ausgehend, wollte wissen, der Meister sei willens und wäre auch fähig gewesen, als Spielleiter zu amtieren, habe jedoch dem Ehrgeiz seines «Schattens» das Opfer gebracht und diesem die festliche Aufgabe überlassen. Nun aber, da Bertram seiner hohen Rolle eben doch nicht ganz gewachsen scheine und das Spiel zu einer Enttäuschung zu werden drohe, wisse der kranke Mann sich für das Spiel, für seinen «Schatten» und dessen Versagen verantwortlich und habe es auf sich genommen, an dessen Stelle selbst für den Fehler zu büßen; dies und nichts andres sei die Ursache der raschen Verschlimmerung seines Befindens und der Steigerung des Fiebers. Natürlich war dies nicht die einzige Lesart der Legende, doch war es die der Elite, und zeigte deutlich, daß die Elite, der strebsame Nachwuchs, die Situation als tragisch empfand und kein Abbiegen, Aufhellen oder Beschönigen dieser Tragik zu unterstützen gewillt war. Der Verehrung gegen den Meister hielt die Abneigung gegen seinen «Schatten» die Waage, diesem wurde Mißerfolg und Sturz gewünscht, sollte selbst der Meister mitbüßen müssen. Wieder einen Tag später konnte man erzählen hören, der Magister habe vom Krankenlager aus seinen Stellvertreter sowie zwei Senioren der Elite beschworen, Frieden zu halten und das Fest nicht zu gefährden; andern Tages wurde behauptet, er habe seinen letzten Willen diktiert und der Behörde den Mann namhaft gemacht, den er sich zum Nachfolger wünsche; es wurden auch Namen genannt. Zusammen mit den Nachrichten von dem sich stets verschlimmernden Befinden des Magisters zirkulierten diese und andere Gerüchte, und im Festsaal sowohl wie in den Gästehäusern sank die Stimmung von Tag zu Tag, wenn auch niemand sich so weit gehen ließ, auf die Fortführung zu verzichten und abzureisen. Es lag ein schwerer und finsterer Druck über der ganzen Veranstaltung, deren äußerer Ablauf sich dennoch in korrekter Form vollzog, aber von der Freude und Gehobenheit, die man bei diesem Feste kannte und erwartete, war wenig zu spüren, und als am vorletzten Spieltage der Schöpfer des Festspieles, Magister Thomas, die Augen für immer schloß, gelang es den Bemühungen der Behörde nicht, die Verbreitung der Nachricht zu unterdrücken, und merkwürdigerweise empfanden manche Teilnehmer diese Lösung des Knotens als befreiend. Die Spielschüler und namentlich die Elite, obwohl sie vor dem Ende des Ludus sollemnis weder Trauer anlegen noch den in diesen Tagen so streng vorgeschriebenen Ablauf der Stunden mit ihrem Wechsel von Vorführungen und Versenkungsübungen im geringsten unterbrechen durften, begingen den letzten Festakt und Festtag einmütig in einer Haltung und Stimmung, als wäre er eine Trauerfeier für den verehrten Toten, und ließen um den übermüdeten, schlaflosen, bleich und mit halbgeschlossenen Augen weiter amtierenden

Bertram eine eisige Atmosphäre der Vereinsamung entstehen.

Josef Knecht, obwohl durch Tegularius noch in lebendiger Fühlung mit der Elite und als alter Spieler für alle diese Strömungen und Stimmungen voll empfänglich, ließ sie dennoch nicht in sich eindringen, vom vierten oder fünften Tage an verbot er seinem Freunde Fritz sogar, ihn mit Nachrichten über des Magisters Krankheit zu behelligen; er empfand und verstand zwar die tragische Beschattung des Festes wohl, er gedachte des Meisters mit tiefer Besorgnis und Trauer und des wie zum Mitsterben verurteilten «Schattens» Bertram mit wachsendem Unbehagen und Mitleid, wehrte sich aber standhaft und hart gegen alle Beeinflussungen durch echte oder legendäre Nachrichten, übte strengste Konzentration, gab sich den Übungen und dem Gange des schön gebauten Spieles willig hin und erlebte denn trotz allen Unstimmigkeiten und Verdunkelungen das Fest in ernster Gehobenheit. Dem «Schatten» Bertram blieb es erspart, als Vizemagister am Ende auch noch die Gratulanten und die Behörden wie üblich empfangen zu müssen, auch der herkömmliche Freudentag der Studierenden des Glasperlenspiels fiel diesmal dahin. Unmittelbar nach dem musikalischen Schlußakt des Festes gab die Behörde den Tod des Magisters bekannt, und es begannen im Vicus Lusorum die Trauertage, welche auch der im Gästehaus wohnende Josef Knecht mitbeging. Das Begräbnis des verdienten Mannes, der noch heute in hohem Ansehen steht, wurde mit der in Kastalien üblichen Einfachheit begangen. Bertram, sein «Schatten», der seine schwere Rolle während des Festes mit Aufgebot seiner letzten Kräfte zu Ende gespielt hatte, begriff seine Lage. Er bat um Urlaub und wanderte ins Gebirge.

Im Spielerdorf, ja in ganz Waldzell herrschte Trauer. Vielleicht hatte niemand zum verstorbenen Magister intime, betont freundschaftliche Beziehungen gehabt, aber die Überlegenheit und Lauterkeit seines vornehmen Wesens zusammen mit seiner Klugheit und seinem zart ausgebildeten Sinn für Formen hatten ihn zu einem Regenten und Repräsentanten gemacht, wie ihn das im Grunde ganz demokratisch angelegte Kastalien nicht zu allen Zeiten hervorbrachte. Man war stolz auf ihn gewesen. Schien seine Person den Bezirken der Leidenschaft, der Liebe, der Freundschaft entrückt, so war sie ein desto geeigneterer Gegenstand für das Verehrungsbedürfnis der Heranwachsenden gewesen, und diese Würde und fürstliche Grazie, die ihm übrigens den halb zärtlich gemeinten Spottnamen «die Exzellenz» eingetragen, hatte ihm trotz harter Widerstände im Lauf der Jahre auch im hohen Rat, in den Sitzungen und gemeinsamen Arbeiten der Erziehungsbehörde eine etwas gesonderte Stellung gegeben. Die Frage der Wiederbesetzung seines hohen Amtes wurde natürlich eifrig besprochen, nirgends eifriger als in der Elite der Glasperlenspieler. Die Funktionen des Magisteramtes waren nach dem Ausscheiden und der Abreise des «Schattens», dessen Sturz man in diesem Kreise gewollt und erreicht hatte, von der Elite selbst durch Abstimmung an drei provisorische Vertreter verteilt worden, das heißt natürlich nur die internen Funktionen im Vicus Lusorum, nicht die behördlichen im Erziehungsrat. Dem Herkommen gemäß würde dieser das Magistrat nicht länger als drei Wochen unbesetzt lassen. In Fällen, wo ein sterbender oder ausscheidender Magister einen dezidierten, konkurrenzlosen Nachfolger hinterließ, war das Amt sogar sofort, nach nur einer einzigen Vollsitzung der Behörde, neu besetzt worden. Diesmal würde es wohl länger dauern.

Während der Trauertage sprach Josef Knecht mit seinem Freunde gelegentlich über das beendete Spiel und seinen so merkwürdig verdüsterten Verlauf.

«Dieser Stellvertreter Bertram», sagte Knecht, «hat seine Rolle nicht nur leidlich zu Ende geführt, das heißt einen wirklichen Magister bis zuletzt zu spielen versucht, sondern hat meines Erachtens weit mehr getan, er hat sich diesem Ludus sollemnis als seiner letzten und feierlichsten Amtshandlung zum Opfer gebracht. Ihr waret hart, nein, grausam gegen ihn, ihr hättet das Fest und hättet Bertram retten können und habet es nicht getan, ich erlaube mir kein Urteil darüber, ihr werdet Gründe gehabt haben. Jetzt aber, wo dieser arme Bertram ausgeschieden ist und ihr euren Willen durchgesetzt habet, solltet ihr großmütig sein. Ihr müsset ihm, wenn er wieder erscheint, entgegenkommen und zeigen, daß ihr sein Opfer verstanden habt.»

Tegularius schüttelte den Kopf. «Wir haben es verstanden», sagte er, «und haben es angenommen. Du warst so glücklich, das Spiel diesmal als Gast und parteilos mitmachen zu dürfen, darum hast du wohl den Vorgang nicht so genau verfolgt. Nein, Josef, wir werden keine Gelegenheit mehr haben, irgendwelche Gefühle für Bertram in die Tat umzusetzen. Er weiß, daß sein Opfer notwendig war, und wird nicht versuchen, es rückgängig zu machen.»

Erst jetzt verstand Knecht ihn ganz und verstummte betrübt. Er hatte, so sah er, in der Tat diese Spieltage nicht als ein richtiger Waldzeller und Kamerad miterlebt, sondern wirklich mehr wie ein Gast, und so begriff er erst jetzt, wie es eigentlich mit Bertrams Opfer beschaffen sei. Bisher war ihm Bertram als ein Ehrgeiziger erschienen, der einer über sein Vermögen gehenden Aufgabe erlegen war, der auf weitere Ziele des Ehrgeizes verzichten und zu vergessen suchen mußte, daß er einmal der «Schatten» eines Meisters und der Leiter eines Jahresspiels gewesen war. Jetzt erst, bei seines Freundes letzten Worten, hatte er — und war dabei jäh verstummt — begriffen, daß Bertram von seinen Richtern völlig verurteilt worden war und nicht zurückkehren würde. Man hatte ihm erlaubt, das Festspiel zu Ende zu führen, und hatte dabei

232

gerade so viel mitgeholfen, daß es ohne Skandal ablief, aber man hatte das nicht getan, um Bertram, sondern um Waldzell zu schonen.

Die Stellung eines «Schattens» verlangte nun einmal nicht nur das volle Vertrauen des Magisters — daran hatte es Bertram nicht gefehlt —, sondern nicht minder das Vertrauen der Elite, und dies hatte sich der Bedauernswerte nicht zu erhalten vermocht. Beging er einen Fehler, so stand hinter ihm nicht, wie hinter seinem Herrn und Vorbild, die Hierarchie, um ihn zu schützen. Und wurde er von seinen ehemaligen Kameraden nicht für voll anerkannt, so stand keine Autorität ihm bei, und seine Kameraden, die Repetenten, wurden zu seinen Richtern. Waren sie unerbittlich, so war der «Schatten» erledigt. Und wirklich kehrte dieser Bertram von seinem Ausflug in die Berge nicht mehr zurück, und nach einer Weile wurde erzählt, er sei an einer Steilwand zu Tode gestürzt. Weiter wurde nicht darüber gesprochen.

Unterdessen erschienen jeden Tag hohe und höchste Beamte der Ordensleitung und der Erziehungsbehörde im Spielerdorf, und jeden Augenblick wurden einzelne aus der Elite wie aus der Beamtenschaft zu Befragungen abgerufen, über deren Inhalt nur innerhalb der Elite selbst dieses und jenes verlautete. Auch Josef Knecht wurde des öftern abgerufen und befragt; einmal von zwei Herren der Ordensleitung, einmal vom philologischen Magister, dann von Monsieur Dubois, und nochmals von zwei Magistern. Tegularius, welcher ebenfalls zu einigen solchen Informationen berufen wurde, war angenehm aufgeregt und machte Witze über diese Konklavestimmung, wie er sie nannte. Josef hatte schon während der Spieltage wohl bemerkt, wie wenig von seinem einstigen engen Zusammenhang mit der Elite übriggeblieben war, und bekam es während dieser Konklavezeit noch deutlicher zu fühlen. Nicht nur, daß er im Gästehaus wohnte wie ein Fremder und daß die Oberen mit ihm wie mit ihresgleichen zu verkehren schienen; die Elite selbst, die Repetentenschaft, nahm ihn nicht wieder vertraulich und kameradschaftlich auf, sondern mit einer spöttischen Höflichkeit oder zumindest mit einer abwartenden Kühle; sie war schon damals von ihm abgerückt, als er den Ruf nach Mariafels erhalten hatte, und dies war richtig und natürlich: wer den Schritt von der Freiheit in den Dienst, von der Studenten- oder Repetentenschaft in die Hierarchie einmal getan hatte, war nicht mehr Kamerad, sondern auf dem Wege zum Vorgesetzten und Bonzen, er gehörte nicht mehr der Elite an und mußte wissen, daß diese vorläufig kritisch zu ihm stehen werde. So ging es jedem in seiner Lage. Nur spürte er die Distanzierung und Kühle um diese Zeit besonders stark, einmal weil die Elite jetzt, wo sie verwaist war und einen neuen Magister erhalten sollte, sich doppelt dicht und abwehrend zusammenschloß, und dann auch, weil ihre Entschlossenheit und Unnachgiebigkeit sich soeben im Schicksal des «Schattens» Bertram so hart gezeigt hatte.

Eines Abends kam Tegularius höchst aufgeregt ins Gästehaus gelaufen, suchte Josef, zog ihn in eine leere Kammer, schloß die Tür und sprudelte los: «Josef! Josef! Mein Gott, ich hätte es doch ahnen können, ich hätte es wissen müssen, es lag ja gar nicht so fern ... Ach, ich bin ganz außer mir und weiß wahrhaftig nicht, ob ich mich freuen soll.» Und er, der alle Nachrichtenquellen im Spielerdorf genauestens kannte, berichtete eifrig: es sei mehr als wahrscheinlich, es sei schon so gut wie gewiß, daß Josef Knecht zum Glasperlenspielmeister gewählt werden würde. Der Archivleiter, den viele für den prädestinierten Nachfolger des Meisters Thomas gehalten hatten, sei schon seit vorgestern offenkundig aus der engern Wahl ausgeschieden, und von den drei Kandidaten aus der Elite, deren Namen bisher in den Befragungen obenan standen, habe anscheinend keiner die spezielle Gunst und Empfehlung eines Magisters oder der Ordensleitung hinter sich stehen, während für Knecht sowohl zwei Mitglieder der Ordensleitung wie Herr Dubois einträten, und hinzu käme die gewichtige Stimme des Alt-Musikmeisters, der dieser Tage, wie man bestimmt wisse, von mehreren Magistern persönlich aufgesucht worden sei.

«Josef, sie machen dich zum Magister», stieß er nochmals heftig hervor, da legte sein Freund ihm die Hand auf den Mund. Josef war im ersten Augenblick von der Vermutung kaum weniger überrascht und ergriffen als Fritz, und sie hatte ihm ganz und gar unmöglich geschienen, aber schon während jener die Spielerdorfmeinungen über den Stand und Verlauf des «Konklave» mitteilte, begann Knecht einzusehen, daß die Vermutung des Freundes nicht fehlgehe. Vielmehr, er spürte etwas wie ein Ja in seiner Seele, etwas wie die Empfindung, er habe es ja gewußt und erwartet, es sei ja richtig und natürlich. Nun also legte er dem erregten Kameraden die Hand auf den Mund, sah ihn fremd und verweisend, wie aus einer plötzlich vorhandenen Distanz und Ferne an und sagte: «Sprich nicht soviel, Amice; ich will diesen Klatsch nicht wissen. Geh zu deinen Kameraden.»

Tegularius, soviel er noch hätte sagen mögen, verstummte vor diesem Blick, aus dem ein neuer, ihm noch nicht bekannter Mensch ihn ansah, sofort, erbleichte und ging hinaus. Später hat er erzählt, Knechts merkwürdige Ruhe und Kälte in diesem Augenblick habe er zuerst wie einen Schlag und eine Beleidigung, wie eine Ohrfeige empfunden, einen Verrat an ihrer alten Freundschaft und Vertrautheit, ein kaum begreifliches Überbetonen und Vorwegnehmen seiner demnächstigen Stellung als höchster Vorgesetzter. Erst im Weggehen — und er ging wirklich wie ein Geschlagener weg — sei der Sinn dieses unvergeßlichen Blickes ihm aufgegangen, dieses fernen, königlichen, aber nicht minder leidenden Blickes, und er habe begriffen, daß sein Freund das ihm Zugefallene nicht stolz, sondern in Demut angenommen habe. Er habe, erzählte er, an den nachdenklichen Blick Josef Knechts und den Ton tiefen Mitgefühls in seiner Stimme denken müssen, mit dem er vor kurzem sich über Bertram und dessen Opfer erkundigt hatte. Wie wenn er selbst im Begriff wäre, gleich jenem «Schatten» sich zu opfern und auszulöschen, so stolz und demütig zugleich, so erhaben und ergeben, so einsam und schicksalbereit sei jenes Gesicht gewesen, mit dem ihn sein Freund angeblickt, als sei es ein Monument aller je gewesenen Magister Kastaliens. «Geh zu deinen Kameraden», hatte er zu ihm gesagt. Also schon in der Sekunde, da er von seiner neuen Würde zum erstenmal erfuhr, war dieser nie zu Kennende eingeordnet und sah die Welt vom neuen Mittelpunkte aus, war kein Kamerad mehr, würde es nie mehr sein.

Knecht hätte seine Ernennung, diese letzte und höchste seiner Berufungen, recht wohl auch selbst erraten oder mindestens als möglich, vielleicht als wahrscheinlich erkennen können; doch überraschte, ja erschreckte sie ihn auch diesmal. Er hätte es sich denken können, sagte er sich nachträglich, und lächelte über den eifrigen Tegularius, der die Ernennung zwar auch nicht von Anfang an erwartet, doch immerhin mehrere Tage vor der Entscheidung und Bekanntgebung , errechnet und vorausgesagt hatte. Es sprach in der Tat nichts gegen eine Wahl Josefs in die oberste Behörde, außer etwa seine Jugend; die meisten seiner Kollegen hatten ihr hohes Amt im Alter von mindestens fünfundvierzig bis fünfzig Jahren angetreten, während Josef noch kaum vierzig war. Ein Gesetz jedoch, das eine so frühe Ernennung verboten hätte, existierte nicht.

Als nun Fritz seinen Freund mit dem Ergebnis seiner Beobachtungen und Kombinationen überraschte, Beobachtungen eines gewiegten Elitespielers, der den komplizierten Apparat des kleinen Waldzeller Gemeinwesens bis ins kleinste kannte, hatte Knecht sofort eingesehen, daß jener recht habe, hatte sofort seine Wahl, sein Schicksal begriffen und angenommen, seine erste Reaktion auf die Nachricht aber hatte darin bestanden, daß er den Freund wegwies mit den Worten, er wolle «von diesem Klatsch nichts wissen». Kaum war nun der andre, betroffen und nahezu beleidigt, weggegangen, so suchte Josef eine Meditationsstätte auf, um sich zu ordnen, und seine Betrachtung ging von einem Erinnerungsbilde aus, das ihn in dieser Stunde mit ungewöhnlicher Stärke überfallen hatte. Er sah in dieser Vision eine kahle Kammer und ein Klavier darin stehen, durchs Fenster schien ein kühl-heiteres Vormittagslicht, und in der Kammertür erschien ein schöner freundlicher Mann, ein ältlicher Mann mit ergrautem Haar und einem lichten Gesicht voll Güte und voll Würde; er selbst aber, Josef, war ein kleiner Lateinschüler, der in der Kammer halb ängstlich, halb beglückt auf den Musikmeister gewartet hatte und ihn jetzt zum ersten Male sah, den Ehrwürdigen, den Meister aus der sagenhaften Provinz der Eliteschulen und der Magister, der gekommen war, um ihm zu zeigen, was Musik sei, der ihn alsdann Schritt für Schritt in seine Provinz, in sein Reich, in die Elite und in den Orden eingeführt und aufgenommen hatte und dessen Kollege und Bruder er nun geworden war, während der Alte seinen Zauberstab, oder sein Szepter, weggelegt und sich in einen freundlich schweigsamen, noch immer gütigen, noch immer ehrwürdigen, noch immer geheimnisvollen Greis verwandelt hatte, dessen Blick und Vorbild über Josefs Leben lag und der ihm immer um ein Menschenalter und einige Lebensstufen und um ein Unmeßbares an Würde und zugleich an Bescheidenheit, an Meisterschaft und an Geheimnis überlegen sein, ihn aber immer, sein Patron und Vorbild, sanft zur Nachfolge zwingen würde, wie ein auf- und untergehendes Gestirn seine Brüder nach sich zieht. Solange sich Knecht absichtslos dem Zustrom der inneren Bilder überließ, wie sie sich, den Träumen wesensverwandt, im Zustand der ersten Entspannung einfinden,

waren es vor allem zwei Vorstellungen, die aus dem Ge-
ströme traten und länger verweilten, zwei Bilder oder
Sinnbilder, zwei Gleichnisse. In dem einen folgte Knecht,
ein Knabe, auf mancherlei Gängen dem vorangehenden
Meister nach, welcher als Führer vor ihm schritt und mit
jedem Male, wo er sich umwandte und sein Gesicht zeigte,
älter, stiller und ehrwürdiger wurde, zusehends einem
Idealbild zeitloser Weisheit und Würde sich annähernd,
während er, Josef Knecht, hingegeben und gehorsam
hinter dem Vorbilde her schritt, aber immer derselbe
Knabe blieb, worüber er abwechselnd bald Beschämung,
bald aber auch eine gewisse Freude, ja beinahe etwas wie
trotzige Genugtuung empfand. Und das zweite Bild war
dieses: die Szene im Klavierzimmer, das Hereintreten des
Alten zu dem Knaben, wiederholte sich immerzu, unendliche Male, der Meister und der Knabe folgten einander,
wie am Draht eines Mechanismus gezogen, so daß es bald
nicht mehr zu erkennen war, wer komme und wer gehe,
wer führe und wer folge, der Alte oder der Junge. Bald
schien es der Junge zu sein, welcher dem Alter, der Autorität und Würde Ehre und Gehorsam erwies; bald war es
anscheinend der Alte, welchen die ihm leicht voraneilende
Figur der Jugend, des Anfangs, der Heiterkeit zur dienenden oder adorierenden Nachfolge verpflichtete. Und während er diesem unsinnig-sinnvollen Traum-Rundlauf zu-
sah, war in seinem eigenen Gefühl der Träumende bald
mit dem Alten, bald mit dem Knaben identisch, war bald
Verehrer, bald Verehrter, bald Führer, bald Gehorchen-
der, und im Verlaufe dieses schwebenden Wechsels kam
ein Augenblick, da war er beide, war zugleich Meister
und Schülerlein, ja er stand vielmehr über beiden, war
der Veranstalter, Ersinner, Lenker und Zuschauer des
Kreislaufs, des ergebnislos in der Runde spielenden Wett-
laufes von alt und jung, den er mit wechselnden Empfindungen bald verlangsamte, bald zur höchsten Eile antrieb.
Und aus diesem Stadium entwickelte sich eine neue

Vorstellung, mehr schon Symbol als Traum, mehr schon Erkenntnis als Bild, nämlich die Vorstellung oder vielmehr Erkenntnis: dieser sinnvoll-sinnlose Rundlauf von Meister und Schüler, dieses Werben der Weisheit um die Jugend, der Jugend um die Weisheit, dieses endlose, beschwingte Spiel war das Symbol Kastaliens, ja war das Spiel des Lebens überhaupt, das in alt und jung, in Tag und Nacht, in Yang und Yin gespalten ohne Ende strömt. Von hier aus dann fand der Meditierende den Weg aus der Bilderwelt in die Ruhe und kehrte nach lange dauernder Versenkung gestärkt und heiter zurück.

Als einige Tage später die Ordensleitung ihn zu sich befahl, ging er getrost und nahm die brüderliche Begrüßung der Obersten durch Handschlag und angedeutete Umarmung gefaßt mit heiterem Ernst entgegen. Es wurde ihm seine Ernennung zum Glasperlenspielmeister mitgeteilt und er zur Investitur und Vereidigung auf den übernächsten Tag in die Festspielhalle befohlen, dieselbe Halle, in welcher vor kurzem noch der Stellvertreter des entschlafenen Meisters jene beklemmende Feier absolviert hatte wie ein goldgeschmücktes Opfertier. Der freigelassene Tag vor der Investitur war einem genauen und von rituellen Meditationen begleiteten Studium der Eidesformel und der «kleinen Magisterordnung» unter Anleitung und Aufsicht zweier Obern bestimmt, diesmal waren es der Ordenskanzler und der Magister Mathematicae, und in der mittäglichen Ruhepause dieses sehr anstrengenden Tages erinnerte Josef sich lebhaft seiner Aufnahme in den Orden und der vorangehenden Einführung durch den Musikmeister. Diesmal freilich führte der Aufnahmeritus ihn nicht, wie jährlich Hunderte, durch ein weites Tor in eine große Gemeinde ein, es ging durchs Nadelöhr in den höchsten und engsten Kreis, den der Meister. Dem Alt-Musikmeister gestand er später, es habe ihm an jenem Tage intensiver Selbstprüfung ein Gedanke Mühe gemacht, ein ganz lächerlicher kleiner Einfall; er habe sich nämlich vor dem Augenblick gefürchtet, wo ihm von einem der Meister bedeutet werden würde, wie ungewöhnlich jung er der höchsten Würde teilhaftig werde. Er habe ernstlich mit dieser Furcht, diesem kindisch eitlen Gedanken zu kämpfen gehabt, und mit der Lust, falls eine Anspielung auf sein Alter fallen sollte, zu erwidern: «So laßt mich doch ruhig älter werden, ich habe ja nach dieser Erhöhung nie gestrebt.» Die weitere Selbstprüfung aber habe ihm gezeigt, daß ihm unbewußt der Gedanke an seine Ernennung und der Wunsch nach ihr doch nicht so ganz fern könne gelegen haben; er habe sich dies eingestanden, habe die Eitelkeit seines Gedankens erkannt und abgetan, und es sei in der Tat weder an jenem Tage noch jemals später von den Kollegen an sein Alter erinnert worden.

Desto eifriger allerdings wurde die Wahl des neuen Meisters unter denen besprochen und kritisiert, deren Mitstrebender Knecht bis dahin gewesen war. Er hatte keine ausgesprochenen Gegner, wohl aber Konkurrenten und unter ihnen einige, die ihm an Alter voraus waren, und in diesem Kreise war man durchaus nicht gesonnen, die Wahl anders zu billigen als nach einem Kampf und einer Bewährung, zumindest aber nach einer höchst genauen und kritischen Betrachtung. Beinahe in jedem Falle ist der Amtsantritt und die erste Amtszeit eines neuen Magisters ein Gang durchs Fegefeuer.

Die Investitur eines Meisters ist keine öffentliche Feier, außer der obersten Erziehungsbehörde und der Ordensleitung nimmt an ihr nur der ältere Teil der Schülerschaft, die Kandidaten und die Beamtenschaft jener Disziplin teil, welche einen neuen Magister bekommt. Bei der Feier im Festsaal hatte der Glasperlenspielmeister den Amtseid abzulegen, hatte ferner von der Behörde die Insignien seines Amtes, bestehend in einigen Schlüsseln und Siegeln, entgegenzunehmen und sich vom Sprecher der Ordensleitung mit dem Ornat bekleiden zu lassen, dem festlichen

Überkleide, das der Magister bei den höchsten Feierlichkeiten, vor allem beim Zelebrieren des Jahresspiels, zu
tragen hat. Einem solchen Akte fehlt zwar der Schwall und
leichte Rausch öffentlicher Feste, er ist seiner Natur nach
zeremoniell und eher nüchtern, dafür verleiht ihm schon
allein die vollzählige Anwesenheit der beiden höchsten
Behörden eine ungemeine Würde. Die kleine Republik der
Glasperlenspieler erhält einen neuen Herrn, der ihr vor-
zustehen und sie in der Gesamtbehörde zu vertreten hat,
das ist ein bedeutendes und seltenes Ereignis; mögen die
Schüler und jüngeren Studenten seine Wichtigkeit noch
nicht voll erfassen und in der Feier nur eine Zeremonie
und Augenlust erleben, alle anderen Teilnehmer sind sich
dieser Wichtigkeit bewußt und sind genügend mit ihrer
Gemeinschaft verwachsen und ihr wesensähnlich, um den
Vorgang wie einen Vorgang im eigenen Leibe und Leben
zu empfinden. Dieses Mal war die Festfreude nicht nur
vom Tode des vorigen Meisters und der Trauer um ihn
beschattet, sondern auch von der bangen Stimmung dieses
Jahresspiels und der Tragödie des Stellvertreters Bertram.

Die Einkleidung wurde vom Sprecher der Ordensleitung und dem obersten Spielarchivar vollzogen, gemeinsam hielten sie den Ornat hoch und legten ihn dem neuen
Glasperlenspielmeister über die Schultern. Die kurze Fest-
rede sprach der Magister Grammaticae, der Meister der
klassischen Philologie in Keuperheim, ein von der Elite
gestellter Vertreter Waldzells übergab die Schlüssel und
Siegel, und bei der Orgel sah man den greisen Alt-Musikmeister in eigener Person stehen. Er war zur Investitur
herbeigereist, um seinen Schützling einkleiden zu sehen
und durch seine unvermutete Anwesenheit froh zu überraschen, vielleicht auch ihm den einen oder andern Rat
zu geben. Am liebsten hätte der Alte die Festmusik mit
eigenen Händen gespielt, doch durfte er sich eine solche
Anstrengung nicht mehr zutrauen, er hatte also das Spielen dem Organisten des Spielerdorfes überlassen, stand

aber hinter ihm und wendete ihm die Blätter um. Mit andächtigem Lächeln blickte er auf Josef, sah ihn den Ornat und die Schlüssel empfangen und hörte ihn erst die Eidesformel, dann die freie Anrede an seine künftigen Mitarbeiter, Beamten und Schüler sprechen. Nie war ihm dieser Knabe Josef so lieb und erfreulich gewesen wie heute, wo er schon beinahe aufgehört hatte, Josef zu sein, und begann, nur noch der Träger eines Ornats und Amtes, ein Stein in einer Krone, ein Pfeiler im Bau der Hierarchie zu sein. Er konnte aber seinen Knaben Josef nur wenige Augenblicke allein sprechen. Heiter lächelte er ihm zu und beeilte sich, ihm einzuschärfen: «Sieh, daß du die nächsten drei, vier Wochen gut überstehst, es wird viel von dir verlangt werden. Denke immer ans Ganze, und denke immer daran, daß ein Versäumnis im einzelnen jetzt nicht schwer wiegt. Du mußt dich ganz der Elite widmen, alles andre laß gar nicht in deinen Kopf hinein. Man wird dir zwei Leute schicken, die dir einhelfen sollen; der eine davon, der Yogamann Alexander, ist von mir instruiert, höre gut auf ihn, er versteht seine Sache. Was du brauchst, ist ein felsenfestes Vertrauen darauf, daß die Oberen recht daran taten, dich zu den Ihren zu holen; vertraue auf sie, vertraue auf die Leute, die man dir zur Hilfe schickt, vertraue blind auf deine eigene Kraft. Der Elite aber schenke ein fröhliches, immer waches Mißtrauen, sie erwartet nichts andres. Du wirst gewinnen, Josef, ich weiß es.»

Die meisten magistralen Amtsfunktionen waren für den neuen Magister wohlbekannte und vertraute Tätigkeiten, denen er in dienender oder assistierender Eigenschaft schon sich gewidmet hatte; die wichtigsten waren die Spielkurse, von den Schüler- und Anfänger-, den Ferien- und Gastkursen bis zu den Übungen, Vorlesungen und Seminaren für die Elite. Diesen Tätigkeiten, mit Ausnahme der letzten, konnte jeder neu ernannte Magister sich ohne weiteres gewachsen wissen, während ihm jene neuen Funktionen, welche zu üben er niemals Gelegenheit

gehabt hatte, weit mehr Sorge und Mühe machen mußten.
Auch Josef ging es so. Am liebsten hätte er vorerst sich
mit ungeteiltem Eifer eben diesen neuen Pflichten zugewandt, den eigentlich magistralen, der Mitarbeit im
obersten Erziehungsrat, der Zusammenarbeit zwischen
Magisterrat und Ordensleitung, der Vertretung des Glasperlenspiels und des Vicus Lusorum in der Gesamtbehörde.
Er brannte darauf, sich mit diesen neuen Tätigkeiten vertraut zu machen und ihnen den drohenden Aspekt des
Unbekannten zu nehmen, am liebsten hätte er sich vorerst
einige Wochen beiseite gesetzt und dem genauesten Studium der Verfassung, der Formalitäten, der Sitzungs-
protokolle und so weiter hingegeben. Für Auskunft und
Belehrung auf diesem Gebiet stand ihm, das wußte er,
außer Herrn Dubois der erfahrenste Kenner und Meister
der magistralen Formen und Traditionen zur Verfügung,
nämlich der Sprecher der Ordensleitung, welcher zwar
selbst nicht Magister war, also eigentlich im Range unter
den Meistern stand, der aber in allen Sitzungen der Behörde die Regie führte und der traditionellen Ordnung
zu ihrem Recht verhalf gleich dem Oberzeremonienmeister
eines Fürstenhofes. Wie gern hätte er diesen klugen, erfahrenen, in seiner glänzenden Höflichkeit undurchsich-
tigen Mann, dessen Hände ihn eben erst feierlich mit dem
Ornat bekleidet hatten, um ein Privatissimum gebeten,
hätte jener nur seinen Wohnsitz in Waldzell gehabt statt
in dem immerhin eine halbe Tagreise entfernten Hirsland!
Wie gern hätte er sich für eine Weile nach Monteport
geflüchtet und sich vom Alt-Musikmeister in diese Dinge
einführen lassen! Allein daran war nicht zu denken, solche
private und studentische Wünsche durfte ein Magister
nicht hegen. Vielmehr mußte er sich für die erste Zeit mit
intensiver, ausschließlicher Sorgfalt und Hingabe gerade
jenen Funktionen widmen, von denen er der Meinung gewesen war, sie würden ihm kaum Mühe machen. Was er
während Bertrams Festspiel, wo er einen von der eigenen

Gemeinschaft, der Elite, im Stich gelassenen Magister gleichsam im luftleeren Raum hatte kämpfen und ersticken sehen, was er damals geahnt und was die Worte des Alten von Monteport am Tag der Einkleidung bestätigt hatten, das zeigte ihm jetzt jeder Augenblick seines Amtstages und jeder Moment einer Besinnung über seine Lage: er mußte sich vor allem andern der Elite und Repetentenschaft, den obersten Stufen des Studiums, den Seminarübungen und dem ganz persönlichen Umgang mit den Repetenten widmen. Er konnte das Archiv den Archivaren, die Anfängerkurse den vorhandenen Lehrern, die Post den Sekretären überlassen, es würde dabei nicht viel versäumt werden. Die Elite aber durfte er keinen Augenblick sich selbst überlassen, er mußte sich ihr widmen, sich ihr aufdrängen und unentbehrlich machen, sie vom Wert seiner Fähigkeiten, von der Reinheit seines Willens überzeugen, mußte sie erobern, um sie werben, sie gewinnen, sich mit jedem ihrer Kandidaten messen, der dazu Lust zeigte, und es war kein Mangel an solchen Kandidaten. Dabei kam manches ihm zu Hilfe, was er früher als wenig förderlich angesehen hatte, namentlich seine lange Abwesenheit von Waldzell und der Elite, wo er jetzt beinahe wieder ein Homo novus war. Sogar seine Freundschaft mit Tegularius erwies sich als dienlich. Denn Tegularius, der geistreich-kränkliche Outsider, kam offensichtlich für eine streberische Laufbahn so wenig in Betracht und schien selbst so wenig Ehrgeiz zu haben, daß eine etwaige Bevorzugung durch den neuen Magister keine Benachteiligung von Mitstrebenden bedeutet hätte. Das Meiste und Beste mußte Knecht immerhin selber tun, um diese oberste, lebendigste, unruhigste und empfindlichste Schicht der Spielwelt erforschend zu durchdringen und sich ihrer wie der Reiter eines edlen Pferdes zu bemächtigen. Denn in jedem kastalischen Institut, nicht nur beim Glasperlenspiel, stellt die Elite der fertig ausgebildeten, aber noch frei studierenden, noch nicht in den Dienst der Erziehungsbehörde oder des Ordens eingestellten Kandidaten, die man auch Repetenten heißt, den kostbarsten Bestand und recht eigentlich die Reserve, die Blüte und Zukunft dar, und überall, nicht nur im Spielerdorf, ist diese hochgemute Auslese der Nachzucht neuen Lehrern und Vorgesetzten gegenüber durchaus auf Sprödigkeit und Kritik gestimmt, erweist einem neuen Oberhaupt gerade knapp das Mindestmaß an Höflichkeit und Unterordnung und muß durchaus persönlich und mit vollem Einsatz des Werbenden gewonnen, überzeugt und überwunden werden, ehe sie ihn anerkennt und sich seiner Führung willig ergibt.

Knecht stellte sich der Aufgabe ohne Bangen, war über ihre Schwierigkeit aber doch verwundert, und während er sie löste und das für ihn höchst anstrengende, ja aufreibende Spiel gewann, traten jene anderen Pflichten und Aufgaben, an die er eher mit Sorge zu denken geneigt gewesen war, von selber zurück und schienen weniger Aufmerksamkeit zu fordern; er gestand einem Kollegen, daß er die erste Vollsitzung der Behörde, zu welcher er mit Eilpost eintraf und nach deren Beendigung er mit Eilpost zurückreiste, beinah wie im Traume mitgemacht und ihr im Nachhinein keinen Gedanken mehr habe widmen können, so völlig habe die für ihn aktuelle Arbeit ihn in Anspruch genommen; ja sogar während der Beratung selbst, obwohl deren Thema ihn interessierte und obwohl er ihr als seinem ersten Auftreten in der Behörde mit einiger Unruhe entgegengesehen hatte, ertappte er sich mehrmals darauf, daß er mit seinen Gedanken nicht hier unter den Kollegen und bei den Debatten, sondern in Waldzell und in jenem blau getünchten Raum des Archivs war, wo er zur Zeit jeden dritten Tag ein dialektisches Seminar mit nur fünf Teilnehmern hielt und wo jede Stunde eine größere Anspannung und Kraftausgabe forderte als der ganze übrige Amtstag, welcher doch auch nicht leicht war und dem er sich nirgends entziehen konnte, denn wie der Alt-Musikmeister ihm angekündigt hatte, war ihm von der Behörde für diese erste Zeit ein Einpeitscher und Kontrolleur beigegeben worden, der seinen Tageslauf von Stunde zu Stunde überwachen, ihn bei der Zeiteinteilung beraten und ihn vor Einseitigkeiten sowohl wie vor völliger Überanstrengung bewahren mußte. Knecht war ihm dankbar, und noch mehr war er es dem Abgesandten der Ordensleitung, einem Meister der Meditationskunst von großem Ruf; er hieß Alexander. Dieser sorgte dafür, daß der bis zur äußersten Anspannung Arbeitende täglich dreimal der «kleinen» oder «kurzen» Übung nachkam und daß Ablauf und Minutendauer für jede solche Übung genauestens eingehalten wurden. Mit den beiden, dem Einpauker und dem kontemplativen Ordensmann, hatte er täglich, dicht vor der Abendmeditation, seinen Amtstag rückblickend zu rekapitulieren, Fortschritte und Niederlagen festzustellen, sich «den Puls zu fühlen», wie die Meditationslehrer es nennen, das heißt, sich selbst, seine augenblickliche Lage, sein Befinden, die Verteilung seiner Kräfte, seine Hoffnungen und Sorgen zu erkennen und zu messen, sich selbst und sein Tagewerk objektiv zu sehen und nichts Ungelöstes in die Nacht und den andern Tag mit hinüberzunehmen.

Während die Repetenten mit teils sympathisierendem, teils kämpferischem Interesse der gewaltigen Arbeit ihres Magisters zusahen und keine Gelegenheit versäumten, ihm improvisierte kleine Kraft-, Geduls- und Schlagfertigkeitsproben aufzuerlegen, seine Arbeit bald zu befeuern, bald zu hemmen bestrebt, war um Tegularius eine fatale Leere entstanden. Daß Knecht jetzt keine Aufmerksamkeit, keine Zeit, keine Gedanken, keine Teilnahme für ihn übrig haben könne, begriff er zwar, vermochte aber sich gegen die vollkommene Vergessenheit, in die er für den Freund plötzlich versunken schien, doch nicht hart und gleichgültig genug zu machen, um so weniger, als er nicht nur von einem Tag auf den andern seinen Freund verloren zu haben schien, sondern auch noch von seinen Kameraden einiges Mißtrauen erfuhr und kaum angesprochen wurde. Was nicht verwunderlich war, denn wenn Tegularius auch den Ehrgeizigen nicht ernstlich im Wege stehen konnte, so war er doch eben Partei und hatte bei dem jungen Magister seinen Stein im Brett. Dies alles konnte Knecht sich wohl denken, und es gehörte mit zu seinen augenblicklichen Aufgaben, mit allem andern Persönlichen und Privaten auch diese Freundschaft für eine Weile auszuschalten. Er tat dies aber, wie er dem Freunde später gestand, nicht eigentlich wissend und willentlich, sondern er hatte den Freund ganz einfach vergessen, er hatte sich so ganz zum Werkzeug gemacht, daß so private Dinge wie Freundschaft ins Unmögliche entschwanden, und wenn irgendwo, wie zum Beispiel in jenem Seminar zu fünfen, Fritzens Gestalt und Gesicht vor ihm erschien, so war es nicht Tegularius, war nicht ein Freund, ein Bekannter, eine Person, sondern es war einer von der Elite, ein Student, vielmehr Kandidat und Repetent, ein Stück seiner Arbeit und Aufgabe, ein Soldat in der Truppe, die zu schulen und mit der zu siegen sein Ziel war. Fritz hatte einen Schauder gespürt, als er zum erstenmal vom Magister so angeredet wurde; er hatte an dessen Blick gespürt, daß diese Fremde und Objektivität durchaus nicht gespielt, sondern echt und unheimlich sei und daß der Mann vor ihm, der ihn mit dieser sachlichen Höflichkeit bei großer geistiger Wachheit behandelte, nicht mehr sein Freund Josef sei, sondern nur Lehrer und Prüfer, nur Glasperlenspielmeister, vom Ernst und von der Strenge seines Amtes umgeben und abgeschlossen wie von einer glänzenden Glasur, die im Feuer um ihn gegossen und erstarrt wäre. Übrigens passierte mit Tegularius in diesen heißen Wochen ein kleiner Zwischenfall. Schlaflos und innerlich strapaziert durch das Erlebte, ließ er sich im kleinen Seminar eine Unartigkeit, eine kleine Explosion zuschulden kommen, nicht gegen den Magister, sondern gegen einen Kollegen, der ihm durch seinen spöttischen Ton auf die Nerven ging. Knecht bemerkte es wohl, bemerkte auch den überreizten Zustand des Delinquenten, er wies ihn nur durch eine stumme Fingerbewegung zurecht, schickte ihm aber nachher seinen Meditationsmeister, um etwas Seelsorge an dem Schwierigen zu üben. Diese Fürsorge empfand Tegularius nach wochenlanger Entbehrung als erstes Anzeichen wieder erwachender Freundschaft, denn er nahm sie als eine ihm persönlich geltende Aufmerksamkeit und ließ sich willig in die Kur nehmen. In Wirklichkeit hatte Knecht kaum wahrgenommen, wem er diese Fürsorge erweise, er hatte lediglich als Magister gehandelt: er hatte bei einem Repetenten Gereiztheit und Mangel an Haltung bemerkt und hatte erzieherisch darauf reagiert, ohne einen Moment diesen Repetenten als Person anzusehen und zu sich selbst in Beziehung zu bringen. Als ihn, um Monate später, der Freund an diese Szene erinnerte und ihm versicherte, wie sehr er ihn durch dies Zeichen des Wohlwollens erfreut und getröstet habe, schwieg Josef Knecht, der die Sache völlig vergessen hatte, und ließ den Irrtum auf sich beruhen.

Schließlich war das Ziel erreicht und der Kampf gewonnen, es war eine große Arbeit gewesen, mit dieser Elite fertig zu werden, sie müde zu exerzieren, die Strebsamen zu zähmen, die Unentschiedenen für sich zu gewinnen, den Hochmütigen zu imponieren; aber nun war die Arbeit geleistet, die Kandidatenschaft des Spielerdorfes hatte ihren Meister anerkannt und sich ihm ergeben, plötzlich ging alles leicht, als habe es nur an einem Tropfen Öl gefehlt. Der Einpauker stellte mit Knecht ein letztes Arbeitsprogramm zusammen, sprach ihm die Anerkennung der Behörde aus und verschwand, der Meditationsmeister Alexander ebenso. An Stelle der Massage am Morgen trat wieder der Spaziergang, an etwas wie Studium oder auch nur Lektüre war zwar vorläufig noch nicht zu denken, doch wurde am Abend vor Schlafengehen an manchen Tagen schon wieder ein wenig musiziert. Bei seinem nächsten Erscheinen in der Behörde spürte Knecht deutlich, ohne daß es mit Worten berührt worden wäre, daß er jetzt unter seinen Kollegen als bewährt und ebenbürtig gelte. Nach der Glut und Hingabe des Kampfes um seine Bewährung überkam ihn nun ein Erwachen, eine Erkühlung und Ernüchterung, er sah sich im Innersten Kastaliens, sah sich im obersten Rang der Hierarchie und nahm mit wunderlicher Nüchternheit, beinah Enttäuschung wahr, daß auch diese sehr dünne Luft sich atmen lasse, daß aber freilich er, der sie nun atmete, als kenne er keine andre, durchaus gewandelt sei. Es war die Frucht dieser harten Prüfungszeit, die ihn ausgeglüht hatte, wie kein anderer Dienst, keine andere Anstrengung es bisher getan hatte.

Die Anerkennung des Regenten durch die Elite fand diesmal in einer besonderen Geste ihren Ausdruck. Als Knecht das Aufhören der Widerstände, das Vertrauen und Einverständnis der Repetentenschaft spürte und das Schwerste geleistet wußte, war der Augenblick für ihn gekommen, sich einen «Schatten» zu wählen, und in der Tat war er eines solchen und einer Entlastung niemals bedürftiger als in jenem Moment nach gewonnenem Sieg, wo die beinah übermenschliche Kraftprobe ihn plötzlich in eine relative Freiheit entließ; schon mancher war gerade an dieser Stelle des Weges umgesunken. Knecht nun verzichtete auf das ihm zustehende Recht der Wahl unter den Kandidaten und bat die Repetentenschaft, ihm einen «Schatten» nach ihrer eigenen Wahl zur Verfügung zu stellen. Noch unter dem Eindruck von Bertrams Schicksal stehend, nahm die Elite dieses Entgegenkommen doppelt ernst, traf nach mehreren Sitzungen und geheimen Befragungen ihre Wahl und stellte dem Magister einen ihrer besten Männer als Stellvertreter vor, der bis zu Knechts Ernennung für einen der aussichtsvollsten Kandidaten für die Meisterwürde gegolten hatte.

Wohl war das Härteste nun überstanden, es gab wieder

Spaziergang und Musik, mit der Zeit würde auch wieder an Lektüre zu denken erlaubt sein, würde die Freundschaft mit Tegularius, je und je ein Briefaustausch mit Ferromonte möglich sein, es würde zuweilen einen freien Halbtag, etwa auch einmal einen kleinen Reiseurlaub geben. Allein diese Annehmlichkeiten alle würden einem andern zugute kommen, nicht dem bisherigen Josef, der sich für einen beflissenen Glasperlenspieler und einen leidlich guten Kastalier gehalten hatte und doch so ohne Ahnung vom Innersten der kastalischen Ordnung gewesen war, der so harmlos eigensüchtig, so kindlich spielerisch, so unvorstellbar privat und verantwortungsfrei gelebt hatte. Einmal fielen die spöttisch mahnenden Worte ihm ein, die er einst von Meister Thomas sich hatte sagen lassen müssen, nachdem er den Wunsch hatte laut werden lassen, noch eine Weile dem freien Studium leben zu dürfen: «Eine Weile — wie lang ist das? Du sprichst noch die Studentensprache, Josef.» Das war vor wenigen Jahren gewesen; mit Bewunderung und tiefer Ehrfurcht hatte er ihn angehört, und auch mit einem ganz leisen Grauen vor der unpersönlichen Vollkommenheit und Zucht dieses Mannes, und hatte gefühlt, wie Kastalien auch nach ihm selbst greifen und ihn an sich saugen wollte, um vielleicht auch aus ihm einmal einen solchen Thomas zu machen, einen Meister, einen Regenten und Diener, ein vollkommenes Werkzeug. Und nun stand er an der Stelle, wo jener gestanden war, und wenn er mit einem seiner Repetenten sprach, einem dieser klugen, mit allen Wassern gewaschenen Spieler und Privatgelehrten, einem dieser fleißigen und hochmütigen Prinzen, so blickte er zu ihm in eine andre, fremdschöne, wunderliche und erledigte Welt hinüber, ganz ebenso wie einst Magister Thomas ihm in seine wunderliche Studentenwelt hineingeblickt hatte.

Wenn die Übernahme des Magisteramtes zunächst mehr Verlust als Gewinn gebracht zu haben schien, wenn sie die Kräfte und das persönliche Leben beinahe aufgezehrt, allen Gewohnheiten und Liebhabereien den Garaus gemacht, im Herzen eine kühle Stille und im Kopf etwas wie das Schwindelgefühl bei seiner Überanstrengung zurückgelassen hatte, so brachte die nun folgende Zeit der Erholung, Besinnung und Eingewöhnung doch auch neue Beobachtungen und Erlebnisse. Das größte war, nach geschlagener Schlacht, die vertrauensvolle und freundschaftliche Zusammenarbeit mit der Elite. In den Besprechungen mit seinem «Schatten», in der Arbeit mit Fritz Tegularius, den er probeweise als Gehilfen bei der Korrespondenz gebrauchte, im allmählichen Studieren, Nachprüfen und Ergänzen der Zeugnisse und andern Notizen über Schüler und Mitarbeiter, die sein Vorgänger hinterlassen hatte, lebte er sich mit rasch wachsender Liebe in diese Elite ein, die er so genau zu kennen geglaubt hatte, deren Wesen aber, ebenso wie die ganze Eigenart des Spielerdorfes und seiner Rolle im kastalischen Leben, sich ihm erst jetzt in aller Wirklichkeit erschloß. Zwar hatte er dieser Elite und Repetentenschaft, diesem ebenso musischen wie ehrgeizigen Spielerdorf in Waldzell, manche Jahre angehört und hatte sich durchaus als ein Teil davon empfunden. Jetzt aber war er nicht mehr nur irgendein Teil, lebte nicht nur mit dieser Gemeinschaft innig mit, sondern er empfand sich nun wie das Gehirn, wie das Bewußtsein und auch wie das Gewissen dieser Gemeinschaft, deren Regungen und Schicksale nicht nur miterlebend, sondern sie leitend und für sie verantwortlich. In einer gehobenen Stunde, am Schluß eines Kurses zur Ausbildung von Spiellehrern für Anfänger, hat er es einmal so ausgesprochen: «Kastalien ist ein kleiner Staat für sich, und unser Vicus Lusorum ein Städchen innerhalb des Staates, eine kleine, aber alte und stolze Republik, ihren Schwestern gleichgeordnet und gleichberechtigt, aber in ihrem Selbstbewußtsein bestärkt und gehoben durch die besondere musische und gewissermaßen sakrale Art ihrer Funktion. Denn wir sind ja durch die Aufgabe ausgezeichnet, das eigentliche Heiligtum Kastaliens, sein einzigartiges Geheimnis und Symbol, zu hüten, das Glasperlenspiel. Kastalien erzieht vorzügliche Musiker und Kunsthistoriker, Philologen, Mathematiker und andre Gelehrte. Jedes kastalische Institut und jeder Kastalier sollte nur zwei Ziele und Ideale kennen: in seinem Fache das möglichst Vollkommene zu leisten und sein Fach und sich selbst dadurch lebendig und elastisch zu erhalten, daß er es beständig mit allen andern Disziplinen verbunden und allen innig befreundet weiß. Dieses zweite Ideal, der Gedanke der inneren Einheit aller geistigen Bemühungen des Menschen, der Gedanke der Universalität, hat in unsrem erlauchten Spiel seinen vollkommenen Ausdruck gefunden. Mag vielleicht für den Physiker oder Musikhistoriker oder irgendeinen anderen Gelehrten ein strenges und asketisches Beharren bei seinem Fache zuzeiten geboten und ein Verzicht auf den Gedanken der Universalbildung der momentanen, speziellen Höchstleistung förderlich sein — wir jedenfalls, wir Glasperlenspieler, dürfen diese Beschränkung und Selbstgenügsamkeit niemals gutheißen und üben, denn gerade unsere Aufgabe ist es ja, den Gedanken der Universitas Litterarum und seinen höchsten Ausdruck, das edle Spiel, zu hüten und immer wieder vor der Neigung der Einzeldisziplinen zur Selbstgenügsamkeit zu retten. Aber wie können wir etwas retten, was nicht selber den Wunsch hätte, gerettet zu werden? Und wie können wir den Archäologen, den Pädagogen, den Astronomen und so weiter zwingen, auf ein selbstgenügsames Fachgelehrtentum zu verzichten und immer wieder ihre Fenster gegen alle andern Disziplinen zu öffnen? Wir können es nicht durch Zwangsvorschriften, indem wir etwa das Glasperlenspiel schon in den Schulen zum offiziellen Lehrfach machen, und wir können es auch nicht durch die bloße Erinnerung an das, was unsre Vorgänger mit diesem Spiel gemeint haben. Wir können unser Spiel und uns selbst nur dadurch als unentbehrlich ausweisen, daß wir es stets auf der Höhe des gesamten geistigen Lebens halten, daß wir jede neue Errungenschaft, jede neue Blickrichtung und Fragestellung der Wissenschaften uns wachsam aneignen und daß wir unsre Universalität, unser edles und auch gefährliches Spiel mit dem Gedanken der Einheit immer neu und immer wieder so hold, so überzeugend, so verlockend und reizvoll gestalten und betreiben, daß auch der ernsteste Forscher und fleißigste Fachmann immer wieder seinen Mahnruf, seine Verführung und Lockung empfinden muß. Stellen wir uns einmal vor, wir Spieler würden einige Zeit mit geringerem Eifer arbeiten, die Spielkurse für Anfänger würden langweiliger und oberflächlicher, in den Spielen für Fortgeschrittene würden die Fachgelehrten das lebendig pulsierende Leben, die geistige Aktualität und Interessantheit vermissen, unser großes Jahresziel würde zwei-, dreimal nacheinander von den Gästen als leere Zeremonie, als unlebendig, als altmodisch, als zopfisches Relikt der Vergangenheit empfunden — wie rasch wäre es da mit dem Spiel und mit uns zu Ende! Wir sind ja schon jetzt nicht mehr auf der glänzenden Höhe, auf der das Glasperlenspiel vor einem Menschenalter stand, wo das Jahresspiel nicht eine oder zwei, sondern drei und vier Wochen dauerte und nicht nur für Kastalien, sondern für das ganze Land der Höhepunkt des Jahres war. Heute wohnt diesem Jahresspiel noch ein Vertreter der Regierung bei, oft genug als ein eher gelangweilter Gast, und einige Städte und Stände schicken noch Abgesandte; gegen Ende der Spieltage belieben diese Vertreter der weltlichen Mächte gelegentlich in höflicher Form durchblicken zu lassen, daß die lange Dauer des Festes manche Stadt davon abhalte, auch ihrerseits Repräsentanten zu senden, und daß es vielleicht zeitgemäß wäre, entweder das Fest erheblich zu kürzen oder aber es inskünftig nur noch jedes zweite oder dritte Jahr abzuhalten. Nun, diese Entwicklung oder diesen Verfall können wir nicht aufhalten. Es ist wohl möglich, daß unser Spiel draußen in der Welt bald gar kein Verständnis mehr finden, daß das Fest nur noch alle fünf, alle zehn Jahre oder gar nicht mehr gefeiert werden kann. Was wir aber verhindern müssen und können, das ist die Mißkreditierung und Entwertung des Spieles in seiner eigenen Heimat, in unsrer Provinz. Hier ist unser Kampf hoffnungsvoll und führt immer wieder zum Sieg. Wir erleben es jeden Tag, daß junge Eliteschüler, die sich zu ihrem Spielkurs ohne allzu großen Eifer gemeldet hatten und ihn artig, aber ohne Begeisterung absolvierten, plötzlich von den Geistern des Spieles, von seinen intellektuellen Möglichkeiten, seiner ehrwürdigen Tradition, seinen seelenrührenden Kräften ergriffen und zu unsern leidenschaftlichen Anhängern und Parteigängern werden. Und wir können jedes Jahr beim Ludus sollemnis Gelehrte von Rang und Namen sehen, von denen wir wissen, daß sie ihr arbeitsreiches Jahr hindurch uns Glasperlenspieler eher von oben herab betrachten und unserm Institut nicht immer das Beste wünschen, und die nun, im Laufe des großen Spiels, von den Zaubern unsrer Kunst mehr und mehr gelöst und gewonnen, entspannt und erhoben werden, sich verjüngen und beschwingen und schließlich im Herzen gestärkt und ergriffen mit Worten beinah beschämter Dankbarkeit sich verabschieden. Betrachten wir einen Augenblick die Mittel, die uns zu Gebote stehen, um unsre Aufgabe zu erfüllen, so sehen wir einen reichen, schönen und wohlgeordneten Apparat, dessen Herz und Mittelpunkt das Spielarchiv ist, den wir alle allstündlich dankbar benutzen und dem wir alle, vom Magister und Archivar bis zum letzten Gehilfen, dienen. Das Beste und Lebendigste an unsrem Institut ist das alte kastalische Prinzip der Auswahl der Besten, der Elite. Die Schulen

Kastaliens sammeln die besten Schüler aus dem ganzen Lande und bilden sie aus. Ebenso suchen wir im Spielerdorf die Besten unter den mit Liebe zum Spiel Begabten auszuwählen, sie festzuhalten und immer vollkommener auszubilden, unsre Kurse und Seminare nehmen Hunderte auf und lassen sie wieder ziehen, die Besten aber bilden wir als echte Spieler, als Künstler des Spiels weiter und weiter, und jeder von euch weiß, daß es in unserer Kunst, wie in jeder, keinen Endpunkt der Entwicklung gibt, daß jeder von uns, wenn wir erst einmal der Elite angehören, zeitlebens an der Weiterentwicklung, Verfeinerung, Vertiefung seiner selbst und unsrer Kunst arbeiten wird, einerlei, ob er unsrer Beamtenschaft angehöre oder nicht. Man hat das Vorhandensein unsrer Elite gelegentlich einen Luxus gescholten und gemeint, wir sollten nicht mehr Elitespieler heranbilden als nötig seien, um unsre Beamtenstellen stets gut besetzen zu können. Aber einmal ist die Beamtenschaft ja keine sich selbst genügende Institution, und dann ist längst nicht jeder zum Beamten geeignet, so wenig wie etwa jeder gute Philologe auch zum Lehrer geeignet ist. Wir Beamte jedenfalls wissen und fühlen es genau, daß die Repetentenschaft nicht bloß das Reservoir begabter und im Spiel erfahrener Leute ist, aus welchem wir unsre Lücken ergänzen und das unsre Nachfolger liefern wird. Beinahe möchte ich sagen, dies sei nur eine Nebenfunktion der Spielerelite, wenn wir sie auch den Ahnungslosen gegenüber sehr betonen, sobald vom Sinn und von der Lebensberechtigung unsrer Anstalt die Rede ist. Nein, die Repetenten sind nicht in erster Linie künftige Magister, Kursleiter, Archivbeamte, sie sind Selbstzweck, ihre kleine Schar ist die eigentliche Heimat und Zukunft des Glasperlenspiels; hier in diesen paar Dutzend Herzen und Gehirnen spielen sich die Entwicklungen, Anpassungen, Aufschwünge, die Auseinandersetzungen unseres Spieles mit dem Zeitgeist und den Einzelwissenschaften ab. Eigentlich und richtig, vollwertig und mit ganzem Einsatz wird nur hier unser Spiel gespielt, nur hier in unserer Elite ist es Selbstzweck und heiliger Dienst, hat nichts mehr mit Liebhaberei oder Bildungseitelkeit zu tun, nichts mit Wichtigtuerei, noch auch mit Aberglauben. Bei euch Waldzeller Repetenten liegt die Zukunft des Spiels. Da es das Herz und Innerste von Kastalien ist, ihr aber das Innerste und Lebendigste unserer Siedlung, seid ihr recht eigentlich das Salz der Provinz, ihr Geist, ihre Unruhe. Es besteht keine Gefahr, daß eure Zahl zu groß, euer Eifer zu heftig, eure Leidenschaft für das herrliche Spiel zu heiß werden könnte; steigert sie, steigert sie! Es besteht für euch, wie für alle Kastalier, im Grunde nur eine einzige Gefahr, vor der wir alle und jeden Tag auf der Hut sein müssen. Der Geist unsrer Provinz und unsres Ordens ist auf zwei Prinzipien gegründet: auf die Objektivität und Wahrheitsliebe im Studium, und auf die Pflege der meditativen Weisheit und Harmonie. Die beiden Prinzipien im Gleichgewicht halten, heißt für uns: weise und unsres Ordens würdig sein. Wir lieben die Wissenschaften, ein jeder die seine, und wissen doch, daß die Hingabe an eine Wissenschaft einen Mann nicht unbedingt vor Eigennutz, Laster und Lächerlichkeit zu schützen vermag, die Geschichte ist voll von Beispielen, die Figur des Doktor Faust ist die literarische Popularisierung dieser Gefahr. Andere Jahrhunderte suchten Zuflucht bei der Vereinigung von Geist und Religion, von Forschung und Askese, in ihrer Universitas Litterarum regierte die Theologie. Bei uns ist es die Meditation, die vielfach gestufte Yoga-Praxis, mit der wir das Tier in uns und den in jeder Wissenschaft hausenden Diabolus zu bannen suchen. Nun, ihr wisset so gut wie ich, daß auch das Glasperlenspiel seinen Diabolus in sich stecken hat, daß es zur leeren Virtuosität, zum Selbstgenuß künstlerhafter Eitelkeit, zur Streberei, zum Erwerb von Macht über andere und damit zum Mißbrauch dieser Macht führen kann. Darum bedürfen wir noch einer andern Erziehung als der intellektuellen und haben uns der Moral des Ordens unterstellt, nicht um unser geistigaktives Leben in ein seelischvegetatives Traumleben umzubiegen, sondern im Gegenteil um geistiger Höchstleistungen fähig zu sein. Wir sollen nicht aus der Vita activa in die Vita contemplativa fliehen, noch umgekehrt, sondern zwischen beiden wechselnd unterwegs sein, in beiden zu Hause sein, an beiden teilhaben.»

Wir haben Knechts Worte, deren viele ähnliche von Schülern aufgezeichnet und erhalten sind, wiedergegeben, weil sie seine Auffassung vom Amt, wenigstens in den ersten Jahren seines Magistrats, so klar beleuchten. Daß er ein hervorragender Lehrer war (anfänglich übrigens zu seiner eigenen Verwunderung), zeigt uns schon die auffallend große Zahl der auf uns gekommenen Nachschriften seiner Vorträge. Es gehörte zu den Entdeckungen und Überraschungen, die sein hohes Amt ihm schon von Anfang an brachte, daß das Lehren ihm so viel Freude machte und so leicht gelang. Er hätte es nicht gedacht, denn bisher hatte er nach einer Lehrtätigkeit sich eigentlich nie gesehnt. Wohl hatte er, wie jeder aus der Elite, schon als älterer Student je und je Lehraufträge für kurze Dauer erhalten, hatte vertretungsweise in den Glasperlenspielkursen verschiedener Stufen unterrichtet, noch häufiger den Teilnehmern solcher Kurse als Korrepetitor gedient, doch waren ihm damals die Freiheit des Studierens und die einsame Konzentration auf seine jeweiligen Studiengebiete so lieb und wichtig gewesen, daß er, obwohl schon damals als Lehrer geschickt und beliebt, diese Aufträge eher als unerwünschte Störungen betrachtet hatte. Schließlich hatte er ja auch im Benediktinerstift Kurse gehalten, aber die waren freilich von geringer Bedeutung an sich und von ebenso geringer für ihn gewesen; an jenem Orte hatte für ihn das Lernen bei Pater Jakobus und der Umgang mit ihm alle andere Arbeit zur Nebensache werden lassen. Ein guter Schüler zu sein, zu lernen, aufzunehmen und sich zu bilden, war damals sein oberstes Streben gewesen. Nun war aus dem Schüler ein Lehrer geworden, und als Lehrer vor allem hatte er die große Aufgabe seiner ersten Amtszeit bewältigt, den Kampf um die Autorität und um die genaue Identifizierung von Person und Amt. Es waren zwei Entdeckungen, die er dabei machte: die Freude, welche es bereitet, geistig Erworbenes in andere Geister zu verpflanzen und es dabei zu ganz neuen Erscheinungsformen und Ausstrahlungen sich wandeln zu sehen, also die Freude am Lehren, und dann das Kämpfen mit den Persönlichkeiten der Studenten und Schüler, das Erwerben und Ausüben der Autorität und Führerschaft, also die Freude am Erziehen. Er hat beides nie getrennt, und während seines Magistrates hat er nicht nur eine große Zahl guter und bester Glasperlenspieler herangebildet, sondern auch einen großen Teil seiner Schüler durch Beispiel und Vorbild, durch Mahnung, durch seine strenge Art von Geduld, durch die Kraft seines Wesens als Menschen und Charakter zum Besten entwickelt, dessen sie fähig waren.

Dabei hat er, wenn uns hier ein Vorwegnehmen erlaubt ist, eine charakteristische Erfahrung gemacht. Im Anfang seiner Amtstätigkeit hatte er es ausschließlich mit der Elite zu tun, mit der obersten Schicht seiner Schülerschaft, mit Studenten und Repetenten, deren manche ihm an Alter gleich und deren jeder schon ein durchgebildeter Spieler war. Erst allmählich, als er der Elite sicher war, begann er ihr langsam und vorsichtig von Jahr zu Jahr etwas mehr an Kraft und an Zeit zu entziehen, bis er am Ende sie zeitweilig beinahe ganz seinen Vertrauensmännern und Mitarbeitern überlassen konnte. Der Vorgang dauerte Jahre, und von einem Jahr zum andern drang Knecht in den Vorträgen, Kursen und Übungen, die er leitete, zu immer ferneren, jüngeren Schichten der Schülerschaft zurück, zuletzt hat er sogar, was selten ein Magister Ludi tat, mehrere Male persönlich die Anfängerkurse für die Jüngsten, für Schüler also und noch nicht Studenten, abgehalten. Und dabei fand er, je jünger und unwissender seine Schüler waren, desto mehr Freude am Lehren. Manchmal bereitete es ihm im Laufe dieser Jahre geradezu Unbehagen und kostete ihn eine spürbare Anstrengung, von diesen Jungen und Jüngsten zu den Studenten oder gar zur Elite zurückzukehren. Ja zuweilen empfand er den Wunsch, noch weiter zurückzugehen und sich an noch jüngeren Schülern zu versuchen, an solchen, für die es noch keine Kurse und kein Glasperlenspiel gab; er konnte sich etwa wünschen, eine Weile in Eschholz oder an einer der andern Vorbereitungsschulen kleine Knaben im Latein, im Singen oder in der Algebra zu unterrichten, wo es weit weniger geistvoll zuging als selbst im allerersten Anfängerkurs des Glasperlenspiels, wo er es aber mit noch offeneren, bildsameren, erziehbareren Schülern zu tun haben würde, wo Unterrichten und Erziehen noch mehr und inniger eins waren. In den letzten beiden Jahren seines Magisteramtes hat er sich zweimal in Briefen als «Schulmeister» bezeichnet, daran erinnernd, daß der Ausdruck Magister Ludi, der seit Generationen in Kastalien nur noch «Meister des Spieles» bedeutete, ursprünglich einfach das Prädikat des Schulmeisters war.

Es war nun allerdings von einer Erfüllung solcher Schulmeisterwünsche nicht die Rede, sie waren Träume, so wie jemand am graukalten Wintertag sich einen Hochsommerhimmel träumen mag. Für Knecht war kein Weg mehr offen, seine Pflichten waren durch das Amt bestimmt, aber da das Amt die Art, wie er diese Pflichten erfüllen wollte, sehr weitgehend seiner eigenen Verantwortung überließ, hat er im Lauf der Jahre, anfangs wohl ganz unbewußt, allmählich sein Hauptinteresse mehr und mehr dem Erziehen und den frühesten ihm erreichbaren Altersstufen zugewandt. Je älter er wurde, desto mehr zog die Jugend ihn an. So dürfen wir heute wenigstens sagen. Damals hätte ein Kritiker Mühe gehabt, irgendwo in seiner Amtsführung etwas wie Liebhaberei und Willkür aufzuspüren. Auch zwang ihn ja das Amt, immer und immer wieder zur Elite zurückzukehren, und auch in Zeiten, da er Seminare und Archive beinahe ganz seinen Helfern und seinem «Schatten» überließ, hielten langdauernde Arbeiten wie zum Beispiel die jährlichen Spielwettbewerbe oder das Vorbereiten des öffentlichen Jahresspiels ihn in lebendiger und täglicher Fühlung mit der Elite. Zu seinem Freunde Fritz hat er einmal scherzend gesagt: «Es hat Fürsten gegeben, die sich zeitlebens mit einer unglücklichen Liebe zu ihren Untertanen geplagt haben. Ihr Herz zog sie zu den Bauern, den Schäfern, den Handwerkern, den Schullehrern und Schulkindern, aber selten bekamen sie etwas von ihnen zu sehen, sie waren immer von ihren Ministern und Offizieren umgeben, sie standen wie eine Mauer zwischen ihnen und dem Volk. So geht es einem Magister auch. Er möchte zu den Menschen und sieht nur Kollegen, er möchte zu den Schülern und Kindern und sieht nur Studierte und Leute der Elite.»

Aber wir haben weit vorgegriffen und kehren in die Zeit von Knechts ersten Amtsjahren zurück. Nach der Gewinnung des wünschenswerten Verhältnisses zur Elite war es vor allem die Beamtenschaft des Archivs, deren er sich als freundlicher, aber wachsamer Herr zu versichern hatte, auch die Kanzlei war in der Struktur ihres Amtsganges zu studieren und einzuordnen, und immer wieder kam eine Menge Briefpost, und immer wieder riefen Sitzungen oder Rundschreiben der Gesamtbehörde ihn zu Pflichten und Aufgaben, deren Verständnis und richtige Einordnung zu finden dem Neuling nicht leicht fiel. Es handelte sich dabei nicht selten um Fragen, in welchen die Fakultäten der Provinz interessiert und gegeneinander zur Eifersucht geneigt waren, Kompetenzfragen etwa, und nur allmählich, aber mit wachsender Bewunderung, lernte er die ebenso geheime wie mächtige Funktion des Ordens kennen, der lebendigen Seele des kastalischen Staates und des wachsamen Hüters ihrer Verfassung.

So waren strenge und überfüllte Monate hingegangen, ohne daß in Josef Knechts Gedanken Raum für Tegularius gewesen wäre, außer daß er, es geschah halb instinktiv, dem Freunde mancherlei Arbeit auftrug, um ihn vor zu viel Muße zu bewahren. Fritz hatte seinen Kameraden verloren, es war über Nacht ein Herr und höchster Vorgesetzter aus ihm geworden, zu dem er keinen privaten Zutritt mehr hatte, dem er gehorchen und den er mit «Ihr» und «Ehrwürdiger» anreden mußte. Doch nahm er, was der Magister über ihn verfügte, als Fürsorge und Zeichen persönlichen Gedenkens auf, sah sich auch, der etwas launische Einzelgänger, teils durch die Erhöhung des Freundes und die höchst angeregte Stimmung der ganzen Elite mit in Aufregung versetzt, teils durch jene ihm aufgetragenen Arbeiten in einer ihm zuträglichen Weise aktiviert; jedenfalls ertrug er die völlig geänderte Lage besser, als er selbst seit jenem Augenblick gedacht hätte, in dem ihn Knecht auf die Nachricht hin, daß er zum Glasperlenspielmeister bestimmt sei, von sich geschickt hatte. Auch war er sowohl klug wie mitfühlend genug, die ungeheure Anstrengung und Kraftprobe teils zu sehen, teils wenigstens zu ahnen, welche sein Freund in dieser Zeit zu bestehen hatte; er sah ihn im Feuer stehen und ausgeglüht werden, und was etwa Empfindsames dabei zu erleben war, erlebte er vermutlich lebhafter als der Geprüfte selbst. Tegularius gab sich bei den Aufträgen, die er vom Magister zugewiesen bekam, die größte Mühe, und wenn er seine eigene Schwäche und seine Nichteignung zu Amt und Verantwortung je ernstlich bedauert und als Mangel empfunden hat, so war es damals, wo er sich sehr gewünscht hat, als Gehilfe, als Beamter, als «Schatten» dem Bewunderten zur Seite zu stehen und Hilfe zu leisten.

Die Buchenwälder über Waldzell begannen sich schon

zu bräunen, da nahm Knecht eines Tages ein kleines Buch mit sich in den Magistergarten neben seiner Wohnung, diesen kleinen hübschen Garten, den der verstorbene Meister Thomas so sehr geschätzt und mit horazischer Liebhaberhand oft selbst gepflegt hatte, den Garten, welchen Knecht, wie alle Schüler und Studenten, einst als eine ehrwürdige Stätte, als den geheiligten Erholungs- und Sammlungsort des Meisters sich wie ein zauberhaftes Museneiland und Tuskulum vorgestellt und den er, seit er selbst Magister und Herr des Gartens war, so selten betreten und noch kaum je in Muße genossen hatte. Auch jetzt kam er nur für eine Viertelstunde, nach Tisch, und gönnte sich nur ein paar Schritte sorglosen Auf- und Abwandelns zwischen den hohen Sträuchern und Stauden, unter denen sein Vorgänger manche immergrüne Pflanzen des Südens angesiedelt hatte. Dann trug er, denn es war im Schatten schon kühl, einen leichten Rohrstuhl auf einen sonnenbeschienenen Platz, setzte sich und schlug das mitgebrachte Büchlein auf. Es war der «Taschenkalender für den Magister Ludi», den vor etwa siebzig oder achtzig Jahren der damalige Glasperlenspieler Ludwig Wassermaler verfaßt hatte und der seither von jedem seiner Nachfolger mit einigen zeitgemäßen Korrekturen, Streichungen oder Ergänzungen, versehen worden war. Der Kalender war als ein Vademecum für die Magister, namentlich die noch unerfahrenen in ihren ersten Amtsjahren, gedacht und führte denselben durch das ganze Arbeits- und Amtsjahr hindurch von Woche zu Woche die wichtigsten ihrer Pflichten vor Augen, manchmal nur mit Stichworten, manchmal ausführlicher beschreibend und mit persönlichen Ratschlägen versehen. Knecht suchte das Blatt für die laufende Woche und las es aufmerksam durch. Er fand nichts Überraschendes oder besonders Dringliches, am Schluß des Abschnittes aber standen die Zeilen: «Beginne deine Gedanken allmählich auf das künftige Jahresspiel zu lenken. Es scheint früh, ja es könnte dir verfrüht scheinen. Dennoch rate ich: Falls du nicht schon einen Plan für das Spiel im Kopfe hast, so laß von jetzt an keine Woche, mindestens aber keinen Monat vergehen, ohne deine Gedanken dem künftigen Spiele zuzuwenden. Notiere deine Einfälle, nimm dir für eine freie halbe Stunde je und je das Schema eines klassischen Spieles mit, auch auf etwaige Amtsreisen. Bereite dich vor, nicht durch Erzwingenwollen von guten Einfällen, sondern dadurch, daß du von jetzt an des öfteren daran denkst, daß in den kommenden Monaten eine schöne und festliche Aufgabe deiner wartet, zu der du dich immer wieder stärken, sammeln, stimmen sollst.»

Diese Worte waren vor etwa drei Generationen von einem weisen alten Manne und Meister seiner Kunst geschrieben worden, zu einer Zeit übrigens, als das Glasperlenspiel formal vielleicht seine höchste Kultur erreicht hatte, es war damals in den Spielen eine Zierlichkeit und reiche Ornamentik der Ausführung erreicht worden, wie etwa in der Spätgotik oder im Rokoko die Bau- und Dekorationskunst sie erreicht hatte, es war etwa zwei Jahrzehnte lang ein Spielen wirklich wie mit Glasperlen gewesen, ein scheinbar gläsernes und inhaltarmes, scheinbar kokettes, scheinbar übermütiges Spielen voll zarter Schmuckformen, ein tänzerisches, ja manchmal ein seiltänzerisches Schweben in differenziertester Rhythmik; es gab Spieler, welche vom damaligen Stil wie von einem verlorengegangenen Zauberschlüssel sprachen, und andre, die ihn als äußerlich mit Schmuck überladen, dekadent und unmännlich empfanden. Einer der Meister und Mitschöpfer des damaligen Stiles war es gewesen, der die wohlüberlegten, freundlichen Ratschläge und Mahnungen des Magisterkalenders verfaßt hatte, und indem Josef Knecht seine Worte ein zweites und drittes Mal prüfend las, spürte er eine heitere, wohlige Bewegung im Herzen, eine Stimmung, die er, wie ihm schien, erst ein einziges Mal und seither nicht wieder empfunden hatte, und als er nachdachte, war es in jener Meditation vor seiner Investitur gewesen, und war die Stimmung, die ihn damals bei der Vorstellung jenes wunderlichen Reigens erfüllt hatte, des Reigens zwischen Musikmeister und Josef, zwischen Meister und Anfänger, zwischen Alter und Jugend. Es war ein alter, ein schon greiser Mann gewesen, der einst die Worte geschrieben und gedacht hatte: «Laß keine Woche vergehen ...» und «nicht durch Erzwingenwollen von guten Einfällen». Es war ein Mann gewesen, der mindestens zwanzig Jahre, vielleicht viel länger, das hohe Amt des Spielmeisters bekleidet, der es in der Zeit jenes spielfrohen Rokoko ohne Zweifel mit einer höchst verwöhnten und selbstsicheren Elite zu tun gehabt, der mehr als zwanzig der damals noch vier Wochen dauernden, glänzenden Jahresspiele erfunden und zelebriert hatte, ein alter Mann, dem die jährlich wiederkehrende Aufgabe, ein großes solennes Spiel zu komponieren, längst nicht mehr nur eine hohe Ehre und Freude, sondern weit mehr eine Last und große Mühe bedeutete, eine Aufgabe, zu der man sich selber stimmen, gut zureden und ein wenig stimulieren muß. Diesem weisen Alten und erfahrenen Ratgeber gegenüber nun fühlte Knecht nicht nur dankbare Ehrfurcht, denn sein Kalender war ihm schon oft ein wertvoller Führer gewesen, sondern er fühlte auch eine freudige, ja lustige und übermütige Überlegenheit, die Überlegenheit der Jugend. Denn unter den vielen Sorgen eines Glasperlenspielmeisters, die er schon hatte kennenlernen, kam doch diese eine Sorge nicht vor: man könnte etwa nicht rechtzeitig genug an das Jahresspiel denken, man könnte dieser Aufgabe nicht freudig und gesammelt genug begegnen, es könnte einem für ein solches Spiel an Unternehmungslust oder gar an Einfällen fehlen. Nein, Knecht, der sich in diesen Monaten zuweilen recht alt erschienen war, fühlte sich zur Stunde jung und stark. Er konnte sich diesem schönen Gefühl nicht lange hingeben, es nicht auskosten, seine kurze Ruhezeit war schon nahezu vorbei. Aber das schöne, frohe Gefühl saß in ihm, er nahm es mit, und so hatten die kurze Rast im Magistergarten und das Lesen im Kalender doch etwas gebracht und geboren. Nämlich nicht nur eine Entspannung und einen Augenblick freudig gesteigerten Lebensgefühls, sondern auch zwei Einfälle, welche beide im selben Augenblick auch schon die Qualität von Entschlüssen annahmen. Erstens: er wollte, wenn einst auch er alt und müde wäre, sein Amt in der Stunde niederlegen, wo er zum erstenmal die Komposition des Jahresspiels als lästige Pflicht empfinden und um Einfälle dazu verlegen sein würde. Zweitens: er wollte mit den Arbeiten für sein erstes Jahresspiel schon bald beginnen, und als Kameraden und ersten Gehilfen bei dieser Arbeit wollte er Tegularius zu sich rufen, das wäre eine Genugtuung und Freude für den Freund, und für ihn selbst wäre es ein erster Anlauf, es mit einer neuen Lebensform dieser zur Zeit lahmgelegten Freundschaft zu versuchen. Denn dazu konnte nicht jener den Anlaß und Anstoß geben; sie mußten von ihm, dem Magister, ausgehen.

Für den Freund würde es dabei sogar reichlich zu tun geben. Denn schon seit Mariafels trug Knecht den Einfall zu einem Glasperlenspiele mit sich herum, den er für sein erstes feierliches Spiel als Magister benutzen wollte. Es sollte diesem Spiel, dies war der hübsche Einfall, für Struktur und Dimensionen das alte, konfuzianisch rituelle Schema des chinesischen Hausbaues zugrunde liegen, die Orientierung nach den Himmelsrichtungen, die Tore, die Geistermauer, die Verhältnisse und Bestimmungen der Bauten und Höfe, ihre Zuordnung zu den Gestirnen, dem Kalender, dem Familienleben, dazu die Symbolik und Stilregeln des Gartens. Es war ihm einst, beim Studium eines Kommentares zum I Ging, die mythische Ordnung und Bedeutsamkeit dieser Regeln als ein besonders ansprechendes und liebenswürdiges Gleichnis des Kosmos und der Einordnung des Menschen in die Welt erschienen, auch fand er uralt mythischen Volksgeist in dieser Tradition des Hausbaues wunderbar innig mit spekulativgelehrtem Mandarinen- und Magistergeist vereinigt. Er hatte sich, ohne freilich je Notizen zu machen, mit dem Gedanken an den Plan dieses Spieles oft und liebevoll genug beschäftigt, um es eigentlich als Ganzes schon fertig vorgebildet in sich zu tragen; erst seit seinem Amtsantritt war er dazu nicht mehr gekommen. Jetzt stand im Augenblick sein Entschluß fest, auf dieser chinesischen Idee sein Festspiel aufzubauen, und Fritz sollte schon jetzt, falls er sich dem Geist dieses Einfalls zu öffnen vermochte, mit den Studien für den Ausbau und mit den Vorbereitungen für die Übertragung in die Spielsprache beginnen. Nur war da ein Hindernis: Tegularius konnte kein Chinesisch. Es noch zu lernen, dazu war es viel zu spät. Aber nach Hinweisen, die ihm teils Knecht selbst, teils das ostasiatische Studienhaus geben würde, konnte Tegularius in die magische Symbolik des Chinesenhauses mit Hilfe der Literatur recht wohl eindringen, es ging ja hier nicht um Philologie. Immerhin brauchte es Zeit, zumal bei einem verwöhnten und nicht jeden Tag arbeitslustigen Menschen, wie sein Freund einer war, und so war es gut, die Sache gleich anzugehen; es hatte also, so sah er lächelnd und angenehm überrascht, der vorsichtige alte Herr im Taschenkalender vollkommen recht behalten.

Schon andern Tages, da die Sprechstunde gerade sehr früh zu Ende ging, ließ er Tegularius zu sich rufen. Er kam, vollzog die Verneigung mit dem etwas betont ergebenen und demütigen Ausdruck, den er sich Knecht gegenüber angewöhnt hatte, und war recht erstaunt, als der sonst so knapp und mit den Worten sparsam Gewordene ihm mit einer gewissen Schelmerei zunickte und ihn fragte: «Erinnerst du dich noch daran, wie wir einmal in unseren Studentenjahren etwas wie einen Streit miteinander hatten, bei dem es mir nicht gelang, dich zu meiner Auffassung zu bekehren? Es ging um die Frage nach dem

Wert und der Wichtigkeit der ostasiatischen Studien, namentlich der chinesischen, und ich wollte dich dazu bringen, daß auch du dich eine Weile ins Studienhaus setzest und Chinesisch lernest. — Ja, du erinnerst dich? Nun, heute bedaure ich es einmal wieder, daß ich dich damals nicht umzustimmen vermochte. Wie gut wäre es jetzt, wenn du Chinesisch verstündest! Wir könnten die wunderbarste Arbeit miteinander tun.» Und so neckte er den Freund noch ein wenig und spannte seine Erwartung, bis er mit seinem Vorschlag herausrückte: er wolle bald mit der Ausarbeitung des großen Spiels beginnen, und wenn es ihm Freude mache, solle Fritz einen großen Teil dieser Arbeit ausführen, so wie er damals Knechts Konkurrenzspiel für die Solennität habe ausführen helfen, während Knecht bei den Benediktinern war. Beinahe ungläubig blickte der andre ihn an, tief überrascht und auf eine köstliche Art beunruhigt schon durch den munteren Ton und das lächelnde Gesicht des Freundes, den er nur noch als Herrn und Magister gekannt hatte. Gerührt und freudig empfand er nicht bloß die Ehre und das Vertrauen, welche in diesem Vorschlag sich ausdrückten, sondern begriff und ergriff vor allem die Bedeutung dieser schönen Gebärde; sie war ein Versuch zur Heilung, ein Wiederaufschließen der zugefallenen Tür zwischen dem Freunde und ihm. Knechts Bedenken wegen des Chinesischen nahm er leicht und erklärte sich ohne weiteres bereit, sich dem Ehrwürdigen und der Ausarbeitung seines Spieles ganz und gar zur Verfügung zu stellen. «Gut», sagte der Magister, «ich nehme dein Versprechen an. So werden wir also zu gewissen Stunden wieder Arbeits- und Studiengenossen sein wie einst in jenen so merkwürdig fern scheinenden Zeiten, wo wir manches Spiel gemeinsam durchgearbeitet und durchgekämpft haben. Es freut mich, Tegularius. Und nun mußt du dir vor allem das Verständnis für die Idee erwerben, auf die ich das Spiel aufbauen will. Du mußt verstehen lernen, was ein chinesisches Haus ist und was die Regeln bedeuten, die für seinen Bau vorgeschrieben sind. Ich gebe dir eine Empfehlung an das ostasiatische Studienhaus mit, dort wird man dir helfen. Oder — es fällt mir noch etwas anderes, Hübscheres ein — wir könnten es mit dem Älteren Bruder versuchen, dem Mann im Bambusgehölz, von dem ich dir damals so viel erzählt habe. Vielleicht ist es unter seiner Würde oder eine zu große Störung für ihn, sich mit jemand einzulassen, der kein Chinesisch versteht, aber versuchen sollten wir es doch. Wenn er will, so ist dieser Mann imstande, einen Chinesen aus dir zu machen.»

Es erging eine Botschaft an den Älteren Bruder, die ihn herzlich einlud, für eine Weile als Gast des Glasperlenspielmeisters nach Waldzell zu kommen, da diesem sein Amt zu einem Besuch keine Zeit lasse, und ihn über den Dienst, den man von ihm begehrte, unterrichtete. Der Chinese jedoch verließ das Bambusgehölz nicht, der Bote brachte statt seiner ein Briefchen mit, mit Tusche in chinesischen Zeichen gemalt, darin stand: «Ehrenvoll wäre es, den großen Mann zu sehen. Aber Gehen führt in Hemmnisse. Zwei Schüsselchen benutze man zum Opfer. Den Erhabenen grüßt der Jüngere.» Daraufhin brachte Knecht seinen Freund nicht ohne Mühe zu dem Entschluß, selbst nach dem Bambusgehölz zu reisen und um Aufnahme und Belehrung zu bitten. Doch blieb die kleine Reise ohne Erfolg. Der Einsiedler im Gehölz empfing Tegularius mit einer beinahe unterwürfigen Höflichkeit, ohne aber eine einzige von dessen Fragen anders als mit freundlichen Sentenzen in chinesischer Sprache zu beantworten und ohne ihn zum Bleiben einzuladen, trotz dem auf schönes Papier gemalten prachtvollen Empfehlungsschreiben von der Hand des Magister Ludi. Unverrichteter Dinge und eher verstimmt kehrte Fritz nach Waldzell heim, brachte als Geschenk für den Magister ein Blättchen zurück, auf das ein alter Vers über einen Goldfisch gepinselt war, und mußte nun also doch im Haus der ostasiatischen Studien sein Heil versuchen. Hier waren die Empfehlungen Knechts wirksamer, man war dem Bittsteller, dem Abgesandten eines Magisters, auf das gefälligste behilflich, und bald hatte er sich über sein Thema so vollkommen unterrichtet, wie es ohne Chinesisch irgend möglich war, und fand dabei an Knechts Einfall, diese Haus-Symbolik seinem Plan zugrunde zu legen, eine solche Freude, daß er seinen Mißerfolg im Bambusgehölze darüber verschmerzte und vergaß.

Als Knecht den Bericht des Abgewiesenen über seinen Besuch beim Älteren Bruder anhörte, und als er dann für sich allein den Goldfischvers las, berührten ihn die Atmosphäre dieses Menschen und die Erinnerung an seinen einstigen Aufenthalt in dessen Hütte beim wehenden Bambus und bei den Schafgarbenstengeln mit eindringlicher Stärke, Erinnerung zugleich an Freiheit, Muße, Studentenzeit und buntes Paradies der Jugendträume. Wie hatte dieser tapfre schrullige Einsiedler es verstanden, sich zurückzuziehen und freizuhalten, wie hielt sein stilles Bambusgehölz ihn vor der Welt verborgen, wie innig und stark lebte er in seinem zur zweiten Natur gewordenen, reinlichen, pedantischen und weisen Chinesentum, wie geschlossen, konzentriert und dicht hielt der Zauber seines Lebenstraumes ihn Jahr um Jahr und Jahrzehnt um Jahrzehnt umfangen, machte seinen Garten zu China, seine Hütte zum Tempel, seine Fische zu Gottheiten und ihn selbst zum Weisen! Mit einem Seufzer machte Knecht sich von dieser Vorstellung los. Er war einen anderen Weg gegangen, vielmehr geführt worden, und es kam nur darauf an, diesen ihm nun zugewiesenen Weg gerade und treu zu gehen, nicht ihn mit den Wegen anderer zu vergleichen.

Mit Tegularius gemeinsam entwarf und komponierte er in ausgesparten Stunden sein Spiel und überließ die ganze Auslesearbeit im Archiv sowie die erste und zweite Aufzeichnung dem Freunde. Mit dem neuen Inhalt gewann die Freundschaft wieder Leben und Form, eine andere als früher, und auch das Spiel, an dem sie arbeiteten, erfuhr durch die Eigenart und spitzfindige Phantasie des Sonderlings manche Veränderung und Bereicherung. Fritz gehörte zu den nie zufriedenen und dennoch genügsamen Leuten, welche über einem gepflückten Blumenstrauß, einem gedeckten Eßtisch, der für jeden andern fertig und vollendet ist, Stunde um Stunde mit unruhigem Behagen und rastlosen, liebevollen Handgriffen weiter sich zu betätigen und aus der kleinsten Arbeit ein emsig und innig betreutes Tagewerk zu machen wissen. Es blieb nun auch in den kommenden Jahren dabei: das große solenne Spiel war jedesmal eine Leistung von zweien, und für Tegularius war es eine doppelte Genugtuung, sich dem Freund und Meister in einer so wichtigen Sache brauchbar, ja unentbehrlich zu zeigen und die öffentliche Begehung des Spieles als ungenannter, der Elite aber wohlbekannter Mitschöpfer mitzuerleben.

Im Spätherbst jenes ersten Amtsjahres nun, während sein Freund noch bei seinen ersten Chinastudien war, stieß der Magister eines Tages beim raschen Durchsehen der Einträge im Tagebuch seiner Kanzlei auf eine Notiz: «Student Petrus aus Monteport kommt an, empfohlen vom Magister Musicae, bringt spezielle Grüße vom Alt-Musikmeister, bittet um Unterkunft und Zulaß ins Archiv. Wurde im Studentengasthaus untergebracht.» Nun, den Studenten und sein Gesuch konnte er ruhig den Leuten vom Archiv überlassen, es war etwas Alltägliches. Aber «spezielle Grüße vom Alt-Musikmeister», das konnte nur ihn selber angehen. Er ließ sich den Studenten kommen; es war ein zugleich grüblerisch und feurig aussehender, doch schweigsamer junger Mann und gehörte offenbar zur Elite von Monteport, wenigstens schien die Audienz bei einem Magister ihm etwas Gewohntes zu sein. Knecht fragte, was der Alt-Musikmeister ihm aufgetragen habe. «Grüße», sagte der Student, «sehr herzliche und respektvolle Grüße für Euch, Ehrwürdiger, und auch eine Einladung.» Knecht forderte den Gast auf, sich zu setzen. Sorgfältig die Worte wählend, fuhr der Jüngling fort: «Der verehrte Alt-Magister hat mir, wie gesagt, angelegentlich aufgetragen, Euch von ihm zu grüßen. Dabei hat er den Wunsch angedeutet, Euch nächstens, und zwar möglichst bald, einmal bei sich zu sehen. Er lädt Euch ein oder legt Euch nahe, ihn in nächster Zeit aufzusuchen, vorausgesetzt natürlich, daß der Besuch sich in eine Dienstreise einbeziehen lasse und Euch nicht allzusehr versäume. So etwa lautet der Auftrag.»

Knecht blickte den jungen Mann prüfend an; gewiß gehörte er zu den Schützlingen des Alten. Vorsichtig stellte er die Frage: «Wie lang gedenkst du dich bei uns im Archiv aufzuhalten, Studiose?» und bekam die Antwort: «Genau so lange, ehrwürdiger Herr, bis ich sehe, daß Ihr die Reise nach Monteport antretet.»

Knecht überlegte. «Gut», sagte er dann. «Und warum hast du mir das, was der Altmeister dir für mich auftrug, nicht im Wortlaut übermittelt, wie es eigentlich zu erwarten wäre?»

Petrus erwiderte Knechts Blick beharrlich und gab langsam Bescheid, immer behutsam nach den Worten suchend, als müsse er sich in einer fremden Sprache ausdrücken. «Es gibt keinen Auftrag, Ehrwürdiger», sagte er, «und es gibt keinen Wortlaut. Ihr kennet meinen verehrten Meister und wisset, er war immer ein außerordentlich bescheidener Mann; in Monteport erzählt man, in seiner Jugend, als er noch Repetent war, aber schon bei der ganzen Elite für den prädestinierten Musikmeister galt, habe diese ihm den Spottnamen gegeben ,der große Gerneklein'. Nun, diese Bescheidenheit, und nicht minder seine Pietät, seine Dienstbereitschaft, Rücksichtnahme und Duldung hat sich, seit er alt wurde, und vollends, seit er sein Amt niedergelegt hat, noch vermehrt, Ihr wisset das ohne Zweifel besser als ich. Diese Bescheidenheit würde es ihm verbieten, etwa Eure Ehrwürden um einen Besuch zu bitten, auch wenn er ihn sich noch so sehr wünschen würde. So kam es, Domine, daß ich mit einem Auftrag dieser Art nicht beehrt worden bin und dennoch gehandelt habe, als sei er mir erteilt worden. Wenn es ein Fehler war, so liegt es bei Euch, den nicht vorhandenen Auftrag wirklich als nicht vorhanden zu betrachten.»

Knecht lächelte ein wenig. «Und deine Beschäftigung im Spielarchiv, Bester? War sie bloß Vorwand?»

«O nein. Ich habe dort eine Anzahl Schlüssel zu exzerpieren, hätte in nächster Zeit also ohnehin Eure Gastfreundschaft ansprechen müssen. Es schien mir aber geraten, die kleine Reise lieber etwas zu beschleunigen.»

«Sehr gut», nickte der Magister, wieder ganz ernst geworden. «Ist die Frage nach der Ursache dieser Beschleunigung erlaubt?»

Der Jüngling schloß einen Moment die Augen, die Stirn tief gerunzelt, als quäle die Frage ihn sehr. Dann richtete er den forschenden und jugendlich-kritischen Blick wieder fest auf des Magisters Gesicht.

«Die Frage kann nicht beantwortet werden, außer Ihr würdet Euch entschließen, sie noch genauer zu fassen.»

«Gut denn», rief Knecht. «Ist also das Befinden des Altmeisters schlecht, ist es besorgniserregend?»

Der Student merkte, obwohl der Magister mit der größten Ruhe gesprochen hatte, dessen liebende Sorge um den alten Mann; zum erstenmal seit dem Beginn dieser Unterhaltung kam ein Strahl von Wohlwollen in seinen etwas finstern Blick, und seine Stimme klang um ein weniges freundlicher und unmittelbarer, als er sich endlich anschickte, sich offen seines Anliegens zu entledigen.

«Herr Magister», sagte er, «seid beruhigt, das Befinden des Hochverehrten ist keineswegs schlecht, er ist immer ein vorbildlich gesunder Mann gewesen und ist es noch immer, wenn auch das hohe Alter ihn natürlich sehr geschwächt hat. Es ist nicht etwa so, daß sein Aussehen sich merklich verändert oder seine Kräfte plötzlich rascher abgenommen hätten, er macht kleine Spaziergänge, musiziert jeden Tag ein wenig und hat bis vor kurzem noch zwei Schülern Unterricht an der Orgel gegeben, Anfängern noch, denn er hat immer die Jüngsten am liebsten um sich gehabt. Aber daß er auch diese beiden letzten Schüler seit einigen Wochen abgegeben hat, ist immerhin ein Symptom, das mir auffiel, und seither habe ich den ehrwürdigen Herrn etwas mehr beobachtet und mir Gedanken über ihn gemacht — diese sind die Ursache meines Hierseins. Wenn etwas mich zu solchen Gedanken und Schritten berechtigt, so ist es der Umstand, daß ich früher selbst ein Schüler des Alt-Musikmeisters war, eine Art Vorzugsschüler, wenn ich so sagen darf, und daß sein Nachfolger mich schon seit einem Jahr als eine Art von Famulus und Gesellschafter dem alten Herrn zugewiesen und mit der Sorge um sein Ergehen beauftragt hat. Es war mir ein sehr angenehmer Auftrag, denn es gibt keinen Menschen, für den ich eine solche Verehrung und Anhänglichkeit hege wie für meinen alten Lehrer und Gönner. Er war es, der mir das Geheimnis der Musik erschlossen und mich zum Dienst an ihr fähig gemacht hat, und was ich darüber hinaus an Gedanken, an Sinn für den Orden, an Reife und innerer Ordnung etwa noch gewonnen habe, das kam alles auch von ihm und ist sein Werk. So lebe ich also seit wohl einem Jahre ganz bei ihm, zwar mit einigen Studien und Kursen beschäftigt, aber immer zu seiner Verfügung, sein Gesellschafter bei Tisch, sein Begleiter beim Promenieren, etwa auch beim Musizieren, und nachts sein Wandnachbar. Bei diesem nahen Zusammenleben nun kann ich die Stadien seines — nun ja, seines Alterns muß ich wohl sagen, seines körperlichen Alterns recht genau beobachten, und einige meiner Kameraden machen je und je mitleidige oder spöttische Glossen über das wunderliche Amt, das einen so jungen Menschen wie mich zum Diener und Lebensbegleiter eines uralten Mannes macht. Aber sie wissen nicht, und außer mir allein weiß es wohl niemand so recht, was für ein Altern diesem Meister beschieden ist, wie er am Körper allmählich schwächer und hinfälliger wird, immer weniger Nahrung nimmt und immer ermüdeter von seinen kleinen Gängen heimkehrt, ohne doch je krank zu sein, und wie er zugleich in der Stille seines Greisenalters immer mehr Geist, Andacht, Würde und Einfalt wird. Wenn mein Amt als Famulus oder Wärter einige Schwierigkeiten hat, so liegen sie einzig darin, daß der Ehrwürdige so gar nicht bedient und gepflegt sein, daß er immer nur geben und nie nehmen möchte.»

«Ich danke dir», sagte Knecht, «es ist mir lieb, einen so ergebenen und dankbaren Schüler bei dem Ehrwürdigen zu wissen. Aber nun sage mir, da du ja nicht im Auftrag deines Herrn sprichst, endlich deutlich, warum dir mein Besuch in Monteport so am Herzen liegt.»

«Ihr fragtet vorher mit Besorgnis nach der Gesundheit des Herrn Alt-Musikmeisters», gab der Junge Antwort, «denn offenbar hatte mein Anliegen Euch den Gedanken nahegelegt, er möchte krank und es könnte am Ende hohe Zeit sein, ihn noch einmal aufzusuchen. Nun, ich glaube in der Tat, es sei hohe Zeit. Zwar scheint der Ehrwürdige mir nicht dem Ende nah, aber seine Art des Abschiednehmens von der Welt ist nun einmal eine besondere. So hat er seit einigen Monaten sich beinahe ganz des Sprechens entwöhnt, und wenn er schon immer die kurze Rede der langen vorgezogen hat, so ist er jetzt zu einer Kürze und Stille gelangt, die mich ein wenig beängstigt. Als es immer häufiger vorkam, daß er mich auf eine Anrede oder Frage ohne Antwort ließ, dachte ich anfangs, sein Gehör beginne schwach zu werden, aber er hört so gut wie immer, ich habe viele Proben angestellt. Nun mußte ich also annehmen, er sei eben zerstreut und vermöge seine Aufmerksamkeit nicht recht mehr zu sammeln. Aber es ist auch dies keine genügende Erklärung. Vielmehr ist er schon lang gewissermaßen unterwegs und lebt nicht mehr ganz unter uns, sondern mehr und mehr in seiner eigenen Welt; so hat er auch immer seltener jemand aufgesucht oder zu sich kommen lassen, außer mir sieht er jetzt tagelang niemanden mehr. Und seit dies begonnen hat, diese Abseitigkeit, dieses Nichtmehrhiersein, seither war ich bemüht, ihm die paar Freunde noch einmal zuzuführen, von denen ich weiß, daß er sie am meisten liebte. Wenn Ihr ihn aufsuchen wolltet, Domine, würdet Ihr ohne Zweifel Eurem alten Freunde eine Freude bereiten, dessen bin ich gewiß, und Ihr würdet auch noch einigermaßen denselben Mann antreffen, den Ihr verehrt und geliebt habt. In einigen Monaten, vielleicht auch schon in einigen Wochen, würde seine Freude an Euch und seine Teilnahme für Euch schon viel geringer sein, ja es ist wohl möglich, daß er Euch gar nicht mehr kennen oder doch nicht mehr beachten würde.»

Knecht stand auf, trat ans Fenster und stand eine kleine Weile, hinausblickend und Luft schöpfend. Als er sich dem Studenten wieder zuwandte, war dieser vom Stuhl aufgestanden, als halte er die Audienz für beendet. Der Magister reichte ihm die Hand.

«Ich danke nochmals, Petrus», sagte er. «Es wird dir bekannt sein, daß ein Magister allerlei Pflichten hat. Ich kann nicht den Hut aufsetzen und abreisen, es muß erst eingeteilt und ermöglicht werden. Hoffentlich bin ich bis übermorgen so weit. Würde dir das genügen, und wärest du bis dahin mit deiner Arbeit im Archiv fertig? — Ja? Dann werde ich dich also rufen lassen, wenn es Zeit ist.»

Wirklich reiste Knecht wenige Tage später, von Petrus begleitet, nach Monteport. Als sie dort den Pavillon betraten, den der Alt-Magister in den Gärten bewohnte, eine anmutige und überaus ruhige Klause, hörten sie Musik aus dem hinteren Zimmer her, eine zarte, dünne, aber taktfeste und köstlich heitere Musik; dort saß der Alte und spielte mit zwei Fingern eine zweistimmige Melodie — Knecht riet sofort, es müsse aus einem der Bicinien-Bücher vom

Ende des sechzehnten Jahrhunderts sein. Sie blieben stehen, bis es still wurde, dann rief Petrus seinen Meister an und meldete, er sei zurück und habe einen Besuch mitgebracht. Der Greis erschien in der Tür und blickte sie begrüßend an. Dies Begrüßungslächeln des Musikmeisters, das alle liebten, war stets von einer kindlich offenen, strahlend sich darbietenden Herzlichkeit und Freundlichkeit gewesen; vor bald dreißig Jahren hatte Josef Knecht es zum erstenmal gesehen und sein Herz diesem freundlichen Manne geöffnet und geschenkt in jener beklommenseligen Morgenstunde im Musikzimmer, er hatte dies Lächeln seither oft und jedesmal mit tiefer Freude und einer wunderlichen Rührung wiedergesehen, und während des freundlichen Meisters grauliches Haar allmählich vollends grau und allmählich weiß geworden, während seine Stimme leiser, sein Händedruck schwächer, sein Gang mühsamer geworden war, hatte das Lächeln nichts an Helligkeit und Anmut, an Reinheit und Innigkeit verloren. Und diesmal, sah der Freund und Schüler, war es unzweifelhaft: die strahlende, werbende Botschaft des lächelnden Greisengesichtes, dessen blaue Augen und zarte Wangenröte mit den Jahren immer lichter geworden waren, war nicht nur die alte und oft gesehene, sie war vielmehr inniger, geheimnisvoller und intensiver geworden. Erst jetzt, bei der Begrüßung, begann Knecht wirklich zu verstehen, worin eigentlich des Studenten Petrus Anliegen bestand und wie sehr er selbst, indem er diesem Anliegen ein Opfer zu bringen meinte, der Beschenkte sei.

Sein Freund Carlo Ferromonte, den er einige Stunden später aufsuchte — er war damals Bibliothekar an der berühmten Monteporter Musikbibliothek —, war der erste, dem er davon sprach. Er hat das Gespräch jener Stunde in einem Briefe festgehalten.

«Unser Alt-Musikmeister», sagte Knecht, «ist ja dein Lehrer gewesen, und du hast ihn sehr geliebt; siehst du ihn eigentlich noch häufig?»

«Nein», meinte Carlo, «das heißt, ich sehe ihn natürlich nicht selten, etwa wenn er seine Promenade macht und ich gerade von der Bibliothek komme, aber gesprochen habe ich seit Monaten nicht mit ihm. Er zieht sich mehr und mehr zurück und scheint Geselligkeit nicht mehr wohl zu vertragen. Früher hatte er einen Abend für Leute meinesgleichen, für seine früheren Repetenten, soweit sie jetzt Beamte in Monteport sind; aber das hat schon seit einem Jahr etwa aufgehört, und daß er damals zu Eurer Investitur nach Waldzell gefahren ist, war für uns alle höchst erstaunlich.»

«Ja», sagte Knecht, «aber wenn du ihn also doch zuweilen siehst, ist dir da keine Veränderung an ihm aufgefallen?»

«O ja, Ihr meint sein gutes Aussehen, seine Heiterkeit, sein merkwürdiges Strahlen. Natürlich haben wir das bemerkt. Während seine Kräfte hinschwinden, nimmt diese Heiterkeit beständig zu. Wir haben uns daran gewöhnt, Euch aber mußte es auffallen.»

«Sein Famulus Petrus», rief Knecht, «sieht ihn noch viel öfter als du, aber er hat sich nicht, wie du sagst, daran gewöhnt. Er kam, mit plausibler Begründung natürlich, eigens nach Waldzell gereist, um mich zu diesem Besuch zu veranlassen. Was hältst du von ihm?»

«Von Petrus? Er ist ein ganz guter Musikkenner, mehr von der pedantischen Art übrigens als von der genialischen, ein etwas schwerfälliger oder schwerblütiger Mensch. Dem Alt-Musikmeister ist er unbedingt ergeben und würde sein Leben für ihn lassen. Ich glaube, sein Dienst bei diesem seinem angebeteten Herrn und Götzen füllt ihn ganz und gar aus, er ist von ihm besessen. Hattet Ihr nicht auch diesen Eindruck?»

«Besessen? Ja, aber dieser junge Mensch ist, glaube ich, nicht einfach von einer Vorliebe und Leidenschaft besessen, er ist nicht einfach in seinen alten Lehrer verliebt und macht seinen Abgott aus ihm, sondern er ist besessen und

277

bezaubert von einem wirklichen und echten Phänomen, das er besser sieht oder mit dem Gefühl besser versteht als ihr andern. Ich will dir erzählen, wie es mir erschienen ist. Also ich kam heut zum Alt-Magister, den ich ein halbes Jahr nicht mehr gesehen hatte, und nach den Andeutungen seines Famulus erwartete ich für mich wenig oder nichts von diesem Besuch; ich hatte einfach Angst bekommen, der verehrte alte Herr könne uns nächstens plötzlich verlassen, und eilte her, um ihn mindestens noch einmal zu sehen. Als er mich erkannte und begrüßte, leuchtete sein Gesicht auf, doch sagte er nichts als meinen Namen und gab mir die Hand, und auch diese Bewegung und die Hand schienen mir zu leuchten, der ganze Mann schien, oder doch seine Augen, sein weißes Haar und seine hell rosige Haut, eine leise kühle Strahlung von sich zu geben. Ich setzte mich zu ihm, er schickte den Studenten fort, nur mit einem Blick, und jetzt begann das merkwürdigste Gespräch, das ich je erlebt habe. Anfangs freilich war es für mich sehr befremdend und bedrückend, auch beschämend, denn ich redete den Alten immer wieder an oder stellte Fragen, und auf nichts gab er anders als durch einen Blick Antwort; ich konnte nicht erkennen, ob meine Fragen und Mitteilungen ihn anders denn als ein lästiges Geräusch erreichten. Es verwirrte, enttäuschte und ermüdete mich, ich kam mir so überflüssig und aufdringlich vor; was immer ich dem Meister sagte, darauf bekam ich nur ein Lächeln und einen kurzen Blick zurück. Ja, wären diese Blicke nicht so voll von Wohlwollen und Herzlichkeit gewesen, so hätte ich denken müssen, der Greis mache sich unverhohlen lustig über mich, über meine Erzählungen und Fragen, über den ganzen unnützen Aufwand meiner Reise hierher und meines Besuches bei ihm. Nun, und etwas dergleichen war schließlich mit seinem Schweigen und Lächeln ja auch gemeint, sie waren tatsächlich eine Abwehr und eine Zurechtweisung, nur waren sie es auf andre Weise, auf einer andern Ebene und Sinnstufe, als etwa spöttische Worte es hätten sein können. Ich mußte erst erlahmen und mit meinen, wie mir schien, geduldig-höflichen Versuchen zur Einleitung eines Gespräches vollkommen Schiffbruch erleiden, ehe ich zu begreifen anfing, daß der alte Mann auch einer hundertmal größeren Geduld, Beharrlichkeit und Höflichkeit, als meine es war, leicht gewachsen sein würde. Möglich, daß es eine viertel oder eine halbe Stunde gedauert hat, mir kam es wie ein halber Tag vor, ich fing an, traurig, müde und unwillig zu werden und meine Reise zu bereuen, der Mund wurde mir trocken. Da saß der ehrwürdige Mann, mein Gönner, mein Freund, der, seit ich denken konnte, mein Herz und Vertrauen besaß und nie ein Wort von mir ohne Antwort gelassen hatte, da saß er und hörte mich reden, oder hörte mich auch nicht, saß und hatte sich völlig hinter sein Strahlen und Lächeln, hinter seine goldene Maske verborgen und verschanzt, unerreichbar, einer anderen Welt mit anderen Gesetzen angehörig, und alles, was von mir zu ihm, aus unserer Welt in die seine hinüber sprechen wollte, lief an ihm ab wie Regen an einem Stein. Endlich — ich hatte schon keine Hoffnung mehr — durchbrach er die Zaubermauer, endlich half er mir, endlich sagte er ein Wort! Es war das einzige Wort, das ich ihn heut habe sprechen hören.

,Du ermüdest dich, Josef', sagte er leise und mit einer Stimme voll jener rührenden Freundlichkeit und Fürsorge, die du an ihm kennst. Dies war alles. ,Du ermüdest dich, Josef.' Als habe er mir lange Zeit bei einer allzu angestrengten Arbeit zugesehen und wolle mich jetzt mahnen. Er sprach die Worte ein wenig mühsam, als habe er schon recht lange Zeit die Lippen nicht mehr zum Sprechen gebraucht. Zugleich legte er seine Hand auf meinen Arm, sie war leicht wie ein Schmetterling, sah mir eindringlich in die Augen und lächelte. In diesem Augenblick war ich besiegt. Etwas von seiner heiteren Stille, etwas von seiner Geduld und Ruhe ging in mich über, und plötzlich überkam mich das Verständnis für den Alten und für die Wendung, die sein Wesen genommen hatte, weg von den Menschen und hin zur Stille, weg von den Worten und hin zur Musik, weg von den Gedanken und hin zur Einheit. Ich begriff, was mir hier anzuschauen vergönnt war, und begriff nun auch erst dieses Lächeln, dieses Strahlen; es war ein Heiliger und Vollendeter, der mir hier für eine Stunde in seinem Glanz mitzuwohnen erlaubte und den ich Stümper hatte unterhalten, ausfragen und zu einer Konversation verführen wollen. Gott sei Dank war mir das Licht nicht zu spät aufgegangen. Er hätte mich auch wegschicken und damit für immer ablehnen können. Ich wäre damit um das Merkwürdigste und Herrlichste gekommen, was ich je erlebt habe.»

«Ich sehe», sagte Ferromonte nachdenklich, «daß Ihr in unserem Alt-Musikmeister so etwas wie einen Heiligen gefunden habet, und es ist gut, daß gerade Ihr es seid, der es mir berichtet hat. Ich gestehe, daß ich von jedem andern Erzähler den Bericht nur mit dem größten Mißtrauen entgegengenommen hätte. Ich bin, alles in allem, gar kein Liebhaber des Mystischen, und namentlich bin ich, als Musiker und als Historiker, ein Freund und Pedant der reinlichen Kategorien. Da wir in Kastalien weder eine christliche Kongregation sind noch ein indisches oder taoistisches Kloster, scheint mir die Einreihung unter die Heiligen, unter eine rein religiöse Kategorie also, für einen von uns eigentlich nicht zulässig, und einem andern als dir — verzeihet, als Euch, Domine — würde ich diese Einreihung als eine Entgleisung vorhalten. Aber ich denke mir, Ihr werdet kaum die Absicht haben, zugunsten des verehrten Alt-Magisters ein Kanonisierungsverfahren einzuleiten, es würde dafür in unsrem Orden sich ja auch die zuständige Behörde nicht finden. Nein, unterbrechet mich nicht, ich spreche im Ernst; es ist keineswegs spaßhaft gemeint. Ihr habt mir ein Erlebnis erzählt, und ich muß gestehen, daß es mich ein wenig beschämt hat, denn das von Euch geschilderte Phänomen ist zwar mir und meinen Monteporter Kollegen nicht völlig entgangen, aber wir haben es doch nur eben zur Kenntnis genommen und ihm wenig Aufmerksamkeit geschenkt. Ich besinne mich über die Ursache meines Versagens und meiner Gleichgültigkeit. Daß die Verwandlung des Altmeisters Euch so sehr auffiel und zur Sensation wurde, während ich sie kaum bemerkte, erklärt sich natürlich dadurch, daß diese Verwandlung Euch unerwartet und als fertiges Resultat entgegentrat, während ich Zeuge ihrer langsamen Entwicklung war. Der Alt-Magister, den Ihr vor Monaten und den Ihr heute gesehen habet, sind sehr voneinander verschieden, während wir Nachbarn vom einen zum andern Mal des Wiederbegegnens kaum merkliche Veränderungen antrafen. Aber ich gestehe, die Erklärung genügt mir nicht. Wenn sich vor unsern Augen so etwas wie ein Wunder vollzieht, sei es auch noch so leise und langsam, so müßten wir, wenn wir unvoreingenommen wären, davon stärker berührt werden, als es mir geschehen ist. Und hier stoße ich auf die Ursache meiner Verschlossenheit: ich war eben keineswegs unvoreingenommen. Daß ich das Phänomen nicht bemerkte, geschah, weil ich es nicht bemerken wollte. Bemerkt habe ich, wie jeder, die zunehmende Zurückgezogenheit und Schweigsamkeit unseres Verehrten, und die gleichzeitige Steigerung seiner Freundlichkeit, das immer heller und unsinnlicher werdende Glänzen seines Gesichts, wenn er beim Begegnen meinen Gruß stumm erwiderte. Das habe ich und jeder hat es natürlich wohl bemerkt. Aber ich wehrte mich dagegen, mehr darin zu sehen, und ich wehrte mich nicht aus Mangel an Ehrfurcht gegen den alten Magister, sondern zum Teil aus einer Abneigung gegen Personenkult und Schwärmerei im allgemeinen, zum Teil aus Abneigung gegen eben diese Schwärmerei im speziellen Falle, gegen die Art von Kultus nämlich, die der Studiosus Petrus mit seinem Meister und Abgott treibt. Dies ist mir während Eurer Erzählung vollends klargeworden.»

«Das war», lachte Knecht, «immerhin ein Umweg, um dir selber deine Abneigung gegen den armen Petrus zu entdecken. Aber wie steht es nun? Bin auch ich ein Mystiker und Schwärmer? Treibe auch ich verbotenen Personen- und Heiligenkult? Oder gestehst du mir zu, was du dem Studenten nicht zugestandest, nämlich, daß wir etwas gesehen und erlebt haben, nicht Träume und Phantasien, sondern etwas Reales und Gegenständliches?»

«Natürlich gestehe ich es Euch zu», sagte Carlo langsam und überlegend, «niemand wird an Eurem Erlebnis und an der Schönheit oder Heiterkeit des Alt-Magisters zweifeln, der einem so unglaublich zulächeln kann. Die Frage ist nur: wohin tun wir das Phänomen, wie benennen wir es, wie erklären wir es? Es klingt schulmeisterlich, aber wir Kastalier sind nun einmal Schulmeister, und wenn ich Euer und unser Erlebnis einzuordnen und zu benennen wünsche, so wünsche ich das nicht, weil ich seine Wirklichkeit und Schönheit durch Abstraktion und Verallgemeinerung auflösen, sondern weil ich sie möglichst bestimmt und deutlich aufzeichnen und festhalten möchte. Wenn ich auf einer Reise irgendwo einen Bauern oder ein Kind eine Melodie summen höre, die ich nicht kannte, so ist mir das ebenfalls ein Erlebnis, und wenn ich dann diese Melodie sofort und so genau wie möglich in Noten aufzuschreiben versuche, so ist das kein Abtun und Weglegen, sondern eine Ehrung und Verewigung meines Erlebnisses.»

Knecht nickte ihm freundschaftlich zu. «Carlo», sagte er, «es ist ein Jammer, daß wir uns so selten mehr sehen können. Nicht alle Jugendfreunde bewähren sich bei jedem Wiedersehen. Ich bin mit meiner Erzählung vom alten Magister zu dir gekommen, weil du hier am Ort der einzige bist, an dessen Mitwissen und Teilnahme mir gelegen ist. Ich muß es nun dir überlassen, was du mit meiner

Erzählung anfangen und wie du den verklärten Zustand unsres Meisters benennen willst. Ich würde mich freuen, wenn du ihn einmal aufsuchen und eine kleine Weile in seiner Aura weilen wolltest. Sein Zustand von Gnade, Vollendung, Altersweisheit, Seligkeit, oder wie immer wir ihn nennen wollen, mag dem religiösen Leben angehören; wenn wir Kastalier auch keine Konfession und keine Kirche haben, so ist Frömmigkeit uns doch nichts Unbekanntes; gerade unser Alt-Musikmeister ist stets ein durch und durch frommer Mensch gewesen. Und da es Berichte von Begnadeten, Vollendeten, Strahlenden, Verklärten in vielen Religionen gibt, warum sollte nicht auch unsre kastalische Frömmigkeit einmal zu dieser Blüte kommen? — Es ist spät geworden, ich sollte schlafen gehen, morgen muß ich in aller Frühe reisen. Ich hoffe bald wiederzukommen. Laß mich dir nur noch ganz kurz meine Geschichte zu Ende erzählen! Also nachdem er zu mir gesagt hatte: ‚Du ermüdest dich‘, gelang es mir endlich, von meinen Bemühungen um die Einleitung eines Gespräches abzustehen und nicht nur still zu sein, sondern auch meinen Willen von dem falschen Ziel abzurufen, diesen Schweiger mit Hilfe von Wort und Unterredung erforschen und von ihm profitieren zu wollen. Und vom Augenblick an, in dem ich verzichtete und alles dem andern überließ, ging es wie von selbst. Du magst nachher meine Ausdrücke beliebig durch andre ersetzen, jetzt aber höre mich an, auch wenn ich ungenau scheine oder Kategorien verwechsle. Ich war etwa eine Stunde oder anderthalbe bei dem Alten, und ich kann dir nicht mitteilen, was zwischen ihm und mir vorgegangen oder ausgetauscht worden ist, Worte sind dabei nicht gesprochen worden. Ich fühlte nur, nachdem mein Widerstand gebrochen war, daß er mich in seinen Frieden und seine Helligkeit mit aufnahm, es umschloß ihn und mich Heiterkeit und wunderbare Ruhe. Ohne daß ich mit Willen und Wissen meditiert hätte, glich es einigermaßen einer besonders geglückten und beglückenden Meditation, deren Thema das Leben des Alt-Magisters gewesen wäre. Ich sah ihn oder fühlte ihn und den Gang seines Werdens von damals an, wo er mir, einem Knaben, zum erstenmal begegnete, bis zur jetzigen Stunde. Es war ein Leben der Hingabe und Arbeit, aber frei von Zwang, frei von Ehrgeiz und voll von Musik. Und es entwickelte sich so, als habe er, indem er Musiker und Musikmeister wurde, die Musik als einen der Wege zum höchsten Ziel des Menschen, zur innern Freiheit, zur Reinheit, zur Vollkommenheit erwählt, und als habe er seitdem nichts anderes getan, als sich von der Musik immer mehr durchdringen, verwandeln, läutern zu lassen, von den gewandten, klugen Cembalistenhänden und dem reichen riesigen Musikergedächtnis bis in alle Teile und Organe des Leibes und der Seele, bis in die Pulse und Atemzüge, bis in den Schlaf und Traum, und sei jetzt nur noch ein Symbol, vielmehr eine Erscheinungsform, eine Personifikation der Musik. Wenigstens habe ich das, was von ihm ausstrahlte oder was zwischen ihm und mir wie rhythmisches Atmen hin und her wogte, durchaus als Musik empfunden, als eine völlig unmateriell gewordene, esoterische Musik, welche jeden in den Zauberkreis Eintretenden mit aufnimmt wie ein mehrstimmiges Lied eine neu einfallende Stimme. Einem Nichtmusiker wäre die Gnade vielleicht in anderen Bildern wahrnehmbar geworden, ein Astronom hätte vielleicht sich als Mond um einen Planeten kreisen sehen, oder ein Philologe sich in einer allbedeutsamen, magischen Ursprache angeredet gehört. Genug nun, ich verabschiede mich. Es war mir eine Freude, Carlo.»

Wir haben diese Episode etwas ausführlich mitgeteilt, da der Musikmeister in Knechts Leben und Herzen einen so wichtigen Platz einnahm; mit dazu bewogen oder verführt hat uns der Umstand, daß Knechts Unterhaltung mit Ferromonte in des letzteren eigener Niederschrift, in einem Briefe, auf uns gekommen ist. Über die «Verklärung» des Alt-Musikmeisters ist dieser Bericht gewiß der früheste und zuverlässigste, später gab es ja über dies Thema Legenden und Deutungen übergenug.

Die beiden Pole

Das Jahresspiel, als «Chinesenhausspiel» noch heute bekannt und nicht selten zitiert, brachte Knecht und seinem Freunde die Früchte ihrer Arbeit und brachte Kastalien und der Behörde die Bestätigung, daß mit Knechts Berufung in das höchste Amt das Richtige geschehen sei. Wieder einmal erlebte Waldzell, das Spielerdorf und die Elite, die Genugtuung einer glänzenden und hochgestimmten Festzeit, ja das Jahresspiel war seit langem nicht mehr ein solches Ereignis gewesen wie diesmal, wo der jüngste und meistbesprochene Magister sich zum erstenmal vor aller Öffentlichkeit zeigen und bewähren und wo außerdem Waldzell den im vergangenen Jahre erlittenen Verlust und Mißerfolg wettmachen sollte. Diesmal lag niemand krank, und es stand kein eingeschüchterter Stellvertreter ängstlich der großen Zeremonie vor, vom wachsamen Übelwollen und Mißtrauen der Elite eisig umlauert, von nervös gewordenen Beamten treu, aber schwunglos unterstützt. Lautlos, unnahbar, ganz Hohepriester, weiß und golden gekleidete Leitfigur auf dem feierlichen Schachbrett der Symbole, zelebrierte der Magister sein und seines Freundes Werk; Ruhe, Kraft und Würde ausstrahlend, keinem profanen Anruf erreichbar, erschien er im Festsaal inmitten seiner vielen Ministranten, eröffnete Akt um Akt seines Spiels mit den rituellen Gebärden, schrieb zierlich mit leuchtendem Goldgriffel Zeichen um Zeichen auf die kleine Tafel, vor welcher er stand, und alsbald erschienen dieselben Zeichen in der Spiel-Chiffernschrift, hundertmal vergrößert, auf der

Riesentafel der hinteren Saalwand, wurden von tausend flüsternden Stimmen nachbuchstabiert, von den Sprechern laut ausgerufen, von den Fernmeldern ins Land und in die Welt hinaus entsendet, und als er am Ende des ersten Aktes die den Akt resümierende Formel auf die Tafel beschwor, mit anmutvoller und eindrücklicher Haltung die Meditationsvorschriften gab, den Griffel niederlegte und sich, niedersitzend, mit beispielhafter Haltung in die Versenkungsstellung begab, da setzten sich nicht nur im Saale, im Spielerdorf und in Kastalien, sondern auch draußen in manchem Lande der Erde die Gläubigen des Glasperlenspiels andächtig zu derselben Meditation nieder und verharrten in ihr bis zum Augenblick, da im Saale der Magister sich wieder erhob. Es war alles, wie es viele Male gewesen war, und war doch alles herzbewegend und neu. Die abstrakte und scheinbar zeitlose Welt des Spieles war elastisch genug, in hundert Nuancen auf Geist, Stimme, Temperament und Handschrift einer Persönlichkeit zu reagieren, die Persönlichkeit groß und kultiviert genug, ihre Einfälle nicht für wichtiger zu halten als die unantastbare Eigengesetzlichkeit des Spieles, die Helfer und Mitspieler, die Elite, gehorchten wie gut gedrillte Soldaten, und doch schien jeder einzelne von ihnen, auch wenn er nur die Verneigungen mit ausführte oder den Vorhang um den meditierenden Meister bedienen half, sein eigenes, aus seiner eigenen Inspiration lebendes Spiel zu begehen. Aus der Menge aber, aus der großen, den Saal und ganz Waldzell überfüllenden Gemeinde, aus den tausend Seelen, welche auf des Meisters Spur den phantastisch-hieratischen Gang durch die unendlichen, vieldimensionalen Vorstellungsräume des Spieles schritten, kam der Feier der Grundakkord und tief bebende Glockenbaß, der für die kindlicheren Glieder der Gemeinde das beste und beinahe einzige Erlebnis beim Feste ist, der aber auch von den durchtriebenen Spielvirtuosen und Kritikern der Elite, von den Ministranten und Beamten bis hinauf zum Leiter und Meister mit ehrfürchtigem Schauer empfunden wird.

Es war eine hohe Feier, auch die Abgesandten von draußen spürten und bekundeten es, und mancher Neuling wurde in diesen Tagen auf immer für das Glasperlenspiel gewonnen. Merkwürdig aber klingen die Worte, in welche Josef Knecht nach Beendigung des zehntägigen Festes seinem Freunde Tegularius gegenüber sein Erlebnis zusammenfaßte. «Wir können zufrieden sein», sagte er. «Ja, Kastalien und das Glasperlenspiel sind wunderbare Dinge, etwas nahezu Vollkommenes sind sie. Nur sind sie es vielleicht allzu sehr, sind allzu schön; sie sind so schön, daß man sie kaum betrachten kann, ohne für sie zu fürchten. Man denkt nicht gerne daran, daß sie wie alles einmal wieder vergehen sollen. Und doch muß man daran denken.»

Dieses uns überlieferte Wort nötigt den Biographen, sich dem heikelsten und geheimnisvollsten Teil seiner Aufgabe zu nähern, dem er wohl gerne noch sich eine Weile ferngehalten hätte, um erst mit der Ruhe und dem Behagen, welches klare und eindeutige Zustände ihrem Schilderer gönnen, seinen Bericht von Knechts Erfolgen, seiner vorbildlichen Amtsführung und glänzenden Lebenshöhe zu Ende zu führen. Allein es schiene uns verfehlt und unserem Gegenstande nicht angemessen, die Zweiheit oder Polarität in des verehrten Meisters Wesen und Leben nicht auch schon dort zu erkennen und aufzuzeigen, wo sie noch niemandem, Tegularius ausgenommen, sichtbar gewesen ist. Vielmehr wird es unsere Aufgabe sein, von jetzt an diese Spaltung oder besser diese unaufhörlich pulsierende Polarität in Knechts Seele recht als das Eigentliche und Kennzeichnende im Wesen des Verehrten anzunehmen und zu bejahen. Es wäre nämlich einem Autor, der die Lebensbeschreibung eines kastalischen Magisters ganz nur im Sinne eines Heiligenlebens ad maiorem gloriam Castaliae zu schreiben für erlaubt hielte, durchaus nicht schwer gemacht, den Bericht von Josef Knechts

Magisterjahren, mit einziger Ausnahme ihrer letzten Augenblicke, ganz als eine glorifizierende Aufzählung von Verdiensten, Pflichterfüllungen und Erfolgen zu gestalten. Leben und Amtsführung jedes beliebigen Glasperlenspielmeisters, auch etwa jenen Magister Ludwig Wassermaler der spielfreudigsten Epoche Waldzells nicht ausgenommen, kann dem Blick des Historikers, der sich nur an die dokumentierten Tatsachen hält, nicht einwandfreier und lobenswerter erscheinen als Leben und Amtsführung des Magisters Knecht. Dennoch hat diese Amtsführung ein ganz ungewöhnliches und Aufsehen erregendes, ja für das Empfinden mancher Beurteiler skandalisierendes Ende genommen, und dieses Ende war nicht etwa ein Zufall oder Unglücksfall, sondern ergab sich völlig folgerichtig, und es gehört mit zu unserer Aufgabe, zu zeigen, daß es mit den glänzenden und rühmenswerten Leistungen und Erfolgen des Ehrwürdigen keineswegs im Widerspruch steht. Knecht ist ein großer und vorbildlicher Verwalter und Repräsentant seines hohen Amtes gewesen, ein Glasperlenspielmeister ohne Tadel. Aber er sah und fühlte den Glanz Kastaliens, dem er diente, als eine gefährdete und schwindende Größe, er lebte in ihm nicht ahnungslos und bedenkenlos mit wie die große Mehrzahl seiner Mitkastalier, sondern wußte um seine Herkunft und seine Geschichte, empfand ihn als ein geschichtliches Wesen, der Zeit unterworfen und von ihrer mitleidlosen Gewalt umspült und erschüttert. Dieses Erwachtsein zum lebendigen Gefühl geschichtlichen Ablaufes und dies Empfinden der eigenen Person und Tätigkeit als einer im Strom des Werdens und Sichwandelns mittreibenden und mittätigen Zelle waren in ihm reif geworden und zum Bewußtsein gelangt durch seine historischen Studien und unter dem Einfluß des großen Paters Jakobus, aber die Anlagen und Keime dazu waren längst vorher dagewesen, und wem wirklich die Persönlichkeit Josef Knechts lebendig geworden, wer wirklich der Eigenart und dem Sinn dieses Lebens auf der Spur ist, wird diese Anlagen und Keime leicht auffinden.

Der Mann, der an einem der strahlendsten Tage seines Lebens, am Ende seines ersten Festspieles, nach einer ungewöhnlich geglückten und eindrucksvollen Kundgebung des kastalischen Geistes gesagt hat: «Man denkt nicht gerne daran, daß Kastalien und das Glasperlenspiel einmal wieder vergehen sollen — und doch muß man daran denken», dieser Mann hat von früh an, auch als er längst noch kein Eingeweihter der Historie war, ein Weltgefühl in sich getragen, dem die Vergänglichkeit alles Gewordenen und die Problematik alles vom Menschengeist Geschaffenen vertraut war. Gehen wir in seine Knaben- und Schülerjahre zurück, so stoßen wir auf die Nachricht, daß er jedesmal, wenn in Eschholz ein Mitschüler verschwand, weil er die Lehrer enttäuscht hatte und wieder aus der Elite in die gewöhnlichen Schulen zurückgeschickt worden war, eine tiefe Beklommenheit und Beunruhigung empfand. Von keinem dieser Ausgeschiedenen ist überliefert, daß er persönlich dem jungen Knecht befreundet gewesen sei; es war nicht der Verlust, es war nicht das Ausscheiden und Verschwinden der Personen, was ihn erregte und mit angstvollem Weh bedrückte. Es war vielmehr die leise Erschütterung seines kindlichen Glaubens an den Bestand der kastalischen Ordnung und der kastalischen Vollkommenheit, welche ihm dieses Weh bereitete. Daß es Knaben und Jünglinge gab, denen das Glück und die Gnade der Aufnahme in die Eliteschulen der Provinz begegnet war und welche diese Gnade wieder verscherzten und wegwarfen, darin lag für ihn, der seine Berufung so heilig ernst nahm, etwas Erschütterndes, ein Zeugnis von der Macht der nichtkastalischen Welt. Vielleicht auch — beweisen läßt es sich nicht — riefen solche Vorkommnisse in dem Knaben erste Zweifel an der bis dahin angenommenen Unfehlbarkeit der Erziehungsbehörde wach, da diese Behörde je und je auch Schüler nach Kastalien brachte, deren sie sich nach einer Weile wieder entledigen mußte. Ob nun nebenher auch dieser Gedanke, die frühste Regung einer Kritik an der Autorität also, mitgespielt habe oder nicht, jedesmal wurde von dem Knaben die Entgleisung und Rücksendung eines Eliteschülers als ein Unglück nicht nur, sondern als eine Ungehörigkeit empfunden, als ein häßlicher Fleck, der einen anstarrte und dessen Vorhandensein an sich schon ein Vorwurf war und ganz Kastalien mitverantwortlich machte. Hierin, glauben wir, ist das Gefühl von Erschütterung und Verstörung begründet, dessen der Schüler Knecht bei solchen Anlässen fähig war. Es gab draußen hinter den Grenzen der Provinz eine Welt und ein Menschenleben, welche zu Kastalien und seinen Gesetzen im Widerspruch standen, welche nicht in der hiesigen Ordnung und Rechnung aufgingen und von ihr nicht zu bändigen und zu sublimieren waren. Und natürlich kannte er das Vorhandensein dieser Welt auch in seinem eigenen Herzen. Auch er hatte Triebe, Phantasien und Gelüste, welche den Gesetzen widersprachen, unter denen er stand, Triebe, deren Zähmung nur allmählich gelang und harte Mühe kostete. Diese Triebe also konnten in manchen Schülern so stark werden, daß sie über alles Mahnen und Strafen hinweg sich durchsetzten und die ihnen Verfallenen aus der Elitewelt Kastaliens in jene andere Welt zurückführten, welche nicht von Zucht und Geistespflege, sondern eben von Naturtrieben beherrscht wurde und welche dem um kastalische Tugend Bemühten bald wie eine böse Unterwelt, bald wie ein verführerischer Spiel- und Tummelplatz erscheinen mußte. Viele junge Gewissen seit Generationen haben den Begriff der Sünde in dieser kastalischen Form erfahren. Und viele Jahre später, als Erwachsener und Liebhaber der Geschichte, sollte er ja des genauern erkennen, daß Geschichte nicht ohne den Stoff und die Dynamik dieser Sündenwelt des Egoismus und des Trieblebens entstehen kann und daß auch so sublime Gebilde wie das des Ordens aus dieser trüben Flut geboren und irgendeinmal von ihr wieder verschlungen werden. Das Problem Kastaliens also war es, das allen starken Bewegungen, Strebungen und Erschütterungen in Knechts Leben zugrunde lag, und niemals ist dies für ihn nur ein denkerisches Problem gewesen, sondern eines, das ihn wie kein anderes im Innersten anging und für das er sich mitverantwortlich wußte. Er gehörte zu jenen Naturen, welche daran krank werden, hinsiechen und sterben können, daß sie die von ihnen geliebte und geglaubte Idee, das von ihnen geliebte Vaterland und Gemeinwesen erkranken und Not leiden sehen.

Wir verfolgen den Faden weiter und stoßen auf die erste Waldzeller Zeit Knechts, seine letzten Schülerjahre und sein bedeutungsvolles Zusammentreffen mit dem Gastschüler Designori, das wir ja an seiner Stelle eingehend geschildert haben. Diese Begegnung zwischen dem glühenden Anhänger des kastalischen Ideals und dem Weltkind Plinio war nicht nur ein heftiges und lange nachwirkendes, sie war auch ein tief wichtiges und gleichnishaftes Erlebnis für den Schüler Knecht. Denn es wurde ihm damals jene so bedeutende wie anstrengende Rolle aufgezwungen, welche, scheinbar vom Zufall ihm zugeworfen, seinem ganzen Wesen so sehr entsprach, daß man beinahe sagen möchte, sein späteres Leben sei nichts als ein Wiederaufnehmen dieser Rolle und ein immer vollkommeneres Hineinwachsen in sie gewesen, in die Rolle nämlich des Verteidigers und Repräsentanten Kastaliens, wie er sie dann etwa zehn Jahre später gegen den Pater Jakobus aufs neue zu spielen hatte und als Glasperlenspielmeister bis zu Ende gespielt hat, eines Verteidigers und Repräsentanten des Ordens und seiner Gesetze, der aber immerzu innig bereit und bemüht war, vom Gegenspieler zu lernen und nicht die Abkapselung und starre Isolierung Kastaliens, sondern sein lebendiges Zusammenspiel und seine Auseinandersetzung mit der Außenwelt zu fördern. Was im geistigen und rednerischen Wettkampf mit Designori zum Teil noch Spiel gewesen war, wurde später, dem so gewichtigen Gegner und Freund Jakobus gegenüber, tiefer Ernst, und gegen beide Gegenspieler hat er sich bewährt, ist an ihnen gewachsen, hat von ihnen gelernt, hat im Kampf und Austausch nicht weniger gegeben als genommen und hat beide Male den Gegner zwar nicht besiegt, was ja von Anfang an nicht das Kampfziel war, aber ihn zur ehrenvollen Anerkennung seiner Person wie des von ihm vertretenen Prinzips und Ideals zu zwingen vermocht. Auch wenn die Auseinandersetzung mit dem gelehrten Benediktiner nicht unmittelbar zu jenem praktischen Ergebnis, der Errichtung einer halboffiziellen Vertretung Kastaliens beim Heiligen Stuhl geführt hätte, wäre sie von höherem Wert gewesen, als die Mehrzahl der Kastalier ahnte.

Sowohl durch die wettkämpferische Freundschaft mit Plinio Designori wie durch jene mit dem weisen alten Pater hatte Knecht, der sonst mit der außerkastalischen Welt in keinerlei nähere Beziehung gekommen war, eine Kenntnis oder eher Ahnung jener Welt erworben, wie sie in Kastalien gewiß wenige besaßen. Mit Ausnahme des Mariafelser Aufenthaltes, der ihm ja ein Bekanntwerden mit dem eigentlichen Weltleben auch nicht bringen konnte, hatte er dies Weltleben nie gesehen und mitgelebt außer in früher Kindheit, aber er hatte durch Designori, durch Jakobus und das Geschichtsstudium eine wache Ahnung von der Wirklichkeit gewonnen, eine zum großen Teil intuitiv entstandene und von sehr geringer Erfahrung begleitete Ahnung, welche ihn aber wissender und weltoffener gemacht hat als die Mehrzahl seiner kastalischen Mitbürger, die Behörden kaum ausgenommen. Immer ist er ein echter und treuer Kastalier gewesen und geblieben, aber nie hat er vergessen, daß Kastalien nur ein Teil, ein kleiner Teil der Welt ist, sei es auch der wertvollste und geliebteste.

Und wie stand es nun um seine Freundschaft mit Fritz Tegularius, dem schwierigen und problematischen Charakter, dem sublimen Artisten des Glasperlenspiels, dem verwöhnten und ängstlichen Nurkastalier, welchem es damals bei seinem kurzen Besuche in Mariafels zwischen den derben Benediktinern so unheimlich und elend geworden war, daß er es dort keine Woche aushalten zu können beteuerte und seinen Freund, der es zwei Jahre dort recht wohl aushielt, darum unendlich bewunderte? Wir haben uns über diese Freundschaft vielerlei Gedanken gemacht, manche mußten wieder verworfen werden, einige schienen standzuhalten; diese Gedanken galten alle der Frage, was denn nun die Wurzel und was der Sinn dieser vieljährigen Freundschaft gewesen sei. Vor allem dürfen wir nicht vergessen, daß bei allen Freundschaften Knechts, höchstens die mit dem Benediktiner ausgenommen, er nicht der suchende, werbende und bedürftige Teil gewesen ist. Er zog an, er wurde bewundert, beneidet und geliebt, einfach um seines adligen Wesens willen, und von einer gewissen Stufe seines «Erwachens» an war er sich dieser Gabe auch bewußt. So war er auch, schon in den ersten Studentenjahren, von Tegularius bewundert und umworben worden, hatte ihn aber stets in einer gewissen Distanz gehalten. Immerhin zeigen uns manche Merkmale, daß er dem Freunde wirklich zugetan war. Wir sind nun der Meinung, daß es nicht bloß dessen außergewöhnliche Begabung, seine rastlose und namentlich allen Problemen des Glasperlenspiels offenstehende Genialität war, welche für Knecht etwas Anziehendes hatte. Sondern dessen starkes und dauerndes Interesse galt nicht nur der großen Begabung des Freundes, es galt ebensosehr dessen Fehlern, seiner Kränklichkeit, es galt gerade dem, was den andern Waldzellern an Tegularius störend und oft unleidlich war. Dieser wunderliche Mensch war so sehr Kastalier, seine ganze Art zu existieren wäre außerhalb der Provinz undenkbar gewesen und hatte deren Atmosphäre und Bildungshöhe so sehr zur Voraussetzung, daß man, wäre nur eben seine Schwierigkeit und Wunderlichkeit nicht gewesen, ihn geradezu als einen Erzkastalier hätte bezeichnen können. Und dennoch paßte dieser Erzkastalier schlecht zu seinen Kameraden, war so wenig bei ihnen wie bei den Vorgesetzten und Beamten beliebt, störte beständig, gab immerzu Anstoß und wäre ohne den Schutz und die Führung durch seinen tapfern und klugen Freund wahrscheinlich früh zugrunde gegangen. Was man seine Krankheit nannte, war schließlich vorwiegend ein Laster, eine Unbotmäßigkeit, ein Charakterfehler, nämlich eine im tiefsten unhierarchische, völlig individualistische Gesinnung und Lebensführung; er fügte sich gerade nur soweit in die bestehende Ordnung ein, als notwendig war, um im Orden überhaupt geduldet zu werden. Er war insofern ein guter, ja glänzender Kastalier, als er ein vielseitiger, in der Gelehrsamkeit ebenso wie in der Glasperlenspielkunst unermüdlich und unersättlich fleißiger Geist war; aber ein sehr mittelmäßiger, ja schlechter Kastalier war er im Charakter, in der Einstellung zur Hierarchie und zur Ordensmoral. Das größte seiner Laster war ein dauerndes Leichtnehmen und Vernachlässigen der Meditation, deren Sinn ja die Einordnung des Individuums ist und deren gewissenhafte Pflege ihn sehr wohl von seiner Nervenkrankheit hätte heilen können, denn im kleinen und einzelnen tat sie es jedesmal, wenn er nach einer Periode schlechter Führung und aufgeregten oder melancholischen Wesens von den Oberen strafweise zu strengen Meditationsübungen unter Aufsicht gezwungen wurde, ein Mittel, zu welchen auch der wohlwollende und schonende Knecht des öftern hat greifen müssen. Nein, Tegularius war ein eigenwilliger, launischer, zur ernstlichen Einordnung nicht gewillter Charakter, immer wieder zwar von lebendiger Geistigkeit und in angeregten Stunden bezaubernd, wo sein pessimistischer Witz sprühte und keiner sich der Kühnheit und oft düstern Pracht seiner

Einfälle entziehen konnte, aber er war im Grunde unheil-
bar, denn er wollte gar nicht geheilt sein, er gab nichts
auf Harmonie und Einordnung, er liebte nichts als seine
Freiheit, sein ewiges Studententum, und zog es vor,
lebenslänglich der Leidende, der Unberechenbare und
störrische Einzelgänger zu sein, der geniale Narr und
Nihilist, statt den Weg der Einordnung in die Hierarchie
zu gehen und zum Frieden zu gelangen. Er hielt nichts
vom Frieden, er gab nichts auf die Hierarchie, er machte
sich wenig aus Tadel und Vereinsamung. Ein höchst un-
bequemer und unverdaulicher Bestand also in einer Gemeinschaft, deren Ideal Harmonie und Ordnung ist! Aber
eben in dieser Schwierigkeit und Unverdaulichkeit war er
inmitten einer so geklärten und geordneten kleinen Welt
eine beständige lebendige Unruhe, ein Vorwurf, eine
Mahnung und Warnung, ein Anreger zu neuen, kühnen,
verbotenen, vermessenen Gedanken, ein bockiges, un-
artiges Schaf in der Herde. Und dies, meinen wir, war es,
wodurch er trotz allem diesen Freund gewann. Gewiß
hat in Knechts Verhältnis zu ihm stets auch das Mitleid
eine Rolle gespielt, der Appell des Gefährdeten und meist
Unglücklichen an alle ritterlichen Gefühle des Freundes.
Aber dies hätte nicht genügt, auch nach Knechts Erhebung
zur Meisterwürde, inmitten eines mit Arbeit, Pflichten und
Verantwortung überladenen Amtslebens, dieser Freundschaft das Leben zu fristen. Wir sind der Auffassung, daß
in Knechts Leben dieser Tegularius nicht minder notwendig und wichtig war, als Designori und der Pater in
Mariafels es waren, und zwar war er es gleich jenen beiden als ein weckendes Element, als ein offenes Fensterchen
nach neuen Ausblicken hin. In diesem so merkwürdigen
Freunde hat Knecht, wie wir glauben, den Vertreter eines
Typus erspürt und mit der Zeit auch bewußt erkannt,
eines Typus, der noch nicht vorhanden war außer in
dieser einzigen Vorläufergestalt, den Typus des Kastaliers
nämlich, wie er einmal werden könnte, wenn nicht durch

neue Begegnungen und Impulse das Leben Kastaliens
sollte verjüngt und gekräftigt werden können. Tegularius
war, wie die meisten einsamen Genies, ein Vorläufer. Er
lebte tatsächlich in einem Kastalien, das noch nicht da
war, aber morgen da sein konnte, in einem nach der Welt
hin noch abgeschlossenern, innerlich durch Alterung und
Lockerung der meditativen Ordensmoral entartenden Kastalien, einer Welt, in welcher noch immer die höchsten
Geistesflüge und die versunkenste Hingabe an hohe Werte
möglich waren, wo aber eine hochentwickelte und frei
spielende Geistigkeit keine Ziele mehr hatte als den Selbstgenuß ihrer hochgezüchteten Fähigkeiten. Tegularius bedeutete für Knecht zugleich die Verkörperung höchster
kastalischer Fähigkeiten und das mahnende Vorzeichen
für deren Demoralisierung und Untergang. Es war wunderbar und köstlich, daß es diesen Fritz gab. Aber die
Auflösung Kastaliens in ein von lauter Tegulariussen
bevölkertes Traumreich mußte verhindert werden. Die
Gefahr, daß es dazu kommen könnte, war noch fern, aber
sie war vorhanden. Das Kastalien, wie Knecht es kannte,
brauchte nur die Mauern seiner vornehmen Isoliertheit
noch ein wenig höher zu bauen, es brauchte nur ein Verfall der Ordenszucht, ein Sinken der hierarchischen Moral
hinzuzukommen, so war Tegularius kein wunderlicher
Einzelner mehr, sondern der Repräsentant eines entartenden und niedergehenden Kastaliens. Daß die Möglichkeit,
ja der Beginn oder eine Disponiertheit zu solchem Verfall
vorhanden sei, diese wichtigste Erkenntnis und Sorge des
Magisters Knecht wäre ihm vermutlich weit später oder
am Ende nie gekommen, hätte nicht neben ihm, und von
ihm aufs genaueste gekannt, dieser Zukunftskastalier gelebt; er war für Knechts wachen Sinn ein Symptom und
Mahnruf, wie es für einen klugen Arzt der erste von einer
noch unbekannten Krankheit Befallene wäre. Und Fritz
war ja kein Durchschnittsmensch, er war ein Aristokrat,
eine Begabung von hohen Graden. Würde die noch unbe-

kannte, im Vorläufer Tegularius zum erstenmal sichtbar gewordene Krankheit einmal um sich greifen und das Bild des kastalischen Menschen ändern, würden Provinz und Orden einmal die entartete, kranke Gestalt annehmen, so würden diese Zukunftskastalier nicht lauter Tegulariusse sein, sie würden nicht seine köstlichen Gaben, seine melancholische Genialität, seine flackernde Artistenleidenschaft besitzen, sondern die Mehrzahl von ihnen würde nur seine Unzuverlässigkeit, seinen Hang zur Verspieltheit, seinen Mangel an Zucht und Gemeinsinn haben. In sorgenvollen Stunden mag Knecht solche düstern Visionen und Vorahnungen gehabt haben, deren Bewältigung teils durch Versenkung, teils durch erhöhte Tätigkeit ihn gewiß viel Kraft gekostet hat.

Gerade der Fall Tegularius zeigt uns auch ein besonders schönes und lehrreiches Beispiel für die Art, wie Knecht das ihm begegnende Problematische, Schwierige und Krankhafte, ohne ihm auszuweichen, zu bewältigen bemüht war. Ohne seine Wachsamkeit, Fürsorge und erzieherische Leitung wäre nicht nur sein gefährdeter Freund wahrscheinlich früh zugrunde gegangen, es wäre außerdem ohne Zweifel durch ihn zu endlosen Störungen und Unzuträglichkeiten in der Spielersiedlung gekommen, an welchen es schon seit dessen Zugehörigkeit zur Spielerelite keineswegs gefehlt hatte. Die Kunst, mit welcher der Magister nicht nur seinen Freund leidlich im Geleise zu halten, sondern auch seine Gaben im Dienst des Glasperlenspiels zu verwenden und zu edlen Leistungen zu steigern wußte, die Behutsamkeit und Geduld, mit welcher er dessen Launen und Wunderlichkeiten ertrug und mit dem unermüdlichen Appell an das Wertvolle in seinem Wesen überwand, müssen wir als ein Meisterstück der Menschenbehandlung bewundern. Es wäre übrigens eine schöne und vielleicht zu überraschenden Einsichten führende Aufgabe — und wir möchten sie einem unsrer Historiker des Glasperlenspiels ernstlich ans Herz legen —, einmal die Jahresspiele der Amtszeit Knechts in ihrer stilistischen Eigenheit genau zu studieren und ihre Analyse zu geben, diese würdevollen und dabei von köstlichen Einfällen und Formulierungen funkelnden, diese glänzenden, rhythmisch so originellen und doch allem selbstgefälligen Virtuosentum so fernen Spiele, deren Grundplan und Aufbau ebenso wie die Führung der Meditationsfolge ausschließlich Knechts geistiges Eigentum war, während die Ziselierung und spieltechnische Kleinarbeit größtenteils von seinem Mitarbeiter Tegularius stammte. Diese Spiele könnten verlorengegangen und vergessen sein, ohne daß das Leben und die Tätigkeit Knechts darum für die Nachlebenden allzuviel von ihrer Anziehungs- und Beispielkraft verlieren würde. Sie sind jedoch nicht verloren, zu unsrem Glück, sie sind aufgezeichnet und aufbewahrt wie alle offiziellen Spiele, und sie liegen nicht nur tot im Archiv, sondern leben noch heute in der Überlieferung fort, werden von jungen Studenten studiert, liefern beliebte Beispiele für manchen Spielkurs und manches Seminar. Und in ihnen lebt auch jener Mitarbeiter fort, der sonst vergessen wäre oder doch nichts wäre als eine seltsame, in manchen Anekdoten noch spukhaft umgehende Figur der Vergangenheit. So hat Knecht, indem er seinem so schwer einzureihenden Freunde Fritz dennoch einen Platz und ein Wirkungsfeld anzuweisen verstand, das Geistesgut und die Geschichte Waldzells um etwas Wertvolles bereichert und hat zugleich der Gestalt und dem Andenken dieses Freundes eine gewisse Dauer gesichert. Wir erinnern nebenbei daran, daß bei seinen Bemühungen um den Freund der große Erzieher sich des wichtigsten Mittels solcher erzieherischen Beeinflussung durchaus bewußt war. Dies Mittel war des Freundes Liebe und Bewunderung. Diese Bewunderung und Liebe, diese Schwärmerei für Knechts starke und harmonische Persönlichkeit, für sein Herrentum, hat der Magister bei Fritz nicht nur, sondern noch bei vielen seiner Mitstrebenden und Schüler recht wohl gekannt und hat stets mehr auf ihr als auf seiner hohen Amtswürde die Autorität und Macht aufgebaut, die er trotz seines gütigen und konzilianten Wesens auf so viele ausgeübt hat. Er fühlte genau, was ein freundliches Wort der Ansprache oder der Anerkennung, und was ein Sichentziehen, ein Nichtbeachten wirken könne. Einer seiner eifrigsten Schüler hat viel später einmal erzählt, Knecht habe einst eine Woche lang im Kurs und im Seminar kein Wort mit ihm gesprochen, ihn scheinbar nicht gesehen, ihn als Luft behandelt, und das sei in allen den Jahren seiner Schülerschaft die bitterste und wirksamste Strafe gewesen, die er erlebt habe.

Wir haben diese Betrachtungen und Rückblicke für notwendig gehalten, um den Leser unsres biographischen Versuchs an dieser Stelle zum Verständnis der beiden polar wirkenden Grundtendenzen in Knechts Persönlichkeit zu führen und ihn, nachdem er unsrer Beschreibung bis auf dessen Lebenshöhe gefolgt ist, auf die letzten Phasen dieses reichen Lebenslaufes vorzubereiten. Die beiden Grundtendenzen oder Pole dieses Lebens, sein Yin und Yang, waren die Tendenz zum Bewahren, zur Treue, zum selbstlosen Dienst an der Hierarchie, und andrerseits die Tendenz zum «Erwachen», zum Vordringen, zum Greifen und Begreifen der Wirklichkeit. Für den gläubigen und dienstbereiten Josef Knecht war der Orden, war Kastalien und das Glasperlenspiel etwas Heiliges und unbedingt Wertvolles; für den erwachenden, hellsichtigen, vorwärtsdringenden waren sie, ihres Wertes ungeachtet, gewordene, erkämpfte, in ihren Lebensformen wandelbare, der Gefahr der Alterung, des Sterilwerdens und Verfalls ausgesetzte Gestaltungen, deren Idee ihm stets unantastbar heilig blieb, deren jeweilige Zustände er jedoch als vergänglich und der Kritik bedürftig erkannt hatte. Er diente einer geistigen Gemeinschaft, deren Kraft und Sinn er bewunderte, deren Gefahr aber er in ihrer Neigung sah, sich als reinen Selbstzweck zu betrachten, ihrer Aufgabe und Mitarbeit am Ganzen des Landes und der Welt zu vergessen und schließlich in einer glänzenden, aber mehr und mehr zur Unfruchtbarkeit verurteilten Abspaltung vom Ganzen des Lebens zu verkommen. Diese Gefahr hatte er in jenen frühen Jahren vorgeahnt, da er immer wieder gezögert und davor gebangt hatte, sich ganz dem Glasperlenspiel zu verschreiben, sie war ihm in den Diskussionen mit den Mönchen und namentlich mit dem Pater Jakobus, so tapfer er Kastalien gegen sie verteidigte, immer eindringlicher zum Bewußtsein gekommen und, seit er wieder in Waldzell lebte und Magister Ludi geworden war, beständig in handgreiflichen Symptomen bemerkbar geworden, in der treuen, aber weltabgewandten und rein formalen Arbeitsweise vieler Amtsstellen und seiner eigenen Beamten, in dem geistreichen, aber hochmütigen Spezialistentum seiner Waldzeller Repetentenschaft und nicht zuletzt in der ebenso rührenden wie erschreckenden Gestalt seines Tegularius. Nach Absolvierung seines schweren ersten Amtsjahres, dem er nichts an Zeit und Privatleben abzugewinnen vermochte, kehrte er nun auch zu geschichtlichen Studien zurück, er versenkte sich zum ersten Male offenen Auges in die Geschichte Kastaliens und gewann dabei die Überzeugung, daß es mit ihm nicht so stehe, wie das Selbstbewußtsein der Provinz meinte, daß namentlich ihre Beziehungen zur Außenwelt, die Wechselwirkung zwischen ihr und dem Leben, der Politik, der Bildung des Landes seit Jahrzehnten im Rückgang begriffen seien. Zwar sprach die Erziehungsbehörde in Angelegenheiten des Schul- und Bildungswesens noch ihr Wort im Bundesrate mit, zwar versorgte die Provinz das Land noch immer mit guten Lehrern und übte in allen Fragen der Gelehrsamkeit ihre Autorität; doch hatte dies alles den Charakter der Gewohnheit und des Mechanismus angenommen. Seltener und weniger eifrig meldeten sich junge Männer aus den verschiedenen Eliten Kastaliens freiwillig zum Schuldienst extra muros, seltener mehr wandten sich Behörden und einzelne im Lande ratsuchend an Kastalien, dessen Stimme in früheren Zeiten zum Beispiel auch bei wichtigen Gerichtsverhandlungen gern zugezogen und gehört worden war. Verglich man das Bildungsniveau Kastaliens mit dem des Landes, so sah man, daß sie keineswegs sich einander näherten, vielmehr in fataler Weise auseinanderstrebten: je gepflegter, differenzierter, überzüchteter die kastalische Geistigkeit wurde, desto mehr neigte die Welt dazu, die Provinz Provinz sein zu lassen und sie, statt als eine Notwendigkeit und ein tägliches Brot, als einen Fremdkörper zu betrachten, auf den man zwar ein wenig stolz war wie auf eine altertümliche Kostbarkeit, den man vorläufig auch gar nicht hätte weggeben und entbehren mögen, von dem man sich aber gern in Distanz hielt und dem man, ohne genau Bescheid zu wissen, eine Mentalität, eine Moral und ein Selbstgefühl zutraute, welche ins wirkliche und tätige Leben nicht recht mehr paßten. Das Interesse der Mitbürger für das Leben der pädagogischen Provinz, ihre Teilnahme an deren Einrichtungen und namentlich auch am Glasperlenspiel, war ebenso im Rückgang begriffen wie die Teilnahme der Kastalier am Leben und Schicksal des Landes. Daß hier der Fehler liege, war ihm längst klargeworden, und daß er als Glasperlenspielmeister in seinem Spielerdorf es ausschließlich mit Kastaliern und Spezialisten zu tun hatte, war ihm ein Kummer. Daher sein Bestreben, sich immer mehr den Anfängerkursen zu widmen, sein Wunsch, möglichst junge Schüler zu haben — je jünger sie waren, desto mehr waren sie noch mit dem Ganzen der Welt und des Lebens verbunden, desto weniger waren sie dressiert und spezialisiert. Oft spürte er ein brennendes Verlangen nach Welt, nach Menschen, nach naivem Leben — falls dies dort draußen im Unbekannten noch vorhanden war. Etwas von dieser Sehnsucht und diesem Gefühl von Leere, von Leben in allzu verdünnter Luft ist ja den meisten von uns je und je spürbar geworden, und auch der Erziehungsbehörde ist ja diese Schwierigkeit bekannt, wenigstens hat sie immer von Zeit zu Zeit nach Mitteln gesucht, ihr zu begegnen und durch vermehrte Pflege körperlicher Übungen und Spiele wie durch Versuche mit mancherlei Handwerks- und Gartenarbeiten den Mangel auszugleichen. Wenn wir richtig beobachtet haben, besteht bei der Ordensleitung in neuerer Zeit auch eine Tendenz zum Abbau mancher als überzüchtet empfundenen Spezialitäten im Wissenschaftsbetriebe, und zwar zugunsten einer Intensivierung der Meditationspraxis. Man braucht kein Skeptiker und Schwarzseher und kein schlechter Ordensbruder zu sein, um Josef Knecht recht zu geben, wenn er schon eine geraume Zeit vor uns den komplizierten und empfindlichen Apparat unsrer Republik als einen alternden und der Erneuerung in mancher Hinsicht bedürftigen Organismus erkannte.

Wir finden ihn, wie erwähnt, von seinem zweiten Amtsjahre an wieder geschichtlichen Studien zugewendet, und zwar war er außer mit der kastalischen Geschichte hauptsächlich mit der Lektüre aller der großen und kleinern Arbeiten beschäftigt, welche Pater Jakobus über den benediktinischen Orden verfaßt hatte. Mit Herrn Dubois und einem der Philologen von Keuperheim, welcher bei den Sitzungen der Behörde als Sekretär stets zugegen war, fand er auch Gelegenheit, diese historischen Interessen im Gespräch ausschwingen oder neu anregen zu lassen, was ihm stets eine willkommene Erfrischung und Freude war. In seiner täglichen Umgebung allerdings fehlte diese Gelegenheit, und wahrhaft verkörpert begegnete ihm die Unlust dieser Umgebung gegen alle Beschäftigung mit der Historie in der Person seines Freundes Fritz. Wir fanden unter andrem ein Notizblatt mit Aufzeichnungen über eine solche Unterhaltung, in welcher Tegularius mit Leidenschaft ausführte, daß die Geschichte für Kastalier ein des Studiums durchaus unwürdiger Gegenstand sei. Gewiß könne man auf geistreiche und amüsante, nötigenfalls auch

auf hochpathetische Art Geschichtsdeutung, Geschichtsphilosophie treiben, es sei das ein Spaß wie andre Philosophien, er habe nichts dagegen, wenn sich jemand daran
erlustige. Aber das Ding selber, das Objekt dieses Spaßes,
die Geschichte nämlich, sei etwas so Häßliches, zugleich
Banales und Teuflisches, zugleich Scheußliches und Lang-
weiliges, daß er nicht begreife, wie man sich mit ihr be-
fassen könne. Ihr Inhalt sei ja lediglich der menschliche
Egoismus und der ewig gleiche, ewig sich selbst über-
schätzende und sich selbst glorifizierende Kampf um die
Macht, um die materielle, brutale, viehische Macht, um
ein Ding also, das in der Vorstellungswelt eines Kastaliers
nicht vorkomme oder doch nicht den geringsten Wert habe.
Weltgeschichte sei der endlose, geist- und spannungslose
Bericht über die Vergewaltigung der Schwächern durch die
Stärkern, und die eigentliche und wirkliche Geschichte,
die zeitlose Geschichte des Geistes, mit dieser weltalten,
dummen Prügelei der Ehrgeizigen um die Macht und der
Streber um den Platz an der Sonne in Verbindung zu
bringen oder gar aus ihr erklären zu wollen, sei eigentlich
schon ein Verrat am Geist und erinnere ihn an eine im
neunzehnten oder zwanzigsten Jahrhundert weitverbrei-
tete Sekte, von der ihm einmal erzählt worden sei und
welche allen Ernstes des Glaubens gewesen sei, die den
Göttern dargebrachten Opfer der alten Völker samt diesen
Göttern, ihren Tempeln und Mythen seien gleich allen
andern hübschen Dingen die Folgen eines berechenbaren
Zuwenig oder Zuviel an Essen und Arbeit, Resultate einer
aus Arbeitslohn und Brotpreis zu errechnenden Spannung,
die Künste und Religionen seien Scheinfassaden, sogenannte Ideologien über einer lediglich mit Hunger und mit
Fressen beschäftigten Menschheit gewesen. Knecht, den die
Unterhaltung belustigte, fragte obenhin, ob denn die Geschichte des Geistes, der Kultur, der Künste nicht auch
Geschichte und mit der übrigen Geschichte immerhin in
einigem Zusammenhang sei. Nein, rief sein Freund heftig,

eben dies leugne er. Weltgeschichte sei ein Wettlauf in der Zeit, ein Rennen um Gewinn, um Macht, um Schätze, es komme dabei stets darauf an, wer Kraft, Glück oder Gemeinheit genug habe, den Moment nicht zu verpassen. Geistestat, Kulturtat, Kunsttat dagegen sei genau das Gegenteil, es sei jedesmal ein Ausbruch aus der Zeitknechtschaft, ein Hinüberschlüpfen des Menschen aus dem Dreck seiner Triebe und seiner Trägheit auf eine andere Ebene, ins Zeitlose, Zeitbefreite, Göttliche, ganz und gar Ungeschichtliche und Widergeschichtliche. Knecht hörte ihm mit Vergnügen zu und reizte ihn noch zu weiteren, keineswegs witzlosen Entladungen, dann schloß er das Gespräch gelassen mit der Bemerkung: «Alle Achtung vor deiner Liebe zum Geist und seinen Taten! Nur ist die geistige Schöpfung etwas, woran wir nicht so eigentlich teilnehmen können, wie mancher glaubt. Ein Gespräch von Plato oder ein Chorsatz von Heinrich Isaac und alles, was wir Geistestat oder Kunstwerk oder objektivierten Geist nennen, sind Endergebnisse, letzte Resultate eines Kampfes um Läuterung und Befreiung, sie sind meinetwegen, wie du es nennst, Ausbrüche aus der Zeit ins Zeitlose, und in den meisten Fällen sind jene Werke die vollkommensten, welche von dem Kampf und Ringen, das ihnen voranging, nichts mehr ahnen lassen. Es ist ein großes Glück, daß wir diese Werke haben, und wir Kastalier leben ja beinahe ganz von ihnen, wir sind ja nicht anders mehr schöpferisch als im Reproduzieren, wir leben dauernd in jener jenseitigen Sphäre der Zeit- und Kampflosigkeit, welche eben aus jenen Werken besteht und uns ohne sie nicht bekannt wäre. Und wir gehen im Vergeistigen oder, wenn du willst, im Abstrahieren noch immer weiter: wir legen in unsrem Glasperlenspiel jene Werke der Weisen und Künstler in ihre Teile auseinander, ziehen Stilregeln, Formschemata, sublimierte Deutungen aus ihnen und operieren mit diesen Abstraktionen, als wären sie Bausteine. Nun, dies alles ist sehr schön, das bestreitet dir niemand. Aber nicht jeder kann sein Leben lang aus-schließlich Abstraktionen atmen, essen und trinken. Vor dem, was ein Waldzeller Repetent als seines Interesses würdig empfindet, hat die Historie den einen Vorzug: sie hat es mit der Wirklichkeit zu tun. Abstraktionen sind entzückend, aber ich bin dafür, daß man auch Luft atmen und Brot essen muß.»

Je und je ermöglichte Knecht einen kurzen Besuch bei dem greisen Alt-Musikmeister. Der ehrwürdige Alte, dessen Kräfte jetzt sichtlich zur Neige gingen und der sich des Gebrauchs der Rede längst völlig entwöhnt hatte, ver-harrte in seinem Zustande heiterer Sammlung bis zuletzt. Er war nicht krank, und sein Tod war nicht eigentlich ein Sterben, es war eine fortschreitende Entstofflichung, ein Schwinden der leiblichen Substanz und der leiblichen Funktionen, während das Leben sich immer ausschließ-licher im Blick der Augen und dem leisen Strahlen des einsinkenden Greisengesichtes sammelte. Den meisten Be-wohnern von Monteport war dies eine wohlbekannte und mit Ehrfurcht hingenommene Erscheinung, aber nur wenigen, wie Knecht, Ferromonte und dem jungen Petrus, war eine Art von Teilnahme an diesem Abendglanz und Ausleuchten eines reinen und selbstlosen Lebens vergönnt. Diesen wenigen, wenn sie vorbereitet und gesammelt den kleinen Raum betraten, darin der Altmeister in seinem Lehnstuhle saß, gelang der Eintritt in diesen sanften Glanz des Entwerdens, das Mitfühlen der wortlos gewordenen Vollendung, wie im Bereiche unsichtbarer Strahlen weil-ten sie beglückende Augenblicke in der kristallnen Sphäre dieser Seele, unirdischer Musik teilhaftig, und kehrten dann mit geklärten und gestärkten Herzen in ihren Tag zurück wie von einem hohen Berggipfel. Es kam der Tag, an welchem Knecht die Nachricht von seinem Tode er-hielt, er reiste eilig hin und fand den sanft Entschlafenen auf seinem Lager liegend, das kleine Gesicht hingeschwun-den und eingesunken zu einer stillen Rune und Arabeske, einer magischen Figur, nicht mehr zu lesen und doch wie von Lächeln und vollendetem Glück erzählend. Am Grabe hat nach dem Musikmeister und Ferromonte auch Knecht gesprochen, und er sprach nicht von dem erleuchteten Weisen der Musik, nicht von dem großen Lehrer, nicht von dem gütig klugen ältesten Mitglied der obersten Behörde, er sprach nur von der Gnade seines Alters und Todes, von der unsterblichen Schönheit des Geistes, die in ihm sich den Genossen seiner letzten Tage offenbart hatte.

Wir wissen aus mehreren Äußerungen, daß es sein Wunsch war, das Leben des Alt-Magisters zu beschreiben, allein zu einer solchen Arbeit ließ das Amt ihm keine Muße. Er hatte gelernt, seinen Wünschen wenig Raum mehr zu gönnen. Einem seiner Repetenten sagte er einmal: «Es ist schade, daß ihr Studenten den Überfluß und Luxus nicht so recht kennet, in dem ihr lebet. Aber es ist auch mir so gegangen, als ich noch Student war. Man studiert und arbeitet, man geht nicht müßig, man glaubt sich für fleißig halten zu dürfen — aber was alles man tun, was alles man aus dieser Freiheit machen könnte, empfindet man kaum. Dann kommt plötzlich ein Ruf der Behörde, man wird gebraucht, man bekommt einen Lehrauftrag, eine Mission, ein Amt, rückt von da in ein höheres hinauf und findet sich unversehens in einem Netz von Aufgaben und Pflichten gefangen, das immer enger und dichter wird, je mehr man sich darin rührt. Es sind lauter an sich kleine Aufgaben, aber jede will zu ihrer Stunde besorgt sein, und der Amtstag hat viel mehr Aufgaben als Stunden. Das ist gut so, es soll nicht anders sein. Aber wenn man zwischen Lehrsaal, Archiv, Kanzlei, Sprechzimmer, Sitzungen, Amtsreisen einmal einen Augenblick jener Freiheit gedenkt, die man besaß und verloren hat, der Freiheit zu unbefohlenen Arbeiten, unbeschränkten weiträumigen Studien, dann kann man sich einen Augenblick sehr nach ihr sehnen und sich einbilden: wenn man sie noch einmal wieder besäße, würde man ihre Freuden und Möglichkeiten bis zum Grunde genießen.»

Für die Eignung seiner Schüler und Beamten zum Dienst in der Hierarchie hatte er ein überaus feines Gefühl; behutsam wählte er für jeden Auftrag, jede Besetzung die Leute aus, und die Zeugnisse und Charakteristiken, in denen er über sie Buch führte, zeigen eine große Sicherheit des Urteils, das immer in erster Linie dem Menschlichen, dem Charakter galt. Wo es die Beurteilung und Behandlung schwieriger Charaktere galt, holte man denn auch gerne Rat bei ihm. Da war zum Beispiel jener Student Petrus, der letzte Vorzugsschüler des Alt-Musikmeisters. Dieser junge Mann, einer von der Art der stillen Fanatiker, hatte sich in seiner eigenartigen Rolle als Gesellschafter, Pfleger und anbetender Jünger des Verehrten bis zuletzt recht gut bewährt. Als diese Rolle jedoch mit des Alt-Magisters Tode ihr natürliches Ende gefunden hatte, verfiel er zunächst einer Melancholie und Trauer, die man begriff und eine Weile duldete, deren Symptome aber dem derzeitigen Herrn von Monteport, dem Musikmeister Ludwig, bald ernstliche Sorgen bereiteten. Petrus nämlich beharrte darauf, in jenem Pavillon, dem Alterssitz des Entschlafenen, wohnen zu bleiben, er bewachte das Häuschen, hielt dessen Einrichtung und Ordnung genau wie früher peinlich im Stande, betrachtete namentlich des Verstorbenen Wohn- und Sterbezimmer mit dem Lehnstuhl, dem Sterbelager und dem Cembalo als ein unantastbares, von ihm zu behütendes Heiligtum und kannte außer der peinlichen Bewahrung dieser Reliquien nur noch eine Sorge und Pflicht, die Pflege der Grabstätte, in der sein geliebter Meister ruhte. Er sah sich dazu berufen, sein Leben einem dauernden Kult des Toten an diesen Erinnerungsstätten zu widmen, sie als geheiligte Orte wie ein Tempeldiener zu bewahren, sie vielleicht zu Wallfahrtsstätten werden zu sehen. In den ersten Tagen nach dem Begräbnis hatte er sich jeder Speise enthalten,

sodann sich auf jene winzigen und seltenen Mahlzeiten beschränkt, mit welchen der Meister in seiner letzten Zeit sich
begnügt hatte; es sah so aus, als habe er den Vorsatz, auf
diese Weise in die Nachfolge des Verehrten einzutreten
und ihm nachzusterben. Da er dies nicht lange aushielt,
ging er zu jenem Verhalten über, das ihn als Haus-
und Grabstättenverwalter, als ewigen Kustoden der Ge-
dächtnisorte ausweisen sollte. Es ging aus alledem deutlich
hervor, daß der junge Mensch, eigensinnig ohnehin und
seit geraumer Zeit eine für ihn reizvolle Sonderstellung
genießend, diese Sonderstellung auf jede Weise festhalten
und keinesfalls wieder in den Dienst des Alltags zurückkehren wollte, dem er sich wohl heimlich nicht mehr gewachsen fühlte. «Jener Petrus übrigens, der dem gewesenen
Altmeister beigegeben war, ist übergeschnappt», heißt es
kurz und kühl in einem Billett von Ferromonte.

Nun freilich ging der Monteporter Musikstudent den
Waldzeller Magister nichts an, er war für ihn nicht verantwortlich und fühlte ohne Zweifel auch kein Bedürfnis,
sich in eine Monteporter Angelegenheit zu mischen und
seine eigene Arbeit zu vermehren. Aber der unglückliche
Petrus, den man mit Gewalt aus seinem Pavillon hatte
entfernen müssen, beruhigte sich nicht und hatte sich in
seiner Trauer und Verstörung in einen Zustand der Isolierung und Wirklichkeitsentfremdung hineingesteigert, in
welchem er den üblichen Maßregelungen bei Verstößen
gegen die Disziplin nicht wohl konnte ausgesetzt werden,
und da seinen Vorgesetzten Knechts wohlwollendes Verhältnis zu ihm bekannt war, erging von der Kanzlei des
Musikmeisters an Knecht die Bitte um Rat und Eingreifen, während der Unbotmäßige vorläufig als krank
angesehen und in einer Zelle der Krankenabteilung unter
Beobachtung gehalten wurde. Knecht hatte sich eher ungern auf diese bemühende Sache eingelassen, aber nachdem er ihr einmal sein Nachdenken gewidmet und sich zu
einem Versuch der Hilfeleistung entschlossen hatte, nahm

er das Ding mit kräftigem Griff in seine Hand. Er bot sich an, Petrus versuchsweise zu sich zu nehmen, unter der Bedingung, daß man ihn ganz wie einen Gesunden behandle und allein reisen lasse; eine kurze freundliche Einladung an den Jüngling legte er bei, worin er sich, falls jener abkömmlich sei, seinen Besuch für kurze Zeit erbat und andeutete, man hoffe von ihm manche Aufschlüsse über die letzten Tage des Alt-Musikmeisters zu bekommen. Zögernd willigte der Monteporter Arzt ein, man übergab dem Studenten Knechts Einladung, und wie dieser richtig vermutet hatte, dem in seine üble Situation Festgerannten werde nichts lieber und bekömmlicher sein als eine rasche Entfernung vom Ort seiner Nöte, erklärte Petrus sich alsbald mit der Reise einverstanden, nahm ohne Weigern eine richtige Mahlzeit ein, bekam einen Reiseschein und wanderte los. In Waldzell traf er in leidlichem Zustande ein, das Unlustige und Fahrige in seinem Wesen wurde hier auf Knechts Weisung ignoriert, man brachte ihn bei den Gästen des Archivs unter; er fand sich weder als strafbar noch als krank noch sonst irgendwie außerhalb der Ordnung gestellt behandelt, und war doch nicht krank genug gewesen, um diese angenehme Atmosphäre nicht zu schätzen und den sich bietenden Rückweg ins Leben zu benützen. Zwar wurde er in den mehreren Wochen seines Aufenthaltes dem Magister noch lästig genug, der ihm durch die stets kontrollierte Scheinbeschäftigung mit Aufzeichnungen über die letzten musikalischen Übungen und Studien seines Meisters eine Aufgabe zuwies und ihn daneben planmäßig im Archiv zu kleinen Handlangerdiensten anhalten ließ; man bat ihn, wenn seine Zeit es erlaube, ein wenig mit Hand anzulegen, man sei gerade stark beschäftigt und habe Mangel an Hilfskräften. Kurz, man half dem Entgleisten wieder auf den Weg; erst als er ruhig geworden und sichtlich willens war, sich einzuordnen, begann Knecht in kurzen Gesprächen ihn auch unmittelbar erzieherisch zu beeinflussen und ihm vollends den Wahn zu nehmen, es sei sein Götzenkult mit dem Verstorbenen eine heilige und eine in Kastalien mögliche Sache. Da er seine Furcht vor der Rückkehr nach Monteport aber nicht überwinden konnte, verschaffte man ihm, da er geheilt schien, den Auftrag, als Gehilfe des Musiklehrers an eine der unteren Eliteschulen zu gehen, wo er sich auch respektabel hielt.

Es ließe sich noch manches Beispiel für die erzieherische und seelenärztliche Tätigkeit Knechts anführen, und an jungen Studierenden, welche durch die sanfte Gewalt seiner Persönlichkeit in ähnlicher Weise für ein Leben in echt kastalischem Geiste gewonnen wurden, wie einst Knecht selbst durch den Musikmeister, ist kein Mangel. Alle diese Beispiele zeigen uns den Magister Ludi nicht als einen irgend problematischen Charakter, sie alle sind Zeugnisse der Gesundheit und des Gleichgewichts. Nur scheint die liebevolle Bemühung des Ehrwürdigen um labile und gefährdete Charaktere wie Petrus oder Tegularius auf eine besondere Wachheit und Feinfühligkeit für solche Erkrankungen oder Anfälligkeiten des kastalischen Menschen hinzudeuten, eine vom ersten Erwachen an nie wieder beruhigte und eingeschlafene Aufmerksamkeit für die Probleme und Gefahren, welche im kastalischen Leben selbst liegen. Diese Gefahren aus Leichtsinn und Bequemlichkeit nicht sehen zu wollen, wie der wohl größere Teil unserer Mitbürger es tut, lag seinem hellen und mutigen Wesen fern, und vermutlich ist die Taktik der meisten seiner Kollegen in der Behörde, welche das Vorhandensein dieser Gefahren zwar kennen, sie aber grundsätzlich als nicht existent behandeln, niemals die seine gewesen. Er sah und kannte sie, oder doch manche von ihnen, und seine Vertrautheit mit der Frühgeschichte Kastaliens ließ ihm das Leben inmitten dieser Gefahren als einen Kampf erscheinen und ließ ihn dieses Leben in der Gefahr bejahen und lieben, während so viele Kastalier ihre Gemeinschaft und das Leben in ihr lediglich als ein

310

Idyll auffassen. Auch aus des Paters Jakobus Werken über den Benediktinerorden war ihm die Vorstellung des Ordens als einer militanten Gemeinschaft und der Frömmigkeit als einer kämpferischen Haltung vertraut. «Es gibt», so hat er einmal gesagt, «kein adliges und erhöhtes Leben ohne das Wissen um die Teufel und Dämonen und ohne den beständigen Kampf gegen sie.»

Ausgesprochene Freundschaften zwischen den Inhabern der höchsten Ämter kommen bei uns äußerst selten vor, und so wundern wir uns nicht darüber, daß Knecht in den ersten Amtsjahren mit keinem seiner Kollegen ein solches Verhältnis gepflegt hat. Große Sympathien hatte er für den Altphilologen in Keuperheim und eine tiefe Hochachtung vor der Ordensleitung, aber in dieser Sphäre ist das Persönliche und Private so nahezu völlig ausgeschaltet und objektiviert, daß über die amtliche Zusammenarbeit hinaus kaum ernstliche Annäherungen und Befreundungen möglich sind. Und doch sollte er auch dies noch erleben.

Uns steht das Geheimarchiv der Erziehungsbehörde nicht zur Verfügung; über die Haltung und Tätigkeit Knechts bei deren Sitzungen und Abstimmungen wissen wir nur, was sich aus seinen gelegentlichen Äußerungen gegen Freunde schließen läßt. Er scheint die Schweigsamkeit seiner ersten Magisterzeit in diesen Sitzungen zwar nicht immer beibehalten zu haben, aber doch nur selten rednerisch aufgetreten zu sein, außer wenn er selbst Initiant und Antragsteller war. Ausdrücklich bezeugt ist die Schnelligkeit, mit welcher er den herkömmlichen Umgangston, der am Gipfel unserer Hierarchie herrscht, sich zu eigen gemacht, und die Zierlichkeit, der Erfindungsreichtum und die Spielfreudigkeit, die er bei Übung dieser Formen zeigte. Bekanntlich verkehren die Spitzen unserer Hierarchie, die Magister und die Männer der Ordensleitung, untereinander nicht nur in einem sorgfältig eingehaltenen Zeremonialstil, sondern es herrscht unter ihnen, wir wissen nicht zu sagen seit wann, auch die Neigung oder geheime Vorschrift oder Spielregel, sich desto strengerer, desto sorgfältiger ziselierter Höflichkeit zu bedienen, je größer die Meinungsverschiedenheiten und je wichtiger die umstrittenen Fragen sind, über welche man sich ausspricht. Vermutlich hat diese von alters her überkommene Höflichkeit neben anderen Funktionen, die sie haben mag, auch und vor allem die Funktion einer Schutzmaßregel: der äußerst höfliche Ton der Debatten schützt nicht nur die debattierenden Personen vor der Hingabe an Leidenschaftlichkeit und hilft ihnen die vollkommene Haltung wahren, er schützt und behütet außerdem die Würde des Ordens und der Behörde selbst, er umhängt sie mit Talaren des Zeremoniells und mit Schleiern der Heiligkeit, und so hat wohl diese von den Studenten oft bespöttelte Komplimentierkunst ihren guten Sinn. Vor der Zeit Knechts war sein Vorgänger, Magister Thomas von der Trave, ein besonders bewunderter Meister dieser Kunst gewesen. Man kann Knecht nicht eigentlich seinen Nachfolger darin, noch weniger seinen Nachahmer nennen, er war mehr ein Schüler der Chinesen und seine Art von Courtoisie weniger zugespitzt und mit Ironie durchsetzt. Aber als ein in Höflichkeit nicht zu Besiegender hat auch er unter seinen Kollegen gegolten.

Ein Gespräch

Wir sind in unserem Versuche an den Punkt gelangt, wo unser Augenmerk ganz von jener Entwicklung gefesselt wird, die des Meisters Leben in seinen letzten Jahren nahm und die zu seinem Abschied von Amt und Provinz, seinem Hinüberschreiten in einen andern Lebenskreis und seinem Ende geführt hat. Obwohl er bis zum Augenblick dieses Abschiedes sein Amt mit beispielhafter Treue verwaltet hat und bis zum letzten Tage die Liebe und das Vertrauen seiner Schüler und Mitarbeiter genoß, verzichten wir auf eine Fortführung unsrer Schilderung seiner Amtsführung nun, da wir ihn im Innersten dieses Amtes müde geworden und anderen Zielen zugewendet sehen. Er hatte den Kreis der Möglichkeiten, welche dies Amt der Entfaltung seiner Kräfte gab, durchschritten und war an die Stelle gelangt, an welcher große Naturen den Weg der Tradition und gehorsamen Einordnung verlassen und im Vertrauen auf oberste, nicht nennbare Mächte das Neue, noch nicht Vorgezeichnete und Vorgelebte versuchen und verantworten müssen.

Als er sich dessen bewußt geworden war, prüfte er seine Lage und die Möglichkeiten, diese Lage zu ändern, sorgfältig und nüchtern. Er war in ungewöhnlich frühem Alter auf der Höhe dessen angelangt, was ein begabter und ehrgeiziger Kastalier sich als wünschens- und erstrebenswert vorzustellen vermag, und er war dahin gelangt nicht durch Ehrgeiz und Mühe, sondern ohne Streben und gewollte Anpassung, beinahe wider seinen Willen, denn ein unbeachtetes, selbständiges, keinen Amtspflichten unterworfenes Gelehrtenleben hätte seinen eigenen Wünschen mehr entsprochen. Von den edlen Gütern und Befugnissen, welche ihm mit seiner Würde zugefallen waren, schätzte er nicht alle gleich hoch, und einige dieser Auszeichnungen und Machtbefugnisse schienen ihm schon nach kurzer Amtszeit beinahe entleidet zu sein. Namentlich hat er die politische und administratorische Mitarbeit in der obersten Behörde stets als eine Last empfunden, ohne sich ihr darum freilich mit geringerer Gewissenhaftigkeit zu widmen. Und auch die eigentlichste, charakteristische und singuläre Aufgabe seiner Stellung, das Heranziehen einer Auslese vollkommener Glasperlenspieler, soviel Freude sie ihm zuzeiten bereitete und sosehr diese Auslese auf ihren Meister stolz war, war ihm auf die Dauer vielleicht mehr Last als Vergnügen. Was ihm Freude und Befriedigung schuf, war das Lehren und Erziehen, und dabei hatte er die Erfahrung gemacht, daß Freude wie Erfolg desto größer, je jünger seine Schüler waren, so daß er es als Entbehrung und Opfer empfand, daß sein Amt ihm nicht schon Kinder und Knaben, sondern nur Jünglinge und Erwachsene zuführte. Es gab jedoch auch noch andere Erwägungen, Erfahrungen und Einsichten, welche im Lauf seiner Magistratsjahre dazu führten, ihn kritisch gegen seine eigene Tätigkeit und gegen manche Waldzeller Zustände zu stimmen oder doch sein Amt als eine große Behinderung in der Entfaltung seiner besten und fruchtbarsten Fähigkeiten zu empfinden. Manches davon ist jedem von uns bekannt, manches vermuten wir nur. Auch die Frage, ob Magister Knecht mit seinem Streben nach Befreiung von der Last seines Amtes, mit seinem Wunsch nach unscheinbarerer, aber intensiverer Arbeit, mit seiner Kritik am Zustande Kastaliens eigentlich recht gehabt habe, ob er als ein Förderer und kühner Kämpfer oder als eine Art von Rebell oder gar Fahnenflüchtiger zu betrachten sei, auch diese Frage wollen wir ruhen lassen, sie ist mehr als genug diskutiert worden; der Streit darüber hat eine Zeitlang Waldzell, ja die ganze Provinz in zwei Lager geteilt und ist noch immer nicht ganz verstummt. Obwohl wir uns als dankbare Verehrer des großen Magisters bekennen, wollen wir dazu nicht Stellung nehmen; die Synthese aus jenem Streit der Meinungen und Urteile über Josef Knechts Person und Leben ist ja längst in der Bildung begriffen. Wir möchten nicht urteilen oder bekehren, sondern möglichst wahrhaftig die Geschichte vom Ende unseres verehrten Meisters erzählen. Nur ist es eben nicht so ganz eigentlich eine Geschichte, wir möchten es eher eine Legende nennen, einen Bericht, gemischt aus echten Nachrichten und bloßen Gerüchten, wie sie eben, aus klaren und dunkeln Quellen zusammengeronnen, unter uns Jüngeren in der Provinz im Umlauf sind.

Zu einer Zeit, in welcher Josef Knechts Gedanken schon begonnen hatten, sich mit dem Suchen nach einem Weg ins Freie zu beschäftigen, sah er unerwartet eine einst vertraute, seither halbvergessene Gestalt aus seiner Jugendzeit wieder, Plinio Designori. Dieser einstige Gastschüler, Sohn einer alten, um die Provinz verdienten Familie, als Abgeordneter wie als politischer Schriftsteller ein Mann von Einfluß, tauchte unerwartet eines Tages in amtlicher Eigenschaft bei der obersten Behörde der Provinz auf. Es hatte nämlich, wie alle paar Jahre, eine Neuwahl der Regierungskommission zur Kontrolle des kastalischen Haushaltes stattgefunden, und Designori war eines der Mitglieder dieser Kommission geworden. Als er zum erstenmal in dieser Eigenschaft auftrat, es war bei einer Sitzung im Hause der Ordensleitung in Hirsland, war auch der Glasperlenspielmeister zugegen; die Begegnung hat ihm einen starken Eindruck gemacht und blieb nicht ohne Folgen, wir wissen manches darüber durch Tegularius und dann durch Designori selbst, der in dieser für uns nicht ganz erhellbaren Zeit seines Lebens bald wieder sein Freund, ja sein Vertrauter wurde. Bei jener ersten Wiederbegegnung nach Jahrzehnten des Vergessens stellte wie üblich der Sprecher die Herren der neu gebildeten Staatskommission den Magistern vor. Als unser Meister den Namen Designori hörte, war er überrascht, ja beschämt, denn er hatte den seit langen Jahren nicht mehr gesehenen Kameraden seiner Jugend nicht auf den ersten Blick wiedererkannt. Während er ihm nun, auf die offizielle Verbeugung und Grußformel verzichtend, freundlich die Hand entgegenstreckte, blickte er ihm aufmerksam ins Gesicht und versuchte zu ergründen, kraft welcher Veränderungen es sich dem Erkanntwerden durch einen alten Freund hatte entziehen können. Auch während der Sitzung ruhte sein Blick des öftern auf dem einst so vertrauten Gesicht. Übrigens hatte ihn Designori mit Ihr und dem Magistertitel angeredet, und er hatte ihn zweimal bitten müssen, ehe jener sich entschließen konnte, sich der alten Anrede zu bedienen und ihn wieder du zu nennen.

Knecht hatte Plinio als einen stürmischen und heiteren,

mitteilsamen und glänzenden Jüngling gekannt, als einen guten Schüler und zugleich einen jungen Weltmann, der sich den weltfremden jungen Kastaliern überlegen fühlte und dem es oft Spaß machte, sie herauszufordern. Nicht frei von Eitelkeit war er vielleicht gewesen, aber offenen Wesens, ohne Kleinlichkeit und für die meisten Altersgenossen interessant, anziehend und liebenswürdig, ja für manche blendend durch seine hübsche Erscheinung, sein sicheres Auftreten und das Aroma von Fremdheit, das ihn als Hospitanten und Weltkind umgab. Jahre später, gegen Ende seiner Studentenzeit, hatte Knecht ihn wiedergesehen, da war er ihm verflacht, vergröbert und seines frühern Zaubers ganz beraubt erschienen und hatte ihn enttäuscht. Man war verlegen und kühl auseinandergegangen. Jetzt schien er wieder ein ganz anderer. Vor allem schien er seine Jugend und Munterkeit, seine Freude am Mitteilen, Streiten, Austauschen, sein aktives, werbendes, nach außen gekehrtes Wesen völlig abgelegt oder verloren zu haben. So, wie er bei der Begegnung den einstigen Freund nicht auf sich aufmerksam gemacht und nicht als erster begrüßt, so, wie er noch nach der Nennung ihrer Namen den Magister nicht mit du angeredet hatte und auf die herzliche Aufforderung dazu nur widerstrebend eingegangen war, so war auch in seiner Haltung, seinem Blick, seiner Sprechweise, seinen Gesichtszügen und Bewegungen an die Stelle der früheren Angriffslust, Offenheit und Beschwingtheit eine Verhaltenheit oder Gedrücktheit getreten, ein Sichsparen und Sichzurückhalten, eine Art Bann oder Krampf, oder auch vielleicht nur Müdigkeit. Darin war der Jugendzauber ertrunken und erloschen, aber nicht minder die Züge von Oberflächlichkeit und allzu derber Weltlichkeit, auch sie waren nicht mehr da. Der ganze Mann, vor allem aber sein Gesicht, schien jetzt gezeichnet, zum Teil zerstört, zum Teil geadelt, durch den Ausdruck des Leidens. Und während der Glasperlenspielmeister den Verhandlungen folgte, blieb ein Teil seiner Aufmerksamkeit stets bei dieser Erscheinung und zwang ihn, darüber zu sinnen, was für eine Art von Leiden es wohl sein möge, das diesen lebhaften, schönen und lebensfrohen Mann so beherrschte und so gezeichnet hatte. Es schien ein fremdes, ein ihm unbekanntes Leiden zu sein, und je mehr sich Knecht diesem suchenden Sinnen hingab, desto mehr fühlte er sich in Sympathie und Teilnahme zu diesem Leidenden hingezogen, ja es sprach bei diesem Mitleid und dieser Liebe leise ein Gefühl mit, als sei er diesem so traurig aussehenden Freund seiner Jugend etwas schuldig geblieben, als habe er etwas an ihm gutzumachen. Nachdem er über die Ursache von Plinios Traurigkeit manche Vermutung gefaßt und wieder aufgegeben hatte, kam ihm der Gedanke: das Leid in diesem Gesicht sei nicht gemeiner Herkunft, es sei ein edles, vielleicht tragisches Leid, und sein Ausdruck sei von einer in Kastalien unbekannten Art, er erinnerte sich, einen ähnlichen Ausdruck zuweilen auf nichtkastalischen, auf Weltmenschengesichtern gesehen zu haben, freilich niemals so stark und fesselnd. Auch auf Bildnissen von Menschen der Vergangenheit kannte er Ähnliches, auf Bildnissen von manchen Gelehrten oder Künstlern, von welchen eine rührende, halb krankhafte, halb schicksalhafte Trauer, Vereinsamung und Hilflosigkeit abzulesen war. Für den Magister, der ein so zartes Künstlergefühl für die Geheimnisse des Ausdrucks und ein so waches Erziehergefühl für Charaktere besaß, gab es schon längst gewisse physiognomische Kennzeichen, welchen er, ohne ein System daraus zu machen, instinktiv vertraute; so gab es für ihn zum Beispiel eine speziell kastalische und eine speziell weltliche Art von Lachen, Lächeln und Heiterkeit, und ebenso eine speziell weltliche Art von Leiden und Traurigkeit. Diese Welttraurigkeit nun glaubte er auf Designoris Gesicht zu erkennen, und zwar so stark und rein ausgedrückt, als habe dies Gesicht die Bestimmung, Stellvertreter von vielen zu sein und das geheime Leiden und Kranksein vieler sichtbar zu machen.

Er war von diesem Gesicht beunruhigt und ergriffen. Es schien ihm nicht nur bedeutungsvoll, daß die Welt seinen verlorengegangenen Freund nun hierher geschickt habe und daß Plinio und Josef, wie einst in ihren Schüler-Redekämpfen, so jetzt wirklich und gültig der eine die Welt, der andre den Orden vertrete; noch wichtiger und symbolhafter wollte es ihm erscheinen, daß in diesem einsamen und von Trauer beschatteten Angesicht die Welt nun einmal nicht ihr Lachen, ihre Lebenslust, ihre Machtfreude, ihre Derbheit nach Kastalien entsandt habe, sondern ihre Not, ihr Leiden. Auch das gab ihm zu denken und mißfiel ihm keineswegs, daß Designori ihn eher zu meiden als zu suchen schien und sich nur langsam und unter großen Widerständen ergab und erschloß. Übrigens, und das kam Knecht natürlich zu Hilfe, war sein Schulkamerad, selber in Kastalien erzogen, kein schwieriges, verdrossenes oder gar geradezu übelwollendes Mitglied seiner für Kastalien so wichtigen Kommission, wie man sie auch schon erlebt hatte, sondern gehörte zu den Verehrern des Ordens und Gönnern der Provinz, welcher er manchen Dienst erweisen konnte. Auf das Glasperlenspiel allerdings hatte er seit langen Jahren verzichtet.

Wir könnten es nicht des genaueren berichten, auf welche Weise der Magister allmählich das Vertrauen des Freundes wiedergewann; jeder von uns, der des Meisters ruhige Heiterkeit und liebevolle Artigkeit kennt, mag es sich auf seine Weise vorstellen. Knecht ließ nicht nach, um Plinio zu werben, und wer hätte auf die Dauer widerstanden, wenn es ihm damit Ernst war?

Am Ende hatte, einige Monate nach jener ersten Wiederbegegnung, Designori seine wiederholt ergangene Einladung zu einem Besuche in Waldzell angenommen, und die beiden fuhren an einem wolkig-windigen Herbstnachmittag durch das beständig zwischen Licht und Schatten wechselnde Land den Stätten ihrer Schülerzeit und Freundschaft entgegen, Knecht in gelassener Heiterkeit, sein

Begleiter und Gast still, aber unruhig, gleich den leeren Feldern zwischen Sonne und Schatten, zwischen Freuden des Wiedersehens und Trauer des Fremdgewordenseins zuckend. Nahe der Siedlung stiegen sie aus und gingen zu Fuß die alten Wege, auf denen sie als Schüler miteinander gegangen waren, erinnerten sich mancher Kameraden und Lehrer und an manches ihrer damaligen Gespräche. Designori blieb für einen Tag Knechts Gast, der ihm versprochen hatte, ihn diesen Tag hindurch als Zuschauer allen seinen Amtshandlungen und Arbeiten beiwohnen zu lassen. Am Ende dieses Tages — der Gast wollte am nächsten Morgen in aller Frühe abreisen — saßen sie in Knechts Wohnzimmer allein beisammen, beinahe schon wieder in der alten Vertraulichkeit. Der Tag, an dem er von Stunde zu Stunde des Magisters Arbeit hatte beobachten können, hatte dem Fremden großen Eindruck gemacht. An diesem Abend fand zwischen den beiden ein Gespräch statt, das Designori gleich nach seiner Heimkehr aufgezeichnet hat. Wenn es auch zum Teil Unwichtiges enthält und unsre nüchterne Darstellung vielleicht in einer manchen Leser störenden Weise unterbricht, möchten wir es doch so mitteilen, wie jener es aufgeschrieben hat.

«So sehr vieles hatte ich im Sinn dir zu zeigen», sagte der Magister, «und nun bin ich doch nicht dazu gekommen. Zum Beispiel meinen hübschen Garten; erinnerst du dich noch des ‚Magistergartens‘ und der Pflanzungen von Meister Thomas? — ja, und so vieles andre. Ich hoffe, es werde auch dafür Tag und Stunde noch kommen. Immerhin hast du seit gestern manche Erinnerung nachprüfen können und hast auch eine Vorstellung von der Art meiner Amtspflichten und meines Alltags bekommen.»

«Ich bin dir dafür dankbar», sagte Plinio. «Was eure Provinz eigentlich ist, und was für merkwürdige und große Geheimnisse sie hat, begann ich erst heute wieder zu ahnen, obwohl ich auch in den Jahren meines Fernbleibens viel mehr an euch dachte, als du vermutet hättest. Du hast mir heute einen Einblick in dein Amt und in dein Leben gegeben, Josef, ich hoffe, es sei nicht das letztemal gewesen, und wir werden noch des öftern über das reden, was ich hier gesehen habe und worüber ich heut noch nicht sprechen kann. Dagegen fühle ich wohl, daß dein Vertrauen auch mich verpflichtet, und weiß, daß meine bisherige Verschlossenheit dich hat befremden müssen. Nun, auch du wirst mich einmal besuchen und sehen, wo ich zu Hause bin. Für heute kann ich dir nur ein wenig davon erzählen, so viel nur, daß du wieder über mich Bescheid weißt, und mir selbst wird die Aussprache, wenn sie auch zugleich beschämend und eine Strafe für mich ist, wohl auch etwas Erleichterung bringen.

Du weißt, ich stamme aus einer alten, um das Land verdienten und mit eurer Provinz befreundeten Familie, einer konservativen Familie von Gutsbesitzern und höhern Beamten. Aber sieh, schon diese einfache Mitteilung stellt mich vor die Kluft, die dich von mir trennt! Ich sage ‚Familie‘ und glaube damit etwas Einfaches, Selbstverständliches und Eindeutiges zu sagen, aber ist es denn das? Ihr von der Provinz habet euren Orden und eure Hierarchie, aber Familie habt ihr nicht, ihr wisset nicht, was Familie, Blut und Herkunft ist, und habet keine Ahnung von den geheimen und gewaltigen Zaubern und Kräften dessen, was man Familie nennt. Nun, und so ist es wohl im Grunde mit den meisten Worten und Begriffen, in denen unser Leben sich ausdrücken läßt: die meisten, die für uns wichtig sind, sind es für euch nicht, sehr viele sind für euch einfach unverständlich, und andre bedeuten bei euch etwas ganz anderes als bei uns. Und da soll man miteinander reden! Sieh, wenn du mit mir sprichst, so ist es, als rede mich ein Ausländer an, immerhin aber ein Ausländer, dessen Sprache ich in meiner Jugend gelernt und selbst gesprochen habe, ich verstehe das meiste. Aber umgekehrt ist es nicht ebenso: wenn ich zu dir rede, so hörst du eine Sprache, deren Ausdrücke dir nur halb und deren

Nuancen und Schwingungen dir gar nicht bekannt sind, du vernimmst Geschichten aus einem Menschenleben, einer Daseinsform, welche nicht die deine ist; das meiste, selbst wenn es dich interessieren sollte, bleibt dir fremd und höchstens halbverständlich. Du erinnerst dich unsrer vielen Redekämpfe und Gespräche in unsrer Schülerzeit; von meiner Seite waren sie nichts andres als ein Versuch, einer von vielen, die Welt und Sprache eurer Provinz mit der meinigen in Einklang zu bringen. Du bist der aufgeschlossenste, willigste und redlichste von allen gewesen, mit denen ich jemals solche Versuche unternahm; du standest tapfer für die Rechte Kastaliens ein, ohne doch gegen meine andere Welt und deren Rechte gleichgültig zu sein oder sie gar zu verachten. Wir kamen einander ja damals ziemlich nahe. Nun, darauf kommen wir später zurück.»

Da er einen Augenblick nachdenklich schwieg, sagte Knecht behutsam: «Es ist wohl nicht so schlimm mit dem Nichtverstehenkönnen. Gewiß, zwei Völker und zwei Sprachen werden einander nie sich so verständlich und so intim mitteilen können wie zwei einzelne, die derselben Nation und Sprache angehören. Aber das ist kein Grund, auf Verständigung und Mitteilung zu verzichten. Auch zwischen Volks- und Sprachgenossen stehen Schranken, die eine volle Mitteilung und ein volles gegenseitiges Verstehen verhindern, Schranken der Bildung, der Erziehung, der Begabung, der Individualität. Man kann behaupten, jeder Mensch auf Erden könne grundsätzlich mit jedem andern sich aussprechen, und man kann behaupten, es gebe überhaupt keine zwei Menschen in der Welt, zwischen denen eine echte, lückenlose, intime Mitteilung und Verständigung möglich sei — eins ist so wahr wie das andre. Es ist Yin und Yang, Tag und Nacht, beide haben recht, an beide muß man zuzeiten erinnert werden, und ich gebe dir insoweit recht, als auch ich natürlich nicht glaube, daß wir beide uns einander jemals ganz und gar und restlos werden verständlich machen können. Magst du ein Abend-

länder, ich ein Chinese sein, mögen wir verschiedene
Sprachen reden, so werden wir dennoch, wenn wir guten
Willens sind, einander sehr viel mitteilen und über das
exakt Mitteilbare hinaus sehr viel voneinander erraten
und ahnen können. Jedenfalls wollen wir es versuchen.»

Designori nickte und fuhr fort: «Ich will vorerst das
wenige erzählen, was du wissen mußt, um etwa eine
Ahnung von meiner Situation zu bekommen. Also da ist
zunächst die Familie, die oberste Macht im Leben eines
jungen Menschen, er mag sie anerkennen oder nicht. Ich
bin mit ihr gut ausgekommen, solange ich Hospitant eurer
Eliteschulen war. Das Jahr hindurch war ich bei euch gut
aufgehoben, in den Ferien wurde ich zu Hause gefeiert
und verwöhnt, ich war der einzige Sohn. An meiner
Mutter hing ich mit einer zärtlichen, ja leidenschaftlichen
Liebe, die Trennung von ihr war der einzige Schmerz, den
ich bei jeder Abreise empfand. Mit dem Vater stand ich
in einem kühleren, aber freundlichen Verhältnis, wenigstens während all der Knaben- und Jünglingsjahre, die ich
bei euch verbrachte; er war ein alter Kastalienverehrer
und stolz darauf, mich in den Eliteschulen erzogen und in
so sublime Dinge wie das Glasperlenspiel eingeweiht zu
sehen. Diese heimatlichen Ferienaufenthalte waren oft
wahrhaft hochgestimmt und festlich, die Familie und ich
kannten einander gewissermaßen nur noch in Festkleidern.
Manchmal, wenn ich so in die Ferien reiste, habe ich euch
Zurückbleibende bedauert, die von solchem Glück nichts
wußten. Ich brauche von damals nicht viel zu sagen, du
hast mich ja gekannt, besser als irgendein anderer. Ich war
beinah ein Kastalier, ein bißchen weltfroher, derber und
oberflächlicher vielleicht, aber voll glücklichen Übermuts,
beschwingt und enthusiastisch. Es war die glücklichste Zeit
meines Lebens, was ich damals freilich nicht ahnte, denn
in jenen Waldzeller Jahren erwartete ich das Glück und
die Höhe meines Lebens von der Zeit, da ich aus euren
Schulen entlassen heimkehren und mir mit Hilfe meiner

bei euch erworbenen Überlegenheit die dortige Welt erobern würde. Statt dessen begann nach meinem Abschied von dir für mich eine Auseinandersetzung, die bis heute dauert, und ein Kampf, in dem ich nicht Sieger geblieben bin. Denn die Heimat, in die ich zurückkam, bestand diesmal nicht mehr nur aus meinem Vaterhause und hatte keineswegs darauf gewartet, mich umarmen und meine Waldzeller Vornehmheit anerkennen zu dürfen, und auch im Vaterhause selbst gab es bald Enttäuschungen, Schwierigkeiten und Mißtöne. Es dauerte eine Weile, bis ich es merkte, ich war durch mein naives Vertrauen, meinen knabenhaften Glauben an mich und mein Glück geschützt und geschützt auch durch die von euch mitgebrachte Ordensmoral, durch die Gewohnheit der Meditation. Aber welche Enttäuschung und Ernüchterung brachte die Hochschule, an der ich die politischen Fächer studieren wollte! Der Umgangston unter den Studenten, das Niveau ihrer allgemeinen Bildung und ihrer Geselligkeit, die Persönlichkeiten mancher Lehrer, wie stachen sie ab von dem, woran ich mich bei euch gewöhnt hatte! Du erinnerst dich, wie ich einst unsere Welt gegen die eure verteidigt und dabei im Lob des ungebrochenen, naiven Lebens den Mund oft recht voll genommen habe. Wenn das eine Strafe verdiente, Freund, dann bin ich schwer dafür bestraft worden. Denn dieses naive, unschuldige Triebleben, diese Kindlichkeit und undressierte Genialität des Naiven, sie mochte wohl irgendwo vorhanden sein, bei den Bauern vielleicht oder den Handwerkern oder wo sonst, aber es gelang mir nicht, sie zu Gesicht zu bekommen oder gar an ihr teilzuhaben. Du erinnerst dich auch, nicht wahr, wie ich in meinen Reden die Überheblichkeit und Gespreiztheit der Kastalier kritisierte, dieser eingebildeten und verweichlichten Kaste mit ihrem Kastengeist und ihrem Elitehochmut. Nun, die Weltleute waren auf ihre schlechten Manieren, ihre geringe Bildung, ihren derben lauten Humor, ihre dummschlaue Beschränkung auf praktische, selbstsüchtige Ziele nicht weniger stolz, sie kamen sich nicht weniger kostbar, gottgefällig und auserwählt vor in ihrer engstirnigen Natürlichkeit, als der affektierteste Waldzeller Musterschüler es jemals tun konnte. Sie lachten mich aus oder klopften mir auf die Schulter, manche aber reagierten auf das Fremde, Kastalische in mir mit dem offenen, blanken Haß, den das Gemeine gegen alles Vornehme hat und den ich wie eine Auszeichnung auf mich zu nehmen entschlossen war.»

Designori machte eine kurze Pause und warf einen Blick auf Knecht, ungewiß, ob er ihn nicht ermüde. Sein Blick begegnete dem des Freundes und fand in ihm einen Ausdruck tiefer Aufmerksamkeit und Freundlichkeit, der ihm wohltat und ihn beruhigte. Er sah, der andre war ganz seiner Eröffnung hingegeben, er hörte nicht zu, wie man einem Geplauder zuhört oder auch einer interessanten Erzählung, sondern mit der Ausschließlichkeit und Hingabe, mit der man sich in einer Meditation konzentriert, und dabei mit einem reinen, herzlichen Wohlwollen, dessen Ausdruck in Knechts Blick ihn rührte, so herzlich und beinahe kindlich schien er ihm, und es ergriff ihn eine Art von Staunen darüber, diesen Ausdruck im Gesicht desselben Mannes zu sehen, dessen vielfältiges Tagewerk, dessen amtliche Weisheit und Autorität er diesen ganzen Tag hindurch bewundert hatte. Erleichtert fuhr er fort:

«Ich weiß nicht, ob mein Leben nutzlos und bloß ein Mißverständnis war oder ob es einen Sinn hat. Sollte es einen Sinn haben, so wäre es etwa der, daß ein einzelner, konkreter Mensch unserer Zeit einmal auf das deutlichste und schmerzlichste erkannt und erlebt hat, wie weit Kastalien sich von seinem Mutterlande entfernt hat, oder meinetwegen auch umgekehrt: wie sehr unser Land seiner edelsten Provinz und deren Geist fremd und untreu geworden ist, wie weit in unsrem Lande Leib und Seele, Ideal und Wirklichkeit auseinanderklaffen, wie wenig sie voneinander wissen und wissen wollen. Wenn ich im

Leben eine Aufgabe und ein Ideal hatte, so war es das, aus meiner Person eine Synthese der beiden Prinzipien zu machen, zwischen beiden zum Vermittler, Dolmetsch und Versöhner zu werden. Ich habe es versucht und bin gescheitert. Und da ich dir ja doch nicht mein ganzes Leben erzählen kann und du auch nicht alles verstehen könntest, will ich dir nur eine von den Situationen vorführen, die für mein Scheitern bezeichnend sind. Die Schwierigkeit damals nach dem Beginn meines Studiums an der Hochschule bestand nicht sosehr darin, mit den Hänseleien oder Anfeindungen fertig zu werden, die mir als einem Kastalier, einem Musterknaben zuteil wurden. Die paar unter meinen neuen Kameraden, welchen meine Herkunft aus den Eliteschulen eine Auszeichnung und Sensation bedeutete, machten mir sogar mehr zu schaffen und brachten mich in größere Verlegenheit. Nein, das Schwierige und vielleicht Unmögliche war, inmitten der Weltlichkeit ein Leben im kastalischen Sinn weiterzuführen. Anfangs merkte ich es kaum, ich hielt mich an die Regeln, wie ich sie bei euch gelernt hatte, und längere Zeit schienen sie sich auch hier zu bewähren, sie schienen mich zu stärken und zu schützen, schienen mir Munterkeit und innere Gesundheit zu erhalten und mich in meinem Vorsatz zu bestärken, in dem Vorsatz nämlich, allein und selbständig meine Studienjahre möglichst auf kastalische Art hinzubringen, einzig meinem Wissensdurst nachzugehen und mich nicht in einen Studiengang zwingen zu lassen, der nichts wollte, als den Studenten in möglichst kurzer Zeit möglichst gründlich für einen Brotberuf zu spezialisieren und jede Ahnung von Freiheit und Universalität in ihm abzutöten. Aber der Schutz, den Kastalien mir mitgegeben hatte, erwies sich als gefährlich und zweifelhaft, denn ich wollte ja nicht resignierend und eremitenhaft meinen Seelenfrieden und meine meditative Geistesruhe bewahren, ich wollte ja die Welt erobern, sie verstehen, sie zwingen, auch mich zu verstehen, ich wollte sie bejahen und womöglich erneuern und verbessern, ich wollte ja in meiner Person Kastalien und die Welt zusammenbringen und versöhnen. Wenn ich nach einer Enttäuschung, einem Streit, einer Aufregung mich in die Meditation zurückzog, so war dies anfangs jedesmal eine Wohltat, eine Entspannung, ein Tiefatmen, eine Rückkehr zu guten, freundlichen Mächten. Mit der Zeit aber merkte ich, daß es gerade die Versenkung, die Pflege und Übung der Seele sei, die mich dort isolierte, die mich den andern so unangenehm fremd erscheinen ließ und mich selbst unfähig machte, sie wirklich zu verstehen. Die andern, die Weltleute, wirklich verstehen, sah ich, konnte ich nur dann, wenn ich wieder wurde wie sie, wenn ich nichts vor ihnen voraushatte, auch nicht diese Zuflucht in die Versenkung. Natürlich ist es aber auch wohl möglich, daß ich den Vorgang beschönige, wenn ich ihn so darstelle. Vielleicht, oder wahrscheinlich, war es einfach so, daß ich ohne gleichgeschulte und gleichgestimmte Kameraden, ohne Kontrolle durch Lehrer, ohne die bewahrende und heilsame Atmosphäre Waldzells allmählich die Disziplin verlor, daß ich träg und unaufmerksam wurde und in Schlendrian verfiel und dies dann in Augenblicken des schlechten Gewissens damit entschuldigte, Schlendrian sei nun einmal eines der Attribute dieser Welt, und indem ich mich ihm überlasse, komme ich dem Verständnis meiner Umgebung näher. Es liegt mir dir gegenüber nichts am Beschönigen, aber ich möchte auch nicht leugnen und verhehlen, daß ich mir Mühe gegeben, gestrebt und gekämpft habe, auch dort, wo ich irrte. Es war mir Ernst. Aber ob nun mein Versuch, mich verstehend und sinnvoll einzuordnen, nur eine Einbildung von mir war oder nicht, jedenfalls geschah das Natürliche, die Welt war stärker als ich und hat mich langsam überwältigt und eingeschluckt; es war genau so, als sollte ich vom Leben beim Wort genommen und völlig der Welt angeglichen werden, deren Richtigkeit, Naivität, Stärke und ontische Überlegenheit ich in unseren Waldzeller Disputationen so sehr gepriesen und gegen deine Logik verteidigt hatte. Du erinnerst dich.

Und nun muß ich dich an etwas anderes erinnern, was du vermutlich längst vergessen hast, da es für dich keine Bedeutung hatte. Für mich aber hatte es sehr viel Bedeutung, für mich war es wichtig, wichtig und schrecklich. Meine Studentenjahre waren beendet, ich hatte mich angepaßt, war besiegt, aber keineswegs ganz, vielmehr hielt ich mich im Innern noch immer für euresgleichen und glaubte diese und jene Anpassungen und Abschleifungen mehr aus Lebensklugheit und freiwillig vollzogen als unterliegend erlitten zu haben. So hielt ich auch noch an manchen Gewohnheiten und Bedürfnissen der Jünglingsjahre fest, darunter am Glasperlenspiel, was vermutlich wenig Sinn hatte, denn ohne beständige Übung und beständigen Umgang mit gleichwertigen und namentlich mit überlegenen Spielgenossen kann man ja nichts lernen, das Alleinspielen kann das nur höchstens so ersetzen wie das Selbstgespräch ein wirkliches und echtes Gespräch. Ohne also so recht zu wissen, wie es um mich, um meine Spielkunst, meine Bildung, mein Eliteschülertum stehe, gab ich mir doch Mühe, diese Güter oder mindestens etwas von ihnen zu retten, und wenn ich einem meiner damaligen Freunde, die vom Glasperlenspiel zwar mitzureden versuchten, aber keine Ahnung von seinem Geist hatten, ein Spielschema vorentwarf oder einen Spielsatz analysierte, mochte es diesen völlig Unwissenden wohl wie Zauberei erscheinen. Im dritten oder vierten meiner Studentenjahre nahm ich an einem Spielkurs in Waldzell teil, das Wiedersehen der Gegend, des Städtchens, unsrer alten Schule, des Spielerdorfes war mir eine wehmütige Freude, du aber warest nicht da, du studiertest damals irgendwo in Monteport oder Keuperheim und galtest für einen strebsamen Eigenbrötler. Mein Spielkurs war ja nur ein Ferienkurs für uns arme Weltleute und Dilettanten, trotzdem machte er mir Mühe, und ich war stolz, als ich am Schluß den

üblichen ‚Dreier' bekam, jenes ‚Genügend' im Spiel-
zeugnis, das grade noch hinreicht, um seinem Inhaber den
Wiederbesuch solcher Ferienkurse zu erlauben.

Und nun, wieder einige Jahre später, raffte ich mich
nochmals auf, meldete mich zu einem Ferienkurs unter
deinem Vorgänger an und hatte mein Bestes getan, um mich
für Waldzell einigermaßen präsentabel zu machen. Ich
hatte meine alten Übungshefte wieder durchgelesen, hatte
auch Versuche gemacht, mich wieder ein wenig mit der
Konzentrationsübung vertraut zu machen, kurz ich hatte
mich, mit meinen bescheidenen Mitteln, in ähnlicher Weise
auf den Ferienkurs hin geübt, gestimmt und gesammelt,
wie es etwa ein echter Glasperlenspieler auf das große
Jahresspiel hin tut. So rückte ich in Waldzell ein, wo ich
mich, nach der Pause von wenigen Jahren, schon wieder
um ein gutes Stück mehr entfremdet, zugleich aber auch
bezaubert fühlte, als kehrte ich in eine verlorene schöne
Heimat zurück, deren Sprache mir aber nicht mehr recht
geläufig sei. Und dieses Mal wurde mir auch mein lebhafter Wunsch, dich wiederzusehen, erfüllt. Du kannst
dich daran erinnern, Josef?»

Knecht blickte ihm ernst in die Augen, nickte und
lächelte ein wenig, sagte aber kein Wort.

«Gut», fuhr Designori fort, «du erinnerst dich also.
Aber was ist es, woran du dich erinnerst? Ein flüchtiges
Wiedersehen mit einem Schulkameraden, eine kleine Begegnung und Enttäuschung; man geht weiter und denkt
nicht mehr daran, außer wenn man etwa nach Jahrzehnten durch den andern unhöflich daran erinnert wird. Ist
es nicht so? War es etwas anderes, war es mehr für dich?»

Er war, obwohl sichtlich sehr bemüht, sich zu beherrschen, in große Erregung geraten, es schien da etwas in
vielen Jahren Angehäuftes, Unbewältigtes sich entladen
zu wollen.

«Du greifst vor», sagte Knecht sehr behutsam. «Was es
für mich war, davon werden wir sprechen, wenn ich an

der Reihe sein und Rechenschaft ablegen werde. Jetzt hast du das Wort, Plinio. Ich sehe, daß jene Begegnung nicht angenehm für dich war. Sie war es damals auch für mich nicht. Und nun erzähle weiter, wie es damals war. Sprich rückhaltlos!»

«Ich will es versuchen», meinte Plinio. «Vorwürfe will ich dir ja nicht etwa machen. Ich muß dir auch zugestehen, daß du dich damals vollkommen korrekt gegen mich benommen hast, ja mehr als das. Als ich deiner jetzigen Einladung hierher nach Waldzell folgte, das ich seit jenem zweiten Ferienkurs nie mehr wiedergesehen hatte, ja schon als ich die Wahl zum Mitglied der Kommission für Kastalien annahm, war es meine Absicht, mich dir und dem damaligen Erlebnis zu stellen, einerlei ob es uns beiden angenehm sein möchte oder nicht. Und nun will ich fortfahren. Ich war zum Ferienkurs gekommen und im Gästehaus einquartiert worden. Die Teilnehmer am Kurs waren beinahe alle ungefähr in meinem Alter, einige sogar bedeutend älter; wir waren höchstens zwanzig Leute, größtenteils Kastalier, aber entweder schlechte, gleichgültige, verwahrloste Glasperlenspieler oder aber Anfänger, denen es erst so spät eingefallen war, sich auch ein wenig mit dem Spiel bekannt zu machen; es war mir eine Erleichterung, daß keiner von ihnen mit mir bekannt war. Obwohl unser Kursleiter, einer der Gehilfen des Archivs, sich brav Mühe gab und auch sehr freundlich gegen uns war, hatte die Sache doch beinah von Anfang an etwas vom Charakter einer zweitrangigen und nutzlosen Schule, eines Strafkurses etwa, dessen zufällig zusammengewürfelte Teilnehmer an einen wirklichen Sinn und Erfolg ebensowenig glauben wie der Lehrer, wenn auch keiner das zugibt. Man konnte sich verwundert fragen, warum denn diese Handvoll Leute sich da zusammengetan habe, um freiwillig etwas zu betreiben, wofür ihre Kraft nicht ausreichte, ihr Interesse nicht stark genug war, um sie zu Ausdauer und Opfern zu befähigen, und warum ein gelehrter Fachmann sich dazu hergab, ihnen einen Unterricht zu geben und sie mit Übungen zu beschäftigen, von welchen er sich selber kaum viel Erfolg versprechen konnte. Ich wußte es damals nicht, erfuhr es erst viel später durch Erfahrenere, daß ich mit diesem Kurs ausgesprochen Pech hatte, daß eine etwas andere Zusammensetzung der Teilnehmer ihn hätte anregend und fördernd, ja begeisternd machen können. Es genügen oft, so sagte man mir später, zwei Teilnehmer, die sich aneinander entzünden oder die sich schon vorher kannten und nahestanden, um einem solchen Kurs samt allen seinen Teilnehmern und seinem Lehrer einen Schwung nach oben zu geben. Du bist Glasperlenspielmeister, du mußt das ja kennen. Nun, ich hatte also Pech, es fehlte die kleine belebende Zelle in unsrer Zufallsgemeinschaft, es kam nicht zu einer Erwärmung, nicht zu einem Aufschwung, es war und blieb ein matter Repetierkurs für erwachsene Schulknaben. Die Tage gingen hin, die Enttäuschung wuchs mit jedem. Nun war aber außer dem Glasperlenspiel ja auch noch Waldzell da, für mich ein Ort heiliger und wohlgehüteter Erinnerungen, und wenn der Spielkurs versagte, so blieb mir doch die Feier einer Heimkehr, die Berührung mit Kameraden von einst, vielleicht auch ein Wiedersehen mit jenem Kameraden, an den ich die meisten und stärksten Erinnerungen bewahrte und der für mich mehr als irgendeine andere Gestalt unser Kastalien repräsentierte: mit dir, Josef. Wenn ich ein paar von meinen Jugend- und Schulgenossen wiedersah, wenn ich auf meinen Gängen durch die schöne, so sehr geliebte Gegend den guten Geistern meiner Jünglingsjahre wieder begegnete, wenn auch du etwa mir wieder nahekommen solltest und sich in Gesprächen wie einst eine Auseinandersetzung ergäbe, weniger zwischen dir und mir als zwischen meinem Kastalienproblem und mir selbst, dann war es um diese Ferien nicht schade, dann mochte der Kurs und alles andre dreingegeben werden.

Die zwei Kameraden aus meiner Schulzeit, die mir zuerst über den Weg liefen, waren harmlos, sie klopften mir erfreut auf die Schulter und stellten Kinderfragen nach meinem sagenhaften Weltleben. Die paar andern aber waren nicht so harmlos, sie gehörten zum Spielerdorf und zur jüngeren Elite, und sie stellten keine naiven Fragen, sondern grüßten mich, wenn man sich in einem der Räume deines Heiligtums begegnete und man mir nicht ausweichen konnte, mit einer spitzen, etwas überanstrengten Höflichkeit, vielmehr Leutseligkeit, und konnten ihr Beschäftigtsein mit Wichtigem und mir Unzugänglichem, ihren Mangel an Zeit, an Neugierde, an Teilnahme, an Willen zur Erneuerung der alten Bekanntschaft gar nicht genug betonen. Nun, ich habe mich ihnen nicht aufgedrängt, ich ließ sie in Ruhe, in ihrer olympischen, heiteren, spöttischen, kastalischen Ruhe. Ich blickte zu ihnen und ihrem geschäftig heiteren Tag hinüber wie ein Gefangener durchs Gitter, oder wie Arme, Hungernde und Unterdrückte zu den Aristokraten und Reichen hinüberblicken, den Heiteren, Hübschen, Gebildeten, Wohlerzogenen, Wohlausgeruhten mit den gepflegten Gesichtern und Händen.

Und nun erschienest du, Josef, und Freude und neue Hoffnung erhoben sich in mir, als ich dich sah. Du gingest über den Hof, ich erkannte dich von hinten am Gang und rief dich gleich mit Namen an. Endlich ein Mensch! dachte ich, endlich ein Freund, vielleicht auch ein Gegner, aber einer, mit dem man reden kann, ein Urkastalier zwar, aber einer, bei dem das Kastalische nicht zu Maske und Panzer erstarrt war, ein Mensch, ein Verstehender! Du mußtest es merken, wie froh ich war und wieviel ich von dir erwartete, und in der Tat bist du mir ja auch mit der größten Artigkeit entgegengekommen. Du kanntest mich noch, ich bedeutete dir noch etwas, es machte dir Freude, mein Gesicht wiederzusehen. Und so blieb es denn auch nicht bei der kurzen frohen Begrüßung auf dem Hof, sondern du hast mich eingeladen und hast mir einen Abend gewidmet, geopfert. Aber, lieber Knecht, was für ein Abend ist das gewesen! Wie haben wir uns darum geplagt, beide, recht aufgeräumt zu erscheinen, recht höflich und beinah kameradschaftlich miteinander zu sein, und wie schwer ist es uns geworden, das lahme Gespräch von einem Thema zum andern zu schleppen! Waren die andern gleichgültig gegen mich gewesen, dies mit dir war schlimmer, diese angestrengte und nutzlose Bemühung um eine einmal gewesene Freundschaft tat viel weher. Jener Abend machte endgültig meinen Illusionen ein Ende, es wurde mir unerbittlich klargemacht, daß ich kein Kamerad und Gleichstrebender, kein Kastalier, kein Mensch von Range sei, sondern ein lästiger, sich anbiedernder Tölpel, ein ungebildeter Ausländer, und daß es in so korrekter und schöner Form geschah und die Enttäuschung und Ungeduld so tadellos maskiert blieb, schien mir eigentlich noch das Schlimmste daran. Hättest du mich gescholten und mir Vorwürfe gemacht, hättest du mich angeklagt: ,Was ist aus dir geworden, Freund, wie konntest du so verkommen?', ich wäre glücklich und das Eis wäre gebrochen gewesen. Aber nichts von alledem. Ich sah, es war nichts mit meiner Zugehörigkeit zu Kastalien, nichts mit meiner Liebe zu euch und meinen Studien im Glasperlenspiel, nichts mit unserer Kameradschaft. Repetent Knecht hatte meinen lästigen Besuch in Waldzell entgegengenommen, er hatte sich einen Abend lang mit mir geplagt und gelangweilt und hatte mich nun in höchst einwandfreier Form wieder hinauskomplimentiert.»

Designori, mit seiner Erregung kämpfend, brach ab und blickte mit gequältem Gesicht zum Magister hinüber. Der saß, ganz aufmerksamer Hörer, hingegeben, aber selbst nicht im mindesten erregt, und sah seinen alten Freund mit einem Lächeln an, das voll freundlicher Teilnahme war. Da der andre nicht weitersprach, ließ Knecht seinen Blick auf ihm ruhen, voll Wohlwollen und mit einem Ausdruck von Befriedigung, ja von Vergnügen, dem der Freund eine Minute oder länger finster standhielt.

«Du lachst?» rief Plinio dann heftig, doch nicht böse. «Du lachst? Du findest alles in Ordnung?»

«Ich muß sagen», lächelte Knecht, «du hast den Vorgang ausgezeichnet dargestellt, ganz ausgezeichnet, es war genau so, wie du es schilderst, und vielleicht war sogar der Rest von Beleidigtsein und Anklage in deiner Stimme nötig, um es so herauszubringen und mir die Szene so vollkommen wieder gegenwärtig zu machen. Auch hast du, obwohl du leider sichtlich die Sache noch immer etwas mit den Augen von damals ansiehst und etwas an ihr nicht verwunden hast, deine Geschichte objektiv richtig erzählt, die Geschichte von zwei jungen Menschen in einer etwas peinlichen Situation, die sich beide etwas verstellen müssen und von denen einer, nämlich du, den Fehler beging, sein wirkliches und ernstliches Leiden unter der Situation ebenfalls hinter flottem Auftreten zu verbergen, statt das Maskenspiel zu durchbrechen. Es scheint sogar ein wenig so, als rechnest du noch heute die Ergebnislosigkeit jener Begegnung mehr mir als dir zu, obwohl es ja durchaus an dir gewesen wäre, die Situation zu ändern. Hast du das wirklich nicht gesehen? Aber geschildert hast du es sehr gut, das muß ich sagen. Ich habe in der Tat die ganze Bedrücktheit und Verlegenheit jener wunderlichen Abendstunde wieder empfunden, ich habe wieder für Augenblicke um die Haltung kämpfen zu müssen geglaubt und mich für uns beide ein wenig geschämt. Nein, deine Erzählung stimmt genau. Es ist ein Vergnügen, so erzählen zu hören.»

«Nun», begann Plinio etwas verwundert, und noch klang etwas Kränkung und Mißtrauen in seiner Stimme mit, «es ist ja erfreulich, wenn wenigstens einem von uns meine Erzählung Spaß gemacht hat. Mir, mußt du wissen, war es gar nicht um Spaß zu tun.»

«Aber jetzt», sagte Knecht, «jetzt siehst du doch, wie

heiter wir diese Geschichte, die ja für uns beide nicht eben ruhmvoll ist, betrachten können? Lachen können wir über sie.»

«Lachen? Warum denn?»

«Weil diese Geschichte von dem Exkastalier Plinio, der sich um das Glasperlenspiel bemüht und um die Anerkennung der einstigen Kameraden, vergangen und gründlich abgetan ist, ebenso wie die von dem höflichen Repetenten Knecht, der trotz aller kastalischen Formen seine Verlegenheit vor dem hereingeschneiten Plinio so wenig zu verbergen wußte, daß sie ihm heut nach so vielen Jahren wie im Spiegel wieder vorgehalten werden konnte. Nochmals, Plinio, du hast ein gutes Gedächtnis, gut hast du erzählt, ich hätte es nicht so gekonnt. Ein Glück für uns, daß die Geschichte so ganz abgetan ist und wir über sie lachen können.»

Designori war verwirrt. Wohl spürte er die gute Laune des Magisters als etwas Angenehmes und Herzliches, von allem Spotte weit entfernt, und spürte auch, daß hinter der Heiterkeit ein großer Ernst liege, doch hatte er beim Erzählen allzu schmerzlich die Bitterkeit jenes Erlebnisses wieder gefühlt, und seine Erzählung hatte zu sehr den Charakter einer Beichte gehabt, als daß er ohne weiteres die Tonart hätte wechseln können.

«Du vergissest vielleicht doch», sagte er zögernd, wenn auch schon halb umgestimmt, «daß das, was ich erzählte, für mich nicht dasselbe war wie für dich. Für dich war es eine Unannehmlichkeit, höchstens, für mich eine Niederlage und ein Zusammenbruch, und übrigens auch der Beginn wichtiger Änderungen in meinem Leben. Als ich damals, kaum war der Kurs zu Ende, Waldzell verließ, beschloß ich, nie hierher wiederzukehren, und war nahe daran, Kastalien und euch alle zu hassen. Ich hatte meine Illusionen verloren und eingesehen, daß ich nicht mehr zu euch gehöre, vielleicht auch früher schon nicht so ganz zu euch gehört hatte, wie ich mir einbildete, und es fehlte gar

334

nicht viel, so wäre ich zu einem Renegaten und zu eurem ausgesprochenen Feind geworden.»

Heiter und zugleich durchdringend blickte der Freund ihn an.

«Gewiß», sagte er, «und dies alles wirst du mir ja, so hoffe ich, nächstens auch noch erzählen. Aber für heute ist unsre Lage, so scheint mir, doch diese: wir waren in früher Jugend Freunde, wurden getrennt und gingen sehr verschiedene Wege; dann trafen wir uns wieder, das war damals bei deinem unglücklichen Ferienkurs, du warst ein halber oder ganzer Weltmensch geworden, ich ein etwas dünkelhafter und auf kastalische Formen bedachter Waldzeller, und dieses enttäuschenden und beschämenden Wiedersehens haben wir heute uns erinnert. Wir sahen uns selber und unsere damalige Verlegenheit wieder, und wir konnten den Anblick ertragen und können dazu lachen, denn es ist ja heute alles völlig anders. Ich will auch nicht verhehlen, daß der Eindruck, den du mir damals machtest, mich in der Tat in große Verlegenheit brachte, es war ein durchaus unangenehmer, negativer Eindruck, ich wußte nichts mit dir anzufangen, du erschienest mir auf eine unerwartete, bestürzende und aufreizende Weise unfertig, grob, weltlich. Ich war ein junger Kastalier, der die Welt nicht kannte und eigentlich auch nicht kennen wollte, und du, nun du warst ein junger Fremdling, von dem ich nicht recht begriff, wozu er uns aufsuchte und warum er einen Spielkurs mitmachte, denn du schienest vom Eliteschüler kaum mehr etwas an dir zu haben. Du reiztest damals meine Nerven wie ich die deinen. Ich mußte dir natürlich als hochmütiger Waldzeller ohne Verdienste erscheinen, der zwischen sich und einem Nichtkastalier und Spieldilettanten die Distanz sorgfältig zu wahren suchte. Und du warest für mich eine Art Barbar oder Halbgebildeter, der lästige und unbegründete, sentimentale Ansprüche an mein Interesse und meine Freundschaft zu machen schien. Wir wehrten uns gegeneinander, wir waren nahe daran einander zu hassen. Wir konnten nichts tun als auseinandergehen, weil keiner dem andern etwas zu geben hatte und keiner dem andern gerecht zu werden imstande war.

Heute aber, Plinio, durften wir die schamhaft begrabene Erinnerung daran wieder erneuern und dürfen über jene Szene und uns beide lachen, denn heut sind wir als andre und mit ganz andern Absichten und Möglichkeiten zueinander gekommen, ohne Rührseligkeiten, ohne unterdrückte Eifersuchts- und Haßgefühle, ohne Selbstdünkel, wir sind ja beide längst Männer geworden.»

Designori lächelte befreit. Doch fragte er noch: «Sind wir aber dessen auch sicher? Guten Willen haben wir ja schließlich auch damals gehabt.»

«Das will ich meinen», lachte Knecht. «Und haben uns mit unsrem guten Willen bis zum Unerträglichen gequält und überanstrengt. Wir haben einander damals nicht leiden können, instinktiv, jedem von uns war der andre unvertraut, störend, fremd und widerlich, und nur die Einbildung einer Verpflichtung, einer Zusammengehörigkeit hat uns gezwungen, einen Abend lang diese mühsame Komödie zu spielen. Das wurde mir damals schon bald nach deinem Besuche klar. Die gewesene Freundschaft sowohl wie die gewesene Gegnerschaft war von uns beiden noch nicht recht überwunden. Statt sie sterben zu lassen, glaubten wir sie ausgraben und irgendwie fortsetzen zu müssen. Wir fühlten uns ihr verschuldet und wußten nicht, womit die Schuld zu bezahlen sei. Ist es nicht so?»

«Ich glaube», sagte Plinio nachdenklich, «du bist auch heute noch etwas allzu höflich. Du sagst ‚wir beide‘, aber es waren ja nicht wir beide, die einander suchten und nicht finden konnten. Das Suchen, die Liebe war ganz auf meiner Seite, und so auch die Enttäuschung und das Leid. Was hat sich denn, ich frage dich, in deinem Leben geändert nach unsrer Begegnung? Nichts! Bei mir dagegen bedeutete sie einen tiefen und schmerzlichen Einschnitt, und ich kann darum nicht in das Lachen mit einstimmen, mit dem du sie abtust.»

«Verzeih», begütigte Knecht freundlich, «ich bin wohl voreilig gewesen. Aber ich hoffe dich mit der Zeit doch dahin zu bringen, daß du in mein Lachen einstimmst. Du hast recht, du bist damals verwundet worden, nicht durch mich zwar, wie du meintest und auch noch immer zu meinen scheinst, wohl aber durch die zwischen euch und Kastalien liegende Kluft und Entfremdung, die wir beide während unsrer Schülerfreundschaft überwunden zu haben schienen und die nun plötzlich so schrecklich breit und tief vor uns klaffte. Soweit du mir persönlich Schuld gibst, bitte ich dich, deine Anklage freimütig auszusprechen.»

«Ach, eine Anklage war es nie. Wohl aber eine Klage. Du hast sie damals nicht gehört, und willst sie auch heute, wie es scheint, nicht hören. Du hast sie damals mit Lächeln und guter Haltung beantwortet und tust es heute wieder.»

Obwohl er Freundschaft und tiefes Wohlwollen im Blick des Meisters spürte, konnte er nicht aufhören, dies zu betonen; ihm war, dies lang und schmerzlich Getragene müsse nun einmal abgeworfen werden.

Knecht änderte den Ausdruck seiner Züge nicht. Er sann ein wenig, schließlich sagte er behutsam: «Ich beginne dich wohl erst jetzt zu verstehen, Freund. Vielleicht hast du recht, und es muß auch hierüber gesprochen werden. Ich möchte vorerst dich nur daran erinnern, daß du doch eigentlich nur dann das Recht hättest, ein Eingehen von mir auf das, was du deine Klage nennst, zu erwarten, wenn du diese Klage auch wirklich ausgesprochen hättest. Es war aber so, daß du bei jenem Abendgespräch im Gästehaus keineswegs Klagen äußertest, sondern du tratest, ganz wie auch ich, so forsch und tapfer wie möglich auf, du spieltest gleich mir den Tadellosen und den, der gar nichts zu klagen hat. Heimlich aber erwartetest du, wie ich jetzt höre, daß ich dennoch die heimliche Klage vernehme und hinter deiner Maske dein wahres Gesicht erkenne. Nun, etwas davon habe ich damals wohl bemerken können, wenn auch längst nicht alles. Aber wie sollte ich, ohne deinen Stolz zu verletzen, dir zu verstehen geben, daß ich Sorge um dich habe, daß ich dich bemitleide? Und was hätte es genützt, dir die Hand hinzustrecken, da doch meine Hand leer war und ich dir nichts zu geben hatte, keinen Rat, keinen Trost, keine Freundschaft, da doch unsre Wege so völlig getrennte waren? Ja, damals war mir das verborgene Unbehagen und Unglück, das du hinter flottem Auftreten verbargst, lästig und störend, es war mir, offen gestanden, widerlich, es enthielt einen Anspruch auf Teilnahme und Mitgefühl, dem dein Auftreten nicht entsprach, es hatte etwas sich Aufdrängendes und Kindisches, so schien mir, und half meine Gefühle nur erkälten. Du erhobest Anspruch auf meine Kameradschaft, du wolltest ein Kastalier, ein Glasperlenspieler sein, und schienest dabei so unbeherrscht, so wunderlich, so an egoistische Gefühle verloren! So etwa war damals mein Urteil; denn ich sah wohl, daß von Kastaliertum bei dir beinahe nichts übriggeblieben war, du hattest offenbar sogar die Grundregeln vergessen. Gut, das war nicht meine Sache. Aber warum kamest du nun nach Waldzell und wolltest uns als Kameraden begrüßen? Das war mir, wie gesagt, ärgerlich und widerlich, und du hast damals vollkommen recht gehabt, wenn du meine beflissene Höflichkeit als Ablehnung gedeutet hast. Ja, ich lehnte dich instinktiv ab, und nicht, weil du ein Weltkind warst, sondern weil du Anspruch darauf machtest, als Kastalier zu gelten. Als du dann nach so vielen Jahren neulich wieder auftauchtest, war nichts mehr davon an dir zu spüren, du sahest weltlich aus und sprachest wie einer von draußen, und besonders fremd berührte mich der Ausdruck von Trauer, Kummer oder Unglück in deinem Gesicht; aber alles, deine Haltung, deine Worte, sogar noch deine Traurigkeit, gefiel mir, war schön, paßte zu dir, war deiner würdig, nichts daran störte mich, ich konnte dich annehmen und bejahen, ohne jeden inneren Widerspruch, es bedurfte dieses Mal keines Übermaßes an Höflichkeit und Haltung, und so bin ich dir denn sogleich als Freund entgegengekommen und habe mich bestrebt, dir meine Liebe und Teilnahme zu zeigen. Diesmal war es ja eher umgekehrt als einstmals, diesmal war es eher so, daß ich mich um dich bemühte und um dich warb, während du dich sehr zurückhieltest, nur nahm ich freilich stillschweigend dein Erscheinen in unsrer Provinz und dein Interesse für deren Geschicke als eine Art von Bekenntnis der Anhänglichkeit und Treue. Nun, und schließlich gingest du ja auch auf mein Werben ein, und wir sind so weit, daß wir uns einer dem andern eröffnen und, so hoffe ich, unsre alte Freundschaft erneuern können.

Du sagtest eben, jene Jugendbegegnung sei für dich etwas Schmerzliches, für mich aber bedeutungslos gewesen. Wir wollen darüber nicht streiten, magst du recht haben. Unsre jetzige Begegnung aber, Amice, ist mir keineswegs bedeutungslos, sie bedeutet mir viel mehr, als ich dir heute sagen und als du irgend vermuten kannst. Sie bedeutet mir, um es kurz anzudeuten, nicht bloß die Wiederkehr eines verlorengewesenen Freundes und damit die Auferstehung einer vergangenen Zeit zu neuer Kraft und Wandlung. Vor allem bedeutet sie mir einen Anruf, ein Entgegenkommen, sie öffnet mir einen Weg zu eurer Welt, sie stellt mich von neuem vor das alte Problem einer Synthese zwischen euch und uns, und das geschieht, sage ich dir, zur rechten Stunde. Der Ruf findet mich diesmal nicht taub, er findet mich wacher, als ich es jemals war, denn er überrascht mich eigentlich nicht, er erscheint mir nicht als Fremdes und von außen Kommendes, dem man sich öffnen oder auch verschließen kann, sondern er kommt wie aus mir selber, er ist die Antwort auf ein sehr stark und drängend gewordenes Verlangen, auf eine Not und Sehnsucht in mir selbst. Aber davon ein andermal, es ist schon spät, wir brauchen beide Ruhe.

Du sprachst vorhin von meiner Heiterkeit und deiner Traurigkeit und meintest, so scheint mir, ich werde dem, was du deine ‚Klage‘ nennst, nicht gerecht, auch heute nicht, da ich diese Klage mit Lächeln beantworte. Hier ist etwas, was ich nicht recht verstehe. Warum soll eine Klage nicht mit Heiterkeit angehört, warum muß sie, statt mit Lächeln, wieder mit Traurigkeit beantwortet werden? Daß du, mit deinem Kummer und deiner Beladenheit, wieder nach Kastalien und zu mir gekommen bist, daraus glaube ich schließen zu dürfen, es sei dir vielleicht gerade an unsrer Heiterkeit etwas gelegen. Wenn ich nun aber deine Traurigkeit und Schwere nicht mitmachen und mich von ihr nicht anstecken lassen darf, so bedeutet das nicht, daß ich sie nicht gelten lasse und ernst nehme. Die Miene, die du trägst und die dein Leben und Schicksal in der Welt dir aufgedrückt hat, wird von mir vollkommen anerkannt, sie kommt dir zu und gehört zu dir und ist mir lieb und achtbar, obschon ich hoffe, sie sich noch ändern zu sehen. Woher sie kommt, kann ich nur ahnen, du wirst mir später davon soviel sagen oder verschweigen, als dir richtig erscheint. Sehen kann ich nur, daß du ein schweres Leben zu haben scheinst. Warum aber glaubst du, daß ich dir und deinem Schweren nicht gerecht werden wolle und könne?»

Designoris Gesicht war wieder düster geworden. «Manchmal», sagte er resigniert, «kommt es mir so vor, als hätten wir nicht nur zwei verschiedene Ausdrucksweisen und Sprachen, von welchen jede sich nur andeutungsweise in die andre übersetzen läßt, nein, als seien wir überhaupt und grundsätzlich verschiedene Wesen, die einander niemals verstehen können. Und wer von uns eigentlich der echte und vollwertige Mensch sei, ihr oder wir, oder ob überhaupt einer von uns es sei, scheint mir immer wieder zweifelhaft. Es gab Zeiten, da habe ich zu euch Ordensleuten und Glasperlenspielern emporgeblickt mit einer Verehrung, einem Minderwertigkeitsgefühl und einem

Neid wie zu ewig heiteren, ewig spielenden und ihr eigenes Dasein genießenden, keinem Leide erreichbaren Göttern oder Übermenschen. Zu andern Zeiten seid ihr mir bald beneidenswert, bald bemitleidenswert, bald verächtlich erschienen, Kastrierte, künstlich in einer ewigen Kindheit Zurückgehaltene, kindlich und kindisch in eurer leidenschaftslosen, sauber umzäunten, wohlaufgeräumten Spiel- und Kindergartenwelt, wo sorgfältig jede Nase geputzt und jede unbekömmliche Gefühls- oder Gedankenregung beschwichtigt und unterdrückt wird, wo man lebenslänglich artige, ungefährliche, unblutige Spiele spielt und jede störende Lebensregung, jedes große Gefühl, jede echte Leidenschaft, jede Herzenswallung sofort durch meditative Therapie kontrolliert, abbiegt und neutralisiert. Ist es nicht eine künstliche, sterilisierte, schulmeisterlich beschnittene Welt, eine Halb- und Scheinwelt bloß, in der ihr da feige vegetiert, eine Welt ohne Laster, ohne Leidenschaften, ohne Hunger, ohne Saft und ohne Salz, eine Welt ohne Familie, ohne Mütter, ohne Kinder, ja beinahe ohne Frauen! Das Triebleben ist meditativ gebändigt, gefährliche, waghalsige und schwer zu verantwortende Dinge, wie Wirtschaft, Rechtspflege, Politik, hat man seit Generationen andern überlassen, feig und wohlgeschützt, ohne Nahrungssorgen und ohne viel lästige Pflichten führt man sein Drohnenleben und gibt sich, damit es nicht langweilig werde, eifrig mit allen diesen gelehrten Spezialitäten ab, zählt Silben und Buchstaben, musiziert und spielt das Glasperlenspiel, während draußen im Schmutz der Welt arme gehetzte Menschen das wirkliche Leben leben und die wirkliche Arbeit tun.»

Mit unermüdeter, freundlicher Aufmerksamkeit hatte Knecht ihn angehört.

«Lieber Freund», sagte er bedächtig, «wie sehr haben deine Worte mich an unsre Schülerzeit und an deine damalige Kritik und Angriffslust erinnert! Nur daß ich heute nicht mehr dieselbe Rolle habe wie damals; meine

Aufgabe ist heute nicht die Verteidigung des Ordens und der Provinz gegen deine Angriffe, und es ist mir recht lieb, daß diese schwierige Aufgabe, an der ich mich schon einmal überanstrengt habe, mich diesmal nichts angeht. Gerade auf solche prachtvolle Attacken, wie du eben wieder eine geritten hast, ist es nämlich etwas schwer zu antworten. Du redest da zum Beispiel von Leuten, welche da draußen im Lande ‚das wirkliche Leben leben und die wirkliche Arbeit tun'. Das klingt so absolut und schön und treuherzig, beinahe schon wie ein Axiom, und wenn jemand dagegen ankämpfen wollte, so müßte er geradezu unartig werden und den Redner daran erinnern, daß doch dessen eigene ‚wirkliche Arbeit' zum Teil darin bestehe, in einer Kommission zum Wohle und zur Erhaltung Kastaliens mitzuwirken. Aber lassen wir für einen Augenblick das Spaßen! Ich sehe aus deinen Worten und höre es aus ihrem Ton, daß du noch immer das Herz voll Haß gegen uns hast, und doch zugleich voll verzweifelter Liebe zu uns, voll Neid oder Sehnsucht. Wir sind für dich Feiglinge, Drohnen oder spielende Kinder in einem Kindergarten, aber zuzeiten hast du auch ewig heitere Götter in uns gesehen. Eines jedenfalls glaube ich aus deinen Worten schließen zu dürfen: an deiner Traurigkeit, deinem Unglück, oder wie wir es nennen mögen, ist doch wohl Kastalien nicht schuldig, es muß anderswoher kommen. Wären wir Kastalier schuld, so wären gewiß deine Vorwürfe und Einwände gegen uns nicht heute noch dieselben wie in den Diskussionen unsrer Knabenzeit. In späteren Unterhaltungen wirst du mir mehr erzählen, und ich zweifle nicht daran, daß wir einen Weg finden werden, dich glücklicher und heiterer, oder zumindest dein Verhältnis zu Kastalien freier und angenehmer zu machen. Soviel ich bis jetzt sehen kann, stehst du zu uns und Kastalien, und damit zu deiner eigenen Jugend und Schulzeit, in einem falschen, gebundenen, sentimentalen Verhältnis, du hast deine eigene Seele in kastalisch und weltlich aufgespalten und plagst dich übermäßig um Dinge, für die dich keine Verantwortung trifft. Möglicherweise aber nimmst du auch andere Dinge zu leicht, deren Verantwortung bei dir selber liegt. Ich vermute, daß du schon längere Zeit keine Meditationsübungen mehr gepflegt hast. Ist es nicht so?»

Designori lachte gequält auf. «Wie scharfsinnig du bist, Domine! Längere Zeit, meinst du? Es ist viele, viele Jahre her, seit ich auf den Meditationszauber verzichtet habe. Wie besorgt du plötzlich um mich bist! Damals, als ihr mir hier in Waldzell bei meinem Ferienkurs so viel Höflichkeit und Verachtung gezeigt und meine Werbung um Kameradschaft so vornehm abgewiesen habet, damals kam ich von hier zurück mit dem Entschluß, dem Kastaliertum in mir ein Ende für immer zu machen. Ich habe von damals an auf das Glasperlenspiel verzichtet, ich habe nicht mehr meditiert, sogar die Musik war mir für längere Zeit entleidet. Statt dessen fand ich neue Kameraden, die mir in den weltlichen Vergnügungen Unterricht gaben. Wir haben getrunken und gehurt, wir haben alle erreichbaren Betäubungsmittel durchprobiert, wir haben alles Wohlanständige, Ehrwürdige, Ideale bespien und verhöhnt. In solcher Kraßheit hat das natürlich nicht gar lange gedauert, aber lange genug, um mir den letzten kastalischen Firnis vollends wegzuätzen. Und als ich dann, um Jahre später, gelegentlich wohl einsah, daß ich allzu heftig ins Zeug gegangen war und einige Meditationstechnik sehr nötig gehabt hätte, da war ich zu stolz geworden, um damit wieder anzufangen.»

«Zu stolz?» fragte Knecht leise.

«Ja, zu stolz. Ich war inzwischen in der Welt untergetaucht und ein Weltmensch geworden. Ich wollte nichts andres sein als einer von ihnen, ich wollte kein andres Leben als das ihre haben, ihr leidenschaftliches, kindliches, grausames, unbeherrschtes und zwischen Glück und Angst flackerndes Leben; ich verschmähte es, mir mit Hilfe eurer

Mittel eine gewisse Erleichterung und bevorzugte Stellung zu verschaffen.»

Scharf blickte der Magister ihn an. «Und das hast du ausgehalten, viele Jahre lang? Hast du keine andern Mittel benützt, um damit fertig zu werden?»

«O ja», gestand Plinio, «das habe ich getan und tue es auch heute noch. Es gibt Zeiten, wo ich wieder trinke, und meistens brauche ich auch, um schlafen zu können, allerlei Betäubungsmittel.»

Knecht schloß eine Sekunde lang, wie plötzlich ermüdet, die Augen, dann hielt er den Freund aufs neue mit seinem Blicke fest. Schweigend blickte er ihm ins Gesicht, prüfend erst und ernst, allmählich aber immer sanfter, freundlicher und heiterer. Designori zeichnet auf, er sei bis dahin noch niemals einem Blick aus Menschenaugen begegnet, der zugleich so forschend und so liebevoll, so unschuldig und so richtend, so strahlend freundlich und so allwissend war. Er bekennt, daß dieser Blick ihn zuerst verwirrt und gereizt, dann beruhigt und allmählich mit sanfter Gewalt bezwungen habe. Doch versuchte er, sich noch zu wehren.

«Du sagtest», meinte er, «daß du Mittel wissest, um mich glücklicher und heiterer zu machen. Aber du fragst gar nicht, ob ich das eigentlich begehre.»

«Nun», lachte Josef Knecht, «wenn wir einen Menschen glücklicher und heiterer machen können, so sollten wir es in jedem Falle tun, mag er uns darum bitten oder nicht. Und wie solltest du es denn nicht suchen und begehren? Darum bist du ja hier, darum sitzen wir ja hier wieder einander gegenüber, darum bist du ja zu uns zurückgekehrt. Du hassest Kastalien, du verachtest es, du bist viel zu stolz auf deine Weltlichkeit und deine Traurigkeit, als daß du sie durch etwas Vernunft und Meditation erleichtern möchtest — und doch hat eine heimliche und unzähmbare Sehnsucht nach uns und unsrer Heiterkeit dich alle die Jahre geführt und gezogen, bis du wiederkommen und es noch einmal mit uns probieren mußtest.

Und ich sage dir, du bist diesmal zur rechten Zeit gekommen, zu einer Zeit, in der auch ich mich sehr nach einem Ruf aus eurer Welt, nach einer sich öffnenden Pforte gesehnt habe. Aber davon das nächste Mal! Du hast mir manches anvertraut, Freund, dafür danke ich dir, und du wirst sehen, daß auch ich dir einiges zu beichten haben werde. Es ist spät, du reisest morgen früh, und auf mich wartet wieder ein Amtstag, wir müssen bald schlafen gehen. Nur eine Viertelstunde schenke mir noch, bitte.»

Er erhob sich, ging zum Fenster und blickte nach oben, wo zwischen wehenden Wolken überall Streifen eines tiefklaren Nachthimmels zu sehen waren, voll von Sternen. Da er nicht sofort zurückkehrte, stand auch der Gast auf und trat zu ihm ans Fenster. Der Magister stand, nach oben blickend und mit rhythmischen Atemzügen die dünnkühle Luft der Herbstnacht genießend. Er wies mit der Hand zum Himmel.

«Sieh», sagte er, «diese Wolkenlandschaft mit ihren Himmelsstreifen! Beim ersten Blick möchte man meinen, die Tiefe sei dort, wo es am dunkelsten ist, aber gleich nimmt man wahr, daß dieses Dunkle und Weiche nur die Wolken sind und daß der Weltraum mit seiner Tiefe erst an den Rändern und Fjorden dieser Wolkengebirge beginnt und ins Unendliche sinkt, darin die Sterne stehen, feierlich und für uns Menschen höchste Sinnbilder der Klarheit und Ordnung. Nicht dort ist die Tiefe der Welt und ihrer Geheimnisse, wo die Wolken und die Schwärze sind, die Tiefe ist im Klaren und Heiteren. Wenn ich dich bitten darf: blicke vor dem Schlafengehen noch eine Weile in diese Buchten und Meerengen mit den vielen Sternen und weise die Gedanken oder Träume nicht ab, die dir dabei etwa kommen.»

Eine eigentümlich zuckende Empfindung, ungewiß, ob Weh oder Glück, regte sich in Plinios Herzen. Mit ähnlichen Worten, so erinnerte er sich, war er einstmals, vor unausdenklich langer Zeit, in der schönen heitern Frühe seines Waldzeller Schülerlebens zu den ersten Meditationsübungen ermahnt worden.

«Und erlaube mir noch ein Wort», fing der Glasperlenspielmeister wieder mit leiser Stimme an. «Ich möchte dir gerne noch etwas über die Heiterkeit sagen, über die der Sterne und die des Geistes, und auch über unsre kastalische Art von Heiterkeit. Du hast eine Abneigung gegen die Heiterkeit, vermutlich weil du einen Weg der Traurigkeit hast gehen müssen, und nun scheint dir alle Helligkeit und gute Laune, und namentlich unsre kastalische, seicht und kindlich, auch feige, eine Flucht vor den Schrecken und Abgründen der Wirklichkeit in eine klare, wohlgeordnete Welt bloßer Formen und Formeln, bloßer Abstraktionen und Abgeschliffenheiten. Aber, mein lieber Trauriger, mag es diese Flucht auch geben, mag es an feigen, furchtsamen, mit bloßen Formeln spielenden Kastaliern nicht fehlen, ja sollten sie bei uns sogar in der Mehrzahl sein — dies nimmt der echten Heiterkeit, der des Himmels und der des Geistes, nichts von ihrem Wert und Glanz. Den Leichtzufriedenen und Scheinheiteren unter uns stehen andere gegenüber, Menschen und Generationen von Menschen, deren Heiterkeit nicht Spiel und Oberfläche, sondern Ernst und Tiefe ist. Einen habe ich gekannt, es war unser ehemaliger Musikmeister, den du einst in Waldzell auch je und je gesehen hast; dieser Mann hat in seinen letzten Lebensjahren die Tugend der Heiterkeit in solchem Maße besessen, daß sie von ihm ausstrahlte wie das Licht von einer Sonne, daß sie als Wohlwollen, als Lebenslust, als gute Laune, als Vertrauen und Zuversicht auf alle überging und in allen weiterstrahlte, die ihren Glanz ernstlich aufgenommen und in sich eingelassen hatten. Auch ich bin von seinem Licht beschienen worden, auch mir hat er von seiner Helligkeit und seinem Herzensglanz ein wenig mitgeteilt, und ebenso unsrem Ferromonte, und noch manchem andern. Diese Heiterkeit zu erreichen, ist mir, und vielen mit mir, das höchste und edelste aller Ziele. Auch bei einigen Vätern der Ordensleitung findest du sie. Diese Heiterkeit ist weder Tändelei noch Selbstgefälligkeit, sie ist höchste Erkenntnis und Liebe, ist Bejahen aller Wirklichkeit, Wachsein am Rand aller Tiefen und Abgründe, sie ist eine Tugend der Heiligen und der Ritter, sie ist unstörbar und nimmt mit dem Alter und der Todesnähe nur immer zu. Sie ist das Geheimnis des Schönen und die eigentliche Substanz jeder Kunst. Der Dichter, der das Herrliche und Schreckliche des Lebens im Tanzschritt seiner Verse preist, der Musiker, der es als reine Gegenwart erklingen läßt, ist Lichtbringer, Mehrer der Freude und Helligkeit auf Erden, auch wenn er uns erst durch Tränen und schmerzliche Spannung führt. Vielleicht ist der Dichter, dessen Verse uns entzücken, ein trauriger Einsamer und der Musiker ein schwermütiger Träumer gewesen, aber auch dann hat sein Werk teil an der Heiterkeit der Götter und der Sterne. Was er uns gibt, das ist nicht mehr sein Dunkel, sein Leiden oder Bangen, es ist ein Tropfen reinen Lichtes, ewiger Heiterkeit. Auch wenn ganze Völker und Sprachen die Tiefe der Welt zu ergründen suchen, in Mythen, Kosmogonien, Religionen, ist das Letzte und Höchste, was sie erreichen können, diese Heiterkeit. Du erinnerst dich der alten Inder, unser Waldzeller Lehrer hat einst schön von ihnen erzählt: ein Volk des Leidens, des Grübelns, des Büßens, der Askese; aber die letzten großen Funde seines Geistes waren licht und heiter, heiter das Lächeln der Weltüberwinder und Buddhas, heiter die Gestalten seiner abgründigen Mythologien. Die Welt, wie diese Mythen sie darstellen, beginnt in ihrem Anfange göttlich, selig, strahlend, frühlingsschön, als goldenes Zeitalter; sie erkrankt sodann und verkommt mehr und mehr, sie verroht und verelendet, und am Ende von vier immer tiefer sinkenden Weltzeitaltern ist sie reif dafür, vom lachenden und tanzenden Schiwa zertreten und vernichtet zu werden — aber es endet damit nicht, es beginnt neu mit dem Lächeln des träumenden Vischnu, der mit spielenden Händen eine neue, junge, schöne, strahlende Welt erschafft. Es ist wunderbar: dieses Volk, einsichtig und leidensfähig wie kaum ein anderes, hat mit Grauen und Scham dem grausamen Spiel der Weltgeschichte zugesehen, dem ewig sich drehenden Rad von Gier und Leiden, es hat die Hinfälligkeit des Geschaffenen gesehen und verstanden, die Gier und Teufelei des Menschen und zugleich seine tiefe Sehnsucht nach Reinheit und Harmonie, und hat für die ganze Schönheit und Tragik der Schöpfung diese herrlichen Gleichnisse gefunden, von den Weltaltern und dem Zerfall der Schöpfung, vom gewaltigen Schiwa, der die verkommene Welt in Trümmer tanzt, und vom lächelnden Vischnu, der schlummernd liegt und aus goldenen Götterträumen spielend eine neue Welt werden läßt.

Was nun unsre eigene, kastalische Heiterkeit betrifft, so mag sie nur eine späte und kleine Abart dieser großen sein, aber sie ist eine durchaus legitime. Die Gelehrsamkeit ist nicht immer und überall heiter gewesen, obwohl sie es sein sollte. Bei uns ist sie, der Kult der Wahrheit, eng mit dem Kult des Schönen verknüpft und außerdem mit der meditativen Seelenpflege, kann also nie die Heiterkeit ganz verlieren. Unser Glasperlenspiel aber vereinigt in sich alle drei Prinzipien: Wissenschaft, Verehrung des Schönen und Meditation, und so sollte ein rechter Glasperlenspieler von Heiterkeit durchtränkt sein wie eine reife Frucht von ihrem süßen Saft, er sollte vor allem die Heiterkeit der Musik in sich haben, die ja nichts anderes ist als Tapferkeit, als ein heiteres, lächelndes Schreiten und Tanzen mitten durch die Schrecken und Flammen der Welt, festliches Darbringen eines Opfers. Um diese Art der Heiterkeit war es mir zu tun, seit ich sie als Schüler und Student ahnend zu verstehen begann, und ich werde sie nicht mehr preisgeben, auch nicht im Unglück und Leid.

Wir gehen jetzt schlafen, und morgen früh reisest du. Komm bald wieder, erzähle mir mehr von dir, und auch ich werde dir erzählen, du wirst erfahren, daß es auch in Waldzell und im Leben eines Magisters Fragwürdigkeiten, Enttäuschungen, ja Verzweiflungen und Dämonien gibt. Jetzt aber sollst du in den Schlaf noch ein Ohr voll Musik mitnehmen. Der Blick in den Sternenhimmel und ein Ohr voll Musik vor dem Zubettgehen, das ist besser als alle deine Schlafmittel.» Er setzte sich und spielte behutsam, ganz leise, einen Satz aus jener Sonate von Purcell, einem Lieblingsstück des Paters Jakobus. Wie Tropfen goldenen Lichtes fielen die Töne in die Stille, so leise, daß man dazwischen noch den Gesang des alten laufenden Brunnens im Hofe hören konnte. Sanft und streng, sparsam und süß begegneten und verschränkten sich die Stimmen der holden Musik, tapfer und heiter schritten sie ihren innigen Reigen durch das Nichts der Zeit und Vergänglichkeit, machten den Raum und die Nachtstunde für die kleine Weile ihrer Dauer weit und weltgroß, und als Josef Knecht seinen Gast verabschiedete, hatte dieser ein verändertes und erhelltes Gesicht, und zugleich Tränen in den Augen.

Vorbereitungen

Es war Knecht gelungen, das Eis zu brechen, ein lebendiger und für beide erfrischender Verkehr und Austausch begann zwischen ihm und Designori. Dieser Mann, der seit langen Jahren in resignierender Melancholie gelebt hatte, mußte seinem Freunde recht geben: es war in der Tat die Sehnsucht nach Heilung, nach Helligkeit, nach kastalischer Heiterkeit gewesen, was ihn nach der pädagogischen Provinz zurückgezogen hatte. Er kam nun des öfteren auch ohne Kommission und Amtsgeschäfte, von Tegularius mit eifersüchtigem Mißtrauen beobachtet, und bald wußte Magister Knecht über ihn und sein Leben alles, was er brauchte. Designoris Leben war nicht so außerordentlich und war nicht so kompliziert gewesen, wie Knecht nach dessen ersten Enthüllungen vermutet hatte. Plinio hatte in der Jugend die uns schon bekannte Enttäuschung und Demütigung seines enthusiastischen und tatendurstigen Wesens erlitten, er war zwischen Welt und Kastalien nicht zum Mittler und Versöhner, sondern zum vereinsamten und vergrämten Außenseiter geworden und hatte eine Synthese aus den weltlichen und den kastalischen Bestandteilen seiner Herkunft und seines Charakters nicht zustande gebracht. Und doch war er nicht einfach ein Gescheiterter, sondern hatte im Unterliegen und Verzichten trotz allem ein eigenes Gesicht und ein besonderes Schicksal erworben. Die Erziehung in Kastalien schien sich an ihm durchaus nicht zu bewähren, wenigstens brachte sie ihm vorerst nichts als Konflikte und Enttäuschungen und eine tiefe, seiner Natur schwer erträgliche Vereinzelung und Vereinsamung. Und es schien, als müsse er, nun einmal auf diesen dornenvollen Weg der Vereinzelten und Nichtangepaßten geraten, auch selber noch allerlei tun, um sich abzusondern und seine Schwierigkeiten zu vergrößern. Namentlich brachte er sich schon als Student in unversöhnlichen Gegensatz zu seiner Familie, seinem Vater vor allem. Dieser war, wenn auch in der Politik nicht zu den eigentlichen Führern zählend, doch gleich allen Designoris sein Leben lang eine Stütze der konservativen, regierungstreuen Politik und Partei gewesen, ein Feind aller Neuerungen, ein Gegner aller Ansprüche der Benachteiligten auf Rechte und Anteile, mißtrauisch gegen Menschen ohne Namen und Rang, treu und opferbereit für die alte Ordnung, für alles, was ihm legitim und geheiligt erschien. So war er, ohne doch religiöse Bedürfnisse zu haben, ein Freund der Kirche und sperrte sich, obwohl es ihm an Gerechtigkeitssinn, an Wohlwollen und Bereitwilligkeit zum Wohltun und Helfen durchaus nicht fehlte, hartnäckig und grundsätzlich gegen die Bestrebungen der Landpächter zur Verbesserung ihrer Lage. Er rechtfertigte diese Härte scheinlogisch mit den Programm- und Schlagworten seiner Partei, in Wirklichkeit leitete ihn freilich nicht Überzeugung und Einsicht, sondern blinde Gefolgstreue seinen Standesgenossen und den Traditionen seines Hauses gegenüber, wie denn eine gewisse Ritterlichkeit und Ritterehre und eine betonte Geringschätzung dessen, was sich als modern, fortschrittlich und zeitgemäß gab, für seinen Charakter bezeichnend waren.

Diesen Mann nun enttäuschte, reizte und erbitterte sein Sohn Plinio dadurch, daß er als Student sich einer ausgesprochen oppositionellen und modernistischen Partei näherte und anschloß. Es hatte sich damals ein linker, jugendlicher Flügel einer alten bürgerlich-liberalen Partei gebildet, geführt von Veraguth, einem Publizisten, Abgeordneten und Volksredner von großer, blendender Wirkung, einem temperamentvollen, gelegentlich ein wenig von sich selbst entzückten und gerührten Volksfreund und Freiheitshelden, dessen Werben um die akademische Jugend durch öffentliche Vorträge in den Hochschulstädten nicht erfolglos blieb und ihm unter andern begeisterten Hörern und Anhängern auch den jungen Designori zuführte. Der Jüngling, von der Hochschule enttäuscht und auf der Suche nach einem Halt, einem Ersatz für die ihm wesenlos gewordene Moral Kastaliens, nach irgendeinem neuen Idealismus und Programm, war von den Vorträgen Veraguths hingerissen, bewunderte dessen Pathos und Angriffsmut, seinen Witz, sein anklägerisches Auftreten, seine schöne Erscheinung und Sprache und schloß sich einer Gruppe von Studenten an, die aus Veraguths Zuhörern hervorgegangen war und für dessen Partei und Ziele warb. Als Plinios Vater es erfuhr, reiste er alsbald zu seinem Sohne, donnerte ihn zum ersten Male im Leben im höchsten Zorne an, warf ihm Verschwörertum, Verrat an Vater, Familie und Tradition des Hauses vor, und gab ihm bündig den Befehl, sofort seine Fehler wiedergutzumachen und seine Verbindung mit Veraguth und dessen Partei zu lösen. Dies war nun nicht die richtige Art, Einfluß auf den Jüngling zu nehmen, dem jetzt aus seiner Haltung sogar eine Art von Märtyrium zu erwachsen schien. Plinio hielt dem Donner stand und erklärte seinem Vater, er habe nicht darum zehn Jahre die Eliteschulen und einige Jahre die Universität besucht, um auf eigene Einsicht und eigenes Urteil zu verzichten und seine Auffassung von Staat, Wirtschaft und Gerechtigkeit sich von einem Klüngel eigensüchtiger Landbarone vorschreiben zu lassen. Es kam ihm dabei die Schule Veraguths zugute, der nach dem Vorbild großer Tribunen niemals von eigenen oder Standesinteressen wußte und nichts anderes in der Welt erstrebte als die reine, absolute Gerechtigkeit und Menschlichkeit. Der alte Designori brach in ein bitteres Gelächter aus und lud seinen Sohn ein, wenigstens erst sein Studium zu beenden, ehe er sich in Männerdinge einmische und sich einbilde, vom Menschenleben und der Gerechtigkeit mehr zu verstehen als ehrwürdige Generationenreihen edler Geschlechter, deren verkommener Sproß er sei und denen er mit seinem Verrat nun in den Rücken falle. Die beiden zerstritten, erbitterten und beleidigten sich mit jedem Worte mehr, bis der Alte plötzlich, als habe er sein eigenes zornverzerrtes Gesicht im Spiegel erblickt, in kalter Beschämung verstummte und schweigend davonging. Von da an kehrte das alte harmlos vertrauliche Verhältnis zum Vaterhaus für Plinio nie mehr wieder, denn nicht nur blieb er seiner Gruppe und ihrem Neuliberalismus treu, er wurde sogar noch vor dem Abschluß seiner Studien Veraguths unmittelbarer Schüler, Gehilfe und Mitarbeiter und wenige Jahre später sein Schwiegersohn. War nun schon durch die Erziehung in den Eliteschulen oder doch durch die Schwierigkeiten der Rückgewöhnung an Welt und Heimat das Gleichgewicht in Designoris Seele zerstört und sein Leben mit einer zehrenden Problematik durchsetzt worden, so brachten diese neuen Verhältnisse ihn vollends in eine exponierte, schwierige und heikle Lage. Er gewann etwas ohne Zweifel Wertvolles, eine Art von Glauben nämlich, eine politische Überzeugung und Parteizugehörigkeit, die seinem jugendlichen Bedürfnis nach Gerechtigkeit und Fortschrittlichkeit entgegenkam, und in der Person Veraguths einen Lehrer, Führer und ältern Freund, den er vorerst kritiklos bewunderte und liebte, der ihn überdies zu brauchen und zu schätzen schien, er gewann eine Richtung und Zielsetzung, eine Arbeit und Lebensaufgabe. Dies war nicht wenig, aber es mußte teuer bezahlt werden. Hatte sich der junge Mensch mit dem Verlust seiner natürlichen und ererbten Stellung im Vaterhaus und unter seinen Standesgenossen abgefunden, hatte er das Ausgestoßensein aus einer bevorzugten Kaste und deren Gegnerschaft mit einer gewissen fanatischen Märtyrerfreude zu ertragen gewußt, so blieb doch manches, was er nie ganz verwinden konnte, am wenigsten das nagende Gefühl, seiner sehr geliebten Mutter Schmerz zugefügt, sie zwischen dem Vater und sich in eine höchst unbequeme und heikle Lage gebracht und wahrscheinlich dadurch ihr Leben verkürzt zu haben. Sie starb bald nach seiner Verheiratung; nach ihrem Tode wurde Plinio im Haus seines Vaters kaum mehr gesehen und hat dies Haus, einen alten Familiensitz, nach des Vaters Tode verkauft.

Es gibt Naturen, welche es zustande bringen, eine mit Opfern bezahlte Stellung im Leben, ein Amt, eine Ehe, einen Beruf, gerade um dieser Opfer willen so zu lieben und sich zu eigen zu machen, daß sie ihr Glück wird und sie befriedigt. Bei Designori war es anders. Er blieb zwar seiner Partei und deren Führer, seiner politischen Richtung und Tätigkeit, seiner Ehe, seinem Idealismus treu, allein mit der Zeit wurden sie alle ihm doch ebenso problematisch, wie sein ganzes Wesen es nun einmal geworden war. Der politische und weltanschauliche Enthusiasmus

der Jugend beruhigte sich, das Kämpfen um des Recht-
habens willen war auf die Dauer so wenig beglückend wie
das Leiden und Opfern um des Trotzes willen, hinzu
kamen Erfahrung und Ernüchterung im beruflichen Leben;
schließlich wurde es ihm zweifelhaft, ob wirklich allein
der Sinn für Wahrheit und Recht es gewesen sei, der ihn
zum Anhänger Veraguths gemacht hatte, ob nicht dessen
Redner- und Volkstribunentum, sein Reiz und seine Geschicklichkeit beim öffentlichen Auftreten, ob nicht der
sonore Klang seiner Stimme, sein männlich prächtiges
Lachen, die Klugheit und Schönheit seiner Tochter daran
mindestens zur Hälfte mitgewirkt hätten. Zweifelhaft
wurde mehr und mehr, ob der alte Designori mit seiner
Standestreue und seiner Härte gegen die Pächter wirklich
den unedleren Standpunkt innegehabt habe, zweifelhaft
wurde auch, ob es ein Gut und Schlecht, ein Recht und
Unrecht überhaupt gebe, ob nicht die Sprache des eigenen
Gewissens am Ende der einzige gültige Richter sei, und
wenn es so war, dann war er, Plinio, im Unrecht, denn er
lebte ja nicht im Glück, in der Ruhe und Bejahung, im
Vertrauen und der Sicherheit, sondern im Unsichern, im
Zweifel, im schlechten Gewissen. Seine Ehe war zwar nicht
im groben Sinne unglücklich und verfehlt, aber doch voll
Spannungen, Komplikationen und Widerständen, sie war
vielleicht das Beste, was er hatte, aber jene Ruhe, jenes
Glück, jene Unschuld, jenes gute Gewissen, die er so sehr
entbehrte, gab sie ihm nicht, sie verlangte viel Umsicht und
Haltung, kostete viel Anstrengung, und auch der hübsche
und schön veranlagte kleine Sohn Tito wurde schon früh
ein Anlaß zu Kampf und Diplomatie, zu Werbung und
Eifersucht, bis der von beiden Eltern allzusehr Geliebte
und Verwöhnte mehr und mehr der Mutter zufiel und ihr
Parteigänger wurde. Dies war der letzte und, wie es
schien, der am bittersten empfundene Schmerz und Verlust in Designoris Leben. Es hatte ihn nicht gebrochen, er
hatte es bewältigt und seine Art von Haltung gefunden

und bewahrt, es war eine würdige Haltung, aber eine ernste, schwere, melancholische.

Während Knecht dies alles von seinem Freunde allmählich erfuhr, in manchen Besuchen und Begegnungen, hatte er ihm im Austausch auch von seinen eigenen Erfahrungen und Problemen vieles mitgeteilt, er ließ den andern nie in die Lage dessen kommen, der gebeichtet hat und mit dem Wechsel der Stunde und Stimmung dies wieder bereut und zurückzunehmen wünscht, sondern erhielt und stärkte das Vertrauen Plinios durch seine eigene Offenheit und Hingabe. Allmählich tat sich sein Leben vor dem Freunde auf, ein anscheinend einfaches, gradliniges, musterhaftes, geregeltes Leben innerhalb einer klar aufgebauten hierarchischen Ordnung, eine Laufbahn voll Erfolg und Anerkennung, und dennoch eher ein hartes, opferreiches und recht einsames Leben, und wenn vieles in ihm für den Mann von draußen nicht ganz verständlich war, so waren es doch die Hauptströmungen und Grundstimmungen, und nichts vermochte er besser zu verstehen und mitzufühlen als Knechts Verlangen nach Jugend, nach jungen unverbildeten Schülern, nach einer bescheidenen Tätigkeit ohne Glanz und ohne den ewigen Zwang zur Repräsentation, nach der Tätigkeit etwa eines Latein- oder Musiklehrers an einer niederen Schule. Und es war ganz im Stil von Knechts heilkünstlerischer und erzieherischer Methode, daß er diesen Patienten nicht nur durch seine große Offenheit gewann, sondern ihm auch die Suggestion gab, ihm helfen und dienen zu können, und damit den Antrieb, es wirklich zu tun. Auch konnte in der Tat Designori dem Magister von manchem Nutzen sein, weniger in der Hauptfrage, desto mehr aber bei der Befriedigung von dessen Neugierde und Wissensdurst nach hundert Einzelheiten des Weltlebens.

Warum Knecht die nicht leichte Aufgabe auf sich nahm, seinen melancholischen Jugendfreund wieder lächeln und lachen zu lehren, und ob dabei die Erwägung, daß jener ihm durch Gegendienste nützlich werden könne, überhaupt eine Rolle spielte, wissen wir nicht. Designori, also derjenige, der es am ehesten wissen mußte, hat nicht daran geglaubt. Er hat später erzählt: «Wenn ich mir darüber klarzuwerden versuche, wie es Freund Knecht angefangen hat, auf einen so resignierten und in sich verschlossenen Menschen wie mich zu wirken, so sehe ich immer deutlicher, daß es zum größten Teil auf Zauberei beruhte, und ich muß sagen, auch auf Schelmerei. Er war ein viel größerer Schelm, als seine Leute ahnten, voll Spiel, voll Witz, voll Durchtriebenheit, voll Spaß am Zaubern, am Sichverstellen, am überraschenden Verschwinden und Auftauchen. Ich glaube, schon im Augenblick meines ersten Erscheinens bei der kastalischen Behörde hat er beschlossen, mich zu fangen und auf seine Art zu beeinflussen, das heißt aufzuwecken und in bessere Form zu bringen. Wenigstens gab er sich gleich von der ersten Stunde an Mühe, mich zu gewinnen. Warum er es tat, warum er sich mit mir belud, das kann ich nicht sagen. Ich glaube, Menschen von seiner Art tun das meiste unbewußt, wie reflektorisch, sie fühlen sich vor eine Aufgabe gestellt, hören sich von einer Not angerufen und geben sich dem Anruf ohne weiteres hin. Er fand mich mißtrauisch und scheu, keineswegs bereit, ihm in die Arme zu sinken oder gar ihn um Hilfe zu bitten; er fand mich, den einst so offenen und mitteilsamen Freund, enttäuscht und zugeschlossen, und dieses Hindernis, diese nicht geringe Schwierigkeit schien es nun gerade zu sein, was ihn reizte. Er ließ nicht nach, so spröde ich auch war, und er hat denn ja auch erreicht, was er wollte. Dabei bediente er sich unter andrem des Kunstgriffs, unser Verhältnis zueinander als ein gegenseitiges erscheinen zu lassen, so als entspräche seiner Kraft die meine, seinem Wert der meine, als entspräche meiner Hilfsbedürftigkeit eine ebensolche bei ihm. Schon beim ersten längeren Gespräch deutete er mir an, daß er auf so etwas wie mein Erscheinen gewartet, ja sich danach gesehnt habe, und allmählich weihte er mich dann in seinen Plan ein, das Amt niederzulegen und die Provinz zu verlassen, und ließ stets merken, wie sehr er dabei auf meinen Rat, meinen Beistand, meine Verschwiegenheit rechne, da er außer mir in der Welt draußen keine Freunde und keinerlei Erfahrung besitze. Ich gestehe, daß ich das gerne hörte und daß es nicht wenig dazu beigetragen hat, ihm mein volles Vertrauen zu gewinnen und mich gewissermaßen ihm auszuliefern; ich glaubte ihm vollkommen. Aber später, im Laufe der Zeit, ist es mir dennoch wieder vollkommen zweifelhaft und unwahrscheinlich geworden, und ich hätte durchaus nicht sagen können, ob und wieweit er wirklich etwas von mir erwartete, und auch nicht, ob seine Art und Weise, mich einzufangen, unschuldig oder diplomatisch, naiv oder hintergründig, aufrichtig oder künstlich und spielerisch war. Er war mir zu weit überlegen, und er hat mir zu viel Gutes erwiesen, als daß ich solche Untersuchungen überhaupt gewagt hätte. Auf jeden Fall halte ich heute die Fiktion, seine Lage sei der meinen ähnlich und er auf meine Sympathie und Dienstbereitschaft ebenso angewiesen wie ich auf die seine, für nichts als eine Artigkeit, für eine gewinnende und angenehme Suggestion, in die er mich einspann; nur wüßte ich nicht zu sagen, wieweit sein Spiel mit mir bewußt, erdacht und gewollt und wieweit es trotz allem naiv und Natur war. Denn Magister Josef ist ja ein großer Künstler gewesen; einerseits konnte er dem Drang zum Erziehen, zum Beeinflussen, Heilen, Helfen, Entfalten so wenig widerstehen, daß ihm die Mittel nahezu gleichgültig wurden, andrerseits war es ihm ja unmöglich, auch das Kleinste ohne volle Hingabe zu tun. Gewiß aber ist das eine, daß er sich damals meiner wie ein Freund und wie ein großer Arzt und Führer angenommen, daß er mich nicht mehr losgelassen und schließlich soweit geweckt und geheilt hat, als dies überhaupt möglich war. Und es war merkwürdig und paßte ganz zu ihm: während er tat, als nähme er meine Hilfe zu seinem Entkommen aus dem Amt in Anspruch, und während er meine oft derben und naiven Kritiken, ja Anzweiflungen und Beschimpfungen gegen Kastalien gelassen und oft sogar mit Beifall anhörte, während er selbst darum kämpfte, sich von Kastalien freizumachen, hat er mich doch in Tat und Wahrheit dorthin zurückgelockt und geführt, er hat mich wieder zur Meditation gebracht, er hat mich durch kastalische Musik und Versenkung, kastalische Heiterkeit, kastalische Tapferkeit erzogen und umgeformt, er hat mich, der ich trotz meiner Sehnsucht nach euch so ganz un- und antikastalisch war, wieder zu euresgleichen, er hat aus meiner unglücklichen Liebe zu euch eine glückliche gemacht.»

So hat Designori sich geäußert, und er hatte wohl Grund für seine bewundernde Dankbarkeit. Mag es bei Knaben und Jünglingen nicht allzu schwer sein, sie mit Hilfe unsrer altbewährten Methoden zum Lebensstil des Ordens zu erziehen, bei einem Manne, der schon gegen fünfzigjährig war, war es gewiß eine schwere Aufgabe, auch wenn dieser Mann viel guten Willen mitbrachte. Nicht daß Designori ein Voll- oder gar ein Musterkastalier geworden wäre. Aber was Knecht sich vorgesetzt hatte, ist ihm voll gelungen: den Trotz und die bittere Schwere seiner Traurigkeit aufzulösen, die überempfindlich und scheu gewordene Seele der Harmonie und Heiterkeit wieder näherzubringen, eine Anzahl seiner schlechten Gewohnheiten durch gute zu ersetzen. Natürlich konnte der Glasperlenspielmeister die Menge von Kleinarbeit, deren es dabei bedurfte, nicht alle selber leisten; er nahm den Apparat und die Kräfte Waldzells und des Ordens für den Ehrengast in Anspruch, für eine gewisse Zeit gab er ihm sogar einen Meditationsmeister aus Hirsland, dem Sitz der Ordensleitung, zur ständigen Kontrolle seiner Übungen mit nach Hause. Plan und Leitung aber blieben in seiner Hand.

Es war im achten Jahre seines Magisteramtes, daß er zum erstenmal den so oft wiederholten Einladungen seines Freundes folgte und ihn in seinem Hause in der Hauptstadt besuchte. Mit Erlaubnis der Ordensleitung, deren Vorsteher Alexander seinem Herzen nahe stand, benutzte er einen Feiertag für diesen Besuch, von dem er sich viel versprach und den er doch seit einem Jahre immer wieder hinausgezögert hatte, teils weil er seines Freundes erst sicher sein wollte, teils wohl auch aus einer natürlichen Bangigkeit, es war ja sein erster Schritt in jene Welt hinüber, aus welcher sein Kamerad Plinio diese starre Traurigkeit mitgebracht und die für ihn so viele wichtige Geheimnisse hatte. Er fand das moderne Haus, das sein Freund gegen das alte Stadthaus der Designori eingetauscht hatte, von einer stattlichen, sehr klugen, zurückhaltenden Dame regiert, die Dame aber von ihrem hübschen, vorlauten und eher unartigen Söhnchen beherrscht, um dessen Person sich hier alles zu drehen schien und das von seiner Mutter die rechthaberisch präpotente, etwas demütigende Haltung gegen den Vater gelernt zu haben schien. Übrigens war man hier kühl und mißtrauisch gegen alles Kastalische, doch widerstanden Mutter und Sohn der Persönlichkeit des Magisters, dessen Amt für sie außerdem etwas von Geheimnis, Weihe und Legendenhaftigkeit hatte, nicht sehr lange. Immerhin ging es beim ersten Besuche äußerst steif und gezwungen zu. Knecht verhielt sich beobachtend, abwartend und schweigsam, die Dame empfing ihn mit kühler formeller Höflichkeit und innerer Ablehnung, so etwa wie einen feindlichen hohen Offizier in Einquartierung, der Sohn Tito war der am wenigsten Befangene, er mochte schon oft genug beobachtender, vielleicht amüsierter Zeuge und Nutznießer ähnlicher Situationen gewesen sein. Sein Vater schien den Herrn im Hause mehr zu spielen, als er es war. Zwischen ihm und der Frau herrschte ein Ton sanfter, behutsamer, etwas ängstlicher, wie auf Zehenspitzen gehender Höflichkeit, von der Frau weit leichter und natürlicher innegehalten als von ihrem Mann. Seinem Sohn gegenüber zeigte dieser eine Bemühung um Kameradschaftlichkeit, welche der Junge bald auszunützen, bald patzig zurückzuweisen gewohnt schien. Kurz, es war ein mühevolles, unschuldloses, von unterdrückten Trieben schwül geheiztes Beisammensein, voll von Furcht vor Störungen und Ausbrüchen, voll von Spannungen, und der Stil von Benehmen und Rede war, wie der Stil des ganzen Hauses, ein wenig allzu gepflegt und gewollt, als könne man den Schutzwall gegen etwaige Einbrüche und Überfälle gar nicht fest, nicht dicht und sicher genug aufbauen. Und noch eine Beobachtung Knechts, die er sich merkte: ein großer Teil der wiedergewonnenen Heiterkeit war aus Plinios Gesicht wieder geschwunden; er, der in Waldzell oder im Haus der Ordensleitung in Hirsland seine Schwere und Traurigkeit schon beinahe ganz verloren zu haben schien, stand hier in seinem eigenen Hause wieder ganz im Schatten und forderte Kritik sowohl wie Mitleid heraus. Das Haus war schön und zeugte von Reichtum und Verwöhntheit, jeder Raum war seinen Dimensionen gemäß eingerichtet, jeder zu einem angenehmen Zwei- oder Dreiklang von Farben gestimmt, da und dort ein Kunstwerk von Wert, mit Vergnügen ließ Knecht seine Blicke wandern; doch wollte alle diese Augenweide ihm am Ende um einen Grad allzu schön erscheinen, allzu vollkommen und wohlbedacht, ohne Werden, ohne Geschehen, ohne Erneuerung, und er spürte, daß auch diese Schönheit der Räume und Gegenstände den Sinn einer Beschwörung, einer schutzsuchenden Gebärde habe, und daß diese Zimmer, Bilder, Vasen und Blumen ein Leben umschlossen und begleiteten, das sich nach Harmonie und Schönheit sehnte, ohne sie anders erreichen zu können als eben in der Pflege solch abgestimmter Umgebung.

In der Zeit nach diesem Besuche mit seinen zum Teil unerquicklichen Eindrücken war es, daß Knecht seinem

Freunde einen Meditationslehrer mit nach Hause gab. Seit er einen Tag in der so merkwürdig gepreßten und geladenen Atmosphäre dieses Hauses zugebracht hatte, war ihm manches Wissen zugekommen, dessen er gar nicht begehrt, aber auch manches, das ihm gefehlt und nach dem er des Freundes wegen gesucht hatte. Und es blieb nicht bei diesem ersten Besuch, er wurde mehrmals wiederholt und führte zu Gesprächen über Erziehung und über den jungen Tito, an welchen auch dessen Mutter lebhaften Anteil nahm. Der Magister gewann allmählich Vertrauen und Sympathie dieser klugen und mißtrauischen Frau. Als er einst, halb im Scherze, sagte, es sei doch schade, daß ihr Söhnchen nicht rechtzeitig zur Erziehung nach Kastalien geschickt worden sei, nahm sie die Bemerkung ernst wie einen Vorwurf und verteidigte sich: es wäre doch höchst zweifelhaft gewesen, ob Tito wirklich dort hätte Aufnahme finden können, er sei ja zwar begabt genug, aber schwierig zu behandeln, und gegen den eigenen Willen des Knaben so in sein Leben einzugreifen, würde sie sich niemals erlaubt haben, sei doch eben dieser selbe Versuch einst bei seinem Vater keineswegs geglückt. Auch hätten sie und ihr Mann nicht daran gedacht, ein Vorrecht der alten Familie Designori für ihren Sohn in Anspruch zu nehmen, da sie doch mit dem Vater Plinios und der ganzen Tradition des alten Hauses gebrochen hätten. Und ganz zuletzt fügte sie, schmerzlich lächelnd, hinzu, überdies hätte sie auch unter ganz anderen Umständen sich nicht von ihrem Kinde trennen können, denn außer ihm habe sie ja nichts, was ihr das Leben lebenswert mache. Über diese mehr unwillkürliche als überlegte Bemerkung mußte Knecht viel nachdenken. Also ihr schönes Haus, in dem alles so vornehm, prächtig und wohlabgestimmt war, und ihr Mann und ihre Politik und Partei, das Erbe ihres einst von ihr angebeteten Vaters, waren alle nicht genügend, ihrem Leben Sinn und Wert zu geben, das vermochte nur ihr Kind. Und lieber ließ sie dies Kind unter so schlechten und schädigenden Bedingungen aufwachsen, wie sie hier im Hause und in ihrer Ehe bestanden, als daß sie sich zu seinem Heil von ihm getrennt hätte. Für eine so kluge, anscheinend so kühle, so intellektuelle Frau war dies ein erstaunliches Bekenntnis. Knecht konnte ihr nicht in so unmittelbarer Weise helfen wie ihrem Manne, dachte auch gar nicht daran, es zu versuchen. Aber durch seine seltenen Besuche und dadurch, daß Plinio unter seinem Einfluß stand, kam doch ein Maß und eine Mahnung in die verbogenen und verschrobenen Familienzustände. Für den Magister aber, während er von Mal zu Mal im Hause Designori an Einfluß und Autorität gewann, wurde das Leben dieser Weltleute immer reicher an Rätseln, je besser er es kennenlernte. Doch wissen wir über seine Besuche in der Hauptstadt und das, was er dort sah und erlebte, recht wenig und begnügen uns mit dem hier Angedeuteten.

Dem Vorsteher der Ordensleitung in Hirsland war Knecht bisher nicht nähergetreten, als die amtlichen Funktionen es erforderten. Er sah ihn wohl nur bei denjenigen Vollsitzungen der Erziehungsbehörde, die in Hirsland stattfanden, und auch da nahm der Vorsteher meistens nur die mehr formelhaften und dekorativen Amtshandlungen vor, den Empfang und die Verabschiedung der Kollegen, während die Hauptarbeit der Sitzungsleitung dem Sprecher zufiel. Der bisherige Vorsteher, zur Zeit von Knechts Amtsantritt schon ein Mann in ehrwürdigem Alter, wurde vom Magister Ludi zwar sehr verehrt, gab ihm aber niemals Anlaß, die Distanz zu verringern, er war für ihn schon nahezu kein Mensch, keine Person mehr, sondern schwebte, ein Hoherpriester, ein Symbol der Würde und Sammlung, als schweigsame Spitze und Bekrönung über dem Bau der Behörde und der ganzen Hierarchie. Dieser ehrwürdige Mann war gestorben, und an seine Stelle hatte der Orden den neuen Vorsteher Alexander gewählt. Alexander war eben jener Meditationsmeister, den die Ordensleitung vor Jahren unserem Josef Knecht für die erste Zeit seiner Amtsführung beigegeben hatte, und seit damals hatte der Magister diesen vorbildlichen Ordensmann bewundert und dankbar geliebt, aber auch dieser hatte den Glasperlenspielmeister während jener Zeit, da dieser täglich Gegenstand seiner Sorge und gewissermaßen sein Beichtkind gewesen war, nahe genug in seinem persönlichen Wesen und Gehaben beobachten und kennenlernen können, um ihn zu lieben. Die bis dahin latent gebliebene Freundschaft wurde beiden bewußt und fand ihre Gestalt von dem Augenblicke an, da Alexander Knechts Kollege und Präsident der Behörde wurde, denn nun sahen sie sich des öftern wieder und hatten gemeinsame Arbeit zu tun. Freilich fehlte es dieser Freundschaft an Alltag, wie es ihr auch an gemeinsamen Jugenderlebnissen fehlte, es war eine kollegiale Sympathie unter Hochgestellten, und ihre Äußerungen beschränkten sich auf ein kleines Mehr an Wärme bei Begrüßung und Abschied, ein lückenloseres und rascheres gegenseitiges Verstehen, etwa noch auf ein minutenlanges Plaudern in Sitzungspausen.

War auch verfassungsmäßig der Vorsteher der Ordensleitung, auch Ordensmeister genannt, seinen Kollegen, den Magistern, nicht übergeordnet, so war er es doch durch die Tradition, nach welcher der Ordensmeister den Sitzungen der obersten Behörde präsidierte, und je meditativer und mönchischer der Orden in den letzten Jahrzehnten geworden war, desto mehr war seine Autorität gewachsen, freilich nur innerhalb der Hierarchie und Provinz, nicht außerhalb. Es waren in der Erziehungsbehörde mehr und mehr der Ordensvorsteher und der Glasperlenspielmeister die beiden eigentlichen Exponenten und Repräsentanten des kastalischen Geistes geworden; gegenüber den uralten, aus vorkastalischen Epochen überkommenen Disziplinen, wie Grammatik, Astronomie, Mathematik oder Musik, waren meditative Geisteszucht und Glasperlenspiel ja auch die für Kastalien eigentlich charakteristischen Güter. So war es nicht ohne Bedeutung, wenn ihre beiden derzeitigen Vertreter und Leiter in einem freundschaftlichen Verhältnis zueinander standen, es war für beide eine Bestätigung und Erhöhung ihrer Würde, eine Zugabe an Wärme und Zufriedenheit im Leben, ein Ansporn mehr zur Erfüllung ihrer Aufgabe: in ihren Personen die beiden innersten, die sakralen Güter und Kräfte der kastalischen Welt darzustellen und vorzuleben. Für Knecht also bedeutete das eine Bindung mehr, ein Gegengewicht mehr gegen die in ihm großgewordene Tendenz zum Verzicht auf dies alles und zum Durchbruch in eine andre, neue Lebenssphäre. Dennoch entwickelte diese Tendenz sich unaufhaltsam weiter. Seit sie ihm selbst völlig bewußt geworden war, dies mag etwa im sechsten oder siebenten Jahr seines Magistrates gewesen sein, hatte sie sich erkräftigt und war von ihm, dem Mann des «Erwachens», ohne Scheu in sein bewußtes Leben und Denken aufgenommen worden. Seit jener Zeit etwa, glauben wir sagen zu dürfen, war der Gedanke an den kommenden Abschied von seinem Amte und von der Provinz ihm vertraut — manchmal in der Art, wie einem Gefangenen der Glaube an Befreiung es ist, manchmal auch so, wie einem Schwerkranken das Wissen um den Tod es sein mag. In jener ersten Aussprache mit dem wiedergekehrten Jugendkameraden Plinio hatte er ihm zum erstenmal Ausdruck in Worten gegeben, möglicherweise nur um den schweigsam und verschlossen gewordenen Freund zu gewinnen und aufzuschließen, vielleicht aber auch, um mit dieser ersten Mitteilung an einen andern seinem neuen Erwachen, seiner neuen Lebensstimmung einen Mitwisser, eine erste Wendung nach außen, einen ersten Anstoß zur Verwirklichung zu geben. In den weiteren Gesprächen mit Designori nahm Knechts Wunsch, irgendeinmal seine jetzige Lebensform abzulegen und den Sprung in eine neue zu wagen, schon den Rang eines Entschlusses ein. Inzwischen baute er die Freundschaft mit Plinio, der nun nicht mehr nur durch Bewunderung, sondern ebensosehr durch die Dankbarkeit des Genesenden und Geheilten an ihn gebunden war, sorgfältig aus und besaß in ihr eine Brücke zur Außenwelt und ihrem mit Rätseln beladenen Leben.

Daß der Magister seinem Freunde Tegularius erst sehr spät Einblick in sein Geheimnis und seinen Plan eines Ausbruches gegönnt hat, darf uns nicht wundern. So wohlwollend und fördernd er jede seiner Freundschaften gestaltet hat, so selbständig und diplomatisch hat er sie doch zu überblicken und zu leiten gewußt. Nun war mit dem Wiedereintritt von Plinio in sein Leben für Fritz ein Nebenbuhler auf den Plan getreten, ein neu-alter Freund mit Ansprüchen an Knechts Interesse und Herz, und dieser konnte wohl kaum darüber erstaunt sein, daß Tegularius darauf zunächst mit heftiger Eifersucht reagierte; ja für eine Weile, bis er nämlich Designori vollends gewonnen und richtig eingeordnet hatte, mag dem Magister die schmollende Zurückhaltung des andern eher willkommen gewesen sein. Auf die Dauer freilich war eine andere Erwägung wichtiger. Wie war sein Wunsch, sich Waldzell und der Magisterwürde sachte zu entziehen, einer Natur wie Tegularius mundgerecht und verdaulich zu machen? Wenn Knecht einmal Waldzell verließ, so ging er diesem Freunde für immer verloren; ihn auf den schmalen und gefährlichen Weg, der vor ihm lag, mitzunehmen, daran war nicht zu denken, selbst wenn jener wider alles Erwarten die Lust und den Wagemut dazu aufbringen sollte. Knecht wartete, überlegte und zögerte sehr lange, ehe er ihn zum Mitwisser seiner Absichten machte. Schließlich tat er es doch, als sein Entschluß zum Aufbruch längst fest geworden war. Es wäre ihm allzusehr gegen die Natur gewesen, den Freund bis zuletzt blind zu lassen und gewissermaßen hinter seinem Rücken Pläne zu betreiben und Schritte vorzubereiten, deren Folgen ja auch jener würde mitzutragen haben. Womöglich wollte er ihn, ebenso wie Plinio, nicht nur zum Mitwisser, sondern zum wirklichen oder doch eingebildeten Mithelfer und Mittäter machen, da Aktivität jede Lage leichter nehmen hilft.

Knechts Gedanken über einen drohenden Niedergang des kastalischen Wesens waren seinem Freunde natürlich längst bekannt, soweit eben er sie mitzuteilen gewillt und jener sie aufzunehmen bereit war. An sie knüpfte der Magister an, als er entschlossen war, sich dem andern zu eröffnen. Wider sein Erwarten und zu seiner großen Erleichterung nahm Fritz das ihm vertraulich Mitgeteilte nicht tragisch, vielmehr schien ihn die Vorstellung, daß ein Magister seine Würde der Behörde wieder hinwerfe, den Staub Kastaliens von den Füßen schüttle und sich ein Leben nach seinem eigenen Geschmacke wähle, angenehm anzuregen, ja zu belustigen. Als Einzelgänger und Feind aller Normierung war Tegularius stets auf seiten des einzelnen gegen die Behörde gewesen; die offizielle Macht auf geistreiche Art zu bekämpfen, zu necken, zu überlisten, dazu war er stets zu haben. Damit war Knecht der Weg gewiesen, und aufatmend, mit einem innern Lachen, ging er alsbald auf des Freundes Reaktion ein. Er ließ ihn bei der Auffassung, es handle sich um eine Art von Handstreich gegen die Behörde und den Beamtenzopf, und wies ihm bei diesem Streich die Rolle eines Mitwissers, Mitarbeiters und Mitverschworenen zu. Es sollte ein Gesuch des Magisters an die Behörde ausgearbeitet werden, eine Aufstellung und Erläuterung all der Gründe, welche ihm den Rücktritt von seinem Amte nahelegten, und die Vorbereitung und Ausarbeitung dieses Gesuches sollte hauptsächlich Tegularius' Aufgabe sein. Vor allem sollte er sich Knechts geschichtliche Auffassung vom Entstehen, Großwerden und jetzigen Stand Kastaliens zu eigen machen, sodann historisches Material sammeln und Knechts Wünsche und Vorschläge daraus belegen. Daß er damit auf ein bisher von ihm abgelehntes und verachtetes Gebiet eingehen mußte, auf die Beschäftigung mit der Historie, schien ihn nicht zu stören, und Knecht beeilte sich, ihm dazu die nötigen Anweisungen zu geben. Und so vertiefte sich denn Tegularius mit dem Eifer und der Zähigkeit, die er für abseitige und einsame Unternehmungen aufzubringen vermochte, in seine neue Aufgabe. Ihm, dem hartnäckigen Individualisten, erwuchs ein merkwürdig grimmiges Vergnügen aus diesen Studien, die ihn in den Stand setzen sollten, den Bonzen und der Hierarchie ihre Mängel und Fragwürdigkeiten nachzuweisen oder doch sie zu reizen.

An diesem Vergnügen hatte Josef Knecht ebensowenig teil, wie er an einen Erfolg der Bemühungen seines Freundes glaubte. Er war entschlossen, sich aus den Fesseln seiner jetzigen Lage zu lösen und für Aufgaben, die er auf sich warten fühlte, frei zu machen, aber es war ihm klar, daß er weder die Behörde durch Vernunftgründe überwinden noch einen Teil des hier zu Leistenden auf Tegularius abladen könne. Diesen beschäftigt und abgelenkt zu wissen für die Zeit, da er noch in seiner Nähe leben würde, war ihm jedoch sehr willkommen. Nachdem er beim nächsten Zusammenkommen Plinio Designori davon erzählt hatte, fügte er hinzu: «Freund Tegularius ist nun beschäftigt und für das entschädigt, was er durch deine Wiederkehr meint verloren zu haben. Seine Eifersucht ist schon beinahe geheilt, und die Arbeit an seiner Aktion für mich und gegen meine Kollegen bekommt ihm gut, er ist nahezu glücklich. Aber glaube nicht, Plinio, daß ich mir von seiner Aktion irgend etwas verspreche, außer eben dem Guten, das sie für ihn selber hat. Daß unsre oberste Behörde dem geplanten Gesuch Folge geben wird, ist völlig unwahrscheinlich, ja unmöglich, höchstens wird sie mir mit einer sanft rügenden Vermahnung antworten. Was zwischen meinen Absichten und deren Verwirklichung steht, ist das Grundgesetz unsrer Hierarchie selbst, und eine Behörde, die ihren Glasperlenspielmeister auf ein noch so überzeugend begründetes Gesuch hin entläßt und ihm eine Tätigkeit außerhalb Kastaliens zuweist, würde mir auch gar nicht

gefallen. Außerdem ist Meister Alexander von der Ordensleitung da, ein Mann, der durch nichts zu beugen ist. Nein,
diesen Kampf werde ich schon allein ausfechten müssen.
Aber lassen wir also erst Tegularius seinen Scharfsinn
üben! Wir verlieren dadurch nichts als ein wenig Zeit, und
die brauche ich ohnehin, um hier alles so geordnet zurück-
zulassen, daß mein Abgang ohne Schaden für Waldzell
erfolgen kann. Du aber mußt mir inzwischen drüben bei
euch eine Unterkunft und Arbeitsmöglichkeit schaffen, sei
es noch so bescheiden, im Notfall bin ich mit einer Stelle
etwa als Musiklehrer zufrieden, es braucht nur ein Anfang, ein Sprungbrett zu sein.»

Designori meinte, das werde sich schon finden, und
wenn der Augenblick gekommen sei, stehe sein Haus dem
Freunde für beliebige Zeit offen. Aber damit war Knecht
nicht zufrieden.

«Nein», sagte er, «als Gast bin ich nicht zu gebrauchen,
ich muß Arbeit haben. Auch würde ein Aufenthalt in
deinem Hause, so schön es ist, wenn er länger als Tage
dauerte, die Spannungen und Schwierigkeiten dort nur
vermehren. Ich habe viel Vertrauen zu dir, und auch deine
Frau hat sich ja an meine Besuche freundlich gewöhnt,
aber dies alles hätte sofort ein anderes Gesicht, wenn ich
nicht mehr Besucher und Magister Ludi, sondern ein
Flüchtling und Dauergast wäre.»

«Du nimmst das doch wohl allzu genau», meinte Plinio.
«Daß du, wenn du dich erst hier frei gemacht und deinen
Wohnsitz in der Hauptstadt hast, sehr bald eine deiner
würdige Berufung bekommen wirst, mindestens als Pro-
fessor an einer Hochschule — damit kannst du mit Gewißheit rechnen. Doch brauchen solche Dinge Zeit, das weißt
du ja, und ich kann natürlich erst dann etwas für dich
unternehmen, wenn deine Loslösung von hier vollzogen ist.»

«Gewiß», sagte der Meister, «bis dahin muß mein
Entschluß Geheimnis bleiben. Ich kann mich nicht euren

Behörden zur Verfügung stellen, ehe meine eigene Behörde unterrichtet ist und entschieden hat; das ist selbstverständlich. Aber ich suche ja auch vorerst gar nicht eine öffentliche Anstellung. Meine Bedürfnisse sind klein, kleiner als du dir vermutlich vorzustellen vermagst. Ich brauche ein Zimmerchen und das tägliche Brot, vor allem aber eine Arbeit und Aufgabe als Lehrer und Erzieher, ich brauche einen oder einige Schüler und Zöglinge, mit denen ich lebe und auf die ich wirken kann; an eine Hochschule denke ich dabei am allerwenigsten, ich würde ebenso gerne, nein, weit lieber, Hauslehrer bei einem Knaben oder dergleichen. Was ich suche und brauche, ist eine einfache, natürliche Aufgabe, ein Mensch, der mich braucht. Die Berufung an eine Hochschule würde mich von Anfang an wieder in einen traditionellen, geheiligten und mechanisierten Amtsapparat einordnen, und was ich begehre, ist das Gegenteil davon.»

Zögernd rückte nun Designori mit einem Anliegen heraus, das er schon eine Weile mit sich herumgetragen hatte.

«Ich hätte einen Vorschlag zu machen», sagte er, «und bitte dich, ihn wenigstens anzuhören und wohlwollend zu prüfen. Vielleicht kannst du ihn annehmen, dann tätest du auch mir einen Dienst. Du hast mir seit jenem ersten Tag, an dem ich hier dein Gast war, in vielem weitergeholfen. Du hast auch mein Leben und mein Haus kennengelernt und weißt, wie es dort steht. Es steht nicht gut, aber es steht besser als seit Jahren. Das schwierigste ist das Verhältnis zwischen mir und meinem Sohn. Er ist verwöhnt und vorlaut, er hat sich eine bevorzugte und geschonte Stellung in unsrem Haus geschaffen, das wurde ihm ja nahegelegt und leichtgemacht in den Jahren, in denen er, noch ein Kind, von seiner Mutter ebenso wie von mir umworben wurde. Er hat sich dann entschieden zur Partei der Mutter geschlagen, und mir sind allmählich alle wirksamen Erziehungsmittel aus den Händen gespielt worden. Ich hatte mich damit abgefunden, so wie mit meinem etwas mißglückten Leben überhaupt. Ich hatte resigniert. Aber jetzt, wo ich mit deiner Hilfe wieder einigermaßen genesen bin, habe ich doch wieder Hoffnung geschöpft. Du siehst, worauf ich hinauswill; ich würde mir sehr viel davon versprechen, wenn Tito, der ohnehin in seiner Schule Schwierigkeiten hat, eine Weile einen Lehrer und Erzieher bekäme, der sich seiner annimmt. Es ist ein egoistisches Anliegen, ich weiß es, und ob die Aufgabe dich anziehen könnte, weiß ich nicht. Aber du hast mir Mut gemacht, den Vorschlag zur Sprache zu bringen.»

Knecht lächelte und reichte ihm die Hand.

«Ich danke dir, Plinio. Kein Vorschlag könnte mir willkommener sein. Nur fehlt noch das Einverständnis deiner Frau. Und weiter müßtet ihr euch beide dazu entschließen, mir euren Sohn fürs erste ganz zu überlassen. Damit ich ihn in die Hand bekomme, muß der tägliche Einfluß des Elternhauses ausgeschaltet werden. Du mußt mit deiner Frau darüber sprechen und sie dahin bringen, diese Bedingung anzunehmen. Fasse es behutsam an, laßt euch Zeit!»

«Und du glaubst», fragte Designori, «daß du mit Tito etwas erreichen könntest?»

«O ja, warum denn nicht? Er hat gute Rasse und gute Gaben von beiden Eltern her, es fehlt nur die Harmonie dieser Kräfte. Das Verlangen nach dieser Harmonie in ihm zu wecken, vielmehr zu stärken und schließlich bewußt zu machen, wird meine Aufgabe sein, die ich gern übernehme.»

So wußte nun Josef Knecht seine beiden Freunde, jeden in ganz anderer Weise, mit seiner Angelegenheit beschäftigt. Während Designori in der Hauptstadt seiner Frau die neuen Pläne vorlegte und sie ihr annehmbar zu machen suchte, saß in Waldzell Tegularius in einer Arbeitszelle der Bibliothek und stellte nach Knechts Hinweisen Material für das beabsichtigte Schriftstück zusammen. Der Magister hatte ihn mit der Lektüre, die er ihm vorlegen ließ, gut geködert; Fritz Tegularius, der große Verächter der Historie, verbiß und verliebte sich in die Geschichte der kriegerischen Epoche. Im Spielen stets ein großer Arbeiter, sammelte er mit wachsendem Appetit symptomatische Anekdoten aus jener Epoche, der düstern Vorzeit des Ordens, und häufte ihrer so viele an, daß sein Freund, als er nach Monaten die Arbeit vorgelegt bekam, kaum den zehnten Teil stehenlassen konnte.

In dieser Zeit wiederholte Knecht seinen Besuch in der Hauptstadt mehrmals. Frau Designori gewann immer mehr Vertrauen zu ihm, wie ja ein gesunder und harmonischer Mensch bei den Schwierigen und Belasteten oft so leichten Eingang findet, und bald war sie für den Plan ihres Mannes gewonnen. Von Tito wissen wir, daß er bei einem dieser Besuche den Magister etwas patzig wissen ließ, daß er von ihm nicht mit du angeredet zu werden wünsche, da ihn jedermann, auch die Lehrer seiner Schule, mit Sie ansprächen. Knecht dankte ihm mit großer Höflichkeit und entschuldigte sich, er erzählte ihm, daß in seiner Provinz die Lehrer zu allen Schülern und Studenten, auch zu längst erwachsenen, du sagten. Und nach Tische bat er den Knaben, ein wenig mit ihm auszugehen und ihm etwas von der Stadt zu zeigen. Auf diesem Spaziergang führte ihn Tito auch durch eine stattliche Gasse der Altstadt, wo in beinahe lückenloser Reihe die jahrhundertalten Häuser der vornehmen, begüterten patrizischen Familien standen. Vor einem dieser festen, schmalen und hohen Häuser blieb Tito stehen, deutete auf ein Schild über dem Portal und fragte: «Kennen Sie das?» Und als Knecht verneinte, sagte er: «Dies hier ist das Wappen der Designori, und es ist unser altes Stammhaus, dreihundert Jahre hat es der Familie gehört. Wir aber sitzen in unsrem gleichgültigen Allerweltshause, bloß weil mein Vater nach des Großvaters Tode die Laune gehabt hat, dies schöne ehrwürdige Stammhaus zu verkaufen und sich ein Modehaus zu bauen, das übrigens schon jetzt nicht mehr so recht modern ist. Können Sie so etwas begreifen?

371

«Es tut Ihnen sehr leid um das alte Haus?» fragte Knecht freundlich, und als Tito leidenschaftlich bejahte und seine Frage wiederholte: «Können Sie so etwas begreifen?» sagte er: «Man kann alles begreifen, wenn man es ins Licht rückt. Ein altes Haus ist eine schöne Sache, und wenn das neue daneben gestanden wäre und er die Wahl gehabt hätte, so hätte er doch wohl das alte behalten. Ja, alte Häuser sind schön und ehrwürdig, zumal ein so schönes wie dieses hier. Aber ein Haus selber zu bauen, ist ebenfalls etwas Schönes, und wenn ein strebsamer und ehrgeiziger junger Mann die Wahl hat, ob er sich bequem und ergeben in ein fertiges Nest setzen oder sich ein ganz neues bauen wolle, dann kann man ganz wohl verstehen, daß seine Wahl auch auf das Bauen fallen kann. So wie ich Ihren Vater kenne, und ich habe ihn gekannt, als er noch in Ihrem Alter und ein leidenschaftlicher Draufgänger war, hat übrigens der Verkauf und Verlust des Hauses keinem so weh getan wie ihm selber. Er hatte einen schweren Konflikt mit seinem Vater und seiner Familie, und wie es scheint, war seine Erziehung bei uns in Kastalien nicht ganz die richtige für ihn, wenigstens konnte sie ihn nicht vor einigen leidenschaftlichen Voreiligkeiten behüten. Eine von ihnen ist wohl der Verkauf des Hauses gewesen. Er hat damit der Tradition der Familie, dem Vater, der ganzen Vergangenheit und Abhängigkeit ins Gesicht schlagen und Krieg ansagen wollen, wenigstens schiene mir das ganz begreiflich. Aber der Mensch ist wunderlich, und so würde mir auch ein andrer Gedanke gar nicht ganz unwahrscheinlich vorkommen, der Gedanke, daß der Verkäufer des alten Hauses mit diesem Verkaufe gar nicht nur der Familie, sondern vor allem sich selber weh tun wollte. Die Familie hatte ihn enttäuscht, sie hatte ihn in unsre Eliteschulen geschickt, ihn dort auf unsre Art erziehen lassen und ihn dann bei seiner Rückkehr mit Aufgaben, Forderungen und Ansprüchen empfangen, denen er nicht gewachsen sein konnte. Aber weiter möchte ich mit der psychologischen Deutung nicht gehen. Jedenfalls zeigt die Geschichte mit diesem Hausverkauf, eine wie starke Macht der Konflikt zwischen Vätern und Söhnen ist, dieser Haß, diese in Haß umgeschlagene Liebe. Bei lebhaften und begabten Naturen bleibt dieser Konflikt selten aus, die Weltgeschichte ist voll von Beispielen. Übrigens könnte ich mir ganz wohl einen späteren jungen Designori denken, der es sich zur Lebensaufgabe setzen würde, das Haus um jeden Preis zurück in den Besitz der Familie zu bringen.»

«Nun», rief Tito, «und würden Sie ihm nicht recht geben, wenn er es täte?»

«Ich möchte mich nicht zu seinem Richter machen, junger Herr. Wenn ein späterer Designori sich der Größe seines Geschlechts und der Verpflichtung besinnt, die ihm damit ins Leben mitgegeben ist, wenn er der Stadt, dem Staat, dem Volk, dem Recht, der Wohlfahrt mit seinen Kräften dient und daran so stark wird, daß er nebenher auch die Rückerwerbung des Hauses fertigbringt, dann ist er ein respektabler Mann, und wir wollen den Hut vor ihm abnehmen. Wenn er aber kein anderes Ziel im Leben kennt als diese Hausgeschichte, dann ist er eben nichts als ein Besessener und Verliebter, ein Mann der Leidenschaft, höchst wahrscheinlich einer, der solche jugendlichen Vaterkonflikte nie in ihrem Sinn erkannt und sie zeitlebens, auch noch als Mann, mit sich herumgeschleppt hat. Wir können ihn verstehen, auch bedauern, aber den Ruhm seines Hauses wird er nicht vermehren. Es ist schön, wenn eine alte Familie an ihrem Hause mit Liebe hängt, aber Verjüngung und neue Größe kommen ihr immer nur davon, daß ihre Söhne größeren Zielen als denen der Familie dienen.»

Wenn bei diesem Spaziergange Tito dem Gast seines Vaters aufmerksam und ziemlich willig zuhörte, so zeigte er ihm bei anderen Anlässen doch wieder Ablehnung und Trotz, er witterte in dem Mann, auf den seine beiden sonst so uneinigen Eltern so viel zu halten schienen, eine Macht, die seiner eigenen verwöhnten Ungebundenheit gefährlich werden könnte, und zeigte sich gelegentlich ausgesprochen unartig; freilich folgte darauf jedesmal ein Bedauern und Gutmachenwollen, denn es kränkte sein Selbstgefühl, sich vor der heitern Höflichkeit, die den Magister wie ein blanker Panzer umgab, eine Blöße gegeben zu haben. Und insgeheim spürte er auch in seinem unerfahrenen und ein wenig verwilderten Herzen, daß dies ein Mann sei, den man vielleicht sehr lieben und verehren könnte.

Er spürte dies besonders in einer halben Stunde, da er Knecht allein und auf den von Geschäften festgehaltenen Vater wartend angetroffen hatte. Bei seinem Eintritt in das Zimmer sah Tito den Gast mit halbgeschlossenen Augen regungslos in einer statuenhaften Haltung sitzen, Stille und Ruhe ausstrahlend in einer Versenkung, so daß der Knabe unwillkürlich seine Schritte leise machte und auf Zehenspitzen wieder hinausschleichen wollte. Aber da schlug der Sitzende die Augen auf, grüßte ihn freundlich, erhob sich, deutete auf ein Klavier, das im Zimmer stand, und fragte ihn, ob er Freude an der Musik habe.

Ja, sagte Tito, er habe zwar schon längere Zeit keine Musikstunden mehr und auch nie mehr geübt, denn er stehe in der Schule nicht glänzend und werde dort von den Paukern genügend geplagt, aber Musik zu hören sei ihm immer ein Vergnügen gewesen. Knecht öffnete das Klavier, setzte sich davor, stellte fest, daß es gestimmt sei, und spielte einen Andantesatz von Scarlatti, den er dieser Tage einer Glasperlenspielübung zugrunde gelegt hatte. Dann hielt er inne, und da er den Knaben aufmerksam und hingegeben fand, begann er ihm in kurzen Worten zu erklären, was in einer solchen Glasperlenspielübung ungefähr vor sich gehe, zerlegte die Musik in ihre Glieder, zeigte einige der Arten von Analyse auf, die man auf sie anwenden könne, und deutete die Wege zur Übersetzung der Musik in die Spiel-Hieroglyphen an. Zum erstenmal sah Tito den Meister nicht als Gast, nicht als eine gelehrte Berühmtheit, die er ablehnte, weil sie sein Selbstgefühl drückte, sondern sah ihn bei seiner Arbeit, einen Mann, der eine sehr subtile und genaue Kunst gelernt hat und als Meister ausübt, eine Kunst, deren Sinn Tito zwar nur ahnen konnte, die aber einen ganzen Mann und seine Hingabe zu fordern schien. Auch tat es seiner Selbstachtung wohl, daß man ihn für erwachsen und gescheit genug nahm, um ihn für diese verwickelten Dinge zu interessieren. Er wurde still und begann in dieser halben Stunde zu ahnen, aus welchen Quellen die Heiterkeit und sichere Ruhe dieses merkwürdigen Mannes komme.

Knechts amtliche Tätigkeit war in dieser letzten Zeit beinahe so intensiv wie einst in der schwierigen Zeit seiner Amtsübernahme. Ihm lag daran, alle Ressorts seiner Verpflichtungen in einem musterhaften Zustande zu hinterlassen. Dies Ziel hat er auch erreicht, wennschon er das mitgemeinte Ziel verfehlte, seine Person als entbehrlich oder doch leicht ersetzbar erscheinen zu lassen. Es ist ja bei unseren höchsten Ämtern beinahe immer so: der Magister schwebt, beinahe nur wie ein oberstes Schmuckstück, eine blanke Insignie, über dem komplizierten Vielerlei seines Amtsbereiches; er kommt und geht rasch, leicht wie ein freundlicher Geist, sagt zwei Worte, nickt ein Ja, deutet einen Auftrag durch eine Gebärde an und ist schon fort, schon beim Nächsten, er spielt auf seinem Amtsapparat wie ein Musikant auf seinem Instrument, scheint keine Kraft und kaum ein Nachdenken zu brauchen, und alles läuft, wie es laufen soll. Aber jeder Beamte in diesem Apparat weiß, was es heißen will, wenn der Magister verreist oder krank ist, was es heißt, auch nur für Stunden oder für einen Tag ihn zu ersetzen! Während Knecht noch einmal den ganzen Kleinstaat des Vicus Lusorum prüfend durchlief und namentlich alle Sorgfalt darauf verwandte, seinen «Schatten» unauffällig der Aufgabe entgegenzuführen, ihn nächstens allen Ernstes zu vertreten, konnte er zugleich feststellen, wie sein Innerstes sich schon von alledem gelöst und entfernt hatte, wie die ganze Kostbarkeit dieser wohldurchdachten kleinen Welt ihn nicht mehr beglückte und fesselte. Er sah Waldzell und sein Magisteramt schon beinahe wie etwas hinter ihm Liegendes an, einen Bezirk, den er durchschritten, der ihm vieles gegeben und ihn vieles gelehrt hatte, der aber nun keine neuen Kräfte und Taten mehr aus ihm locken konnte. Mehr und mehr auch wurde ihm in der Zeit dieses langsamen Sichlösens und Abschiednehmens klar, daß der eigentliche Grund seines Fremdwerdens und Fortwollens wohl nicht das Wissen um die für Kastalien bestehenden Gefahren und die Sorge um dessen Zukunft sei, sondern daß es einfach ein leer und unbeschäftigt gebliebenes Stück seiner selbst, seines Herzens, seiner Seele sei, das nun sein Recht begehrte und sich erfüllen wollte.

Er studierte damals auch die Verfassung und Statuten des Ordens noch einmal gründlich und sah, daß sein Entkommen aus der Provinz im Grunde nicht so schwer, nicht so beinahe unmöglich zu erreichen sei, wie er es sich anfangs vorgestellt hatte. Sein Amt aus Gewissensgründen niederzulegen, stand ihm frei, den Orden zu verlassen ebenfalls, das Ordensgelübde war keines auf Lebenszeit, wennschon nur selten ein Mitglied, und niemals ein Glied der höchsten Behörde, von dieser Freiheit Gebrauch gemacht hatte. Nein, was ihm den Schritt so schwer erscheinen ließ, war nicht die Strenge des Gesetzes, es war der hierarchische Geist selbst, die Loyalität und Bundestreue in seinem eigenen Herzen. Gewiß, er wollte ja nicht heimlich entlaufen, er bereitete ein umständliches Gesuch zur Erlangung seiner Freiheit vor, das Kind Tegularius schrieb sich daran die Finger schwarz. Aber er glaubte an den Erfolg dieses Gesuches nicht. Man würde ihn begütigen, ihn ermahnen, ihm vielleicht einen Erholungsurlaub anbieten, nach Mariafels, wo Pater Jakobus vor kurzem gestorben war, oder vielleicht nach Rom. Aber loslassen würde man ihn nicht, das glaubte er immer sicherer zu wissen. Ihn loszulassen, würde aller Tradition des Ordens widersprechen. Täte es die Behörde, so würde sie damit zugeben, daß sein Verlangen berechtigt sei, sie würde zugeben, daß das Leben in Kastalien, und gar auf so hohem Posten, unter Umständen einem Menschen nicht genügen, ihm Verzicht und Gefangenschaft bedeuten könne.

Das Rundschreiben

Wir nähern uns dem Ende unsrer Erzählung. Wie schon angedeutet, ist unser Wissen um dieses Ende lückenhaft und trägt beinahe mehr den Charakter einer Sage als den eines historischen Berichtes. Wir müssen uns damit begnügen. Desto angenehmer aber ist es uns, dieses vorletzte Kapitel von Knechts Lebenslauf mit einem authentischen Dokument ausfüllen zu können, mit jenem umfangreichen Schreiben nämlich, in welchem der Glasperlenspielmeister selbst der Behörde die Gründe für seinen Entschluß darlegt und sie um Entlassung aus seinem Amte bittet.

Nur muß freilich gesagt werden, daß Josef Knecht nicht nur, wie wir längst wissen, an einen Erfolg dieses so umständlich vorbereiteten Schreibens nicht mehr glaubte, sondern daß er, als es damit wirklich soweit war, sein «Gesuch» lieber gar nicht mehr geschrieben und eingereicht hätte. Es ging ihm wie allen Menschen, welche eine natürliche und anfänglich unbewußte Macht über andre Menschen ausüben: diese Macht wird nicht ohne Folgen für deren Träger geübt, und wenn der Magister froh darüber gewesen war, seinen Freund Tegularius dadurch für seine Absichten zu gewinnen, daß er ihn zu deren Förderer und Mitarbeiter werden ließ, so war das Geschehene nun stärker als seine eigenen Gedanken und Wünsche. Er hatte

Fritz zu einer Arbeit geworben oder verführt, an deren Wert er, der Urheber, nicht mehr glaubte; aber er konnte diese Arbeit, als der Freund sie ihm endlich vorlegte, nicht wieder rückgängig machen, noch konnte er sie weglegen und unbenutzt lassen, ohne den Freund, dem er ja durch sie die Trennung hatte erträglich machen wollen, erst recht zu verletzen und zu enttäuschen. Wie wir zu wissen glauben, hätte es um jene Zeit Knechts Absichten weit eher entsprochen, wenn er ohne weiteres sein Amt niedergelegt und seinen Austritt aus dem Orden erklärt hätte, statt erst den vor seinen Augen nun beinahe zur Komödie gewordenen Umgang mit dem «Gesuch» zu wählen. Aber die Rücksicht auf den Freund bewog ihn, seine Ungeduld nochmals für eine Weile zu beherrschen.

Es wäre wahrscheinlich interessant, das Manuskript des fleißigen Tegularius kennenzulernen. Es bestand in der Hauptsache aus geschichtlichem Material, das er zu Beweis- oder doch Illustrierungszwecken gesammelt hatte, doch gehen wir schwerlich fehl, wenn wir annehmen, daß es auch manches spitz und geistreich formulierte Wort der Kritik an der Hierarchie sowohl wie an der Welt und Weltgeschichte enthalten habe. Allein selbst wenn dies in Monaten einer ungewöhnlich zähen Arbeitsamkeit gefertigte Manuskript, was sehr wohl möglich ist, noch existieren sollte, und wenn es uns zur Verfügung stünde, müßten wir auf seine Mitteilung doch verzichten, da unser Buch nicht der richtige Ort für seine Publikation wäre.

Für uns ist einzig das von Wichtigkeit, welchen Gebrauch der Magister Ludi von seines Freundes Arbeit gemacht hat. Er nahm sie, als dieser sie ihm mit Feierlichkeit überreichte, mit herzlichen Worten des Dankes und der Anerkennung entgegen, und weil er wußte, daß er ihm damit eine Freude mache, bat er ihn, ihm die Arbeit vorzulesen. An mehreren Tagen saß nun Tegularius beim Magister eine halbe Stunde in dessen Garten, denn es war Sommerszeit, und las ihm mit Genugtuung die vielen

Blätter vor, aus denen sein Manuskript bestand, und nicht selten wurde die Vorlesung durch lautes Gelächter der beiden unterbrochen. Es waren gute Tage für Tegularius. Nachher aber zog sich Knecht zurück und verfaßte, unter Benützung mancher Teile von seines Freundes Manuskript, sein Schreiben an die Behörde, das wir im Wortlaut mitteilen und zu welchem kein Kommentar mehr nötig ist.

Das Schreiben des Magister Ludi an die
Erziehungsbehörde

Verschiedene Erwägungen haben mich, den Magister Ludi, dazu bestimmt, ein Anliegen besonderer Art, statt es mit in meinen solennen Rechenschaftsbericht aufzunehmen, in diesem gesonderten und gewissermaßen privateren Schreiben vor die Behörde zu bringen. Ich füge zwar dies Schreiben dem fälligen offiziellen Berichte bei und erwarte seine offizielle Erledigung, betrachte es aber doch eher als eine Art kollegialen Rundschreibens an meine Mitmagister.

Es gehört zu den Pflichten des Magisters, die Behörde darauf aufmerksam zu machen, wenn seiner regelgetreuen Amtsführung Hindernisse entgegentreten oder Gefahren drohen. Meine Amtsführung nun ist (oder scheint mir), obwohl ich beflissen bin, dem Amt mit allen meinen Kräften zu dienen, durch eine Gefahr bedroht, welche in meiner eigenen Person ihren Sitz, wohl aber nicht ihren einzigen Ursprung hat. Wenigstens halte ich die moralische Gefahr einer Schwächung meiner persönlichen Eignung zum Glasperlenspielmeister zugleich für eine objektiv und außerhalb meiner Person bestehende Gefahr. Um es ganz kurz auszudrücken: ich habe begonnen, an meiner Fähigkeit zur vollwertigen Führung meines Amtes zu zweifeln, weil ich mein Amt selbst, weil ich das von mir zu pflegende Glasperlenspiel selbst für bedroht halten muß. Die Absicht dieses Schreibens ist es, der Behörde vor Augen zu führen, daß die angedeutete Gefahr bestehe und daß eben diese Gefahr, nachdem ich sie einmal erkannt habe, mich dringlich an einen anderen Ort ruft als den, an welchem ich stehe. Es sei mir erlaubt, die Situation durch ein Gleichnis zu verdeutlichen: es sitzt einer in der Dachstube über einer subtilen Gelehrtenarbeit, da merkt er, daß unten im Hause Feuer ausgebrochen sein muß. Er wird nicht erwägen, ob es seines Amtes sei oder ob er nicht besser seine Tabellen ins reine zu bringen habe, sondern er wird hinunterlaufen und das Haus zu retten suchen. So sitze ich, in einem der obersten Stockwerke unsres kastalischen Baues, mit dem Glasperlenspiel beschäftigt, mit lauter zarten, empfindlichen Instrumenten arbeitend, und werde vom Instinkt her, von der Nase her darauf aufmerksam, daß es irgendwo unten brennt, daß unser ganzer Bau bedroht und gefährdet ist und daß ich jetzt nicht Musik zu analysieren oder Spielregeln zu differenzieren, sondern dorthin zu eilen habe, wo es raucht.

Die Institution Kastalien, unser Orden, unser Wissenschafts- und Schulbetrieb samt Glasperlenspiel und allem scheint den meisten von uns Ordensbrüdern so selbstverständlich wie jedem Menschen die Luft, die er atmet, und der Boden, auf dem er steht. Kaum einer denkt jemals daran, daß diese Luft und dieser Boden etwa auch nicht dasein, daß die Luft uns eines Tages mangeln, der Boden unter uns hinschwinden könnte. Wir haben das Glück, wohlbehütet in einer kleinen, sauberen und heiteren Welt zu leben, und die große Mehrzahl von uns lebt, so wunderlich es scheinen möge, in der Fiktion, diese Welt sei immer gewesen, und wir seien in sie hineingeboren. Ich selbst habe meine jüngeren Jahre in diesem höchst angenehmen Wahn gelebt, während doch die Wirklichkeit mir ganz wohl bekannt war, nämlich, daß ich in Kastalien nicht geboren, sondern durch die Behörden hierher geschickt und erzogen worden sei und daß Kastalien, der

Orden, die Behörde, die Lehrhäuser, die Archive und das Glasperlenspiel keineswegs immer dagewesen und ein Werk der Natur seien, sondern eine späte, edle und gleich allem Gemachten vergängliche Schöpfung des Menschenwillens. Dies alles wußte ich, aber es hatte für mich keine Wirklichkeit, ich dachte einfach nicht daran, ich sah daran vorbei, und ich weiß, daß mehr als drei Viertel von uns in dieser wunderlichen und angenehmen Täuschung leben und sterben werden.

Aber so, wie es Jahrhunderte und Jahrtausende ohne Orden und ohne Kastalien gegeben hat, wird es auch künftig wieder solche Zeiten geben. Und wenn ich heute meine Kollegen und die verehrliche Behörde an diese Tatsache, an diese Binsenwahrheit erinnere und sie auffordere, einmal den Blick auf die Gefahren zu lenken, die uns bedrohen, wenn ich also die eher unbeliebte und allzu leicht Spott erregende Rolle eines Propheten, Mahners und Bußpredigers für einen Augenblick übernehme, so bin ich bereit, etwaigen Spott hinzunehmen, aber es ist dennoch meine Hoffnung, daß die Mehrzahl von Euch mein Schreiben bis zu Ende lesen und daß einige von Euch mir sogar in einzelnen Punkten zustimmen werden. Das wäre schon viel.

Eine Einrichtung wie unser Kastalien, ein kleiner Staat des Geistes, ist inneren und äußeren Gefahren ausgesetzt. Die inneren Gefahren, oder doch manche von ihnen, sind uns bekannt und werden von uns beobachtet und bekämpft. Wir schicken immer wieder einzelne Schüler aus den Eliteschulen zurück, weil wir unausrottbare Eigenschaften und Triebe an ihnen entdecken, welche sie für unsere Gemeinschaft untauglich und gefährlich machen. Die meisten von ihnen, so hoffen wir, sind darum noch nicht Menschen minderen Wertes, sondern nur für das kastalische Leben ungeeignet und können nach der Rückkehr in die Welt ihnen gemäßere Lebensbedingungen finden und tüchtige Männer werden. Unsre Praxis hat sich in dieser Hinsicht bewährt, und im großen ganzen kann man von unserer Gemeinschaft sagen, daß sie auf ihre Würde und Selbstzucht hält und ihrer Aufgabe genügt, eine Oberschicht, einen Adelsstand des Geistes darzustellen und immer neu heranzubilden. Wir haben vermutlich nicht mehr an Unwürdigen und Lässigen unter uns leben, als natürlich und erträglich ist. Schon weniger einwandfrei steht es bei uns mit dem Ordensdünkel, dem Standeshochmut, zu welchem jeder Adel, jede privilegierte Stellung verführt und welche denn auch jedem Adel, bald mit, bald ohne Berechtigung, vorgeworfen zu werden pflegt. In der Gesellschaftsgeschichte geht es stets um den Versuch der Adelsbildung, sie ist deren Spitze und Krone, und irgendeine Art von Aristokratie, von Herrschaft der Besten, scheint das eigentliche, wenn auch nicht immer zugegebene Ziel und Ideal aller Versuche der Gesellschaftsbildung zu sein. Stets hat die Macht, sei es eine monarchische oder eine anonyme, sich bereit finden lassen, einen entstehenden Adel durch Protektion und Privilegien zu fördern, sei es nun ein politischer oder ein anderer Adel, einer der Geburt oder einer der Auslese und Erziehung. Stets ist der begünstigte Adel unter dieser Sonne erstarkt, stets ist ihm das Stehen in der Sonne und das Privilegiertsein aber von einer gewissen Entwicklungsstufe an zur Versuchung geworden und hat zu seiner Korruption geführt. Wenn wir unseren Orden nun als Adel betrachten und uns daraufhin zu prüfen versuchen, wieweit unser Verhalten zum Ganzen des Volkes und der Welt unsere Sonderstellung rechtfertige, wieweit etwa die charakteristische Adelskrankheit, die Hybris, der Dünkel, der Standeshochmut, die Besserwisserei, das undankbare Nutznießertum, uns schon ergriffen habe und beherrsche, dann können uns manche Bedenken kommen. Es mag dem heutigen Kastalier an Gehorsam gegen die Ordensgesetze, an Fleiß, an kultivierter Geistigkeit nicht fehlen; aber fehlt es ihm nicht oft recht sehr an Einsicht in seine

Einordnung in das Volksgefüge, in die Welt, in die Weltgeschichte? Hat er ein Bewußtsein vom Fundament seiner Existenz, weiß er sich als Blatt, als Blüte, Zweig oder Wurzel einem lebenden Organismus angehören, ahnt er etwas von den Opfern, die das Volk ihm bringt, indem es ihn ernährt und kleidet und ihm seine Schulung und seine mannigfachen Studien ermöglicht? Und kümmert er sich viel um den Sinn unsrer Existenz und Sonderstellung, hat er eine wirkliche Vorstellung vom Zweck unseres Ordens und Lebens? Ausnahmen zugegeben, viele und rühmliche Ausnahmen — ich neige dazu, auf alle diese Fragen nein zu antworten. Der Durchschnittskastalier betrachtet den Weltmann und Ungelehrten vielleicht ohne Verachtung, ohne Neid, ohne Gehässigkeit, aber er betrachtet ihn nicht als Bruder, er sieht in ihm nicht seinen Brotgeber, noch fühlt er sich im geringsten mitverantwortlich für das, was da draußen in der Welt geschieht. Zweck seines Lebens scheint ihm die Pflege der Wissenschaften um ihrer selbst willen oder auch nur das genußvolle Spazierengehen im Garten einer Bildung, die sich gern als eine universale gebärdet, ohne es doch so ganz zu sein. Kurz, diese kastalische Bildung, eine hohe und edle Bildung, gewiß, der ich tief dankbar bin, ist in den meisten ihrer Besitzer und Vertreter nicht Organ und Instrument, nicht aktiv und auf Ziele gerichtet, nicht bewußt einem Größeren oder Tieferen dienstbar, sondern neigt ein wenig zum Selbstgenuß und Selbstlob, zur Ausbildung und Hochzüchtung geistiger Spezialitäten. Ich weiß, daß es eine große Anzahl integrer und höchst wertvoller Kastalier gibt, welche wirklich nichts als dienen wollen, es sind die bei uns erzogenen Lehrer, namentlich jene, welche draußen im Lande, fern von dem angenehmen Klima und den geistigen Verwöhnungen unsrer Provinz, an den weltlichen Schulen einen entsagungsreichen, aber unschätzbar wichtigen Dienst tun. Diese braven Lehrer dort draußen sind, ganz streng genommen, eigentlich die einzigen von uns, welche den

Zweck Kastaliens wirklich erfüllen und durch deren Arbeit wir dem Lande und Volk das viele Gute heimzahlen, das es an uns tut. Daß unsre oberste und heiligste Aufgabe darin besteht, dem Lande und der Welt ihr geistiges Fundament zu erhalten, das sich auch als ein moralisches Element von höchster Wirksamkeit bewährt hat: nämlich den Sinn für die Wahrheit, auf dem unter andrem auch das Recht beruht — dies weiß zwar jeder von uns Ordensbrüdern sehr wohl, aber bei einiger Selbstprüfung müßten die meisten von uns sich gestehen, daß ihnen das Wohl der Welt, die Erhaltung der geistigen Redlichkeit und Reinlichkeit auch außerhalb unsrer so schön sauber gehaltenen Provinz durchaus nicht das Wichtigste, ja überhaupt nicht wichtig ist und daß wir jenen tapferen Lehrern dort draußen es ganz gern überlassen, durch ihre hingebende Arbeit unsre Schuld an die Welt abzutragen und uns Glasperlenspielern, Astronomen, Musikanten und Mathematikern den Genuß unsrer Privilegien gewissermaßen zu rechtfertigen. Mit dem schon besprochenen Hochmut und Kastengeist hängt es zusammen, daß wir uns nicht eben stark darum sorgen, ob wir unsre Privilegien auch durch Leistung verdienen, ja daß nicht wenige von uns sogar auf die ordensmäßige Enthaltsamkeit unserer materiellen Lebensführung sich etwas einbilden, als sei sie eine Tugend und werde rein um ihrer selbst willen geübt, während sie doch das Minimum an Gegenleistung dafür ist, daß das Land uns unser kastalisches Dasein ermöglicht.

Ich begnüge mich mit dem Hinweis auf diese inneren Schäden und Gefahren, sie sind nicht unbedenklich, obwohl sie bei ruhigen Zeiten unsre Existenz noch lange nicht gefährden würden. Nun sind wir Kastalier aber nicht nur von unsrer Moral und Vernunft abhängig, sondern ganz wesentlich auch vom Zustand des Landes und dem Willen des Volkes. Wir essen unser Brot, benutzen unsre Bibliotheken, bauen unsre Schulen und Archive aus

— aber wenn das Volk keine Lust mehr hat, uns dies zu ermöglichen, oder wenn das Land durch Verarmung, Krieg usw. dazu unfähig wird, dann ist es im selben Augenblick mit unsrem Leben und Studieren zu Ende. Daß unser Land sein Kastalien und unsre Kultur eines Tages als einen Luxus werde betrachten, den es sich nicht mehr erlauben könne, ja sogar daß es uns, statt wie bisher gutmütig stolz auf uns zu sein, eines Tages als Schmarotzer und Schädlinge, ja als Irrlehrer und Feinde empfinden werde — das sind die Gefahren, die uns von außen drohen.

Wenn ich versuchen wollte, einem Durchschnittskastalier diese Gefahren vor Augen zu stellen, müßte ich es wohl vor allem durch Beispiele aus der Geschichte tun, und ich würde dabei auf einen gewissen passiven Widerstand, auf eine gewisse fast kindlich zu nennende Unwissenheit und Teilnahmslosigkeit stoßen. Das Interesse für Weltgeschichte ist bei uns Kastaliern, Ihr wisset es, äußerst schwach, ja es fehlt den meisten von uns nicht nur am Interesse, sondern sogar, möchte ich sagen, an Gerechtigkeit gegen die Historie, an Achtung vor ihr. Diese aus Gleichgültigkeit und Überhebung gemischte Abneigung gegen die Beschäftigung mit der Weltgeschichte hat mich des öfteren zur Untersuchung gereizt, und ich habe gefunden, daß sie zwei Ursachen hat. Erstens scheinen uns die Inhalte der Historie — ich spreche natürlich nicht von der Geistes- und Kulturgeschichte, die wir ja sehr pflegen — etwas minderwertig; die Weltgeschichte besteht, soweit wir eine Ahnung von ihr haben, aus brutalen Kämpfen um Macht, um Güter, um Länder, um Rohstoffe, um Geld, kurz um Materielles und Quantitatives, um Dinge, die wir als ungeistig und eher verächtlich ansehen. Für uns ist das siebzehnte Jahrhundert die Epoche von Descartes, Pascal, Froberger, Schütz, nicht die von Cromwell oder Ludwig XIV. Der zweite Grund unserer Scheu vor der Welthistorie besteht in unsrem ererbten und großenteils, wie ich meine, berechtigten Mißtrauen gegen eine gewisse Art der Geschichtsbetrachtung und Geschichtsschreibung, welche im Verfallszeitalter vor der Gründung unseres Ordens sehr beliebt war und zu der wir von vornherein nicht das mindeste Zutrauen haben: der sogenannten Geschichtsphilosophie, deren geistvollste Blüte und zugleich gefährlichste Wirkung wir bei Hegel finden, die aber in dem auf ihn folgenden Jahrhundert bis zu der widerlichsten Geschichtsverfälschung und Demoralisierung des Wahrheitssinnes führte. Die Vorliebe für die sogenannte Geschichtsphilosophie gehört für uns zu den Hauptkennzeichen jener Epoche geistigen Tiefstandes und politischer Machtkämpfe größten Umfangs, die wir zuweilen das «kriegerische Jahrhundert», meistens aber die «feuilletonistische Epoche» nennen. Auf den Trümmern jener Epoche, aus der Bekämpfung und Überwindung ihres Geistes — oder Ungeistes — entstand unsre jetzige Kultur, entstanden der Orden und Kastalien. Nun hängt es mit unsrem geistigen Hochmut zusammen, daß wir der Weltgeschichte, namentlich der neueren, beinahe so gegenüberstehen, wie etwa der Asket und Eremit des älteren Christentums dem Welttheater gegenüberstand. Die Geschichte scheint uns ein Tummelplatz der Triebe und der Moden, der Begehrlichkeit, der Habgier und Machtgier, der Mordlust, der Gewalt, der Zerstörungen und Kriege, der ehrgeizigen Minister, der gekauften Generäle, der zusammengeschossenen Städte, und wir vergessen allzu leicht, daß dies nur einer ihrer vielen Aspekte ist. Und wir vergessen vor allem, daß wir selber ein Stück Geschichte sind, etwas Gewordenes, und etwas, das zum Absterben verurteilt ist, wenn es die Fähigkeit zu weiterem Werden und Sichwandeln verliert. Wir sind selbst Geschichte und sind an der Weltgeschichte und unserer Stellung in ihr mitverantwortlich. Am Bewußtsein dieser Verantwortung fehlt es bei uns sehr.

Werfen wir einen Blick auf unsre eigene Geschichte, auf

die Zeiten der Entstehung der heutigen pädagogischen Provinzen, in unserem Lande wie in so manchem anderen, auf die Entstehung der verschiedenen Orden und Hierarchien, deren eine unser Orden ist, so sehen wir alsbald, daß unsre Hierarchie und Heimat, unser liebes Kastalien, keineswegs von Leuten gegründet wurde, welche sich zur Weltgeschichte so resigniert und so hochmütig verhielten wie wir. Unsre Vorgänger und Stifter begannen ihr Werk am Ende des kriegerischen Zeitalters in einer zerstörten Welt. Wir sind gewohnt, die Weltzustände jener Zeit, welche etwa mit dem ersten sogenannten Weltkriege begann, einseitig daraus zu erklären, daß eben damals der Geist nichts gegolten habe und für die gewaltigen Machthaber nur ein gelegentlich benütztes, untergeordnetes Kampfmittel gewesen sei, worin wir eine Folge der «feuilletonistischen» Korruption sehen. Nun, es ist leicht, die Ungeistigkeit und Brutalität festzustellen, mit welcher jene Machtkämpfe geführt wurden. Wenn ich sie ungeistig nenne, so tue ich es nicht, weil ich ihre gewaltigen Leistungen an Intelligenz und Methodik nicht sähe, sondern weil wir gewohnt sind und darauf halten, den Geist in erster Linie als Willen zur Wahrheit zu betrachten, und was an Geist in jenen Kämpfen verbraucht wurde, scheint allerdings mit dem Willen zur Wahrheit nichts gemein zu haben. Es war das Unglück jener Zeit, daß einer aus der ungeheuer raschen Vermehrung der Menschenzahl entstandenen Unruhe und Dynamik keine einigermaßen feste moralische Ordnung entgegenstand; was an Resten einer solchen übrig war, wurde durch die aktuellen Schlagworte verdrängt, und wir stoßen im Verlauf jener Kämpfe auf wunderliche und schreckliche Tatsachen. Ganz ähnlich wie bei der Kirchenspaltung durch Luther, vier Jahrhunderte früher, war plötzlich die ganze Welt von ungeheurer Unruhe erfüllt, überall bildeten sich Kampffronten, überall war plötzlich bittre Todfeindschaft zwischen jung und alt, zwischen Vaterland und

Menschheit, zwischen Rot und Weiß, und wir Heutigen vermögen die Macht und innere Dynamik jenes «Rot» und «Weiß», vermögen die eigentlichen Inhalte und Bedeutungen all jener Devisen und Kampfrufe überhaupt nicht mehr zu rekonstruieren, geschweige denn zu begreifen und mitzufühlen; ähnlich wie in Luthers Zeit sehen wir in ganz Europa, ja der halben Erde Gläubige und Ketzer, Junge und Alte, Verfechter des Gestrigen und Verfechter des Morgigen begeistert oder verzweifelt aufeinander loshauen, oft liefen die Fronten quer durch die Landkarten, Völker und Familien, und wir dürfen nicht daran zweifeln, daß für die Mehrzahl der Kämpfenden selbst, oder doch ihrer Führer, dies alles höchst sinnvoll war, so wie wir auch vielen der Anführer und Wortführer in jenen Kämpfen eine gewisse robuste Gutgläubigkeit, einen gewissen Idealismus, wie man es damals nannte, nicht absprechen dürfen. Es wurde überall gekämpft, getötet und zerstört, und überall auf beiden Seiten mit dem Glauben, man kämpfe für Gott gegen den Teufel.

Bei uns ist jene wilde Zeit hoher Begeisterungen, wilden Hasses und ganz unsäglicher Leiden in eine Art von Vergessenheit gesunken, die man kaum begreift, weil sie doch so eng mit der Entstehung all unsrer Einrichtungen zusammenhängt und deren Voraussetzung und Ursache ist. Ein Satiriker könnte diese Vergessenheit vergleichen mit jener Vergeßlichkeit, welche geadelte und arrivierte Abenteurer für ihre Geburt und ihre Eltern haben. Wir wollen jene kriegerische Epoche noch ein wenig im Auge behalten. Ich habe manche ihrer Dokumente gelesen und mich dabei weniger für die unterworfenen Völker und zerstörten Städte interessiert als für das Verhalten der Geistigen in jener Zeit. Sie hatten es schwer, und die meisten haben nicht standgehalten. Es gab Märtyrer, sowohl unter den Gelehrten wie unter den Religiösen, und es ist ihr Martyrium und Vorbild selbst in jener an Greuel gewöhnten

Zeit nicht ohne Wirkung geblieben. Immerhin — die meisten Vertreter des Geistes ertrugen den Druck jener Gewaltepoche nicht. Die einen ergaben sich und stellten ihre Gaben, Kenntnisse und Methoden den Machthabern zur Verfügung; bekannt ist der Ausspruch eines damaligen Hochschulprofessors in der Republik der Massageten: «Was zweimal zwei ist, hat nicht die Fakultät zu bestimmen, sondern unser Herr General.» Andre wieder machten Opposition, solange sie dies auf einem halbwegs geschützten Raume tun konnten, und erließen Proteste. Ein weltberühmter Autor soll damals — wir lesen es bei Ziegenhalß — in einem einzigen Jahre über zweihundert solche Proteste, Mahnungen, Appelle an die Vernunft usw. unterzeichnet haben, mehr vielleicht, als er wirklich gelesen hatte. Die meisten aber lernten das Schweigen, sie lernten auch das Hungern und Frieren, auch das Betteln und das Sichverbergen vor der Polizei, sie starben vorzeitig, und wer gestorben war, wurde von den Überlebenden darum beneidet. Unzählige haben Hand an sich gelegt. Es war wirklich kein Vergnügen und keine Ehre mehr, ein Gelehrter oder Literat zu sein: wer sich in den Dienst der Machthaber und der Schlagworte stellte, der hatte zwar Amt und Brot, aber auch die Verachtung der Besten unter seinen Kollegen und doch wohl meistens ein recht schlechtes Gewissen; wer diesen Dienst verweigerte, mußte hungern, mußte vogelfrei leben und im Elend oder Exil sterben. Es wurde da eine grausame, eine unerhört harte Auslese veranstaltet. Nicht nur die Forschung, soweit sie nicht Macht- und Kriegszwecken dienstbar war, kam rasch in Verfall, sondern auch der Schulbetrieb. Vor allem die Weltgeschichte, von jeder der jeweils führenden Nationen ausschließlich auf sich selbst bezogen, wurde unendlich vereinfacht und umgedichtet, Geschichtsphilosophie und Feuilleton herrschten bis in die Schulen hinein.

Genug der Einzelheiten. Es waren heftige und wilde Zeiten, chaotische und babylonische Zeiten, in welchen

Völker und Parteien, Alt und Jung, Rot und Weiß einander nicht mehr verstanden. Das Ende davon war, nach genügender Ausblutung und Verelendung, die immer mächtigere Sehnsucht aller nach Besinnung, nach Wiederfindung einer gemeinsamen Sprache, nach Ordnung, nach Sitte, nach gültigen Maßen, nach einem Alphabet und Einmaleins, das nicht mehr von Machtinteressen diktiert und jeden Augenblick abgeändert würde. Es entstand ein ungeheures Bedürfnis nach Wahrheit und Recht, nach Vernunft, nach Überwindung des Chaos. Dieses Vakuum am Ende einer gewalttätigen und ganz nach außen gerichteten Epoche, diese unsäglich dringend und flehentlich gewordene Sehnsucht aller nach einem Neubeginn und einer Ordnung ist es gewesen, der wir unser Kastalien und unser Dasein verdanken. Die winzig kleine, tapfere, halbverhungerte, aber unbeugsam gebliebene Schar der wahrhaft Geistigen begann sich ihrer Möglichkeiten bewußt zu werden, begann in asketisch-heroischer Selbstzucht sich eine Ordnung und Konstitution zu geben, begann überall in kleinen und kleinsten Gruppen wieder zu arbeiten, aufzuräumen mit den Schlagworten, und ganz von unten auf wieder eine Geistigkeit, einen Unterricht, eine Forschung, eine Bildung aufzubauen. Der Bau ist gelungen, er ist aus seinen ärmlich-heldischen Anfängen langsam zu einem Prachtbau gewachsen, hat in einer Reihe von Generationen den Orden, die Erziehungsbehörde, die Eliteschulen, die Archive und Sammlungen, die Fachschulen und Seminare, das Glasperlenspiel geschaffen, und wir sind es, die heute als Erben und Nutznießer in dem beinahe allzu prachtvollen Gebäude wohnen. Und, es sei nochmals gesagt, wir wohnen darin als ziemlich ahnungslose und ziemlich bequem gewordene Gäste, wir wollen nichts mehr wissen von den ungeheuren Menschenopfern, über welchen unsere Grundmauern errichtet sind, nichts von den leidvollen Erfahrungen, deren Erben wir sind, und nichts von der Weltgeschichte, welche unseren Bau errichtet oder geduldet hat, welche uns trägt und duldet und vielleicht noch manche Kastalier und Magister nach uns Heutigen, welche aber einmal unsern Bau wieder stürzen und verschlingen wird, wie sie alles wieder stürzt und verschlingt, was sie hat wachsen lassen.

Ich kehre aus der Historie zurück, und das Ergebnis, die Anwendung auf heute und auf uns ist diese: unser System und Orden hat den Höhepunkt der Blüte und des Glückes, welche das rätselhafte Spiel des Weltgeschehens zuweilen dem Schönen und Wünschenswerten gestattet, schon überschritten. Wir sind im Niedergang, der sich vielleicht noch sehr lange hinziehen kann, aber in jedem Falle kann uns nichts Höheres, Schöneres und Wünschenswerteres mehr zufallen, als was wir schon besessen haben, der Weg führt abwärts; wir sind geschichtlich, glaube ich, reif zum Abbau, und er wird unzweifelhaft erfolgen, nicht heut und morgen, aber übermorgen. Ich schließe dies nicht etwa nur aus einer allzu moralischen Beurteilung unserer Leistungen und Fähigkeiten, ich schließe es noch weit mehr aus den Bewegungen, die ich in der Außenwelt sich vorbereiten sehe. Es nähern sich kritische Zeiten, überall spürt man die Vorzeichen, die Welt will wieder einmal ihren Schwerpunkt verlegen. Machtverschiebungen bereiten sich vor, sie werden nicht ohne Krieg und Gewalt sich vollziehen, eine Bedrohung des Friedens nicht nur, sondern auch des Lebens und der Freiheit droht vom fernen Osten her. Mag unser Land und seine Politik sich neutral halten, mag unser ganzes Volk einstimmig (was es jedoch nicht tut) beim Bisherigen verharren und uns und den kastalischen Idealen treu bleiben wollen, es wird vergeblich sein. Schon jetzt sprechen manche unsrer Parlamentarier gelegentlich recht deutlich davon, daß Kastalien ein etwas teurer Luxus für unser Land sei. Sobald es zu ernstlichen kriegerischen Rüstungen, Rüstungen zur Abwehr nur, genötigt sein wird, und das kann bald geschehen, wird es zu großen Sparmaßnahmen kommen, und trotz aller

Wohlgesinntheit der Regierung für uns wird ein großer Teil davon uns treffen. Wir sind stolz darauf, daß unser Orden und die Stetigkeit der geistigen Kultur, die er gewährleistet, vom Lande verhältnismäßig bescheidene Opfer verlangen. Im Vergleich mit andern Zeitaltern, namentlich der feuilletonistischen Frühzeit mit ihren üppig dotierten Hochschulen, ihren zahllosen Geheimräten und luxuriösen Instituten sind diese Opfer in der Tat nicht groß, und verschwindend klein sind sie verglichen mit denen, welche im kriegerischen Jahrhundert der Krieg und die Rüstung verschlang. Aber eben diese Rüstung wird vielleicht in Bälde wieder oberstes Gebot sein, im Parlament werden die Generäle wieder dominieren, und wenn das Volk vor die Wahl gestellt wird, Kastalien zu opfern oder sich der Gefahr von Krieg und Untergang auszusetzen, so wissen wir, wie es stimmen wird. Es wird alsdann auch ohne Zweifel sofort eine kriegerische Ideologie in Schwung kommen und namentlich die Jugend ergreifen, eine Schlagwort-Weltanschauung, nach welcher Gelehrte und Gelehrtentum, Latein und Mathematik, Bildung und Geistespflege nur soweit als lebensberechtigt gelten, als sie kriegerischen Zwecken zu dienen vermögen.

Die Woge ist schon unterwegs, einmal wird sie uns wegspülen. Vielleicht wird das gut und notwendig sein. Vorerst aber steht uns, sehr zu verehrende Kollegen, nach dem Maß unserer Einsicht in das Geschehen, nach dem Maß unseres Erwachtseins und unsrer Tapferkeit jene beschränkte Freiheit des Entschließens und Handelns zu, welche dem Menschen gegönnt ist und welche die Weltgeschichte zur Menschengeschichte macht. Wir können, wenn wir wollen, die Augen schließen, denn die Gefahr ist noch einigermaßen fern; vermutlich werden wir, die wir heute Magister sind, alle noch in Ruhe zu Ende amten und uns in Ruhe zum Sterben legen können, ehe die Gefahr nahe kommt und allen sichtbar wird. Für mich jedoch, und wohl nicht für mich allein, würde diese Ruhe nicht die des guten Gewissens sein. Ich möchte nicht in Ruhe weiter mein Amt verwalten und Glasperlenspiele spielen, zufrieden damit, daß das Kommende ja wohl mich nicht mehr am Leben treffen werde. Nein, sondern mir scheint es notwendig, mich zu erinnern, daß auch wir Unpolitischen der Weltgeschichte angehören und sie machen helfen. Darum sagte ich am Eingang meines Schreibens, daß meine Amtstüchtigkeit geschmälert oder doch bedroht sei, denn ich kann nicht hindern, daß ein großer Teil meiner Gedanken und Sorgen durch die zukünftige Gefahr in Anspruch genommen ist. Ich versage es zwar meiner Phantasie, mit den Formen zu spielen, welche das Unheil für uns und mich etwa annehmen könnte. Aber ich kann mich der Frage nicht verschließen: was haben wir und was habe ich zu tun, um der Gefahr zu begegnen? Darüber sei mir noch ein Wort erlaubt.

Den Anspruch Platons, daß der Gelehrte, vielmehr der Weise, im Staate zu herrschen habe, möchte ich nicht vertreten. Die Welt war damals jünger. Und Platon, obwohl der Stifter einer Art von Kastalien, ist keineswegs ein Kastalier gewesen, sondern ein geborener Aristokrat, von königlicher Herkunft. Auch wir sind zwar Aristokraten und bilden einen Adel, doch ist es einer des Geistes, nicht des Blutes. Ich glaube nicht daran, daß es den Menschen jemals gelingen werde, einen Blutadel zugleich mit dem geistigen Adel zu züchten, er wäre die ideale Aristokratie, sie bleibt aber ein Traum. Wir Kastalier sind, obwohl gesittete und ganz kluge Leute, zum Herrschen nicht geeignet; wir würden, wenn wir regieren müßten, es nicht mit der Kraft und Naivität tun, deren der echte Regent bedarf, auch würde dabei unser eigentliches Feld und unsre eigenste Sorge, die Pflege eines vorbildlichen geistigen Lebens, schnell vernachlässigt werden. Zum Herrschen braucht man keineswegs dumm und brutal zu sein, wie eitle Intellektuelle zuweilen meinten, wohl aber bedarf es zum Herrschen einer ungebrochenen Freude an einer nach außen gewendeten Aktivität, einer Leidenschaft des sich Identifizierens mit Zielen und Zwecken, und gewiß auch einer gewissen Raschheit und Unbedenklichkeit in der Wahl der Wege zum Erfolg. Lauter Eigenschaften also, welche ein Gelehrter — denn Weise wollen wir uns nicht nennen — nicht haben darf und nicht hat, denn für uns ist Betrachtung wichtiger als Tat, und in der Wahl der Mittel und Methoden, um zu unsern Zielen zu gelangen, haben wir ja gelernt, so skrupulös und mißtrauisch wie nur möglich zu sein. Also wir haben nicht zu regieren und haben nicht Politik zu machen. Wir sind Fachleute des Untersuchens, Zerlegens und Messens, wir sind die Erhalter und beständigen Nachprüfer aller Alphabete, Einmaleinse und Methoden, wir sind die Eichmeister der geistigen Maße und Gewichte. Gewiß sind wir auch noch vieles andre, können unter Umständen auch Neuerer, Entdecker, Abenteurer, Eroberer und Umdeuter sein, unsre erste und wichtigste Funktion aber, derentwegen das Volk unser bedarf und uns erhält, ist jene Sauberhaltung aller Wissensquellen. Es kann im Handel, in der Politik und wo immer vielleicht gelegentlich eine Leistung und Genialität bedeuten, aus einem U ein X zu machen, bei uns aber niemals.

In früheren Epochen verlangte man bei aufgeregten, sogenannten «großen» Zeiten, bei Krieg und Umsturz, gelegentlich von den Intellektuellen, sie sollten sich politisieren. Namentlich im spätfeuilletonistischen Zeitalter war dies der Fall. Zu seinen Forderungen gehörte auch die nach der Politisierung oder Militarisierung des Geistes. So wie die Kirchenglocken zum Guß von Kanonenrohren, wie die noch unreife Schuljugend zum Nachfüllen der dezimierten Truppen, so sollte der Geist als Kriegsmittel beschlagnahmt und verbraucht werden.

Natürlich können wir diese Forderung nicht anerkennen. Daß ein Gelehrter im Notfall vom Katheder oder Studiertisch weggeholt und zum Soldaten gemacht werde, auch daß er unter Umständen sich freiwillig dazu melde, daß ferner in einem vom Krieg ausgesogenen Lande der Gelehrte sich in allem Materiellen bis zum Äußersten und bis zum Hunger zu bescheiden habe, darüber ist kein Wort zu verlieren. Je höher die Bildung eines Menschen, je größer die Privilegien, die er genoß, desto größer sollen im Fall der Not die Opfer sein, die er bringt; wir hoffen, dies werde einst jedem Kastalier selbstverständlich sein. Wenn wir aber bereit sind, unser Wohlsein, unsre Bequemlichkeit, unser Leben dem Volk zu opfern, wenn es in Gefahr ist, so schließt das nicht mit ein, daß wir den Geist selbst, die Tradition und Moral unsrer Geistigkeit, den Interessen des Tages, des Volkes oder der Generäle zu opfern bereit wären. Ein Feigling, wer sich den Leistungen, Opfern und Gefahren entzieht, die sein Volk zu bestehen hat. Aber ein Feigling und Verräter nicht minder, wer die Prinzipien des geistigen Lebens an materielle Interessen verrät, wer also z. B. die Entscheidung darüber, was zweimal zwei sei, den Machthabern zu überlassen bereit ist! Den Sinn für die Wahrheit, die intellektuelle Redlichkeit, die Treue gegen die Gesetze und Methoden des Geistes irgendeinem andern Interesse opfern, auch dem des Vaterlands, ist Verrat. Wenn im Kampf der Interessen und Schlagworte die Wahrheit in Gefahr kommt, ebenso entwertet, entstellt und vergewaltigt zu werden wie der Einzelmensch, wie die Sprache, wie die Künste, wie alles Organische und kunstvoll Hochgezüchtete, dann ist es unsre einzige Pflicht, zu widerstreben und die Wahrheit, das heißt das Streben nach Wahrheit, als unsern obersten Glaubenssatz zu retten. Der Gelehrte, der als Redner, als Autor, als Lehrer wissentlich das Falsche sagt, wissentlich Lügen und Fälschungen unterstützt, handelt nicht nur gegen organische Grundgesetze, er tut außerdem, jedem aktuellen Anschein zum Trotz, seinem Volke keinen Nutzen, sondern schweren Schaden, er verdirbt ihm Luft und Erde, Speise und Trank, er vergiftet das Denken und das Recht und hilft allem Bösen und Feindlichen, das dem Volke Vernichtung droht.

Der Kastalier soll also nicht Politiker werden; er soll zwar im Notfall seine Person, niemals aber die Treue gegen den Geist opfern. Geist ist wohltätig und edel nur im Gehorsam gegen die Wahrheit; sobald er sie verrät, sobald er die Ehrfurcht ablegt, käuflich und beliebig biegsam wird, ist er das Teuflische in Potenz, ist sehr viel schlimmer als die animalische, triebhafte Bestialität, welche immer noch etwas von der Unschuld der Natur behält.

Ich überlasse es jedem von Ihnen, verehrte Kollegen, sich seine Gedanken darüber zu machen, worin die Pflichten des Ordens bestehen, wenn das Land und der Orden selbst gefährdet sind. Es wird da verschiedene Auffassungen geben. Auch ich habe die meinige, und im vielen Erwägen aller hier angeregten Fragen bin ich für meine Person zu einer klaren Vorstellung dessen gekommen, was für mich Pflicht und erstrebenswert sei. Dies nun führt mich zu einem persönlichen Gesuch an die verehrliche Behörde, mit welchem mein Memorandum schließen soll.

Von den Magistern, aus welchen unsre Behörde besteht, stehe ich als Magister Ludi wohl meinem Amte nach der Außenwelt am fernsten. Der Mathematiker, der Philologe, der Physiker, der Pädagoge und alle anderen Magister arbeiten auf Gebieten, welche sie mit der profanen Welt gemein haben; auch in den nichtkastalischen, den gewöhnlichen Schulen unsres und jedes Landes bilden Mathematik und Sprachlehre die Grundlagen des Unterrichts, auch an den weltlichen Hochschulen wird Astronomie, Physik, auch von völlig Ungelehrten wird Musik getrieben; alle diese Disziplinen sind uralt, viel älter als unser Orden, sie waren lange vor ihm da und werden ihn überleben. Einzig das Glasperlenspiel ist unsre eigene Erfindung, unsre Spezialität, unser Liebling, unser Spielzeug, es ist der letzte differenzierteste Ausdruck unsrer speziell kastalischen Art von Geistigkeit. Es ist zugleich das kostbarste und das unnützeste, das geliebteste und zugleich das zerbrechlichste Kleinod in unserem Schatz. Es ist das erste, das zugrunde gehen wird, wenn der Fortbestand von Kastalien in Frage gestellt wird; nicht nur, weil es in sich das gebrechlichste unserer Besitztümer ist, sondern auch schon, weil es für die Laien ohne Zweifel das entbehrlichste Stück von Kastalien ist. Wenn es sich darum handeln wird, jede entbehrliche Ausgabe dem Lande zu ersparen, so wird man die Eliteschulen einschränken, die Fonds zur Erhaltung und Vermehrung der Bibliotheken und Sammlungen kürzen und schließlich streichen, unsre Mahlzeiten reduzieren, unsre Kleidung nicht mehr erneuern, aber man wird sämtliche Hauptdisziplinen unsrer Universitas Litterarum fortbestehen lassen, nur nicht das Glasperlenspiel. Mathematik braucht man auch, um neue Schußwaffen zu erfinden, aber daß aus der Schließung des Vicus Lusorum und der Abschaffung unsres Spieles dem Land und Volke der geringste Schaden erwachsen könne, wird niemand glauben, am wenigsten die Militärs. Das Glasperlenspiel ist der extremste und gefährdetste Teil unsres Gebäudes. Vielleicht hängt es damit zusammen, daß es gerade der Magister Ludi, der Vorsteher unsrer weltfremdesten Disziplin, ist, der die kommenden Erdbeben als erster vorausfühlt oder dies Gefühl doch als erster vor der Behörde ausspricht.

Also ich betrachte für den Fall politischer und namentlich kriegerischer Umwälzungen das Glasperlenspiel als verloren. Es wird rasch verkommen, auch wenn noch so viele Einzelne ihm die Anhänglichkeit bewahren, und es wird nicht wiederhergestellt werden. Die Atmosphäre, die einer neuen Kriegsepoche folgen wird, wird es nicht dulden. Es wird ebenso verschwinden wie gewisse höchstkultivierte Gepflogenheiten in der Geschichte der Musik, etwa die Chöre von Berufssängern um 1600 oder die sonntäglichen Figuralmusiken in den Kirchen um 1700. Damals sind von Menschenohren Klänge gehört worden, die keine Wissenschaft und kein Zauber in ihrer engelhaft strahlenden Reinheit zurückbeschwören können. Und so wird auch das Glasperlenspiel nicht vergessen werden, aber unwiederbringlich sein, und die, welche alsdann seine Geschichte, sein Entstehen, seine Blüte und sein Ende studieren, werden seufzen und uns darum beneiden, daß wir in einer so friedlichen, so gepflegten, so reingestimmten geistigen Welt haben leben dürfen.

Obwohl ich nun Magister Ludi bin, halte ich es keineswegs für meine (oder unsre) Aufgabe, das Ende unsres Spieles zu verhindern oder hinauszuschieben. Auch das Schöne und Schönste ist vergänglich, sobald es Geschichte und Erscheinung auf Erden geworden ist. Wir wissen es und können darüber Wehmut empfinden, aber nicht im Ernst es zu ändern versuchen; denn es ist unabänderlich. Wenn das Glasperlenspiel zu Fall kommt, wird Kastalien und wird die Welt einen Verlust erleiden, aber sie wird ihn im Augenblick kaum empfinden, so sehr wird sie in der großen Krise damit beschäftigt sein, das zu retten, was noch zu retten ist. Es ist ein Kastalien ohne Glasperlenspiel denkbar, aber nicht ein Kastalien ohne Ehrfurcht vor der Wahrheit, ohne Treue gegen den Geist. Eine Erziehungsbehörde kann ohne Magister Ludi auskommen. Aber dieses «Magister Ludi» bedeutet ja, was wir beinah vergessen haben, ursprünglich und wesentlich nicht die Spezialität, die wir mit dem Wort bezeichnen. Magister Ludi bedeutet ursprünglich ganz einfach Schulmeister. Und der Schulmeister, der guten und tapferen Schulmeister, wird unser Land desto mehr bedürfen, je gefährdeter Kastalien ist und je mehr von seinen Kostbarkeiten überständig werden und abbröckeln. Lehrer brauchen wir nötiger als alles andre, Männer, die der Jugend die Fähigkeit des Messens und Urteilens beibringen und ihr Vorbilder sind in der Ehrfurcht vor der Wahrheit, im Gehorsam gegen den Geist, im Dienst am Wort. Und das gilt nicht allein und nicht zuerst für unsre Eliteschulen, deren Existenz ja auch einmal ein Ende haben wird, sondern es gilt für die weltlichen Schulen draußen, wo die Bürger und Bauern, die Handwerker und Soldaten, die Politiker, Offiziere und Herrscher erzogen und gebildet werden, solange sie noch Kinder und bildsam sind. Dort ist die Basis des geistigen Lebens im Lande, nicht in den Seminaren oder im Glasperlenspiel. Wir haben stets das Land mit .Lehrern und Erziehern versorgt, ich sagte es schon: sie sind die besten von uns. Wir müssen aber weit mehr tun, als bisher geschehen ist. Wir dürfen uns nicht mehr darauf verlassen, daß aus den Schulen draußen uns ja immer wieder die Elite der Begabten zuströmt und unser Kastalien erhalten hilft. Wir müssen den demütigen, an Verantwortung schweren Dienst an den Schulen, den weltlichen Schulen, immer mehr als den wichtigsten und ehrenvollsten Teil unserer Aufgabe erkennen und ausbauen.

Damit bin ich nun auch bei dem persönlichen Gesuch angelangt, das ich an die verehrliche Behörde richten möchte. Ich bitte hiermit die Behörde, mich meines Amtes als Magister Ludi zu entheben und mir draußen im Lande eine gewöhnliche Schule anzuvertrauen, eine große oder kleine, und mir zu erlauben, an diese Schule allmählich einen Stab von jungen Ordensbrüdern als Lehrer mir nachzuziehen, Leute, zu welchen ich das Vertrauen habe, daß sie mir treulich helfen werden, unsre Grundsätze in jungen Weltmenschen zu Fleisch und Blut werden zu lassen.

Es möge der verehrlichen Behörde belieben, mein Gesuch und dessen Begründung mit Wohlwollen zu prüfen und mir alsdann ihre Befehle zuzustellen.

                            Der Glasperlenspielmeister

Nachschrift:

Man erlaube mir, ein Wort des verehrten Pater Jakobus anzuführen, das ich mir bei einem seiner unvergeßlichen Privatissima notiert habe:

«Es können Zeiten des Schreckens und tiefsten Elends kommen. Wenn aber beim Elend noch ein Glück sein soll, so kann es nur ein geistiges sein, rückwärts gewandt zur Rettung der Bildung früherer Zeit, vorwärts gewandt zur heitern und unverdrossenen Vertretung des Geistes in einer Zeit, die sonst gänzlich dem Stoff anheimfallen könnte.»

Tegularius wußte nicht, wie wenig in diesem Schriftstück von seiner Arbeit übriggeblieben war; er hat es in dieser seiner letzten Fassung nicht zu sehen bekommen. Wohl aber hat ihm Knecht zwei frühere, viel ausführlichere Fassungen zu lesen gegeben. Er sandte das Schreiben ab und wartete auf die Antwort der Behörde mit weit geringerer Ungeduld als sein Freund. Er war zum Entschluß gekommen, diesen nicht fernerhin zum Mitwisser seiner Schritte zu machen; so verwies er ihm ein weiteres Bereden der Angelegenheit und deutete nur an, daß ohne Zweifel bis zum Eintreffen einer Antwort eine lange Zeit vergehen werde.

Und als sodann in kürzerer Frist, als er selbst gedacht hätte, diese Antwort einlief, erfuhr Tegularius nichts davon. Das Schreiben aus Hirsland lautete:

S. Ehrw. dem Magister Ludi in Waldzell

Hochgeschätzter Kollege!

Mit nicht gewöhnlichem Interesse hat sowohl die Ordensleitung wie das Magisterkollegium von Eurem so warmherzigen wie geistvollen Rundschreiben Kenntnis genommen. Die historischen Rückblicke in diesem Schreiben nicht weniger als dessen sorgenvolle Blicke in die Zukunft haben unsre Aufmerksamkeit gefesselt, und gewiß wird mancher von uns diesen aufregenden und gewiß zum Teil nicht unberechtigten Erwägungen noch weiterhin Raum in seinen Gedanken gewähren, um Nutzen aus ihnen zu ziehen. Mit Freude und Anerkennung haben wir alle die Gesinnung erkannt, welche Euch beseelt, die Gesinnung eines echten und selbstlosen Kastaliertums, einer innigen und zur zweiten Natur gewordenen Liebe zu unsrer Provinz und deren Leben und Sitten, einer besorgten und zur Zeit etwas beängstigten Liebe. Mit Freude und Anerkennung nicht minder lernten wir die persönliche und momentane Note und Stimmung dieser Liebe kennen, ihre Opferbereitschaft, ihren Tätigkeitsdrang, ihren Ernst und Eifer und ihren Zug zum Heldischen. In allen diesen Zügen erkennen wir den Charakter unsres Glasperlenspielmeisters wieder, seine Tatkraft, sein Feuer, seinen Wagemut. Wie sehr paßt es doch zu ihm, dem Schüler des berühmten Benediktiners, daß er die Historie nicht zu rein gelehrtem Endzweck und gewissermaßen in ästhetischem Spiel als affektloser Betrachter studieren mag, sondern daß seine Geschichtskenntnis unmittelbar zur Anwendung auf den Augenblick, zur Tat, zur Hilfsbereitschaft drängt! Und wie sehr auch, verehrter Kollege, entspricht es diesem Eurem Charakter, daß das Ziel Eurer persönlichen Wünsche ein so bescheidenes ist, daß Ihr Euch nicht zu politischen Aufgaben und Missionen, zu einflußreichen und ehrenvollen Posten hingezogen fühlet, sondern nichts andres zu sein begehret als ein Ludi Magister, ein Schulmeister!

Dies sind einige der Eindrücke und Gedanken, welche schon beim ersten Lesen Eures Rundschreibens sich ungesucht einstellten. Sie sind bei den meisten Kollegen dieselben oder doch ähnliche gewesen. In der weiteren Beurteilung Eurer Mitteilungen, Mahnungen und Bitten hingegen vermochte die Behörde zu einer so einmütigen Stellungnahme nicht zu gelangen. In der darüber abgehaltenen Sitzung wurde namentlich die Frage, wieweit Eure Ansicht von der Bedrohtheit unsrer Existenz annehmbar sei, sowie die Frage nach der Art, dem Umfang und der etwaigen zeitlichen Nähe der Gefahren lebhaft besprochen, und der größere Teil der Mitglieder hat diese

Fragen sichtlich ernst genommen und sich für sie erwärmt. Doch hat sich, wie wir Euch mitteilen müssen, in keiner dieser Fragen eine Mehrheit der Stimmen zugunsten Eurer Auffassung ergeben. Anerkannt wurden lediglich die Vorstellungskraft und der Weitblick Eurer historisch-politischen Betrachtungen, im einzelnen aber wurde keine Eurer Vermutungen, oder sollen wir sagen Prophezeiungen, in ihrem vollen Umfang gebilligt und als überzeugend angenommen. Auch in der Frage, wieweit der Orden und die kastalische Ordnung an der Erhaltung der ungewöhnlich langen Friedensperiode mitbeteiligt seien, ja wieweit sie überhaupt und grundsätzlich als Faktoren der politischen Geschichte und Zustände gelten könnten, wurde Euch nur von wenigen, und auch da mit Vorbehalten, zugestimmt. Es sei, so etwa lautete die Meinung der Majorität, die nach Ablauf der kriegerischen Epochen in unsrem Erdteil eingetretene Ruhe zum Teil der allgemeinen Erschöpfung und Ausblutung als Folge der vorangegangenen furchtbaren Kriege zuzuschreiben, weit mehr aber noch dem Umstande, daß damals das Abendland aufgehört habe, Brennpunkt der Weltgeschichte und Kampfplatz der Hegemonieansprüche zu sein. Ohne die Verdienste des Ordens im mindesten in Zweifel zu ziehen, könne man dem kastalischen Gedanken, dem Gedanken einer hohen Geistesbildung unter dem Zeichen kontemplativer Seelenzucht, eine eigentlich geschichtsbildende Kraft, das heißt einen lebendigen Einfluß auf die politischen Weltzustände nicht zuerkennen, wie denn ein Antrieb und Ehrgeiz dieser Art dem ganzen Charakter des kastalischen Geistes denkbar fernliege. Es sei, so wurde in einigen sehr ernsten Ausführungen zum Thema betont, weder der Wille, noch sei es die Bestimmung Kastaliens, politisch zu wirken und auf Frieden und Krieg Einfluß zu nehmen, und es könne von solcher Bestimmung schon darum nicht die Rede sein, weil alles Kastalische sich auf die Vernunft beziehe und sich innerhalb des Vernünftigen abspiele, was doch wohl von der Weltgeschichte nicht gesagt werden könne, es sei denn, man falle in die theologisch-dichterischen Schwärmereien der romantischen Geschichtsphilosophie zurück und erkläre den ganzen Mord- und Vernichtungsapparat der Mächte, welche die Geschichte machen, als Methoden der Weltvernunft. Auch sei es ja schon bei flüchtigstem Überblick über die Geistesgeschichte einleuchtend, daß die hohen Blütezeiten des Geistes sich im Grunde niemals aus den politischen Zuständen erklären ließen, vielmehr die Kultur oder der Geist oder die Seele ihre eigene Geschichte habe, welche neben der sogenannten Weltgeschichte, das heißt den nie ruhenden Kämpfen um die materielle Macht, wie eine zweite, heimliche, unblutige und heilige Geschichte einherlaufe. Einzig mit dieser heiligen und heimlichen, nicht mit der «wirklichen» brutalen Weltgeschichte habe unser Orden es zu tun, und niemals könne es seine Aufgabe sein, die politische Geschichte zu bewachen oder gar sie machen zu helfen.

Es möge nun also die weltpolitische Konstellation wirklich so sein, wie Euer Rundschreiben sie andeutet, oder nicht, in jedem Falle stehe es dem Orden nicht zu, anders als abwartend und duldend dazu Stellung zu nehmen. Und so wurde, gegen einige Stimmen, Eure Meinung, wir sollten diese Konstellation als einen Aufruf zu aktiver Stellungnahme betrachten, von der Majorität entschieden abgelehnt. Was Eure Auffassung der heutigen Weltlage und Eure Andeutungen über die nächste Zukunft betrifft, so haben sie zwar sichtlich auf die Mehrzahl der Kollegen einen gewissen Eindruck gemacht, auf einige der Herren sogar wie eine Sensation gewirkt, doch konnte auch in diesem Punkte, so sehr die meisten Redner ihren Respekt vor Euren Kenntnissen und Eurem Scharfsinn bezeugten, eine Übereinstimmung der Mehrheit mit Euch nicht festgestellt werden, im Gegenteil. Es herrschte vielmehr die Neigung vor, Eure Äußerungen hierüber zwar als bemerkenswert und in hohem Maße interessant, jedoch als übertrieben pessimistisch zu beurteilen. Es meldete sich auch eine Stimme, welche fragte, ob es denn nicht gefährlich, ja frevelhaft, zumindest aber als leichtsinnig zu bezeichnen sei, wenn ein Magister es unternimmt, seine Behörde durch so düstere Bilder angeblich nahender Gefahren und Prüfungen zu erschrecken. Gewiß sei eine gelegentliche Mahnung an die Vergänglichkeit aller Dinge erlaubt, und müsse jedermann, und gar jeder auf hohem und verantwortlichen Posten Stehende, sich je und je das Memento mori zurufen; so verallgemeinernd jedoch und nihilistisch dem gesamten Stande der Magister, dem gesamten Orden, der gesamten Hierarchie ein angeblich nahe bevorstehendes Ende zu verkünden, sei nicht nur eine unwürdige Attacke auf die Seelenruhe und Phantasie der Kollegen, es sei auch eine Gefährdung der Behörde selbst und ihrer Leistungsfähigkeit. Unmöglich könne die Tätigkeit eines Magisters dadurch gewinnen, daß er jeden Morgen an seine Arbeit gehe mit dem Gedanken, daß sein Amt, seine Arbeit, seine Schüler, seine Verantwortlichkeit vor dem Orden, sein Leben für und in Kastalien — daß dies alles morgen oder übermorgen dahin und nichtig sein werde. Wenn auch diese Stimme nicht von der Mehrheit bekräftigt wurde, so fand sie doch einigen Beifall.

Wir halten unsre Mitteilung kurz, stehen aber für mündliche Aussprache zur Verfügung. Aus unsrer knappen Wiedergabe sehet Ihr ja schon, Verehrenswerter, daß Euer Rundschreiben nicht jene Wirkung getan hat, welche Ihr Euch von ihm möget versprochen haben. Zum größern Teil beruht der Mißerfolg wohl auf sachlichen Gründen, auf tatsächlichen Differenzen zwischen Euren derzeitigen Ansichten und Wünschen und denen der Mehrheit. Doch sprechen auch formale Gründe mit. Wenigstens will uns scheinen, es wäre eine direkte mündliche Auseinandersetzung zwischen Euch und den Kollegen wesentlich harmonischer und positiver verlaufen. Und nicht nur diese Form einer schriftlichen Rundfrage ist, so glauben wir,

Eurem Anliegen hinderlich gewesen; noch viel mehr war es die in unsrem Verkehr sonst nicht übliche Verbindung einer kollegialen Mitteilung mit einem persönlichen Anliegen, einem Gesuch. Die meisten sehen in dieser Verquickung einen unglücklichen Neuerungsversuch, einige bezeichneten sie direkt als unstatthaft.

Damit kommen wir zum heikelsten Punkt Eurer Angelegenheit, zu Eurem Gesuch um Amtsentlassung und um Verwendung Eurer Person im weltlichen Schuldienst. Daß die Behörde auf ein so abrupt gestelltes und so eigenartig begründetes Gesuch nicht eingehen, daß sie es unmöglich gutheißen und annehmen kann, hätte der Gesuchsteller von vornherein wissen müssen. Selbstverständlich beantwortet die Behörde es mit Nein.

Was würde aus unsrer Hierarchie, wenn es nicht mehr der Orden und der Auftrag der Behörde wäre, der jeden an seinen Platz stellt! Was würde aus Kastalien, wenn jeder seine Person, seine Gaben und Eignungen selber einschätzen und sich seinen Posten danach aussuchen wollte! Wir empfehlen dem Glasperlenspielmeister, hierüber einige Augenblicke nachzudenken, und tragen ihm auf, das ehrenvolle Amt weiter zu verwalten, mit dessen Führung wir ihn betraut haben.

Damit wäre Eure Bitte um Antwort auf Euer Schreiben erfüllt. Wir konnten nicht die Antwort geben, die Ihr möget erhofft haben. Doch möchten wir auch unsre Anerkennung für den anregenden und mahnenden Wert Eures Dokumentes nicht verschweigen. Wir rechnen darauf, uns über dessen Inhalt noch mündlich mit Euch zu unterhalten, und zwar bald, denn wenn auch die Ordensleitung sich auf Euch verlassen zu können glaubt, ist ihr dennoch jener Punkt Eures Schriftstückes, an dem Ihr von einer Verminderung oder Gefährdung Eurer Eignung zur ferneren Amtsführung sprechet, ein Grund zur Besorgnis.

Knecht las das Schreiben ohne besondere Erwartungen, aber mit größter Aufmerksamkeit. Daß man bei der Behörde «Grund zur Besorgnis» habe, hatte er sich wohl denken können, und außerdem glaubte er es aus einem bestimmten Anzeichen schließen zu müssen. Es war neulich im Spielerdorf ein Gast aus Hirsland erschienen mit regulärem Ausweis und einer Empfehlung von der Ordensleitung, er hatte um Gastrecht für einige Tage gebeten, angeblich zu Arbeiten in Archiv und Bibliothek, hatte auch darum ersucht, gastweise einige Vorlesungen Knechts mithören zu dürfen, war still und aufmerksam, ein schon älterer Mann, in fast allen Abteilungen und Räumen der Siedlung aufgetaucht, hatte sich nach Tegularius erkundigt und mehrmals den in der Nähe wohnenden Direktor der Waldzeller Eliteschule aufgesucht; es konnte kaum ein Zweifel herrschen, der Mann war ein Beobachter, abgesandt, um festzustellen, wie es im Spielerdorf stehe, ob Vernachlässigung zu spüren sei, ob der Magister gesund und auf dem Posten, die Beamtenschaft fleißig, die Schülerschaft nicht etwa beunruhigt sei. Eine volle Woche war er dageblieben, von Knechts Vorlesungen hatte er keine versäumt, sein Beobachten und seine stille Allgegenwärtigkeit war zweien der Beamten aufgefallen. Den Bericht dieses Spähers hatte also die Ordensleitung noch abgewartet, ehe sie ihre Antwort an den Magister gesandt hatte.

Was war nun von dem Antwortschreiben zu halten, und wer mochte sein Verfasser sein? Der Stil verriet ihn nicht, es war der gangbare, unpersönliche Behördenstil, wie der Anlaß ihn forderte. Bei zarterem Abtasten ergab jedoch das Schreiben mehr an Eigenart und Persönlichkeit, als man beim ersten Lesen vermutet hätte. Die Grundlage des ganzen Dokumentes war hierarchischer Ordensgeist, Gerechtigkeit und Ordnungsliebe. Man konnte deutlich sehen, wie unwillkommen, unbequem, ja lästig und ärgerniserweckend Knechts Gesuch gewirkt hatte, seine

Ablehnung war sicher vom Verfasser dieser Antwort schon bei der ersten Kenntnisnahme und unbeeinflußt von den Urteilen anderer beschlossen worden. Dagegen stand dem Unwillen und der Abwehr doch eine andre Bewegung und Stimmung entgegen, eine spürbare Sympathie, ein Betonen aller milden und freundschaftlichen Urteile und Äußerungen, die in der Sitzung über Knechts Gesuch gefallen waren. Knecht zweifelte nicht daran, daß Alexander, der Vorstand der Ordensleitung, der Verfasser der Antwort sei.

Wir haben hier das Ende unseres Weges erreicht und hoffen, alles Wesentliche von Josef Knechts Lebenslauf berichtet zu haben. Über das Ende dieses Lebenslaufes wird ein späterer Biograph ohne Zweifel noch manche Einzelheit feststellen und mitteilen können.

Wir verzichten darauf, eine eigene Darstellung von des Magisters letzten Tagen zu geben, wir wissen über sie nicht mehr als jeder Waldzeller Student und könnten es auch nicht besser machen als die «Legende vom Glasperlenspielmeister», welche bei uns in vielen Abschriften zirkuliert und vermutlich ein paar bevorzugte Schüler des Dahingegangenen zu Verfassern hat. Diese Legende möge unser Buch beschließen.

Die Legende

Wenn wir die Unterhaltungen der Kameraden über das Verschwinden unseres Meisters, über dessen Ursachen, über Recht und Unrecht seiner Entschlüsse und Schritte, über Sinn oder Widersinn seines Schicksals anhören, so muten sie uns an wie die Erörterungen des Diodorus Siculus über die mutmaßlichen Ursachen der Überschwemmungen des Nils, und es schiene uns nicht nur unnütz, sondern unrecht, diese Erörterungen noch um neue zu vermehren. Statt dessen wollen wir in unserem Herzen das Andenken des Meisters pflegen, der so bald nach seinem geheimnisvollen Aufbruche in die Welt in ein noch fremderes und geheimnisvolleres Jenseits hinübergegangen ist. Seinem uns teuren Andenken zu dienen, wollen wir aufzeichnen, was uns über diese Ereignisse zu Ohren gekommen ist.

Nachdem der Meister den Brief gelesen hatte, in welchem die Behörde sein Gesuch abschlägig beschied, spürte er ein leises Schaudern, ein Morgengefühl von Kühle und Nüchternheit, das ihm anzeigte, die Stunde sei gekommen, und es gebe nun kein Zögern und Verweilen mehr. Dies eigene Gefühl, das er «Erwachen» nannte, war ihm von den entscheidenden Augenblicken seines Lebens her bekannt, es war ein belebendes und zugleich schmerzliches, eine Mischung von Abschied und Aufbruch, tief im Unbewußten rüttelnd wie Frühlingssturm. Er sah nach der Uhr, in einer Stunde hatte er eine Kurslektion zu halten. Er beschloß, diese Stunde der Einkehr zu widmen, und begab sich in den stillen Magistergarten. Auf dem Wege dahin begleitete ihn eine Verszeile, die ihm plötzlich eingefallen war:

Denn jedem Anfang ist ein Zauber eigen ...

die sagte er vor sich hin, nicht wissend, bei welchem Dichter er sie einst gelesen habe, aber der Vers sprach ihn an und gefiel ihm und schien dem Erlebnis der Stunde ganz zu entsprechen. Im Garten setzte er sich auf eine mit ersten welken Blättern bestreute Bank, regelte die Atmung und kämpfte um die innere Stille, bis er geklärten Herzens in Betrachtung versank, in der die Konstellation dieser Lebensstunde sich in allgemeinen, überpersönlichen Bildern ordnete. Auf dem Rückwege zum kleinen Hörsaal aber meldete sich schon wieder jener Vers, er mußte ihm wieder nachsinnen und fand, er müsse etwas anders lauten. Bis plötzlich sein Gedächtnis sich erhellte und ihm zu Hilfe kam. Leise sprach er vor sich hin:

Und jedem Anfang wohnt ein Zauber inne,
Der uns beschützt und der uns hilft, zu leben.

Aber erst gegen Abend, als längst die Kursstunde gehalten und allerlei andere Tagesarbeit getan war, entdeckte er die Herkunft jener Verse. Sie standen nicht bei
irgendeinem alten Dichter, sie standen in einem seiner
eigenen Gedichte, die er einst als Schüler und Student geschrieben hatte, und das Gedicht endete mit der Zeile:

Wohlan denn, Herz, nimm Abschied und gesunde!

Noch an diesem Abend beschied er seinen Stellvertreter zu
sich und eröffnete ihm, daß er morgen für unbestimmte
Zeit verreisen müsse. Er übergab ihm alles Laufende mit
kurzen Anweisungen und verabschiedete sich freundlich
und sachlich wie sonst vor einer kurzen Amtsreise.

Daß er den Freund Tegularius verlassen müsse, ohne
ihn einzuweihen und ihn mit einem Abschiednehmen zu
belasten, war ihm schon früher klargeworden. Er mußte
so handeln, nicht nur um den so empfindlichen Freund
zu schonen, sondern auch um seinen ganzen Plan nicht
zu gefährden. Mit einer vollzogenen Handlung und Tatsache würde sich der andre vermutlich schon abfinden,
während eine überraschende Aussprache und Abschieds-
szene ihn zu unliebsamen Unbeherrschtheiten hinreißen
konnte. Knecht hatte eine Weile sogar daran gedacht,
abzureisen, ohne ihn überhaupt noch einmal zu sehen.
Nun er dies überlegte, fand er aber doch, daß es einer
Flucht vor dem Schwierigen allzu ähnlich sein würde. So
klug und richtig es sein mochte, dem Freunde eine Szene
und Aufregung und eine Gelegenheit zu Torheiten zu
ersparen, so wenig durfte er sich selbst eine solche Schonung gönnen. Es war noch eine halbe Stunde bis zur Zeit
der Nachtruhe, er konnte Tegularius noch aufsuchen, ohne
ihn oder sonst jemanden zu stören. Es war schon Nacht
auf dem weiten Innenhofe, den er überschritt. Er klopfte

an seines Freundes Zelle, mit dem eigentümlichen Gefühl: zum letztenmal, und fand ihn allein. Erfreut begrüßte ihn der beim Lesen Überraschte, legte sein Buch beiseite und hieß den Besucher sitzen.

«Ein altes Gedicht ist mir heute eingefallen», fing Knecht zu plaudern an, «oder doch einige Verse daraus. Vielleicht weißt du, wo das Ganze zu finden ist?»

Und er zitierte: «Denn jedem Anfang wohnt ein Zauber inne . . .»

Der Repetent brauchte sich nicht lange zu bemühen. Er erkannte das Gedicht nach kurzem Nachdenken wieder, stand auf und holte aus einem Pultfach das Manuskript von Knechts Gedichten, die Urhandschrift, welche dieser ihm einst geschenkt hatte. Er suchte darin und zog zwei Blätter heraus, welche die erste Niederschrift des Gedichtes trugen. Er reichte sie dem Magister hin.

«Hier», sagte er lächelnd, «der Ehrwürdige möge sich bedienen. Es ist das erstemal seit vielen Jahren, daß Ihr Euch dieser Dichtungen zu erinnern geruhet.»

Josef Knecht betrachtete die Blätter aufmerksam und nicht ohne Bewegung. Als Student, während seines Aufenthaltes im ostasiatischen Studienhaus, hatte er diese beiden Blätter einst mit Verszeilen beschrieben, eine ferne Vergangenheit blickte ihn aus ihnen an, alles sprach von einem beinahe vergessenen, nun mahnend und schmerzlich wieder erwachenden Ehemals, das schon leicht angegilbte Papier, die jugendliche Handschrift, die Streichungen und Korrekturen im Texte. Er meinte sich nicht nur des Jahres und der Jahreszeit zu erinnern, in welchen diese Verse entstanden waren, sondern auch des Tages und der Stunde, und zugleich jener Stimmung, jenes starken und stolzen Gefühls, das ihn damals erfüllt und beglückt hatte und dem die Verse Ausdruck gaben. Er hatte sie an einem jener besonderen Tage geschrieben, an welchen das seelische Erlebnis ihm zuteil geworden war, das er Erwachen nannte.

Sichtlich war die Überschrift des Gedichtes, noch vor

dem Gedichte selbst, als dessen erste Zeile entstanden. Mit großen Buchstaben in stürmischer Handschrift war sie hingesetzt und lautete:

«Transzendieren!»

Später erst, zu einer anderen Zeit, in anderer Stimmung und Lebenslage, war diese Überschrift samt dem Ausrufezeichen gestrichen und war in kleineren, dünneren, bescheideneren Schriftzeichen dafür eine andere hingeschrieben worden. Sie hieß: «Stufen.»

Knecht erinnerte sich jetzt wieder, wie er damals, vom Gedanken seines Gedichtes beschwingt, das Wort «Transzendieren!» hingeschrieben hatte, als einen Zuruf und Befehl, eine Mahnung an sich selbst, als einen neu formulierten und bekräftigten Vorsatz, sein Tun und Leben unter dies Zeichen zu stellen und es zu einem Transzendieren, einem entschlossen-heitern Durchschreiten, Erfüllen und Hintersichlassen jedes Raumes, jeder Wegstrecke zu machen. Halblaut las er einige Strophen vor sich hin:

Wir sollen heiter Raum um Raum durchschreiten,
An keinem wie an einer Heimat hängen,
Der Weltgeist will nicht fesseln uns und engen,
Er will uns Stuf' um Stufe heben, weiten.

«Ich hatte die Verse viele Jahre vergessen», sagte er, «und als einer von ihnen mir heute zufällig einfiel, wußte ich nicht mehr, woher ich ihn kenne und daß er von mir sei. Wie kommen sie dir heute vor? Sagen sie dir noch etwas?»

Tegularius besann sich.

«Mir ist es gerade mit diesem Gedicht immer eigentümlich gegangen», sagte er dann. «Das Gedicht gehört zu den wenigen von Euch, die ich eigentlich nicht mochte, an denen irgend etwas mich abstieß oder störte. Was es sei, wußte ich damals nicht. Heute glaube ich es zu sehen. Euer Gedicht, Verehrter, das Ihr mit dem Marschbefehl

411

,Transzendieren!' überschrieben und dessen Titel Ihr später, Gott sei Dank, durch einen sehr viel besseren ersetzt habet, hat mir nie so recht gefallen, weil es etwas Befehlendes, etwas Moralisierendes oder Schulmeisterliches hat. Könnte man ihm dieses Element nehmen oder vielmehr diese Tünche abwaschen, so wäre es eines Eurer schönsten Gedichte, das habe ich soeben wieder bemerkt. Sein eigentlicher Inhalt ist mit dem Titel ,Stufen' nicht schlecht angedeutet; Ihr hättet aber ebensogut und noch besser ,Musik' oder ,Wesen der Musik' darüber schreiben können. Denn nach Abzug jener moralisierenden oder predigenden Haltung ist es recht eigentlich eine Betrachtung über das Wesen der Musik, oder meinetwegen ein Lobgesang auf die Musik, auf ihre stete Gegenwärtigkeit, auf ihre Heiterkeit und Entschlossenheit, auf ihre Beweglichkeit und rastlose Entschlossenheit und Bereitschaft zum Weitereilen, zum Verlassen des eben erst betretenen Raumes oder Raumabschnittes. Wäre es bei dieser Betrachtung oder diesem Lobgesang über den Geist der Musik geblieben, hättet Ihr nicht, offenbar schon damals von einem Erzieherehrgeiz beherrscht, eine Mahnung und Predigt daraus gemacht, so könnte das Gedicht ein vollkommenes Kleinod sein. So wie es vorliegt, scheint es mir nicht nur zu lehrhaft, zu lehrerhaft, sondern es scheint mir auch an einem Denkfehler zu kranken. Es setzt, lediglich der moralischen Wirkung wegen, Musik und Leben einander gleich, was mindestens sehr fragwürdig und bestreitbar ist, es macht aus dem natürlichen und moralfreien Motor, der die Triebfeder der Musik ist, ein ,Leben', das uns durch Zurufe, Befehle und gute Lehren erziehen und entwickeln will. Kurz, es wird in diesem Gedicht eine Vision, etwas Einmaliges, Schönes und Großartiges zu Lehrzwecken verfälscht und ausgenutzt, und dies ist es, was mich schon immer dagegen eingenommen hat.»

Mit Vergnügen hatte der Magister zugehört und den

Freund sich in eine gewisse zornige Wärme hineinreden sehen, die er an ihm gern hatte.

«Möchtest du recht haben!» sagte er halb scherzhaft. «Du hast es jedenfalls mit dem, was du über die Beziehung des Gedichtes zur Musik sagst. Das ‚Durchschreiten der Räume‘ und der Grundgedanke meiner Verse kommt, ohne daß ich es wußte oder beachtete, in der Tat von der Musik her. Ob ich den Gedanken verdorben und die Vision verfälscht habe, weiß ich nicht; vielleicht hast du recht. Als ich die Verse machte, handelten sie ja schon nicht mehr von der Musik, sondern von einem Erlebnis, dem Erlebnis nämlich, daß das schöne musikalische Gleichnis mir seine moralische Seite gezeigt hatte und zur Weckung und Mahnung, zum Lebensruf in mir geworden war. Die imperative Form des Gedichtes, die dir besonders mißfällt, ist nicht Ausdruck eines Befehlen- und Belehrenwollens, denn der Befehl, die Mahnung ist nur an mich selbst gerichtet. Das hättest du, auch wenn du es nicht ohnehin recht wohl wüßtest, aus der letzten Verszeile sehen können, mein Bester. Also ich habe eine Einsicht, eine Erkenntnis, ein inneres Gesicht erlebt und möchte den Gehalt und die Moral dieser Einsicht mir selber zurufen und einhämmern. Darum ist das Gedicht mir auch, obwohl ich es nicht wußte, im Gedächtnis geblieben. Mögen diese Verse nun gut oder schlecht sein, ihren Zweck haben sie also erreicht, die Mahnung hat in mir fortgelebt und ist nicht vergessen worden. Heute klingt sie mir wieder wie neu; das ist ein schönes kleines Erlebnis, dein Spott kann es mir nicht verderben. Aber es ist Zeit aufzubrechen. Wie schön waren jene Zeiten, Kamerad, wo wir, beide Studenten, es uns des öfter erlauben durften, die Hausordnung zu umgehen und bis tief in die Nächte hinein im Gespräch beisammenzubleiben. Als Magister darf man das nicht mehr, schade!»

«Ach», meinte Tegularius, «man dürfte schon, man hat nur die Courage nicht.»

Knecht legte ihm lachend die Hand auf die Schulter.

«Was die Courage betrifft, mein Lieber, da wäre ich noch zu ganz anderen Streichen fähig. Gute Nacht, alter Nörgler!»

Fröhlich verließ er die Zelle, unterwegs jedoch in den nächtlich leeren Gängen und Höfen der Siedlung kam der Ernst ihm wieder, der Ernst des Abschieds. Abschiednehmen weckt stets Erinnerungsbilder, und ihn suchte auf diesem Gange die Erinnerung an jenes erste Mal heim, da er, noch ein Knabe, als neu eingerückter Waldzeller Schüler seinen ersten ahnungs- und hoffnungsvollen Gang durch Waldzell und den Vicus Lusorum getan hatte, und nun erst, inmitten der nachtkühlen schweigenden Bäume und Gebäude, spürte er durchdringend und schmerzlich, daß er dies alles nun zum letztenmal vor Augen habe, zum letztenmal dem Stillwerden und Einschlummern der tagsüber so belebten Siedlung lausche, zum letztenmal das kleine Licht überm Pförtnerhaus sich im Brunnenbecken spiegeln, zum letztenmal das Nachtgewölk über die Bäume seines Magistergartens ziehen sehe. Er schritt langsam alle Wege und Winkel des Spielerdorfes ab, fühlte ein Verlangen, noch einmal die Pforte zu seinem Garten zu öffnen und einzutreten, doch hatte er den Schlüssel nicht bei sich, das half ihm rasch zur Ernüchterung und Rückbesinnung. Er kehrte in seine Wohnung zurück, schrieb noch einige Briefe, darunter eine Ankündigung seines Eintreffens an Designori in die Hauptstadt, dann befreite er sich in sorgfältiger Meditation von den Seelenwallungen dieser Stunde, um morgen stark zu sein für seine letzte Arbeit in Kastalien, die Aussprache mit dem Ordensleiter.

Zur gewohnten Stunde erhob sich der Magister andern Morgens, bestellte den Wagen und fuhr davon, nur wenige bemerkten seine Abreise, niemand dachte sich etwas dabei. Durch den von ersten Frühherbstnebeln getränkten Morgen fuhr er nach Hirsland, kam gegen Mittag an und ließ sich beim Magister Alexander, dem Vorstande der Ordensleitung, melden. Bei sich trug er, in ein Tuch geschlagen, ein schönes metallenes Kästchen, das er aus einem Geheimfach seiner Kanzlei mitgenommen hatte und das die Insignien seiner Würde, die Siegel und Schlüssel, enthielt.

In der «großen» Amtsstube der Ordensleitung empfing man ihn etwas überrascht, es war kaum jemals vorgekommen, daß ein Magister hier unangemeldet oder uneingeladen erschien. Im Auftrag des Ordensleiters wurde er bewirtet, dann öffnete man ihm eine Ruhezelle im alten Kreuzgang und teilte ihm mit, der Ehrwürdige hoffe in zwei oder drei Stunden sich für ihn freimachen zu können. Er ließ sich ein Exemplar der Ordensregeln geben und ließ sich nieder, durchlas das ganze Heft und vergewisserte sich ein letztes Mal der Einfachheit und Legalität seines Vorhabens, dessen Sinn und innere Berechtigung mit Worten aufzuzeigen ihm dennoch auch in dieser Stunde noch eigentlich unmöglich schien. Er erinnerte sich eines Satzes in den Regeln, über welchen man ihn einst, in den letzten Tagen seiner Jugendfreiheit und Studienzeit, hatte meditieren lassen, es war im Augenblick vor seiner Aufnahme in den Orden gewesen. Er las den Satz nach, gab sich der Betrachtung hin und spürte dabei, ein wie ganz andrer er zur Stunde sei als der etwas ängstliche junge Repetent, der er damals gewesen war. «Beruft dich die hohe Behörde», so hieß es an jener Stelle der Regel, «in ein Amt, so wisse: jeder Aufstieg in der Stufe der Ämter ist nicht ein Schritt in die Freiheit, sondern in die Bindung. Je größer die Amtsgewalt, desto strenger der Dienst. Je stärker die Persönlichkeit, desto verpönter die Willkür.» Wie hatte dies alles einst so endgültig und so eindeutig geklungen, und wie sehr hatte doch die Bedeutung mancher Worte, zumal so verfänglicher Worte wie «Bindung», «Persönlichkeit», «Willkür» sich seit damals für ihn gewandelt, ja umgekehrt! Und wie waren sie doch schön, klar, festgefügt und bewundernswert suggestiv, diese Sätze, wie konnten sie einem jungen Geiste absolut, zeitlos und durch und durch wahr erscheinen! Oh, und sie wären dies ja auch gewesen, wäre nur Kastalien die Welt, die ganze, mannigfaltige und doch unteilbare, statt daß es eben nur ein Weltchen in der Welt oder ein kühner und gewaltsamer Ausschnitt aus ihr war! Wäre die Erde eine Eliteschule, wäre der Orden die Gemeinschaft aller Menschen und der Ordensvorstand Gott, wie vollkommen wären dann jene Sätze und die ganze Regel! Ach, wäre es doch so gewesen, wie hold, wie blühend und unschuldig schön wäre das Leben! Und einst war es ja auch wirklich so gewesen, einst hatte er es so sehen und erleben können: den Orden und den kastalischen Geist als das Göttliche und Absolute, die Provinz als Welt, die Kastalier als Menschheit und den nichtkastalischen Teil des Ganzen als eine Art Kinderwelt, eine Vorstufe der Provinz, ein der letzten Kultur und Erlösung noch wartender Urboden, der zu Kastalien mit Ehrfurcht emporblickte und ihm je und je so liebenswürdige Besuche zusandte wie den jungen Plinio.

Wie eigentümlich stand es doch auch um ihn selbst, um Josef Knecht und seinen eigenen Geist! Hatte er nicht jene ihm eigene Art von Einsicht und Erkenntnis, jenes Erleben der Wirklichkeit, das er als Erwachen bezeichnete, in früheren Zeiten, ja gestern noch, als ein schrittweises Vordringen ins Herz der Welt, ins Zentrum der Wahrheit betrachtet, als etwas gewissermaßen Absolutes, als einen Weg oder ein Fortschreiten, das man zwar nur schrittweise vollziehen konnte, das aber in der Idee kontinuierlich und gradlinig war? War es ihm einst, in der Jugend, nicht als Erwachen, als Fortschritt, als unbedingt wertvoll und richtig erschienen, die Außenwelt zwar in der Gestalt Plinios anzuerkennen, sich aber bewußt und genau als Kastalier von ihr zu distanzieren? Und wieder war es ein Fortschritt und war Wahrhaftigkeit gewesen, als er nach jahrelangen Zweifeln sich für das Glasperlenspiel und das Waldzeller Leben entschied. Und wieder, als er sich von Meister Thomas in den Dienst einreihen und durch den Musikmeister in den Orden aufnehmen, und als er später sich zum Magister ernennen ließ. Es waren lauter kleine oder große Schritte auf einem scheinbar geradlinigen Wege gewesen — und doch stand er jetzt, am Ende dieses Weges, keineswegs im Herzen der Welt und im Innersten der Wahrheit, sondern auch das jetzige Erwachen war nur ein Augenaufschlagen und ein Sichwiederfinden in neuer Lage, ein Sicheinfügen in neue Konstellationen gewesen. Derselbe strenge, klare, eindeutige, gradlinige Pfad, der ihn nach Waldzell, nach Mariafels, in den Orden, in das Magisteramt geführt hatte, der führte ihn nun wieder hinaus. Was eine Folge von Akten des Erwachens gewesen, war zugleich eine Folge von Abschieden. Kastalien, das Glasperlenspiel, die Meisterwürde waren jedes ein Thema gewesen, welches abzuwandeln und zu erledigen, ein Raum, der zu durchschreiten, zu transzendieren gewesen war. Schon lagen sie hinter ihm. Und offenbar hatte er einstmals, als er das Gegenteil von dem dachte und tat, was er heute dachte und tat, doch schon etwas von dem fragwürdigen Sachverhalt gewußt oder doch geahnt; hatte er nicht über jenes Gedicht, das er als Student geschrieben und das von den Stufen und den Abschieden handelte, den Ausruf «Transzendieren!» gesetzt?

So war sein Weg denn im Kreise gegangen, oder in einer Ellipse oder Spirale, oder wie immer, nur nicht geradeaus, denn das Geradlinige gehörte offenbar nur der Geometrie, nicht der Natur und dem Leben an. Der Selbstermahnung und Selbstermutigung seines Gedichtes aber hatte er, auch nachdem er das Gedicht und sein damaliges Erwachen längst vergessen hatte, treulich Folge geleistet, nicht vollkommen zwar, nicht ohne Zögerungen, Zweifel, Anwandlungen und Kämpfe, aber durchschritten hatte er Stufe um Stufe, Raum nach Raum tapfer, gesammelt und leidlich heiter, nicht so strahlend wie der alte Musikmeister, doch ohne Müdigkeit und Trübung, ohne Abfall und Untreue. Und wenn er jetzt für kastalische Begriffe

Abfall und Untreue beging, wenn er, aller Ordensmoral entgegen, scheinbar im Dienst der eigenen Persönlichkeit, also in Willkür handelte, so würde auch dies im Geiste der Tapferkeit und der Musik geschehen, taktfest also und heiter, gehe es im übrigen wie es möge. Hätte er doch, was ihm selber so klar schien, auch den andern klarmachen und beweisen können: daß nämlich die «Willkür» seines jetzigen Handelns in Wahrheit Dienst und Gehorsam war, daß er nicht einer Freiheit, sondern neuen, unbekannten und unheimlichen Bindungen entgegenging, nicht ein Flüchtling, sondern ein Gerufener, nicht eigenwillig, sondern gehorchend, nicht Herr, sondern Opfer! Und wie stand es dann mit den Tugenden, mit der Heiterkeit, dem Takthalten, der Tapferkeit? Sie wurden klein, aber sie blieben bestehen. Wenn es schon kein Gehen, sondern nur ein Geführtwerden, wenn es schon kein eigenmächtiges Transzendieren gab, sondern nur ein Sichdrehen des Raumes um den in seiner Mitte Stehenden, so bestanden die Tugenden dennoch und behielten ihren Wert und ihren Zauber, sie bestanden im Jasagen, statt Verneinen, im Gehorchen, statt Ausweichen und vielleicht ein wenig auch darin, daß man so handelte und dachte, als sei man Herr und aktiv, daß man das Leben und die Selbsttäuschung, diese Spiegelung mit dem Anschein von Selbstbestimmung und Verantwortung, ungeprüft hinnahm, daß man aus unbekannten Ursachen eben doch im Grunde mehr zum Tun als zum Erkennen, mehr triebhaft als geistig geschaffen war. Oh, hierüber ein Gespräch mit Pater Jakobus haben zu können!

Gedanken oder Träumereien ähnlicher Art waren der Nachklang seiner Meditation. Es ging, so schien es, beim «Erwachen» nicht um die Wahrheit und die Erkenntnis, sondern um die Wirklichkeit und deren Erleben und Bestehen. Im Erwachen drang man nicht näher an den Kern der Dinge, an die Wahrheit heran, man erfaßte, vollzog oder erlitt dabei nur die Einstellung des eigenen Ich zur augenblicklichen Lage der Dinge. Man fand nicht Gesetze dabei, sondern Entschlüsse, man geriet nicht in den Mittelpunkt der Welt, aber in den Mittelpunkt der eigenen Person. Darum war auch das, was man dabei erlebte, so wenig mitteilbar, so merkwürdig dem Sagen und Formulieren entrückt; Mitteilungen aus diesem Bereich des Lebens schienen nicht zu den Zwecken der Sprache zu zählen. Wurde man ausnahmsweise dabei einmal ein Stück weit verstanden, dann war der Verstehende ein Mann in ähnlicher Lage, ein Mitleidender oder Miterwachender. Ein Stückchen weit hatte Fritz Tegularius ihn gelegentlich verstanden, noch weiter hatte Plinios Verständnis gereicht. Wen konnte er sonst noch nennen? Niemand.

Es fing schon an zu dämmern, und er war in seinem Gedankenspiel völlig entrückt und eingesponnen, als man an die Türe pochte. Da er nicht gleich wach war und antwortete, wartete der Draußenstehende ein wenig und versuchte es dann abermals mit leisem Klopfen. Jetzt gab Knecht Antwort, erhob sich und ging mit dem Boten, der ihn ins Kanzleigebäude und ohne weitere Anmeldung in das Arbeitszimmer des Vorstands führte. Meister Alexander kam ihm entgegen.

«Schade», sagte er, «daß Ihr unangemeldet kommet; so habet Ihr warten müssen. Ich bin voll Erwartung, zu erfahren, was Euch so plötzlich hergeführt hat. Es ist doch nichts Schlimmes?»

Knecht lachte. «Nein, nichts Schlimmes. Aber komme ich wirklich so ganz unerwartet, und könnet Ihr Euch gar nicht denken, was es sei, das mich hertreibt?»

Alexander blickte ihm ernst und mit Besorgnis in die Augen. «Nun ja», sagte er, «denken kann ich mir dies und jenes. Ich dachte mir zum Beispiel schon dieser Tage, daß die Angelegenheit Eures Rundschreibens gewiß für Euch noch nicht erledigt sei. Die Behörde mußte es etwas knapp beantworten und in einem für Euch, Domine, vielleicht enttäuschenden Sinn und Ton.»

«Nein», meinte Josef Knecht, «im Grunde hatte ich kaum etwas anderes erwartet, als was die Antwort der Behörde dem Sinn nach enthält. Und was den Ton betrifft, gerade der Ton tat mir wohl. Ich merkte dem Schreiben an, daß es seinem Verfasser Mühe gemacht, ja beinahe Kummer gemacht und daß er das Bedürfnis gefühlt habe, der für mich unangenehmen und etwas beschämenden Antwort einige Tropfen Honig beizumischen, und das ist ihm ja vortrefflich gelungen, ich bin ihm dafür dankbar.»

«Und den Inhalt des Schreibens habet Ihr also, Verehrter, angenommen?»

«Zur Kenntnis genommen, ja, und im Grunde auch verstanden und gebilligt. Die Antwort konnte wohl nichts andres bringen als eine Abweisung meines Gesuches, verbunden mit einer sanften Vermahnung. Mein Rundschreiben war etwas Ungewohntes und für die Behörde recht Unbequemes, darüber war ich nie im Zweifel. Es war aber außerdem, insofern es ein persönliches Gesuch enthielt, vermutlich nicht sehr zweckmäßig abgefaßt. Ich konnte kaum eine andre als eine abschlägige Antwort erwarten.»

«Es ist uns lieb», sagte der Vorstand der Ordensleitung mit einem Hauch von Schärfe, «daß Ihr es so ansehet und daß unser Schreiben Euch also nicht etwa in einem schmerzlichen Sinn hat überraschen können. Sehr lieb ist uns das. Aber noch verstehe ich eines nicht. Wenn Ihr beim Abfassen und Absenden Eures Schreibens — ich verstehe Euch doch richtig? — schon an einen Erfolg und eine bejahende Antwort nicht geglaubt habet, ja im voraus vom Mißerfolg überzeugt waret, warum habt Ihr dann Euer Rundschreiben, das doch immerhin auch eine große Arbeit bedeutete, zu Ende und ins Reine geschrieben und abgesandt?»

Knecht sah ihn freundlich an, als er Antwort gab: «Herr Vorstand, mein Schreiben hatte zwei Inhalte, zwei

Absichten, und ich glaube nicht, daß sie alle beide so völlig ergebnis- und erfolglos geblieben sind. Es enthielt eine persönliche Bitte, um Amtsenthebung und Verwendung meiner Person an anderem Orte; diese persönliche Bitte durfte ich als etwas verhältnismäßig Nebensächliches betrachten, jeder Magister soll ja seine persönlichen Angelegenheiten möglichst zurückstellen. Die Bitte wurde abgeschlagen, damit hatte ich mich abzufinden. Aber mein Rundschreiben enthielt ja noch sehr viel anderes als jene Bitte, es enthielt eine Menge von Tatsachen, teils Gedanken, die ich zur Kenntnis der Behörde zu bringen und ihrer Beachtung zu empfehlen für meine Pflicht hielt. Es haben alle Magister, oder es hat doch die Mehrzahl der Magister meine Darlegungen, um nicht zu sagen Mahnungen, gelesen, und wenn auch gewiß die meisten von ihnen diese Speise nur ungern zu sich nahmen und eher unwillig reagierten, so haben sie eben doch gelesen und in sich eingelassen, was ich ihnen glaubte sagen zu müssen. Daß sie das Schreiben nicht mit Beifall aufnahmen, ist in meinen Augen kein Mißerfolg, ich suchte ja nicht Beifall und Zustimmung, ich bezweckte vielmehr Beunruhigung und Aufrüttelung. Ich würde es sehr bereuen, wenn ich aus den von Euch genannten Gründen auf die Absendung meiner Arbeit verzichtet hätte. Ob sie nun viel oder wenig wirkte, ein Weckruf, eine Anrufung ist sie doch gewesen.»

«Gewiß», sagte zögernd der Vorstand, «doch wird mir dadurch das Rätsel nicht gelöst. Wenn Ihr Mahnungen, Weckrufe, Warnungen an die Behörde gelangen lassen wolltet, warum habt Ihr Eure goldenen Worte in ihrer Wirkung dadurch abgeschwächt oder doch gefährdet, daß Ihr sie mit einer privaten Bitte verbandet, einer Bitte zudem, an deren Erfüllung und Erfüllbarkeit Ihr selbst nicht recht geglaubt habet? Ich verstehe das einstweilen noch nicht. Aber es wird sich ja wohl klären, wenn wir das Ganze durchsprechen. Jedenfalls liegt dort der schwache Punkt Eures Rundschreibens, in der Verbindung des

Weckrufs mit dem Gesuch, des Mahnens mit dem Bitten. Ihr waret doch, sollte man meinen, nicht darauf angewiesen, das Gesuch als Vehikel für die Mahnrede zu benützen. Ihr konntet mündlich oder schriftlich Eure Kollegen leicht genug erreichen, wenn Ihr sie eines Aufrüttelns für bedürftig hieltet. Und das Gesuch wäre seinen eigenen Amtsweg gegangen.»

Freundschaftlich blickte Knecht ihn an. «Ja», sagte er leichthin, «es mag sein, daß Ihr recht habet. Obgleich — seht Euch die verzwickte Sache doch noch einmal an! Es handelt sich weder bei der Mahnrede noch bei dem Gesuch um etwas Alltägliches, Gewohntes und Normales, sondern beide gehörten schon dadurch zusammen, daß sie ungewöhnlich und aus Not entstanden waren und sich außerhalb der Konvention stellten. Es ist weder üblich und normal, daß ohne dringenden äußern Anlaß ein Mensch seine Kollegen plötzlich beschwört, sich ihrer Sterblichkeit und der Fragwürdigkeit ihrer ganzen Existenz zu erinnern, noch auch ist es üblich und alltäglich, daß ein kastalischer Magister sich um einen Schullehrerposten außerhalb der Provinz bewirbt. Insofern passen die beiden Inhalte meines Schreibens recht wohl zusammen. Für einen Leser, der das ganze Schreiben wirklich ernst genommen hätte, hätte sich nach meiner Meinung als Resultat der Lektüre ergeben müssen: daß hier nicht nur ein etwas schrulliger Mann seine Ahnungen verkündigt und seine Kollegen anzupredigen unternimmt, sondern daß es diesem Manne mit seinen Gedanken und seiner Not bitterer Ernst ist, daß er bereit ist, sein Amt, seine Würde, seine Vergangenheit wegzuwerfen und an bescheidenster Stelle von vorn anzufangen, daß er der Würde, des Friedens, der Ehre und Autorität satt ist und sie loszuwerden und wegzuwerfen begehrt. Aus diesem Ergebnis — ich versuche noch immer, mich in die Leser meines Schriftstückes hineinzudenken — wären dann, scheint mir, zwei Schlüsse möglich gewesen: der Schreiber dieser Moralpredigt sei leider etwas verrückt, komme also als Magister ohnehin nicht mehr in Betracht — oder aber: da der Schreiber dieser lästigen Predigt sichtlich nicht verrückt, sondern normal und gesund sei, müsse hinter seinen Predigten und Pessimismen mehr stecken als Laune und Schrulle, nämlich eine Wirklichkeit, eine Wahrheit. So etwa hatte ich mir den Vorgang in den Köpfen der Leser gedacht und muß zugeben, daß ich mich dabei verrechnet habe. Statt daß mein Gesuch und mein Weckruf einander gestützt und verstärkt haben, sind alle beide nicht ernst genommen und beiseite gelegt worden. Ich bin über diese Ablehnung weder sehr betrübt noch eigentlich überrascht, denn im Grunde, das muß ich wiederholen, hatte ich sie trotz allem erwartet, und im Grunde, es sei zugegeben, hatte ich die Ablehnung auch verdient. Mein Gesuch nämlich, an dessen Erfolg ich nicht glaubte, war eine Art Finte, war eine Gebärde, eine Formel.»

Meister Alexanders Gesicht war noch ernster und beinahe finster geworden. Doch unterbrach er den Magister nicht.

«Es stand mit mir nicht so», fuhr dieser fort, «daß ich beim Absenden meines Gesuches eine günstige Antwort ernstlich erhofft und mich auf sie gefreut hätte, aber auch nicht so, daß ich bereit gewesen wäre, eine ablehnende Antwort als höhere Entscheidung gehorsam hinzunehmen.»

«— nicht bereit, die Antwort Eurer Behörde als höhere Entscheidung hinzunehmen — habe ich recht gehört, Magister?» unterbrach ihn der Vorstand, jedes Wort scharf betonend. Offenbar hatte er jetzt den vollen Ernst der Lage erkannt.

Knecht verneigte sich leicht. «Gewiß, Ihr habet recht gehört. Es war so, daß ich an eine Aussicht auf Erfolg meines Gesuches kaum glauben konnte, das Gesuch aber doch vortragen zu müssen meinte, um der Ordnung und Form zu genügen. Ich gab damit der verehrten Behörde gewissermaßen eine Möglichkeit in die Hand, die Sache glimpflich abzutun. Sollte sie zu dieser Lösung nicht neigen, nun so war ich allerdings schon damals entschlossen, mich nicht hinhalten und beruhigen zu lassen, sondern zu handeln.»

«Und wie zu handeln?» fragte Alexander mit leiser Stimme.

«So, wie es mir Herz und Vernunft vorschreiben. Ich war entschlossen, mein Amt niederzulegen und eine Tätigkeit außerhalb Kastaliens auch ohne Auftrag oder Urlaub von der Behörde anzutreten.»

Der Ordensleiter schloß die Augen und schien nicht mehr zuzuhören, Knecht erkannte, daß er jene Notübung vollziehe, mit deren Hilfe die Ordensleute in Fällen von plötzlicher Gefahr und Bedrohung sich der Selbstbeherrschung und inneren Ruhe zu versichern suchen und die mit zweimaligem sehr langem Anhalten des Atems bei leerer Lunge verbunden ist. Er sah das Gesicht des Mannes, an dessen widerwärtiger Lage er sich schuldig wußte, ein wenig erbleichen, dann im langsamen, mit den Bauchmuskeln beginnenden Einatmen wieder seine Farbe gewinnen, sah die sich wieder öffnenden Augen des von ihm so hochgeschätzten, ja geliebten Mannes einen Moment starr und verloren blicken, alsbald aber erwachen und sich erkräftigen; mit einem leisen Schrecken sah er diese klaren, beherrschten, stets in Zucht gehaltenen Augen eines Mannes, der gleich groß im Gehorchen wie im Befehlen war, sich nun auf ihn richten und ihn mit gefaßter Kühle betrachten, ihn mustern, ihn richten. Lange mußte er diesen Blick schweigend ertragen.

«Ich glaube Euch nun verstanden zu haben», sagte Alexander endlich mit ruhiger Stimme. «Ihr waret schon seit längerer Zeit amtsmüde oder kastalienmüde oder von Verlangen nach dem Weltleben geplagt. Ihr habet Euch entschlossen, dieser Stimmung mehr zu gehorchen als den Gesetzen und Euren Pflichten, Ihr habet auch nicht das

Bedürfnis empfunden, Euch uns anzuvertrauen und beim Orden Rat und Beistand zu suchen. Um einer Form zu genügen und Euer Gewissen zu entlasten, habt Ihr dann also jenes Gesuch an uns gerichtet, ein Gesuch, von dem Ihr wußtet, daß es für uns unannehmbar sei, auf das Ihr Euch aber, wenn die Sache zur Aussprache käme, berufen könntet. Nehmen wir an, Ihr habet für Euer so ungewöhnliches Verhalten Gründe gehabt und Eure Absichten seien ehrliche und achtenswerte gewesen, wie ich es mir gar nicht anders vorstellen kann. Aber wie war es möglich, daß Ihr mit solchen Gedanken, Begierden und Entschlüssen im Herzen, innerlich schon ein Fahnenflüchtiger, so lange Zeit schweigend in Eurem Amt verbleiben und es anscheinend fehlerlos weiterführen konntet?»

«Ich bin hier», sagte der Glasperlenspielmeister mit unveränderter Freundlichkeit, «um mit Euch dies alles durchzusprechen, Euch jede Frage zu beantworten, und ich habe mir, da ich nun einmal einen Weg des Eigensinns beschritten habe, vorgenommen, Hirsland und Euer Haus nicht eher zu verlassen, als bis ich mich, meine Lage und mein Tun von Euch einigermaßen verstanden weiß.»

Meister Alexander besann sich. «Soll das bedeuten, daß Ihr erwartet, ich werde Euer Verhalten und Eure Pläne jemals billigen?» fragte er dann zögernd.

«Ach, an Billigen will ich gar nicht denken. Ich hoffe und erwarte, von Euch verstanden zu sein und einen Rest Eurer Achtung zu behalten, wenn ich hier fortgehe. Es ist der einzige Abschied in unsrer Provinz, den ich noch zu nehmen habe. Waldzell und das Spielerdorf habe ich heut für immer verlassen.»

Wieder schloß Alexander für einige Sekunden die Augen. Die Mitteilungen dieses Unbegreiflichen kamen gar so bestürzend.

«Für immer?» sagte er. «Ihr denket also gar nicht mehr auf Euren Posten zurückzukehren? Ich muß sagen, Ihr versteht Euch auf das Überraschen. Eine Frage, wenn es erlaubt ist: betrachtet Ihr Euch nun eigentlich noch als Glasperlenspielmeister oder nicht?»

Josef Knecht griff nach dem Kästchen, das er mitgebracht hatte.

«Ich war es bis gestern», sagte er, «und denke heute davon befreit zu sein, indem ich Euch zu Händen der Behörde die Siegel und Schlüssel zurückgebe. Sie sind intakt, und auch im Spielerdorf werdet Ihr Ordnung vorfinden, wenn Ihr dort nachsehen gehet.»

Langsam erhob sich nun der Ordensvorstand vom Stuhl, er sah ermüdet und wie plötzlich gealtert aus.

«Wir wollen Euer Kästchen für heute hier stehenlassen», sagte er trocken. «Wenn das Entgegennehmen der Siegel zugleich den Vollzug Eurer Amtsentlassung bedeuten soll, so bin ich ohnehin nicht kompetent, es müßte mindestens ein Drittel der Gesamtbehörde dabei zugegen sein. Ihr hattet früher so viel Sinn für die alten Gebräuche und Formen, ich kann mich in diese neue Art nicht so schnell finden. Vielleicht habt Ihr die Freundlichkeit, mir bis morgen Zeit zu lassen, ehe wir weiterreden?»

«Ich stehe vollkommen zu Eurer Verfügung, Verehrter. Ihr kennet mich und meinen Respekt vor Euch nun schon manche Jahre; glaubet mir, daß sich daran nichts geändert hat. Ihr seid die einzige Person, von der ich Abschied nehme, ehe ich die Provinz verlasse, und dies gilt nicht nur Eurem Amt als Vorstand der Ordensleitung. Wie ich die Siegel und Schlüssel in Eure Hände zurückgelegt habe, so hoffe ich von Euch, Domine, wenn wir uns erst vollends ausgesprochen haben, auch meines Gelübdes als Mitglied des Ordens entbunden zu werden.»

Traurig und forschend blickte Alexander ihm in die Augen und unterdrückte einen Seufzer. «Lasset mich jetzt allein, Hochgeschätzter, Ihr habt mir für einen Tag Sorgen genug und Stoff genug zum Nachdenken gebracht. Es mag für heute genug sein. Morgen sprechen wir weiter, kommet etwa eine Stunde vor Mittag wieder hierher.»

Er verabschiedete den Magister mit einer höflichen Gebärde, und diese Gebärde voll Resignation und voll einer gewollten, nicht mehr einem Kollegen, sondern schon einem ganz Fremden geltenden Höflichkeit tat dem Glasperlenspielmeister weher als alle seine Worte.

Der Famulus, der eine Weile später Knecht zur Abendmahlzeit abholte, führte ihn an einen Gästetisch und meldete, Meister Alexander habe sich zu einer längeren Übung zurückgezogen und nehme an, daß auch der Herr Magister heute keine Geselligkeit wünsche, ein Gastzimmer stehe für ihn bereit.

Alexander war durch den Besuch und die Mitteilung des Glasperlenspielmeisters vollkommen überrascht worden. Wohl hatte er, seit er die Antwort der Behörde auf dessen Schreiben redigiert hatte, mit seinem gelegentlichen Erscheinen gerechnet und hatte an die bevorstehende Aussprache mit einer leisen Beunruhigung gedacht. Daß aber der Magister Knecht mit seinem vorbildlichen Gehorsam, seinen guten, gepflegten Formen, seiner Bescheidenheit und seinem Herzenstakt eines Tages unangemeldet bei ihm vorsprechen, sein Amt eigenmächtig und ohne vorherige Beratung mit der Behörde niederlegen und in dieser bestürzenden Weise allem Brauch und Herkommen ins Gesicht schlagen könnte, das hätte er für vollkommen unmöglich gehalten. Zwar, das war zuzugeben, waren Knechts Auftreten, Ton und Ausdrücke seiner Rede, seine unaufdringliche Höflichkeit dieselben wie immer, aber wie schrecklich und kränkend, wie neu und überraschend, oh, und wie vollkommen unkastalisch waren Inhalt und Geist seiner Mitteilungen gewesen! Niemand hätte den Magister Ludi, wenn er ihn sah und hörte, im Verdacht haben können, er sei etwa krank, überarbeitet, gereizt und nicht völlig Herr seiner selbst; es hatten ja auch die genauen Beobachtungen, welche die Behörde noch jüngst in Waldzell hatte anstellen lassen, nicht das mindeste Zeichen von Störung, Unordnung oder Schlendrian im Leben und

Arbeiten des Spielerdorfes ergeben. Und dennoch stand nun hier dieser schreckliche Mann, bis gestern ihm unter seinen Kollegen der liebste, stellte den Kasten mit seinen Amtsinsignien ab wie eine Reisetasche, erklärte, er habe aufgehört, Magister, habe aufgehört, Mitglied der Behörde, aufgehört, Ordensbruder und Kastalier zu sein und sei nur eben noch schnell gekommen, um Abschied zu nehmen. Es war die erschreckendste, schwierigste und häßlichste Lage, in welche sein Amt als Vorstand der Ordensleitung ihn jemals gebracht hatte; er hatte große Mühe gehabt, dabei die Fassung zu bewahren.

Und was nun? Sollte er zu Gewaltmitteln greifen, etwa den Magister Ludi in Ehrenhaft setzen lassen und sofort, gleich jetzt noch am Abend, Eilbotschaft an alle Mitglieder der Behörde senden und sie zusammenberufen? Sprach etwas dagegen, war es nicht das Nächstliegende und Richtigste? Und doch sprach in ihm etwas dagegen. Und was eigentlich war denn mit solchen Maßregeln zu erreichen? Für den Magister Knecht nichts als Demütigung, für Kastalien nichts, nur höchstens für ihn selbst, den Vorstand, eine gewisse Entlastung und Gewissenserleichterung, indem er dem Widerlichen und Schwierigen nicht mehr als allein Verantwortlicher gegenüberstand. War in der fatalen Sache überhaupt noch etwas gutzumachen, war etwa noch ein Appell an Knechts Ehrgefühl möglich und eine Sinnesänderung bei ihm vielleicht denkbar, so konnte das nur unter vier Augen erreicht werden. Sie beide, Knecht und Alexander, hatten diesen bitteren Kampf auszufechten, niemand sonst. Und indem er dies dachte, mußte er Knecht zugestehen, daß er im Grunde richtig und edel handle, indem er sich der Behörde, die er nicht mehr anerkannte, entzog, sich aber ihm, dem Vorstand, zum Endkampf und Abschied stellte. Dieser Josef Knecht, auch wenn er das Verbotene und Verhaßte tat, war doch auch dann noch seiner Haltung und seines Taktes sicher.

428

Meister Alexander beschloß, dieser Erwägung zu vertrauen und den ganzen Amtsapparat aus dem Spiele zu lassen. Jetzt erst, da dieser Entschluß gefunden war, begann er der Sache im einzelnen nachzudenken und sich vor allem zu fragen, wie es nun eigentlich mit Recht oder Unrecht im Handeln des Magisters stehe, welcher ja durchaus den Eindruck machte, von seiner Integrität und der Berechtigung seines unerhörten Schrittes überzeugt zu sein. Indem er nun das gewagte Vorhaben des Glasperlenspielmeisters auf eine Formel zu bringen und an den Gesetzen des Ordens nachzuprüfen begann, welche niemand intimer kannte als er, kam er zu dem ihn überraschenden Schluß, daß in der Tat Josef Knecht die Regeln dem Wortlaut nach nicht gebrochen oder zu brechen im Sinn habe, da es nach dem, freilich auf seine Haltbarkeit seit Jahrzehnten nicht nachgeprüften Wortlaut jedem Ordensangehörigen zu jeder Zeit freistand, seinen Austritt zu nehmen, wofern er gleichzeitig auf die Rechte und die Lebensgemeinschaft Kastaliens verzichtete. Wenn Knecht seine Siegel zurückgab, dem Orden seinen Austritt meldete und sich in die Welt hinüber begab, so beging er damit zwar etwas seit Menschengedenken nicht Erhörtes, etwas Ungewohntes, Erschreckendes und vielleicht sehr Ungehöriges, nicht aber einen Verstoß gegen den Wortlaut der Ordensregeln. Daß er diesen unbegreiflichen, aber formal keineswegs gesetzwidrigen Schritt nicht hinter dem Rücken des Vorstandes der Ordensleitung, sondern Aug in Auge mit ihm tun wollte, war mehr, als wozu er dem Buchstaben nach verpflichtet war. — Aber wie war der verehrte Mann, eine der Säulen der Hierarchie, dahin gekommen? Wie konnte er für sein Vorhaben, das trotz allem Fahnenflucht war, die geschriebene Regel in Anspruch nehmen, da doch hundert ungeschriebene, doch nicht minder heilige und selbstverständliche Bindungen es ihm verbieten mußten?

Er hörte eine Uhr schlagen, riß sich aus den nutzlosen Gedanken, ging baden, gab sich zehn Minuten lang sorgfältigen Atemübungen hin und suchte seine Meditationsklause auf, um vor dem Schlafen noch eine Stunde Kraft und Ruhe in sich zu speichern und dann bis morgen an diese Angelegenheit nicht mehr zu denken.

Andern Tages führte ein junger Famulus vom Gästehaus der Ordensleitung den Magister Knecht zum Vorstand und war Zeuge, wie die beiden sich begrüßten. Ihm, der doch an den Anblick von Meistern der Meditation und Selbstzucht und an das Leben unter ihnen gewohnt war, fiel dennoch im Aussehen, im Gehaben und in der Begrüßung der beiden Ehrwürdigen etwas Besonderes, ihm Neues auf, ein ungewohnter, höchster Grad von Sammlung und Geklärtheit. Es war, so erzählte er uns, nicht ganz die übliche Begrüßung zwischen zwei höchsten Würdenträgern, welche je nachdem ein heiter und leichthin abgespieltes Zeremoniell oder ein feierlich-freudiger Festakt, gelegentlich auch ein gewisser Wettstreit an Höflichkeit, Unterordnung und betonter Demut sein konnte. Es war etwa so, als werde hier ein Fremder, ein von weither zugereister großer Yogameister empfangen, der gekommen wäre, dem Ordensvorstand Ehrerbietung zu erweisen und sich mit ihm zu messen. Worte und Gebärden seien sehr bescheiden und sparsam gewesen, Blicke und Gesichter der beiden Würdenträger aber seien von einer Stille, Gefaßtheit und Sammlung, dabei von einer heimlichen Gespanntheit erfüllt gewesen, als wären sie beide wie durchleuchtet oder mit einem elektrischen Strome geladen. Mehr bekam unser Gewährsmann von der Zusammenkunft nicht zu sehen und zu hören. Die beiden verschwanden ins Innere der Räume, vermutlich in Meister Alexanders Privatkabinett, und blieben dort mehrere Stunden beisammen, ohne daß jemand sie stören durfte. Was von ihren Gesprächen überliefert ist, stammt aus gelegentlichen Erzählungen des Herrn Delegierten Designori, welchem Josef Knecht dies und jenes davon berichtet hat.

«Ihr habt mich gestern überrascht», fing der Vorstand

an, «und beinahe aus der Fassung gebracht. Inzwischen habe ich etwas darüber nachdenken können. Mein Standpunkt hat sich natürlich nicht geändert, ich bin Mitglied der Behörde und der Ordensleitung. Das Recht, Euren Austritt anzumelden und Euer Amt niederzulegen, steht Euch nach dem Buchstaben der Regel zu. Ihr seid dahin gelangt, Euer Amt als lästig und einen Versuch mit dem Leben außerhalb des Ordens als notwendig zu empfinden. Wenn ich Euch nun vorschlüge, diesen Versuch zwar zu wagen, nicht zwar im Sinn Eurer heftigen Entschlüsse, aber etwa in Form eines längeren oder sogar unbefristeten Urlaubs? Ähnliches bezweckte ja eigentlich Euer Gesuch.»

«Nicht ganz», sagte Knecht. «Wäre mein Gesuch bewilligt worden, so wäre ich zwar im Orden geblieben, nicht aber im Amt. Was Ihr so freundlich vorschlaget, wäre ein Ausweichen. Übrigens wäre auch Waldzell und dem Glasperlenspiel wenig durch einen Magister gedient, der auf lange, auf unbestimmte Zeit in Urlaub abwesend ist und von dem man nicht weiß, ob er zurückkommen wird oder nicht. Und käme er sogar nach einem Jahr, nach zwei Jahren zurück, so hätte er, was sein Amt und seine Disziplin, das Glasperlenspiel, betrifft, ja nur verlernt und nichts hinzugelernt.»

Alexander: «Vielleicht hätte er doch allerlei gelernt. Vielleicht hätte er erfahren, daß die Welt draußen anders ist, als er sie sich dachte, und er ihrer so wenig bedarf wie sie seiner, er käme beruhigt zurück und wäre froh, wieder im Alten und Bewährten zu weilen.»

«Eure Güte geht sehr weit. Ich bin ihr dankbar und kann sie doch nicht annehmen. Was ich suche, ist nicht so sehr Stillung einer Neugierde oder einer Lüsternheit auf das Weltleben als vielmehr Unbedingtheit. Ich wünsche nicht in die Welt hinauszugehen mit einer Rückversicherung für den Fall einer Enttäuschung in der Tasche, ein vorsichtiger Reisender, der sich ein wenig in der Welt umsieht. Ich begehre im Gegenteil Wagnis, Erschwerung und Gefahr, ich bin hungrig nach Wirklichkeit, nach Aufgaben und Taten, auch nach Entbehrungen und Leiden. Darf ich Euch bitten, nicht auf Eurem gütigen Vorschlag zu beharren, und überhaupt nicht auf dem Versuch, mich wankend zu machen und zurückzulocken? Es würde zu nichts führen. Mein Besuch bei Euch würde für mich seinen Wert und seine Weihe verlieren, wenn er mir die nachträgliche, jetzt von mir nicht mehr begehrte Bewilligung meines Gesuches einbrächte. Ich bin seit jenem Gesuch nicht stehengeblieben; der Weg, den ich angetreten habe, ist jetzt mein ein und alles, mein Gesetz, meine Heimat, mein Dienst.»

Seufzend nickte Alexander Gewährung. «Nehmen wir also einmal an», sagte er geduldig, «Ihr seiet in der Tat nicht zu erweichen und umzustimmen, Ihr seiet, allem äußern Anschein zum Trotz, ein tauber, keiner Autorität, keiner Vernunft, keiner Güte Gehör schenkender Amokläufer oder Berserker, dem man nicht in den Weg treten darf. Ich will denn vorläufig darauf verzichten, Euch umzustimmen und beeinflussen zu wollen. Aber dann saget mir jetzt das, was zu sagen Ihr hierher gekommen seid, erzählet mir die Geschichte Eures Abfalls, erkläret mir die Taten und Entschlüsse, mit denen Ihr uns erschrecket! Sei es Beichte, sei es Rechtfertigung, sei es Anklage, ich will es anhören.»

Knecht nickte. «Der Amokläufer bedankt und freut sich. Ich habe keine Anklage vorzutragen. Was ich sagen möchte — wenn es nur nicht so schwer, so unglaublich schwer in Worte zu bringen wäre —, hat für mich den Sinn einer Rechtfertigung, für Euch mag es den einer Beichte haben.»

Er lehnte sich im Sessel zurück und blickte nach oben, wo an der Wölbung der Decke noch blasse Reste ehemaliger Bemalung geisterten, aus Hirslands Klosterzeiten her, traumhaft dünne Schemen von Linien und Farbtönen, von Blumen und Ornamenten.

«Der Gedanke, daß man ein Magisteramt auch satt

haben und niederlegen könne, kam mir zum ersten Male schon wenige Monate nach meiner Ernennung zum Glasperlenspielmeister. Da saß ich eines Tages und las in einem Büchlein meines einst berühmten Vorfahren Ludwig Wassermaler, worin er, das Amtsjahr von Monat zu Monat durchlaufend, seinen Nachfolgern Hinweise und Ratschläge gibt. Ich las da seine Mahnung, beizeiten an das öffentliche Glasperlenspiel des kommenden Jahres zu denken und, falls man sich dazu unlustig fühle und es einem an Einfällen mangle, sich durch Konzentration dazu zu stimmen. Als ich, in meinem kräftigen Gefühl als jüngster Magister, diese Mahnung las, lächelte ich zwar ein wenig jugendklug über die Sorgen des alten Mannes, der sie niedergeschrieben hatte, es klang mir aber doch auch etwas von Ernst und Gefahr, etwas Bedrohendes und Beklemmendes daraus nach. Das Nachdenken darüber führte mich zu dem Entschluß: sollte jemals der Tag kommen, an dem der Gedanke an das nächste Festspiel mir statt Freude Sorge und statt Stolz Angst einflößen würde, so würde ich, statt mir mühsam ein neues Festspiel abzuquälen, meinen Rücktritt nehmen und der Behörde die Insignien zurückgeben. Dies war das erste Mal, daß solch ein Gedanke mich beschäftigte, und allerdings glaubte ich damals, als ich eben die großen Strapazen des Einarbeitens in mein Amt überstanden und die Segel voll Wind hatte, zuinnerst nicht so recht an die Möglichkeit, daß auch ich einmal ein alter Mann und der Arbeit und des Lebens müde sein, daß ich einmal verdrossen und verlegen vor der Aufgabe stehen könnte, Ideen für neue Glasperlenspiele aus dem Ärmel zu schütteln. Immerhin, der Entschluß kam damals in mir zustande. Ihr habet mich ja zu jener Zeit recht gut gekannt, Ehrwürdiger, besser vielleicht, als ich mich selber kannte, Ihr waret mein Berater und Beichtvater in der schweren ersten Amtszeit gewesen und hattet Waldzell erst vor kurzem wieder verlassen.»

Alexander blickte ihn prüfend an. «Ich habe kaum je einen schöneren Auftrag gehabt», sagte er, «und war damals mit Euch und mit mir selber zufrieden, wie man es selten ist. Wenn es richtig ist, daß man alles Angenehme im Leben bezahlen muß, nun, so muß ich jetzt für mein damaliges Hochgefühl büßen. Ich war damals richtig stolz auf Euch. Das kann ich heute nicht sein. Wenn der Orden durch Euch eine Enttäuschung und Kastalien eine Erschütterung erlebt, so weiß ich mich dafür mitverantwortlich. Vielleicht hätte ich damals, als ich Euer Begleiter und Ratgeber war, einige Wochen länger in Eurer Spielersiedlung bleiben oder Euch noch etwas härter anfassen, noch genauer kontrollieren sollen.»

Knecht erwiderte seinen Blick heiter. «Ihr solltet Euch solche Skrupel nicht machen, Domine, ich müßte Euch sonst an manche Ermahnungen erinnern, die Ihr mir damals geben mußtet, wenn ich als jüngster Magister mein Amt mit seinen Verpflichtungen und Verantwortungen allzu schwer nahm. Ihr sagtet mir, eben fällt es mir wieder ein, in einer solchen Stunde einmal: wenn ich, der Magister Ludi, ein Bösewicht oder Unfähiger wäre, und wenn ich alles täte, was ein Magister nicht tun darf, ja wenn ich es absichtlich darauf anlegte, in meiner hohen Stellung möglichst viel Schaden anzurichten, so würde dies alles unser liebes Kastalien nicht mehr stören und tiefer anrühren können als ein Steinchen, das man in einen See wirft. Ein paar Wellchen und Kreise, und es ist vorüber. So fest, so sicher sei unsre kastalische Ordnung, so unantastbar ihr Geist. Erinnert Ihr Euch? Nein, an meinen Versuchen, ein möglichst schlechter Kastalier zu sein und den Orden möglichst zu schädigen, seid Ihr gewiß unschuldig. Und Ihr wisset ja auch, daß es mir gar nicht gelingen wird und kann, Euren Frieden ernstlich zu stören. Aber ich will weitererzählen. — Daß ich schon im Beginn meines Magistrats jenen Entschluß fassen konnte und daß ich diesen Entschluß nicht vergaß, sondern jetzt daran bin, ihn zu verwirklichen, das hängt mit einer Art von seelischem Erlebnis zusammen, das mir von Zeit zu Zeit begegnet und das ich Erwachen nenne. Aber davon wisset Ihr schon, ich habe Euch damals einmal davon gesprochen, als Ihr mein Mentor und Guru waret, und zwar klagte ich Euch damals, daß seit dem Antritt des Amtes jenes Erlebnis mich gemieden habe und mir immer mehr in die Ferne entschwinde.»

«Ich erinnere mich», bestätigte der Vorstand, «ich war damals etwas betroffen über Eure Fähigkeit zu dieser Art von Erlebnis, sie ist bei uns sonst wenig zu finden, und draußen in der Welt tritt sie in so sehr verschiedenen Formen auf: etwa beim Genie, namentlich bei Staatsmännern und Heerführern, dann aber auch bei schwachen, halb pathologischen, im ganzen eher unterbegabten Menschen wie Hellsehern, Telepathen, Medien. Mit diesen beiden Menschenarten, den Kriegshelden wie den Hellsehern und Rutengängern, schienet Ihr mir so gar nichts zu tun zu haben. Vielmehr schienet Ihr mir damals und bis gestern ein guter Ordensmann zu sein: besonnen, klar, gehorsam. Das Heimgesuchtwerden und Beherrschtwerden von geheimnisvollen Stimmen, göttlichen oder dämonischen oder auch Stimmen des eigenen Innern, schien mir ganz und gar nicht zu Euch zu passen. Darum deutete ich mir die Zustände von ‚Erwachen‘, wie Ihr sie mir beschriebet, einfach als ein gelegentliches Bewußtwerden des persönlichen Wachstums. Daraus ergab sich auch als natürlich, daß diese seelischen Erlebnisse damals längere Zeit ausblieben: Ihr waret ja eben erst in ein Amt getreten und hattet eine Aufgabe übernommen, die Euch noch wie ein zu weiter Mantel umhing, in die Ihr erst hineinwachsen mußtet. Aber saget: habt Ihr jemals geglaubt, diese Erweckungen seien so etwas wie Offenbarungen höherer Mächte, Mitteilungen oder Anrufe aus Bezirken einer objektiven, ewigen oder göttlichen Wahrheit?»

«Damit», sagte Knecht, «sind wir bei meiner augenblicklichen Aufgabe und Schwierigkeit, nämlich in Worten auszudrücken, was sich doch den Worten stets entzieht; rational machen, was offenbar außer-rational ist. Nein, an Manifestationen eines Gottes oder Dämons oder einer absoluten Wahrheit habe ich bei jenen Erweckungen nie gedacht. Was diesen Erlebnissen ihre Wucht und Überzeugungskraft gibt, ist nicht ihr Gehalt an Wahrheit, ihre hohe Herkunft, ihre Göttlichkeit oder dergleichen, sondern ihre Wirklichkeit. Sie sind ungeheuer wirklich, so wie etwa ein heftiger körperlicher Schmerz oder ein überraschendes Naturereignis, Sturm oder Erdbeben, uns ganz anders mit Wirklichkeit, Gegenwärtigkeit, Unentrinnbarkeit geladen zu sein scheint als die gewöhnlichen Zeiten und Zustände. Der Windstoß, der einem ausbrechenden Gewitter vorangeht, der uns eilig nach Hause treibt und uns noch die Haustür aus der Hand zu reißen versucht — oder ein starkes Zahnweh, das alle Spannungen, Leiden und Konflikte der Welt in unsern Kiefer zu konzentrieren scheint —, das sind Dinge, an deren Realität oder Bedeutung wir meinetwegen später einmal zu rütteln anfangen mögen, falls wir zu solchen Späßen neigen, aber in der Stunde des Erlebens dulden sie keinerlei Zweifel und sind bis zum Bersten voll Realität. Eine ähnliche Art von gesteigerter Wirklichkeit nun hat mein ,Erwachen' für mich, daher hat es ja seinen Namen; es ist mir in solchen Stunden wirklich, als habe ich lange Zeit im Schlaf oder Halbschlaf gelegen, jetzt aber sei ich wach und hell und empfänglich wie sonst niemals. Die Augenblicke großer Schmerzen oder Erschütterungen, auch in der Weltgeschichte, haben ihre überzeugende Notwendigkeit, sie entflammen ein Gefühl von beklemmender Aktualität und Spannung. Es mag sodann, als Folge der Erschütterung, das Schöne und Lichte geschehen oder das Tolle und Finstere; in jedem Falle wird das, was geschieht, den Anschein der Größe, der Notwendigkeit und Wichtigkeit tragen und sich von dem, was alle Tage geschieht, unterscheiden und abheben.

436

Aber lasset mich versuchen», fuhr er nach einer Atempause fort, «diese Sache noch von einer andern Seite her anzufassen. Könnet Ihr Euch an die Legende vom heiligen Christophorus erinnern? Ja? Also dieser Christophorus war ein Mann von großer Kraft und Tapferkeit, er wollte aber nicht Herr werden und regieren, sondern dienen, das Dienen war seine Stärke und Kunst, darauf verstand er sich. Doch war es ihm nicht einerlei, wem er diene. Es mußte der größte, der mächtigste Herr sein. Und wenn er von einem Herrn hörte, der noch mächtiger war als sein bisheriger, so bot er diesem seine Dienste an. Dieser große Diener hat mir immer gefallen, und ein wenig muß ich ihm ähnlich sein. Wenigstens habe ich in der einzigen Zeit meines Lebens, in der ich über mich selbst zu verfügen hatte, in den Studentenjahren, lange gesucht und geschwankt, welchem Herrn ich dienen solle. Ich habe gegen das Glasperlenspiel, das ich doch längst als die kostbarste und eigenste Frucht unsrer Provinz erkannt hatte, jahrelang mich gewehrt und mißtrauisch verhalten. Ich hatte den Köder gekostet und wußte, daß es Reizvolleres und Differenzierteres auf Erden nicht gab, als sich dem Spiel zu ergeben, hatte auch schon ziemlich früh gemerkt, daß dies entzückende Spiel nicht naive Feierabendspieler verlange, sondern den, der es sich einmal ein Stück weit zu eigen gemacht hatte, ganz und gar verlangte und in seinen Dienst zog. Und mich nun mit allen meinen Kräften und Interessen für immer diesem Zauber zu verschreiben, dagegen wehrte sich in mir ein Instinkt, ein naives Gefühl für das Einfache, für das Ganze und Gesunde, das mich vor dem Geist des Waldzeller Vicus Lusorum warnte als vor einem Spezialisten- und Virtuosengeist, einem hochkultivierten, äußerst reich durchgearbeiteten Geist zwar, der aber doch vom Ganzen des Lebens und Menschentums abgetrennt war und sich in eine hochmütige Einsamkeit verstiegen hatte. Jahre habe ich gezweifelt und geprüft, bis der Entschluß reif war und ich mich trotz allem für das

Spiel entschied. Ich tat es, weil eben jener Drang in mir war, das Höchste an Erfüllung zu suchen und nur dem größten Herrn zu dienen.»

«Ich verstehe», sagte Meister Alexander. «Aber wie ich es auch betrachte und wie Ihr es auch darstellen möget, ich stoße stets auf denselben Grund für alle Eure Eigenartigkeiten. Ihr habet ein Zuviel an Gefühl für Eure eigene Person, oder an Abhängigkeit von ihr, was keineswegs dasselbe ist, wie eine große Persönlichkeit sein. Einer kann ein Stern erster Ordnung sein an Begabung, Willenskraft, Ausdauer, aber so gut zentriert, daß er in dem System, dem er angehört, ohne jede Reibung und Energievergeudung mitschwingt. Ein andrer hat dieselben hohen Gaben, noch schönere vielleicht, aber die Achse geht nicht genau durchs Zentrum, und er verschwendet die Hälfte seiner Kraft in exzentrischen Bewegungen, die ihn selber schwächen und seine Umwelt stören. Zu dieser Art müsset Ihr gehören. Nur muß ich freilich gestehen, Ihr habet das vortrefflich zu verbergen verstanden. Desto heftiger scheint das Übel jetzt sich zu entladen. Ihr erzählet mir vom heiligen Christophorus, und ich muß sagen: wenn diese Gestalt auch etwas Großartiges und Rührendes hat, ein Vorbild für einen Diener unserer Hierarchie ist sie nicht. Wer dienen will, soll dem Herrn dienen, dem er geschworen hat, auf Gedeih und Verderb, und nicht mit dem heimlichen Vorbehalt, den Herrn zu wechseln, sobald er einen prächtigeren findet. Der Diener macht sich damit zum Richter seiner Herren, und genau dasselbe tut ja Ihr auch. Ihr wollet nur immer dem höchsten Herrn dienen und seid so treuherzig, über den Rang der Herren, zwischen denen Ihr wählet, selber zu entscheiden.»

Aufmerksam hatte Knecht zugehört, nicht ohne daß ein Schatten von Traurigkeit über sein Gesicht ging. Er fuhr fort: «Euer Urteil in Ehren, ich habe es nicht anders erwarten können. Aber laßt mich weiter erzählen, noch ein wenig. Ich bin also Glasperlenspieler geworden und hatte nun in der Tat für eine gute Weile die Überzeugung, dem höchsten aller Herren zu dienen. Wenigstens hat mein Freund Designori, unser Gönner beim Bundesrat, mir einmal äußerst anschaulich geschildert, was für ein arroganter, hochnäsiger, blasierter Spielvirtuos und Elitehirsch ich einst gewesen bin. Aber ich muß Euch noch sagen, welche Bedeutung seit den Studentenjahren und dem ‚Erwachen‘ für mich das Wort Transzendieren gehabt hat. Es war mir, glaube ich, beim Lesen eines aufklärerischen Philosophen und unter dem Einfluß des Meister Thomas von der Trave zugeflogen und war mir seither, gleich dem ‚Erwachen‘, ein rechtes Zauberwort, fordernd und treibend, tröstend und versprechend. Mein Leben, so etwa nahm ich mir vor, sollte ein Transzendieren sein, ein Fortschreiten von Stufe zu Stufe, es sollte ein Raum um den andern durchschritten und zurückgelassen werden, so wie eine Musik Thema um Thema, Tempo um Tempo erledigt, abspielt, vollendet und hinter sich läßt, nie müde, nie schlafend, stets wach, stets vollkommen gegenwärtig. Im Zusammenhang mit den Erlebnissen des Erwachens hatte ich gemerkt, daß es solche Stufen und Räume gibt und daß jeweils die letzte Zeit eines Lebensabschnittes eine Tönung von Welke und Sterbenwollen in sich trägt, welche dann zum Hinüberwechseln in einen neuen Raum, zum Erwachen, zu neuem Anfang führt. Auch dieses Bild, das vom Transzendieren, teile ich Euch mit, als ein Mittel, das vielleicht mein Leben deuten hilft. Die Entscheidung für das Glasperlenspiel war eine wichtige Stufe, nicht weniger die erste spürbare Einordnung in die Hierarchie. Auch in meinem Amt als Magister noch habe ich solche Stufengänge erlebt. Das Beste, was das Amt mir brachte, war die Entdeckung, daß nicht nur Musizieren und Glasperlenspielen beglückende Tätigkeiten sind, sondern auch Lehren und Erziehen. Und allmählich entdeckte ich noch weiter, daß das Erziehen mir desto mehr Freude mache, je jünger und unverbildeter die Zöglinge waren. Auch dies führte, wie manches andre, mit den Jahren dahin, daß ich mir junge und immer jüngere Schüler wünschte, daß ich am liebsten Lehrer an einer Anfängerschule geworden wäre, kurz, daß meine Phantasie sich zuweilen mit Dingen beschäftigte, welche schon außerhalb meines Amtes lagen.»

Er machte eine Ruhepause. Der Vorstand bemerkte: «Ihr setzet mich immer mehr in Erstaunen, Magister. Da sprechet Ihr von Eurem Leben, und es ist kaum von etwas andrem die Rede als von privaten, subjektiven Erlebnissen, persönlichen Wünschen, persönlichen Entwicklungen und Entschlüssen! Ich wußte wirklich nicht, daß ein Kastalier Euren Ranges sich und sein Leben so sehen könne.»

Seine Stimme hatte einen Klang zwischen Vorwurf und Trauer, der Knecht weh tat; doch faßte er sich und rief munter: «Aber Hochverehrter, wir sprechen zur Stunde ja nicht von Kastalien, von der Behörde und der Hierarchie, sondern einzig von mir, von der Psychologie eines Mannes, der Euch leider große Ungelegenheiten hat bereiten müssen. Von meiner Amtsführung, meiner Pflichterfüllung, meinem Wert oder Unwert als Kastalier und als Magister zu sprechen, steht mir nicht zu. Meine Amtsführung liegt, wie ·die ganze Außenseite meines Lebens, offen und nachprüfbar vor Euch, viel werdet Ihr nicht zu strafen finden. Worum es hier geht, ist ja etwas ganz anderes, nämlich Euch den Weg sichtbar zu machen, den ich als Einzelner gegangen bin und der mich jetzt aus Waldzell hinausgeführt hat und morgen zu Kastalien hinausführen wird. Höret mir noch eine kleine Weile zu, seid so gütig!

Daß ich vom Vorhandensein einer Welt außerhalb unsrer kleinen Provinz wußte, verdanke ich nicht meinen Studien, in welchen diese Welt nur als ferne Vergangenheit vorkam, sondern zuerst meinem Mitschüler Designori, der ein Gast von draußen war, und später meinem Aufenthalt bei den Benediktinervätern und dem Pater Jakobus.

Es war sehr wenig, was ich mit eigenen Augen von der Welt gesehen habe, aber durch jenen Mann bekam ich eine Ahnung von dem, was man Geschichte nennt, und es mag sein, daß ich schon damit den Grund zu der Isolierung legte, in die ich nach meiner Rückkehr geriet. Meine Rückkehr aus dem Kloster geschah in ein nahezu geschichtsloses Land, in eine Provinz von Gelehrten und Glasperlenspielern, eine höchst vornehme und auch höchst angenehme Gesellschaft, in welcher ich aber mit meiner Ahnung von der Welt, meiner Neugierde auf sie, meiner Teilnahme für sie ganz allein zu stehen schien. Es war genug da, um mich dafür zu entschädigen; es gab da einige Männer, die ich hoch verehrte und deren Kollege zu werden mir eine beschämende und beglückende Ehre war, und eine Menge von gut erzogenen und hochgebildeten Leuten, es gab auch Arbeit genug und recht viele begabte und liebenswerte Schüler. Nur hatte ich während meiner Lehrzeit bei Pater Jakobus die Entdeckung gemacht, daß ich nicht nur ein Kastalier, sondern auch ein Mensch sei, daß die Welt, die ganze Welt mich angehe und Anspruch auf mein Mitleben in ihr habe. Aus dieser Entdeckung folgten Bedürfnisse, Wünsche, Forderungen, Verpflichtungen, denen ich in keiner Weise nachleben durfte. Das Leben der Welt, wie es der Kastalier ansieht, war etwas Zurückgebliebenes und Minderwertiges, ein Leben der Unordnung und Roheit, der Leidenschaften und der Zerstreutheit, es war nichts Schönes und Begehrenswertes. Aber die Welt und ihr Leben war ja unendlich viel größer und reicher als die Vorstellungen, die sich ein Kastalier von ihr machen konnte, sie war voll Werden, voll Geschichte, voll Versuch und ewig neuem Anfang, sie war vielleicht chaotisch, aber sie war die Heimat und der Mutterboden aller Schicksale, aller Erhebungen, aller Künste, alles Menschentums, sie hatte die Sprachen, die Völker, die Staaten, die Kulturen, sie hatte auch uns und unser Kastalien hervorgebracht und würde sie alle wieder sterben sehen und überdauern. Zu dieser Welt hatte mein Lehrer Jakobus eine Liebe in mir erweckt, welche beständig wuchs und Nahrung suchte, und in Kastalien war nichts, was ihr Nahrung gab, hier war man außerhalb der Welt, war selbst eine kleine, vollkommene und nicht mehr werdende, nicht mehr wachsende Welt.»

Er atmete tief und schwieg eine Weile. Da der Vorstand nichts entgegnete und ihn nur erwartend ansah, nickte er ihm sinnend zu und fuhr fort: «Ich hatte nun zwei Bürden zu tragen, manche Jahre. Ich hatte ein großes Amt zu verwalten und seine Verantwortung zu tragen, und ich hatte mit meiner Liebe fertig zu werden. Das Amt, so viel war mir von Anfang an klar, durfte unter dieser Liebe nicht leiden. Im Gegenteil, es sollte, wie ich dachte, Gewinn von ihr haben. Sollte ich, was ich aber nicht hoffte, meine Arbeit um etwas weniger vollkommen und tadellos tun, als man von einem Magister erwarten kann, so wußte ich doch, daß ich im Herzen wacher und lebendiger war als mancher makellose Kollege und daß ich meinen Schülern und Mitarbeitern dies und jenes zu geben hatte. Meine Aufgabe sah ich darin, das kastalische Leben und Denken ohne Bruch mit der Überlieferung langsam und sanft zu erweitern und zu erwärmen, ihm von der Welt und Geschichte her neues Blut zuzuführen, und eine hübsche Fügung hat es gewollt, daß zur selben Zeit draußen im Lande ein Weltmensch genau ebenso empfand und dachte und von einer Befreundung und Durchdringung von Kastalien und Welt geträumt hat: es war Plinio Designori.»

Meister Alexander verzog den Mund ein wenig, als er sagte: «Nun ja, vom Einfluß dieses Mannes auf Euch habe ich nie viel Erfreuliches erwartet, so wenig wie von Eurem ungeratenen Schützling Tegularius. Und Designori ist es also, der Euch vollends zum Bruch mit der Ordnung gebracht hat?»

«Nein, Domine, aber er hat mir, zum Teil ohne es zu

wissen, dabei geholfen. Er brachte etwas Luft in meine Stille, ich kam durch ihn wieder in Berührung mit der Außenwelt, und so erst wurde es mir möglich, einzusehen und mir selber einzugestehen, daß ich am Ende meiner hiesigen Laufbahn sei, daß mir die eigentliche Freude an meiner Arbeit verlorengegangen und daß es Zeit sei, der Plage ein Ende zu machen. Es war wieder eine Stufe zurückgelegt, ich hatte einen Raum durchschritten, und der Raum war diesmal Kastalien.»

«Wie Ihr das ausdrücket!» bemerkte Alexander mit Kopfschütteln. «Als ob der Raum Kastalien nicht groß genug wäre, um viele ihr Leben lang würdig zu beschäftigen! Glaubet Ihr im Ernst, diesen Raum durchmessen und überwunden zu haben?»

«O nein», rief der andre lebhaft, «nie habe ich so etwas geglaubt. Wenn ich sage, ich sei an die Grenze dieses Raumes gelangt, so meine ich nur: was ich als einzelner und auf meinem Posten hier leisten konnte, ist getan. Ich bin seit einer Weile an der Grenze, wo meine Arbeit als Glasperlenspielmeister zur ewigen Wiederholung, zur leeren Übung und Formel wird, wo ich sie ohne Freude, ohne Begeisterung tue, manchmal sogar ohne Glauben. Es war Zeit, damit aufzuhören.»

Alexander seufzte. «Das ist Eure Auffassung, doch nicht die des Ordens und seiner Regeln. Daß ein Ordensbruder Stimmungen hat, daß er seiner Arbeit zuzeiten müde wird, ist nichts Neues und Merkwürdiges. Die Regeln zeigen ihm alsdann den Weg, um die Harmonie zurückzugewinnen und sich wieder zu zentrieren. Hattet Ihr das vergessen?»

«Ich glaube nicht, Verehrter. Es steht Euch ja der Einblick in meine Amtsführung frei, und eben noch, neulich, als Ihr mein Rundschreiben erhalten hattet, habt Ihr das Spielerdorf und mich kontrollieren lassen. Ihr konntet feststellen, daß die Arbeit getan wird, Kanzlei und Archiv in Ordnung sind, der Magister Ludi weder Krankheit noch

Launen zeigt. Ich verdanke es eben jenen Regeln, in die Ihr mich einst so meisterhaft eingeführt habet, daß ich durchgehalten und weder die Kraft noch die Gelassenheit verloren habe. Aber es hat mich große Mühe gekostet. Und nun kostet es mich leider kaum weniger Mühe, Euch davon zu überzeugen, daß es nicht Stimmungen sind, nicht Launen oder Gelüste, von denen ich mich treiben lasse. Aber ob mir das nun gelingt oder nicht, zumindest bestehe ich darauf, daß Ihr anerkennet, meine Person und Leistung sei bis zu dem Augenblick, da Ihr sie zum letztenmal kontrolliert habet, integer und brauchbar gewesen. Sollte ich damit schon zuviel von Euch erwarten?»

Meister Alexanders Augen blinzelten ein wenig wie spöttisch.

«Herr Kollege», sagte er, «Ihr sprechet mit mir, als seien wir zwei Privatpersonen, die sich unverbindlich unterhalten. Das trifft aber nur auf Euch zu, Ihr seid jetzt in der Tat eine Privatperson. Ich aber bin es nicht, und was ich denke und sage, sage nicht ich, sondern es sagt es der Vorstand der Ordensleitung, und er ist für jedes Wort seiner Behörde verantwortlich. Was Ihr heute hier saget, das wird ohne Folgen sein; es mag Euch damit noch so ernst sein, aber es bleibt die Rede eines Privatmanns, der im eigenen Interesse spricht. Für mich aber bestehen Amt und Verantwortung fort, und es kann Folgen haben, was ich heut sage oder tue. Ich vertrete Euch und Eurer Affäre gegenüber die Behörde. Ob nun die Behörde Eure Darstellung der Vorgänge hinnehmen, vielleicht sogar anerkennen will, ist nicht gleichgültig. — Ihr stellet es mir also so dar, als wäret Ihr, wenn auch mit allerlei aparten Gedanken im Kopf, bis gestern ein einwandfreier, tadelloser Kastalier und Magister gewesen, hättet zwar Anfechtungen und Anfälle von Amtsmüdigkeit erlebt, sie aber regelmäßig bekämpft und bezwungen. Angenommen, ich ließe das gelten, wie aber verstehe ich dann das Ungeheuerliche, daß der einwandfreie, integre

Magister, der gestern noch jede Regel erfüllt hat, heute plötzlich desertiert? Da fällt es mir doch leichter, mich in einen Magister hineinzudenken, der schon lange Zeit im Gemüt verändert und erkrankt war und der, während er sich noch immer für einen ganz guten Kastalier hielt, es in Wirklichkeit schon lange nicht mehr war. Auch frage ich mich, warum eigentlich Ihr so viel Wert auf die Feststellung leget, daß Ihr bis in die letzte Zeit ein pflichttreuer Magister waret. Da Ihr nun einmal den Schritt getan, den Gehorsam gebrochen und Desertion begangen habet, kann Euch doch an solchen Feststellungen nichts mehr gelegen sein.»

Knecht wehrte sich. «Mit Verlaub, Hochverehrter, warum soll mir daran nicht gelegen sein? Es handelt sich um meinen Ruf und Namen, um das Andenken, das ich hier zurücklasse. Es handelt sich damit auch um die Möglichkeit für mich, draußen für Kastalien zu wirken. Ich stehe nicht hier, um etwas für mich zu retten oder gar um die Billigung meines Schrittes durch die Behörde zu erreichen. Ich rechnete damit und ergebe mich darein, von meinen Kollegen künftig bezweifelt und als problematische Erscheinung angesehen zu werden. Als Verräter oder als Verrückter aber will ich nicht angesehen sein, es ist ein Urteil, das ich nicht annehmen kann. Ich habe etwas getan, was Ihr mißbilligen müsset, aber ich habe es getan, weil ich mußte, weil es mir aufgetragen ist, weil es meine Bestimmung ist, an die ich glaube und die ich mit gutem Willen auf mich nehme. Wenn Ihr mir auch dies nicht zugestehen könnet, dann bin ich unterlegen und habe umsonst zu Euch gesprochen.»

«Es geht immer um ein und dasselbe», antwortete Alexander. «Ich soll zugestehen, daß unter Umständen der Wille eines Einzelnen das Recht haben soll, die Gesetze zu brechen, an die ich glaube und die ich zu vertreten habe. Ich kann aber nicht an unsre Ordnung und zugleich auch noch an Euer privates Recht zur Durchbrechung dieser Ordnung glauben. — Unterbrecht mich nicht, bitte. Ich kann Euch zugestehen, daß Ihr allem Anschein nach von Eurem Recht und dem Sinn Eures fatalen Schrittes überzeugt seid und an eine Berufung zu Eurem Vorhaben glaubet. Daß ich den Schritt selbst billige, erwartet Ihr ja gar nicht. Dagegen habt Ihr allerdings erreicht, daß ich auf meinen anfänglichen Gedanken, Euch zurückzugewinnen und Euren Entschluß zu ändern, verzichtet habe. Ich nehme Euren Austritt aus dem Orden an und übergebe der Behörde die Meldung von Eurem freiwilligen Ausscheiden aus dem Amt. Weiter kann ich Euch nicht entgegenkommen, Josef Knecht.»

Der Glasperlenspielmeister machte eine Gebärde der Ergebenheit. Dann sagte er still: «Ich danke Euch, Herr Vorstand. Das Kästchen habe ich Euch schon anvertraut. Ich übergebe Euch zu Händen der Behörde nun auch meine paar Aufzeichnungen über den Stand der Dinge in Waldzell, vor allem über die Repetentenschaft und jene paar Personen, von welchen ich glaube, daß sie als Nachfolger in meinem Amt vor allem in Betracht kommen.»

Er zog ein paar gefaltete Blätter aus der Tasche und legte sie auf den Tisch. Dann stand er auf, auch der Vorstand erhob sich. Knecht trat auf ihn zu, blickte ihm lang mit trauriger Freundlichkeit in die Augen, verneigte sich und sagte: «Ich hatte Euch bitten wollen, mir zum Abschied die Hand zu geben, darauf muß ich nun wohl verzichten. Ihr seid mir immer besonders teuer gewesen, auch der heutige Tag hat daran nichts geändert. Lebet wohl, mein Lieber und Verehrter.»

Alexander stand still, etwas bleich; einen Augenblick sah es aus, als wolle er die Hand erheben und sie dem Scheidenden reichen. Er fühlte, daß ihm die Augen feucht wurden; da neigte er den Kopf, erwiderte Knechts Verbeugung und ließ ihn gehen.

Als der Fortgehende die Tür hinter sich geschlossen hatte, blieb der Vorstand unbeweglich stehen und horchte

auf die sich entfernenden Schritte, und als der letzte ver-
klungen und nichts mehr zu hören war, ging er eine Weile
quer durchs Zimmer auf und ab, bis draußen wieder
Schritte tönten und leise an die Tür gepocht wurde. Der
junge Diener trat ein und meldete einen Besucher, der ihn
zu sprechen verlange.

«Sage ihm, daß ich ihn in einer Stunde empfangen kann
und daß ich ihn bitte, sich kurz zu fassen, es liegt Dringliches vor. — Nein, warte noch! Geh auch in die Kanzlei
und melde dem ersten Sekretär, er möge sofort und eilig
die Gesamtbehörde auf übermorgen zu einer Sitzung ein-
berufen, mit dem Vermerk, daß Vollzähligkeit notwendig
sei und nur schwere Erkrankung als Entschuldigung für
ein Ausbleiben gelte. Dann geh zum Hausmeister und
sage ihm, morgen früh müsse ich nach Waldzell fahren,
der Wagen habe um sieben bereit zu sein ...»

«Mit Erlaubnis», sagte der Jüngling, «es wäre der
Wagen des Herrn Magister Ludi zur Verfügung.»

«Wie denn?»

«Der Ehrwürdige ist gestern zu Wagen angekommen.
Soeben hat er das Haus verlassen mit dem Bescheid, er
gehe zu Fuß weiter und lasse den Wagen hier zur Verfügung der Behörde.»

«Es ist gut. So nehme ich morgen den Waldzeller
Wagen. Wiederholen, bitte.»

Der Diener wiederholte: «Der Besucher wird in einer
Stunde empfangen, er soll sich kurz fassen. Der erste
Sekretär hat die Behörde auf übermorgen einzuberufen,
Vollzähligkeit notwendig, nur schweres Kranksein ent-
schuldigt. Morgen früh um sieben Abreise nach Waldzell
mit dem Wagen des Herrn Magister Ludi.»

Meister Alexander atmete auf, als der junge Mensch
wieder gegangen war. Er trat zu dem Tisch, an dem er
mit Knecht gesessen war, und noch klangen die Schritte
dieses Unbegreiflichen in ihm nach, den er vor allen
andern geliebt und der ihm so großen Schmerz angetan

447

hatte. Immer hatte er seit den Tagen, da er ihm Dienste geleistet, diesen Mann geliebt, und unter manchen andern Eigenschaften war es gerade auch Knechts Gang gewesen, den er gerngehabt hatte, ein bestimmter und taktfester, aber leichter, ja beinah schwebender Schritt, zwischen würdig und kindlich, zwischen priesterlich und tänzerisch, ein eigenartiger liebenswürdiger und vornehmer Schritt, der ausgezeichnet zu Knechts Gesicht und Stimme paßte. Er paßte nicht minder zu seiner so besonderen Art von Kastalier- und Magistertum, seiner Art von Herrentum und von Heiterkeit, welche manchmal ein wenig an die aristokratisch gemessene seines Vorgängers, des Meisters Thomas, manchmal auch an die einfache und herzgewinnende des Alt-Musikmeisters erinnerte. Nun war er also schon abgereist, der Eilige, zu Fuß, wer weiß wohin, und vermutlich würde er ihn niemals wiedersehen, nie mehr sein Lachen hören und seine schöne langfingrige Hand die Hieroglyphen eines Glasperlenspielsatzes hinmalen sehen. Er griff nach den Blättern, die auf dem Tische liegen geblieben waren, und begann sie zu lesen. Es war ein kurzes Vermächtnis, sehr knapp und sachlich, oft nur Stichworte, statt Sätze, und sollte dazu dienen, der Behörde die Arbeit bei der bevorstehenden Kontrolle des Spielerdorfes und der Neuwahl eines Magisters zu erleichtern. In kleinen hübschen Buchstaben standen die klugen Bemerkungen da, Worte und Handschrift ebenso vom einmaligen und unverwechselbaren Wesen dieses Josef Knecht geprägt wie sein Gesicht, seine Stimme, sein Gang. Schwerlich würde die Behörde einen Mann seines Ranges finden, um ihn zu seinem Nachfolger zu machen; die wirklichen Herren und wirklichen Persönlichkeiten waren eben doch selten, und jede solche Gestalt ein Glücksfall und Geschenk, auch hier in Kastalien, der Elite-Provinz.

Das Gehen machte Josef Knecht Freude, er war seit Jahren nicht mehr zu Fuß gereist. Ja, wenn er sich genauer zu besinnen suchte, wollte ihm scheinen, seine letzte richtige Fußwanderung sei jene gewesen, die ihn einst vom Stift Mariafels zurück nach Kastalien und zu jenem Jahresspiel nach Waldzell geführt hatte, das durch den Tod der «Exzellenz», des Magisters Thomas von der Trave, so sehr belastet worden war und ihn selbst zu dessen Nachfolger hatte werden lassen. Sonst, wenn er an jene Zeiten und gar an die Studentenjahre und das Bambusgehölz zurückdachte, war es stets gewesen, als blicke er aus einer nüchtern kühlen Kammer in weite, fröhlich besonnte Gegenden hinaus, ins Unwiederbringliche, zum Erinnerungsparadies Gewordene; immer war solches Gedenken, auch wenn es ohne Wehmut geschah, eine Schau des sehr Fernen, Anderen, vom Heute und Alltag geheimnisvoll-festlich Verschiedenen gewesen. Jetzt aber, an diesem heitern lichten Septembernachmittag mit den kräftigen Farben der Nähe und den sanft behauchten, traumzarten, vom Blau ins Violett spielenden Tönen der Ferne, beim behaglichen Wandern und müßigen Schauen blickte jene vor so langer Zeit erlebte Fußreise nicht wie eine Ferne und ein Paradies in ein resigniertes Heute herein, sondern es war die heutige Reise der damaligen, der heutige Josef Knecht dem von damals brüderlich ähnlich, es war alles wieder neu, geheimnisvoll, vielversprechend, es konnte alles Gewesene wiederkehren und noch viel Neues dazu. So hatte der Tag und die Welt ihn lange nicht mehr angeblickt, so unbeschwert, schön und unschuldig. Das Glück der Freiheit und Selbstbestimmung durchflutete ihn wie ein starker Trank; wie lange hatte er diese Empfindung, diese holde und entzückende Illusion nicht mehr verspürt! Er sann nach und erinnerte sich der Stunde, in welcher einst dies köstliche Gefühl ihm angetastet und in Fesseln gelegt worden war, es war in einem Gespräch mit dem Magister Thomas, unter dessen freundlich-ironischem Blick, und wohl erinnerte er sich der unheimlichen Empfindung jener Stunde, in welcher er seine Freiheit verlor; sie war nicht eigentlich ein Schmerz, ein brennendes Leiden gewesen, sondern mehr eine Bangigkeit, ein leiser Schauder im Nacken, ein warnendes Organgefühl überm Zwerchfell, eine Änderung in der Temperatur und namentlich im Tempo des Lebensgefühls. Die so bange, zusammenziehende, von fern her mit Ersticken drohende Empfindung jener Schicksalsstunde wurde heute kompensiert oder geheilt.

Knecht hatte gestern auf seiner Fahrt nach Hirsland beschlossen: was immer dort geschehen möge, es unter keinen Umständen zu bereuen. Für heute nun verbot er sich, an die Einzelheiten seiner Gespräche mit Alexander zu denken, an seinen Kampf mit ihm, seinen Kampf um ihn. Er stand ganz dem Gefühl von Entspannung und Freiheit offen, das ihn erfüllte wie einen Bauer nach getanem Tagewerk das Feierabendgefühl, er wußte sich geborgen und zu nichts verpflichtet, wußte sich für einen Augenblick vollkommen entbehrlich und ausgeschaltet, zu keiner Arbeit, keinem Denken verpflichtet, und der lichte farbige Tag umgab ihn sanft strahlend, ganz Bild, ganz Gegenwart, ohne Forderung, ohne Gestern und Morgen. Zuweilen summte der Zufriedene im Gehen eines der Marschlieder vor sich hin, die sie einst als kleine Eliteschüler in Eschholz auf Ausflügen drei- und vierstimmig gesungen hatten, und es kamen ihm aus der heitern Morgenfrühe seines Lebens kleine helle Erinnerungen und Klänge herübergeflogen wie Vogelgezwitscher.

Unter einem Kirschbaume mit schon ins Purpurne spielendem Laube machte er halt und setzte sich ins Gras. Er griff in die Brusttasche seines Rockes und zog ein Ding hervor, das Meister Alexander nicht bei ihm vermutet hätte, eine kleine hölzerne Flöte nämlich, die er mit einer gewissen Zärtlichkeit betrachtete. Er besaß dieses naiv und kindlich aussehende Instrument noch nicht sehr lange, ein halbes Jahr etwa, und erinnerte sich mit Vergnügen des Tages, an dem es in seinen Besitz gelangt war. Er war

damals nach Monteport gefahren, um mit Carlo Ferromonte einige musiktheoretische Fragen durchzusprechen;
es war dabei die Rede auch auf die Holzblasinstrumente
gewisser Zeitalter gekommen, und er hatte seinen Freund
gebeten, ihm die Monteporter Instrumentensammlung zu
zeigen. Nach dem genußreichen Gang durch einige Säle
voll alter Orgeltische, Harfen, Lauten, Klaviere waren sie
in ein Magazin gekommen, wo Instrumente für die Schulen aufbewahrt wurden. Dort hatte Knecht eine ganze
Lade voll solcher kleiner Flötchen liegen sehen, hatte eines
betrachtet und probiert und den Freund gefragt, ob er
wohl eine dieser Flöten mitnehmen dürfe. Lachend hatte
Carlo ihn gebeten, sich eine auszusuchen, hatte ihn lachend
eine Quittung darüber unterschreiben lassen, ihm dann
aber äußerst genau den Bau des Instrumentes, seine Handhabung und die Technik des Spieles auf ihm erklärt.
Knecht hatte das hübsche Spielzeugchen mitgenommen
und hatte, da er seit der Blockflöte seiner Eschholzer
Knabenzeit nie mehr ein Blasinstrument gespielt und sich
mehrmals schon vorgenommen hatte, wieder eines zu
lernen, je und je darauf geübt. Nächst den Tonleitern
hatte er dazu ein Heft mit alten Melodien benützt, das
Ferromonte für Anfänger herausgegeben hatte, und je und
je war aus dem Magistergarten oder aus seinem Schlaf-
zimmer der sanfte süße Klang des Flötchens gedrungen.
Längst war er noch kein Meister, aber eine Anzahl jener
Choräle und Lieder hatte er spielen gelernt, er wußte sie
auswendig, und von manchen auch die Texte. Eines dieser
Lieder, zur Stunde wohl passend, kam ihm in den Sinn.
Er sagte ein paar Verszeilen vor sich hin:

> Mein Haupt und Glieder,
> Die lagen darnieder,
> Aber nun steh ich,
> Bin munter und fröhlich,
> Schaue den Himmel mit meinem Gesicht.

Dann setzte er das Instrument an die Lippen und blies die Melodie, schaute in die sanft glänzende Weite gegen das ferne Hochgebirge hin, hörte das heiter fromme Lied im süßen Flötenton dahinklingen und fühlte sich mit Himmel, Bergen, Lied und Tag einig und zufrieden. Mit Vergnügen fühlte er das glatte runde Holz zwischen seinen Fingern und dachte daran, daß außer dem Kleid auf seinem Leibe dies Flötchen das einzige Stück Eigentum war, das er sich erlaubt hatte, von Waldzell mitzunehmen. Es hatte sich in den Jahren manches um ihn angesammelt, was mehr oder weniger die Eigenschaft persönlichen Besitztums trug, vor allem an Aufzeichnungen, Exzerptheften und dergleichen; das alles hatte er zurückgelassen, es mochte vom Spielerdorf beliebig verwendet werden. Das Flötchen aber hatte er mitgenommen und war froh darüber, es bei sich zu haben; es war ein bescheidener und liebenswürdiger Reisekamerad.

Andern Tages traf der Wanderer in der Hauptstadt ein und sprach im Hause Designori vor. Plinio kam ihm die Treppe herab entgegen und umarmte ihn bewegt.

«Wir haben dich sehnlich und mit Sorgen erwartet», rief er. «Du hast einen großen Schritt getan, Freund, möge er uns allen Gutes bringen. Aber daß sie dich fortgelassen haben! Ich hätte es nie geglaubt.»

Knecht lachte. «Du siehst, ich bin da. Aber davon werde ich dir gelegentlich erzählen. Jetzt möchte ich vor allem meinen Schüler begrüßen und natürlich auch deine Frau und alles mit euch besprechen, wie wir es mit meinem neuen Amt halten wollen. Ich bin begierig darauf, es anzutreten.»

Plinio rief eine Magd herbei und gab ihr den Auftrag, sofort seinen Sohn zu holen.

«Den jungen Herrn?» fragte sie, anscheinend verwundert, lief dann aber rasch davon, während der Hausherr seinen Freund in dessen Gastzimmer führte und ihm eifrig zu berichten begann, wie er alles für Knechts Ankunft und sein Zusammenleben mit dem jungen Tito vorbedacht und vorbereitet habe. Alles habe sich nach Knechts Wünschen einrichten lassen, auch Titos Mutter habe diese Wünsche nach einigem Widerstreben begriffen und sich ihnen gefügt. Sie besäßen ein Ferienhäuschen im Gebirge, Belpunt geheißen, hübsch an einem See gelegen, dort sollte Knecht mit seinem Zögling vorerst leben, eine alte Magd werde sie bedienen, sie sei schon dieser Tage hingereist, um alles einzurichten. Freilich sei dies nur ein Aufenthalt für kürzere Zeit, bis zum Eintritt des Winters höchstens, aber gerade für diese erste Zeit sei gewiß eine solche Abgeschiedenheit nur förderlich. Auch sei es ihm lieb, daß Tito ein großer Freund der Berge und jenes Hauses Belpunt sei, so daß er sich auf den Aufenthalt dort oben freue und ohne Widerstreben hingehe. Es fiel Designori ein, daß er eine Mappe mit Lichtbildern von Haus und Gegend besitze; er zog Knecht mit sich in sein Arbeitszimmer, suchte eifrig nach der Mappe und begann, als er sie gefunden und geöffnet hatte, seinem Gaste das Haus zu zeigen und zu schildern, die Bauernstube, den Kachelofen, die Lauben, den Badeplatz am See, den Wasserfall.

«Gefällt es dir?» fragte er angelegentlich. «Wirst du dich dort wohlfühlen können?»

«Warum nicht?» sagte Knecht gelassen. «Aber wo bleibt wohl Tito? Es ist schon eine gute Weile her, seit du nach ihm geschickt hast.»

Sie sprachen noch ein wenig hin und her, dann hörte man Schritte draußen, die Tür ging auf, und es kam jemand herein, doch war es weder Tito noch die nach ihm ausgesandte Magd. Es war Titos Mutter, Frau Designori. Knecht erhob sich zur Begrüßung, sie streckte ihm die Hand entgegen und lächelte ihn mit einer etwas mühsamen Freundlichkeit an, während er sah, daß unter diesem höflichen Lächeln ein Ausdruck von Sorge oder Ärger lag. Sie hatte kaum ein paar Worte des Willkommens hervorgebracht, als sie sich ihrem Mann zuwandte und sich ungestüm der Mitteilung entledigte, welche ihr auf der Seele lag.

«Es ist wirklich peinlich», rief sie, «denke dir, der Junge ist verschwunden und nirgends zu finden.»

«Nun, er wird ausgegangen sein», beruhigte Plinio. «Er wird schon kommen.»

«Leider ist das nicht wahrscheinlich», sagte die Mutter, «er ist nämlich schon seit heut morgen fort. Ich habe es schon in der Frühe bemerkt.»

«Und warum erfahre ich es erst jetzt?»

«Weil ich natürlich mit jeder Stunde seine Rückkehr erwartete und weil ich dich nicht unnütz aufregen wollte. Anfangs dachte ich ja auch gar nicht an etwas Schlimmes, ich dachte, er sei spazierengegangen. Erst als er mittags ausblieb, begann ich mir Sorge zu machen. Du warst heut zu Tische nicht da, sonst hättest du es mittags erfahren. Auch da noch wollte ich mir einreden, es sei nur eine Nachlässigkeit von ihm, mich so lang warten zu lassen. Aber das war es also nicht.»

«Erlauben Sie mir eine Frage», sagte Knecht. «Der junge Mann hat doch von meiner baldigen Ankunft und von Ihren Absichten mit ihm und mir gewußt?»

«Selbstverständlich, Herr Magister, und er schien mit diesen Absichten sogar nahezu zufrieden, zumindest war es ihm lieber, Sie zum Lehrer zu bekommen, als nochmals auf irgendeine Schule geschickt zu werden.»

«Nun», meinte Knecht, «dann ist ja alles gut. Ihr Sohn, Signora, ist an sehr viel Freiheit gewöhnt, besonders in letzter Zeit, da ist ihm die Aussicht auf einen Erzieher und Zuchtmeister begreiflicherweise eher fatal. Und so hat er sich im Augenblick, ehe er dem neuen Lehrer übergeben werden sollte, davongemacht, vielleicht weniger in der Hoffnung, seinem Schicksal wirklich zu entlaufen, als in der Meinung, bei einem Aufschub könne er nichts verlieren. Und außerdem wollte er vermutlich seinen Eltern und dem von ihnen bestellten Schulmeister einen Puff geben und seinen Trotz gegen die ganze Welt der Erwachsenen und Lehrer zum Ausdruck bringen.»

Designori war es lieb, daß Knecht den Vorfall so wenig tragisch nahm. Er selbst aber war voll Sorge und Beunruhigung, seinem liebenden Herzen schien jede Gefährdung des Sohnes möglich. Vielleicht, dachte er, war er allen Ernstes entflohen, vielleicht dachte er sogar daran, sich ein Leid anzutun? Ach, alles, was in der Erziehung dieses Knaben versäumt und falsch gemacht worden war, schien sich jetzt rächen zu sollen, grade im Augenblick, wo man es gutzumachen hoffte.

Gegen Knechts Rat bestand er darauf, daß etwas geschehe, etwas getan werde; er fühlte sich unfähig, den Schlag leidend und untätig hinzunehmen, und steigerte sich in eine Ungeduld und nervöse Aufgeregtheit hinein, die seinem Freunde höchlich mißfiel. So beschloß man denn, Botschaften in einige Häuser zu senden, in welchen Tito zuweilen bei Altersgenossen verkehrte. Knecht war froh, als Frau Designori gegangen war, um dies anzuordnen, und er den Freund für sich allein hatte.

«Plinio», sagte er, «du machst ein Gesicht, als hätte man dir deinen Sohn tot ins Haus getragen. Er ist kein kleines Kind mehr und wird weder unter einen Wagen geraten sein noch Tollkirschen gegessen haben. Also fasse dich, Lieber. Da das Söhnchen nicht da ist, erlaube mir, für einen Augenblick an seiner Stelle dich in die Schule zu nehmen. Ich habe dich ein wenig beobachtet und finde, daß du nicht eben gut in Form bist. In dem Augenblick, in dem ein Athlet einen unerwarteten Schlag oder Druck erleidet, macht seine Muskulatur wie von selbst die nötigen Bewegungen, dehnt oder duckt sich und hilft ihm, der Lage Herr zu werden. So hättest du, Schüler Plinio, im Augenblick, als du den Schlag empfingst — oder was dir übertriebenerweise wie ein Schlag vorkam —, das erste Abwehrmittel bei seelischen Angriffen anwenden und auf langsame, sorgfältig beherrschte Atmung bedacht sein müssen. Statt dessen hast du geatmet wie ein Schauspieler, der Erschüttertsein darstellen muß. Du bist nicht gut genug gerüstet, ihr Weltleute scheinet dem Leiden und den Sorgen auf eine ganz besondere Art offenzustehen. Es hat etwas Hilfloses und Rührendes und manchmal, nämlich wenn es sich um echte Leiden handelt und das Martyrium Sinn hat, auch etwas Großartiges. Aber für den Alltag ist dieser Verzicht auf Abwehr keine Waffe; ich werde dafür sorgen, daß dein Sohn einmal besser gerüstet sein wird, wenn er es nötig hat. Und jetzt, Plinio, sei so gut und mache ein paar Übungen mit mir, damit ich sehe, ob du wirklich alles schon wieder verlernt hast.»

Mit den Atemübungen, zu denen er streng rhythmische Kommandos gab, lenkte er den Freund heilsam von seiner Selbstquälerei ab, und danach fand er ihn auch willig, auf Vernunftgründe zu hören und den Schreckens- und Sorgenaufwand wieder abzubauen. Sie gingen in Titos Zimmer hinauf; mit Vergnügen betrachtete Knecht das Durcheinander knabenhafter Besitztümer, er griff nach einem auf dem Tischchen beim Bett liegenden Buch, sah ein darein gestecktes Stück Papier hervorragen, und siehe, es war ein Zettel mit einer Botschaft des Verschwundenen. Er reichte das Blatt Designori hin und lachte, und auch dessen Gesicht ward nun wieder hell. Auf dem Zettel teilte Tito seinen Eltern mit, er sei heute in aller Frühe aufgebrochen und reise allein ins Gebirge, wo er in Belpunt auf den neuen Lehrer warte. Man möge ihm, ehe seine Freiheit wieder so lästig beschränkt werde, dieses kleine Vergnügen gönnen, er habe einen unüberwindlichen Widerwillen dagegen, diese schöne kleine Reise in Begleitung des Lehrers, schon als Beaufsichtigter und Gefangener, zu machen.

«Sehr verständlich», meinte Knecht. «Ich werde ihm also morgen nachreisen und ihn wohl schon in deinem Landhaus finden. Jetzt aber geh vor allem zu deiner Frau und bringe ihr die Nachricht.»

Für den Rest dieses Tages war die Stimmung im Hause heiter und entspannt. An jenem Abend hat Knecht auf Plinios Drängen dem Freund in Kürze die Vorgänge der letzten Tage und namentlich seine beiden Gespräche mit Meister Alexander erzählt. An jenem Abend hat er auch einen wunderlichen Vers auf ein Zettelchen geschrieben, das heute im Besitz Tito Designoris ist. Damit hat es folgende Bewandtnis:

Der Hausherr hatte ihn vor der Abendmahlzeit für eine Stunde allein gelassen. Knecht sah einen Schrank voll alter Bücher stehen, der seine Neugierde weckte. Auch dies war ein Vergnügen, das er in vielen Jahren der Enthaltsamkeit verlernt und beinah vergessen hatte und das ihn jetzt innig an seine Studentenjahre erinnerte: vor unbekannten Büchern stehen, aufs Geratewohl hineingreifen und sich da und dort einen Band herausfischen, dessen Vergoldung oder Autorname, dessen Format oder Lederfarbe einen ansprach. Mit Behagen überflog er vorerst die Titel auf den Bücherrücken und stellte fest, daß es lauter schöne Literatur des neunzehnten und zwanzigsten Jahrhunderts sei, was er da vor sich habe. Schließlich zog er einen abgebleichten Leinenband heraus, dessen Titel «Weisheit des Brahmanen» ihn lockte. Stehend erst, dann sitzend blätterte er in dem Buch, das viele Hunderte von Lehrgedichten enthielt, ein kurioses Nebeneinander von lehrhafter Gesprächigkeit und wirklicher Weisheit, von Philistrosität und echtem Dichtergeist. Es fehlte diesem sonderbaren und rührenden Buch, so wollte es ihm scheinen, keineswegs an Esoterik, aber sie stak in derben hausbackenen Schalen, und nicht jene Gedichte darin waren die hübschesten, in welchen wirklich eine Lehre und Weisheit nach Gestalt strebte, sondern jene, in welchen des Dichters Gemüt, sein Liebesvermögen, seine Redlichkeit und Menschenliebe, sein bürgerlich gediegener Charakter Ausdruck fand. Indem er mit einer eigenen Mischung von Respekt und Belustigung in das Buch einzudringen versuchte, fiel ein Vers ihm in die Augen, den er mit Befriedigung und Zustimmung in sich einließ und dem er lächelnd zunickte, als sei er ihm eigens für diesen Tag entgegengeschickt. Er hieß:

Die Tage sehen wir, die teuren, gerne schwinden,
Um etwas Teureres herangereift zu finden:
Ein seltenes Gewächs, das wir im Garten treiben,
Ein Kind, das wir erziehn, ein Büchlein, das wir schreiben.

Er zog die Schublade des Schreibtisches, suchte und fand ein Blättchen Papier und schrieb sich die Verse darauf ab. Später zeigte er sie Plinio und sagte dazu: «Die Verse haben mir gefallen, sie haben etwas Besonderes: so trocken und zugleich so innig! Und sie passen so gut auf mich und meine augenblickliche Lage und Stimmung. Wenn ich auch kein Gärtner bin und meine Tage nicht der Pflege einer seltenen Pflanze widmen will, so bin ich doch ein Lehrer und Erzieher, und bin auf dem Wege zu meiner Aufgabe, zu dem Kind, das ich erziehen will. Wie sehr freue ich mich darauf! Was nun den Verfasser dieser Verse betrifft, den Dichter Rückert, so hat er vermutlich diese drei edlen Passionen alle gehabt, die des Gärtners, die des Erziehers und die des Autors, und grade diese wird wohl bei ihm den ersten Platz eingenommen haben, er nennt sie an letzter und bedeutsamster Stelle, und er ist in den Gegenstand seiner Passion so sehr verliebt, daß er zärtlich wird und ihn nicht Buch, sondern ‚Büchlein‘ nennt. Wie rührend ist das.»

Plinio lachte. «Wer weiß», meinte er, «ob das hübsche Diminutiv nicht bloß ein Kniff des Reimschmiedes ist, der an dieser Stelle ein zweisilbiges Wort statt des einsilbigen brauchte.»

«Wir wollen ihn doch nicht unterschätzen», verteidigte sich Knecht. «Ein Mann, der Zehntausende von Verszeilen in seinem Leben geschrieben hat, läßt sich nicht von einer schäbigen metrischen Notdurft in die Enge treiben. Nein, höre doch nur hin, wie zärtlich und auch ein wenig verschämt das klingt: ein Büchlein, das wir schreiben! Vielleicht ist es auch nicht bloß Verliebtheit, was aus dem ‚Buch‘ ein ‚Büchlein‘ gemacht hat. Vielleicht ist es auch beschönigend und versöhnend gemeint. Vielleicht, ja wahrscheinlich war dieser Dichter ein so an sein Tun hingegebener Autor, daß er selber je und je seinen Hang zum Büchermachen als eine Art Leidenschaft und Laster empfand. Dann hätte das Wort ‚Büchlein‘ nicht nur den verliebten Sinn und Klang, sondern auch den beschönigenden, ableitenden, entschuldigenden, den der Spieler meint, wenn er nicht zu einem Spiel, sondern zu einem ‚Spielchen‘ einlädt, und der Trinker, wenn er noch ein ‚Gläschen‘ oder ‚Schöppchen‘ verlangt. Nun, das sind Vermutungen. Auf jeden Fall hat der Sänger zu dem Kind, das er erziehen, und dem Büchlein, das er schreiben will, meine volle Zustimmung und mein Mitgefühl. Denn nicht bloß die Leidenschaft des Erziehenwollens ist mir bekannt, nein, auch das Büchleinschreiben ist eine Passion, die mir nicht gar zu ferne liegt. Und jetzt, da ich mich vom Amt befreit habe, hat der Gedanke wieder etwas köstlich Lockendes für mich: einmal in Muße und bei guter Laune ein Buch zu schreiben, nein: ein Büchlein, eine kleine Schrift für Freunde und Gesinnungskameraden.»

«Und worüber?» fragte Designori neugierig.

«Ach, einerlei, es käme auf den Gegenstand nicht an. Er würde mir nur ein Anlaß sein, mich einzuspinnen und das Glück zu genießen, viel freie Zeit zu haben. Worauf es mir dabei ankäme, das wäre der Ton, eine schickliche Mitte zwischen Ehrfurcht und Vertraulichkeit, zwischen Ernst und Spielerei, ein Ton nicht der Belehrung, sondern der freundschaftlichen Mitteilung und Aussprache über dies und jenes, was ich erfahren und gelernt zu haben glaube. Die Art, wie dieser Friedrich Rückert das Belehren und das Denken, das Mitteilen und Plaudern in seinen

Versen mischt, wäre wohl nicht die meine, und doch spricht etwas in dieser Art mich liebenswürdig an, sie ist persönlich und doch nicht willkürlich, sie ist spielerisch und bindet sich doch an feste Formregeln, das gefällt mir. Nun, vorläufig werde ich zu den Freuden und Problemen des Büchleinschreibens nicht kommen, ich habe mich jetzt für anderes zusammenzuhalten. Aber später einmal, denke ich mir, könnte mir wohl noch das Glück einer Autorschaft blühen, wie sie mir vorschwebt, ein behagliches, aber sorgfältiges Anfassen der Dinge, nicht zum einsamen Vergnügen nur, sondern stets im Gedanken an einige wenige gute Freunde und Leser.»

Am nächsten Morgen trat Knecht seine Reise nach Belpunt an. Designori hatte ihm gestern erklärt, er wolle ihn dorthin begleiten, dies hatte er entschieden abgelehnt und, als jener doch noch ein Wort der Überredung wagte, ihn beinahe angefahren. «Der Junge», sagte er kurz, «wird genug zu tun haben, um dem fatalen neuen Lehrer zu begegnen und ihn zu verdauen, wir dürfen ihm nicht dazu auch noch den Anblick seines Vaters zumuten, der ihn grade jetzt schwerlich beglücken würde.»

Während er in dem von Plinio für ihn gemieteten Reisewagen durch den frischen Septembermorgen fuhr, kehrte ihm die gute Reiselaune von gestern zurück. Er unterhielt sich des öftern mit dem Wagenführer, ließ zuweilen halten oder langsam fahren, wenn die Landschaft ihn anzog, spielte auch mehrmals die kleine Flöte. Es war eine schöne und spannende Fahrt, aus der Hauptstadt und Niederung den Vorbergen und weiter dem Hochgebirg entgegen, und zugleich führte sie aus dem zu Ende gehenden Sommer mehr und mehr in den Herbst hinein. Um Mittag etwa begann der letzte große Anstieg in großen Kurven durch schon spärlich werdenden Nadelwald, an schäumenden, zwischen Felsen brausenden Bergbächen hin, über Brücken und an einsam stehenden, schwer gemauerten, kleinfenstrigen Gehöften vorbei in die

steinerne, immer strenger und rauher werdende Gebirgs-
welt hinein, in deren Härte und Ernst die vielen kleinen
Blumenparadiese doppelt lieblich blühten.

Das kleine Landhaus, das man endlich erreichte, lag an
einem Bergsee in den grauen Felsen versteckt, von denen
es sich kaum abhob. Bei seinem Anblick empfand der
Reisende die Strenge, ja Finsterkeit dieser dem rauhen
Hochgebirge angepaßten Bauart; gleich darauf aber erhellte ein heiteres Lächeln sein Gesicht, denn in der offen-
stehenden Haustüre sah er eine Gestalt stehen, einen
Jüngling in farbiger Jacke und kurzer Hose, es konnte
nur sein Schüler Tito sein, und obwohl er dieses Flücht-
lings wegen nicht eigentlich und ernstlich besorgt gewesen
war, atmete er doch befreit und dankbar auf. Wenn Tito
hier war und den Lehrer auf der Schwelle des Hauses
begrüßte, so war alles gut, und es fiel manche Verwick-
lung dahin, deren Möglichkeit er unterwegs immerhin in
Betracht gezogen hatte.

Der Knabe kam ihm entgegen, lächelnd und freundlich
und ein klein wenig verlegen, er half ihm aussteigen und
sagte dabei: «Es war nicht böse gemeint, daß ich Sie die
Reise allein machen ließ.» Und noch ehe Knecht hatte antworten können, fügte er zutraulich hinzu: «Ich glaube,
Sie haben verstanden, wie es gemeint war. Sonst hätten
Sie gewiß meinen Vater mitgebracht. Daß ich gut angekommen bin, habe ich ihm schon gemeldet.»

Knecht drückte ihm lachend die Hand und ließ sich von
ihm ins Haus führen, wo auch die Magd ihn begrüßte
und ihm ein baldiges Abendessen verhieß. Als er nun,
einem ungewohnten Bedürfnis nachgebend, sich vor Tisch
ein wenig auf das Ruhebett legte, wurde ihm erst bewußt,
daß er von der schönen Wagenfahrt merkwürdig ermüdet, ja erschöpft war, und während er den Abend mit
seinem Schüler verplauderte und sich dessen Sammlungen
von Bergblumen und Schmetterlingen zeigen ließ, nahm
diese Müdigkeit noch zu, er fühlte sogar etwas wie

Schwindel, eine noch nie empfundene Leere im Kopf und eine lästige Schwäche und Ungleichmäßigkeit des Herzschlags. Doch blieb er bis zur vereinbarten Schlafenszeit mit Tito sitzen und gab sich Mühe, nichts von seinem Unwohlsein merken zu lassen. Der Schüler wunderte sich ein wenig darüber, daß der Magister kein Wort von Schulbeginn, Stundenplan, letzten Zeugnissen und dergleichen Dingen sagte, ja als Tito einen Versuch wagte, diese gute Stimmung auszunützen, und für morgen früh einen größeren Spaziergang vorschlug, um den Lehrer mit der neuen Umgebung bekannt zu machen, wurde der Vorschlag freundlich angenommen.

«Ich freue mich auf diesen Gang», fügte Knecht hinzu, «und will Sie auch gleich um einen Gefallen bitten. Ich habe beim Betrachten Ihrer Pflanzensammlung sehen können, daß Sie von den Bergpflanzen weit mehr wissen als ich. Es ist ja unter andrem der Zweck unsres Zusammenlebens, daß wir unsere Kenntnisse austauschen und einander angleichen; beginnen wir damit, daß Sie mein geringes botanisches Wissen überprüfen und mir auf diesem Gebiet etwas vorwärtshelfen.»

Als sie einander gute Nacht gewünscht hatten, war Tito sehr zufrieden und faßte gute Vorsätze. Wieder hatte dieser Magister Knecht ihm sehr gefallen. Ohne daß er hohe Worte brauchte und von Wissenschaft, Tugend, Geistesadel und dergleichen sprach, wie es die Schulprofessoren gern taten, hatte dieser heitere, freundliche Mann etwas in seinem Wesen und in seiner Rede, was verpflichtete und die edlen, guten, ritterlichen, die höheren Strebungen und Kräfte anrief. Es konnte ein Vergnügen, ja ein Verdienst sein, einen beliebigen Schulmeister zu hintergehen und zu überlisten, aber vor diesem Manne konnte man auf solche Gedanken gar nicht kommen. Er war — ja, was und wie war er denn? Tito sann darüber nach, was es denn sei, das ihm an dem Fremden so gefalle und zugleich imponiere, und fand, daß es dessen

Adel, seine Vornehmheit, sein Herrentum sei. Dies war es, was ihn vor allem anzog. Dieser Herr Knecht war vornehm, er war ein Herr, ein Edelmann, obwohl niemand seine Familie kannte und sein Vater möglicherweise ein Schuster gewesen war. Er war edler und vornehmer als die meisten Männer, welche Tito kannte, vornehmer auch als sein Vater. Der Jüngling, der die patrizischen Instinkte und Traditionen seines Hauses hochschätzte und es seinem Vater nicht verzieh, daß er von ihnen abgewichen war, begegnete hier zum erstenmal dem geistigen, dem erzogenen Adel, jener Macht, welche unter glücklichen Bedingungen gelegentlich das Wunder wirken kann, unter Überspringung einer langen Ahnen- und Generationenfolge innerhalb eines einzigen Menschenlebens aus einem Plebejerkind einen Hochadligen zu machen. Es regte sich in dem feurigen und stolzen Jüngling die Ahnung, daß dieser Art von Adel anzugehören und zu dienen ihm vielleicht zur Pflicht und Ehre werden könnte, daß vielleicht hier, erschienen und verkörpert in der Gestalt dieses Lehrers, der bei aller Sanftheit und Freundlichkeit doch durch und durch ein Herr war, sich ihm der Sinn seines Lebens nähere und ihm Ziele zu setzen bestimmt sei.

Knecht legte sich, nachdem er in sein Zimmer begleitet worden war, nicht sogleich nieder, obwohl ihn sehr danach verlangte. Der Abend hatte ihm Mühe gemacht, es war ihm schwergefallen und lästig gewesen, sich vor dem jungen Mann, der ihn ohne Zweifel gut beobachtete, in Ausdruck, Haltung und Stimme so zusammenzunehmen, daß dieser nichts von seiner eigentümlichen, inzwischen noch gewachsenen Müdigkeit oder Verstimmung oder Krankheit merke. Immerhin, es schien geglückt zu sein. Jetzt aber mußte er dieser Leere, diesem Unwohlsein, diesem bangen Schwindelgefühl, dieser Todesmüdigkeit, die zugleich auch Unruhe war, begegnen und Herr werden, zunächst indem er sie erkannte und verstehen lernte.

Dies nun gelang nicht allzuschwer, wenn auch erst nach einer geraumen Weile. Sein Kranksein hatte, wie er fand, keine andre Ursache als die heutige Reise, die ihn in so kurzer Zeit aus der Ebene in eine Höhe von wohl zweitausend Meter gebracht hatte. Er hatte, des Aufenthaltes in solchen Höhen seit einigen wenigen Ausflügen seiner frühen Jugend ungewohnt, diese rasche Steigung schlecht ertragen. Wahrscheinlich würde er mindestens noch einen Tag oder zwei an diesem Übel zu leiden haben, und sollte es dann wirklich nicht vergangen sein, nun so mußte er mit Tito und der Haushälterin heimkehren, dann war Plinios Plan mit diesem hübschen Belpunt eben mißlungen. Es wäre schade, aber kein großes Unglück.

Nach diesen Erwägungen legte er sich zu Bett und brachte die Nacht, ohne viel Schlaf zu finden, teils mit einem Überblick über seine Reise seit dem Abschied von Waldzell, teils mit Versuchen zur Beruhigung des Herzschlages und der erregten Nerven hin. Auch an seinen Schüler dachte er viel, mit Wohlgefallen, aber ohne Pläne zu machen; es schien ihm besser, dies edle, aber ungebärdige Füllen lediglich durch Wohlwollen und Gewöhnung zu zähmen, hier durfte nichts übereilt und erzwungen werden. Er dachte den Jungen allmählich zum Bewußtsein seiner Gaben und Kräfte zu bringen und zugleich jene edle Neugierde, jenes adlige Ungenügen in ihm zu nähren, das der Liebe zu den Wissenschaften, zum Geist und zum Schönen die Kraft gibt. Die Aufgabe war schön, und sein Schüler war ja nicht nur ein beliebiges junges Talent, das man wecken und in Form bringen mußte; er war als einziger Sohn eines einflußreichen und begüterten Patriziers auch ein künftiger Herr, einer der gesellschaftlichen und politischen Mitgestalter von Land und Volk, zu Beispiel und Führung bestimmt. Kastalien war dieser alten Familie Designori etwas schuldig geblieben; es hatte den ihm einst anvertrauten Vater dieses Tito nicht gründlich genug erzogen, es hatte ihn für seine schwierige Stellung zwischen

Welt und Geist nicht stark genug gemacht, und dadurch war nicht nur der begabte und liebenswerte junge Plinio ein unglücklicher Mensch mit einem unausgeglichenen und schlecht bewältigten Leben, es war auch sein einziger Sohn noch gefährdet und in die väterliche Problematik mit hineingezogen worden. Da war etwas zu heilen und wiedergutzumachen, etwas wie eine Schuld war abzutragen, und ihm machte es Freude und schien es sinnvoll, daß diese Aufgabe gerade ihm zufiel, dem Ungehorsamen und scheinbar Abtrünnigen.

Am Morgen, als er im Hause erwachendes Leben spürte, stand er auf, fand beim Bette einen Bademantel bereitgelegt, den er über seinem leichten Schlafkleide anzog, und trat, wie es ihm Tito am Vorabend gezeigt hatte, durch eine hintere Haustür in den halboffenen Gang, der das Haus mit der Badehütte und dem See verband.

Vor ihm lag der kleine See graugrün und unbewegt, jenseits ein steiler hoher Felsabhang, mit scharfem, schartigem Grat in den dünnen, grünlichen, kühlen Morgenhimmel schneidend, schroff und kalt im Schatten. Doch war hinter diesem Grat spürbar schon die Sonne aufgestiegen, ihr Licht blinkte da und dort in winzigen Splittern an einer scharfen Steinkante, es konnte nur noch Minuten dauern, so würde über den Zacken des Berges die Sonne erscheinen und See und Hochtal mit Licht überfluten. Aufmerksam und ernst gestimmt betrachtete Knecht das Bild, dessen Stille, Ernst und Schönheit er als unvertraut und dennoch ihn angehend und mahnend empfand. Stärker noch als bei der gestrigen Fahrt spürte er die Wucht, die Kühle und würdevolle Fremdheit der Hochgebirgswelt, die dem Menschen nicht entgegenkommt, ihn nicht einlädt, ihn kaum duldet. Und es schien ihm sonderbar und bedeutungsvoll, daß sein erster Schritt in die neue Freiheit des Weltlebens ihn gerade hierher, in diese stille und kalte Größe geführt hatte.

Tito erschien, in der Badehose, er gab dem Magister die

Hand und sagte, auf die Felsen gegenüber deutend: «Sie kommen im rechten Augenblick, gleich wird die Sonne aufgehen. Ach, es ist herrlich hier oben.» Freundlich nickte Knecht ihm zu. Er wußte längst, daß Tito ein Frühaufsteher, Läufer, Ringer und Wanderer sei, schon aus Protest gegen die läßliche, unsoldatisch bequeme Haltung und Lebensführung seines Vaters, wie er auch aus eben diesem Grunde den Wein verschmähte. Diese Gewohnheiten und Neigungen führten zwar gelegentlich zur Pose des Naturburschentums und der Geistverachtung — der Hang zum Übertreiben schien allen Designori angeboren —, Knecht aber hieß sie willkommen und war entschlossen, auch die Sportkameradschaft als eines der Mittel zur Gewinnung und Zähmung des feurigen Jünglings zu benützen. Es war ein Mittel unter mehreren, und keines der wichtigsten, die Musik zum Beispiel würde viel weiter führen. Auch dachte er natürlich nicht daran, dem jungen Manne sich in körperlichen Übungen gleichstellen, ihn gar übertreffen zu wollen. Ein harmloses Mittun würde genügen, um dem Jüngling zu zeigen, sein Erzieher sei weder ein Feigling noch ein Stubenhocker.

Tito blickte gespannt nach dem finsteren Felsgrat hinüber, hinter dem der Himmel im Morgenlicht wogte. Jetzt blitzte ein Stückchen des Steinrückens heftig auf wie glühendes und eben im Schmelzen begriffenes Metall, der Grat wurde unscharf und schien plötzlich niedriger geworden, schien schmelzend hinabzusinken, und aus der glühenden Lücke trat blendend das Gestirn des Tages. Zugleich wurden Erdboden, Haus, Badehütte und diesseitiges Seeufer beschienen, und die beiden Gestalten, in der starken Strahlung stehend, empfanden alsbald die wohlige Wärme dieses Lichtes. Der Knabe, erfüllt von der feierlichen Schönheit des Augenblicks und dem beglückenden Gefühl seiner Jugend und Kraft, reckte die Glieder mit rhythmischen Bewegungen der Arme, welchen bald der ganze Körper folgte, um in einem enthusiastischen

Tanz den Tagesanbruch zu feiern und sein inniges Einverständnis mit den um ihn wogenden und strahlenden Elementen auszudrücken. Seine Schritte flogen der siegreichen Sonne freudig huldigend entgegen, wichen ehrfürchtig vor ihr zurück, die ausgebreiteten Arme zogen Berg, See und Himmel an sein Herz, niederkniend schien er der Erdmutter, händebreitend den Wassern des Sees zu huldigen und sich, seine Jugend, seine Freiheit, sein innig aufflammendes Lebensgefühl wie eine festliche Opfergabe den Mächten anzubieten. Auf seinen braunen Schultern spiegelte das Sonnenlicht, seine Augen waren gegen die Blendung halb geschlossen, das junge Gesicht starrte maskenhaft in einem Ausdruck von begeistertem, beinahe fanatischem Ernst.

Der Magister war, auch er, vom feierlichen Schauspiel des anbrechenden Tages in dieser felsig schweigenden Einsamkeit ergriffen und bewegt. Mehr aber als dieser Anblick ergriff und fesselte ihn der menschliche Vorgang vor seinen Augen, der festliche Morgen- und Sonnenbegrüßungstanz seines Schülers, der den halbfertigen, von Launen beherrschten Jüngling in einen wie gottesdienstlichen Ernst hinanhob und ihm, dem Zuschauer, seine tiefsten und edelsten Neigungen, Begabungen und Bestimmungen in einem Augenblick ebenso plötzlich, strahlend und enthüllend eröffnete, wie das Erscheinen der Sonne dies kalte finstere Bergseetal erschlossen und durchleuchtet hatte. Stärker noch und bedeutender erschien ihm der junge Mensch, als er ihn sich bisher gedacht hatte, aber auch härter, unzugänglicher, geistferner, heidnischer. Dieser Fest- und Opfertanz des panisch Begeisterten war mehr, als die Reden und Verse des jungen Plinio einst gewesen waren, er rückte ihn um manche Stufe höher, ließ ihn aber auch fremder, ungreifbarer, dem Anruf unerreichbarer erscheinen.

Der Knabe selbst war von diesem Enthusiasmus ergriffen worden, ohne zu wissen, wie ihm geschah. Es war nicht etwa ein ihm schon bekannter, von ihm schon getanzter oder versuchter Tanz, den er ausführte; es war kein ihm schon geläufiger, von ihm erfundener Ritus der Sonnen- und Morgenfeier, und es hatte, wie er erst etwas später erkennen sollte, an seinem Tanz und seiner magischen Besessenheit nicht nur Gebirgsluft, Sonne, Morgen und Freiheitsgefühl teil, sondern nicht minder die auf ihn wartende Wandlung und Stufe seines jungen Lebens, erschienen in der so freundlichen wie ehrfurchtfordernden Gestalt des Magisters. Vieles traf in dieser Morgenstunde im Schicksal des jungen Tito und in seiner Seele zusammen, um die Stunde vor tausend andern als eine hohe, festliche, geweihte auszuzeichnen. Ohne zu wissen, was er tue, ohne Kritik und ohne Argwohn, tat er, was der selige Augenblick von ihm verlangte, tanzte seine Andacht, betete zur Sonne, bekannte in hingegebenen Bewegungen und Gebärden seine Freude, seinen Lebensglauben, seine Frömmigkeit und Ehrfurcht, brachte stolz zugleich und ergeben der Sonne und den Göttern im Tanz seine fromme Seele zum Opfer dar und nicht minder dem Bewunderten und auch Gefürchteten, dem Weisen und Musiker, dem aus geheimnisvollen Bezirken kommenden Meister des magischen Spieles, seinem künftigen Erzieher und Freunde.

Dies alles, gleich dem Lichtrausch des Sonnenaufgangs, währte nur Minuten. Ergriffen sah Knecht dem wunderbaren Schauspiel zu, in welchem der Schüler vor seinen Augen sich verwandelte und enthüllte, ihm neu und fremd und vollwertig als seinesgleichen entgegentrat. Beide standen sie auf dem Gehsteige zwischen Haus und Hütte, von der Lichtfülle aus Osten gebadet und vom Wirbel des eben Erlebten tief erregt, als Tito, kaum hatte er den letzten Schritt seines Tanzes getan, aus dem Glückstaumel erwachte und wie ein beim einsamen Spielen überraschtes Tier stehenblieb, gewahr werdend, daß er nicht allein sei, daß er nicht nur Ungewöhnliches erlebt und getan, sondern auch einen Zuschauer dabei gehabt habe. Blitzschnell folgte er dem ersten Einfall, der ihm ermöglichte, aus der Lage zu entkommen, die er plötzlich als irgendwie gefährlich und beschämend zu erkennen meinte, und die Zauber dieser wunderlichen Augenblicke, die ihn so völlig eingesponnen und überwältigt hatten, kräftig zu durchbrechen.

Sein eben noch alterslos maskenstrenges Gesicht nahm einen kindlichen und etwas törichten Ausdruck an, wie das eines allzu plötzlich aus tiefem Schlaf Geweckten, er wiegte sich ein wenig in den Knien, blickte dem Lehrer dumm-erstaunt ins Gesicht und streckte mit plötzlicher Eile, als falle ihm soeben etwas Wichtiges, beinahe schon Versäumtes ein, den rechten Arm mit zeigender Gebärde aus, auf das jenseitige Seeufer weisend, das wie die Hälfte der Seebreite noch in dem großen Schatten lag, den der vom Morgenstrahl bezwungene Felsberg allmählich immer enger um seine Basis zusammenzog.

«Wenn wir sehr schnell schwimmen», rief er hastig und knabeneifrig, «so können wir grade noch vor der Sonne am andern Ufer sein.»

Die Worte waren kaum hervorgestoßen, die Parole zum Wettschwimmen mit der Sonne kaum erteilt, so war Tito mit einem gewaltigen Satz, den Kopf voran, im See verschwunden, als könne er, sei es aus Übermut oder aus Verlegenheit, gar nicht rasch genug sich davonmachen und die vorangegangene feierliche Szene in gesteigerter Tätigkeit vergessen machen. Das Wasser spritzte auf und schlug über ihm zusammen, einige Augenblicke später erschienen Kopf, Schultern und Arme wieder und blieben, sich rasch entfernend, auf dem blaugrünen Spiegel sichtbar.

Knecht hatte, als er hier herauskam, keineswegs im Sinne gehabt, zu baden und zu schwimmen, es war ihm viel zu kühl und nach der halbkrank verbrachten Nacht viel zu wenig wohl gewesen. Jetzt, in der schönen Sonne, angeregt durch das soeben Geschaute, kameradschaftlich eingeladen und angerufen von seinem Zögling, fand er das Wagnis weniger abschreckend. Vor allem aber fürchtete er, es möge das, was diese Morgenstunde angebahnt und versprochen hatte, wieder versinken und verlorengehen, wenn er jetzt den Jungen allein ließe und enttäuschte, indem er in kühler erwachsener Vernünftigkeit die Kraftprobe ablehnte. Wohl warnte ihn das Gefühl von Unsicherheit und Schwäche, das er sich durch die rasche Bergreise zugezogen hatte, aber vielleicht ließ dies Unwohlsein sich grade durch Zwang und rauhes Zugreifen am schnellsten überwinden. Der Anruf war stärker als die Warnung, der Wille stärker als der Instinkt. Eilig zog er den leichten Morgenmantel aus, holte tief Atem und warf sich an derselben Stelle ins Wasser, an der sein Schüler untergetaucht war.

Der See, aus Gletscherwassern gespeist und selbst im wärmsten Sommer nur für sehr Abgehärtete bekömmlich, empfing ihn mit einer Eiseskälte von schneidender Feindseligkeit. Er war auf einen tüchtigen Schauder gefaßt gewesen, nicht aber auf diese grimmige Kälte, die ihn ringsum wie mit lodernden Flammen umfaßte und nach einem Augenblick aufwallenden Brennens rasch in ihn einzudringen begann. Er war nach dem Absprung schnell wieder emporgetaucht, entdeckte mit großem Vorsprung vor sich den Schwimmer Tito wieder, fühlte sich von dem Eisigen, Wilden, Feindseligen bitter bedrängt und glaubte noch um die Verringerung des Abstandes, um das Ziel des Wettschwimmens, um die Achtung und Kameradschaft, um die Seele des Knaben zu kämpfen, als er schon mit dem Tode kämpfte, der ihn gestellt und zum Ringen umarmt hatte. Mit allen Kräften kämpfend hielt er ihm stand, solange das Herz noch schlug.

Der junge Schwimmer hatte des öftern zurückgeblickt und mit Genugtuung wahrgenommen, daß der Magister ihm ins Wasser gefolgt sei. Nun spähte er wieder, sah den andern nicht mehr, wurde unruhig, spähte und rief, kehrte

470

um und beeilte sich, um ihm beizustehen. Er fand ihn nicht mehr und suchte schwimmend und tauchend so lange nach dem Versunkenen, bis in der bittern Kälte auch ihm die Kräfte schwanden. Taumelnd und atemlos kam er endlich an Land, sah den Bademantel am Ufer liegen, hob ihn auf und begann sich damit mechanisch Leib und Glieder abzureiben, bis die erstarrte Haut sich wieder erwärmte. In der Sonne setzte er sich nieder wie betäubt, starrte ins Wasser, dessen kühles Blaugrün ihn jetzt wunderlich leer, fremd und böse anblickte, und fühlte sich von Ratlosigkeit und tiefer Traurigkeit ergriffen, als mit dem Schwinden der körperlichen Schwäche das Bewußtsein und der Schreck über das Geschehene wiederkehrte.

O weh, dachte er entsetzt, nun bin ich an seinem Tode schuldig! Und erst jetzt, wo kein Stolz zu wahren und kein Widerstand mehr zu leisten war, spürte er im Weh seines erschrockenen Herzens, wie lieb er diesen Mann schon gehabt hatte. Und indem er sich, trotz allen Einwänden, an des Meisters Tode mitschuldig fühlte, überkam ihn mit heiligem Schauer die Ahnung, daß diese Schuld ihn selbst und sein Leben umgestalten und viel Größeres von ihm fordern werde, als er bisher je von sich verlangt hatte.

JOSEF KNECHTS HINTERLASSENE SCHRIFTEN

DIE GEDICHTE DES SCHÜLERS
UND STUDENTEN

Klage

Uns ist kein Sein vergönnt. Wir sind nur Strom,
Wir fließen willig allen Formen ein:
Dem Tag, der Nacht, der Höhle und dem Dom,
Wir gehn hindurch, uns treibt der Durst nach Sein.

So füllen Form um Form wir ohne Rast,
Und keine wird zur Heimat uns, zum Glück, zur Not,
Stets sind wir unterwegs, stets sind wir Gast,
Uns ruft nicht Feld noch Pflug, uns wächst kein Brot.

Wir wissen nicht, wie Gott es mit uns meint,
Er spielt mit uns, dem Ton in seiner Hand,
Der stumm und bildsam ist, nicht lacht noch weint,
Der wohl geknetet wird, doch nie gebrannt.

Einmal zu Stein erstarren! Einmal dauern!
Danach ist unsre Sehnsucht ewig rege,
Und bleibt doch ewig nur ein banges Schauern,
Und wird doch nie zur Rast auf unsrem Wege.

Entgegenkommen

Die ewig Unentwegten und Naiven
Ertragen freilich unsre Zweifel nicht.
Flach sei die Welt, erklären sie uns schlicht,
Und Faselei die Sage von den Tiefen.

Denn sollt es wirklich andre Dimensionen
Als die zwei guten, altvertrauten geben,
Wie könnte da ein Mensch noch sicher wohnen,
Wie könnte da ein Mensch noch sorglos leben?

Um also einen Frieden zu erreichen,
So laßt uns eine Dimension denn streichen!

Denn sind die Unentwegten wirklich ehrlich,
Und ist das Tiefensehen so gefährlich,
Dann ist die dritte Dimension entbehrlich.

Doch heimlich dürsten wir ...

Anmutig, geistig, arabeskenzart
Scheint unser Leben sich wie das von Feen
In sanften Tänzen um das Nichts zu drehen,
Dem wir geopfert Sein und Gegenwart.

Schönheit der Träume, holde Spielerei,
So hingehaucht, so reinlich abgestimmt,
Tief unter deiner heitern Fläche glimmt
Sehnsucht nach Nacht, nach Blut, nach Barbarei.

Im Leeren dreht sich, ohne Zwang und Not,
Frei unser Leben, stets zum Spiel bereit,
Doch heimlich dürsten wir nach Wirklichkeit,
Nach Zeugung und Geburt, nach Leid und Tod.

Buchstaben

Gelegentlich ergreifen wir die Feder
Und schreiben Zeichen auf ein weißes Blatt,
Die sagen dies und das, es kennt sie jeder,
Es ist ein Spiel, das seine Regeln hat.

Doch wenn ein Wilder oder Mondmann käme
Und solches Blatt, solch furchig Runenfeld
Neugierig forschend vor die Augen nähme,
Ihm starrte draus ein fremdes Bild der Welt,
Ein fremder Zauberbildersaal entgegen.
Er sähe A und B als Mensch und Tier,
Als Augen, Zungen, Glieder sich bewegen,
Bedächtig dort, gehetzt von Trieben hier,
Er läse wie im Schnee den Krähentritt,
Er liefe, ruhte, litte, flöge mit
Und sähe aller Schöpfung Möglichkeiten
Durch die erstarrten schwarzen Zeichen spuken,
Durch die gestabten Ornamente gleiten,
Säh Liebe glühen, sähe Schmerzen zucken.
Er würde staunen, lachen, weinen, zittern,
Da hinter dieser Schrift gestabten Gittern
Die ganze Welt in ihrem blinden Drang
Verkleinert ihm erschiene, in die Zeichen
Verzwergt, verzaubert, die in steifem Gang
Gefangen gehn und so einander gleichen,
Daß Lebensdrang und Tod, Wollust und Leiden
Zu Brüdern werden, kaum zu unterscheiden ...

Und endlich würde dieser Wilde schreien
Vor unerträglicher Angst, und Feuer schüren

Und unter Stirnaufschlag und Litaneien
Das weiße Runenblatt den Flammen weihen.
Dann würde er vielleicht einschlummernd spüren,
Wie diese Un-Welt, dieser Zaubertand,
Dies Unerträgliche zurück ins Niegewesen
Gesogen würde und ins Nirgendland,
Und würde seufzen, lächeln und genesen.

Beim Lesen in einem alten Philosophen

Was gestern noch voll Reiz und Adel war,
Jahrhundertfrucht erlesener Gedanken,
Plötzlich erblaßt's, wird welk und Sinnes bar
Wie eine Notenschrift, aus deren Ranken

Man Kreuz und Schlüssel löschte; es entwich
Aus einem Bau der magische Schwerpunkt; lallend
Wankt auseinander und zerlüdert sich,
Was Harmonie schien, ewig widerhallend.

So kann ein altes weises Angesicht,
Das liebend wir bewundert, sich zerknittern
Und todesreif sein geistig strahlend Licht
In kläglich irrem Fältchenspiel verzittern.

So kann ein Hochgefühl in unsern Sinnen
Sich, kaum gefühlt, verfratzen zu Verdruß,
Als wohne längst schon die Erkenntnis innen,
Daß alles faulen, welken, sterben muß.

Und über diesem eklen Leichentale
Reckt dennoch schmerzvoll, aber unverderblich,
Der Geist voll Sehnsucht glühende Fanale,
Bekriegt den Tod und macht sich selbst unsterblich.

Der letzte Glasperlenspieler

Sein Spielzeug, bunte Perlen, in der Hand,
Sitzt er gebückt, es liegt um ihn das Land
Verheert von Krieg und Pest, auf den Ruinen
Wächst Efeu, und im Efeu summen Bienen.
Ein müder Friede mit gedämpftem Psalter
Durchtönt die Welt, ein stilles Greisenalter
Der Alte seine bunten Perlen zählt,
Hier eine blaue, eine weiße faßt,
Da ein große, eine kleine wählt
Und sie im Ring zum Spiel zusammenpaßt.
Er war einst groß im Spiel mit den Symbolen,
War vieler Künste, vieler Sprachen Meister,
War ein weltkundiger, ein weitgereister,
Berühmter Mann, gekannt bis zu den Polen,
Umgeben stets von Schülern und Kollegen.
Jetzt blieb er übrig, alt, verbraucht, allein,
Es wirbt kein Jünger mehr um seinen Segen,
Es lädt ihn kein Magister zum Disput;
Sie sind dahin, und auch die Tempel, Büchereien,
Schulen Kastaliens sind nicht mehr . . . Der Alte ruht
Im Trümmerfeld, die Perlen in der Hand,
Hieroglyphen, die einst viel besagten,
Nun sind sie nur noch bunte gläserne Scherben.
Sie rollen lautlos aus des Hochbetagten
Händen dahin, verlieren sich im Sand . . .

Zu einer Toccata von Bach

Urschweigen starrt . . . Es waltet Finsternis . . .
Da bricht ein Strahl aus zackigem Wolkenriß,
Greift Weltentiefen aus dem blinden Nichtsein,

Baut Räume auf, durchwühlt mit Licht die Nacht,
Läßt Grat und Gipfel ahnen, Hang und Schacht,
Läßt Lüfte locker blau, läßt Erde dicht sein.

Es spaltet schöpferisch zu Tat und Krieg
Der Strahl entzwei das keimend Trächtige:
Aufglänzt entzündet die erschrockne Welt.
Es wandelt sich, wohin die Lichtsaat fällt,
Es ordnet sich und tönt die Prächtige
Dem Leben Lob, dem Schöpfer Lichte Sieg.

Und weiter schwingt sich, gottwärts rückbezogen,
Und drängt durch aller Kreatur Getriebe
Dem Vater Geiste zu der große Drang.
Er wird zu Lust und Not, zu Sprache, Bild, Gesang,
Wölbt Welt um Welt zu Domes Siegesbogen,
Ist Trieb, ist Geist, ist Kampf und Glück, ist Liebe.

Ein Traum

In einem Kloster im Gebirg zu Gast,
Trat ich, da alle beten gangen waren,
In einen Büchersaal. Im Abendsonnenglast
Still glänzten an der Wand mit wunderbaren
Inschriften tausend pergamentene Rücken.
Voll Wißbegierde griff ich und Entzücken
Ein erstes Buch zur Probe, nahm und las:
«Zur Zirkelquadratur der letzte Schritt.»
Dies Buch, so dacht ich rasch, nehm ich mir mit!
Ein andres Buch, goldlederner Quartant,
Auf dessen Rücken klein geschrieben stand:
«Wie Adam auch vom andern Baume aß» . . .
Vom andern Baum? Von welchem: Dem des Lebens!
So ist Adam unsterblich? Nicht vergebens,

So sah ich, war ich hier, und einen Folianten
Erblickt ich, der an Rücken, Schnitt und Kanten
In regenbogenfarbenen Tönen strahlte.
Sein Titel lautete, der handgemalte:
«Der Farben und der Töne Sinn-Entsprechung.
Nachweis, wie jeder Farb' und Farbenbrechung
Als Antwort eine Tonart zugehöre.»
O wie verheißungsvoll die Farbenchöre
Mir funkelten! Und ich begann zu ahnen,
Und jeder Griff nach einem Buch bewies es:
Dies war die Bücherei des Paradieses;
Auf alle Fragen, die mich je bedrängten,
Alle Erkenntnisdürste, die mich je versengten,
War Antwort hier und jedem Hunger Brot
Des Geistes aufbewahrt. Denn wo ich einen Band
Mit schnellem Blick befragte, jedem stand
Ein Titel angeschrieben voll Versprechen;
Es war hier vorgesorgt für jede Not,
Es waren alle Früchte hier zu brechen,
Nach welchen je ein Schüler ahnend bangte,
Nach welchen je ein Meister wagend langte.
Es war der Sinn, der innerste und reinste,
Jedweder Weisheit, Dichtung, Wissenschaft,
War jeder Fragestellung Zauberkraft
Samt Schlüssel und Vokabular, es war die feinste
Essenz des Geistes hier in unerhörten,
Geheimen Meisterbüchern aufbewahrt.
Die Schlüssel lagen hier zu jeder Art
Von Frage und Geheimnis und gehörten
Dem, dem der Zauberstunde Gunst sie bot.

So legt ich denn, mir zitterten die Hände,
Aufs Lesepult mir einen dieser Bände,
Entzifferte die magische Bilderschrift,
So, wie im Traum man oft das Niegelernte
Halb spielend unternimmt und glücklich trifft.

Und alsbald war beschwingt ich in besternte
Geisträume unterwegs, dem Tierkreis eingebaut,
In welchen alles, was an Offenbarung
Der Völker Ahnung bildlich je erschaut,
Erbe jahrtausendalter Welterfahrung,
Harmonisch sich zu immer neuen Bindungen
Begegnete und eins aufs andre rückbezog,
Alten Erkenntnissen, Sinnbildern, Findungen
Stets neue, höhere Frage jung entflog,
So daß ich lesend, in Minuten oder Stunden,
Der ganzen Menschheit Weg noch einmal ging
Und ihrer ältesten und jüngsten Kunden
Gemeinsam inneren Sinn in mir empfing.
Ich las und sah der Bilderschrift Gestalten
Sich miteinander paaren, rückentfalten,
Zu Reigen ordnen, auseinanderfließen
Und sich in neue Bildungen ergießen,
Kaleidoskop sinnbildlicher Figuren,
Die unerschöpflich neuen Sinn erfuhren.

Und wie ich so, von Schauungen geblendet,
Vom Buch aufsah zu kurzer Augenrast,
Sah ich: ich war hier nicht der einzige Gast.
Es stand im Saal, den Büchern zugewendet,
Ein alter Mann, vielleicht der Archivar,
Den sah ich ernsthaft, seines Amts beflissen,
Beschäftigt bei den Büchern, und es war
Der eifrigen Arbeit Art und Sinn zu wissen
Mir seltsam wichtig. Dieser alte Mann,
So sah ich, nahm mit zarter Greisenhand
Ein Buch heraus, las, was auf Buches Rücken
Geschrieben stand, hauchte aus blassem Munde
Den Titel an — ein Titel zum Entzücken,
Gewähr für manche köstliche Lesestunde! —
Löscht' ihn mit wischendem Finger leise fort,
Schrieb lächelnd einen neuen, einen andern,

Ganz andern Titel drauf, begann zu wandern
Und griff nach einem Buch bald da, bald dort,
Löscht' seinen Titel aus, schrieb einen andern.

Verwirrt sah ich ihm lange zu und kehrte,
Da mein Verstand sich zu begreifen wehrte,
Zurück zum Buch, drin ich erst wenig Zeilen
Gelesen hatte; doch die Bilderfolgen,
Die eben mich beseligt, fand ich nimmer,
Es löste sich und schien mir zu enteilen
Die Zeichenwelt, in der ich kaum gewandelt
Und die so reich vom Sinn der Welt gehandelt;
Sie wankte, kreiste, schien sich zu verwolken,
Und im Zerfließen ließ sie nichts zurück
Als leeren Pergamentes grauen Schimmer.
Auf meiner Schulter spürt ich eine Hand
Und blickte auf, der fleißige Alte stand
Bei mir, und ich erhob mich. Lächelnd nahm
Er nun mein Buch, ein Schauer überkam
Mich wie ein Frieren, und sein Finger glitt
Wie Schwamm darüber; auf das leere Leder
Schrieb neue Titel, Fragen und Versprechungen,
Schrieb ältester Fragen neuste jüngste Brechungen
Sorgfältig buchstabierend seine Feder.
Dann nahm er Buch und Feder schweigend mit.

Dienst

Im Anfang herrschten jene frommen Fürsten,
Feld, Korn und Pflug zu weihen und das Recht
Der Opfer und der Maße im Geschlecht
Der Sterblichen zu üben, welche dürsten

Nach der Unsichtbaren gerechtem Walten,
Das Sonn' und Mond im Gleichgewichte hält,
Und deren ewig strahlende Gestalten
Des Leids nicht kennen und des Todes Welt.

Längst ist der Göttersöhne heilige Reihe
Erloschen, und die Menschheit blieb allein,
In Lust und Leides Taumel, fern vom Sein,
Ein ewiges Werden ohne Maß und Weihe.

Doch niemals starb des wahren Lebens Ahnung,
Und unser ist das Amt, im Niedergang
Durch Zeichenspiel, durch Gleichnis und Gesang
Fortzubewahren heiliger Ehrfurcht Mahnung.

Vielleicht, daß einst das Dunkel sich verliert,
Vielleicht, daß einmal sich die Zeiten wenden,
Daß Sonne wieder uns als Gott regiert
Und Opfergaben nimmt von unsern Händen.

Seifenblasen

Es destilliert aus Studien und Gedanken
Vielvieler Jahre spät ein alter Mann
Sein Alterswerk, in dessen krause Ranken
Er spielend manche süße Weisheit spann.

Hinstürmt voll Glut ein eifriger Student,
Der sich in Büchereien und Archiven
Viel umgetan und den der Ehrgeiz brennt,
Ein Jugendwerk voll genialischer Tiefen.

Es sitzt und bläst ein Knabe in den Halm,
Er füllt mit Atem farbige Seifenblasen,
Und jede prunkt und lobpreist wie ein Psalm,
All seine Seele gibt er hin im Blasen.

Und alle drei, Greis, Knabe und Student
Erschaffen aus dem Maya-Schaum der Welten
Zaubrische Träume, die an sich nichts gelten,
In welchen aber lächelnd sich erkennt
Das ewige Licht, und freudiger entbrennt.

Nach dem Lesen
in der Summa contra Gentiles

Einst war, so scheint es uns, das Leben wahrer,
Die Welt geordneter, die Geister klarer,
Weisheit und Wissenschaft noch nicht gespalten.
Sie lebten voller, heitrer, jene Alten,
Von denen wir bei Plato, den Chinesen
Und überall so Wunderbares lesen —
Ach, und sooft wir in des Aquinaten
Wohl abgemeßnen Summentempel traten,
So schien uns eine Welt der reifen, süßen,
Der lautern Wahrheit ferneher zu grüßen:
Alles schien dort so licht, Natur von Geist durchwaltet,
Von Gott her zu Gott hin der Mensch gestaltet,
Gesetz und Ordnung formelschön verkündet,
Zum Ganzen alles ohne Bruch geründet.
Statt dessen scheint uns Späteren, wir seien
Zum Kampf verdammt, zum Zug durch Wüsteneien,
Zu Zweifeln nur und bittern Ironien,
Nichts sei als Drang und Sehnsucht uns verliehen.

Doch mag es unsern Enkeln einmal gehen
Wie uns: sie werden uns verklärend sehen,
Als Selige und Weise, denn sie hören
Von unsres Lebens klagend wirren Chören
Nur noch harmonischen Nachklang, der verglühten
Nöte und Kämpfe schön erzählte Mythen.
Und wer von uns am wenigsten sich traut,
Am meisten fragt und zweifelt, wird vielleicht
Es sein, des Wirkung in die Zeiten reicht,
An dessen Vorbild Jugend sich erbaut;
Und der am Zweifel an sich selber leidet,
Wird einst vielleicht als Seliger beneidet,
Dem keine Not und keine Furcht bewußt war,
In dessen Zeit zu leben eine Lust war
Und dessen Glück dem Glück der Kinder glich.

Denn auch in uns lebt Geist vom ewigen Geist,
Der aller Zeiten Geister Brüder heißt:
Er überlebt das Heut, nicht Du und Ich.

Stufen

Wie jede Blüte welkt und jede Jugend
Dem Alter weicht, blüht jede Lebensstufe,
Blüht jede Weisheit auch und jede Tugend
Zu ihrer Zeit und darf nicht ewig dauern.
Es muß das Herz bei jedem Lebensrufe
Bereit zum Abschied sein und Neubeginne,
Um sich in Tapferkeit und ohne Trauern
In andre, neue Bindungen zu geben.
Und jedem Anfang wohnt ein Zauber inne,
Der uns beschützt und der uns hilft, zu leben.

Wir sollen heiter Raum um Raum durchschreiten,
An keinem wie an einer Heimat hängen,
Der Weltgeist will nicht fesseln uns und engen,
Er will uns Stuf' um Stufe heben, weiten.
Kaum sind wir heimisch einem Lebenskreise
Und traulich eingewohnt, so droht Erschlaffen,
Nur wer bereit zu Aufbruch ist und Reise,
Mag lähmender Gewöhnung sich entraffen.

Es wird vielleicht auch noch die Todesstunde
Uns neuen Räumen jung entgegensenden,
Des Lebens Ruf an uns wird niemals enden . . .
Wohlan denn, Herz, nimm Abschied und gesunde!

Das Glasperlenspiel

Musik des Weltalls und Musik der Meister
Sind wir bereit in Ehrfurcht anzuhören,
Zu reiner Feier die verehrten Geister
Begnadeter Zeiten zu beschwören.

Wir lassen vom Geheimnis uns erheben
Der magischen Formelschrift, in deren Bann
Das Uferlose, Stürmende, das Leben,
Zu klaren Gleichnissen gerann.

Sternbildern gleich ertönen sie kristallen,
In ihrem Dienst ward unserm Leben Sinn,
Und keiner kann aus ihren Kreisen fallen,
Als nach der heiligen Mitte hin.

DIE DREI LEBENSLÄUFE

Der Regenmacher

Es war vor manchen tausend Jahren, und die Frauen waren an der Herrschaft: in Stamm und Familie waren es die Mutter und Großmutter, welchen Ehrfurcht und Gehorsam erwiesen wurde, bei Geburten galt ein Mädchen sehr viel mehr als ein Knabe.

Im Dorf war eine Ahnfrau, wohl hundert oder mehr Jahre alt, von allen wie eine Königin verehrt und gefürchtet, obwohl sie schon seit Menschengedenken nur selten noch einen Finger rührte oder ein Wort sprach. An vielen Tagen saß sie vor dem Eingang ihrer Hütte, ein Gefolge von dienenden Verwandten um sie, und es kamen die Frauen des Dorfes, ihr Ehrfurcht zu erweisen, ihr ihre Angelegenheiten zu erzählen, ihre Kinder zu zeigen und zum Segnen zu bringen; es kamen die Schwangeren und baten, sie möge ihren Leib berühren und ihnen den Namen für das Erwartete geben. Die Ahnmutter legte manchmal die Hand auf, manchmal nickte sie nur oder schüttelte den Kopf oder blieb auch regungslos. Worte sagte sie selten; sie war nur da; sie war da, saß und regierte, saß und trug das weißgelbe Haar in dünnen Strähnen um das lederne, weitsichtige Adlergesicht, saß und empfing Verehrung, Geschenke, Bitten, Nachrichten, Berichte, Anklagen, saß und war allen bekannt als die Mutter von sieben Töchtern, als die Großmutter und Urahne von vielen Enkeln und Urenkeln, saß und trug auf den scharfgefalteten Zügen und hinter der braunen Stirn die Weisheit, die Überlieferung, das Recht, die Sitte und Ehre des Dorfes.

Es war ein Abend im Frühling, bewölkt und früh dunkelnd. Vor der Lehmhütte der Urahne saß nicht sie selbst, aber ihre Tochter, die war kaum weniger weiß und würdig und auch nicht sehr viel weniger alt als die Urahne. Sie saß und ruhte, ihr Sitz war die Türschwelle, ein flacher Feldstein, bei kaltem Wetter mit einem Fell belegt, und weiter außen im Halbkreise hockten am Boden, im Sand oder Gras, ein paar Kinder und ein paar Weiber und Buben; die hockten hier an jedem Abend, an dem es nicht regnete oder fror, denn sie wollten die Tochter der Urahne erzählen hören, Geschichten erzählen oder Sprüche singen. Früher hatte dies die Urahne selbst getan, jetzt war sie allzu alt und nicht mehr mitteilsam, und an ihrer Stelle kauerte und erzählte die Tochter, und wie sie die Geschichten und Sprüche alle von der Urgroßmutter hatte, so hatte sie von ihr auch die Stimme, die Gestalt, die stille Würde der Haltung, der Bewegungen und des Sprechens, und die Jüngeren unter den Zuhörern kannten sie viel besser als ihre Mutter und wußten schon beinahe nichts mehr davon, daß sie an Stelle einer anderen saß und die Geschichten und Weistümer des Stammes mitteilte. Von ihrem Munde floß an den Abenden der Quell des Wissens, sie verwahrte den Schatz des Stammes unter ihrem weißen Haar, hinter ihrer sanft gefurchten alten Stirn wohnte die Erinnerung und der Geist der Siedlung. Wenn einer wissend war und Sprüche oder Geschichten kannte, so hatte er sie von ihr. Außer ihr und der Uralten gab es nur noch einen Wissenden im Stamm, der aber verborgen blieb, einen geheimnisvollen und sehr schweigsamen Mann, den Wetter- oder Regenmacher.

Unter den Zuhörenden kauerte auch der Knabe Knecht und neben ihm ein kleines Mädchen, das hieß Ada. Dieses Mädchen hatte er gern und begleitete und beschützte es oft, nicht aus Liebe eigentlich, davon wußte er noch nichts, er war selber noch ein Kind, sondern weil sie die Tochter des Regenmachers war. Ihn, den Regenmacher, verehrte und bewunderte Knecht sehr, nächst der Urahne und ihrer Tochter niemand so wie ihn. Aber sie waren Frauen. Sie konnte man verehren und fürchten, doch konnte man nicht den Gedanken fassen und den Wunsch in sich hegen, zu werden, was sie waren. Der Wettermacher nun war ein ziemlich unnahbarer Mann, es war für einen Knaben nicht leicht, sich in seiner Nähe zu halten; man mußte Umwege gehen, und einer der Umwege zum Wettermacher war Knechts Sorge um dessen Kind. Er holte es so oft wie möglich in des Wettermachers etwas abgelegener Hütte ab, um am Abend vor der Hütte der Alten zu sitzen und sie erzählen zu hören, und brachte sie dann wieder heim. So hatte er auch heute getan und hockte nun neben ihr in der dunklen Schar und hörte zu.

Die Ahne erzählte heute vom Hexendorf. Sie erzählte: «Manchmal gibt es in einem Dorf eine Frau, die von böser Art ist und es mit niemandem gut meint. Meistens bekommen diese Frauen keine Kinder. Manchmal ist eins von diesen Weibern so böse, daß das Dorf sie nicht mehr bei sich haben will. Dann holt man das Weib in der Nacht, legt ihren Mann in Fesseln, züchtigt das Weib mit Ruten und treibt es dann weit in die Wälder und Sümpfe hinaus, man verflucht es mit einem Fluch und läßt es dort draußen. Dem Mann nimmt man alsdann die Fesseln wieder ab, und wenn er nicht zu alt ist, kann er sich zu einer andern Frau gesellen. Die Hinausgejagte aber, wenn sie nicht umkommt, streift in den Wäldern und Sümpfen, lernt die Tiersprache, und wenn sie lang gestreift und gewandert ist, findet sie eines Tages ein kleines Dorf, das heißt das Hexendorf. Dort sind alle die bösen Frauen, die man aus ihren Dörfern vertrieben hat, zusammengekommen und haben sich selber ein Dorf gemacht. Dort leben sie, tun Böses und treiben Zauber, und namentlich locken sie, weil sie selber keine Kinder haben, gerne Kinder aus den richtigen Dörfern an sich, und wenn ein Kind sich im Walde verläuft und nie mehr wiederkommt,

dann ist es vielleicht nicht im Sumpf ertrunken oder vom
Wolf zerrissen, sondern von einer Hexe auf Irrwege gelockt und von ihr mit ins Hexendorf genommen worden.
Zur Zeit, als ich noch klein und meine Großmutter die
Älteste im Dorf war, ist einmal ein Mädchen mit den
andern in die Heidelbeeren gegangen, und beim Beeren-
pflücken wurde es müd und schlief ein; es war noch klein,
die Farnkräuter bedeckten es, und die andern Kinder
zogen weiter und merkten nichts, und erst als sie wieder
zum Dorf zurückkamen und es schon Abend war, sahen
sie, daß das Mädchen nicht mehr bei ihnen war. Man
schickte die Jungburschen, die suchten und riefen nach ihr
im Wald, bis es Nacht war, dann kamen sie zurück und
hatten sie nicht gefunden. Die Kleine aber war, als sie
genug geschlafen hatte, im Walde weiter und weiter gegangen. Und je mehr es ihr bang wurde, desto schneller
lief sie, aber sie wußte schon lange nicht mehr, wo sie war,
und lief bloß immer weiter vom Dorfe weg bis dahin,
wo noch niemand gewesen war. Am Halse trug sie an
einem Bastfaden einen Eberzahn, ihr Vater hatte ihn ihr
geschenkt, er hatte ihn von der Jagd mitgebracht, und
durch den Zahn hatte er mit einem Steinsplitter ein Loch
gebohrt, durch das man den Bast ziehen konnte, und hatte
den Zahn vorher dreimal im Eberblut gekocht und gute
Sprüche dazu gesungen, und wer einen solchen Zahn bei
sich trug, der war vor manchem Zauber geschützt. Jetzt
kam eine Frau zwischen den Bäumen heraus, die war eine
Hexe, sie machte ein süßes Gesicht und sagte: ‚Ich grüße
dich, du hübsches Kind, hast du dich verlaufen? Komm nur
mit mir, ich bringe dich nach Hause.‘ Das Kind ging mit
ihr. Aber es fiel ihm ein, was Mutter und Vater ihm gesagt hatten: daß es niemals einem Fremden den Eberzahn
zeigen dürfe, und so machte es im Gehen unbemerkt den
Zahn vom Bastfaden los und steckte ihn in den Gürtel.
Die fremde Frau lief mit dem Mädchen stundenlang, es
war schon Nacht, da kamen sie ins Dorf, es war aber nicht

unser Dorf, es war das Hexendorf. Da wurde das Mädchen in einen finstern Stall gesperrt, die Hexe aber ging in ihre Hütte schlafen. Am Morgen sagte die Hexe: ‚Hast du nicht einen Eberzahn bei dir?‘ Das Kind sagte: nein, es habe wohl einen gehabt, aber der sei ihm im Walde verlorengegangen, und sie zeigte ihr Halsbändchen aus Bast, an dem kein Zahn mehr hing. Da holte die Hexe einen steinernen Topf, in dem war Erde, und in der Erde wuchsen drei Kräuter. Das Kind schaute die Kräuter an und fragte, was damit sei. Die Hexe deutete auf das erste Kraut und sagte: ‚Das ist das Leben deiner Mutter.‘ Dann deutete sie auf das zweite und sagte: ‚Das ist das Leben deines Vaters.‘ Dann deutete sie auf das dritte Kraut: ‚Und das ist dein eigenes Leben. Solang diese Kräuter grün sind und wachsen, seid ihr am Leben und gesund. Wird eines welk, dann wird der krank, dessen Leben es bedeutet. Wird eins ausgerissen, so wie ich jetzt eins ausreißen werde, dann muß der sterben, dessen Leben es bedeutet.‘ Sie faßte das Kraut, das des Vaters Leben bedeutete, mit den Fingern und fing an, daran zu ziehen, und als sie ein wenig gezogen hatte und ein Stück von der weißen Wurzel zu sehen war, tat das Kraut einen tiefen Seufzer . . .»

Bei diesem Wort sprang das kleine Mädchen neben Knecht auf, wie von einer Schlange gebissen, tat einen Schrei und rannte Hals über Kopf davon. Lang hatte sie mit der Angst gekämpft, die ihr die Geschichte machte, jetzt hatte sie es nicht mehr ausgehalten. Eine alte Frau lachte. Andere unter den Zuhörern hatten kaum weniger Angst als die Kleine, aber sie hielten an sich und blieben sitzen. Knecht aber, sobald er recht aus dem Traum des Zuhörens und Angsthabens erwacht war, sprang ebenfalls auf und rannte dem Mädchen nach. Die Ahne erzählte weiter.

Der Regenmacher hatte seine Hütte nahe beim Dorfweiher stehen, in dieser Richtung suchte Knecht die

Davongelaufene. Mit lockendem, beruhigendem Brummen, Singen und Sumsen suchte er sie zu ködern, mit einer Stimme, wie sie die Weiber beim Heranlocken der Hühner machen, langgezogen, süß, auf Bezauberung bedacht. «Ada», rief er und sang er, «Ada, Adalein, komm her. Ada, hab keine Angst, ich bin es, ich, Knecht.» So sang er wieder und wieder, und noch ehe er etwas von ihr gehört oder gesehen hatte, fühlte er plötzlich ihre kleine weiche Hand sich in die seine drängen. Sie war am Weg gestanden, den Rücken dicht an eine Hüttenwand gelehnt, und hatte ihn erwartet, seit sein Rufen sie erreicht hatte. Aufatmend schloß sie sich ihm an, der ihr groß und stark und schon wie ein Mann vorkam.

«Hast du Angst gehabt, ja?» fragte er. «Ist nicht nötig, niemand tut dir was, alle haben Ada gern. Komm, wir gehen heim.» Sie zitterte noch und schluchzte ein wenig, war aber schon ruhiger und kam dankbar und vertrauensvoll mit.

Aus der Hüttentür schimmerte schwaches rotes Licht, innen hockte der Wettermacher am Herd gebückt, durch seine hängenden Haare schimmerte es hell und rot, er hatte Feuer brennen und kochte etwas in zwei kleinen Töpfchen. Ehe Knecht mit Ada eintrat, schaute er von draußen neugierig ein paar Augenblicke zu; er sah sogleich, daß es kein Essen sei, was hier gekocht wurde, das tat man in anderen Töpfen, und es war ja auch dazu schon viel zu spät. Aber der Regenmacher hatte ihn schon gehört. «Wer steht da in der Tür?» rief er. «Vorwärts, herein! Bist du es, Ada?» Er deckte Deckel auf seine Töpfchen, umbaute sie mit Glut und Asche und wendete sich um.

Knecht schielte noch immer nach den geheimnisvollen Töpfchen, es war ihm neugierig, ehrfürchtig und beklommen zumut wie jedesmal, wenn er diese Hütte betrat. Er tat es, sooft er nur konnte, er schuf sich mancherlei Anlässe und Vorwände dazu, aber immer spürte er dabei dies halb kitzelnde, halb warnende Gefühl von leiser

Beklemmung, in dem lüsterne Neugierde und Freude mit Furcht im Streite lag. Der Alte mußte es ja doch sehen, daß Knecht ihm seit langem nachfolgte und überall in der Nähe auftauchte, wo er ihn vermuten konnte, daß er ihm wie ein Jäger auf der Spur war und stumm seine Dienste und seine Gesellschaft anbot.

Turu, der Wettermacher, sah ihn mit den hellen Raubvogelaugen an. «Was willst du hier?» fragte er kühl. «Keine Tageszeit für Besuche in fremden Hütten, mein Junge.»

«Ich habe Ada heimgebracht, Meister Turu. Sie war bei der Urahne, wir hörten Geschichten erzählen, von den Hexen, und auf einmal ist es ihr Angst geworden, und sie hat geschrien, da habe ich sie begleitet.»

Der Vater wandte sich an die Kleine: «Ein Angsthase bist du, Ada. Kluge Mädchen brauchen die Hexen nicht zu fürchten. Du bist doch ein kluges Mädchen, nicht?»

«Ja, schon. Aber die Hexen können doch lauter böse Künste, und wenn man keinen Eberzahn hat . . .»

«So, einen Eberzahn möchtest du haben? Wir werden sehen. Aber ich weiß etwas, was noch besser ist. Ich weiß eine Wurzel, die werde ich dir bringen, im Herbst müssen wir sie suchen und ziehen, die schützt kluge Mädchen vor allem Zauber und macht sie sogar noch hübscher.»

Ada lächelte und freute sich, sie war schon beruhigt, seit der Geruch der Hütte und das bißchen Feuerschein um sie war. Schüchtern fragte Knecht: «Könnte nicht ich die Wurzel suchen gehen? Du müßtest sie mir beschreiben . . .»

Turu kniff die Augen klein. «Das möchte mancher kleine Junge gern wissen», sagte er, aber seine Stimme klang nicht böse, nur etwas spöttisch. «Es hat noch Zeit damit. Im Herbst vielleicht.»

Knecht zog sich zurück und verschwand in der Richtung nach dem Knabenhaus, wo er schlief. Eltern hatte er nicht, er war eine Waise, und auch darum empfand er bei Ada und in ihrer Hütte einen Zauber.

Der Regenmacher Turu liebte die Worte nicht, er hörte weder andre noch sich gern reden; viele hielten ihn für wunderlich, manche für mürrisch. Er war es nicht. Er wußte von dem, was um ihn her vorging, immerhin mehr, als man seiner gelehrten und einsiedlerischen Zerstreutheit zutraute. Er wußte unter andrem genau darum, daß dieser etwas lästige, aber hübsche und offenbar kluge Knabe ihm nachlaufe und ihn beobachte, von allem Anfang an hatte er es bemerkt, es dauerte schon ein Jahr und länger. Er wußte auch genau, was das bedeute. Es bedeutete viel für den Jungen und bedeutete viel auch für ihn, den Alten. Es bedeutete, daß dieser Bursche in die Wettermacherei verliebt war und nichts sehnlicher wünschte, als sie zu lernen. Immer einmal gab es einen solchen Knaben in der Siedlung. Mancher war schon so dahergekommen. Mancher ließ sich leicht abschrecken und entmutigen, andre nicht, und er hatte schon zwei von ihnen jahrelang zu Schülern und Lehrlingen gehabt, die hatten dann weit fort in andre Dörfer geheiratet und waren dort Regenmacher oder Kräutersammler geworden; seither war Turu allein geblieben, und wenn er je nochmals einen Lehrling annähme, dann würde er es tun, um einst einen Nachfolger zu haben. So war es immer gewesen, so war es richtig und konnte nicht anders sein: immer wieder mußte ein begabter Knabe auftauchen und mußte dem Manne anhängen und nachlaufen, den er sein Handwerk als Meister beherrschen sah. Knecht war begabt, er hatte, was man braucht, und hatte auch einige Zeichen, die ihn empfahlen: den forschenden, zugleich scharfen und träumerischen Blick vor allem, das Verhaltene und Lautlose im Wesen und im Ausdruck des Gesichts und Kopfes etwas Spürendes, Witterndes, Waches, auf Geräusche und Gerüche Aufmerkendes, etwas Vogelhaftes und Jägerhaftes. Gewiß, aus diesem Knaben konnte ein Wetterkundiger werden, vielleicht auch ein Magier, er war zu brauchen. Aber es hatte keine Eile damit, er war ja noch zu jung, und man brauchte ihm keineswegs zu zeigen, daß man ihn erkannte, man durfte es ihm nicht zu leicht machen, es sollte ihm kein Weg erspart werden. Wenn er einzuschüchtern, abzuschrecken, abzuschütteln, zu entmutigen war, dann war es nicht schade um ihn. Mochte er warten und dienen, mochte er herumschleichen und um ihn werben.

Knecht schlenderte durch die einbrechende Nacht unter bewölktem Himmel mit zwei, drei Sternen dorfeinwärts, befriedigt und wohlig erregt. Von den Genüssen, Schönheiten und Verfeinerungen, welche uns Heutigen selbstverständlich und unentbehrlich sind und noch dem Ärmsten gehören, wußte die Siedlung nichts, sie kannte weder Bildung noch Künste, sie kannte weder andre Häuser als schiefe Lehmhütten, noch wußte sie von eisernen und stählernen Werkzeugen, auch Dinge wie Weizen oder Wein waren unbekannt, Erfindungen wie Kerze oder Lampe wären den Menschen strahlende Wunder gewesen. Das Leben Knechts und seine Vorstellungswelt war darum nicht weniger reich, als unendliches Geheimnis und Bilderbuch umgab ihn die Welt, deren er sich mit jedem neuen Tag ein neues kleines Stück eroberte, vom Tierleben und Pflanzenwuchs bis zum Sternenhimmel, und zwischen der stummen, geheimnisvollen Natur und seiner vereinzelten, in banger Knabenbrust atmenden Seele war alle Verwandtschaft und war auch alle Spannung, Angst, Neugierde und Aneignungslust vorhanden, deren die Menschenseele fähig ist. Gab es in seiner Welt kein geschriebenes Wissen, keine Geschichte, kein Buch, kein Alphabet, war ihm alles, was mehr als drei, vier Stunden über sein Dorf hinaus lag, vollkommen unbekannt und unerreichbar, so lebte er dafür in dem seinen, in seinem Dorf, ganz und vollkommen mit. Das Dorf, die Heimat, die Gemeinschaft des Stammes unter der Führung der Mütter gab ihm alles, was Volk und Staat dem Menschen geben können: einen Boden voll tausend Wurzeln, in deren Geflecht er selbst eine Faser war und an allem teilhatte.

Zufrieden schlenderte er dahin, in den Bäumen flüsterte der Nachtwind und knackte leise, es roch nach feuchter Erde, nach Schilf und Schlamm, nach Rauch von halbgrünem Holz, ein fettiger und etwas süßer Geruch, der mehr als jeder andere Heimat bedeutete, und zuletzt, als er sich der Knabenhütte näherte, roch es nach ihr, roch nach Knaben, nach jungen Menschenleibern. Lautlos kroch er unter der Schilfmatte hindurch in die warme, atmende Finsternis, legte sich auf die Streu und dachte an die Hexengeschichte, an den Eberzahn, an Ada, an den Wettermacher und seine Töpfchen am Feuer, bis er einschlief.

Turu kam dem Knaben nur mit sparsamen Schritten entgegen, er machte es ihm nicht leicht. Der junge Mensch aber war immer auf seiner Spur, es zog ihn dem Alten nach, er wußte selbst oft nicht wie. Manchmal, wenn der Alte irgendwo an verborgenster Stelle in Wald, Sumpf oder Heide eine Falle stellte, eine Tierspur beroch, eine Wurzel grub oder Samen sammelte, konnte er plötzlich den Blick des Knaben fühlen, der ihm lautlos und unsichtbar seit Stunden folgte und ihn belauerte. Dann tat er manchmal, als habe er nichts gemerkt, manchmal knurrte er und wies den Verfolger ungnädig weg, manchmal auch winkte er ihn zu sich und behielt ihn für den Tag bei sich, ließ sich Dienste von ihm leisten, zeigte ihm dies und jenes, ließ ihn raten, stellte ihn auf Proben, nannte ihm Namen von Kräutern, hieß ihn Wasser schöpfen oder Feuer zünden, und bei jeder Verrichtung wußte er Handgriffe, Vorteile, Geheimnisse, Formeln, deren Geheimhaltung dem Jungen eingeschärft wurde. Und schließlich, als Knecht etwas größer war, behielt er ihn ganz bei sich, er erkannte ihn als seinen Lehrling an und holte ihn aus dem Knabenschlafhaus in seine eigene Hütte. Damit war Knecht vor allem Volk gekennzeichnet: er war kein Knabe mehr, er war Lehrling beim Wettermacher, und das bedeutete: wenn er durchhielt und etwas taugte, würde er dessen Nachfolger sein.

Von dieser Stunde an, in der Knecht vom Alten in seine Hütte aufgenommen wurde, war die Schranke zwischen ihnen gefallen, nicht die Schranke der Ehrfurcht und des Gehorsams, aber die des Mißtrauens und der Zurückhaltung. Turu hatte sich ergeben und von Knechts zäher Werbung erobern lassen; nun wollte er nichts andres mehr als einen guten Wettermacher und Nachfolger aus ihm machen. Es gab für diese Unterweisung keine Begriffe, keine Lehre, keine Methode, keine Schrift, keine Zahlen und nur sehr wenig Worte, und es waren Knechts Sinne viel mehr als sein Verstand, welche von seinem Meister erzogen wurden. Es galt, ein großes Gut an Überlieferung und Erfahrung, das gesamte Wissen des damaligen Menschen um die Natur, nicht bloß zu verwalten und auszuüben, sondern weiterzugeben. Ein großes und dichtes System von Erfahrungen, Beobachtungen, Instinkten und Forschergewohnheiten tat sich langsam und dämmernd vor dem Jüngling auf, beinahe nichts davon war auf Begriffe gebracht, beinahe alles mußte mit den Sinnen erspürt, erlernt, nachgeprüft werden. Fundament aber und Mittelpunkt dieser Wissenschaft war die Kunde vom Mond, von seinen Phasen und Wirkungen, wie er immer wieder anschwoll und immer wieder hinschwand, bevölkert von den Seelen der Gestorbenen, sie zu neuer Geburt aussendend, um Raum für neue Tote zu schaffen.

Ähnlich wie jener Abend mit dem Gang von der Märchenerzählerin zu den Töpfen am Herd des Alten hat sich eine andere Stunde in Knechts Gedächtnis geprägt, eine Stunde zwischen Nacht und Morgen, da ihn der Meister zwei Stunden nach Mitternacht geweckt hatte und mit ihm in tiefer Finsternis hinausgegangen war, um ihm den letzten Aufgang einer schwindenden Mondsichel zu zeigen. Da harrten sie, der Meister in schweigsamer Regungslosigkeit, der Junge etwas furchtsam und vor Mangel an Schlaf fröstelnd, inmitten der Waldhügel auf einer frei vorgebauten Felsplatte lange Zeit, bis an der vom Meister vorbezeichneten Stelle und in der von ihm vorausbeschriebenen Gestalt und Neigung der dünne Mond hervorkam, ein zarter gebogener Strich. Bang und bezaubert starrte Knecht auf das langsam steigende Gestirn, zwischen Wolkenfinsternissen schwamm es sanft in einer klaren Himmelsinsel hinan.

«Bald wird er seine Gestalt wechseln und wieder anschwellen, dann kommt die Zeit, um den Buchweizen auszusäen», sagte der Regenmacher, die Tage an seinen Fingern vorzählend. Dann versank er wieder in das vorige Schweigen, wie alleingelassen kauerte Knecht auf dem tauglänzenden Stein und zitterte vor Kühle, aus der Waldtiefe kam ein langgezogener Eulenschrei herauf. Lange sann der Alte, dann erhob er sich, legte die Hand auf Knechts Haar und sagte leise, wie aus einem Traum heraus: «Wenn ich gestorben bin, fliegt mein Geist in den Mond. Du wirst dann ein Mann sein und eine Frau haben, meine Tochter Ada wird deine Frau sein. Wenn sie einen Sohn von dir bekommt, wird mein Geist zurückkehren und in eurem Sohn wohnen, und du wirst ihn Turu nennen, wie ich Turu hieß.»

Staunend hörte der Lehrling zu, er wagte kein Wort zu sagen, die dünne Silbersichel stieg und war schon halb von den Wolken verschlungen. Wunderlich berührte den jungen Menschen eine Ahnung von vielen Zusammenhängen und Verknüpfungen, Wiederholungen und Kreuzungen zwischen den Dingen und Geschehnissen, wunderlich fand er sich als Zuschauer und auch als Mitspieler vor diesen fremden, nächtlichen Himmel gestellt, wo über den unendlichen Wäldern und Hügeln die scharfe dünne Sichel, vom Meister genau vorverkündet, erschienen war; wunderbar erschien ihm der Meister und in tausend Geheimnisse eingehüllt, er, der an seinen eigenen Tod dachte, er, dessen Geist im Monde weilen und vom Monde zurück in einen Menschen kehren würde, welcher Knechts Sohn sein und des gewesenen Meisters Namen tragen sollte.

Wunderlich aufgerissen und stellenweise durchsichtig gleich dem Wolkenhimmel schien die Zukunft, schien das Schicksal vor ihm zu liegen, und daß man von ihnen wissen, sie nennen und von ihnen sprechen konnte, schien ihm wie ein Ausblick in unabsehbare Räume voll von Wundern und doch voll Ordnung. Einen Augenblick schien alles ihm vom Geiste erfaßbar, alles wißbar, alles belauschbar, der leise, sichere Gang der Gestirne oben, das Leben der Menschen und Tiere, ihre Gemeinschaften und Feindschaften, Begegnungen und Kämpfe, alles Große und Kleine samt dem in jedem Lebendigen mit einge-schlossenen Tod, das alles sah oder fühlte er in einem ersten Ahnungsschauer als ein Ganzes und sich selbst darin eingeordnet und einbezogen als etwas durchaus Geord-netes, von Gesetzen Beherrschtes, dem Geiste Zugäng-liches. Es war die erste Ahnung von den großen Geheim-nissen, ihrer Würde und Tiefe sowohl wie ihrer Wißbar-keit, die den Jüngling in dieser nächtlich-morgendlichen Waldkühle auf dem Felsen über den tausend flüsternden Wipfeln wie eine Geisterhand berührte. Er konnte nicht davon sprechen, damals nicht und in seinem ganzen Leben nicht, aber daran denken mußte er viele Male, ja es war in seinem weiteren Leben und Erfahren immer diese Stunde und ihr Erlebnis mit gegenwärtig. «Denke daran», mahnte sie, «denke daran, daß es dies alles gibt, daß zwischen dem Mond und dir und Turu und Ada Strahlen und Ströme gehen, daß es den Tod gibt und das Seelen-land und die Wiederkehr von dort und daß auf alle Bilder und Erscheinungen der Welt es eine Antwort innen in deinem Herzen gibt, daß alles dich angeht, daß du von allem so viel wissen solltest, als dem Menschen irgend zu wissen möglich ist.» So etwa sprach diese Stimme. Für Knecht war es das erstemal, daß er die Stimme des Geistes so vernahm, ihre Verlockung, ihre Forderung, ihr magi-sches Werben. Schon manchen Mond hatte er am Himmel wandern sehen und manchen nächtlichen Eulenruf gehört, und aus dem Mund des Meisters, so wenig redselig er sein mochte, hatte er schon manches Wort alter Weisheit oder einsamer Betrachtung vernommen — in der heutigen Stunde aber war es neu und anders, es war die Ahnung vom Ganzen, die ihn getroffen hatte, das Gefühl der Zusammenhänge und Beziehungen, der Ordnung, die ihn selbst mit einbezog und mitverantwortlich machte. Wer den Schlüssel dazu hätte, der müßte nicht bloß aus den Fußspuren ein Tier, an den Wurzeln oder Samen eine Pflanze zu erkennen imstande sein, er müßte das Ganze der Welt: die Gestirne, die Geister, die Menschen, die Tiere, die Heilmittel und Gifte, alles müßte er in seiner Ganzheit erfassen und aus jedem Teil und Zeichen jeden andern Teil ablesen können. Es gab gute Jäger, die konnten aus einer Spur, aus einer Losung, aus einem Haar und Überbleibsel mehr erkennen als andre: sie erkannten an ein paar winzigen Haaren nicht nur, von welcher Art Tier sie stammten, sondern auch, ob es alt oder jung, Männchen oder Weibchen sei. Andre erkannten an einer Wolkenform, an einem Geruch in der Luft, an einem besondern Verhalten der Tiere oder Pflanzen das kommende Wetter für Tage voraus; sein Meister war darin unerreicht und nahezu unfehlbar. Andre wieder hatten eine angeborene Geschicklichkeit: es gab Knaben, die vermochten mit den Steinen einen Vogel auf dreißig Schritt zu treffen, sie hatten es nicht gelernt, sie konnten es einfach, es geschah nicht durch Bemühung, sondern durch Zauber oder Gnade, der Stein in ihrer Hand flog von selbst, der Stein wollte treffen, und der Vogel wollte getroffen sein. Andre sollte es geben, welche die Zukunft vorauswußten: ob ein Kranker sterben werde oder nicht, ob eine Schwangere Knaben oder Mädchen gebären werde; die Tochter der Ahnmutter war dafür berühmt, und auch der Wettermacher besaß, sagte man, etwas von solchem Wissen. Es mußte nun, so schien es Knecht in jenem Augenblick, im riesigen Netz der Zusammenhänge einen Mittelpunkt geben, von dem aus alles gewußt, alles Vergangene und alles Kommende gesehen und abgelesen werden konnte. Dem, der an diesem Mittelpunkt stünde, müßte das Wissen zulaufen wie dem Tal das Wasser und dem Kohl der Hase, sein Wort müßte scharf und unfehlbar treffen wie der Stein aus der Hand des Scharfschützen, er müßte kraft des Geistes alle diese einzelnen wunderbaren Gaben und Fähigkeiten in sich vereinen und spielen lassen: dies wäre der vollkommene, weise, unübertreffliche Mensch! So wie er zu werden, sich ihm anzunähern, zu ihm unterwegs zu sein: das war der Weg der Wege, das war das Ziel, das gab einem Leben Weihe und Sinn. So etwa empfand er es, und was wir in unsrer ihm unbekannten, begrifflichen Sprache darüber zu sagen versuchen, kann nichts von deren Schauer und von der Glut seines Erlebnisses mitteilen. Das nächtliche Aufstehen, die Führung durch den finstern, lautlosen Wald voll Gefahr und Geheimnis, das Harren auf der Steinplatte oben in der Morgenkälte, das Erscheinen des dünnen Mondgespenstes, die spärlichen Worte des weisen Mannes, das Alleinsein mit dem Meister zu außerordentlicher Stunde, dies alles wurde von Knecht als eine Feier und ein Mysterium erlebt und aufbewahrt, als Feier der Initiation, als seine Aufnahme in einen Bund und Kult, in ein dienendes, aber ehrenvolles Verhältnis zum Unnennbaren, zum Weltgeheimnis. Zu Gedanken oder gar zu Worten konnte dies Erlebnis und manches ähnliche nicht werden, und ferner und unmöglicher noch als jeder andre Gedanke wäre etwa dieser gewesen: «Bin nur ich allein es, der dies Erlebnis schafft, oder ist es objektive Wirklichkeit? Fühlt der Meister dasselbe wie ich, oder lächelt er über mich? Sind meine Gedanken bei diesem Erlebnis neue, eigene, einmalige, oder hat der Meister und mancher vor ihm einst genau dasselbe erlebt und gedacht?» Nein, es gab diese Brechungen und Differenzierungen nicht, es war alles Wirklichkeit, war getränkt und voll von Wirklichkeit wie ein Brotteig von Hefe. Wolken, Mond und wechselndes Himmelstheater, nasser kalter Kalksteinboden unterm nackten Fuß, feuchte rieselnde Taukälte in der bleichen Nachtluft, tröstlicher Heimatgeruch nach Herdrauch und Laubstreu, aufbewahrt im Fell, das der Meister umgeschlagen trug, Klang von Würde und leiser Anklang von Alter und Todesbereitschaft in seiner rauhen Stimme — alles war überwirklich und drang beinah gewalttätig in die Sinne des Jünglings. Und für Erinnerungen sind Sinneseindrücke ein tieferer Nährboden als die besten Systeme und Denkmethoden.

Der Regenmacher gehörte zwar zu den wenigen, welche einen Beruf ausübten, eine spezielle Kunst und Fähigkeit eigens ausgebildet hatten, doch war sein Alltagsleben von dem aller andern nach außen hin nicht so sehr verschieden. Er war ein hoher Beamter und genoß Ansehen, erhielt auch Abgaben und Lohn vom Stamm, sooft er für die Allgemeinheit zu tun hatte, doch kam dies nur bei besonderen Anlässen vor. Seine weitaus wichtigste und feierlichste, ja heilige Funktion war es, im Frühling für jede Art von Frucht und Kraut den Tag der Aussaat zu bestimmen; dies tat er unter genauer Berücksichtigung des Mondstandes teils nach ererbten Regeln, teils nach der eigenen Erfahrung. Die feierliche Handlung der Saateröffnung selbst, das Ausstreuen der ersten Handvoll Korn und Samen ins Gemeindeland, gehörte aber schon nicht mehr zu seinem Amt, so hoch stand kein Mann im Range; es wurde alljährlich von der Ahnmutter selbst oder deren ältesten Verwandten vollzogen. Zur wichtigsten Person des Dorfes wurde der Meister in jenen Fällen, wo er wirklich als Wettermacher zu amten hatte. Dies geschah, wenn eine lange Trockenheit, Nässe oder Kälte die Felder belagerte und den Stamm mit Hungersnot bedrohte. Dann hatte Turu die Mittel anzuwenden, die man gegen Dürre und Mißwachs kannte: Opfer, Beschwörungen, Bittgänge. Der Sage nach gab es, wenn bei hartnäckiger Trockenheit oder endlosem Regen alle anderen Mittel versagten und

die Geister durch kein Zureden, Flehen oder Drohen umzustimmen waren, noch ein letztes unfehlbares Mittel, das
zu Zeiten der Mütter und Großmütter des öfteren sollte
angewandt worden sein: die Opferung des Wettermachers
selbst durch die Gemeinde. Die Ahnmutter, sagte man,
habe dies noch erlebt und mitangesehen.

Außer der Sorge um das Wetter hatte der Meister noch
eine Art privater Praxis, als Geisterbeschwörer, als An-
fertiger von Amuletten und Zaubermitteln und in gewissen Fällen als Arzt, soweit dies nicht der Ahnmutter
vorbehalten war. Im übrigen aber lebte Meister Turu das
Leben jedes andern. Er half, wenn die Reihe an ihn kam,
das Gemeindeland bestellen und hatte bei der Hütte auch
seinen eigenen kleinen Pflanzgarten. Er sammelte Früchte,
Pilze, Brennholz und bewahrte sie auf. Er fischte und
jagte und hielt eine Ziege oder zwei. Als Bauer war er
gleich jedem andern, als Jäger, Fischer und Kräutersucher
aber war er nicht gleich irgendeinem andern, sondern war
ein Einzelgänger und Genie und stand im Ruf, eine Menge
von natürlichen und magischen Listen, Griffen, Vorteilen
und Hilfsmitteln zu kennen. Einer von ihm geflochtenen
Weidenschlinge, hieß es, konnte kein gefangenes Tier
wieder entrinnen, die Fischköder wußte er durch besondere Mittel duftend und schmackhaft zu machen, er verstand es, die Krebse an sich zu locken, und es gab Leute,
welche glaubten, daß er auch die Sprache mancher Tiere
verstehe. Sein eigentlichstes Gebiet aber war doch das
seiner magischen Wissenschaft: das Beobachten des Mondes
und der Sterne, die Kenntnis der Wetterzeichen, das Vorgefühl für Witterung und Wachstum, die Beschäftigung
mit allem, was als Hilfsmittel magischer Wirkungen
diente. So war er groß als Kenner und Sammler von jenen
Gebilden der Pflanzen- und Tierwelt, welche als Heilmittel und als Gifte, als Träger von Zauber, als Segen und
Schutzmittel gegen die Unheimlichen dienen konnten. Er
kannte und fand ein jedes Kraut, auch das seltenste, er

wußte, wo und wann es blühe und Samen trage, wann es Zeit sei, seine Wurzel zu graben. Er kannte und fand alle Arten von Schlangen und Kröten, wußte mit der Verwendung von Hörnern, Hufen, Klauen, Haaren Bescheid, kannte sich mit den Verwachsungen, Mißbildungen, Spuk- und Schreckformen aus, den Knollen, Kröpfen und Warzen am Holz, am Blatt, am Korn, an der Nuß, am Horn und Huf.

Knecht hatte mehr mit den Sinnen, mehr mit Fuß und Hand, mit Auge, Hautgefühl, Ohr und Geruchsinn zu lernen als mit dem Verstande, und Turu lehrte weit mehr durch Beispiel und Zeigen als durch Worte und Lehren. Es war selten, daß der Meister überhaupt zusammenhängend sprach, und auch dann waren die Worte nur ein Versuch, seine außerordentlich eindrücklichen Gebärden noch zu verdeutlichen. Knechts Lehre war wenig verschieden von der Lehre, welche etwa ein junger Jäger oder Fischer bei einem guten Meister durchmacht, und sie machte ihm große Freude, denn er lernte nur, was schon in ihm lag. Er lernte lauern, lauschen, sich anschleichen, beobachten, auf der Hut sein, wach sein, schnuppern und spüren; aber das Wild, auf das er und sein Meister lauerten, war nicht nur Fuchs und Dachs, Otter und Kröte, Vogel und Fisch, sondern der Geist, das Ganze, der Sinn, der Zusammenhang. Das flüchtige, launische Wetter zu bestimmen, zu erkennen, zu erraten und vorauszuwissen, den in Beere und Schlangenbiß bereitliegenden Tod zu kennen, das Geheimnis zu belauschen, nach welchem die Wolken und die Stürme mit den Zuständen des Mondes zusammenhingen und auf Saat und Wachstum ebenso einwirkten wie auf Gedeihen und Verderb des Lebens in Mensch und Tier, darauf waren sie aus. Sie strebten dabei wohl eigentlich nach demselben Ziel, wie die Wissenschaft und Technik späterer Jahrtausende es tat, nach dem Beherrschen der Natur und dem Spielenkönnen mit ihren Gesetzen, aber sie taten es auf einem vollkommen anderen

Wege. Sie trennten sich nicht von der Natur und suchten in ihre Geheimnisse nicht gewaltsam einzudringen, sie waren nie der Natur entgegengesetzt und feindlich, immer ein Teil von ihr und ihr mit Ehrfurcht hingegeben. Es ist wohl möglich, daß sie sie besser kannten und klüger mit ihr umgingen. Eines aber war ihnen ganz und gar unmöglich, nicht einmal in den verwegensten Gedanken: der Natur und der Geisterwelt ohne Angst zugetan und untertan zu sein oder sich gar ihr überlegen zu fühlen. Diese Hybris war ihnen undenkbar, und zu den Mächten der Naturkräfte, zum Tod, zu den Dämonen ein andres Verhältnis als das der Angst zu haben, wäre ihnen unmöglich erschienen. Die Angst stand beherrschend über dem Leben der Menschen. Sie zu überwinden schien unmöglich. Aber sie zu sänftigen, sie in Formen zu bannen, zu überlisten und zu maskieren, sie ins Ganze des Lebens einzuordnen, dazu dienten die verschiedenen Systeme der Opfer. Die Angst war der Druck, unter dem das Leben dieser Menschen stand, und ohne diesen hohen Druck hätte ihrem Leben zwar der Schrecken, aber auch die Intensität gefehlt. Wem es gelang, einen Teil der Angst in Ehrfurcht zu veredeln, der hatte viel gewonnen, Menschen dieser Art, Menschen, deren Angst zu Frömmigkeit geworden war, waren die Guten und Vorgeschrittenen jenes Zeitalters. Geopfert wurde viel und in vielen Formen, und ein gewisser Teil dieser Opfer und ihrer Riten gehörte zum Amtsbereich des Wettermachers.

Neben Knecht wuchs in der Hütte die kleine Ada auf, ein hübsches Kind, des Alten Liebling, und als diesem die Zeit gekommen schien, gab er sie seinem Schüler zur Frau. Knecht galt von jetzt an als des Regenmachers Gehilfe, Turu stellte ihn der Dorfmutter als seinen Schwiegersohn und Nachfolger vor und ließ sich von da an in manchen Verrichtungen und Amtshandlungen von ihm vertreten. Allmählich, mit den Jahreszeiten und Jahren, versank der alte Regenmacher ganz in die einsame Beschaulichkeit der

Greise und überließ ihm sein ganzes Amt, und als er starb
— man fand ihn tot am Herdfeuer hocken, über einige
Töpfchen mit magischem Gebräu gebückt, das weiße Haar
vom Feuer angesengt —, da war schon seit langem der
Junge, der Schüler Knecht, dem Dorfe als Regenmacher
bekannt. Er verlangte vom Dorfrat ein ehrenvolles Begräbnis für seinen Lehrmeister und verbrannte über seinem
Grabe als Opfer eine ganze Last von edlen und köstlichen
Heilkräutern und Wurzeln. Auch dies war längst vergangen, und unter Knechts Kindern, deren schon mehrere
die Hütte Adas eng machten, gab es einen Knaben namens
Turu: in seiner Gestalt war der Alte von der Todesfahrt
zum Monde wiedergekehrt.

Es erging Knecht, wie es vorzeiten seinem Lehrer ergangen war. Ein Teil seiner Angst ward zu Frömmigkeit
und zu Geist. Ein Teil seines jugendlichen Strebens und
seiner tiefen Sehnsucht blieb lebendig, ein Teil starb dahin und verlor sich im Älterwerden in der Arbeit, in der
Liebe und Sorge für Ada und die Kinder. Immer galt
seine größte Liebe und angelegentlichste Forschung dem
Monde und seinem Einfluß auf die Jahreszeiten und Wit-
terungen; hierin erreichte er seinen Meister Turu und übertraf ihn am Ende. Und weil das Wachsen des Mondes und
sein Schwinden so eng mit dem Sterben und Geboren-
werden der Menschen zusammenhing, und weil von allen
den Ängsten, in welchen die Menschen leben, die Angst
vor dem Sterbenmüssen die tiefste ist, darum gewann der
Mondverehrer und Mondkenner Knecht aus seinem nahen
und lebendigen Verhältnis zum Monde auch ein geweihtes
und geläutertes Verhältnis zum Tode; er war in seinen
reiferen Jahren der Todesfurcht weniger untertan als
andere Menschen. Er konnte ehrerbietig mit dem Monde
reden, oder flehend, oder zärtlich, er wußte sich ihm verbunden in zarten geistigen Beziehungen, er kannte des
Mondes Leben sehr genau und nahm an dessen Vor-
gängen und Schicksalen innigen Anteil, er lebte sein

Hinschwinden und sein Neuwerden wie ein Mysterium in sich mit, und er litt mit ihm und erschrak, wenn das Ungeheure eintrat und der Mond Erkrankungen und Gefahren, Wandlungen und Schädigungen ausgesetzt schien, wenn er den Glanz verlor, die Farbe änderte, sich bis nahe ans Erlöschen verdunkelte. In solchen Zeiten freilich nahm jedermann am Monde teil, zitterte um ihn, erkannte Drohung und Unheilsnähe in seiner Verfinsterung und starrte angstvoll in sein altes, krankgewordenes Gesicht. Aber gerade dann zeigte sich, daß der Regenmacher Knecht dem Monde inniger verbunden war und mehr von ihm wußte als andre; wohl litt er dessen Schicksal mit, wohl war ihm eng und bange um das Herz, aber seine Erinnerung an ähnliche Erlebnisse war schärfer und gepflegter, sein Vertrauen gegründeter, sein Glaube an die Ewigkeit und Wiederkunft, an die Korrektur und Überwindbarkeit des Todes war größer; und größer war auch der Grad seiner Hingabe; er fühlte sich in solchen Stunden bereit, das Schicksal des Gestirns bis zum Untergang und bis zur Neugeburt mitzuerleben, ja er fühlte dann zuweilen sogar etwas wie Frechheit, etwas wie den verwegenen Mut und Entschluß, dem Tode durch den Geist zu trotzen, sein Ich durch die Hingabe an übermenschliche Geschicke zu stärken. Etwas davon ging in sein Wesen über und ward auch den andern spürbar; er galt für einen Wissenden und Frommen, für einen Mann von großer Ruhe und geringer Todesfurcht, für einen, der mit den Mächten gut stand.

Er hatte diese Gaben und Tugenden in manchen harten Proben zu bewähren. Einmal hatte er eine Periode von Mißwachs und feindseliger Witterung zu bestehen, die sich über zwei Jahre ausdehnte, es war die größte Prüfung seines Lebens. Da hatten die Widrigkeiten und bösen Anzeichen schon bei der wiederholt verschobenen Aussaat begonnen, und dann hatte jeder erdenkliche Unstern und Schaden die Saaten betroffen und endlich so gut wie ganz vernichtet; die Gemeinde hatte grausam gehungert und

Knecht mit ihr, und daß er dieses bittre Jahr überstand, daß er, der Regenmacher, nicht jeglichen Glauben und Einfluß verlor und dem Stamm helfen konnte, das Unglück mit Demut und einiger Fassung zu ertragen, war schon sehr viel gewesen. Als nun gar das folgende Jahr, nach einem harten und an Todesfällen reichen Winter, all das Ungemach und Elend des vorigen wiederholte, als das Gemeindeland im Sommer unter einer hartnäckigen Trockenheit verdorrte und barst, die Mäuse sich grausig vermehrten, als die einsamen Beschwörungen und Opferhandlungen des Regenmachers ebenso unerhört und ergebnislos blieben wie die öffentlichen Veranstaltungen, die Trommelchöre, die Bittgänge der ganzen Gemeinde, als es sich grausam zeigte, der Regenmacher könne diesmal keinen Regen machen, da war es keine kleine Sache und brauchte mehr als einen gewöhnlichen Mann, die Verantwortung zu tragen und sich gegen das erschreckte und aufgewühlte Volk aufrecht zu halten. Es gab da zwei oder drei Wochen, in denen Knecht ganz und gar allein stand, und ihm gegenüber stand die ganze Gemeinde, stand der Hunger und die Verzweiflung, stand der alte Volksglaube, nur die Opferung des Wettermachers könne die Mächte wieder versöhnen. Er hatte durch Nachgeben gesiegt. Er hatte dem Opfergedanken keinen Widerstand entgegengesetzt, er hatte sich selber als Opfer angeboten. Außerdem hatte er mit unerhörter Mühe und Hingabe an der Linderung der Not mitgearbeitet, hatte immer wieder Wasser entdeckt, eine Quelle, ein Rinnsal erspürt, hatte verhindert, daß in der höchsten Not der gesamte Viehstand vernichtet wurde, und namentlich hatte er die damalige Altmutter des Dorfes, die von einer verhängnisvollen Verzweiflung und Seelenschwäche ergriffene Ahnfrau, in dieser drangvollen Zeit durch Beistand, Rat, Drohung, durch Zauber und Gebet, durch Vorbild und durch Einschüchterung davor bewahrt, zusammenzubrechen und alles vernunftlos treiben zu lassen. Es hatte sich damals gezeigt, daß in Zeiten der Beunruhigung und der allgemeinen Sorge ein Mann desto brauchbarer ist, je mehr er sein Leben und Denken auf Geistiges und Überpersönliches gerichtet, je mehr er verehren, beobachten, anbeten, dienen und opfern gelernt hat. Die beiden furchtbaren Jahre, die ihn beinahe zum Opfer gemacht und vernichtet hätten, hinterließen ihm schließlich hohes Ansehen und Vertrauen, nicht zwar bei der Menge der Unverantwortlichen, wohl aber bei den wenigen, die Verantwortung trugen und einen Mann von seiner Art zu beurteilen vermochten.

Durch diese und manche andre Prüfungen war sein Leben geführt worden, als er das reife Mannesalter erreichte und auf seiner Lebenshöhe stand. Er hatte zwei Ahnfrauen des Stammes begraben helfen, er hatte ein hübsches sechsjähriges Söhnlein verloren, es war vom Wolf geholt worden, er hatte eine schwere Krankheit ohne fremde Hilfe überstanden, sein eigener Arzt. Er hatte Hunger und Frost gelitten. Dies alles hatte sein Gesicht gezeichnet und nicht minder seine Seele. Er hatte auch die Erfahrung gemacht, daß geistige Menschen bei den andern eine gewisse wunderliche Art von Anstoß und Widerwillen erregen, daß man sie zwar aus der Ferne schätzt und in Notfällen in Anspruch nimmt, sie aber keineswegs liebt und als seinesgleichen empfindet, ihnen vielmehr ausweicht. Auch das hatte er erfahren, daß überkommene oder frei erfundene Zaubersprüche und Bannformeln vom Kranken oder Unglücklichen viel williger angenommen werden als vernünftiger Rat, daß der Mensch lieber Ungemach und äußere Buße auf sich nimmt als sich im Innern ändert oder auch nur prüft, daß er an Zauber leichter glaubt als an Vernunft, an Formeln leichter als an Erfahrung: lauter Dinge, welche sich in den paar tausend Jahren seither vermutlich nicht so sehr geändert haben, als manche Geschichtsbücher behaupten. Er hatte aber auch gelernt, daß ein forschender geistiger Mensch die Liebe nicht verlieren darf, daß er den Wünschen und Torheiten der Menschen ohne Hochmut entgegenkommen, sich aber nicht von ihnen beherrschen lassen dürfe, daß es vom Weisen zum Scharlatan, vom Priester zum Gaukler, vom helfenden Bruder zum schmarotzenden Nutznießer immer nur einen Schritt weit ist und daß die Leute im Grunde weit lieber einen Gauner bezahlen, sich von einem Marktschreier ausnützen lassen, als ohne Entgelt eine selbstlos geleistete Hilfe annehmen. Sie wollten nicht gern mit Vertrauen und Liebe bezahlen, sondern lieber mit Geld und Ware. Sie betrogen einander und erwarteten, selbst betrogen zu werden. Man mußte lernen, den Menschen als ein schwaches, selbstsüchtiges und feiges Wesen zu sehen, man mußte auch einsehen, wie sehr man selbst an allen diesen üblen Eigenschaften und Trieben teilhabe, und durfte dennoch daran glauben und seine Seele davon nähren, daß der Mensch auch Geist und Liebe sei, daß etwas in ihm wohne, das den Trieben entgegensteht und ihre Veredlung ersehnt. Aber diese Gedanken sind wohl schon allzu losgelöst und überformuliert, als daß Knecht ihrer fähig gewesen wäre. Sagen wir: er war zu ihnen unterwegs, sein Weg würde einmal zu ihnen und durch sie hindurchführen.

Indes er diesen Weg ging, sich nach Gedanken sehnend, jedoch weit mehr im Sinnlichen lebend, im Bezaubertsein durch den Mond, durch den Duft eines Krautes, die Salze einer Wurzel, den Geschmack einer Rinde, durch das Züchten von Heilpflanzen, das Kochen von Salben, die Hingabe an Wetter und Atmosphäre, bildete er manche Fähigkeiten in sich aus, auch solche, welche wir Späteren nicht mehr besitzen und nur noch halb verstehen. Die wichtigste dieser Fähigkeiten war natürlich das Regenmachen. Wenn auch zu manchen besonderen Malen der Himmel hart blieb und seine Bemühungen grausam zu verhöhnen schien, so hat Knecht doch hundertmal Regen gemacht, und beinahe jedesmal auf eine ein wenig andere

Weise. An den Opfern zwar und am Ritus der Bittgänge, der Beschwörungen, der Trommelmusiken hätte er nicht das kleinste zu ändern oder wegzulassen gewagt. Aber dies war ja nur der offizielle, der öffentliche Teil seiner Tätigkeit, ihre amtliche und priesterliche Schauseite; und gewiß war es sehr schön und gab ein herrliches Hochgefühl, wenn am Abend eines mit Opfer und Prozession begangenen Tages der Himmel sich ergab, der Horizont sich bewölkte, der Wind feucht zu riechen begann, die ersten Tropfen herabwehten. Allein auch da hatte es erst der Kunst des Wettermachers bedurft, um den Tag gut zu wählen, um nicht blind das Aussichtslose anzustreben; man durfte die Mächte wohl anflehen, ja bestürmen, aber mit Gefühl und Maß, mit Ergebung in ihren Willen. Und lieber noch als jene schönen triumphalen Erlebnisse von Erfolg und Erhörung waren ihm gewisse andre, von welchen niemand wußte als er selbst, und auch er selbst wußte nur mit Scheu und mehr mit den Sinnen als mit dem Verstande von ihnen. Es gab Lagen des Wetters, Spannungen der Luft und der Wärme, es gab Bewölkungen und Winde, gab Arten von Wasser- und von Erd- und Staubgeruch, gab Drohungen oder Versprechungen, gab Stimmungen und Launen der Wetterdämonen, welche Knecht in seiner Haut, seinem Haar, seinen sämtlichen Sinnen voraus- und mitempfand, so daß er von nichts überrascht, von nichts enttäuscht werden konnte, daß er mitschwingend das Wetter in sich konzentrierte und es in einer Weise in sich trug, die ihn befähigte, Wolken und Winden zu gebieten: nicht freilich aus einer Willkür und nach freiem Belieben, sondern eben aus dieser Verbundenheit und Gebundenheit heraus, welche den Unterschied zwischen ihm und der Welt, zwischen Innen und Außen vollkommen aufhob. Dann konnte er verzückt stehen und lauschen, verzückt kauern und alle Poren offen haben und das Leben der Lüfte und Wolken in seinem Innern nicht mehr nur mitfühlen, sondern dirigieren und erzeugen, etwa so, wie wir einen Satz Musik, den wir genau kennen, in uns innen wecken und reproduzieren können. Dann brauchte er nur den Atem anzuhalten – und der Wind oder Donner schwieg, brauchte nur mit dem Kopf zu nicken oder zu schütteln – und der Hagel brach los oder blieb aus, brauchte nur dem Ausgleich der kämpfenden Kräfte in sich durch ein Lächeln Ausdruck zu geben – und droben schlugen die Wolkenfalten sich auseinander und entblößten das dünne lichte Blau. In manchen Zeiten von besonders reiner Gestimmtheit und Seelenordnung trug er das Wetter der kommenden Tage genau und untrüglich vorauswissend in sich, als stünde in seinem Blut die ganze Partitur geschrieben, nach welcher draußen gespielt werden mußte. Das waren seine guten und besten Tage, seine Belohnungen, seine Wonnen.

Wenn jedoch diese innige Verbindung mit dem Außen unterbrochen, wenn Wetter und Welt unvertraut, unverständlich und unberechenbar waren, dann waren auch in seinem Innern Ordnungen gestört und Ströme unterbrochen, dann fühlte er, daß er kein rechter Regenmacher sei, und empfand sein Amt und seine Verantwortlichkeit für Wetter und Ernte als lästig und ungerecht. In diesen Zeiten war er häuslich, war Ada gehorsam und behilflich, nahm sich mit ihr des Haushaltes beflissen an, machte den Kindern Spielzeug und Werkzeug, kochte an Arzneien herum, war liebebedürftig und empfand den Drang, so wenig als möglich von anderen Männern zu unterscheiden, sich völlig in Brauch und Sitte zu fügen und sogar die ihm sonst eher lästigen Erzählungen seiner Frau und der Nachbarinnen über das Leben, Befinden und Gehaben anderer Leute anzuhören. In den guten Zeiten aber sah man ihn zu Hause wenig, dann schweifte er und war draußen, angelte, jagte, suchte Wurzeln, lag im Grase oder hockte in Bäumen, schnupperte, lauschte, ahmte die Stimme von Tieren nach, hatte Feuerchen brennen und verglich die Formen der Rauchwolken mit denen der Himmelswolken, tränkte Haut und Haar mit Nebel, mit Regen, mit Luft, mit Sonne oder Mondlicht und sammelte nebenbei, wie es sein Meister und Vorgänger Turu zeitlebens getan hatte, solche Gegenstände, in welchen Wesen und Erscheinungsform verschiedenen Bereichen anzugehören schienen, in welchen die Weisheit oder Laune der Natur ein Stückchen ihrer Spielregeln und Schöpfungsgeheimnisse zu verraten schien, Gegenstände, welche weit Getrenntes gleichnishaft in sich vereinigten, zum Beispiel: Astknorren mit Menschen- und Tiergesichtern, wassergeschliffene Kiesel mit einer Maserung, als wären sie Holz, versteinerte Tierformen der Vorwelt, mißgebildete oder zwillingsgestaltete Fruchtkerne, Steine in der Form einer Niere oder eines Herzens. Er las die Zeichnungen auf einem Baumblatt, die netzförmigen Lineamente auf dem Kopf einer Morchel und ahnte dabei Geheimnisvolles, Geistiges, Künftiges, Mögliches: Magie der Zeichen, Vorahnung von Zahl und Schrift, Bannung des Unendlichen und Tausendgestaltigen ins Einfache, ins System, in den Begriff. Denn es lagen doch wohl alle diese Möglichkeiten der Weltergreifung durch den Geist in ihm, namenlos zwar, unbenannt, aber nicht unmöglich, nicht unerahnbar, Keim und Knospe noch, aber ihm wesentlich, ihm eigen und organisch in ihm wachsend. Und wenn wir auch, über diesen Regenmacher und seine uns früh und primitiv anmutende Zeit hinaus, noch um weitere Jahrtausende zurückgehen könnten: wir würden, das ist unser Glaube, mit dem Menschen zugleich überall auch schon den Geist antreffen, den Geist, der ohne Anfang ist und immer schon alles und jedes enthalten hat, was er später je hervorbringt.

Es war dem Wettermacher nicht bestimmt, eine seiner Ahnungen zu verewigen und der Beweisbarkeit näherzuführen, deren sie für ihn auch kaum bedurften. Weder wurde er einer der vielen Erfinder der Schrift, noch der Geometrie, noch der Medizin oder Astronomie. Er blieb ein unbekanntes Glied in der Kette, aber ein Glied so unentbehrlich wie jedes: er gab weiter, was er empfangen hatte, und er gab neu Erworbenes und Erkämpftes hinzu. Denn auch er hatte Schüler. Zwei Lehrlinge bildete er im Lauf der Jahre zu Regenmachern aus, deren einer später sein Nachfolger wurde.

Lange Jahre trieb er sein Gewerbe und Wesen unbelauscht und allein, und als zum erstenmal — es war nicht lange nach einer großen Mißwachs- und Hungersnot — ein Jüngling ihn zu besuchen, zu beobachten, zu umlauern, zu verehren und zu verfolgen begann, einer, den es zur Regenmacherei und zum Meister trieb, da empfand er mit einer wunderlich wehmütigen Bewegung des Herzens die Wiederkehr und Umkehr jenes großen Erlebnisses seiner Jugend und empfand dabei zum erstenmal jenes mittägliche, strenge, zugleich einschnürende und aufweckende Gefühl: daß die Jugend vorüber, daß der Mittag überschritten, die Blüte Frucht geworden sei. Und was er nie gedacht hätte, er verhielt sich gegen den Knaben ganz gleich, wie einst der alte Turu sich gegen ihn selbst verhalten hatte, und dies spröde, abweisende, zuwartende, hinauszögernde Verhalten ergab sich ganz von selber, ganz instinktiv, es war weder eine Nachahmung des verstorbenen Meisters, noch kam es aus Erwägungen moralischer und erzieherischer Art, wie daß man einen jungen Menschen erst lange prüfen müsse, ob es ihm ernst genug sei, daß man den Zugang zur Einweihung in Geheimnisse keinem leicht machen, ihn vielmehr recht sehr erschweren müsse und dergleichen. Nein, Knecht benahm sich gegen seine Lehrlinge ganz einfach so, wie sich jeder schon ein wenig alternde Einzelgänger und gelehrte Sonderling gegen Verehrer und Schüler benimmt: verlegen, scheu, abweisend, fluchtbereit, voll Bangen um seine schöne Einsamkeit und Freiheit, um sein Schweifen in der Wildnis, sein einsames freies Jagen und Sammeln, Träumen und Lauschen, voll eifersüchtiger Liebe zu allen seinen Gewohnheiten und Liebhabereien, seinen Geheimnissen und Versunkenheiten. Keineswegs umarmte er den zaghaften jungen Menschen, der sich ihm mit verehrender Neugierde näherte, keineswegs half er ihm über diese Zaghaftigkeit hinweg und ermunterte ihn, keineswegs empfand er es als Freude und Lohn, als Anerkennung und angenehmen Erfolg, daß nun endlich die Welt der anderen ihm einen Sendboten und eine Liebeserklärung zuschickte, daß jemand ihn umwarb, daß jemand sich ihm zugetan und verwandt und gleich ihm zum Dienst an den Geheimnissen berufen fühlte. Nein, er empfand es vorerst nur als lästige Störung, als einen Griff in seine Rechte und Gewohnheiten, einen Raub an seiner Unabhängigkeit, von der er jetzt erst sah, wie sehr er sie liebte; er sträubte sich dagegen und wurde erfinderisch im Überlisten und Sichverbergen, im Verwischen seiner Fährte, im Ausbiegen und Entkommen. Aber auch darin ging es ihm, wie es einst Turu gegangen war, daß das lange, stumme Werben des Jungen ihm langsam das Herz erweichte, seinen Widerstand langsam, langsam ermüdete und schmolz und daß er, je mehr der Junge an Boden gewann, in langsamem Fortschritt sich ihm zuwenden und öffnen, sein Verlangen gutheißen, sein Werben annehmen und in der neuen, oft so lästigen Pflicht des Anlernens und Schülerhabens das Unabwendbare, das vom Schicksal Gegebene und vom Geist Gewollte sehen lernte. Mehr und mehr mußte er Abschied nehmen vom Traum, von dem Gefühl und Genuß der unendlichen Möglichkeiten, der tausendfältigen Zukunft. Statt des Traumes vom unendlichen Fortschritt, von der Summe aller Weisheit, stand nun der Schüler da, eine kleine, nahe, fordernde Wirklichkeit, ein Eindringling und Störenfried, aber unabweisbar und unabwendbar, der einzige Weg in die wirkliche Zukunft, die einzige, wichtigste Pflicht, der einzige schmale Weg, auf welchem des Regenmachers Leben und Taten, Gesinnungen, Gedanken und Ahnungen vor dem Tode bewahrt bleiben und in einer kleinen neuen Knospe fortleben konnten. Seufzend, knirschend und lächelnd nahm er es auf sich.

Und auch in diesem wichtigen, vielleicht verantwortungsvollsten Bezirk seines Amtes, dem Weitergeben des Überlieferten und Erziehen von Nachfolgern, blieb dem Wettermacher eine sehr schwere und bittere Erfahrung und Enttäuschung nicht erspart. Der erste Lehrling, der sich um seine Gunst bemühte und ihn nach langem Warten und Abwehren zum Meister bekam, hieß Maro und brachte ihm eine niemals ganz zu verwindende Enttäuschung. Er war unterwürfig und schmeichlerisch und spielte lange Zeit den unbedingt Gehorsamen, es fehlte ihm aber an diesem und jenem, es fehlte ihm an Mut vor allem, er fürchtete namentlich die Nacht und Dunkelheit, was er zu verheimlichen suchte und was Knecht, wenn er es doch bemerkte, noch lange Zeit für einen Rest von Kindheit hielt, der sich verlieren werde. Er verlor sich aber nicht. Es fehlte diesem Schüler auch völlig die Gabe, sich selbstlos und absichtslos an das Beobachten, an die Verrichtungen und Vorgänge des Berufs, an Gedanken und Ahnungen hinzugeben. Er war klug, ein heller, schneller Verstand war ihm eigen, und er lernte das, was ohne Hingabe gelernt werden kann, leicht und sicher. Aber mehr und mehr zeigte sich, daß er selbstsüchtige Absichten und Ziele hatte, derentwegen er die Regenmacherei erlernen wollte. Vor allem wollte er etwas gelten, eine Rolle spielen und Eindruck machen, er hatte die Eitelkeit des Begabten, aber nicht Berufenen. Er strebte nach Beifall, prahlte vor seinen Altersgenossen mit seinen ersten Kenntnissen und Künsten — auch das mochte kindlich sein und konnte sich vielleicht bessern. Aber er suchte nicht nur Beifall, sondern strebte nach Macht über andre und nach Vorteil; als der Meister dies zu merken begann, erschrak er und zog allmählich sein Herz von dem Jüngling ab. Dieser wurde zweimal und dreimal schwerer Verfehlungen überführt, nachdem er schon mehrere Jahre bei Knecht gelernt hatte. Er ließ sich verleiten, eigenmächtig, ohne Wissen und Erlaubnis seines Meisters und gegen Geschenke bald ein erkranktes Kind mit Arznei zu behandeln, bald in einer Hütte Beschwörungen gegen die Rattenplage vorzunehmen, und als er trotz allen Drohungen und Versprechen nochmals bei ähnlichen Praktiken ertappt wurde, entließ ihn der Meister aus seiner Lehre, zeigte die Sache der Ahnmutter an und versuchte, den undankbaren und unbrauchbaren jungen Menschen aus seinem Gedächtnis auszutilgen.

Es entschädigten ihn dann seine beiden späteren Schüler und ganz besonders der zweite von ihnen, der sein eigener Sohn Turu war. Diesen jüngsten und letzten seiner Lehrlinge und Jünglinge liebte er sehr und glaubte, daß mehr aus ihm werden könne, als er selbst sei, sichtlich war seines Großvaters Geist in ihm wiedergekehrt. Knecht erlebte die seelenstärkende Genugtuung, die Summe seines Wissens und Glaubens an die Zukunft weitergegeben zu haben und einen Menschen zu wissen, zwiefach sein Sohn, dem er jeden Tag sein Amt übergeben konnte, wenn es ihm selber zu mühsam würde. Aber jener mißratene erste Schüler ließ sich dennoch aus seinem Leben und seinen Gedanken nicht wieder hinwegbannen, er wurde im Dorfe ein zwar nicht hochgeehrter, aber doch bei vielen höchst beliebter und nicht einflußloser Mann, er hatte geheiratet, war als eine Art Gaukler und Spaßmacher beliebt, war sogar Obertrommler im Trommlerchor und blieb ein heimlicher Feind und Neider des Regenmachers, von welchem dieser manchen kleinen und auch großen Tort erleiden mußte. Knecht war niemals ein Mann der Freundschaften und des Zusammensitzens gewesen, er brauchte Alleinsein und Freiheit, er hatte nie um Achtung oder Liebe geworben, es sei denn einst als Knabe beim Meister Turu. Aber nun bekam er doch zu fühlen, was es ist, einen Feind und Hasser zu haben; es verdarb ihm manchen Tag seines Lebens.

Maro hatte zu jener Art von Schülern gehört, zu jener sehr begabten Art, welche trotz ihrer Begabung zu allen Zeiten den Lehrern unangenehm und lästig ist, weil bei ihnen das Talent nicht eine von unten und innen her gewachsene und begründete organische Stärke ist, das zarte adelnde Stigma einer guten Natur, eines tüchtigen Blutes und eines tüchtigen Charakters, sondern gleichsam etwas Angeflogenes, Zufälliges, ja Usurpiertes oder Gestohlenes. Ein Schüler von geringem Charakter, aber hohem Verstand oder glänzender Phantasie bringt unweigerlich den Lehrer in Verlegenheit: er soll diesem Schüler das Ererbte an Wissen und Methode beibringen und ihn zur Mitarbeit am geistigen Leben fähig machen — und muß doch fühlen, daß seine eigentliche, höhere Pflicht es wäre, die Wissenschaften und Künste gerade vor dem Zudrang der Nurbegabten zu schützen; denn der Lehrer hat ja nicht dem Schüler zu dienen, sondern beide dem Geist. Dies ist der Grund, warum die Lehrer vor gewissen blendenden Talenten eine Scheu und ein Grauen haben; jeder derartige Schüler verfälscht den ganzen Sinn und Dienst der Lehrarbeit. Jede Förderung eines Schülers, der zwar zu glänzen, aber nicht zu dienen fähig ist, bedeutet im Grunde eine Schädigung des Dienstes, eine Art von Verrat am Geist. Wir kennen in der Geschichte mancher Völker Perioden, in welchen, bei tiefgehender Störung der geistigen Ordnungen, geradezu ein Ansturm der Nurbegabten auf die Leitung der Gemeinden, der Schulen und Akademien, der Staaten stattgefunden hat und in allen Ämtern hochtalentierte Leute saßen, welche alle regieren wollten, ohne dienen zu können. Diese Art von Talenten rechtzeitig zu erkennen, noch ehe sie sich der Fundamente eines geistigen Berufes bemächtigt haben, und sie mit der notwendigen Härte auf die Wege zu ungeistigen Berufen zurückzuschicken, ist gewiß oft sehr schwer. Auch Knecht hatte Fehler gemacht, er hatte mit dem Lehrling Maro allzu lange Geduld gehabt, er hatte einem Streber und

Oberflächlichen manche Adeptenweisheit anvertraut, um die es schade war. Die Folgen waren für ihn selbst schwerere, als er je gedacht hätte.

Es kam ein Jahr — Knechts Bart war schon ziemlich grau geworden —, da schien die Ordnung zwischen Himmel und Erde durch Dämonen von ungewöhnlicher Kraft und Tücke verrückt und gestört worden zu sein. Diese Störungen begannen im Herbste schauerlich und majestätisch, jede Seele bis zum Grunde erschreckend und mit Angst beklemmend, mit einem nie gesehenen Himmelsschauspiel, bald nach der Zeit der Tag- und Nachtgleiche, welche vom Regenmacher immer mit einer gewissen Feierlichkeit und ehrfürchtigen Andacht, mit einer gesteigerten Aufmerksamkeit beobachtet und erlebt wurde. Da kam ein Abend, leicht, windig und etwas kühl, der Himmel glasig klar bis auf wenige unruhige Wölkchen, die in sehr großer Höhe schwebten und das rosige Licht der untergegangenen Sonne ungewöhnlich lange festhielten: treibende, lockere und schaumige Lichtbündel im kalten, bleichen Weltraum. Knecht hatte schon seit einigen Tagen etwas gespürt, das stärker und merkwürdiger war als das, was jedes Jahr um diese Zeit der beginnenden kürzeren Tage zu spüren war, ein Wirken der Mächte im Himmelsraum, eine Bangigkeit der Erde, der Pflanzen und Tiere, eine Unruhe in den Lüften, etwas Unstetes, Wartendes, Banges, Ahnungsvolles in aller Natur, auch die lang und zuckend nachflammenden Wölkchen dieser Abendstunde gehörten dazu mit ihren flatternden Bewegungen, welche nicht dem auf Erden wehenden Winde entsprachen, und ihrem flehenden, sich lang und trauernd gegen das Erlöschen wehrenden roten Licht, nach dessen Erkalten und Schwinden sie plötzlich unsichtbar waren. Im Dorf war es ruhig, vor der Hütte der Altmutter hatten die Besucher und zuhörenden Kinder sich schon lange verloren, ein paar Knaben jagten und rauften sich noch, sonst war alles schon in den Hütten, hatte längst gegessen. Viele schliefen schon, kaum daß jemand, außer dem Regenmacher, die abendroten Wolken beobachtete. Knecht ging in der kleinen Pflanzung hinter seiner Hütte auf und ab, dem Wetter nachgrübelnd, gespannt und ruhelos, zuweilen setzte er sich zu kurzer Rast auf den Baumklotz, der zwischen den Brennesseln stand und zum Holzspalten diente. Mit dem Erlöschen der letzten Wolkenkerze wurden die Sterne in dem noch hell und grünlich nachschimmernden Himmel plötzlich deutlicher sichtbar und nahmen schnell an Zahl und an Leuchtkraft zu; wo eben noch zwei oder drei sichtbar gewesen waren, standen schon zehn, zwanzig. Viele von ihnen und ihren Gruppen und Familien waren dem Regenmacher bekannt, er hatte sie viel hundertmal gesehen; ihre unveränderte Wiederkehr hatte etwas Beruhigendes, Sterne waren tröstlich, fern zwar und kalt standen sie oben, keine Wärme strahlend, aber zuverlässig, fest gereiht, Ordnung verkündend, Dauer versprechend. Dem Leben auf Erden, dem Leben der Menschen anscheinend so fremd und fern und entgegengesetzt, so unrührbar von seiner Wärme, seinen Zuckungen, Leiden und Ekstasen, ihm mit ihrer vornehm kalten Majestät und Ewigkeit so bis zum Spott überlegen, waren die Sterne dennoch in Beziehung zu uns, leiteten und regierten uns vielleicht, und wenn irgendein menschliches Wissen, ein geistiger Besitz, eine Sicherheit und Überlegenheit des Geistes über das Vergängliche erreicht und festgehalten wurde, so glichen sie den Sternen, strahlten wie sie in kühler Ruhe, trösteten mit kühlem Schauer, blickten ewig und etwas spöttisch. So war es dem Regenmacher oft erschienen, und wenn er auch zu den Sternen keineswegs das nahe, erregende, in beständiger Änderung und Wiederkehr sich erprobende Verhältnis hatte wie zum Monde, dem Großen, Nahen, Feuchten, dem fetten Zauberfisch im Himmelsmeer, so verehrte er sie doch tief und war ihnen durch manchen Glauben verbunden. Sie lange anzublicken und auf sich einwirken zu lassen, seine Klugheit, seine Wärme, seine Bangigkeit ihren kaltstillen Blicken darzubieten, war ihm oft wie Bad und Heiltrank gewesen.

Auch heute blickten sie wie immer, nur sehr hell und wie scharfgeschliffen in der straffen, dünnen Luft, aber er fand nicht die Ruhe in sich, sich ihnen hinzugeben, es zog aus unbekannten Räumen her eine Macht an ihm, schmerzte in den Poren, sog an den Augen, wirkte still und stetig, ein Strom, eine warnende Bebung. Nebenan in der Hütte glomm trübrot das warme schwache Licht der Herdglut, floß das kleine warme Leben, klang ein Zuruf, ein Lachen, ein Gähnen, atmete Menschengeruch, Hautwärme, Mütterlichkeit, Kinderschlaf, und schien durch seine harmlose Nähe die angebrochene Nacht noch zu vertiefen, die Sterne noch weiter zurück in die unbegreifliche Ferne und Höhe zu treiben.

Und jetzt, während Knecht in der Hütte drinnen die Stimme Adas, ein Kind beruhigend, melodisch tief sumsen und brummen hörte, begann am Himmel die Katastrophe, deren das Dorf noch jahrelang gedenken sollte. Es trat in dem stillen blanken Netz der Sterne da und dort ein Flimmern und Flackern ein, als zuckten die sonst unsichtbaren Fäden dieses Netzes flammend auf, es fielen, wie Steine geworfen, aufglühend und rasch wieder erlöschend, einzelne Sterne schräg durch den Raum, hier einer, dort zwei, hier ein paar, und noch hatte das Auge den ersten entschwundenen Fallstern nicht losgelassen, noch hatte das Herz, vom Anblick versteinert, nicht wieder zu schlagen begonnen, da jagten sich die schräg und in leicht gekrümmter Linie durch den Himmel fallenden oder geschleuderten Lichter schon in Schwärmen von Dutzenden, von Hunderten, in unzählbaren Scharen trieben sie wie von einem stummen Riesensturm getragen quer durch die schweigende Nacht, als habe ein Weltenherbst alle Sterne wie welke Blätter vom Himmelsbaum gerissen und jage sie lautlos dahin, ins Nichts. Wie welke Blätter, wie wehende Schneeflocken flohen sie, Tausende und Tausende, in schauerlicher Stille dahin und hinab, hinter den südöstlichen Waldbergen verschwindend, wo noch niemals seit Menschengedenken ein Stern untergegangen war, irgendwohin ins Bodenlose hinab.

Erstarrten Herzens, mit flimmernden Augen stand Knecht, den Kopf in den Nacken gedrückt, entsetzten und doch unersättlichen Blicks in den verwandelten und verwunschenen Himmel schauend, seinen Augen mißtrauend und doch des Schrecklichen nur allzu gewiß. Wie alle, denen dieser nächtliche Anblick geworden war, glaubte er die wohlbekannten Sterne selbst wanken, dahinstieben und hinabstürzen zu sehen und erwartete das Gewölbe, falls nicht vorher die Erde ihn verschlänge, in Bälde schwarz und ausgeleert zu sehen. Nach einer Weile freilich erkannte er, was andere zu erkennen nicht fähig waren, daß die wohlbekannten Sterne hier und dort und überall noch vorhanden waren, daß das Sterngestiebe nicht unter den alten, vertrauten Sternen ein schreckliches Wesen trieb, sondern im Zwischenraum zwischen Erdboden und Himmel, und daß diese fallenden oder geworfenen, neuen, so schnell erscheinenden und so schnell schwindenden Lichter in einem etwas anders gefärbten Feuer glühten als die alten, die richtigen Sterne. Dies war ihm tröstlich und half ihm sich wiederfinden, aber mochten das nun auch neue, vergängliche, andre Sterne sein, deren Gestöber die Luft erfüllte: grausig und böse, Unheil und Unordnung war es doch, tiefe Seufzer aus Knechts vertrockneter Kehle. Er blickte erdwärts, er horchte umher, um zu erfahren, ob ihm allein dies geisterhafte Schauspiel erscheine oder ob auch andre es sähen. Bald hörte er von anderen Hütten her Stöhnen, Kreischen und Ausrufe des Schreckens; auch andre hatten es gesehen, hatten es weitergeschrien, hatten die Ahnungslosen und die Schläfer alarmiert, im Nu würde Angst und Panik das ganze Dorf ergriffen haben. Tief aufseufzend nahm es Knecht auf sich. Ihn vor allen andern traf es, dies Unglück, ihn, den Regenmacher; ihn, der gewissermaßen verantwortlich war für die Ordnung am Himmel und in den Lüften. Noch immer hatte er große Katastrophen voraus erkannt oder gespürt: Überschwemmung, Hagel, große Stürme, hatte jedesmal die Mütter und Ältesten vorbereitet und gewarnt, hatte das Ärgste verhütet, hatte sich, sein Wissen und seinen Mut und sein Vertrauen zu den oberen Mächten zwischen das Dorf und die Verzweiflung gestellt. Warum hatte er diesmal nichts vorausgewußt und angeordnet? Warum hatte er von dem dunkeln, warnenden Vorgefühl, das er allerdings gehabt, keinem Menschen ein Wort gesagt?

Er lüpfte die Matte des Hütteneingangs und rief leise den Namen seiner Frau. Sie kam, ihr Jüngstes an der Brust, er nahm ihr das Kleine ab und legte es auf die Streu, er nahm Adas Hand, legte einen Finger auf die Lippen, Schweigen fordernd, führte sie aus der Hütte und sah, wie alsbald ihr geduldig stilles Gesicht von Angst und Schrecken entstellt wurde.

«Die Kinder sollen schlafen, sie sollen das nicht sehen, hörst du?» flüsterte er heftig. «Du darfst keines herauslassen, auch Turu nicht. Und auch du selber bleibst drinnen.»

Er zögerte, ungewiß, wieviel er sagen, wieviel von seinen Gedanken er verraten solle, und fügte dann mit Festigkeit hinzu: «Es wird dir und den Kindern nichts geschehen.»

Sie glaubte es ihm alsbald, obwohl damit ihr Gesicht und Gemüt noch nicht wieder vom erlittenen Schrecken genesen war.

«Was ist es denn?» fragte sie, wieder an ihm vorbei in den Himmel starrend. «Ist es sehr schlimm?»

«Es ist schlimm», sagte er sanft, «ich glaube wohl, daß es sehr schlimm ist. Aber es gilt nicht dir und den Kleinen. Bleibet in der Hütte, halte die Matte gut geschlossen.

Ich muß zu den Leuten, mit ihnen reden. Geh hinein, Ada.»

Er drängte sie durch das Hüttenloch, zog die Matte sorgfältig zu, stand noch einige Atemzüge lang, das Gesicht dem fortdauernden Sternregen zugewandt, dann senkte er den Kopf, seufzte nochmals aus schwerem Herzen und ging nun schnell dorfeinwärts durch die Nacht, zur Hütte der Ahnmutter.

Hier war das halbe Dorf schon versammelt, in einem gedämpften Getöse, einem durch die Angst gelähmten und halb unterdrückten Taumel von Schrecken und Verzweiflung. Es gab Weiber und Männer, welche sich dem Gefühl von Entsetzen und Untergangsnähe mit einer Art von Wut und Wollust hingaben, die wie Verzückte steif standen oder mit unbeherrschten Gliedern um sich fuchtelten, eine hatte Schaum vor dem Munde, tanzte für sich allein einen verzweifelten und zugleich obszönen Tanz und riß sich dabei die langen Haare in ganzen Büscheln aus. Knecht sah: es war alles schon im Gange, sie waren schon beinahe alle an den Rausch verloren, von den fallenden Sternen behext und verrückt gemacht, es würde vielleicht eine Orgie von Irrsinn, Wut und Selbstvernichtungslust geben, es war höchste Zeit, die paar Mutigen und Besonnenen zu sammeln und zu stärken. Die uralte Ahnmutter war ruhig; sie glaubte das Ende aller Dinge gekommen, wehrte sich aber nicht dagegen und zeigte dem Schicksal ein festes, hartes, in seiner herben Gekniffenheit beinah spöttisch aussehendes Gesicht. Er brachte sie dazu, ihn anzuhören. Er versuchte ihr zu demonstrieren, daß die alten, die immer dagewesenen Sterne noch vorhanden seien, doch vermochte sie das nicht aufzunehmen, sei es, daß ihre Augen die Kraft nicht mehr hatten, es zu erkennen, sei es, daß ihre Vorstellung von den Sternen und ihr Verhältnis zu ihnen von denen des Regenmachers allzu verschieden waren, als daß man einander hätte verstehen können. Sie schüttelte den Kopf und behielt ihr tapferes Grinsen bei, und als Knecht sie nun beschwor, die Leute in ihrem Angstrausch nicht sich selber und den Dämonen zu überlassen, war sie sogleich einverstanden. Es bildete sich um sie und den Wettermacher eine kleine Gruppe von geängstigten, aber nicht verrückt gewordenen Menschen, die bereit waren, sich führen zu lassen.

Noch im Augenblick vor seinem Eintreffen hatte Knecht gehofft, der Panik durch Vorbild, Vernunft, Rede, Erklärung und Zuspruch steuern zu können. Schon das kurze Gespräch mit der Ahnfrau belehrte ihn, daß es dafür zu spät sei. Er hatte gehofft, die andern an seinem eignen Erlebnis teilhaben lassen, es ihnen zum Geschenk machen und auf sie übertragen zu können, er hatte gehofft, unter seinem Zuspruch würden sie vor allem einsehen, daß nicht die Sterne selber, oder doch nicht alle, herunterfielen und vom Weltsturm davongetragen würden, und damit, daß sie vom hilflosen Schrecken und Staunen zum tätigen Beobachten fortschritten, würden sie der Erschütterung standhalten können. Aber es wären, das sah er schnell, im ganzen Dorf nur sehr wenige dieser Beeinflussung zugänglich gewesen, und bis man auch nur sie gewonnen hätte, wären die andern vollends ganz dem Irrsinn verfallen. Nein, es war hier, wie so oft, mit der Vernunft und den klugen Worten gar nichts zu erreichen. Zum Glück gab es andre Mittel. Wenn es unmöglich war, die Todesangst aufzulösen, indem man sie mit Vernunft durchsetzte, so war es doch möglich, die Todesangst zu leiten, zu organisieren, ihr Form und Gesicht zu geben und aus dem hoffnungslosen Durcheinander von Tollgewordenen eine feste Einheit, aus den unbeherrschten wilden Einzelstimmen einen Chor zu machen. Alsbald setzte es Knecht ins Werk, alsbald schlug das Mittel an. Er trat vor die Leute, schrie die wohlbekannten Gebetsworte, mit welchen sonst die öffentlichen Trauer- und Bußübungen eröffnet wurden, die Totenklage um eine

Ahnfrau oder das Opfer- und Bußfest bei öffentlichen Gefahren wie Seuchen und Überschwemmung. Er schrie die Worte im Takt und unterstützte den Takt durch Händeklatschen, und im selben Takt, schreiend und händeklatschend, bückte er sich bis fast zum Erdboden, erhob sich wieder, bückte sich wieder, erhob sich, und schon machten zehn und zwanzig andere die Bewegungen mit, die greise Dorfmutter stand, murmelte rhythmisch und deutete mit kleinen Verneigungen die rituellen Bewegungen an. Wer noch von den anderen Hütten her sich einfand, ordnete sich ohne weiteres in den Takt und Geist der Zeremonie ein, die paar ganz Besessenen brachen entweder bald mit erschöpften Kräften zusammen und lagen regungslos, oder sie wurden vom Chorgemurmel und Verneigungsrhythmus der gottesdienstlichen Handlung bezwungen und mitgerissen. Es war gelungen. Statt einer verzweifelten Horde von Verrückten stand da ein Volk von opfer- und bußgewillten Andächtigen, deren jedem es wohltat und das Herz stärkte, seine Todesfurcht und sein Entsetzen nicht in sich zu verschließen oder für sich allein hinauszubrüllen, sondern im geordneten Chor der vielen, taktmäßig, sich einer beschwörenden Zeremonie einzuordnen. Viele geheime Mächte sind in einer solchen Übung wirksam, ihr stärkster Trost ist die Gleichförmigkeit, das Gemeinschaftsgefühl verdoppelnd, und ihre unfehlbarste Arznei ist Maß und Ordnung, ist Rhythmus und Musik.

Während noch immer der ganze Nachthimmel vom Heer der fallenden Sternschnuppen wie von einer lautlos stürzenden Kaskade aus Lichttropfen bedeckt war, welche wohl zwei Stunden lang weiter ihre großen rötlichen Feuertropfen verschwendete, verwandelte das Grauen des Dorfes sich in Ergebung und Devotion, in Anrufung und Bußgefühl, und den aus ihrer Ordnung geratenen Himmeln trat die Angst und Schwäche der Menschen als Ordnung und kultische Harmonie entgegen. Noch ehe der

Sternenregen anfing zu ermüden und dünner zu strömen, war das Wunder vollzogen und strahlte Heilkraft aus, und als der Himmel langsam sich zu beruhigen und zu genesen schien, hatten die todmüden Büßer alle das erlösende Gefühl, mit ihrer Übung die Mächte besänftigt und den Himmel wieder in Ordnung gebracht zu haben.

Die Schreckensnacht wurde nicht vergessen, man sprach noch den ganzen Herbst und Winter hindurch von ihr, aber bald tat man es schon nicht mehr flüsternd und beschwörend, sondern im alltäglichen Ton und mit der Genugtuung, welche auf ein brav bestandenes Unheil, eine mit Erfolg bekämpfte Gefahr zurückblickt. Man erlabte sich an den Einzelheiten, jeder war auf seine Weise von dem Unerhörten überrascht worden, jeder wollte es als erster entdeckt haben, über einige besonders Furchtsame und Überwältigte wagte man sich lustig zu machen, und noch lange hielt eine gewisse Angeregtheit im Dorfe vor: man hatte etwas erlebt, Großes war geschehen, es war etwas los gewesen!

An dieser Stimmung und am allmählichen Abflauen und Vergessen des großen Ereignisses hatte Knecht keinen Teil. Für ihn blieb das unheimliche Erlebnis eine unvergeßliche Mahnung, ein nicht mehr zur Ruhe kommender Stachel, und für ihn war es dadurch, daß es vorübergegangen und durch Prozession, Gebet und Bußübung besänftigt worden war, keineswegs abgetan und abgewendet. Es gewann sogar, je länger es vergangen war, für ihn desto größere Bedeutung, denn er erfüllte es mit Sinn, er wurde an ihm vollends zum Grübler und Deuter. Für ihn war schon das Ereignis an sich, das wunderhafte Naturschauspiel, ein unendlich großes und schwieriges Problem mit vielen Perspektiven: einer, der dies gesehen hatte, konnte wohl ein Leben lang darüber nachsinnen. Nur ein einziger im Dorf hätte den Sternenregen mit ähnlichen Voraussetzungen und ähnlichen Augen wie er selbst betrachtet, sein eigener Sohn und Schüler Turu, nur dieses einen Zeugen Bestätigungen oder Korrekturen hätten Wert für Knecht gehabt. Aber diesen Sohn hatte er schlafen lassen, und je länger er darüber nachgrübelte, warum er das eigentlich getan, warum er bei dem unerhörten Geschehnis auf den einzigen ernst zu nehmenden Zeugen und Mitbeobachter verzichtet hatte, desto mehr verstärkte sich in ihm der Glaube, daß er da gut und richtig gehandelt und einer weisen Ahnung gehorcht habe. Er hatte die Seinen vor dem Anblick behüten wollen, auch seinen Lehrling und Kollegen, und sogar ihn ganz besonders, denn niemandem war er so zugetan wie ihm. Darum hatte er ihm den Sternenfall verheimlicht und unterschlagen, denn einmal glaubte er an die guten Geister des Schlafes, zumal des jugendlichen, und ferner hatte er, wenn die Erinnerung ihn nicht täuschte, eigentlich schon in jenem Augenblick, gleich nach dem Beginn der Himmelszeichen, weniger an eine augenblickliche Lebensgefahr für alle gedacht als an ein Vorzeichen und sich meldendes Unheil in der Zukunft, und zwar an eines, das keinen so nahe anging und betreffen würde wie ihn allein, den Wettermacher. Es war da etwas im Anzug, eine Gefahr und Bedrohung aus jener Sphäre her, mit welcher sein Amt ihn verband, und sie würde, in welcher Gestalt immer, vor allem und ausdrücklich ihm selber gelten. Sich dieser Gefahr wach und entschlossen entgegenzustellen, sich in der Seele auf sie vorzubereiten, sie hinzunehmen, aber sich nicht von ihr kleinmachen und entwürdigen zu lassen, das war die Mahnung und der Entschluß, welche er aus dem großen Vorzeichen zog. Es würde dies kommende Schicksal einen reifen und mutigen Mann erfordern, darum wäre es nicht gut gewesen, den Sohn mit hineinzuziehen, ihn als Mitleidenden oder nur als Mitwisser zu haben, denn so gut er von ihm dachte, war es doch ungewiß, ob ein junger und unerprobter Mensch ihm würde gewachsen sein.

Der Sohn Turu freilich war sehr unzufrieden damit,

daß er das große Schauspiel versäumt und verschlafen hatte. Mochte es nun so oder so gedeutet werden, eine große Sache war es in jedem Fall, und vielleicht würde in seinem ganzen Leben sich Ähnliches nicht mehr zeigen, es war ihm ein Erlebnis und Weltwunder entgangen, eine ganze Weile schmollte er deswegen mit dem Vater. Nun, dies Schmollen wurde überwunden, denn der Alte entschädigte ihn durch vermehrte zärtliche Aufmerksamkeit und zog ihn mehr als je zu allen Verrichtungen seines Amtes heran, sichtlich gab er im Vorgefühl kommender Dinge sich gesteigerte Mühe, in Turu vollends einen möglichst vollkommenen und eingeweihten Nachfolger zu erziehen. Sprach er auch nur selten mit ihm über jenen Sternregen, so nahm er ihn doch immer rückhaltloser in seine Geheimnisse, seine Praktiken, sein Wissen und Forschen mit auf, ließ sich von ihm auch bei Gängen, Versuchen, Naturbelauschungen begleiten, die er bisher mit niemand geteilt hatte.

Der Winter kam und verging, ein feuchter und eher milder Winter. Keine Sterne stürzten mehr, keine großen und ungewöhnlichen Dinge geschahen, das Dorf war beruhigt, fleißig gingen die Jäger auf Beute aus, am Gestänge über den Hütten klapperten überall bei windigem Frostwetter die Bündel von aufgehängten, steifgefrorenen Tierfellen, auf geglätteten langen Scheiten zog man über den Schnee die Holzlasten vom Walde her. Gerade während der kurzen Frostperiode starb eine alte Frau im Dorf, man konnte sie nicht gleich begraben; eine Reihe von Tagen, bis der Boden wieder etwas auftaute, hockte der gefrorene Leichnam neben der Hüttentür.

Der Frühling erst bestätigte zum Teil die üblen Vorahnungen des Wettermachers. Es wurde ein ausgesprochen schlechter, vom Monde verratener, lustloser Frühling ohne Trieb und Saft, immer war der Mond im Rückstande, niemals trafen die verschiedenen Zeichen zusammen, deren es bedurfte, um den Tag der Aussaat zu bestimmen, dürftig blühten die Blumen der Wildnis, tot hingen die geschlossenen Knospen an den Zweigen. Knecht war sehr bekümmert, ohne es sich anmerken zu lassen, nur Ada und namentlich Turu sahen, wie es an ihm zehrte. Er nahm nicht nur die üblichen Beschwörungen vor, sondern brachte auch private, persönliche Opfer dar, kochte für die Dämonen wohlriechende, wollüstig machende Breie und Aufgüsse, schnitt sich den Bart kurz und verbrannte die Haare in der Neumondnacht, vermengt mit Harz und feuchter Rinde, einen dicken Rauch erzeugend. Solange als möglich vermied er die öffentlichen Veranstaltungen, das Gemeindeopfer, die Bittgänge, die Trommlerchöre, solange als irgend möglich ließ er das verwünschte Wetter dieses bösen Frühlings seine Privatsorge sein. Immerhin mußte er, als der übliche Termin der Aussaat schon erheblich überschritten war, der Ahnmutter Bericht erstatten; und siehe, auch hier stieß er auf Unglück und Widerwärtigkeit. Die alte Ahnfrau, ihm gut Freund und beinah mütterlich wohlgesinnt, empfing ihn nicht, sie fühlte sich schlecht, lag im Bett, alle Pflichten und Besorgnisse hatte sie ihrer Schwester übergeben, und diese Schwester war gegen den Regenmacher recht kühl gesinnt, sie hatte nicht das strenge, gerade Wesen der Älteren, neigte etwas zu Zerstreuungen und Spielereien, und dieser Hang hatte ihr den Trommler und Gaukler Maro zugeführt, der verstand, ihr angenehme Stunden zu bereiten und ihr zu schmeicheln, und Maro war Knechts Feind. Gleich bei der ersten Unterredung witterte Knecht die Kühle und Abneigung, obwohl ihm mit keinem Wort widersprochen wurde. Seine Darlegungen und Vorschläge, nämlich mit der Aussaat und auch mit etwaigen Opfern und Umgängen noch zu warten, wurden gutgeheißen und angenommen, aber die Alte hatte ihn doch kalt und wie einen Untergebenen empfangen und behandelt, und sein Wunsch, die kranke Ahnmutter sehen oder ihr doch Arznei bereiten zu dürfen, wurde abschlägig beschieden. Betrübt und wie ärmer geworden, mit einem schlechten Geschmack im Gaumen, kam er von dieser Unterredung zurück, und einen halben Mond lang bemühte er sich auf seine Weise, eine Witterung zu schaffen, welche die Aussaat erlaubt hätte. Aber das Wetter, oft so gleichgerichtet mit den Strömungen seines Innern, verhielt sich hartnäckig höhnisch und feindselig, nicht Zauber noch Opfer schlug an. Es blieb dem Regenmacher nicht erspart, er mußte nochmals zur Schwester der Ahnmutter, diesmal war es schon wie ein Bitten um Geduld, um Aufschub; und er merkte sogleich, daß sie mit Maro, dem Hanswurst, über ihn und seine Sache müsse gesprochen haben, denn beim Gespräch über die Notwendigkeit, den Säetag zu bestimmen oder aber öffentliche Bittzeremonien anzuordnen, spielte das alte Weib allzusehr die Allwissende und brauchte einige Ausdrücke, die sie nur von Maro haben konnte, dem einstigen Regenmacherlehrling. Knecht bat sich noch drei Tage aus, stellte alsdann die gesamte Konstellation neu und günstiger dar und legte die Aussaat auf den ersten Tag des dritten Mondviertels. Die Alte fügte sich und sprach den rituellen Spruch dazu; der Beschluß wurde dem Dorf verkündigt, alles rüstete sich zur Saatfeier. Und nun, wo für eine Weile alles wieder geordnet schien, zeigten die Dämonen von neuem ihre Mißgunst. Ausgerechnet einen Tag vor der ersehnten und vorbereiteten Aussaatfeier starb die alte Ahnmutter, die Feier mußte verschoben und statt ihrer die Bestattung angesagt und vorbereitet werden. Es war eine Feier ersten Ranges; hinter der neuen Dorfmutter, ihren Schwestern und Töchtern hatte der Regenmacher seinen Platz, im Ornat der großen Bittgänge, unter der hohen spitzen Fuchsfellmütze, von seinem Sohn Turu assistiert, der die zweitönige Hartholzklapper schlug. Der Verstorbenen sowohl wie ihrer Schwester, der neuen Ältesten, wurde viel Ehre erwiesen. Maro mit den von ihm angeführten Trommlern drängte sich stark vor und fand Beachtung und Beifall. Das Dorf weinte und feierte, es genoß

Wehklage und Festtag, Trommelmusik und Opfer, es war ein schöner Tag für alle, aber die Aussaat war wieder verschoben. Knecht stand würdig und gefaßt, war aber tief bekümmert; es schien ihm, als begrabe er mit der Ahnmutter alle guten Zeiten seines Lebens.

Bald darauf fand, auf Wunsch der neuen Ahnmutter ebenfalls mit besonderer Großartigkeit, die Aussaat statt. Feierlich umschritt die Prozession die Felder, feierlich streute die Alte die ersten Händevoll Samen ins Gemeindeland, zu beiden Seiten gingen ihre Schwestern, jede einen Beutel mit Körnern tragend, aus dem die Älteste schöpfte. Knecht atmete ein wenig auf, als diese Begehung endlich vollzogen war.

Aber die so festlich ausgesäte Frucht sollte keine Freude und keine Ernte bringen, es war ein gnadenloses Jahr. Mit einem Rückfall in Winter und Frost beginnend, übte das Wetter in diesem Frühling und Sommer alle nur ersinnlichen Tücken und Feindseligkeiten, und im Sommer, als endlich ein dünnstehendes, halbhohes, mageres Wachstum die Felder bedeckte, kam das Letzte und Schlimmste, eine ganz unerhörte Trockenheit, wie seit Menschengedenken keine gewesen war. Woche um Woche kochte die Sonne im weißlichen Hitzedunst, die kleineren Bäche versiegten, vom Dorfweiher blieb nur ein schmutziger Sumpf übrig, Paradies der Libellen und einer ungeheuerlichen Brut von Stechmücken, in der dürren Erde klafften die Spalten tief, man konnte zusehen, wie die Ernte erkrankte und abdorrte. Je und je zog sich Gewölk zusammen, aber die Gewitter blieben trocken, und fiel einmal ein Spritzer Regen, so folgte ihm tagelang ein dörrender Ostwind, oft schlug der Blitz in hohe Bäume, deren halbverdorrte Wipfel in schnell verloderten Feuern verbrannten.

«Turu», sagte Knecht eines Tages zu seinem Sohn, «diese Sache wird nicht gut ausgehen, wir haben alle Dämonen gegen uns. Mit dem Sternenfall hat es angefangen. Es wird mir, so denke ich, das Leben kosten.

Merke dir: wenn ich geopfert werden muß, dann trittst du in der gleichen Stunde mein Amt an, und als erstes verlangst du, daß mein Leib verbrannt und die Asche auf die Felder gestreut wird. Ihr werdet einen Winter mit großem Hunger haben. Aber das Unheil wird dann gebrochen sein. Du mußt sorgen, daß niemand das Saatgut der Gemeinde angreift, es muß Todesstrafe darauf stehen. Das kommende Jahr wird besser werden, und man wird sagen: gut, daß wir den neuen, jungen Wettermacher haben.»

Im Dorf herrschte Verzweiflung, Maro hetzte, nicht selten wurden dem Regenmacher Drohungen und Verwünschungen zugerufen. Ada wurde krank und lag von Erbrechen und Fiebern geschüttelt. Die Umgänge, die Opfer, die langen, herzerschütternden Trommelchöre konnten nichts mehr gutmachen. Knecht leitete sie, es war sein Amt, aber wenn die Leute wieder auseinanderliefen, stand er allein, ein gemiedener Mann. Er wußte, was notwendig war, und wußte auch, daß Maro schon von der Ahnmutter seine Opferung verlangt hatte. Seiner Ehre und seinem Sohn zuliebe tat er den letzten Schritt: er bekleidete Turu mit dem großen Ornat, nahm ihn mit zur Ahnmutter, empfahl ihn als seinen Nachfolger und legte selber sein Amt nieder, indem er sich zum Opfer anbot. Sie sah ihn eine kleine Weile neugierig prüfend an, dann nickte sie und sagte ja.

Die Opferung wurde noch am selben Tage vollzogen. Das ganze Dorf wäre mitgegangen, aber es lagen viele an der Ruhr krank, auch Ada lag schwer krank. Turu in seinem Ornat mit der hohen Fuchsfellmütze wäre beinah einem Hitzschlag erlegen. Alle Angesehenen und Würdenträger, soweit sie nicht krank lagen, kamen mit, die Ahnmutter mit zwei Schwestern, die Ältesten, der Vorstand des Trommlerchors, Maro. Hinterher folgte ungeordnet der Volkshaufe. Beschimpft wurde der alte Regenmacher von keinem, es ging recht schweigsam und beklommen zu.

Man zog in den Wald und suchte dort eine große rundliche Lichtung auf, sie hatte Knecht selbst zum Ort der Handlung bestimmt. Die meisten Männer hatten ihre Steinäxte mit, um an dem Holzstoß für die Verbrennung mitzuarbeiten. In der Lichtung angekommen, ließ man den Regenmacher in der Mitte stehen und bildete einen kleinen Kreis um ihn, weiter außen im größeren Kreis stand die Menge. Da alle ein unentschlossenes und verlegenes Schweigen bewahrten, ergriff der Regenmacher selbst das Wort. «Ich bin euer Regenmacher gewesen», sagte er, «ich habe meine Sache viele Jahre lang so gut gemacht, als ich konnte. Jetzt sind die Dämonen gegen mich, es will mir nichts mehr glücken. Darum habe ich mich zum Opfer gestellt. Das versöhnt die Dämonen. Mein Sohn Turu wird euer neuer Regenmacher sein. Nun tötet mich, und wenn ich tot bin, dann folget genau den Vorschriften meines Sohnes. Lebet wohl! Und wer wird mich töten? Ich empfehle den Trommler Maro, er wird der geeignete Mann dafür sein.»

Er schwieg, und niemand rührte sich. Turu, dunkelrot unter der schweren Fellmütze, blickte gequält im Kreise herum, spöttisch verzog sich seines Vaters Mund. Endlich stampfte die Ahnmutter wütend mit dem Fuße auf, winkte Maro her und schrie ihn an: «Vorwärts doch! Nimm die Axt und tu es!» Maro, die Axt in Händen, stellte sich vor seinem einstigen Lehrmeister auf, er haßte ihn noch mehr als sonst, der Zug von Spott auf diesem schweigsamen alten Mund tat ihm bitter weh. Er hob die Axt und schwang sie über sich, zielend hielt er sie oben schwebend, starrte dem Opfer ins Gesicht und wartete, daß es die Augen schlösse. Allein dies tat Knecht nicht, er hielt die Augen unentwegt offen und blickte den Mann mit der Axt an, beinah ohne Ausdruck, aber was an Ausdruck zu sehen war, schwebte zwischen Mitleid und Spott.

Wütend warf Maro die Axt weg. «Ich tue es nicht», murmelte er, drang durch den Kreis der Ehrwürdigen und verlor sich in der Menge. Einige lachten leise. Die Ahnmutter war bleich vor Zorn geworden, über den feigen, unbrauchbaren Maro nicht weniger als über diesen hochmütigen Regenmacher. Sie winkte einem der Ältesten, einem ehrwürdigen, stillen Mann, der auf seine Axt gestützt stand und sich dieser ganzen unbehaglichen Szene zu schämen schien. Er trat vor, er nickte dem Opfer kurz und freundlich zu, sie kannten sich seit Knabenzeiten, und jetzt schloß das Opfer willig seine Augen, fest tat Knecht sie zu und senkte den Kopf ein wenig. Der Alte schlug ihn mit der Axt, er sank zusammen. Turu, der neue Regenmacher, konnte kein Wort sprechen, nur mit Gebärden ordnete er das Notwendige an, und bald war ein Holzstoß geschichtet und der Tote darauf niedergelegt. Das feierliche Ritual des Feuerbohrens mit den beiden geweihten Hölzern war Turus erste Amtshandlung.

Der Beichtvater

Es war um die Zeit, da der heilige Hilarion noch am Leben, wenn auch schon hoch in den Jahren war, da lebte in der Stadt Gaza einer namens Josephus Famulus, der hatte bis zu seinem dreißigsten Jahr oder länger ein Weltleben geführt und die heidnischen Bücher studiert, war alsdann durch eine Frau, welcher er nachstellte, mit der göttlichen Lehre und der Süßigkeit der christlichen Tugenden bekannt geworden, hatte sich der heiligen Taufe unterzogen, seine Sünden abgeschworen und mehrere Jahre zu den Füßen der Presbyter seiner Stadt gesessen und namentlich den so sehr beliebten Erzählungen vom Leben der frommen Einsiedler in der Wüste mit brennender Neugier gelauscht, bis er eines Tages, etwa sechsunddreißig Jahre alt, jenen Weg einschlug, den die Heiligen Paulus und Antonius vorangegangen und den seither so manche Fromme eingeschlagen hatten. Er übergab den Rest seiner Habe den Ältesten, um ihn an die Armen der Gemeinde zu verteilen, nahm beim Tore von seinen Freunden Abschied und wanderte aus der Stadt in die Wüste, aus der schnöden Welt in das arme Leben der Büßer hinüber.

Viele Jahre sengte und dörrte ihn die Sonne, rieb er betend die Knie auf Fels und Sand, wartete er fastend den Untergang der Sonne ab, um seine paar Datteln zu kauen; quälten ihn die Teufel mit Anfechtung, Hohn und Versuchung, schlug er sie nieder mit Gebet, mit Buße, mit Preisgabe seiner selbst, wie wir das alles in den Lebensbeschreibungen der seligen Väter geschildert finden. Viele Nächte auch blickte er schlummerlos zu den Sternen empor, und auch die Sterne schufen ihm Anfechtung und Verwirrung, er las die Sternbilder ab, in welchen er einst gelernt hatte, die Geschichten der Götter und die Sinnbilder der Menschennatur mit zu lesen, eine Wissenschaft, welche von den Presbytern durchaus verabscheut wurde und welche noch lang ihn mit Phantasien und Gedanken aus seiner heidnischen Zeit verfolgte.

Überall, wo in jenen Bezirken die nackte unfruchtbare Wildnis von einem Quell, einer Handvoll Grün, einer kleinen oder großen Oase sich unterbrochen zeigte, lebten damals die Eremiten, manche ganz allein, manche in kleinen Brüderschaften wie sie auf einem Bild im Camposanto von Pisa dargestellt sind, Armut und Nächstenliebe übend, Adepten einer sehnsüchtigen Ars moriendi, einer Kunst des Sterbens, des Absterbens von der Welt und vom eigenen Ich und des Hinübersterbens zu ihm, dem Erlöser, ins Lichte und Unverwelkliche. Sie wurden von Engeln und von Teufeln besucht, sie dichteten Hymnen, trieben Dämonen aus, heilten und segneten und schienen es auf sich genommen zu haben, die Weltlust, Roheit und Sinnengier vieler dahingegangener und vieler noch kommender Zeitalter durch eine gewaltige Woge des Enthusiasmus

und der Hingabe, durch ein ekstatisches Plus an Welt-
entsagung wiedergutzumachen. Manche von ihnen waren
wohl im Besitz von alten heidnischen Praktiken der Läuterung, von Methoden und Übungen eines seit Jahrhunderten in Asien hochgezüchteten Verfahrens der Vergeisti-
gung, doch wurde davon nicht gesprochen, und es wurden
diese Methoden und Yoga-Übungen nicht eigentlich mehr
gelehrt, sondern unterlagen dem Verbot, mit welchem
das Christentum alles Heidnische mehr und mehr belegte.

In manchen dieser Büßer bildete die Glut dieses Lebens
besondere Gaben aus, Gaben des Gebets, des Heilens durch
Handauflegung, der Prophetie, des Teufelbannens, Gaben
des Richtens und Strafens, des Tröstens und Segnens.
Auch in Josephus schlummerte eine Gabe, und mit den
Jahren, als sein Haar fahl zu werden begann, kam sie
langsam zu ihrer Blüte. Es war die Gabe des Zuhörens.
Wenn ein Bruder aus einer der Siedlungen oder ein vom
Gewissen beunruhigtes und getriebenes Weltkind sich bei
Josef einfand und ihm von seinen Taten, Leiden, Anfechtungen und Verfehlungen berichtete, sein Leben erzählte, seinen Kampf um das Gute und sein Erliegen im
Kampf, oder einen Verlust und Schmerz, eine Trauer, so
verstand Josef ihn anzuhören, ihm sein Ohr und Herz zu
öffnen und hinzugeben, sein Leid und seine Sorge in sich
aufzunehmen und zu bergen und ihn entleert und beruhigt zu entlassen. Langsam, in langen Jahren, hatte
dieses Amt sich seiner bemächtigt und ihn zum Werkzeug
gemacht, zu einem Ohr, dem man Vertrauen schenkte.
Eine gewisse Geduld, eine gewisse einsaugende Passivität
und eine große Verschwiegenheit waren seine Tugenden.
Immer häufiger kamen Leute zu ihm, um sich auszusprechen, um sich angestauter Bedrängnisse zu entledigen,
und manche von ihnen brachten, auch wenn sie einen
weiten Weg bis zu seiner Rohrhütte hatten zurücklegen
müssen, nach der Ankunft und Begrüßung doch nicht die
Freiheit und Tapferkeit zum Bekennen auf, sondern

wanden und schämten sich, taten mit ihren Sünden kostbar, seufzten und schwiegen lang, stundenlang, und er verhielt sich gegen einen jeden gleich, ob er nun gern oder widerwillig, ob er geläufig oder stockend redete, ob er seine Geheimnisse wütend von sich warf oder sich mit ihnen wichtig machte. Es war ihm einer wie der andere, er mochte Gott anklagen oder sich selbst, er mochte seine Sünden und Leiden vergrößern oder verkleinern, er mochte einen Totschlag oder nur eine Unkeuschheit beichten, eine untreue Geliebte oder ein verspieltes Seelenheil beklagen. Es erschreckte ihn nicht, wenn einer von vertrautem Umgang mit Dämonen erzählte und mit dem Teufel auf du zu stehen schien, noch verdroß es ihn, wenn einer lang und vielerlei erzählte und dabei sichtlich die Hauptsache verschwieg, noch machte es ihn ungeduldig, wenn einer sich wahnhafter und erdichteter Sünden bezichtigte. Es schien alles, was ihm an Klagen, Geständnissen, Anklagen und Gewissensängsten zugetragen wurde, in sein Gehör einzugehen wie Wasser in Wüstensand, er schien kein Urteil darüber zu haben und weder Mitleid noch Verachtung für den Beichtenden zu fühlen, und dennoch, oder vielleicht eben darum, schien das, was ihm gebeichtet wurde, nicht ins Leere gesagt, sondern im Sagen und Gehörtwerden verwandelt, erleichtert und gelöst zu werden. Selten nur sprach er eine Mahnung oder Warnung aus, noch seltener gab er einen Rat oder gar Befehl; es schien dies nicht seines Amtes zu sein, und die Sprechenden schienen es auch zu fühlen, daß dies nicht seines Amtes sei. Sein Amt war, Vertrauen zu erwecken und zu empfangen, geduldig und liebevoll zuzuhören, dadurch der noch nicht fertig gestalteten Beichte vollends zur Gestalt zu verhelfen, das in den Seelen Gestaute oder Verkrustete zum Fluß und Abströmen einzuladen, es aufzunehmen und in Schweigen einzuhüllen. Nur daß er am Ende einer jeden Beichte, der schrecklichen wie der harmlosen, der zerknirschten wie der eitlen, den Beichtenden neben sich knien ließ und das Vaterunser betete und ihn, ehe er ihn entließ, auf die Stirn küßte. Bußen und Strafen zu verhängen, war nicht seines Amtes, auch zum Aussprechen einer eigentlichen priesterlichen Absolution fühlte er sich nicht ermächtigt, es war weder das Richten noch das Vergeben der Schuld seine Sache. Indem er zuhörte und verstand, schien er Mitschuld auf sich zu nehmen, schien tragen zu helfen. Indem er schwieg, schien er das Gehörte versenkt und der Vergangenheit übergeben zu haben. Indem er mit dem Beichtkind nach seiner Beichte betete, schien er es als Bruder und seinesgleichen aufzunehmen und anzuerkennen. Indem er ihn küßte, schien er ihn auf eine mehr brüderliche als priesterliche, auf eine mehr zärtliche als feierliche Art zu segnen.

Sein Ruf verbreitete sich in der ganzen Umgebung von Gaza, man kannte ihn weitum und nannte ihn gelegentlich sogar mit dem verehrten, großen Beichtvater und Eremiten Dion Pugil zusammen, dessen Ruf allerdings schon um zehn Jahre älter war und auf ganz anderen Fähigkeiten beruhte, denn Vater Dion war gerade dadurch berühmt, daß er in den Seelen, die sich ihm anvertrauten, noch schärfer und rascher zu lesen verstand als in den ausgesprochenen Worten, so daß er einen zögernd Beichtenden nicht selten dadurch überraschte, daß er ihm seine noch nicht gebeichteten Sünden auf den Kopf zusagte. Dieser Seelenkenner, von welchem Josef hundert erstaunliche Geschichten hatte erzählen hören und mit welchem er sich selbst niemals zu vergleichen gewagt hätte, war auch ein begnadeter Berater irrender Seelen, war ein großer Richter, Bestrafer und Ordner: er auferlegte Bußen, Kasteiungen und Wallfahrten, stiftete Ehen, zwang Verfeindete zur Aussöhnung, und seine Autorität war gleich der eines Bischofs. Er lebte in der Nähe von Askalon, wurde aber von Bittstellern sogar aus Jerusalem, ja aus noch ferner gelegenen Orten aufgesucht.

Josephus Famulus hatte gleich den meisten Eremiten

und Büßern lange Jahre eines leidenschaftlichen und aufreibenden Kampfes durchgemacht. Hatte er auch sein Weltleben verlassen, hatte er seine Habe und sein Haus weggegeben und die Stadt mit ihren vielfältigen Einladungen zur Welt- und Sinnenlust verlassen, so hatte er doch sich selbst mitnehmen müssen, und es waren in ihm alle Triebe des Leibes und der Seele vorhanden, welche einen Menschen in Not und Versuchung führen können. Er hatte zunächst vor allem den Leib bekämpft, er war streng und hart mit ihm gewesen, hatte ihn an Hitze und Kälte, an Hunger und Durst, an Narben und Schwielen gewöhnt, bis er langsam abgewelkt und abgedorrt war, aber auch noch in der hageren Asketenhülle konnte ihn der alte Adam durch die unsinnigsten Begierden und Gelüste, Träume und Vorgaukelungen schmählich überraschen und ärgern; wir wissen ja, daß den Weltflüchtigen und Büßern der Teufel eine ganz besondere Sorgfalt widmet. Als sodann gelegentlich Trostsuchende und Beichtbedürftige ihn aufgesucht hatten, erkannte er darin dankbar einen Ruf der Gnade und empfand zugleich darin eine Erleichterung seines Büßerlebens: er hatte einen über ihn selbst hinausweisenden Sinn und Inhalt bekommen, ein Amt war ihm erteilt worden, er konnte anderen dienen oder konnte Gott als Werkzeug dienen, um Seelen zu sich zu ziehen. Dies war ein wunderbares und wahrhaft erhebendes Gefühl gewesen. Aber im Fortgang hatte es sich gezeigt, daß auch die Güter der Seele noch dem Irdischen angehören und zu Versuchungen und Fallstricken werden können. Oft nämlich, wenn solch ein Wanderer gegangen oder geritten kam, vor seiner Felsengrotte haltmachte, um einen Schluck Wasser und hernach um das Anhören seiner Beichte bat, dann beschlich unsern Josef ein Gefühl von Befriedigung und Wohlgefallen, einem Wohlgefallen an sich selbst, einer Eitelkeit und Selbstliebe, über welche er, sobald er sie erkannte, tief erschrak. Nicht selten bat er Gott auf den Knien um Vergebung und bat ihn darum, daß kein Beichtkind mehr zu ihm, dem Unwürdigen, kommen möge, nicht aus den Hütten der büßenden Brüder in der Nachbarschaft und nicht aus den Dörfern und Städten der Welt. Indessen befand er sich auch dann, wenn wirklich die Beichter zuzeiten ausblieben, nicht viel besser, und wenn daraufhin dann wieder viele kamen, dann ertappte er sich bei einer neuen Versündigung: es begegnete ihm nun, daß er beim Anhören dieser oder jener Geständnisse Regungen der Kälte und Lieblosigkeit, ja der Verachtung gegen den Beichtenden empfand. Seufzend nahm er auch diese Kämpfe auf sich, und es gab Zeiten, wo er nach jeder angehörten Beichte sich einsamen Demütigungs- und Bußübungen unterzog. Außerdem machte er es sich zum Gesetz, alle Beichtenden nicht nur wie Brüder, sondern mit einer gewissen besonderen Ehrerbietung zu behandeln, und desto mehr, je weniger die Person eines solchen ihm gefallen wollte: er empfing sie als Boten Gottes, ausgesandt, um ihn zu prüfen. So fand er mit den Jahren, spät genug, als ein schon alternder Mann, eine gewisse Gleichmäßigkeit der Lebensführung, und jenen, welche in seiner Nähe lebten, schien er ein tadelfreier Mann zu sein, der den Frieden in Gott gefunden hat.

Indessen ist auch der Friede etwas Lebendiges, auch er wie alles Lebende muß wachsen und abnehmen, muß sich anpassen, muß Proben bestehen und Wandlungen durchmachen; so stand es auch um den Frieden des Josephus Famulus, er war labil, er war bald sichtbar, bald nicht, er war bald nah wie eine Kerze, die man in der Hand trägt, bald fern wie ein Stern am Winterhimmel. Und mit der Zeit war es eine besondere, neue Art von Sünde und Versuchung, welche ihm immer häufiger das Leben schwer machte. Es war nicht eine starke, leidenschaftliche Bewegung, Empörung oder Erhebung der Triebe, es schien eher das Gegenteil zu sein. Es war ein Gefühl, das in seinen ersten Stadien ganz leicht zu ertragen, ja kaum wahrzunehmen war, ein Zustand ohne eigentliche Schmerzen und Entbehrungen, ein flauer, lauer, langweiliger Seelenzustand, der sich eigentlich nur negativ bezeichnen ließ, als ein Hinwegschwinden, Abnehmen und schließliches Fehlen der Freude. So wie es Tage gibt, an welchen weder die Sonne strahlt noch der Regen strömt, sondern der Himmel still in sich selber versinkt und sich einspinnt, grau, doch nicht schwarz, schwül, doch nicht bis zur Gewitterspannung, so wurden allmählich die Tage des alternden Josef; es waren die Morgen von den Abenden, die Festtage von den gewöhnlichen, die Stunden des Aufschwungs von denen des Darniederliegens immer weniger zu unterscheiden, es lief alles träg in einer lahmen Müdigkeit und Unlust dahin. Es sei das Alter, dachte er traurig. Traurig war er, weil er vom Altwerden und vom allmählichen Erlöschen der Triebe und Leidenschaften sich eine Aufhellung und Erleichterung seines Lebens, einen Schritt weiter zur ersehnten Harmonie und reifen Seelenruhe versprochen hatte, und weil nun das Alter ihn zu enttäuschen und betrügen schien, indem es nichts brachte als diese müde, graue, freudlose Öde, dies Gefühl unheilbarer Übersättigung. Übersättigt fühlte er sich von allem: vom bloßen Dasein, vom Atmen, vom Schlaf der Nacht, vom Leben in seiner Grotte am Rande der kleinen Oase, vom ewigen Abendwerden und Morgenwerden, vom Vorbeiziehen der Reisenden und Pilger, der Kamelreiter und Eselreiter und am meisten von jenen Leuten, deren Kommen und Besuch ihm selber galt, von jenen törichten, angstvollen und zugleich so kindisch gläubigen Menschen, deren Bedürfnis es war, ihm ihr Leben, ihre Sünden und Ängste, ihre Anfechtungen und Selbstanklagen zu erzählen. Es schien ihm zuweilen: wie in der Oase die kleine Wasserquelle sich im Steinbecken sammelte, durch Gras floß und einen kleinen Bach bildete, dann in die Öde des Sandes hinausfloß und dort nach kurzem Lauf versiegte und erstarb, ebenso kämen alle diese Beichten, diese

Sündenregister, diese Lebensläufe, diese Gewissensplagen, große wie kleine, ernste wie eitle, ebenso kämen sie in sein Ohr geflossen, Dutzende, Hunderte, immerdar neue. Aber das Ohr war nicht tot wie der Wüstensand, das Ohr war lebendig und vermochte nicht ewig zu trinken und zu schlucken und einzusaugen, es fühlte sich ermüdet, mißbraucht, überfüllt, es sehnte sich danach, daß das Fließen und Geplätscher der Worte, der Geständnisse, der Sorgen, der Anklagen, der Selbstbezichtigungen einmal aufhöre, daß einmal Ruhe, Tod und Stille an die Stelle dieses endlosen Fließens trete. Ja, er wünschte ein Ende, er war müde, er hatte genug und übergenug, schal und wertlos war sein Leben geworden, und es kam so weit mit ihm, daß er zuweilen sich versucht fühlte, seinem Dasein ein Ende zu machen, sich zu bestrafen und auszulöschen, so wie es Judas der Verräter getan hatte, als er sich erhängte. Wie ihm in früheren Stadien seines Büßerlebens der Teufel die Wünsche, Vorstellungen und Träume der Sinnen- und Weltlust in die Seele geschmuggelt hatte, so suchte er ihn jetzt heim mit Vorstellungen der Selbstvernichtung, so daß er jeden Ast eines Baumes daraufhin prüfen mußte, ob er geeignet sei, sich an ihm aufzuhängen, jeden steilen Felsen der Gegend, ob er steil und hoch genug sei, um sich von ihm zu Tode zu stürzen. Er widerstand der Versuchung, er kämpfte, er gab nicht nach, aber er lebte Tag und Nacht in einem Brand von Selbsthaß und Todesgier, das Leben war unerträglich und hassenswert geworden.

Dahin also war es mit Josef gekommen. Als er eines Tages wieder auf einer jener Felsenhöhen stand, sah er in der Ferne zwischen Erde und Himmel zwei, drei winzige Gestalten erscheinen, Reisende offenbar, Pilger vielleicht, vielleicht Leute, welche ihn aufsuchen wollten, um bei ihm zu beichten — und plötzlich ergriff ihn ein unwiderstehliches Verlangen, alsbald und schleunigst davonzugehen, fort von diesem Ort, weg von diesem Leben. Das Verlangen packte ihn so übermächtig und triebhaft, daß es alle Gedanken, Einwände und Bedenken überannte und hinwegfegte, denn natürlich fehlte es an solchen nicht; wie hätte ein frommer Büßer ohne Zuckungen des Gewissens einem Triebe zu folgen vermocht? Schon lief er, schon war er zu seiner Grotte zurückgekehrt, zur Wohnstätte so vieler durchkämpfter Jahre, zum Gefäß so vieler Erhebungen und Niederlagen. In besinnungsloser Eile rüstete er ein paar Hände voll Datteln und eine Kürbisflasche mit Wasser, verstaute sie in seinem alten Reisebeutel, hängte ihn über die Schulter, griff zum Stab und verließ den grünen Frieden seiner kleinen Heimat, ein Flüchtling und Ruheloser, flüchtig vor Gott und den Menschen, und flüchtig am meisten vor dem, was er einst für sein Bestes, für sein Amt und seine Mission gehalten hatte. Er ging anfangs wie gehetzt, so, als wären wirklich jene fern aufgetauchten Figuren, die er vom Felsen aus gesichtet hatte, Verfolger und Feinde. Aber im Lauf der ersten Wanderstunde verließ ihn die ängstliche Eile, die Bewegung ermüdete ihn wohltätig, und während der ersten Rast, zu welcher er sich jedoch keinen Imbiß gönnte – es war ihm heilige Gewohnheit geworden, vor Sonnenuntergang keine Speise zu sich zu nehmen –, begann schon seine Vernunft, im einsamen Denken geübt, sich wieder zu ermuntern und sein triebmäßiges Handeln begutachtend abzutasten. Und sie mißbilligte dies Handeln, so wenig vernünftig es scheinen mochte, nicht, sondern sah ihm eher mit Wohlwollen zu, denn zum erstenmal seit geraumer Zeit fand sie sein Tun harmlos und unschuldig. Es war eine Flucht, die er angetreten hatte, eine plötzliche und unüberlegte Flucht zwar, aber keine schmähliche. Er hatte einen Posten verlassen, dem er nicht mehr gewachsen war, er hatte durch sein Weglaufen sich selber und dem, der ihm zusehen mochte, sein Versagen eingestanden, er hatte einen täglich wiederholten, nutzlosen Kampf aufgegeben und sich als den Geschlagenen und Unterlegenen bekannt. Dies war, so fand seine Vernunft, nicht großartig, nicht heroisch und

heiligmäßig, aber es war aufrichtig und schien unumgäng-
lich gewesen zu sein; er wunderte sich jetzt darüber, daß
er diese Flucht erst so spät angetreten, daß er es so lange,
so sehr lange ausgehalten hatte. Den Kampf und Trotz,
in dem er sich so lange auf dem verlorenen Posten gehalten hatte, empfand er jetzt als einen Irrtum, vielmehr
als einen Kampf und Krampf seiner Selbstsucht, seines
alten Adam, und meinte jetzt zu verstehen, warum dieser
Trotz zu so üblen, ja teuflischen Folgen geführt hatte, zu
solcher Zerrissenheit und Gemütserschlaffung, ja zu dämo-
nischem Besessensein vom Wunsche nach Tod und Selbstvernichtung. Wohl sollte ein Christ dem Tode nicht Feind
sein, wohl sollte ein Büßer und Heiliger sein Leben durchaus als ein Opfer betrachten; aber der Gedanke an freiwillige Tötung war ganz und gar ein teuflischer und
konnte nur in einer Seele entstehen, deren Meister und
Hüter nicht mehr Gottes Engel, sondern die bösen Dämonen waren. Eine Weile saß er ganz verloren und
betreten und endlich tief zerknirscht und erschüttert, indem ihm aus dem Abstand, den ihm die wenigen Meilen
der Wanderung gaben, sein jüngst vergangenes Leben
sichtbar wurde und ins Bewußtsein trat, das verzweifelte
und gehetzte Leben eines alternden Mannes, der sein Ziel
verfehlt hat und beständig von der gräßlichen Versuchung
gepeinigt war, sich am Ast eines Baumes zu erhängen wie
der Verräter des Heilands. Wenn es ihm vor dem freiwilligen Tode so sehr graute, so spukte in diesem Grauen
freilich auch noch ein Rest von vorzeitlichem, vorchrist-
lichem, altheidnischem Wissen, Wissen um den uralten
Brauch des Menschenopfers, zu dem der König, der Heilige, der Auserwählte des Stammes ausersehen war, und
das er nicht selten mit eigener Hand zu vollziehen gehalten war. Nicht nur daß dieser verpönte Brauch aus
heidnischen Vorzeiten herüberklang, machte ihn so grauen-
erregend, sondern noch mehr der Gedanke, daß am Ende
der vom Erlöser am Kreuz erlittene Tod auch nichts

anderes war als ein freiwillig vollzogenes Menschenopfer. Und in der Tat: wenn er sich recht besann, so war eine Ahnung dieses Bewußtseins schon in jenen Regungen der Begierde nach Selbstmord vorhanden gewesen, ein trotzig-böser, wilder Drang, sich selber zu opfern und damit eigentlich auf unerlaubte Weise den Erlöser nachzuahmen — oder auf unerlaubte Weise anzudeuten, daß Jenem sein Erlösungswerk nicht so ganz gelungen sei. Er erschrak tief bei diesem Gedanken, fühlte aber auch, daß er jener Gefahr nun entronnen sei.

Lange betrachtete er diesen Büßer Josef, zu dem er geworden war und welcher jetzt, statt dem Judas oder auch dem Gekreuzigten nachzufolgen, die Flucht ergriffen und sich damit von neuem in Gottes Hand gegeben hatte. Scham und Bekümmerung wuchsen in ihm an, je deutlicher er die Hölle erkannte, der er entlaufen war, und am Ende drängte das Elend sich wie ein würgender Bissen in seiner Kehle, wuchs zu unerträglichem Drang und fand plötzlich Abschluß und Erlösung in einem Ausbruch von Tränen, der ihm wunderbar wohltat. O wie lange hatte er nicht mehr weinen können! Die Tränen flossen, die Augen vermochten nichts mehr zu sehen, aber das tödliche Würgen war gelöst, und als er zu sich kam und den Salzgeschmack auf seinen Lippen fühlte und wahrnahm, daß er weine, war ihm einen Augenblick, als sei er wieder ein Kind geworden und wisse nichts von Argem. Er lächelte, er schämte sich ein wenig seines Weinens, stand endlich auf und setzte seine Wanderung fort. Er fühlte sich unsicher, wußte nicht, wohin seine Flucht führen und was mit ihm werden solle, wie ein Kind kam er sich vor, aber es war kein Kampf und Wollen mehr in ihm, er fühlte sich leichter und wie geführt, wie von einer fernen guten Stimme gerufen und gelockt, als wäre seine Reise nicht eine Flucht, sondern eine Heimkehr. Er wurde müde, und die Vernunft auch, sie schwieg oder ruhte sich aus oder kam sich entbehrlich vor.

An der Tränkestelle, wo Josef übernachtete, rasteten einige Kamele; da der kleinen Reisegesellschaft auch zwei Frauen angehörten, begnügte er sich mit einer Grußgebärde und vermied ein Gespräch. Dafür konnte er, nachdem er beim Dunkelwerden einige Datteln verzehrt, gebetet und sich niedergelegt hatte, die leise Unterhaltung zwischen zwei Männern, einem alten und einem jüngeren, mit anhören, denn sie lagen in seiner nächsten Nähe. Es war nur ein Stückchen ihres Zwiegesprächs, das er hören konnte, der Rest wurde nur noch geflüstert. Aber auch dies kleine Bruchstück nahm seine Aufmerksamkeit und Teilnahme in Anspruch und gab ihm für die halbe Nacht zu denken.

«Schon gut», hörte er die Stimme des Alten sagen, «schon gut, daß du zu einem frommen Mann gehen und beichten willst. Diese Leute verstehen allerhand, sage ich dir, sie können mehr als bloß Brot essen, und mancher von ihnen ist zauberkundig. Wenn er einem anspringenden Löwen nur ein Wörtchen zuruft, so duckt er sich, der Räuber, zieht den Schwanz ein und schleicht sich davon. Sie können Löwen zahm machen, sage ich dir; einem von ihnen, der ein besonders heiliger Mann war, haben sogar seine zahmen Löwen das Grab gegraben, als er gestorben war, haben die Erde wieder hübsch über ihm zusammengescharrt, und lange Zeit haben immer zwei von ihnen Tag und Nacht an seinem Grab die Wacht gehalten. Und nicht bloß Löwen verstehen sie zahm zu kriegen, diese Leute. Einer von ihnen hat einmal einen römischen Zenturionen, ein grausames Biest von einem Soldaten und den größten Hurenbruder von ganz Askalon, ins Gebet genommen und ihm das böse Herz geknetet, so daß der Kerl klein und ängstlich davonging wie eine Maus und ein Loch suchte, um sich zu verstecken. Man hat den Burschen nachher kaum wiedererkannt, so still und klein war er geworden. Allerdings, und das gibt zu denken, ist der Mann bald darauf gestorben.»

«Der heilige Mann?»

«O nein, der Zenturio. Varro hieß er. Seit der Büßer ihn zusammengestaucht und ihm das Gewissen geweckt hatte, ist er ziemlich schnell zusammengefallen, bekam zweimal das Fieber und ist nach einem Vierteljahr ein toter Mann gewesen. Na, nicht schade um ihn. Aber immerhin, ich habe mir oft gedacht: der Büßer hat ihm nicht bloß den Teufel ausgetrieben, er wird wohl auch ein Sprüchlein über ihn gesprochen haben, das ihn unter die Erde gebracht hat.»

«Ein so frommer Mann? Das kann ich nicht glauben.»

«Glaube es oder glaube es nicht, mein Lieber. Aber von dem Tag an war der Mensch wie verwandelt, um nicht zu sagen verhext, und ein Vierteljahr nachher ...»

Es war eine kleine Weile still, dann fing der Jüngere wieder an: «Es gibt da einen Büßer, er muß hier irgendwo in der Nähe leben, er soll ganz allein an einer kleinen Quelle wohnen, am Weg nach Gaza, Josephus heißt er, Josephus Famulus. Von dem habe ich viel gehört.»

«So, und was denn?»

«Er soll schauderhaft fromm sein und namentlich niemals eine Frau ansehen. Wenn je einmal an seinem abgelegenen Ort ein paar Kamele durchkommen, und auf einem hockt ein Weib, so mag es noch so dick verschleiert sein, er wendet den Rücken und verschwindet alsbald ins Geklüft. Es sind viele zu ihm beichten gegangen, sehr viele.»

«Wird nicht so schlimm sein, sonst hätte ich wohl auch schon von ihm gehört. Und was kann er denn, dein Famulus?»

«Oh, man geht eben zu ihm beichten, und wenn er nicht gut wäre und nichts verstünde, so würden die Leute ja nicht zu ihm laufen. Übrigens heißt es von ihm, er sage kaum ein Wort, es gebe bei ihm kein Schelten und Andonnern, keine Strafen und nichts dergleichen, er soll ein sanfter und sogar schüchterner Mann sein.»

546

«Ja, was tut er denn dann, wenn er nicht schilt und nicht straft und das Maul nicht auftut?»

«Er soll bloß zuhören und wunderbar seufzen und das Kreuz schlagen.»

«Ach was, einen schönen Winkelheiligen habet ihr da! Du wirst doch nicht so töricht sein und diesem schweigsamen Onkel nachlaufen.»

«Doch, das will ich. Finden werde ich ihn schon, es kann nicht weit mehr von hier sein. Es stand ja heut abend so ein armer Bruder hier bei der Tränke herum, den frage ich morgen früh, er sieht selber wie ein Büßer aus.»

Der Alte erhitzte sich. «Laß du deinen Quellenbüßer nur in seiner Grotte hocken! Ein Mann, der bloß zuhört und seufzt und vor den Weibern Angst hat und nichts kann und versteht! Nein, ich werde dir sagen, zu wem du gehen mußt. Es ist zwar weit von hier, noch über Askalon hinaus, aber dafür ist es auch der beste Büßer und Beichtvater, den es überhaupt gibt. Dion heißt er, und man nennt ihn Dion Pugil, das heißt den Faustkämpfer, weil er sich mit allen Teufeln rauft, und wenn einer ihm seine Schandtaten beichtet, dann, mein Guter, seufzt der Pugil nicht und behält das Maul zu, sondern legt los und tut dem Mann den Rost herunter, daß es eine Art hat. Manche soll er verprügelt haben, einen hat er eine ganze Nacht auf nackten Knien in den Steinen knien lassen und ihm dann erst noch auferlegt, vierzig Groschen den Armen zu geben. Das ist ein Mann, Brüderchen, du wirst sehen und staunen; wenn er dich so richtig anschaut, dann schlottert dir schon das Gebein, durch und durch blickt dich der. Da wird nichts geseufzt, der Mann hat es in sich, und wenn einer nicht mehr recht schlafen kann oder schlechte Träume und Gesichte hat und dergleichen, den stellt dir der Pugil wieder in den Senkel, sage ich dir. Ich sage es dir nicht, weil ich Weiber habe von ihm schwatzen hören. Ich sage es dir, weil ich selber bei ihm gewesen bin. Jawohl, ich selber, so ein armer Tropf ich sein mag, ich habe einst den

547

Büßer Dion aufgesucht, den Faustkämpfer, den Gottes-
mann. Hingegangen bin ich elend und mit lauter Schande
und Unrat im Gewissen, und fortgegangen bin ich hell
und sauber wie der Morgenstern, so wahr ich David heiße.
Merke dir: Dion heißt er, mit Zunamen Pugil. Den suchst
du auf, sobald du kannst, du wirst dein Wunder erleben.
Präfekten, Älteste und Bischöfe haben sich bei ihm Rat
geholt.»

«Ja», meinte der andere, «wenn ich wieder einmal in
jene Gegend komme, will ich mir's überlegen. Aber heut
ist heut, und hier ist hier, und da ich heut hier bin und
da in der Nähe jener Josephus sein muß, von dem ich so
viel Gutes gehört habe...»

«Gutes gehört! Was hast du denn an diesem Famulus
für einen Narren gefressen?»

«Es hat mir gefallen, daß er nicht schimpft und wüst tut.
Mir gefällt das, muß ich sagen. Ich bin ja kein Zenturio
und auch kein Bischof; ich bin ein kleiner Mann und bin
eher schüchtern, ich könnte nicht viel Feuer und Schwefel
vertragen; ich habe weiß Gott nichts dagegen, wenn man
mich eher sanft anfaßt, so ist das nun einmal mit mir.»

«Das hätte manch einer gern. Sanft anfassen! Wenn du
gebeichtet und gebüßt und Strafe auf dich genommen und
dich gesäubert hast, dann meinetwegen, dann ist es vielleicht am Platz, dich sanft anzufassen, aber nicht, wenn
du unrein und stinkend wie ein Schakal vor deinem Beichtvater und Richter stehst!»

«Nun ja, nun ja. Wir sollten nicht so laut sein, die Leute
wollen doch schlafen.»

Plötzlich kicherte er vergnügt vor sich hin. «Übrigens,
etwas Drolliges hat man mir von ihm auch erzählt.»

«Von wem?»

«Von ihm, vom Büßer Josephus. Also der hat es so im
Brauch, wenn einer ihm seine Sachen erzählt und gebeichtet hat, dann grüßt und segnet er ihn zum Abschied und
gibt ihm einen Kuß auf die Wange oder auf die Stirn.»

548

«So, tut er? Komische Gewohnheiten hat er schon.»

«Und nun ist er ja so sehr scheu vor den Frauen, weißt du. Da soll einmal eine Hure aus der Gegend in Mannskleidern zu ihm gegangen sein, und er merkt nichts und hört sich ihre Lügengeschichten an und wie sie mit Beichten fertig ist, verneigt er sich vor ihr und gibt ihr feierlich einen Kuß.»

Der Alte setzte zu einem heftigen Gelächter an, der andere machte schnell «Bst, bst!», und nun bekam Josef nichts mehr zu hören als eine Weile noch dies halb erstickte Lachen.

Er blickte zum Himmel, scharf und dünn stand die Mondsichel hinter den Kronen der Palmen, er schauerte von der Nachtkälte. Wunderlich wie in einem Zerrspiegel, und doch aufschlußreich, hatte ihm das Abendgespräch der Kamelführer seine eigene Person und die Rolle vor Augen geführt, der er untreu geworden war. Und eine Hure also hatte sich diesen Spaß mit ihm gemacht. Nun, dies war nicht das Schlimmste, wenn auch schlimm genug. Er hatte lange nachzudenken über die Unterhaltung der beiden fremden Männer. Und als er sehr spät endlich einschlafen konnte, konnte er es nur, weil sein Nachdenken nicht vergeblich gewesen war. Es hatte zu einem Ergebnis, zu einem Entschluß geführt, und mit diesem jungen Entschluß im Herzen schlief er tief und ungestört bis zum Tagesanbruch.

Sein Entschluß aber war eben jener, welchen der jüngere von den beiden Kameltreibern nicht hatte fassen können. Sein Entschluß war, dem Rat des älteren zu folgen und den Dion, genannt Pugil, aufzusuchen, von dem er ja längst schon wußte und dessen Lob ihm heut so eindringlich war gesungen worden. Dieser berühmte Beichtvater, Seelenrichter und Ratgeber würde auch für ihn einen Rat, ein Urteil, eine Strafe, einen Weg wissen; ihm wollte er sich stellen wie einem Vertreter Gottes und willig annehmen, was er ihm verordnen würde.

Anderntags verließ er schon den Rastplatz, als die beiden Männer noch schliefen, und erreichte an diesem Tag in mühevoller Wanderung einen Ort, den er von frommen Brüdern bewohnt wußte und von dem aus er auf den üblichen Reiseweg gegen Askalon zu gelangen hoffte.

Bei der Ankunft gegen Abend blickte eine kleine grüne Oasenlandschaft ihn freundlich an, er sah Bäume ragen und hörte eine Ziege meckern, glaubte im grünen Schatten die Umrisse von Hüttendächern zu entdecken und Menschennähe zu wittern, und als er zögernd näher trat, meinte er einen Blick auf sich gerichtet zu spüren. Er blieb stehen und spähte umher, da sah er unter den ersten Bäumen, an einen Stamm gelehnt, eine Gestalt sitzen, einen aufrecht sitzenden alten Mann mit einem eisgrauen Bart und einem würdigen, aber strengen und starren Gesicht, der blickte ihn an und mochte ihn schon eine Weile angeblickt haben. Der Blick des alten Mannes war fest und scharf, aber ohne Ausdruck, wie der Blick eines Mannes, der zu beobachten gewohnt, aber nicht neugierig und beteiligt ist, der die Menschen und Dinge an sich herankommen läßt und sie zu erkennen sucht, sie aber nicht herbeizieht und einlädt.

«Gelobt sei Jesus Christus», sagte Josef. Mit einem Murmeln gab der Greis Antwort.

«Mit Verlaub», sagte Josef, «seid Ihr ein Fremdling wie ich, oder seid Ihr ein Bewohner dieser schönen Siedlung?»

«Ein Fremder», sagte der Weißbärtige.

«Ehrwürdiger, so könnet Ihr mir vielleicht sagen, ob es möglich ist, von hier aus auf den Weg nach Askalon zu kommen?»

«Es ist möglich», sagte der Alte. Und nun richtete er sich langsam, mit etwas steifen Gliedern, auf, ein hagerer Riese. Er stand und blickte in die leere Weite hinaus. Josef fühlte, daß dieser greise Riese wenig Lust zu einem Redewechsel habe, aber eine Frage wollte er doch noch wagen.

«Erlaubet mir noch eine einzige Frage, Ehrwürdiger», sagte er höflich und sah die Augen des Mannes wieder aus der Ferne zurückkehren. Kühl und aufmerksam blickten sie ihn an.

«Kennet Ihr vielleicht den Ort, wo Vater Dion zu finden ist, genannt Dion Pugil?»

Der Fremde zog die Brauen ein wenig zusammen, und sein Blick wurde noch kühler.

«Ich kenne ihn», sagte er knapp.

«Ihr kennet ihn?» rief Josef. «Oh, dann saget ihn mir, denn dorthin, zu Vater Dion, geht meine Reise.»

Der große alte Mann schaute prüfend zu ihm hernieder. Er ließ ihn lange auf Antwort warten. Dann trat er zu seinem Baumstamm zurück, ließ sich langsam wieder zu Boden nieder und setzte sich, an den Stamm gelehnt, wie er vorher gesessen war. Mit einer kleinen Handbewegung forderte er Josef auf, sich ebenfalls niederzulassen. Gehorsam leistete dieser der Gebärde Folge, spürte im Niedersitzen einen Augenblick die große Müdigkeit in seinen Gliedern, vergaß sie aber alsbald wieder, um seine ganze Aufmerksamkeit dem Greise zuzuwenden. Dieser schien in Nachsinnen versunken, ein Zug von abweisender Strenge erschien auf seinem würdevollen Antlitz, über welchen jedoch noch ein anderer Ausdruck, ja ein anderes Gesicht, wie eine durchsichtige Maske gelegt schien, ein Ausdruck alten und einsamen Leides, dem der Stolz und die Würde keine Äußerung erlauben.

Es dauerte lange, bis der Blick des Ehrwürdigen sich ihm wieder zuwandte. Mit großer Schärfe prüfte ihn auch jetzt wieder dieser Blick, und plötzlich stellte der Alte in befehlendem Ton die Frage: «Wer seid Ihr denn, Mann?»

«Ich bin ein Büßer», sagte Josef, «ich habe seit langen Jahren das Leben der Zurückgezogenen geführt.»

«Das sieht man. Ich frage, wer Ihr seid.»

«Ich heiße Josef, mit dem Zunamen Famulus.»

Als Josef seinen Namen sagte, zog der Alte, der im

übrigen regungslos blieb, die Brauen so stark zusammen, daß seine Augen für eine Weile beinah unsichtbar wurden, er schien betroffen, erschreckt oder enttäuscht zu sein über Josefs Mitteilung; oder vielleicht war es auch nur eine Ermüdung der Augen, ein Nachlassen der Aufmerksamkeit, irgendeine kleine Anwandlung von Schwäche, wie so alte Leute sie haben. Jedenfalls verharrte er in vollkommener Regungslosigkeit, hielt die Augen eine Weile eingekniffen, und als er sie wieder öffnete, schien sein Blick verändert oder schien, wenn es möglich war, noch älter, noch einsamer, versteinerter und abwartender geworden zu sein. Langsam tat er die Lippen voneinander, um zu fragen: «Ich habe von Euch gehört. Seid Ihr der, zu dem die Leute beichten gehen?»

Josef bejahte verlegen, das Erkanntwerden wie eine unliebsame Entblößung empfindend und von der Begegnung mit seinem Ruf nun schon zum zweitenmal beschämt.

Wieder fragte der Alte in seiner bündigen Weise: «Und jetzt wollet Ihr also den Dion Pugil aufsuchen? Was wollt Ihr von dem?»

«Ich möchte ihm beichten.»

«Was versprechet Ihr Euch davon?»

«Ich weiß nicht. Ich habe Vertrauen zu ihm, und es scheint mir sogar, als wäre es eine Stimme von oben, eine Führung, die mich zu ihm sendet.»

«Und wenn Ihr ihm gebeichtet haben werdet, was dann?»

«Dann werde ich das tun, was er mir befiehlt.»

«Und wenn er Euch etwas Falsches rät oder befiehlt?»

«Ich werde nicht untersuchen, ob es falsch sei oder nicht, sondern ich werde gehorchen.»

Der Greis ließ kein Wort mehr hören. Die Sonne war tief gerückt, ein Vogel schrie im Laub des Baumes. Da der Alte schweigsam blieb, erhob sich Josef. Schüchtern kam er nochmals auf sein Anliegen zurück.

«Ihr habet gesagt, daß Euch der Ort bekannt sei, an dem man den Vater Dion finden kann. Darf ich bitten, daß Ihr mir den Ort nennet und den Weg dorthin beschreibet?»

Der Alte zog seine Lippen zu einer Art von schwachem Lächeln zusammen. «Glaubet Ihr», fragte er sanft, «daß Ihr ihm willkommen sein werdet?»

Wunderlich erschreckt durch die Frage, gab Josef keine Antwort. Er stand verlegen.

Dann sagte er: «Darf ich wenigstens hoffen, Euch wiederzusehen?»

Der alte Mann machte eine grüßende Gebärde und antwortete: «Ich werde hier schlafen und mich hier bis kurz nach Sonnenaufgang aufhalten. Gehet jetzt, Ihr seid müde und hungrig.»

Mit ehrerbietigem Gruß ging Josef weiter und kam mit Einbruch der Dämmerung in die kleine Siedlung. Es wohnten hier, ähnlich wie in einem Kloster, sogenannte Zurückgezogene, Christen aus verschiedenen Städten und Ortschaften, die sich hier in der Abgeschiedenheit eine Unterkunft geschaffen hatten, um ungestört sich einem einfachen, reinen Leben der Stille und Kontemplation zu ergeben. Man gab ihm Wasser, Speise und Nachtlager und verschonte ihn, da man sah, wie müde er war, mit Fragen und Unterhaltungen. Einer sprach ein Nachtgebet, an dem die anderen kniend teilnahmen, das Amen sprachen alle gemeinsam. Die Gemeinschaft dieser Frommen wäre zu einer anderen Zeit ein Erlebnis und eine Freude für ihn gewesen, aber jetzt hatte er nur eines im Sinn, und am frühesten Morgen eilte er dorthin zurück, wo er den alten Mann gestern verlassen hatte. Er fand ihn am Boden liegen und schlafen, in eine dünne Matte gerollt, und setzte sich abseits unter den Bäumen, um sein Erwachen zu erwarten. Schon bald wurde der Schläfer unruhig, erwachte, wickelte sich aus der Matte, stand schwerfällig auf und streckte die steifgewordenen Glieder, dann kniete er zu Boden und verrichtete sein Gebet. Als er sich wieder erhob, näherte sich Josef und verneigte sich stumm.

«Hast du schon gegessen?» fragte der Fremde.

«Nein. Ich habe die Gewohnheit, nur einmal am Tage und erst nach Untergang der Sonne zu essen. Seid Ihr hungrig, Ehrwürdiger?»

«Wir sind auf Wanderung», sagte jener, «und wir sind beide keine jungen Leute mehr. Es ist besser, wir essen einen Bissen, ehe wir weiterziehen.»

Josef öffnete seinen Beutel und bot ihm von seinen Datteln an, auch hatte er von den freundlichen Leuten, bei denen er genächtigt, ein Hirsebrot mitbekommen, das er mit dem Alten teilte.

«Wir können gehen», sagte der Alte, als sie gegessen hatten.

«Oh, wir werden zusammen gehen?» rief Josef erfreut.

«Gewiß. Du hast mich ja gebeten, dich zu Dion zu führen. Komm nur.»

Erstaunt und glücklich blickte ihn Josef an. «Wie gütig Ihr seid», rief er und wollte in Danksagungen ausbrechen. Aber der Fremde machte ihn mit einer schroffen Handbewegung verstummen.

«Gütig ist Gott allein», sagte er. «Wir gehen jetzt. Und sage du zu mir, wie ich es zu dir sage. Was sollen die Formen und Höflichkeiten zwischen zwei alten Büßern?»

Der große Mann schritt aus, und Josef schloß sich an, der Tag war angebrochen. Der Führer schien der Richtung und des Weges sicher zu sein und verhieß, sie würden gegen Mittag an einen schattigen Ort gelangen, wo sie für die Stunden der größten Sonnenglut Rast halten könnten. Weiter wurde auf dem Wege nicht gesprochen.

Erst als nach heißen Stunden der Rastort erreicht war und sie im Schatten zerklüfteter Felsen ausruhten, richtete Josef wieder das Wort an seinen Führer. Er fragte, wie viele Tagesmärsche sie wohl brauchen würden, um zu Dion Pugil zu kommen.

«Es kommt nur auf dich an», sagte der Alte.

«Auf mich?» rief Josef. «Ach, wenn es nur auf mich ankäme, so stünde ich noch heute vor ihm.»

Der alte Mann schien auch jetzt nicht zu Gesprächen gelaunt.

«Wir werden sehen», sagte er kurz, legte sich auf die Seite und schloß die Augen. Es war Josef unangenehm, ihn beim Schlummer beobachten zu können, er zog sich leise etwas abseits und legte sich, und unversehens entschlief auch er, der in der Nacht lange wach gelegen war. Sein Führer weckte ihn, als ihm die Zeit zum Abmarsch gekommen schien.

Am Spätnachmittag kamen sie zu einem Lagerplatz mit Wasser, Bäumen und Graswuchs, hier tranken sie, wuschen sich, und der Alte beschloß, hier zu bleiben. Josef war nicht einverstanden und erhob schüchtern Einspruch.

«Du sagtest heute», meinte er, «es liege nur an mir, wie früh oder spät ich zu Vater Dion kommen werde. Ich bin bereit, noch viele Stunden zu gehen, wenn ich ihn wirklich schon heute oder morgen erreichen kann.»

«Ach nein», sagte der andre, «für heute sind wir weit genug gekommen.»

«Verzeih», sagte Josef, «aber kannst du meine Ungeduld nicht verstehen?»

«Ich verstehe sie. Doch wird sie dir nichts nützen.»

«Warum sagtest du dann, es liege an mir?»

«Es ist so, wie ich sagte. Sobald du deines Willens zum Beichten sicher bist und dich bereit und reif weißt, die Beichte abzulegen, wirst du sie ablegen können.»

«Auch heute noch?»

«Auch heute noch.»

Staunend blickte Josef in das stille, alte Gesicht.

«Ist es möglich?» rief er überwältigt. «Bist du selbst Vater Dion?»

Der Alte nickte.

«Ruhe dich hier unter den Bäumen aus», sagte er

freundlich, «aber schlafe nicht, sondern sammle dich, und auch ich will mich ausruhen und sammeln. Dann magst du mir sagen, was du zu sagen begehrst.»

So sah sich Josef plötzlich am Ziel und begriff jetzt kaum mehr, daß er den ehrwürdigen Mann nicht früher erkannt und verstanden habe, neben dem er einen ganzen Tag einhergegangen war. Er zog sich zurück, kniete und betete und richtete dann alle seine Gedanken auf das, was er dem Beichtvater zu sagen habe. Nach einer Stunde kehrte er zurück und fragte, ob Dion bereit sei.

Und nun durfte er beichten. Nun floß all das, was er seit Jahren gelebt und was seit langer Zeit mehr und mehr seinen Wert und Sinn verloren zu haben schien, von seinen Lippen als Erzählung, Klage, Frage, Selbstanklage, die ganze Geschichte seines Christen- und Büßerlebens, das als eine Läuterung und Heiligung gemeint und unternommen und das am Ende so sehr zu Verwirrung, Verdunklung und Verzweiflung geworden war. Auch das jüngst Erlebte verschwieg er nicht, seine Flucht und das Gefühl von Lösung und Hoffnung, das diese Flucht ihm gebracht hatte, die Entstehung seines Entschlusses, zu Dion zu reisen, seine Begegnung mit ihm, und wie er zu ihm, dem Älteren, zwar alsbald ein Vertrauen und eine Liebe gefaßt, ihn aber im Verlauf dieses Tages auch mehrmals als kalt und wunderlich, ja launisch beurteilt habe.

Die Sonne stand schon tief, als er zu Ende gesprochen hatte. Der alte Dion hatte mit unermüdlicher Aufmerksamkeit zugehört und sich jeder Unterbrechung und Frage enthalten. Und auch jetzt, wo die Beichte zu Ende war, kam kein Wort von seinen Lippen. Er erhob sich schwerfällig, blickte Josef mit großer Freundlichkeit an, neigte sich zu ihm, küßte ihn auf die Stirn und machte das Kreuz über ihm. Erst später fiel es Josef ein, daß dies ja dieselbe stumme, brüderliche und auf Urteilsspruch verzichtende Gebärde war, mit welcher er selbst so viele Beichtende entlassen hatte.

Bald darauf aßen sie, sprachen das Nachtgebet und legten sich nieder. Josef sann noch eine Weile und grübelte, er hatte eigentlich eine Verdammung und Strafpredigt erwartet, und war dennoch nicht enttäuscht oder unruhig, der Blick und Bruderkuß Dions hatte ihm genügt, es war still in ihm, und bald sank er in wohltätigen Schlaf.

Ohne Worte zu verschwenden, nahm ihn am Morgen der Alte mit, sie machten eine ziemlich große Tagesreise und noch vier oder fünf, dann waren sie bei Dions Klause angelangt. Da wohnten sie nun, Josef war Dion bei den kleinen Tagesarbeiten behilflich, lernte dessen tägliches Leben kennen und teilen, es war nicht so sehr verschieden von dem, das er selbst viele Jahre geführt hatte. Nur war er jetzt nicht mehr allein, er lebte im Schatten und Schutz eines andern, und so war es denn doch ein vollkommen anderes Leben. Und es kamen aus den umliegenden Siedlungen, aus Askalon und von noch weiter her immer wieder Ratsuchende und Beichtbedürftige. Anfangs zog Josef sich jedesmal, wenn solche Besucher kamen, eilig zurück und ließ sich erst wieder sehen, wenn sie gegangen waren. Aber immer häufiger rief Dion ihn zurück, so wie man einen Diener ruft, hieß ihn Wasser bringen oder sonst eine Handreichung tun, und nachdem er es einige Zeit so gehalten, gewöhnte er Josef daran, je und je einer Beichte als Mithörer beizuwohnen, wenn nicht der Beichtende sich dagegen sträubte. Vielen aber, ja den meisten war es nicht unlieb, dem gefürchteten Pugil nicht allein gegenüber zu stehen oder zu sitzen oder zu knien, sondern diesen stillen, freundlich blickenden und dienstwilligen Gehilfen mit dabei zu haben. So lernte er allmählich die Weise kennen, auf welche Dion Beichte hörte, die Art seines tröstlichen Zuspruchs, die Art seines Zugreifens und Schaltens, die Art seines Strafens und Ratgebens. Selten erlaubte er sich eine Frage, wie etwa damals, als ein Gelehrter oder Schöngeist auf der Durchreise vorsprach.

Dieser hatte, wie aus seinen Erzählungen hervorging, Freunde unter den Magiern und Sternkundigen; Rast haltend, saß er eine Stunde oder zwei bei den beiden alten Büßern, ein höflicher und gesprächiger Gast, sprach lang, gelehrt und schön über die Gestirne und über die Wanderung, welche der Mensch samt seinen Göttern vom Beginn bis zum Ende eines Weltalters durch alle die Häuser des Tierkreises zurückzulegen habe. Er sprach von Adam, dem ersten Menschen, und wie er einer und derselbe sei mit Jesus, dem Gekreuzigten, und nannte die Erlösung durch ihn die Wanderung Adams vom Baume der Erkenntnis zum Baume des Lebens, die Schlange des Paradieses aber nannte er die Hüterin des heiligen Urquells, der finsteren Tiefe, aus deren nächtigen Wassern alle Gestaltungen, alle Menschen und Götter stammen. Dion hörte diesem Manne, dessen Syrisch stark mit Griechisch durchsetzt war, aufmerksam zu, und Josef wunderte sich darüber, ja er nahm Anstoß daran, daß er diese heidnischen Irrtümer nicht mit Eifer und Zorn zurückweise, widerlege und banne, sondern daß die klugen Monologe des vielwissenden Pilgers ihn zu unterhalten und seine Teilnahme zu erregen schienen, denn er hörte nicht nur mit Hingabe zu, sondern lächelte und nickte auch des öfteren zu einem Wort des Redenden, als gefalle es ihm.

Als dieser Mensch wieder gegangen war, fragte Josef mit einem Ton von Eifer und beinahe Vorwurf: «Wie kommt es, daß du die Irrlehren dieses ungläubigen Heiden so geduldig angehört hast? Ja, du hast sie, so schien mir, nicht nur mit Geduld, sondern geradezu mit Teilnahme und mit einem gewissen Vergnügen angehört. Warum bist du ihnen nicht entgegengetreten? Warum hast du nicht versucht, diesen Menschen zu widerlegen, zu strafen und zum Glauben an unsern Herrn zu bekehren?»

Dion wiegte das Haupt auf dem dünnen faltigen Halse und gab Antwort: «Ich habe ihn nicht widerlegt, weil es nichts genützt hätte, vielmehr, weil ich dazu gar nicht imstande gewesen wäre. Im Reden und Kombinieren und in der Kenntnis der Mythologie und der Sterne ist dieser Mann mir ohne Zweifel weit überlegen, ich hätte nichts gegen ihn ausgerichtet. Und ferner, mein Sohn, ist es weder meine noch deine Sache, dem Glauben eines Menschen entgegenzutreten mit der Behauptung, es sei Lug und Irrtum, woran er glaube. Ich habe, gestehe ich, diesem klugen Mann mit einem gewissen Vergnügen zugehört, das ist dir nicht entgangen. Es machte mir Vergnügen, weil er vorzüglich sprach und viel wußte, vor allem aber, weil er mich an meine Jugendzeit erinnerte, denn in der Jugend habe ich mich viel mit ebensolchen Studien und Kenntnissen beschäftigt. Die Dinge aus der Mythologie, über die der Fremde so hübsch geplaudert hat, sind keineswegs Irrtümer. Sie sind Vorstellungen und Gleichnisse eines Glaubens, den wir nicht mehr brauchen, weil wir den Glauben an Jesum, den einzigen Erlöser, gewonnen haben. Für jene aber, die unsern Glauben noch nicht gefunden haben, ihn vielleicht überhaupt nicht finden können, ist ihr Glaube, aus alter Väterweisheit stammend, mit Recht ehrwürdig. Gewiß, Lieber, ist unser Glaube ein anderer, ein durchaus anderer. Aber weil unser Glaube der Lehre von den Gestirnen und Äonen, von den Urwassern und Weltmüttern und all dieser Gleichnisse nicht bedarf, darum sind jene Lehren an sich keineswegs Irrtum, Lug und Trug.»

«Aber unser Glaube», rief Josef, «ist doch der bessere, und Jesus ist für alle Menschen gestorben; also müssen die, die ihn kennen, doch jene veralteten Lehren bekämpfen und die neue, richtige an ihre Stelle setzen!»

«Dies haben wir ja längst getan, du und ich und so viele andere», sagte Dion gelassen. «Wir sind Gläubige, weil wir vom Glauben, von der Macht nämlich des Erlösers und seines Erlösertodes, ergriffen worden sind. Jene anderen aber, jene Mythologen und Theologen des Tierkreises und der alten Lehren, sind von dieser Macht nicht ergriffen worden, noch nicht, und uns ist es nicht gegeben, sie zu zwingen, daß sie Ergriffene werden. Hast du nicht bemerkt, Josef, wie hübsch und höchst geschickt dieser Mythologe zu plaudern und sein Bilderspiel zusammenzusetzen wußte und wie wohl es ihm dabei war, wie friedlich und harmonisch er in seiner Weisheit der Bilder und Gleichnisse lebt? Nun, dies ist ein Zeichen dafür, daß diesen Mann kein schweres Leiden drückt, daß er zufrieden ist, daß es ihm gut geht. Menschen, welchen es gut geht, hat unsereiner aber nichts zu sagen. Damit ein Mensch der Erlösung und des erlösenden Glaubens bedürftig werde, damit er die Freude an der Weisheit und Harmonie seiner Gedanken verliere und das große Wagnis des Glaubens an das Wunder der Erlösung auf sich nehme, muß es ihm erst schlecht gehen, sehr schlecht, er muß Leid und Enttäuschung, er muß Bitternis und Verzweiflung erlebt haben, die Wasser müssen ihm bis an den Hals gegangen sein. Nein, Josef, lassen wir diesen gelehrten Heiden in seinem Wohlergehen, lassen wir ihn im Glück seiner Weisheit, seines Denkens und seiner Redekunst! Vielleicht wird er morgen, wird er in einem Jahr, in zehn Jahren das Leid erfahren, das ihm seine Kunst und Weisheit zertrümmert, vielleicht wird man ihm die Frau, die er liebt, oder den einzigen Sohn totschlagen, oder er fällt in Krankheit und Armut; wenn wir ihm alsdann wieder begegnen, wollen wir uns seiner annehmen und ihm erzählen, auf welche Weise wir es versucht haben, des Leides Herr zu werden. Und sollte er uns dann fragen: ‚Warum habet Ihr mir das nicht gestern, nicht vor zehn Jahren schon gesagt?‘ — dann wollen wir antworten: ‚Es ist dir damals noch nicht schlecht genug gegangen.‘»

Er war ernst geworden und schwieg eine Weile. Dann, wie aus Erinnerungsträumen heraus, fügte er hinzu: «Ich habe selbst einst viel mit den Weisheiten der Väter gespielt und mich vergnügt, und auch als ich schon auf dem Weg des Kreuzes war, hat das Theologisieren mir noch oft Freude gemacht, und freilich auch Kummer genug. Ich hatte es in meinen Gedanken am meisten mit der Schöpfung der Welt zu tun und damit, daß am Ende des Schöpfungswerkes doch eigentlich alles hätte gut sein sollen, denn es heißt ja: ‚Gott sah an alles, was er gemacht hatte, und siehe da, es war alles sehr gut.‘ In Wirklichkeit aber war es nur einen Augenblick gut und vollkommen, den Augenblick des Paradieses, und schon im nächsten Augenblick war Schuld und Fluch in die Vollkommenheit geraten, denn Adam hatte von jenem Baume gegessen, von dem zu essen ihm verboten war. Es gab nun Lehrer, welche sagten: der Gott, der die Schöpfung und mit ihr den Adam und den Baum der Erkenntnis gemacht hat, sei nicht der einige und höchste Gott, sondern nur sein Teil oder ein Untergott von ihm, der Demiurg, und die Schöpfung sei nicht gut, sondern sie sei ihm mißglückt, und es sei nun für eine Weltenzeit das Geschaffene verflucht und dem Bösen anheimgegeben, bis Er selbst, der Eine Geist Gott, durch seinen Sohn der verfluchten Weltzeit ein Ende zu bereiten beschloß. Von nun an, so lehrten sie, und so dachte auch ich, habe das Absterben des Demiurgen und seiner Schöpfung begonnen, und die Welt sterbe allmählich dahin und welke ab, bis in einem neuen Weltalter keine Schöpfung, keine Welt, kein Fleisch, keine Gier und Sünde, kein fleischliches Zeugen, Gebären und Sterben mehr sein, sondern eine vollkommene, geistige und erlöste Welt erstehen werde, frei vom Fluche Adams, frei vom ewigen Fluch und Drang des Begehrens, Zeugens, Gebärens, Sterbens. Wir gaben mehr dem Demiurgen als dem ersten Menschen die Schuld an den derzeitigen Übeln der Welt, wir waren der Meinung, es hätte dem Demiurgen, wenn er wirklich Gott selber war, ein leichtes sein müssen, den Adam anders zu schaffen oder ihm die Versuchung zu ersparen. Und so hatten wir denn am Schluß unserer Folgerungen zwei Götter, den Schöpfergott und den Vatergott, und scheuten uns nicht, über den ersteren richtend abzuurteilen. Es gab sogar solche, welche noch einen Schritt weitergingen und behaupteten, die Schöpfung sei überhaupt nicht Gottes, sondern des Teufels Werk gewesen. Wir glaubten mit unseren Klugheiten dem Erlöser und dem kommenden Zeitalter des Geistes behilflich zu sein, und so machten wir uns denn Götter und Welten und Weltpläne zurecht und disputierten und trieben Theologie, bis ich eines Tages in ein Fieber verfiel und auf den Tod krank wurde, und in den Träumen des Fiebers hatte ich es beständig mit dem Demiurgen zu tun, mußte Krieg führen und Blut vergießen, und die Gesichte und Beängstigungen wurden immer schrecklicher, bis ich in der Nacht des höchsten Fiebers meine eigene Mutter glaubte töten zu müssen, um meine fleischliche Geburt wieder auszulöschen. Der Teufel hat mich in jenen Fieberträumen mit allen seinen Hunden gehetzt. Aber ich genas, und zur Enttäuschung meiner früheren Freunde kehrte ich als ein dummer, schweigsamer und geistloser Mensch ins Leben zurück, der zwar die Kräfte seines Körpers bald wiedergewann, nicht aber die Freude am Philosophieren. Denn in den Tagen und Nächten der Genesung, als jene scheußlichen Fieberträume gewichen waren und ich beinahe immer schlief, fühlte ich in jedem wachen Augenblick den Erlöser bei mir und fühlte Kraft von ihm aus- und in mich eingehen, und als ich wieder gesund geworden war, empfand ich eine Traurigkeit darüber, daß ich diese seine Nähe nicht mehr zu empfinden vermochte. Statt ihrer aber empfand ich eine große Sehnsucht nach jener Nähe, und nun zeigte es sich: sobald ich wieder dem Disputieren zuhörte, fühlte ich, wie diese Sehnsucht — sie war damals mein bestes Gut — in Gefahr geriet, dahinzuschwinden und sich in die Gedanken und Worte hineinzuverlaufen, wie Wasser in Sand zerrinnt. Genug, mein Lieber, es war zu Ende mit meiner Klugheit und Theologie. Ich gehöre seither zu den Einfältigen. Aber wer zu philosophieren und zu mythologisieren weiß, wer jene

Spiele zu spielen versteht, in denen auch ich mich einst versucht habe, den möchte ich nicht hindern und nicht gering achten. Wenn ich mich einst damit bescheiden mußte, daß Demiurg und Geistgott, daß Schöpfung und Erlösung in ihrem unbegreiflichen Ineinander- und Zugleichsein mir ungelöste Rätsel blieben, so muß ich mich auch damit bescheiden, daß ich Philosophen nicht zu Gläubigen machen kann. Es ist nicht meines Amtes.»

Einmal, nachdem einer einen Totschlag und Ehebruch gebeichtet hatte, sagte Dion zu seinem Gehilfen: «Totschlag und Ehebruch, das klingt recht verrucht und großartig, und es ist ja auch schlimm genug, nun ja. Aber ich sage dir, Josef, in Wirklichkeit sind diese Weltleute überhaupt keine richtigen Sünder. Sooft ich es versuche, mich ganz in einen von ihnen hineinzudenken, kommen sie mir durchaus wie Kinder vor. Sie sind nicht brav, nicht gut, nicht edel, sie sind eigennützig, lüstern, hochmütig, zornig, gewiß, aber eigentlich und im Grunde sind sie unschuldig, unschuldig in der Weise, wie eben Kinder unschuldig sind.»

«Aber doch», sagte Josef, «stellst du sie oft gewaltig zur Rede und malst ihnen die Hölle vor Augen.»

«Eben darum. Sie sind Kinder, und wenn sie Gewissensbeschwerden haben und beichten kommen, dann wollen sie ernst genommen und wollen auch ernsthaft abgekanzelt werden. Wenigstens ist dies meine Meinung. Du hast es ja anders gemacht, seinerzeit, du hast nicht gescholten und gestraft und Bußen auferlegt, sondern warst freundlich und hast die Leute einfach mit dem Bruderkuß entlassen. Ich will das nicht tadeln, nein, aber ich könnte das nicht.»

«Wohl», sagte Josef zögernd. «Aber sage, warum hast du dann mich, als ich dir damals meine Beichte abgelegt hatte, nicht ebenso behandelt wie deine anderen Beichtkinder, sondern hast mich schweigend geküßt und kein Wort der Strafe gesagt?»

Dion Pugil richtete seinen durchdringenden Blick auf ihn. «War es nicht richtig, was ich getan habe?» fragte er.

«Ich sage nicht, es sei nicht richtig gewesen. Es war gewiß richtig, sonst hätte jene Beichte mir nicht so wohlgetan.»

«Nun, so laß es gut sein. Auch habe ich dir ja damals eine strenge und lange Buße auferlegt, wenn schon ohne Worte. Ich habe dich mitgenommen und als meinen Diener behandelt und dich zu dem Amt zurückgeführt und gezwungen, dem du dich hattest entziehen wollen.»

Er wandte sich ab, er war ein Feind langer Gespräche. Aber Josef blieb diesmal hartnäckig.

«Du wußtest damals im voraus, daß ich dir gehorsam sein würde, ich hatte es schon vor der Beichte, und noch eh ich dich kannte, versprochen. Nein, sage mir: war es wirklich nur aus diesem Grunde, daß du es so mit mir gehalten hast?»

Der andere tat ein paar Schritte auf und nieder, blieb vor ihm stehen, legte ihm die Hand auf die Schulter und sagte: «Die Weltleute sind Kinder, mein Sohn. Und die Heiligen — nun, die kommen nicht zu uns beichten. Wir aber, du und ich und unseresgleichen, wir Büßer und Sucher und Weltflüchtige, wir sind keine Kinder und sind nicht unschuldig und sind nicht durch Strafpredigten in Ordnung zu bringen. Wir, wir sind die eigentlichen Sünder, wir Wissenden und Denkenden, die wir vom Baum der Erkenntnis gegessen haben, und wir sollten einander also nicht wie Kinder behandeln, die man mit der Rute streicht und wieder laufen läßt. Wir entlaufen ja nach einer Beichte und Buße nicht wieder in die Kinderwelt, wo man Feste feiert und Geschäfte macht und gelegentlich einander totschlägt, wir erleben die Sünde nicht wie einen kurzen, bösen Traum, den man durch Beichte und Opfer wieder von sich abtut: wir weilen in ihr, wir sind niemals unschuldig, wir sind immerzu Sünder, wir weilen in der Sünde und im Brand unseres Gewissens, und wir wissen, daß wir unsere große Schuld niemals werden bezahlen können, es sei denn, daß Gott uns nach unserem Hinscheiden gnädig ansieht und in seine Gnade aufnimmt. Dies, Josef, ist der Grund, warum ich dir und mir nicht Predigten halten und Bußen diktieren kann. Wir haben es nicht mit dieser oder jener Entgleisung oder Übeltat zu tun, sondern immerdar mit der Urschuld selbst; darum kann einer von uns den andern nur des Mitwissens und der Bruderliebe versichern, nicht aber ihn durch eine Strafe heilen. Hast du dies denn nicht gewußt?»

Leise gab Josef zur Antwort: «Es ist so. Ich habe es gewußt.»

«Also laß uns nicht unnütze Reden führen», sagte der Alte kurz und wandte sich dem Stein vor seiner Hütte zu, auf dem er zu beten gewohnt war.

Einige Jahre vergingen, und Vater Dion wurde je und je von einer Schwäche heimgesucht, so daß Josef ihm am Morgen behilflich sein mußte, da er sich nicht allein aufzurichten vermochte. Dann ging er beten, und auch nach dem Gebet vermochte er sich nicht allein aufzurichten. Josef mußte ihm helfen, und dann saß er den ganzen Tag und sah in die Weite hinaus. Dies geschah an manchen Tagen, an anderen wurde der alte Mann allein mit dem Aufstehen fertig. Auch Beichten hören konnte er nicht an jedem Tag, und wenn einer bei Josef gebeichtet hatte, rief ihn Dion nachher zu sich und sagte ihm: «Es geht zu Ende mit mir, mein Kind, es geht zu Ende. Sage es den Leuten: dieser Josef ist mein Nachfolger.» Und wenn Josef abwehren und ein Wort dazwischenwerfen wollte, blickte der Greis ihn mit jenem schrecklichen Blick an, der einen wie ein eisiger Strahl durchdrang.

Eines Tages, an dem er ohne Hilfe aufgestanden war und kräftiger schien, rief er Josef zu sich und führte ihn an eine Stelle am Rand ihres kleinen Gartens.

«Hier», sagte er, «ist der Ort, an dem du mich begraben wirst. Das Grab werden wir gemeinsam graben, wir haben wohl noch etwas Zeit. Hole mir den Spaten.»

Nun gruben sie an jedem Tag in der Morgenfrühe ein

kleines Stück. War Dion bei Kräften, so hob er selber einige Spaten voll Erde aus, mit großer Beschwerde, aber mit einer gewissen Munterkeit, als bereite die Arbeit ihm Vergnügen. Auch den Tag über verließ diese gewisse Munterkeit ihn nicht mehr; seit an dem Grabe geschaufelt wurde, war er stets guter Dinge.

«Du wirst eine Palme auf mein Grab pflanzen», sagte er einmal bei dieser Arbeit. «Vielleicht wirst du noch von ihren Früchten essen. Wenn nicht, so wird ein anderer es tun. Ich habe je und je einen Baum gepflanzt, aber doch zu wenige, allzu wenige. Manche sagen, ein Mann sollte nicht sterben, ohne einen Baum gepflanzt zu haben und einen Sohn zu hinterlassen. Nun, ich hinterlasse einen Baum und hinterlasse dich, du bist mein Sohn.»

Er war gelassen und heiterer, als Josef ihn gekannt hatte, und wurde es mehr und mehr. Eines Abends, es wurde dunkel, und sie hatten schon gespeist und gebetet, rief er von seinem Lager aus nach Josef und bat ihn, noch eine kleine Weile bei ihm zu sitzen.

«Ich will dir etwas erzählen», sagte er freundlich, er schien noch nicht müde und schläfrig zu sein. «Denkt es dir noch, Josef, wie du einst in deiner Klause drüben bei Gaza so schlechte Zeiten hattest und deines Lebens überdrüssig warst? Und wie du dann die Flucht ergriffen und beschlossen hast, den alten Dion aufzusuchen und ihm deine Geschichte zu erzählen? Und wie du dann in der Brüdersiedlung den alten Mann getroffen hast, den du nach dem Wohnort des Dion Pugil fragtest? Nun ja. Und war es nicht wie ein Wunder, daß jener alte Mann Dion selber war? Ich will dir nun erzählen, wie das gekommen ist; es war nämlich auch für mich merkwürdig und wie ein Wunder.

Du weißt, wie das ist, wenn ein Büßer und Beichtvater alt wird und die vielen Beichten der Sünder angehört hat, die ihn für einen Sündelosen und Heiligen halten und nicht wissen, daß er ein größerer Sünder ist als sie. Da kommt ihm sein ganzes Tun unnütz und eitel vor, und was ihm einst heilig und wichtig schien, daß ihn nämlich Gott an diese Stelle gesetzt und gewürdigt hat, den Schmutz und Unrat der Menschenseelen anzuhören und sie zu erleichtern, das erscheint ihm jetzt als eine große, eine allzu große Last, ja als ein Fluch, und am Ende graut ihm vor jedem Armen, der mit seinen Kindersünden zu ihm kommt, er wünscht ihn fort und wünscht sich selber fort, und sei es an einen Strick am Ast eines Baumes. So ist es dir gegangen. Und jetzt ist auch für mich die Stunde des Beichtens gekommen, und ich beichte: auch mir ist es so gegangen wie dir, auch ich glaubte unnütz und geistig erloschen zu sein und es nicht mehr ertragen zu können, daß immer wieder vertrauensvoll die Leute zu mir kamen und all den Unrat und Gestank des Menschenlebens zu mir trugen, mit dem sie nicht fertig wurden, und mit dem auch ich nicht mehr fertig wurde.

Nun hatte ich des öfteren von einem Büßer namens Josephus Famulus sprechen hören. Auch zu ihm, so vernahm ich, kamen die Menschen gern zur Beichte, und viele gingen zu ihm lieber als zu mir, denn er sollte ein sanfter, freundlicher Mann sein, und es hieß, er verlange nichts von den Leuten und schelte sie nicht aus, er behandle sie als Brüder, höre sie nur an und entlasse sie mit einem Kuß. Das war nicht meine Art, du weißt es, und als ich die ersten Male von diesem Josephus erzählen hörte, war mir seine Weise eher töricht und allzu kindlich erschienen; aber jetzt, da es mir so sehr fraglich geworden war, ob denn meine eigene Art etwas tauge, hatte ich allen Grund, über die Art dieses Josef mich eines Urteils und Besserwissens zu enthalten. Was für Kräfte mochte dieser Mann haben? Ich wußte, er sei jünger als ich, aber doch auch schon dem Greisenalter nahe, das gefiel mir, zu einem Jungen hätte ich nicht so leicht Vertrauen gefaßt. Zu diesem aber fühlte ich mich hingezogen. Und so entschloß ich mich, zu Josephus Famulus zu pilgern, ihm meine

Not zu bekennen und ihn um Rat zu bitten, oder wenn er keinen Rat gab, vielleicht Trost und Stärkung von ihm mitzubekommen. Schon der Entschluß tat mir wohl und erleichterte mich.

Ich trat denn die Reise an und pilgerte dem Ort entgegen, wo es hieß, daß er seine Klause habe. Unterdessen aber hatte Bruder Josef eben dasselbe erlebt wie ich und hatte dasselbe getan wie ich, jeder hatte sich auf die Flucht begeben, um beim andern Rat zu finden. Als ich ihn dann, noch ehe ich seine Hütte gefunden hatte, zu Gesicht bekam, erkannte ich ihn schon beim ersten Gespräch, er sah aus wie der Mann, den ich erwartet hatte. Aber er war auf der Flucht, es war ihm schlecht ergangen, so schlecht wie mir oder noch schlechter, und er war keineswegs gesonnen, Beichten anzuhören, sondern begehrte selber zu beichten und seine Not in eine fremde Hand zu legen. Dies war mir zu jener Stunde eine wunderliche Enttäuschung, ich war sehr traurig. Denn wenn auch dieser Josef, der mich nicht kannte, seines Dienstes müde geworden und am Sinn seines Lebens verzweifelt war — schien das nicht zu bedeuten, daß es mit uns allen beiden nichts war, daß wir beide unnütz gelebt hatten und gescheitert waren?

Ich erzähle dir, was du schon weißt, laß es mich kurz machen. Ich blieb jene Nacht bei der Siedlung allein, während du bei den Brüdern Herberge fandest, ich übte Versenkung und dachte mich in diesen Josef hinein und dachte mir: was wird er tun, wenn er morgen erfährt, daß er vergebens geflohen ist und vergebens sein Vertrauen auf den Pugil gesetzt hat, wenn er erfährt, daß auch der Pugil ein Flüchtling und Angefochtener ist? Je mehr ich mich in ihn hineindachte, desto mehr tat Josef mir leid, und desto mehr wollte es mir scheinen, er sei mir von Gott zugesandt, um ihn und mit ihm mich selbst zu erkennen und zu heilen. Nun konnte ich schlafen, die halbe Nacht war schon um. Am nächsten Tage pilgertest du mit mir und bist mein Sohn geworden.

Diese Geschichte habe ich dir erzählen wollen. Ich höre, daß du weinst. Weine nur, es tut dir wohl. Und da ich schon so ungebührlich gesprächig geworden bin, so tu mir die Liebe und höre auch dieses noch an und nimm es in dein Herz auf: der Mensch ist wunderlich, es ist wenig Verlaß auf ihn, und so ist es nicht unmöglich, daß zu einer Zeit jene Leiden und Anfechtungen dich von neuem überkommen und dich zu besiegen versuchen werden. Möge dir dann unser Herr einen ebenso freundlichen, geduldigen und tröstlichen Sohn und Pflegling zusenden, wie er ihn mir in dir gegeben hat! Was aber den Ast am Baum anbelangt, von dem der Versucher dich damals träumen ließ, und den Tod des armen Judas Ischariot, so kann ich dir eines sagen: es ist nicht bloß eine Sünde und Torheit, sich einen solchen Tod zu bereiten, obwohl es unserm Erlöser ein kleines ist, auch diese Sünde zu vergeben. Aber es ist auch überdies jammerschade, wenn ein Mensch in Verzweiflung stirbt. Die Verzweiflung schickt uns Gott nicht, um uns zu töten, er schickt sie uns, um neues Leben in uns zu erwecken. Wenn er uns aber den Tod schickt, Josef, wenn er uns von der Erde und vom Leibe losmacht und uns hinüberruft, so ist das eine große Freude. Einschlafen dürfen, wenn man müde ist, und eine Last fallen lassen dürfen, die man sehr lang getragen hat, das ist eine köstliche, eine wunderbare Sache. Seit wir das Grab gegraben haben — vergiß den Palmbaum nicht, den du darauf pflanzen sollst —, seit wir angefangen haben, das Grab zu graben, bin ich vergnügter und zufriedener gewesen, als ich es in vielen Jahren war.

Ich habe lange geschwatzt, mein Sohn, du wirst müde sein. Geh schlafen, geh in deine Hütte. Gott mir dir!»

Am folgenden Tage kam Dion nicht zum Morgengebet und rief auch nicht nach Josef. Als dieser bange wurde und leise in Dions Hütte und an sein Lager trat, fand er den Alten entschlafen und sein Gesicht von einem kindlichen, leise strahlenden Lächeln erhellt.

Er begrub ihn, er pflanzte den Baum auf das Grab und erlebte noch das Jahr, in welchem der Baum die ersten Früchte trug.

Indischer Lebenslauf

Einer der von Vishnu, vielmehr dem als Rama menschgewordenen Teile von Vishnu, in einer seiner wilden Dämonenschlachten mit dem Sichelmondpfeil getöteten Dämonenfürsten war in Menschengestalt wieder in den Kreislauf der Gestaltungen eingetreten, hieß Ravana und lebte als kriegerischer Fürst an der großen Ganga. Dieser war Dasas Vater. Dasas Mutter starb frühe, und kaum hatte deren Nachfolgerin, ein schönes und ehrgeiziges Weib, dem Fürsten einen Sohn geboren, so war ihr der kleine Dasa im Wege; statt seiner, des Erstgeborenen, dachte sie ihren eigenen Sohn Nala einst zum Herrscher weihen zu sehen, und so wußte sie Dasa seinem Vater zu entfremden und war gesonnen, ihn bei der ersten guten Gelegenheit aus dem Wege zu räumen. Einem von Ravanas Hofbrahmanen jedoch, Vasudeva dem Opferkundigen, blieb ihre Absicht nicht verborgen, und der Kluge verstand sie zu vereiteln. Ihm tat der Knabe leid, auch schien ihm der kleine Prinz von seiner Mutter eine Anlage zur Frömmigkeit und ein Gefühl für das Recht geerbt zu haben. Er hatte ein Auge auf Dasa, daß ihm nichts geschähe, und wartete nur auf eine Gelegenheit, ihn der Stiefmutter zu entziehen.

Es besaß nun der Rajah Ravana eine Herde dem Brahma geweihter Kühe, welche heilig gehalten und von deren Milch und Butter dem Gott häufige Opfer gebracht wurden. Ihnen waren im Lande die besten Weiden vorbehalten. Es kam eines Tages einer der Hirten dieser dem Brahma geweihten Kühe, um eine Fracht Butter abzuliefern und zu melden, daß in der Gegend, wo bisher die

Herde geweidet, eine kommende Dürre sich anzeige, so daß sie, die Hirten, einig geworden seien, sie weiter fort gegen das Gebirge hin zu führen, wo es auch in der trockensten Zeit an Quellen und frischem Futter nicht mangeln werde. Diesen Hirten, den er seit langem kannte, zog der Brahmane ins Vertrauen, es war ein freundlicher und treuer Mensch, und als am nächsten Tage der kleine Dasa, Ravanas Sohn, verschwunden war und nicht mehr gefunden werden konnte, waren Vasudeva und der Hirte die einzigen, welche um das Geheimnis seines Verschwindens wußten. Der Knabe Dasa aber war von dem Hirten mit in die Hügel genommen worden, dort trafen sie auf die langsam wandernde Herde, und Dasa schloß sich ihr und den Hirten gerne und freundlich an, wuchs als ein Hirtenknabe auf, half hüten und treiben, lernte melken, spielte mit den Kälbern und lag unter den Bäumen, trank süße Milch und hatte Kuhmist an den nackten Füßen. Ihm gefiel das wohl, er lernte die Hirten und Kühe und ihr Leben kennen, lernte den Wald kennen und seine Bäume und Früchte, liebte den Mango, die Waldfeige und den Varingabaum, fischte die süße Lotoswurzel aus grünen Waldteichen, trug an Festtagen einen Kranz aus den roten Blüten der Waldflamme, lernte vor den Tieren der Wildnis auf der Hut zu sein, den Tiger zu meiden, sich mit dem klugen Mungo und dem heiteren Igel zu befreunden, in dämmriger Schutzhütte die Regenzeiten zu überdauern; da spielten die Knaben Kinderspiele, sangen Verse oder flochten Körbe und Schilfmatten. Dasa vergaß seine vorige Heimat und sein voriges Leben nicht ganz, doch war es ihm bald ein Traum geworden.

Und eines Tages, die Herde hatte eine andere Gegend bezogen, ging Dasa in den Wald, denn er war willens, Honig zu suchen. Wunderbar lieb war ihm der Wald, seit er ihn kannte, und dieser hier schien überdies ein besonders schöner Wald zu sein, durch Laub und Geäst wie goldne Schlangen wand sich das Tageslicht, und wie die

Laute sich, die Vogelrufe, das Wipfelgeflüster, die Stimmen der Affen, zu einem holden, sanft leuchtenden Geflecht verschlangen und kreuzten, dem des Lichtes im Gehölze ähnlich, so kamen, verbanden und trennten sich wieder die Gerüche, die Düfte von Blüten, Hölzern, Blättern, Wassern, Moosen, Tieren, Früchten, Erde und Moder, herbe und süße, wilde und innige, weckende und schläfernde, muntre und beklommene. Zuzeiten rauschte in unsichtbarer Waldschlucht ein Gewässer auf, zuzeiten tanzte über weißen Dolden ein grünsamtener Falter mit schwarzen und gelben Flecken, zuzeiten krachte ein Ast tief im blauschattigen Gehölz, und schwer sank Laub in Laub, oder es röhrte ein Wild im Finstern oder schalt eine zänkische Äffin mit den Ihren. Dasa vergaß die Honigsuche, und indem er einige bunt blitzende Zwergvögel belauschte, sah er zwischen hohen Farnen, welche wie ein dichter kleiner Wald im großen Walde standen, eine Spur sich verlieren, etwas wie einen Weg, einen dünnen, winzigen Fußsteig, und indem er lautlos und vorsichtig eindrang und den Pfad verfolgte, entdeckte er unter einem vielstämmigen Baume eine kleine Hütte, eine Art von spitzem Zelt, aus Farnen gebaut und geflochten, und neben der Hütte an der Erde sitzend in aufrechter Haltung einen regungslosen Mann, der hatte die Hände zwischen den gekreuzten Füßen ruhen, und unter dem weißen Haar und der breiten Stirn schauten stille, blicklose Augen zur Erde gesenkt, offen, doch nach innen sehend. Dasa begriff, daß dies ein heiliger Mann und Yogin sei, es war nicht der erste, den er sah, sie waren ehrwürdige und von den Göttern bevorzugte Männer, es war gut, ihnen Gaben zu spenden und Ehrfurcht zu erweisen. Aber dieser hier, der vor seiner so schön und wohl verborgenen Farnhütte in aufrechter Haltung mit still hängenden Armen saß und der Versenkung pflegte, gefiel dem Knaben mehr und schien ihm seltsamer und ehrwürdiger als die, die er sonst gesehen hatte. Es umgab diesen Mann, der wie schwebend saß und entrückten Blickes doch alles zu sehen und zu wissen schien, eine Aura von Heiligkeit, ein Bannkreis der Würde, eine Woge und Flamme gesammelter Glut und Yoga-Kraft, welche der Knabe nicht zu durchschreiten oder mit einem Gruß oder Ruf zu durchbrechen gewagt hätte. Die Würde und Größe seiner Gestalt, das Licht von innen her, in welchem sein Antlitz strahlte, die Sammlung und eherne Unanfechtbarkeit in seinen Zügen sandten Wellen und Strahlen aus, in deren Mitte er thronte wie ein Mond, und die angehäufte Geisteskraft, der still gesammelte Wille in seiner Erscheinung spann einen solchen Zauberkreis um ihn, daß man wohl spürte: dieser Mann vermöchte mit einem bloßen Wunsch und Gedanken, ohne auch nur den Blick zu erheben, einen zu töten und wieder ins Leben zurückzurufen.

Regungsloser als ein Baum, der doch mit Laub und Zweigen atmend sich bewegt, regungslos wie ein steinernes Götterbild saß der Yogin an seinem Orte, und ebenso regungslos verharrte vom Augenblick an, in dem er ihn wahrgenommen, der Knabe, am Boden festgebannt, in Fesseln geschlagen und zauberisch angezogen von dem Bilde. Er stand und starrte den Meister an, sah einen Fleck Sonnenlicht auf seiner Schulter, einen Fleck Sonnenlicht auf einer seiner ruhenden Hände liegen, sah die Lichtflecken langsam wandern und neue entstehen und begann im Stehen und Staunen zu begreifen, daß die Sonnenlichter nichts mit diesem Mann zu tun hätten, noch die Vogelgesänge und Affenstimmen aus dem Walde ringsum, noch die braune Waldbiene, die sich ins Gesicht des Versunkenen setzte, an seiner Haut roch, eine Strecke weit über die Wange kroch und sich wieder erhob und von dannen flog, noch das ganze vielfältige Leben des Waldes. Dies alles, spürte Dasa, alles, was die Augen sehen, die Ohren hören, was schön oder häßlich, was lieblich oder furchterregend ist, dies alles stand in keiner Beziehung zu dem heiligen Mann, Regen würde ihn nicht kälten noch verdrießen, Feuer ihn nicht brennen können, die ganze Welt um ihn her war ihm Oberfläche und bedeutungslos geworden. Es lief die Ahnung davon, daß in der Tat vielleicht die ganze Welt nur Spiel und Oberfläche, nur Windhauch und Wellengekräusel über unbekannten Tiefen sein könnte, nicht als Gedanke, sondern als körperlicher Schauer und leichter Schwindel über den zuschauenden Hirtenprinzen hin, als eine Empfindung von Grauen und Gefahr und zugleich von Angezogenwerden in sehnlicher Begierde. Denn, so fühlte er, der Yogin war durch die Oberfläche der Welt, durch die Oberflächenwelt hinabgesunken in den Grund des Seienden, ins Geheimnis aller Dinge, er hatte das Zaubernetz der Sinne, die Spiele des Lichtes, der Geräusche, der Farben, der Empfindungen durchbrochen und von sich gestreift und weilte festgewurzelt im Wesentlichen und Wandellosen. Der Knabe, obwohl einst von Brahmanen erzogen und mit manchem Strahl geistigen Lichtes beschenkt, verstand dieses nicht mit dem Verstande und hätte mit Worten nichts darüber zu sagen gewußt, aber er spürte es, wie man zur gesegneten Stunde die Nähe des Göttlichen spürt, er spürte es als Schauer der Ehrfurcht und der Bewunderung für diesen Mann, spürte es als Liebe zu ihm und als Sehnsucht nach einem Leben, wie dieser in der Versenkung Sitzende es zu leben schien. Und so stand Dasa, auf wunderliche Weise durch den Alten an seine Herkunft, an Fürsten- und Königtum erinnert und im Herzen berührt, am Rande der Farnwildnis, ließ die Vögel fliegen und die Bäume ihre sanftrauschenden Gespräche führen, ließ den Wald Wald und die ferne Herde Herde sein, ergab sich dem Zauber und blickte auf den meditierenden Einsiedler, eingefangen von der unbegreiflichen Stille und Unberührbarkeit seiner Gestalt, von der lichten Ruhe seines Antlitzes, von der Kraft und Sammlung seiner Haltung, der vollkommenen Hingabe seines Dienstes.

Nachher hätte er nicht sagen können, ob es zwei oder drei Stunden, oder ob es Tage waren, die er bei jener Hütte verbracht hatte. Als der Zauber ihn wieder entließ, als er sich lautlos den Pfad zwischen den Farnkräutern zurückschlich, den Weg aus dem Walde suchte und schließlich wieder bei den offenen Weidegründen und der Herde anlangte, tat er es, ohne zu wissen, was er tue, noch war seine Seele bezaubert, und er erwachte erst, als einer der Hirten ihn anrief. Dieser empfing ihn mit lauten Scheltworten wegen seines langen Fortbleibens, aber als Dasa ihn groß und verwundert anschaute, als verstehe er die Worte nicht, schwieg der Hirt alsbald, über den so ungewohnten, fremden Blick des Knaben und seine feierliche Haltung erstaunt. Nach einer Weile aber fragte er: «Wo bist du denn gewesen, Lieber? Hast du etwa einen Gott gesehen oder bist einem Dämon begegnet?»

«Ich war im Walde», sagte Dasa, «es zog mich dorthin, ich wollte nach Honig suchen. Aber dann vergaß ich es, denn ich sah dort einen Mann, einen Einsiedler, der saß da und war in Nachdenken versunken oder in Gebet, und als ich ihn sah und wie sein Gesicht leuchtete, mußte ich stehenbleiben und ihn ansehen, eine lange Zeit. Ich möchte am Abend hingehen und ihm Gaben bringen, er ist ein heiliger Mann.»

«Tu es», sagte der Hirt, «bring ihm Milch und süße Butter; man soll sie ehren und soll ihnen geben, den Heiligen.»

«Aber wie soll ich ihn anreden?»

«Du brauchst ihn nicht anzureden, Dasa, bücke dich nur vor ihm und stelle die Gaben vor ihm nieder, mehr ist nicht vonnöten.»

So tat er denn. Er brauchte eine Weile, bis er den Ort wiederfand. Der Platz vor der Hütte war leer, und in die Hütte selbst einzutreten, wagte er nicht, so stellte er seine Gaben vor dem Eingang der Hütte auf den Boden und entfernte sich.

Solange nun die Hirten mit den Kühen in der Nähe des Ortes blieben, brachte er jeden Abend Spenden dorthin, und auch am Tage ging er einmal wieder hin, fand den Ehrwürdigen der Versenkung pflegen und widerstand auch dieses Mal der Verlockung nicht, als beseligter Zuschauer einen Strahl von der Kraft und der Glückseligkeit des Heiligen zu empfangen. Und auch nachdem man die Gegend verlassen und Dasa die Herde auf neue Weidegründe zu treiben geholfen hatte, konnte er das Erlebnis im Walde noch lange Zeit nicht vergessen, und wie es die Art von Knaben ist, gab er zuweilen, wenn er allein war, sich dem Traume hin, sich selbst als einen Einsiedler und Yogakundigen zu sehen. Indessen begann mit der Zeit die Erinnerung und das Traumbild blasser zu werden, um so mehr, da Dasa nun rasch zu einem kräftigen Jüngling heranwuchs und sich den Spielen und Kämpfen mit seinesgleichen mit freudigem Eifer hingab. Doch blieb ein Schimmer und eine leise Ahnung in seiner Seele zurück, als könnte das Prinzentum und Fürstentum, das ihm verlorengegangen war, ihm einst ersetzt werden durch die Würde und Macht des Yogitums.

Eines Tages, da sie sich in der Nähe der Stadt befanden, brachte einer der Hirten von dort die Nachricht, daß daselbst ein gewaltiges Fest bevorstehe: der alte Fürst Ravana, von seiner einstigen Kraft verlassen und hinfällig geworden, hatte einen Tag festgesetzt, an welchem sein Sohn Nala seine Nachfolge antreten und zum Fürsten ausgerufen werden sollte. Dieses Fest wünschte Dasa zu besuchen, um die Stadt einmal zu sehen, an welche aus der Kindheit her kaum noch eine leise Spur von Erinnerung in seiner Seele lebte, um die Musik zu hören, den Festzug und die Wettkämpfe der Adligen anzuschauen und auch einmal jener unbekannten Welt der Stadtmenschen und der Großen ansichtig zu werden, die in den Sagen und Märchen so oft geschildert wurde und von der er, auch dies war nur eine Sage oder ein Märchen oder noch weniger, wußte, daß sie einst, in einer Vorzeit, auch seine eigene Welt gewesen sei. Es war den Hirten Befehl zugegangen, für die Opfer des Festtages eine Last Butter an den Hof zu liefern, und Dasa gehörte zu seiner Freude zu den dreien, welche der Oberhirt für diesen Auftrag bestimmte.

Um die Butter abzuliefern, trafen sie am Vorabend bei Hofe ein, und der Brahmane Vasudeva nahm sie ihnen ab, denn er war es, der dem Opferdienste vorstand, doch erkannte er den Jüngling nicht. Mit großer Begierde nahmen alsdann die drei Hirten an dem Feste teil, sahen schon früh am Morgen unter des Brahmanen Leitung die Opfer beginnen und die goldglänzende Butter in Mengen von den Flammen gepackt und in himmelauflodernde Flamme verwandelt werden, hochauf ins Unendliche schlug das Geflacker und der fettgetränkte Rauch, den dreimal zehn Göttern angenehm. Sie sahen im Festzuge die Elefanten mit vergoldeten Dächern über den Plattformen, auf welchen die Reiter saßen, sahen den blumengeschmückten Königswagen und den jungen Rajah Nala und hörten die gewaltig schallende Paukenmusik. Es war alles sehr großartig und prangend und auch ein wenig lächerlich, wenigstens erschien es dem jungen Dasa so; er war betäubt und entzückt, ja berauscht von dem Lärm, von den Wagen und geschmückten Pferden, von all der Pracht und prahlerischen Verschwendung, war sehr entzückt von den Tänzerinnen, die dem Fürstenwagen voraustanzten, mit Gliedern schlank und zäh wie Lotosstengel, war erstaunt über die Größe und Schönheit der Stadt, und betrachtete dennoch und trotz alledem, mitten in der Berauschung und Freude, alles ein wenig mit dem nüchternen Sinn des Hirten, der den Städter im Grunde verachtet. Daran, daß eigentlich er selbst der Erstgeborene war, daß hier vor seinen Augen sein Stiefbruder Nala, an welchen ihm keine Erinnerung geblieben war, gesalbt, geweiht und gefeiert werde, daß eigentlich er selbst, Dasa, an dessen Stelle im blumengeschmückten Wagen hätte fahren sollen, dachte er nicht. Dagegen mißfiel ihm allerdings dieser junge Nala durchaus, er schien ihm dumm und böse zu sein in seiner Verwöhntheit und unerträglich eitel in seiner geschwollenen Selbstanbetung, gern hätte er diesem den Fürsten spielenden Jüngling einen Streich gespielt und eine Lehre erteilt, doch war dazu keine Gelegenheit, und rasch vergaß er es wieder über dem vielen, was zu sehen, zu hören, zu lachen, zu genießen war. Die Stadtfrauen waren hübsch und hatten kecke, aufregende Blicke, Bewegungen und Redensarten, die drei Hirten bekamen manches Wort zu hören, das ihnen noch lang in den Ohren klang. Die Worte wurden zwar mit einem Beiklang von Spott gerufen, denn es geht dem Städter mit dem Hirten ebenso wie dem Hirten mit dem Städter: einer verachtet den andern; aber trotzdem gefielen die schönen, starken, mit Milch und Käse genährten, das ganze Jahr fast immer unter freiem Himmel lebenden Jünglinge den Stadtfrauen sehr.

Als Dasa von diesem Fest zurückkehrte, war er ein Mann geworden, stellte den Mädchen nach und mußte manchen schweren Faust- und Ringkampf mit anderen Jünglingen bestehen. Da kamen sie wieder einmal in eine andere Gegend, eine Gegend mit flachen Weiden und manchen stehenden Wassern, die in Binsen und Bambus standen. Hier sah er ein Mädchen, Pravati mit Namen, und wurde von einer unsinnigen Liebe zu diesem schönen Weibe ergriffen. Sie war die Tochter eines Pächters, und Dasas Verliebtheit war so groß, daß er alles andere vergaß und hinwarf, um sie zu erlangen. Als die Hirten nach einiger Zeit die Gegend wieder verließen, hörte er nicht auf ihre Mahnungen und Ratschläge, sondern nahm Abschied von ihnen und vom Hirtenleben, das er so sehr geliebt hatte, wurde seßhaft und brachte es dazu, daß er Pravati zur Frau bekam. Er bestellte des Schwiegervaters Hirsefelder und Reisfelder, half in der Mühle und im

Holz, baute seinem Weib eine Hütte aus Bambus und Lehm und hielt es darin verschlossen. Es muß eine gewaltige Macht sein, welche einen jungen Mann dazu bewegen kann, auf seine bisherigen Freuden und Kameraden und Gewohnheiten zu verzichten, sein Leben zu ändern und unter Fremden die nicht beneidenswerte Rolle des Schwiegersohnes zu übernehmen. So groß war die Schönheit Pravatis, so groß und verlockend war die Verheißung inniger Liebeslust, die von ihrem Gesicht und ihrer Gestalt ausstrahlte, daß Dasa für alles andre erblindete und sich diesem Weibe völlig hingab, und in der Tat empfand er in ihren Armen ein großes Glück. Von manchen Göttern und Heiligen erzählt man Geschichten, daß sie, von einer entzückenden Frau bezaubert, dieselbe tage-, monde- und jahrelang umarmt hielten und mit ihr verschmolzen blieben, ganz in Lust versunken, jeder anderen Verrichtung vergessend. So hätte auch Dasa sich sein Los und seine Liebe gewünscht. Indessen war ihm anderes beschieden, und sein Glück währte nicht lange. Es währte etwa ein Jahr, und auch diese Zeit war nicht von lauter Glück ausgefüllt, es blieb noch Raum für mancherlei, für lästige Ansprüche des Schwiegervaters, für Sticheleien von seiten der Schwäger, für Launen der jungen Frau. Sooft er aber zu ihr sich aufs Lager begab, war dies alles vergessen und zu nichts geworden, so zauberhaft zog ihr Lächeln ihn an, so süß war es ihm, ihre schlanken Glieder zu streicheln, so mit tausend Blüten, Düften und Schatten blühte der Garten der Wollust an ihrem jungen Leibe.

Noch war das Glück kein ganzes Jahr alt geworden, da kam eines Tages Unruhe und Lärm in die Gegend. Es erschienen berittene Boten und meldeten den jungen Rajah an, es erschien mit Mannen, Pferden und Troß der junge Rajah selbst, Nala, um in der Gegend der Jagd obzuliegen, es wurden da und dort Zelte aufgeschlagen, man hörte Rosse schnauben und Hörner blasen. Dasa

kümmerte sich nicht darum, er arbeitete im Felde, besorgte die Mühle und wich den Jägern und Hofleuten aus.
Als er aber an einem dieser Tage in seine Hütte heim-
kehrte und sein Weib nicht darin fand, dem er jeden Ausgang in dieser Zeit aufs strengste verboten hatte, da
spürte er einen Stich im Herzen und ahnte, daß sich Unglück über seinem Haupt ansammle. Er eilte zum Schwie-
gervater, auch da war Pravati nicht, und niemand wollte
sie gesehen haben. Der bange Druck auf seinem Herzen
wuchs. Er suchte den Kohlgarten, die Felder ab, er war
einen Tag und zwei Tage zwischen seiner Hütte und der
des Schwiegervaters unterwegs, lauerte im Acker, stieg in
den Brunnen hinab, betete, rief ihren Namen, lockte,
fluchte, suchte Fußspuren. Der jüngste seiner Schwäger,
ein Knabe noch, verriet ihm endlich, Pravati sei beim
Rajah, sie wohne in seinem Zelt, man habe sie auf seinem
Pferd reiten sehen. Dasa umlauerte das Zeltlager Nalas,
unsichtbar, er hatte die Schleuder bei sich, die er einst
als Hirt gebraucht hatte. Sooft das Fürstenzelt, bei Tag
oder Nacht, einen Augenblick unbewacht schien, pirschte
er sich heran, aber jedesmal tauchten alsbald Wachen auf,
und er mußte fliehen. Von einem Baume, in dessen Ge-
zweig verborgen er auf das Lager niederblickte, sah er
den Rajah, dessen Gesicht ihm schon von jenem Fest in
der Stadt her bekannt und widerwärtig war, sah ihn zu
Pferd steigen und ausreiten, und als er nach Stunden
wiederkam, vom Pferd stieg und das Zelttuch zurück-
schlug, war es ein junges Weib, das Dasa im Zeltschatten
sich bewegen und den Heimkehrenden begrüßen sah, und
es fehlte wenig, so wäre er vom Baum gefallen, als er in
diesem jungen Weibe Pravati, seine Frau, erkannte. Er
hatte jetzt Gewißheit, und der Druck um sein Herz wurde
stärker. War das Glück seiner Liebe mit Pravati groß
gewesen, nicht minder groß, ja größer war nun das Leid,
die Wut, das Gefühl von Verlust und Beleidigung. So ist es,
wenn ein Mensch sein Liebesvermögen auf einen einzigen

Gegenstand gesammelt hat; mit dessen Verlust stürzt ihm alles zusammen, und er steht arm zwischen Trümmern.

Einen Tag und eine Nacht irrte Dasa in den Gehölzen der Gegend umher, aus jeder kurzen Rast trieb den Ermüdeten das Elend seines Herzens wieder empor, er mußte laufen und sich rühren, es war ihm, als müsse er laufen und wandern bis an der Welt Ende und bis ans Ende seines Lebens, das seinen Wert und Glanz verloren hatte. Dennoch lief er nicht ins Weite und Unbekannte, sondern hielt sich immerzu in der Nähe seines Unglücks, umkreiste seine Hütte, die Mühle, die Äcker, das fürstliche Jagdzelt. Am Ende barg er sich wieder in den Bäumen überm Zelte, hockte und lauerte bitter und glühend wie ein hungerndes Raubtier im laubigen Versteck, bis der Augenblick kam, auf den er seine letzten Kräfte gespannt hielt, bis der Rajah vors Zelt trat. Da ließ er sich leise vom Ast gleiten, holte aus, schwang die Schleuder und traf mit dem Feldstein den Verhaßten in die Stirn, daß er hinstürzte und regungslos auf dem Rücken lag. Niemand schien zugegen; durch den Sturm von Wollust und Rachegenuß, der Dasas Sinne durchbrauste, drang einen Augenblick erschreckend und wunderlich eine tiefe Stille. Und noch ehe es um den Erschlagenen laut wurde und von Dienern zu wimmeln begann, war er im Gehölz und in der talwärts anschließenden Bambuswildnis verschwunden.

Während er vom Baum gesprungen war, während er im Rausch der Tat seine Schleuder gewirbelt und den Tod entsendet hatte, war ihm so gewesen, als lösche er auch sein eigenes Leben damit aus, als entließe er die letzte Kraft und werfe sich, mit dem tötenden Steine fliegend, selber in den Abgrund der Vernichtung, einverstanden mit dem Untergang, wenn nur der gehaßte Feind einen Augenblick vor ihm fiele. Nun aber, da der Tat jener unerwartete Augenblick der Stille antwortete, zog Lebensgier, von der er noch eben nichts gewußt, ihn vom offenen

Abgrund zurück, nahm Urtrieb sich seiner Sinne und Glieder an, hieß ihn Wald und Bambusdickicht aufsuchen, befahl ihm zu fliehen und unsichtbar zu werden. Erst als er eine Zuflucht erreicht und der ersten Gefahr sich entzogen hatte, kam er zum Bewußtsein dessen, was mit ihm geschah. Indem er tief erschöpft zusammensank und um Atem rang, und indem in der Entkräftung der Tatrausch sich verlor und der Ernüchterung Raum gab, empfand er zuerst eine Enttäuschung und einen Widerwillen darüber, sich am Leben und entkommen zu sehen. Aber kaum hatte sein Atem sich beruhigt und der Schwindel der Erschöpfung sich gelegt, so wich dieses flaue und widrige Gefühl einem Trotz und Lebenswillen, und es kehrte nochmals die wilde Freude über seine Tat in sein Herz zurück.

Es wurde in Bälde lebendig in seiner Nähe, die Suche und Jagd nach dem Totschläger hatte begonnen, sie dauerte den ganzen Tag, und er entging ihr nur dadurch, daß er lautlos im Versteck verharrte, das der Tiger wegen niemand allzu tief durchwaten mochte. Er schlief ein weniges, lag wieder lauernd, kroch weiter, rastete aufs neue, war am dritten Tag nach der Tat schon jenseits der Hügelkette und wanderte unaufhaltsam weiter ins höhere Gebirg hinein.

Das heimatlose Leben führte ihn da- und dorthin, es machte ihn härter und gleichgültiger, auch klüger und resignierter, doch träumte er nachts immer wieder von Pravati und seinem einstmaligen Glück, oder was er nun so nannte, träumte viele Male auch von seiner Verfolgung und Flucht, schreckliche und herzbeklemmende Träume wie etwa diesen: daß er durch die Wälder fliehe, hinter sich mit Trommeln und Jagdhörnern die Verfolger, und daß er durch Wald und Sumpf, durch Dörnicht und über brechende morsche Brücken hinweg etwas trage, eine Last, einen Packen, etwas Eingewickeltes, Verhülltes, Unbekanntes, wovon er nur wußte, es sei kostbar und dürfe unter keinen Umständen aus den Händen gegeben werden, etwas Wertvolles und Gefährdetes, einen Schatz, etwas Gestohlenes vielleicht, gewickelt in ein Tuch, einen farbigen Stoff mit einem braunrot und blauen Muster, wie es das Festkleid Pravatis gehabt hatte — daß er also, mit diesem Packen, Raub oder Schatz beladen, unter Gefahren und Mühsalen fliehe und schleiche, unter tiefhängenden Ästen und überhängenden Felsen gebückt hindurch, an Schlangen vorbei und über schwindelnd schmale Stege über Flüssen voll von Krokodilen, daß er schließlich gehetzt und erschöpft stehenbleibe, daß er an den Knoten nestle, mit denen sein Packen verschnürt war, daß er sie einen um den andern löse und das Tuch entbreite, und daß der Schatz, den er nun herausnahm und in schaudernden Händen hielt, sein eigener Kopf sei.

Er lebte verborgen und auf Wanderung, die Menschen nicht eigentlich mehr fliehend, doch eher meidend. Und eines Tages führte die Wanderung ihn durch eine grasreiche Hügelgegend, die mutete ihn schön und heiter an und schien ihn zu begrüßen, als müsse er sie kennen: bald war es ein Wiesengrund, mit sanftwehender Grasblüte, bald war es eine Gruppe von Salweiden, die er erkannte und die ihn an die heitere und unschuldige Zeit gemahnte, da er von Liebe und Eifersucht, von Haß und Rache noch nichts gewußt hatte. Es war das Weideland, in dem er einst mit seinen Kameraden die Herde gehütet hatte, es war die heiterste Zeit seiner Jugend gewesen, aus fernen Tiefen der Unwiederbringlichkeit blickte sie zu ihm herüber. Eine süße Traurigkeit in seinem Herzen gab den Stimmen Antwort, die ihn hier begrüßten, dem fächelnden Wind im silbern wehenden Weidenbaume, dem frohen raschen Marschlied der kleinen Bäche, dem Gesang der Vögel und dem tiefen goldnen Brausen der Hummeln. Wie Zuflucht und Heimat klang und duftete es hier, noch nie hatte er, des schweifenden Hirtenlebens gewohnt, eine Gegend so als ihm zugehörig und heimatlich empfunden.

Von diesen Stimmen in seiner Seele begleitet und geführt, mit Gefühlen ähnlich denen eines Heimgekehrten, wandelte er durch das freundliche Land, seit schrecklichen Monaten zum erstenmal nicht als ein Fremdling, als ein Verfolgter, Flüchtiger und dem Tod Verschriebener, sondern bereiten Herzens, an nichts denkend, nichts begehrend, ganz der stillheitern Gegenwart und Nähe ergeben, empfangend, dankbar und ein wenig über sich selbst und über diesen neuen, ungewohnten, zum erstenmal und mit Entzücken erlebten Seelenzustand verwundert, über diese wunschlose Aufgeschlossenheit, diese Heiterkeit ohne Spannung, diese aufmerksame und dankbare Art betrachtenden Genießens. Es zog ihn über die grünen Weiden hin zum Walde, unter die Bäume, in die mit kleinen Sonnenflecken bestreute Dämmerung, und hier verstärkte sich jenes Gefühl von Wiederkehr und Heimat und führte ihn Wege, die seine Füße von selbst zu finden schienen, bis er durch eine Farnwildnis, einen dichten Kleinwald inmitten des großen Waldes, zu einer winzigen Hütte gelangte, und vor der Hütte an der Erde saß der regungslose Yogin, den er einst belauscht und dem er Milch gebracht hatte.

Wie erwachend blieb Dasa stehen. Hier war alles, wie es einst gewesen war, hier war keine Zeit vergangen, war nicht gemordet und gelitten worden; hier stand, so schien es, die Zeit und das Leben fest wie Kristall, gestillt und verewigt. Er betrachtete den Alten, und es kehrte in sein Herz jene Bewunderung, Liebe und Sehnsucht zurück, die er einst bei seinem ersten Anblick empfunden hatte. Er betrachtete die Hütte und dachte bei sich, daß es wohl nötig wäre, sie vor dem Anbruch der nächsten Regenzeit etwas auszubessern. Dann wagte er ein paar vorsichtige Schritte, trat ins Innere der Hütte und spähte, was sie enthalte; es war nicht viel, es war beinahe nichts: ein Lager aus Laub, eine Kürbisschale mit etwas Wasser darin und ein leerer Bastbeutel. Den Beutel nahm er und ging mit ihm davon, suchte im Walde nach Speise, brachte

Früchte und süßes Baummark mit, dann ging er mit der Schale und füllte sie mit frischem Wasser. Nun war getan, was hier getan werden konnte. So wenig brauchte einer, um zu leben. Dasa kauerte sich auf die Erde und versank in Träumerei. Er war zufrieden mit diesem schweigenden Ruhen und Träumen im Walde, er war zufrieden mit sich selbst, mit der Stimme in seinem Innern, die ihn hierher geführt hatte, wo er schon als Jüngling einst etwas wie Friede, Glück und Heimat gespürt hatte.

So blieb er denn bei dem Schweigsamen. Er erneuerte dessen Laubstreu, suchte Speise für sie beide, besserte dann die alte Hütte aus und begann mit dem Bau einer zweiten, die er in geringer Entfernung für sich selber errichtete. Der Alte schien ihn zu dulden, doch war nicht eigentlich zu erkennen, ob er ihn überhaupt wahrgenommen habe. Wenn er aus seiner Versenkung aufstand, war es nur, um in die Hütte schlafen zu gehen, um einen Bissen zu essen oder einen kurzen Gang in den Wald zu tun. Dasa lebte neben dem Ehrwürdigen wie ein Diener in der Nähe eines Großen, oder eher noch wie ein kleines Haustier, ein zahmer Vogel oder etwa ein Mungo neben Menschen hinlebt, dienstbar und kaum bemerkt. Da er eine lange Zeit flüchtig und verborgen gelebt hatte, unsicher, schlechten Gewissens und stets auf Verfolgung gefaßt, tat das ruhige Leben, die mühelose Arbeit und die Nachbarschaft eines Menschen, der seiner gar nicht zu achten schien, für eine Weile sehr wohl, er schlief ohne Angstträume und vergaß für halbe und ganze Tage das, was geschehen war. An die Zukunft dachte er nicht, und wenn eine Sehnsucht oder ein Wunsch ihn erfüllte, so war es der, hier zu bleiben und von dem Yogin in das Geheimnis eines einsiedlerischen Lebens aufgenommen und eingeweiht, selber ein Yogin und des Yogitums und seiner stolzen Unbekümmertheit teilhaftig zu werden. Er hatte begonnen, des öfteren die Haltung des Ehrwürdigen nachzuahmen, gleich ihm mit gekreuzten Beinen regungslos zu sitzen, gleich ihm in eine unbekannte und überwirkliche Welt zu blicken und für das, was ihn umgab, unempfindlich zu werden. Dabei war er meistens recht bald ermüdet, hatte steife Glieder und Schmerzen im Rücken bekommen, war von Mücken belästigt oder von wunderlichen Empfindungen auf der Haut, von Jucken und Reizungen überfallen worden, welche ihn zwangen, sich wieder zu rühren, sich zu kratzen und am Ende wieder aufzustehen. Einige Male aber hatte er auch anderes empfunden, nämlich ein Leerwerden, Leichtwerden und Schweben, wie es einem etwa in manchen Träumen gelingt, wo man die Erde nur je und je ganz leicht berührt und sich sanft von ihr abstößt, um wieder gleich einer Wollflocke zu schweben. In diesen Augenblicken war ihm eine Ahnung davon aufgegangen, wie es sein müßte, dauernd so zu schweben, wie da der eigene Leib und die eigene Seele ihre Schwere ablegen und im Atem eines größeren, reineren, sonnenhaften Lebens mitschwingen müßten, erhoben und aufgesogen von einem Jenseits, einem Zeitlosen und Unwandelbaren. Doch waren es Augenblicke und Ahnungen geblieben. Und er dachte, wenn er enttäuscht aus solchen Augenblicken ins Altgewohnte zurückfiel, er müßte es dahin bringen, daß der Meister sein Lehrer würde, daß er ihn in seine Übungen und geheimen Künste einführte und auch ihn zu einem Yogin machte. Doch wie sollte das geschehen? Es schien nicht so, als werde der Alte ihn jemals mit seinen Augen wahrnehmen, als könnten jemals zwischen ihnen Worte gewechselt werden. Der Alte schien, wie er jenseits von Tag und Stunde, von Wald und Hütte war, auch jenseits der Worte zu sein.

Und doch sprach er eines Tages ein Wort. Es kam jetzt eine Zeit, in welcher Dasa Nacht für Nacht wieder träumte, verwirrend süß oft und oft verwirrend gräßlich, entweder von seinem Weibe Pravati oder von den Schrecken des Flüchtlingslebens. Und bei Tage machte er keine Fortschritte, hielt das Sitzen und Sichüben nicht lange aus, mußte an Weiber und Liebe denken, trieb sich viel im Walde herum. Es mochte die Witterung daran schuld sein, es waren schwüle Tage mit heißen Windstößen. Und nun war wieder solch ein schlechter Tag, die Mücken schwirrten, Dasa hatte in der Nacht wieder einen schweren, Angst und Druck hinterlassenden Traum gehabt, dessen Inhalt er zwar nicht mehr wußte, der ihm nun im Wachen aber wie ein kläglicher und eigentlich unerlaubter und tief beschämender Rückfall in frühere Zustände und Lebensstufen erschien. Den ganzen Tag schlich und hockte er finster und unruhig um die Hütte herum, spielte mit dieser und jener Arbeit, setzte sich auch mehrmals zur Versenkungsübung nieder, aber dann überfiel ihn jedesmal sofort eine fiebrige Unrast, es zuckte ihm in den Gliedern, krabbelte ihm wie Ameisen in den Füßen, brannte ihn im Nacken, er hielt es kaum für Augenblicke aus und blickte scheu und beschämt zum Alten hinüber, der in vollkommener Stellung hockte und dessen Gesicht mit nach innen gewendeten Augen in unantastbar stiller Heiterkeit schwebte wie ein Blumenhaupt.

Als nun an diesem Tage der Yogin sich erhob und zu seiner Hütte wendete, trat ihm Dasa, der lange auf den Augenblick gelauert hatte, in den Weg, und mit dem Mut des Geängstigten sprach er ihn an: «Ehrwürdiger», sprach er, «verzeih, daß ich in deine Ruhe eingedrungen bin. Ich suche Frieden, ich suche Ruhe, ich möchte leben wie du und werden wie du. Sieh, ich bin noch jung, aber ich habe schon viel Leid kosten müssen, grausam hat das Schicksal mit mir gespielt. Ich war zum Fürsten geboren und wurde zu den Hirten verstoßen, ich wurde ein Hirt, wuchs heran, froh und kräftig wie ein junges Rind, unschuldig im Herzen. Dann gingen mir die Augen für die Frauen auf, und als ich die Schönste zu Gesicht bekam, habe ich mein Leben in ihren Dienst gestellt, ich wäre gestorben, wenn ich sie nicht bekommen hätte. Ich verließ meine Gefährten, die Hirten, ich warb um Pravati, ich bekam sie, ich wurde

Schwiegersohn und diente, hart mußte ich arbeiten, aber Pravati war mein und liebte mich, oder ich glaubte doch, sie liebe mich, jeden Abend kehrte ich in ihre Arme zurück, lag an ihrem Herzen. Sieh, da kommt der Rajah in die Gegend, derselbe, dessentwegen ich einst als Kind vertrieben worden war, der kam und hat mir Pravati weggenommen, ich mußte sie in seinen Armen sehen. Es war der größte Schmerz, den ich erfahren habe, er hat mich und mein Leben ganz verwandelt. Ich habe den Rajah erschlagen, ich habe getötet, und habe das Leben des Verbrechers und Verfolgten geführt, alles war hinter mir her, keine Stunde war ich meines Lebens sicher, bis ich hierher geriet. Ich bin ein törichter Mensch, Ehrwürdiger, ich bin ein Totschläger, vielleicht wird man mich noch fangen und vierteilen. Ich mag dieses schreckliche Leben nicht mehr ertragen, ich möchte seiner ledig werden.»

Der Yogin hatte dem Ausbruch ruhig mit niedergeschlagenen Augen zugehört. Jetzt schlug er sie auf und richtete seinen Blick auf Dasas Gesicht, einen hellen, durchdringenden, beinah unerträglich festen, gesammelten und lichten Blick, und während er Dasas Gesicht betrachtete und seiner hastigen Erzählung nachdachte, verzog sein Mund sich langsam zu einem Lächeln und zu einem Lachen, mit lautlosem Lachen schüttelte er den Kopf und sagte lachend: «Maya! Maya!»

Ganz verwirrt und beschämt blieb Dasa stehen, der andere erging sich vor dem Imbiß ein wenig auf dem schmalen Pfad in den Farnen, gemessen und taktfest wandelte er auf und nieder, nach einigen hundert Schritten kam er zurück und ging in seine Hütte, und sein Gesicht war wieder wie immer, anderswohin gekehrt als zur Welt der Erscheinungen. Was war doch dies für ein Lachen gewesen, das dem armen Dasa aus diesem allezeit gleich unbewegten Antlitz geantwortet hatte! Lange hatte er daran zu sinnen. War es wohlwollend oder höhnend gewesen, dieses schreckliche Lachen im Augenblick von Dasas verzweifeltem Geständnis und Flehen, tröstlich oder verurteilend, göttlich oder dämonisch? War es nur das zynische Meckern des Alters gewesen, das nichts mehr ernst zu nehmen vermag, oder die Belustigung des Weisen über fremde Torheit? War es eine Ablehnung, ein Abschied, ein Fortschicken? Oder wollte es ein Rat sein, eine Aufforderung an Dasa, es ihm nachzutun und selber mitzulachen? Er konnte es nicht enträtseln. Noch spät in die Nacht hinein sann er diesem Gelächter nach, zu welchem sein Leben, sein Glück und Elend für diesen Alten geworden zu sein schien, seine Gedanken kauten an diesem Gelächter herum wie an einer harten Wurzel, die aber doch nach irgend etwas schmeckt und duftet. Und eben so kaute und sann und mühte er sich an diesem Wort, das der Alte so hell ausgerufen hatte, so heiter und unbegreiflich vergnügt hatte er es hervorgelacht: «Maya, Maya!» Was das Wort ungefähr meine, wußte er halb, halb ahnte er es, und auch die Art, wie der Lachende es ausgerufen hatte, schien einen Sinn erraten zu lassen. Maya, das war Dasas Leben, Dasas Jugend, Dasas süßes Glück und bitteres Elend, Maya war die schöne Pravati, Maya war die Liebe und ihre Lust, Maya das ganze Leben. Dasas Leben und aller Menschen Leben, alles war in dieses alten Yogin Augen Maya, war etwas wie eine Kinderei, ein Schauspiel, ein Theater, eine Einbildung, ein Nichts in bunter Haut, eine Seifenblase, war etwas, worüber man mit einem gewissen Entzücken lachen und was man zugleich verachten, keinesfalls aber ernst nehmen konnte.

War nun aber für den alten Yogin Dasas Leben mit jenem Gelächter und dem Wort Maya erledigt und abgetan, für Dasa selbst war es nicht so, und so sehr er wünschen mochte, selber ein lachender Yogin zu sein und in seinem eigenen Leben nichts als Maya zu erkennen, es war doch seit diesen unruhigen Tagen und Nächten alles wieder in ihm wach und lebendig, was er nach der Erschöpfung der Flüchtlingszeit eine Weile hier in seiner

Zuflucht beinah vergessen zu haben schien. Äußerst gering erschien ihm die Hoffnung, daß er je die Yogakunst wirklich erlernen oder gar es dem Alten würde gleichtun können. Dann aber — was hatte dann sein Verweilen in diesem Wald noch für einen Sinn? Es war eine Zuflucht gewesen, er hatte hier ein wenig aufgeatmet und Kräfte gesammelt, war ein wenig zur Besinnung gekommen, auch dies war von Wert, es war schon viel. Und vielleicht war inzwischen draußen im Lande die Jagd nach dem Fürstenmörder aufgegeben worden, und er konnte ohne große Gefahr weiterwandern. Dies beschloß er zu tun, andern Tages wollte er aufbrechen, die Welt war groß, er konnte nicht immer hier im Schlupfwinkel bleiben. Der Entschluß gab ihm eine gewisse Ruhe.

Er hatte in der ersten Morgenfrühe aufbrechen wollen, aber als er nach einem langen Schlafe erwachte, war die Sonne schon am Himmel und hatte der Yogin schon seine Versenkung begonnen, und ohne Abschied mochte Dasa nicht gehen, auch hatte er noch ein Anliegen an ihn. So wartete er Stunde um Stunde, bis der Mann sich erhob, die Glieder reckte und auf und ab zu gehen begann. Da stellte er sich ihm in den Weg, machte Verbeugungen und ließ nicht nach, bis der Yogameister seinen Blick fragend auf ihn richtete. «Meister», sprach er demütig, «ich ziehe meines Weges weiter, ich werde deine Ruhe nicht mehr stören. Aber noch dies eine Mal erlaube mir, Hochehrwürdiger, eine Bitte. Als ich dir mein Leben erzählte, hast du gelacht und hast ,Maya' gerufen. Ich flehe dich an, laß mich etwas mehr über Maya wissen.»

Der Yogin wandte sich der Hütte zu, sein Blick befahl Dasa, ihm zu folgen. Der Alte griff nach der Wasserschale, reichte sie Dasa hin und hieß ihn seine Hände waschen. Gehorsam tat es Dasa. Dann goß der Meister den Wasserrest aus der Kürbisschale ins Farnkraut, hielt dem Jungen die leere Schüssel hin und befahl ihm, frisches Wasser zu holen. Dasa gehorchte und lief, und Abschiedsgefühle zuckten ihm im Herzen, da er zum letztenmal diesen kleinen Fußpfad zur Quelle ging, zum letztenmal die leichte Schale mit dem glatten, abgegriffenen Rande hinübertrug zu dem kleinen Wasserspiegel, in dem die Hirschzungen, die Wölbungen der Baumkronen und in versprengten lichten Punkten das süße Himmelsblau abgebildet standen, der nun beim Darüberbeugen zum letztenmal auch sein eigenes Gesicht in bräunlichem Dämmer abbildete. Er tauchte die Schale ins Wasser, gedankenvoll und langsam, er fühlte Unsicherheit und konnte nicht ins klare darüber kommen, warum er so Wunderliches empfinde, und warum es ihm, da er doch zu wandern entschlossen war, weh getan habe, daß der Alte ihn nicht eingeladen hatte, noch zu bleiben, vielleicht für immer zu bleiben.

Er kauerte am Rand der Quelle, nahm einen Schluck Wasser, erhob sich vorsichtig mit der Schale, um nichts zu verschütten, und wollte den kurzen Rückweg antreten, da wurde sein Ohr von einem Ton erreicht, der ihn entzückte und entsetzte, von einer Stimme, die er in manchen seiner Träume gehört und an die er manche wache Stunde in bitterster Sehnsucht gedacht hatte. Süß klang sie, süß, kindlich und verliebt lockte sie durch die Dämmerung des Waldes, daß ihm vor Schreck und Lust das Herz schauerte. Es war Pravatis, seiner Frau Stimme. «Dasa», lockte sie. Ungläubig blickte er um sich, die Wasserschale noch in Händen, und siehe, zwischen den Stämmen tauchte sie auf, schlank und elastisch auf hohen Beinen, Pravati, die Geliebte, Unvergeßliche, Treulose. Er ließ die Schale fallen und lief ihr entgegen. Lächelnd und etwas verschämt stand sie vor ihm, aus den großen Rehaugen aufblickend, und nun aus der Nähe sah er auch, daß sie auf rotledernen Sandalen stand und sehr schöne und reiche Kleider am Leibe trug, einen Goldreifen am Arm und blitzende, farbige, kostbare Steine im schwarzen Haar. Er zuckte zurück. War sie denn noch immer eine Fürstendirne? Hatte er diesen Nala denn nicht erschlagen? Lief sie noch mit seinen Geschenken herum? Wie konnte sie, mit diesen Spangen und Steinen geschmückt, vor ihn treten und seinen Namen rufen?

Sie war aber schöner als je, und ehe er sie zur Rede stellen konnte, mußte er sie doch in die Arme nehmen, die Stirn in ihr Haar senken, ihr Gesicht zu sich empor biegen und ihren Mund küssen, und während er es tat, spürte er, daß alles zu ihm zurückgekehrt und wieder sein war, was er je besessen, das Glück, die Liebe, die Wollust, die Lebenslust, die Leidenschaft. Schon war er in all seinen Gedanken weit ab von diesem Walde und dem alten Einsiedler entfernt, schon war Wald, Einsiedelei, Meditation und Yoga zu nichts geworden und vergessen; auch an des Alten Wasserschale, die er ihm hätte bringen sollen, dachte er nicht mehr. Sie blieb bei der Quelle liegen, als er mit Pravati dem Rande des Waldes zustrebte. Und in aller Eile begann sie ihm zu erzählen, wie sie hierhergekommen und wie alles gegangen sei.

Erstaunlich war, was sie erzählte, erstaunlich, entzückend und märchenhaft, wie in ein Märchen lief Dasa in sein neues Leben hinein. Es war nicht nur Pravati wieder sein, es war nicht nur jener verhaßte Nala tot und die Verfolgung des Mörders längst eingestellt, es war außerdem Dasa, der zum Hirten gewordene einstige Fürstensohn, in der Stadt zum rechtmäßigen Erben und Fürsten erklärt worden, ein alter Hirt und ein alter Brahmane hatten die fast vergessene Geschichte von seiner Aussetzung wieder in Erinnerung und in aller Mund gebracht, und derselbe Mann, den man als den Mörder Nalas eine Weile überall gesucht hatte, um ihn zu foltern und umzubringen, wurde jetzt im ganzen Land noch viel eifriger gesucht, um zum Rajah eingesetzt zu werden und feierlich in die Stadt und den Palast seines Vaters einzuziehen. Es war wie ein Traum, und was dem Überraschten am besten gefiel, war der schöne Glücksfall, daß von allen den umherziehenden Sendboten gerade Pravati es gewesen war, die ihn gefunden und zuerst begrüßt hatte. Am Waldrande fand er Zelte stehen, es roch nach Rauch und Wildbret. Pravati wurde von ihrer Gefolgschaft laut begrüßt, und eine große Festlichkeit nahm alsbald ihren Anfang, als sie Dasa, ihren Gatten, zu erkennen gab. Ein Mann war da, der war Dasas Kamerad bei den Hirten gewesen, und er war es, der Pravati und das Gefolge hierher geführt hatte, an einen der Orte seines früheren Lebens. Der Mann lachte vor Vergnügen, als er Dasa erkannte, er lief auf ihn zu und hätte ihm wohl einen freundschaftlichen Schlag auf die Schulter gegeben oder ihn umarmt, aber jetzt war ja sein Kamerad ein Rajah geworden, mitten im Lauf hielt er wie gelähmt inne, schritt dann langsamer und ehrerbietig weiter und grüßte mit tiefer Verbeugung. Dasa hob ihn auf, umarmte ihn, nannte ihn zärtlich mit Namen und fragte, wie er ihn beschenken könne. Der Hirt wünschte sich ein Kuhkalb, und es wurden ihm deren drei zugesandt aus des Rajahs bester Zucht. Und es wurden dem neuen Fürsten immer neue Leute vorgeführt, Beamte, Oberjäger, Hofbrahmanen, er nahm ihre Begrüßungen entgegen, ein Mahl wurde aufgetragen, Musik von Trommeln, Zupfgeigen und Nasenflöten erscholl, und all diese Festlichkeit und Pracht erschien Dasa wie ein Traum; er konnte nicht richtig daran glauben, wirklich war für ihn vorerst nur Pravati, sein junges Weib, das er in seinen Armen hielt.

In kleinen Tagereisen näherte sich der Zug der Stadt, Läufer waren vorausgeschickt und verbreiteten die frohe Botschaft, daß der junge Rajah aufgefunden und im Anzuge begriffen sei, und als die Stadt sichtbar wurde, war sie schon voll vom Schall der Gongs und Trommeln, und es kam feierlich und weißgekleidet der Zug der Brahmanen ihm entgegen, an seiner Spitze der Nachfolger jenes Vasudeva, welcher einst, vor wohl zwanzig Jahren,

Dasa zu den Hirten gesandt hatte und erst vor kurzem gestorben war. Sie begrüßten ihn, sangen Hymnen und hatten vor dem Palast, zu dem sie ihn führten, einige große Opferfeuer entzündet. Dasa wurde in sein Haus gebracht, neue Begrüßungen und Huldigungen, Segens- und Willkommenssprüche empfingen ihn auch hier. Draußen feierte die Stadt bis in die Nacht ein Freudenfest.

Von zwei Brahmanen jeden Tag unterrichtet, lernte er in kurzer Zeit, was an Wissenschaften unentbehrlich schien, wohnte den Opfern bei, sprach Recht und übte sich in den ritterlichen und kriegerischen Künsten. Der Brahmane Gopala führte ihn in die Politik ein; er erzählte ihm, wie es um ihn, um sein Haus und dessen Rechte, um die Ansprüche seiner künftigen Söhne stehe und was für Feinde er habe. Da war nun vor allem die Mutter Nalas zu nennen, sie, welche einstmals den Prinzen Dasa seiner Rechte beraubt und ihm nach dem Leben getrachtet hatte, und welche jetzt in Dasa auch noch den Mörder ihres Sohnes hassen mußte. Sie war geflohen, hatte sich in den Schutz des Nachbarfürsten Govinda begeben und lebte in dessen Palast, und dieser Govinda und sein Haus waren von jeher Feinde und gefährlich, sie waren schon mit Dasas Voreltern im Krieg gelegen und erhoben Anspruch auf gewisse Teile seines Gebietes. Dagegen war der Nachbar im Süden, der Fürst von Gaipali, mit Dasas Vater befreundet gewesen und hatte den umgekommenen Nala nie leiden mögen; ihn zu besuchen, zu beschenken und zur nächsten Jagd einzuladen, war eine wichtige Pflicht.

Frau Pravati war in ihren adligen Stand schon völlig hineingewachsen, sie verstand es, als Fürstin aufzutreten, und sah in ihren schönen Gewändern und mit ihrem Schmuck ganz wunderbar aus, als wäre sie von nicht minder hoher Geburt als ihr Herr und Gatte. In glücklicher Liebe lebten sie Jahr um Jahr, und ihr Glück gab ihnen einen gewissen Glanz und Schimmer wie solchen, welche von den Göttern bevorzugt werden, daß das Volk sie verehrte und liebte. Und als ihm, nachdem er sehr lange vergeblich darauf gewartet hatte, nun Pravati einen schönen Sohn gebar, den er nach seinem eigenen Vater Ravana nannte, war sein Glück vollkommen, und was er besaß an Land und Macht, an Häusern und Ställen, Milchkammern, Rindvieh und Pferden, dem wurde in seinen Augen jetzt eine verdoppelte Bedeutung und Wichtigkeit, ein erhöhter Glanz und Wert zuteil: all dies Besitztum war schön und erfreulich gewesen, um Pravati zu umgeben, zu kleiden, zu schmücken und ihr zu huldigen, und war jetzt noch weit schöner, erfreulicher und wichtiger als Erbe und Zukunftsglück des Sohnes Ravana.

Hatte Pravati ihr Vergnügen hauptsächlich an Festen, Aufzügen, an Pracht und Üppigkeit in Kleidung, Schmuck und großer Dienerschaft, so waren Dasas bevorzugte Freuden die an seinem Garten, wo er seltene und kostbare Bäume und Blumen hatte pflanzen lassen, auch Papageien und andres buntes Gevögel angesiedelt hielt, das zu füttern und mit welchem sich zu unterhalten zu seinen täglichen Gewohnheiten gehörte. Daneben zog die Gelehrsamkeit ihn an, als dankbarer Schüler der Brahmanen lernte er viele Verse und Sprüche, Lese- und Schreibkunst, und hielt einen eigenen Schreiber, der die Zubereitung des Palmblattes zur Schreibrolle verstand und unter dessen zarten Händen eine kleine Bibliothek zu entstehen begann. Hier bei den Büchern, in einem kleinen kostbaren Raume mit Wänden aus edlem Holz, das ganz zu figurenreichen und zum Teil vergoldeten Bildwerken vom Leben der Götter ausgeschnitzt war, ließ er zuweilen eingeladene Brahmanen, die Auslese der Gelehrten und Denker unter den Priestern, miteinander über heilige Gegenstände disputieren, über die Weltschöpfung und die Maya des großen Vishnu, über die heiligen Veden, über die Kraft der Opfer und die noch größere Gewalt der Buße, durch welche ein sterblicher Mensch es dahin bringen konnte, daß die Götter aus Furcht vor ihm erzitterten. Jene Brahmanen, welche am besten geredet, disputiert und argumentiert hatten, erhielten stattliche Geschenke, mancher führte als Preis für eine siegreiche Disputation eine schöne Kuh hinweg, und es hatte zuweilen etwas zugleich Lächerliches und Rührendes, wenn die großen Gelehrten, welche noch eben die Sprüche der Veden aufgesagt und erläutert und sich in allen Himmeln und Weltmeeren ausgekannt hatten, stolz und gebläht mit ihren Ehrengaben abzogen oder ihretwegen etwa auch in eifersüchtigen Zank gerieten.

Überhaupt wollte dem Fürsten Dasa inmitten seiner Reichtümer, seines Glückes, seines Gartens, seiner Bücher zu manchen Zeiten alles und jedes, was zum Leben und Menschenwesen gehört, wunderlich und zweifelhaft erscheinen, rührend zugleich und lächerlich wie jene eitelweisen Brahmanen, hell zugleich und finster, begehrenswert zugleich und verachtenswert. Weidete er seinen Blick an den Lotosblumen auf den Teichen seines Gartens, an den glänzenden Farbenspielen im Gefieder seiner Pfauen, Fasane und Nashornvögel, an den vergoldeten Schnitzereien des Palastes, so konnten diese Dinge ihm manchmal wie göttlich erscheinen, wie durchglüht von ewigem Leben, und andere Male, ja gleichzeitig empfand er in ihnen etwas Unwirkliches, Unzuverlässiges, Fragwürdiges, eine Neigung zu Vergänglichkeit und Auflösung, eine Bereitschaft zum Zurücksinken ins Ungestaltete, ins Chaos. So wie er selbst, der Fürst Dasa, ein Prinz gewesen, ein Hirte geworden, zum Mörder und Vogelfreien hinabgesunken und endlich wieder zum Fürsten emporgestiegen war, unbekannt durch welche Mächte geleitet und veranlaßt, ungewiß des Morgen und Übermorgen, so enthielt das Mayaspiel des Lebens überall zugleich das Hohe und das Gemeine, die Ewigkeit und den Tod, die Größe und das Lächerliche. Sogar sie, die Geliebte, sogar die schöne Pravati war ihm einige Male für Augenblicke entzaubert und lächerlich erschienen, hatte allzu viele Ringe um die Arme, allzuviel Stolz und Triumph in den Augen, allzuviel Bemühen um Würde in ihrem Gang gehabt.

Lieber noch als sein Garten und seine Bücher war ihm Ravana, sein Söhnchen, die Erfüllung seiner Liebe und seines Daseins, Ziel seiner Zärtlichkeit und Sorge, ein zartes schönes Kind, ein echter Prinz, rehäugig wie die Mutter und zur Nachdenklichkeit und Träumerei neigend wie der Vater. Manches Mal, wenn dieser den Kleinen im Garten lang vor einem der Zierbäume stehen oder ihn auf einem Teppich kauern sah, in die Betrachtung eines Steines, eines geschnitzten Spielzeuges oder einer Vogelfeder vertieft, mit etwas emporgezogenen Brauen und stillen, etwas abwesend starrenden Augen, dann schien ihm, daß dieser Sohn ihm sehr ähnlich sei. Wie sehr er ihn liebte, das erkannte Dasa einst, als er ihn zum erstenmal für ungewisse Zeit verlassen mußte.

Es war eines Tages nämlich ein Eilbote aus jenen Gegenden eingetroffen, wo sein Land an das Land Govindas, des Nachbarn, stieß, und hatte gemeldet, daß Leute des Govinda dort eingebrochen seien, Vieh geraubt und auch eine Anzahl Menschen gefangen und mit hinweggeführt hätten. Unverzüglich hatte Dasa sich bereitgemacht, hatte den Obersten der Leibwache, einige Dutzend Pferde und Leute mitgenommen und sich an die Verfolgung der Räuber gemacht; und damals, als er im Augenblick vor dem Davonreiten sein Söhnchen auf die Arme genommen und geküßt hatte, war die Liebe in seinem Herzen wie ein feuriger Schmerz emporgelodert. Und aus diesem feurigen Schmerz, dessen Gewalt ihn überraschte und wie eine Mahnung aus dem Unbekannten her berührte, war auch während des langen Rittes eine Erkenntnis, ein Verständnis geworden. Im Reiten nämlich beschäftigte ihn das Nachsinnen darüber, aus welcher Ursache er denn zu Rosse sitze und so streng und eilig ins Land hineinsprenge; welche Macht es denn eigentlich sei, die ihn zu solcher Tat und Bemühung zwinge. Er hatte nachgedacht und hatte erkannt, daß es ihm im Grunde seines Herzens nicht wichtig sei und nicht eben weh tue, wenn irgendwo an der Grenze ihm Vieh und Menschen geraubt wurden, daß der Diebstahl und die Beleidigung seiner Fürstenrechte nicht hinreichen würden, ihn zu Zorn und Tat zu entflammen, und daß es ihm gemäßer gewesen wäre, die Nachricht vom Viehraub mit einem mitleidigen Lächeln abzutun. Damit jedoch, das wußte er, hätte er dem Boten, der mit seiner Botschaft bis zur Erschöpfung gerannt war, bitter Unrecht getan, und nicht weniger den Menschen, welche beraubt worden, und jene, welche gefangen, weggeführt und aus ihrer Heimat und ihrem friedlichen Leben in Fremde und Sklaverei verschleppt worden waren. Ja, auch allen seinen anderen Untertanen, welchen kein Haar gekrümmt worden war, hätte er mit einem Verzicht auf kriegerische Rache Unrecht getan, sie hätten es schwer ertragen und nicht begriffen, daß ihr Fürst sein Land nicht besser beschütze, so daß keiner von ihnen, sollte einmal auch ihm Gewalttat geschehen, auf Rache und Hilfe hätte zählen dürfen. Er sah ein, es sei seine Pflicht, diesen Racheritt zu tun. Aber was ist Pflicht? Wie viele Pflichten gibt es, die wir oft und ohne jede Herzensregung verabsäumen! Woran lag es nun, daß diese Rachepflicht keine von den gleichgültigen war, daß er sie nicht verabsäumen konnte, daß er sie nicht nur lässig und mit halbem Herzen vollzog, sondern eifrig und mit Leidenschaft? Kaum war die Frage in ihm aufgestiegen, so hatte sein Herz schon Antwort gegeben, indem es nochmals von jenem Schmerz durchzuckt wurde wie beim Abschied von Ravana, dem Prinzen. Würde der Fürst, so erkannte er jetzt, sich Vieh und Leute rauben lassen, ohne Widerstand zu leisten, so würde Raub und Gewalttat von den Grenzen seines Landes her immer näherrücken, und zuletzt würde der Feind dicht vor ihm selbst stehen und würde ihn dort treffen, wo er des größten und bittersten Schmerzes fähig war: in seinem Sohne! Sie würden ihm den Sohn rauben, den Nachfolger, würden ihn rauben und töten, vielleicht unter Qualen, und dies wäre das Äußerste an Leid, was er je erfahren könnte, noch schlimmer, weit schlimmer als selbst Pravatis Tod. Und darum also ritt er so eifrig dahin und war ein so pflichttreuer Fürst. Er war es nicht aus Empfindlichkeit gegen Verlust an Vieh und Land, nicht aus Güte für seine Untertanen, nicht aus Ehrgeiz für seines Vaters Fürstennamen, er war es aus heftiger, schmerzlicher, unsinniger Liebe zu diesem Kinde, und aus heftiger, unsinniger Furcht vor dem Schmerz, den der Verlust dieses Kindes ihm bereiten würde.

So weit war er auf jenem Ritt mit seinen Einsichten gekommen. Übrigens war es ihm nicht gelungen, die Leute Govindas einzuholen und zu bestrafen, sie waren samt ihrem Raube entkommen, und um seinen festen Willen zu zeigen und seinen Mut zu beweisen, mußte er nun selbst über die Grenze brechen und dem Nachbarn ein Dorf beschädigen, einiges Vieh und einige Sklaven hinwegführen. Manche Tage war er ausgeblieben, auf dem siegreichen Heimritt aber hatte er sich wieder einem tiefen Nachdenken hingegeben und war sehr still und wie traurig nach Hause zurückgekehrt, denn im Nachdenken hatte er erkannt, wie fest und völlig ohne Hoffnung auf Entrinnen er mit seinem ganzen Wesen und Tun in einem tückischen Netz gefangen und eingeschnürt sei. Während seine Neigung zum Denken, sein Bedürfnis nach stiller Betrachtung und nach einem tatlosen und unschuldigen Leben beständig wuchs und wuchs, wuchs von der andern Seite her, aus der Liebe zu Ravana und aus der Angst und Sorge um ihn, um sein Leben und seine Zukunft, ganz ebenso der Zwang zu Tat und Verstrickung, aus der Zärtlichkeit wuchs Streit, aus der Liebe Krieg; schon hatte er, wenn auch nur um gerecht zu sein und zu strafen, eine Herde geraubt, ein Dorf in Todesangst gejagt und arme, unschuldige Menschen gewaltsam fortgeschleppt, und daraus würde natürlich wieder neue Rache und Gewalttat wachsen, und so immer weiter, bis sein ganzes Leben und sein ganzes Land nur noch Krieg und Gewalttat und Waffenlärm sein würde. Diese Einsicht oder Vision war es, die ihn bei jener Heimkehr so still gemacht und traurig hatte erscheinen lassen.

Und in der Tat gab der feindselige Nachbar keine Ruhe. Er wiederholte seine Einfälle und Raubzüge. Dasa mußte zu Strafe und Gegenwehr ausziehen und mußte, wenn der Feind sich ihm entzog, es dulden, daß seine Soldaten und Jäger dem Nachbarn neue Schäden zufügten. In der Hauptstadt sah man mehr und mehr Berittene und Bewaffnete, in manchen Grenzdörfern lagen jetzt ständig Soldaten zur Bewachung, kriegerische Beratungen und Vorbereitungen machten die Tage unruhig. Dasa vermochte nicht einzusehen, welchen Sinn und Nutzen der ewige Kleinkrieg haben möge, es tat ihm leid um die Leiden der Betroffenen, um das Leben der Getöteten, es tat ihm leid um seinen Garten und seine Bücher, die er mehr und mehr versäumen mußte, um den Frieden seiner Tage und seines Herzens. Er sprach mit Gopala, dem Brahmanen, häufig darüber und einige Male auch mit seiner Gattin Pravati. Man müßte, so sagte er, dahin streben, daß einer der angesehenen Nachbarfürsten als Schiedsrichter angerufen werde und Frieden stifte, und er für sein Teil werde gern darein willigen, etwa durch Nachgiebigkeit und Abtrennung einiger Weiden und Dörfer den Frieden herbeiführen zu helfen. Er war enttäuscht und etwas unwillig, als er sah, daß weder der Brahmane noch Pravati davon etwas wissen wollte.

Mit Pravati führte der Meinungsstreit hierüber zu einer sehr heftigen Auseinandersetzung, ja zu einer Entzweiung. Eindringlich und beschwörend tat er ihr seine Gründe und Gedanken kund, sie aber empfand jedes Wort, als sei es nicht gegen den Krieg und das unnütze Morden, sondern einzig gegen ihre Person gerichtet. Es sei, so belehrte sie ihn in einer glühenden und wortreichen Rede, es sei ja gerade des Feindes Absicht, Dasas Gutmütigkeit und Friedensliebe (um nicht zu sagen, seine Angst vor dem Krieg) zu seinem Vorteil auszunutzen, er werde ihn dazu bringen, Frieden um Frieden zu schließen, und jeden mit kleinen Abtretungen an Gebiet und Volk zu bezahlen, und am Ende werde er keineswegs etwa zufrieden sein, sondern werde, sobald Dasa genügend geschwächt sei, zum offenen Krieg übergehen und ihm auch das Letzte noch rauben. Es gehe hier nicht um Herden und Dörfer, um Vorteile und Nachteile, sondern ums Ganze, es gehe um Bestand oder Vernichtung. Und wenn Dasa nicht wisse, was er seiner Würde, seinem Sohn und seinem Weibe schuldig sei, so müsse eben sie es ihn lehren. Ihre Augen flammten, ihre Stimme bebte, er hatte sie seit langem nie mehr so schön und leidenschaftlich gesehen, aber er empfand nur Trauer.

Inzwischen gingen die Grenzüberfälle und Friedensbrüche weiter, erst die große Regenzeit setzte ihnen vorläufig ein Ende. An Dasas Hofe aber gab es jetzt zwei Parteien. Die eine, die Friedenspartei, war ganz klein, außer Dasa selbst gehörten ihr nur wenige von den älteren Brahmanen an, gelehrte und in ihre Meditationen versponnene Männer. Die Kriegspartei aber, Pravatis und Gopalas Partei, hatte die Mehrzahl der Priester und alle Offiziere auf ihrer Seite. Man rüstete eifrig und wußte, daß drüben der feindliche Nachbar dasselbe tat. Der Knabe Ravana wurde vom Oberjäger im Bogenschießen unterrichtet, und seine Mutter nahm ihn zu jeder Truppenschau mit.

Manchmal gedachte zu jener Zeit Dasa des Waldes, in dem er einst als armer Flüchtling eine Weile gelebt hatte, und des weißhaarigen Alten, der dort als Einsiedler der Versenkung lebte. Manchmal gedachte er seiner und fühlte das Verlangen, ihn aufzusuchen, ihn wiederzusehen und seinen Rat zu hören. Doch wußte er nicht, ob der Alte noch lebe, noch ob er ihn anhören und ihm Rat geben würde, und lebte er auch noch wirklich und gäbe ihm Rat, so würde doch alles seinen Gang gehen und nichts daran zu ändern sein. Versenkung und Weisheit waren gute, waren edle Dinge, aber es schien, sie gediehen nur abseits, am Rande des Lebens, und wer im Strom des Lebens schwamm und mit seinen Wellen kämpfte, dessen Taten und Leiden hatten nichts mit der Weisheit zu tun, sie ergaben sich, waren Verhängnis, mußten getan und erlitten sein. Auch die Götter lebten nicht in ewigem Frieden und ewiger Weisheit, auch sie kannten Gefahr und Furcht, Kampf und Schlacht, er wußte es aus vielen Erzählungen. So ergab sich Dasa, stritt nicht mehr mit Pravati, ritt zur Truppenschau, sah den Krieg kommen, spürte ihn in aufreibenden nächtlichen Träumen voraus, und indem seine Gestalt magerer und sein Gesicht dunkler wurde, sah er das Glück und die Lust seines Lebens hinabwelken und erblassen. Es blieb nur die Liebe zu seinem Knaben, sie wuchs mit der Sorge, wuchs mit den Rüstungen und Truppenübungen, sie war die rote brennende Blume in seinem verödenden Garten. Er wunderte sich darüber, wieviel an Leere und Freudlosigkeit man ertragen, wie sehr man sich an Sorge und Unlust gewöhnen könne, und wunderte sich auch darüber, wie brennend und beherrschend in einem scheinbar leidenschaftslos gewordenen Herzen solch eine ängstliche und sorgenvolle Liebe blühen könne. War sein Leben vielleicht sinnlos, so war es doch nicht ohne Kern und Mitte, es drehte sich um die Liebe zum Sohn. Seinetwegen erhob er sich des Morgens vom Lager und brachte seinen Tag mit Beschäftigungen und Mühewaltungen hin, deren Ziel der Krieg und deren jede ihm zuwider war. Seinetwegen leitete er die Beratungen der Führer mit Geduld und stemmte sich den Beschlüssen der Mehrheit nur so weit entgegen, daß man wenigstens abwartete und sich nicht völlig unbesonnen ins Abenteuer stürzte.

Wie seine Lebensfreude, sein Garten, seine Bücher ihm allmählich fremd und untreu geworden waren, oder er ihnen, so ward ihm fremd und untreu auch die, die so manche Jahre das Glück und die Lust seines Lebens gewesen war. Mit der Politik hatte es begonnen, und damals, als sie ihm jene leidenschaftliche Rede hielt, in der Pravati seine Scheu vor Versündigung und seine Liebe zum Frieden beinah offen als Feigheit verhöhnte und mit geröteten Wangen in glühenden Worten von Fürstenehre, Heldentum und erlittener Schmach redete, damals hatte er betroffen und mit einem Gefühl von Schwindel plötzlich gefühlt und gesehen, wie weit seine Frau sich von ihm entfernt habe oder er von ihr. Und seitdem war die Kluft zwischen ihnen größer geworden und wuchs noch immer, ohne daß eines von ihnen etwas tat, um es zu hindern. Vielmehr: es war Dasa, dem es zugestanden hätte, etwas dergleichen zu tun, denn die Kluft war eigentlich nur ihm sichtbar, und sie wurde in seiner Vorstellung immer mehr zur Kluft aller Klüfte, zum Weltabgrund zwischen Mann und Weib, zwischen Ja und Nein, zwischen Seele und Leib. Wenn er zurück sann, so glaubte er alles völlig klar zu sehen: wie Pravati einst, die zauberisch Schöne, ihn verliebt gemacht und mit ihm gespielt hatte, bis er sich von seinen Kameraden und Freunden, den Hirten, und von seinem bisher so heiteren Hirtenleben schied und ihretwegen in der Fremde und Dienstbarkeit lebte, Schwiegersohn im Hause unguter Leute, die seine Verliebtheit ausnutzten, um ihn für sie arbeiten zu lassen. Dann war jener Nala erschienen, und sein Unglück hatte begonnen. Nala hatte sich seines Weibes bemächtigt, der reiche schmucke Rajah mit seinen schönen Kleidern und Zelten, seinen Pferden und Dienern hatte die arme, keines Prunkes gewohnte Frau verführt, das konnte ihm ja wenig Mühe gekostet haben. Aber — hätte er sie wohl wirklich so rasch und leicht verführen können, wenn sie im Innersten treu und züchtig gewesen wäre? Nun, der

Rajah hatte sie also verführt, oder eben genommen, und hatte ihm den häßlichsten Schmerz angetan, den er bis dahin erlebt hatte. Er aber, Dasa, hatte Rache genommen, erschlagen hatte er den Dieb seines Glücks, das war ein Augenblick hohen Triumphes gewesen. Doch hatte er, kaum war die Tat geschehen, die Flucht antreten müssen; Tage, Wochen und Monate hatte er im Busch und den Binsen gelebt, vogelfrei, keinem Menschen trauend. Und was hatte Pravati in jener Zeit getan? Es war zwischen ihnen niemals viel die Rede davon gewesen. Jedenfalls: ihm nachgeflohen war sie nicht, ihn gesucht und gefunden hatte sie erst dann, als er seiner Geburt wegen zum Fürsten ausgerufen worden war und sie seiner bedurfte, um den Thron zu besteigen und den Palast zu beziehen. Da war sie erschienen, aus dem Walde und der Nachbarschaft des ehrwürdigen Einsiedlers hatte sie ihn hinweggeholt, man hatte ihn mit schönen Kleidern geschmückt und zum Rajah gemacht, und es war alles eitel Glanz und Glück gewesen — aber in Wirklichkeit: was hatte er damals verlassen, und was dafür eingetauscht? Eingetauscht hatte er den Glanz und die Pflichten des Fürsten, Pflichten, die anfangs leicht gewesen und seither immer schwerer und schwerer geworden waren, eingetauscht hatte er den Wiedergewinn der schönen Gattin, die süßen Liebesstunden mit ihr, und dann den Sohn, die Liebe zu ihm und die zunehmende Sorge um sein bedrohtes Leben und Glück, so daß jetzt der Krieg vor den Toren stand. Dies war es, was Pravati ihm zugebracht hatte, als sie ihn damals im Wald bei der Quelle entdeckte. Was aber hatte er dafür verlassen und hingegeben? Verlassen hatte er den Frieden des Waldes, einer frommen Einsamkeit, hingegeben hatte er die Nachbarschaft und das Vorbild eines heiligen Yogin, hingegeben die Hoffnung auf seine Schülerschaft und Nachfolge, auf die tiefe, strahlende, unerschütterliche Seelenruhe des Weisen, die Befreiung aus den Kämpfen und Leidenschaften des Lebens.

Verführt von Pravatis Schönheit, bestrickt vom Weib und angesteckt von ihrem Ehrgeiz, hatte er den Weg verlassen, auf welchem allein die Freiheit und der Friede gewonnen wird. So wollte seine Lebensgeschichte ihm heute erscheinen, und in der Tat ließ sie sich ganz leicht so deuten, es bedurfte nur weniger Vertuschungen und Weglassungen, um es so zu sehen. Weggelassen hatte er unter anderen den Umstand, daß er noch keineswegs jenes Einsiedlers Schüler, ja schon im Begriff gewesen war, ihn freiwillig wieder zu verlassen. So verschieben sich die Dinge leicht beim Blick nach rückwärts.

Ganz anders sah Pravati diese Dinge, obwohl sie weit weniger als ihr Gatte sich solchen Gedanken hingab. Über jenen Nala machte sie sich keine Gedanken. Dagegen war, wenn ihre Erinnerung sie nicht trog, sie allein es gewesen, welche Dasas Glück begründet und herbeigeführt, ihn wieder zum Rajah gemacht, ihn mit dem Sohn beschenkt, ihn mit Liebe und Glück überschüttet hatte, um ihn am Ende ihrer Größe nicht gewachsen, ihrer stolzen Pläne unwürdig zu finden. Denn ihr war es klar, daß der kommende Krieg zu nichts anderem führen konnte als zu Govindas Vernichtung und zur Verdoppelung ihrer Macht und ihres Besitzes. Statt sich dessen zu freuen und eifrigst daran mitzuarbeiten, sträubte sich aber Dasa, unfürstlich genug, wie ihr schien, gegen Krieg und Eroberung, und wäre am liebsten tatenlos bei seinen Blumen, Bäumen, Papageien und Büchern alt geworden. Da war Vishwamitra ein anderer Mann, der Oberbefehlshaber der Reiterei und nächst ihr selbst der glühendste Parteigänger und Werber für den baldigen Krieg und Sieg. Jeder Vergleich zwischen den beiden mußte zu seinen Gunsten ausfallen.

Dasa sah es wohl, wie sehr sein Weib sich mit diesem Vishwamitra befreundet hatte, wie sehr sie ihn bewunderte und sich von ihm bewundern ließ, diesem heiteren und tapferen, vielleicht etwas oberflächlichen, vielleicht auch nicht allzu klugen Offizier mit dem kräftigen Lachen, den schönen starken Zähnen und dem gepflegten Barte. Er sah es mit Bitterkeit und zugleich mit Verachtung, mit einer höhnischen Gleichgültigkeit, die er sich selber vortäuschte. Er spionierte nicht und begehrte nicht zu wissen, ob die Freundschaft dieser beiden die Grenzen des Erlaubten und Anständigen innehalte oder nicht. Er sah dieser Verliebtheit Pravatis in den hübschen Reiter, dieser ihrer Gebärde, mit der sie ihm vor dem allzu wenig heldischen Gatten den Vorzug gab, mit derselben äußerlich gleichgültigen, innen aber bitteren Gelassenheit zu, mit welcher er sich gewöhnt hatte, alle Geschehnisse anzusehen. Ob dies nun eine Untreue und ein Verrat war, den die Gattin an ihm zu begehen entschlossen schien, oder nur ein Ausdruck ihrer Geringschätzung für Dasas Gesinnungen, es war einerlei, es war da und entwickelte sich und wuchs heran, wuchs ihm entgegen wie der Krieg und wie das Verhängnis, es gab dagegen kein Mittel und gab davor keine andere Haltung als die des Hinnehmens, des gelassenen Ertragens, das war nun einmal, statt des Angreifens und Eroberns, Dasas Art von Mannes- und von Heldentum.

Mochte nun Pravatis Bewunderung für den Reiterhauptmann oder die seine für sie, sich innerhalb des Gesitteten und Erlaubten halten oder nicht, in jedem Falle war Pravati, das verstand er, weniger schuldig als er selbst. Er, Dasa, der Denker und Zweifler, neigte zwar sehr dazu, die Schuld am Dahinschwinden seines Glückes bei ihr zu suchen oder sie doch mitverantwortlich dafür zu machen, daß er in all das hineingeraten und verstrickt worden war, in die Liebe, in den Ehrgeiz, in die Racheakte und Räubereien, ja er machte das Weib, die Liebe und die Wollust in seinen Gedanken verantwortlich für alles auf Erden, für den ganzen Tanz, die ganze Jagd der Leidenschaften und Begehrungen, des Ehebruchs, des Todes, des Mordes, des Krieges. Aber dabei wußte er sehr wohl, daß Pravati nicht schuldig und Ursache, sondern selbst Opfer sei, daß sie weder ihre Schönheit noch seine

Liebe zu ihr selbst gemacht und zu verantworten habe, daß sie nur ein Stäubchen im Sonnenstrahl, eine Welle im Strome war, und daß es allein seine Sache gewesen wäre, dem Weib und der Liebe, dem Glückshunger und Ehrgeiz sich zu entziehen und entweder ein zufriedener Hirt unter Hirten zu bleiben oder auf dem geheimen Wege des Yoga das Unzulängliche in sich zu überwinden. Er hatte es versäumt, er hatte versagt, er war zum Großen nicht berufen oder hatte seiner Berufung nicht Treue gehalten, und sein Weib war am Ende im Recht, wenn sie einen Feigling in ihm sah. Dafür hatte er von ihr diesen Sohn bekommen, diesen schönen, zarten Knaben, um den ihm so bange war und dessen Dasein doch immer noch seinem Leben Sinn und Wert verlieh, ja ein großes Glück war, ein schmerzendes und banges Glück zwar, aber doch eben ein Glück, sein Glück. Dies Glück nun bezahlte er mit dem Weh und der Bitterkeit in seinem Herzen, mit der Bereitschaft zu Krieg und Tod, mit dem Bewußtsein, einem Verhängnis entgegenzugehen. Drüben in seinem Lande saß der Rajah Govinda, beraten und angefacht von der Mutter jenes erschlagenen Nala, jenes Verführers ungutem Angedenkens, immer häufiger und frecher wurden Govindas Einbrüche und Herausforderungen; einzig ein Bündnis mit dem mächtigen Rajah von Gaipali hätte Dasa stark genug machen können, um Frieden und nachbarliche Verträge zu erzwingen. Aber dieser Rajah, obschon Dasa wohlgesinnt, war doch mit Govinda verwandt und hatte sich aufs höflichste jedem Versuche, ihn für ein solches Bündnis zu gewinnen, entzogen. Es gab kein Entweichen, keine Hoffnung auf Vernunft oder Menschlichkeit, das Verhängte kam näher und mußte erlitten werden. Beinahe sehnte nun Dasa selbst sich nach dem Kriege, nach dem Ausbruch der gesammelten Blitze und einer Beschleunigung der Geschehnisse, welchen ja doch nicht mehr vorzubeugen war. Er suchte nochmals den Fürsten von Gaipali auf, tauschte ergebnislose Artigkeiten mit ihm, drang im Rat auf Mäßigung und Geduld, aber er tat es längst ohne Hoffnung; im übrigen rüstete er. Der Meinungskampf im Rat ging jetzt einzig noch darum, ob man einen nächsten Einbruch des Feindes mit dem Einmarsch in dessen Land und mit dem Krieg beantworten oder den feindlichen Hauptangriff erwarten solle, damit immerhin jener vor dem Volk und aller Welt der Schuldige und Friedensbrecher bleibe.

Der Feind, um solche Fragen nicht bekümmert, machte dem Erwägen, Beraten und Zögern ein Ende und schlug eines Tages zu. Er inszenierte einen größeren Raubüberfall, welcher Dasa samt dem Reiterhauptmann und seinen besten Leuten schleunigst an die Grenze lockte, und während sie unterwegs waren, fiel er mit seiner Hauptmacht ins Land und unmittelbar in Dasas Stadt, nahm die Tore und belagerte den Palast. Als Dasa es erfuhr und alsbald umkehrte, wußte er seine Frau und seinen Sohn im bedrohten Palast eingeschlossen, in den Gassen aber blutige Kämpfe im Gang, und das Herz zog sich ihm in grimmigem Weh zusammen, wenn er der Seinen dachte und der Gefahren, in denen sie schwebten. Nun war er kein widerwilliger und vorsichtiger Kriegsherr mehr, er flammte auf in Schmerz und Wut, jagte mit seinen Leuten in wilder Eile heimwärts, fand die Schlacht durch alle Straßen wogen, hieb sich zum Palast durch, stellte den Feind und kämpfte wie ein Rasender, bis er mit der Dämmerung des blutigen Tages erschöpft und mit mehreren Wunden zusammenbrach.

Als er wieder zum Bewußtsein erwachte, fand er sich als Gefangenen, die Schlacht war verloren, Stadt und Palast waren in den Händen der Feinde. Gebunden wurde er vor Govinda gebracht, der begrüßte ihn spöttisch und führte ihn in ein Gemach; es war jenes Gemach mit den geschnitzten und vergoldeten Wänden und den Schriftrollen. Hier saß auf einem der Teppiche aufrecht und mit versteinertem Gesicht sein Weib Pravati, bewaffnete Wachen hinter ihr, und im Schoße hatte sie den Knaben liegen; wie eine gebrochene Blume lag die zarte Gestalt, tot, das Gesicht grau, das Gewand von Blut durchtränkt. Die Frau wandte sich nicht, als ihr Gatte hereingeführt wurde, sie sah ihn nicht an, sie starrte ohne Ausdruck auf den kleinen Toten; sie erschien Dasa sonderbar verändert, erst nach einer Weile merkte er, daß ihr Haar, das er vor Tagen noch tiefschwarz gekannt hatte, überall grau schimmerte. Schon lange Zeit mochte sie so sitzen, den Knaben auf dem Schoß, erstarrt, das Gesicht eine Maske.

«Ravana!» rief Dasa, «Ravana, mein Kind, meine Blume!» Er kniete nieder, sein Gesicht sank auf das Haupt des Toten; wie ein Betender kniete er vor der stummen Frau und dem Kinde, beide beklagend, beiden huldigend. Er roch den Blut- und Todesgeruch, vermischt mit dem Duft des Blumenöles, mit dem das Haar des Kindes gesalbt war. Mit erfrorenem Blick starrte Pravati auf sie beide hinab.

Es berührte ihn jemand an der Schulter, es war einer von Govindas Hauptleuten, der hieß ihn aufstehen und führte ihn hinweg. Er hatte kein Wort an Pravati gerichtet, sie keines an ihn.

Gebunden legte man ihn auf einen Wagen und brachte ihn nach der Stadt Govindas in einen Kerker, seine Fesseln wurden zum Teil gelöst, ein Soldat brachte einen Wasserkrug und stellte ihn auf den Steinboden, man ließ ihn allein, schloß und verriegelte die Tür. Eine Wunde an seiner Schulter brannte wie Feuer. Er tastete nach dem Wasserkrug und benetzte sich Hände und Gesicht. Auch trinken hätte er mögen, doch unterließ er es; er würde dann, so dachte er, rascher sterben. Wie lange würde das noch dauern, wie lange! Er sehnte sich nach dem Tode, wie seine trockene Kehle sich nach Wasser sehnte. Erst mit dem Tode würde die Folter in seinem Herzen ein Ende nehmen, erst dann würde das Bild der Mutter mit dem toten Sohn in ihm erlöschen. Aber mitten in aller Qual erbarmte sich seiner die Müdigkeit und Schwäche, er sank hin und schlummerte ein.

Indem er aus diesem kurzen Schlummer wieder empordämmerte, wollte er betäubt sich die Augen reiben, konnte es aber nicht; seine Hände waren beide schon beschäftigt, sie hielten etwas fest, und da er sich ermunterte und die Augen aufriß, waren keine Kerkermauern um ihn her, sondern grünes Licht floß hell und kräftig über Blattwerk und Moos, er blinzelte lange, das Licht traf ihn wie ein lautloser, aber heftiger Schlag, ein Gruseln und zuckender Schrecken ging ihm durch Nacken und Rücken, nochmals blinzelte er, verzog wie greinend das Gesicht und riß die Augen weit auf. Er stand in einem Walde und hielt in beiden Händen eine mit Wasser gefüllte Schale, zu seinen Füßen spiegelte braun und grün das Becken einer Quelle, drüben wußte er hinter dem Farndickicht die Hütte stehen und den Yogin warten, der ihn nach Wasser geschickt hatte, jenen, der so wunderlich gelacht und den er gebeten hatte, ihn etwas über Maya wissen zu lassen. Er hatte weder eine Schlacht noch einen Sohn verloren, er war weder Fürst noch Vater gewesen; wohl aber hatte der Yogin seinen Wunsch erfüllt und ihn über Maya belehrt: Palast und Garten, Bücherei und Vogelzucht, Fürstensorgen und Vaterliebe, Krieg und Eifersucht, Liebe zu Pravati und heftiges Mißtrauen gegen sie, alles war Nichts — nein, nicht Nichts, es war Maya gewesen! Dasa stand erschüttert, es liefen ihm Tränen über die Wangen, in seinen Händen zitterte und schwankte die Schale, die er soeben für den Einsiedler gefüllt hatte, es floß Wasser über den Rand und über seine Füße. Ihm war, als habe man ihm ein Glied abgeschnitten, etwas aus seinem Kopfe entfernt, es war Leere in ihm, plötzlich waren ihm gelebte lange Jahre, gehütete Schätze, genossene Freuden, erlittene Schmerzen, erduldete Angst, bis zur Todesnähe gekostete Verzweiflung wieder weggenommen, ausgelöscht und zu nichts geworden — und dennoch nicht zu nichts! Denn die Erinnerung war da, die Bilder waren in ihm geblieben, noch sah er Pravati sitzen, groß und starr, mit dem plötzlich ergrauten Haar, im Schoß lag ihr der Sohn, als habe sie selbst ihn erdrückt, wie eine Beute lag er, und seine Glieder hingen welk über ihre Knie hinab. O wie rasch, wie rasch und schauerlich, wie grausam, wie gründlich war er über Maya belehrt worden! Alles war ihm verschoben worden, viele Jahre voll von Erlebnissen schrumpften in Augenblicke zusammen, geträumt war alles, was eben noch drangvolle Wirklichkeit schien, geträumt war vielleicht alles jenes andre, was früher geschehen war, die Geschichten vom Fürstensohn Dasa, seinem Hirtenleben, seiner Heirat, seiner Rache an Nala, seiner Zuflucht beim Einsiedler; Bilder waren sie, wie man sie an einer geschnitzten Palastwand bewundern mag, wo Blumen, Sterne, Vögel, Affen und Götter zwischen Laubwerk zu sehen waren. Und war das, was er gerade jetzt erlebte und vor Augen hatte, dies Erwachen aus dem Fürsten- und Kriegs- und Kerkertum, dies Stehen bei der Quelle, diese Wasserschüssel, aus der er eben ein wenig verschüttet hatte, samt den Gedanken, die er sich da machte — war alles dies denn nicht am Ende aus demselben Stoff, war es nicht Traum, Blendwerk, Maya? Und was er künftig je noch erleben und mit Augen sehen und mit Händen tasten würde, bis zu seinem einstigen Tode — war es aus anderem Stoff, von anderer Art? Spiel und Schein war es, Schaum und Traum, Maya war es, das ganze schöne und grausige, entzückende und verzweifelte Bilderspiel des Lebens, mit seinen brennenden Wonnen, seinen brennenden Schmerzen.

Dasa stand noch immer wie betäubt und gelähmt. Wieder schwankte in seinen Händen die Schale, und Wasser floß nieder, klatschte kühl auf seine Zehen und verrann. Was sollte er tun? Die Schale wieder füllen, sie zum Yogin zurücktragen, sich von ihm auslachen lassen für alles, was er im Traum erlitten hatte? Es war nicht verlockend. Er ließ die Schale sinken, goß sie aus und warf sie ins Moos. Er setzte sich ins Grüne und begann ernstlich nachzudenken. Er hatte genug und übergenug von dieser Träumerei, von diesem dämonischen Flechtwerk von Erlebnissen, Freuden und Leiden, die einem das Herz erdrückten und das Blut stocken machten und dann plötzlich Maya waren und einen als Narren zurückließen, er hatte genug von allem, er begehrte nicht Frau noch Kind mehr, noch Thron noch Sieg noch Rache, nicht Glück und nicht Klugheit, nicht Macht und nicht Tugend. Er begehrte nichts als Ruhe, nichts als ein Ende, er wünschte nichts anderes, als dieses ewig sich drehende Rad, diese endlose Bilderschau zum Stehen zu bringen und auszulöschen. Er wünschte sich selbst zur Ruhe zu bringen und auszulöschen, so wie er es damals gewünscht hatte, als er in jener letzten Schlacht sich in die Feinde stürzte, um sich schlug und wieder geschlagen ward, Wunden austeilte und empfing, bis er zusammenbrach. Aber was dann? Dann gab es die Pause einer Ohnmacht, oder eines Schlummers, oder eines Todes. Und gleich darauf war man wieder wach, mußte die Ströme des Lebens in sein Herz und die furchtbare, schöne, schauerliche Bilderflut von neuem in seine Augen einlassen, endlos, unentrinnbar, bis zur nächsten Ohnmacht, bis zum nächsten Tode. Der war, vielleicht, eine Pause, eine kurze, winzige Rast, ein Aufatmen, aber dann ging es weiter, und man war wieder eine der tausend Figuren im wilden, berauschten, verzweifelten Tanz des Lebens. Ach, es gab kein Auslöschen, es nahm kein Ende.

Unrast trieb ihn wieder auf die Füße. Wenn es schon in diesem verfluchten Ringeltanz kein Ausruhen gab, wenn schon sein einziger, sehnlicher Wunsch unerfüllbar war, nun, so konnte er ebensogut seine Wasserschale wieder füllen und sie diesem alten Manne bringen, der es ihm befohlen hatte, obwohl er ihm ja eigentlich nichts zu befehlen hatte. Es war ein Dienst, den man von ihm verlangt hatte, es war ein Auftrag, man konnte ihm gehorchen und ihn ausführen, es war besser als zu sitzen und sich Methoden der Selbsttötung auszudenken, es war ja überhaupt Gehorchen und Dienen weit leichter und besser, weit unschuldiger und bekömmlicher als Herrschen und Verantworten, so viel wußte er. Gut, Dasa, nimm also die Schale, fülle sie hübsch mit Wasser und trage sie zu deinem Herrn hinüber!

Als er zur Hütte kam, empfing ihn der Meister mit einem sonderbaren Blick, einem leicht fragenden, halb mitleidigen, halb belustigten Blick des Einverständnisses, einem Blick, wie ihn etwa ein älterer Knabe für einen jüngeren hat, den er aus einem anstrengenden und etwas beschämenden Abenteuer, einer ihm auferlegten Mutprobe, kommen sieht. Dieser Hirtenprinz, dieser ihm zugelaufene arme Kerl, kam zwar bloß von der Quelle, hatte Wasser geholt und war keine Viertelstunde fortgewesen; aber er kam immerhin auch aus einem Kerker, hatte ein Weib, einen Sohn und ein Fürstentum verloren, hatte ein Menschenleben absolviert und einen Blick auf das rollende Rad getan. Vermutlich war ja dieser junge Mensch schon früher einmal oder einige Male geweckt worden und hatte einen Mundvoll Wirklichkeit geatmet, sonst wäre er nicht hierher gekommen und so lange geblieben; jetzt aber schien er richtig geweckt worden zu sein und reif für den Antritt des langen Weges. Es würde manches Jahr brauchen, um diesem jungen Menschen auch nur Haltung und Atmen richtig beizubringen.

Nur mit diesem Blick, der eine Spur von wohlwollender Teilnahme und die Andeutung einer zwischen ihnen entstandenen Beziehung enthielt, der Beziehung zwischen Meister und Schüler — nur mit diesem Blick vollzog der Yogin die Aufnahme des Schülers. Dieser Blick vertrieb die nutzlosen Gedanken aus des Schülers Kopf und nahm ihn in Zucht und Dienst. Mehr ist von Dasas Leben nicht zu erzählen, das übrige vollzog sich jenseits der Bilder und Geschichten. Er hat den Wald nicht mehr verlassen.

Zeittafel

2006   »Die dunkle und wilde Seite der Seele«. Briefwechsel mit
        seinem Psychoanalytiker Josef Bernhard Lang. 1916–1944.
        Herausgegeben von Thomas Feitknecht.
        Hermann Hesse/Stefan Zweig, »Briefwechsel«.
        Herausgegeben von Volker Michels
2007   »Vom Wert des Alters«. Herausgegeben von Volker Michels
        mit Fotografien von Martin Hesse
2008   »Außerhalb des Tages und des Schwindels«. Hermann Hesse
        / Alfred Kubin – Briefwechsel. Herausgegeben von Volker
        Michels
2009   »Verehrter großer Zauberer«. Hermann Hesse / Peter Weiss
        – Briefwechsel. Herausgegeben von Beat Mazenauer und
        Volker Michels
2010   »Jahre am Bodensee«. Herausgegeben von Volker Michels

Hermann Hesse
im Suhrkamp und im Insel Verlag
Eine Auswahl

NF 212b/1/3.10

Biographien

Hugo Ball. Hermann Hesse. Sein Leben und sein Werk.
st 385. 194 Seiten

Hermann Hesse. Sein Leben in Bildern und Texten.
Herausgegeben von Volker Michels. Vorwort Hans
Mayer. Gestaltet von Willy Fleckhaus. st 3218. 365 Seiten

Hermann Hesse. Schauplätze seines Lebens. Mit
zahlreichen Fotografien. Herausgegeben von Herbert
Schnierle-Lutz. it 1964. 352 Seiten

Gisela Kleine. Zwischen Welt und Zaubergarten. Ninon
und Hermann Hesse. Ein Leben im Dialog. Mit Fotografien. st 1384. 643 Seiten

Michael Limberg. Hermann Hesse. Leben – Werk –
Wirkung. sb 1. 159 Seiten

Volker Michels. Hermann Hesse. Leben und Werk im
Bild. Mit dem »Kurzgefaßten Lebenslauf« von Hermann
Hesse. it 36. 235 Seiten

Alois Prinz. »Und jedem Anfang wohnt ein Zauber
inne«. Die Lebensgeschichte des Hermann Hesse.
st 3742. 403 Seiten.

Theodore Ziolkowski. Der Schriftsteller Hermann
Hesse. Wertung und Neubewertung. Übersetzt von
Ursula Michels-Wenz. 271 Seiten. Gebunden

Über Hermann Hesse

Über Hermann Hesse. Erster Band (1904-1962). Herausgegeben von Volker Michels. st 331. 473 Seiten

Über Hermann Hesse. Zweiter Band (1963-1977). Herausgegeben von Volker Michels. st 332. 523 Seiten

Hermann Hesse in Augenzeugenberichten. Herausgegeben von Volker Michels. st 1865. 553 Seiten

Eugen Drewermann. Das Individuelle gegen das Normierte verteidigen. Zwei Aufsätze zu Hermann Hesse. Mit einem Nachwort von Volker Michels. st 2458. 90 Seiten

Siegfried Unseld. Begegnungen mit Hermann Hesse. st 218. 268 Seiten

Briefwechsel

Ninon Hesse. »Lieber, lieber Vogel«. Briefe an Hermann Hesse. Herausgegeben von Gisela Kleine. Mit Abbildungen. 620 Seiten. Gebunden und st 3373

Hermann Hesse. »Liebes Herz!« Briefwechsel mit seiner zweiten Frau Ruth. Herausgegeben von Ursula und Volker Michels. Mit Abbildungen. 644 Seiten. Gebunden

Hermann Hesse. »Die dunkle und wilde Seite der Seele« Briefwechsel mit seinem Psychoanalytiker Josef Bernhard Lang. 1916–1944. Herausgegeben von Thomas Freiknecht. 422 Seiten. Gebunden

Hermann Hesse/Thomas Mann. Briefwechsel. Herausgegeben von Anni Carlsson und Volker Michels. Mit Fotografien und Abbildungen. 378 Seiten. Gebunden

Hermann Hesse/Peter Suhrkamp. Briefwechsel 1945–1959. Herausgegeben von Siegfried Unseld. 507 Seiten. Gebunden

Hermann Hesse/Hugo Ball und Emmy Ball-Hennings. Briefwechsel 1921–1927. Herausgegeben von Bärbel Reetz. 616 Seiten. Gebunden

Hermann Hesse/Peter Weiss. »Verehrter großer Zauberer«. Briefwechsel 1937–1962. 249 Seiten. Gebunden

Hermann Hesse/Alfred Kubin. »Außerhalb des Tages und des Schwindels«. Briefwechsel 1928-1952. 341 Seiten. Gebunden

Hermann Hesse/Stefan Zweig. Briefwechsel. BS 1407. 206 Seiten.

Gedichte

Bäume. Betrachtungen und Gedichte. Mit Fotografien. Ausgewählt von Volker Michels.
it 455. 144 Seiten. GD it 2378. 184 Seiten

Wolken. Betrachtungen und Gedichte. Mit Bildern des Verfassers und Fotos von Thomas Schmid. Herausgegeben und mit einem Nachwort von Volker Michels.
it 2367. 192 Seiten

NF 212b/4/3.10

Die Gedichte. 1892-1962. Neu eingerichtet und um Gedichte aus dem Nachlaß erweitert von Volker Michels. st 381. 848 Seiten

Die Gedichte. Herausgegeben und mit einem Nachwort von Volker Michels. 700 Seiten. Gebunden. it 2762. 840 Seiten

Stufen. Ausgewählte Gedichte. BS 342. 256 Seiten

Hermann Hesse als Maler

Farbe ist Leben. Eine Auswahl seiner schönsten Aquarelle. Vorgestellt von Volker Michels. it 1810. 173 Seiten

Magie der Farben. Aquarelle aus dem Tessin. Mit Betrachtungen und Gedichten. Auswahl und Nachwort von Volker Michels. it 482. 117 Seiten

Spiel mit Farben. Der Dichter als Maler. Mit etwa 300 Aquarellen von Hermann Hesse. Herausgegeben von Volker Michels. 276 Seiten. Gebunden

Tessin. Betrachtungen, Gedichte und Aquarelle des Autors. Herausgegeben und mit einem Nachwort von Volker Michels. 343 Seiten. Gebunden

NF 212b/5/3.10

Hermann Hesse und Italien

Italien. Schilderungen, Tagebücher, Gedichte, Aufsätze, Buchbesprechungen und Erzählungen. Herausgegeben und mit einem Nachwort von Volker Michels. Mit zahlreichen Abbildungen und Fotografien. st 689. 525 Seiten

Mit Hermann Hesse durch Italien. Ein Reisebegleiter durch Oberitalien. Herausgegeben von Volker Michels. it 1120. 224 Seiten

NF 212b/6/3.10